Winnie M Li
KOMPLIZIN

Roman

Aus dem amerikanischen Englisch
von Stefan Lux

Herausgegeben von
Thomas Wörtche

Suhrkamp

Die Originalausgabe erschien 2022 unter dem Titel
Complicit
bei Orion Fiction, an imprint of The Orion Publishing Group, Inc.

Erste Auflage 2023
suhrkamp taschenbuch 5326
Deutsche Erstausgabe
© der deutschsprachigen Ausgabe
Suhrkamp Verlag AG, Berlin, 2023
© 2022 by Winnie M Li
Alle Rechte vorbehalten.
Wir behalten uns auch eine Nutzung des Werks
für Text und Data Mining im Sinne von § 44b UrhG ausdrücklich vor.
Umschlagabbildungen: Elisabeth Ansley/Trevillion Images (Frau);
Jose A. Bernat Bacete/Getty Images (Filmstreifen)
Umschlaggestaltung: zero-media.net, München
Druck und Bindung: C. H. Beck, Nördlingen
Printed in Germany
ISBN 978-3-518-47326-9

www.suhrkamp.de

KOMPLIZIN

*All denen gewidmet,
deren Leben in Mitleidenschaft gezogen,
deren Karrieren zerstört und deren Stimmen
nicht gehört wurden.*

PROLOG

Heute sehe ich klar.

Ich werfe einen Blick in die Gratiszeitungen in meinem Pendlerzug. Wie viel Abfall doch auf den Sitzen eines Subway-Waggons zurückgelassen wird. Auf den zerknitterten Seiten entdecke ich Namen aus meinem früheren Leben. Gesichter, die ich in einem privaten Club gesehen habe, bei einer Afterparty, bei einer Preisverleihung, die ich mit geliehenem Schmuck und im geliehenen Kleid besucht habe, ganz wie der Rest dieses glanzvollen, eitlen Publikums.

Heute, 2017, bin ich von anderen Leuten umgeben. Normalen Menschen, die in der ruckelnden Subway durch Brooklyn zur Arbeit fahren und schon die Stunden zählen, bis sie ihre Büros verlassen und auf demselben Weg zurückfahren dürfen. Wenn wir einen kurzen Blick auf das Leben der Reichen und Schönen erhaschen wollen, schauen Leute wie wir in liegengelassene Zeitungen – was wissen wir denn wirklich über diese glanzvollen Namen, über die Heldengestalten, die jetzt vom Sockel gestoßen werden?

Im tiefsten Inneren bin ich begeistert. Wer ist der nächste Studiochef oder Leinwandheld, dem die eigene Vergangenheit auf die Füße fällt? In Horrorfilmen gibt es die sprachlose Horde der Untoten, die den Schurken seinem wohlverdienten Schicksal zuführt.

Manche Dinge lassen sich nicht aus der Welt schaffen, auch wenn wir sie noch so sehr hinter Geschenktaschen, Presseerklärungen und Fotos mit lächelnden Gesichtern zu verbergen suchen. Die Wahrheit lebt weiter, auch wenn wir manchmal sehr genau hinsehen müssen, um sie zu entdecken: in zensierten Kommentaren, auf unveröffentlichten Fotos, im irritierenden Schweigen, das auf hinter verschlossenen Türen abgehaltene Meetings folgt. In E-Mails, auf die wir nie eine Antwort bekommen haben.

Heute sehen wir es alle.

Ich habe es auch damals gesehen. Aber ich habe so getan, als hätte ich nichts bemerkt.

Ich betrachte das Leben, das ich damals zu führen glaubte, und vergleiche es mit dem, was ich heute sehe. Es kommt mir vor wie die Vorführung einer verschollenen und wiederentdeckten Filmrolle. Die Bilder flackern, dann werden sie scharf.

Irgendwie ergibt das alles noch immer keinen Sinn, aber ich bemühe mich. Ich blinzele ins Licht und hoffe, nicht die ganze Zeit über blind gewesen zu sein.

Auf gewisse Weise ist mir klar, was auf mich zukommt, schon bevor die Außenwelt sich meldet. Als es dann so weit ist, geschieht es durch eine altmodische, respektable E-Mail.

Nicht durch die schnellen Synapsen der Social Media, denn auf diesen Kanälen bin ich schwer zu finden. Die langweilige Neununddreißigjährige, die ich inzwischen bin, ist keine bedeutende Persönlichkeit und lockt keine Follower an. Heute führe ich ein einfaches Leben, fahre mit der Subway zum Büro und zu meinem Seminarraum an einem wenig bemerkenswerten College. Abends kehre ich in meine stille Wohnung zurück.

Aber heute Morgen taucht auf meinem Computermonitor eine E-Mail auf. Ungebeten, aber nicht aufdringlich. Ein unangemeldeter Besucher, der geduldig darauf wartet, dass man Notiz von ihm nimmt.

Ein Name, der nie zuvor in meinem Posteingang aufgetaucht ist, den ich aber auf der Stelle zuordnen kann.

Schon in diesem Moment weiß ich, worum es geht, obwohl die Betreffzeile neutral und scheinbar harmlos formuliert ist: *Einige Fragen im Zusammenhang mit einer Recherche der New York Times.*

Mein Herz stolpert, ich muss mich zwingen, den Blick nicht abzuwenden. Ein Moment der Erregung in meinem ansonsten langweiligen Alltag. Erinnerungen kommen hoch – wie es sich angefühlt hat, täglich oder gar minütlich dramatische E-Mails zu erhalten. Ein hektisches, ständig unter Strom stehendes Büro. Der fast vergessene Kitzel, mittendrin zu sein.

Dann, genauso plötzlich, überrollt mich eine Welle ganz anderer, tief begrabener Gefühle. Wie ein Geist, den ich nicht gerufen habe.

Ich entschließe mich, die E-Mail nicht zu öffnen. Es gibt andere, beruhigend eintönige Aufgaben, um die ich mich kümmern muss: die Beurteilung meiner Studierenden, eine offene Stromrechnung, das Herbst-Barbecue des Seminars.

Als ich mich auf den Weg zu meinem ersten Kurs mache, habe ich die E-Mail tatsächlich nicht geöffnet. Trotzdem bleibt sie in einer dunklen Ecke meines Hinterkopfs, wie ein schmutziges, lange nicht benutztes Gartengerät in der hintersten Ecke des Schuppens.

Dort im Zwielicht wartet sie auf mich.

1

Der Kurs Drehbuchschreiben 101 heißt an der feinen Hochschule, an der ich unterrichte, genau so: Drehbuchschreiben 101. So originell ist der Laden.

In diesem Semester gebe ich drei Kurse – zwei in Drehbuchschreiben 101 und einen dritten, der sich entsprechend innovativ Drehbuchschreiben für Fortgeschrittene nennt.

Meine Studierenden sind nicht origineller, wobei es vermutlich mein Job als Dozentin ist, sie dazu anzustacheln. An diesem College allerdings haben die meisten Studierenden Ambitionen, die ihre tatsächlichen Fähigkeiten signifikant übersteigen. Natürlich darf ich das auf keinen Fall laut sagen. Ich muss sie bei Laune halten und ihre zum Scheitern verurteilten Fantasien einer Zukunft in Hollywood bestätigen. Und sie gleichzeitig dazu anleiten, ihrem Schreiben eine gewisse Nuanciertheit zu verleihen und wenigstens hin und wieder von der sklavischen Befolgung fester Formeln abzuweichen.

Immerhin kann ich von dem Job leben. Ich nehme die Klassiker durch, natürlich, Syd Field und Robert McKee, kann aber auch eine Portion Eigenes einbringen. Ich mache die jungen Leute mit »dem Kanon« vertraut und streue ein paar abgedrehtere Sachen ein. Schauen wir uns doch mal dieses halluzinatorische, rätselhafte Werk eines thailändischen Regisseurs an, dessen Namen ihr alle nicht aussprechen könnt. Hier kommt ein neunzigminütiger Schwarzweißfilm, der das Berlin der 1920er Jahre dokumentiert. Nur Musik, kein Dialog. Viel Spaß damit, Millennials.

In meinem heutigen 10.30-Uhr-Kurs Drehbuchschreiben 101 sprechen wir über Figurenzeichnung.

»Woran merken Sie, dass Sie es mit einer wirklich unvergesslichen Filmfigur zu tun haben?«, frage ich zwanzig verkaterte Collegestudierende, die mich wie Zombies anstarren.

Funkstille.

Manchmal hilft es, dieselbe Frage noch einmal zu stellen, nur in leicht veränderter Formulierung.

»Was macht eine Filmfigur unvergesslich?«

In solchen Fällen richte ich den Blick auf eine bestimmte Person, um ihn oder sie dazu zu bringen, etwas zu äußern – einen Satz, ein Geräusch, irgendein Anzeichen für intelligentes Leben. Diesmal versuche ich es bei Claudia, einer Brillenträgerin mit braunen Haaren, die gelegentlich einen fundierten Kommentar beisteuert. Was heute nicht der Fall ist. Sie starrt mich wortlos an.

Um Himmels willen, denke ich. Ich frage nicht mal nach der Lektüre, die ich ihnen aufgegeben habe. Es geht einfach nur ums Kino.

Sagt was, Leute!, würde ich am liebsten brüllen.

Stattdessen wiederhole ich die letzte Frage wörtlich.

»Was macht eine Filmfigur unvergesslich?«

Tatsächlich meldet ein junger Mann – natürlich ein Mann – sich zu Wort. Danny. Schmutzig blonde Haare, ein paar Piercings im Gesicht. Einer der Redseligen im Kurs.

»Ähm … dass man sich an sie erinnert?«

Dann stößt er ein kurzes, scharfes Lachen aus. Mir ist nicht klar, ob er sich über die schiere Dummheit seiner eigenen Antwort amüsiert oder über das Geschick, mit dem er meine Frage einfach auf den Kopf gestellt hat. Jedenfalls warte ich, bis das allgemeine Kichern sich gelegt hat. Okay, nimm sie an die Hand.

»Was führt denn dazu, dass Sie sich an eine Figur erinnern?«, frage ich.

»Wenn sie witzig ist?«

»Wenn sie was Verrücktes macht?«

»Wenn sie richtig scharf ist.«

Wieder wird gekichert, aber ich ignoriere es.

»Also dann … an welche Filmfiguren können Sie sich wirklich gut erinnern?« Ich gehe durch die Klasse und versuche, Augenkontakt herzustellen.«Kommen Sie schon, nennen Sie mir ein paar.«

»James Bond«, ruft jemand.

»Luke Skywalker«, sagt ein anderer Typ.

»Thor.«

»Robert De Niro in *Taxi Driver*«, sagt jemand. Mir ist klar, dass er, indem er sich auf einen vor 1980 gedrehten Film bezieht, sein fundiertes Wissen demonstrieren will.

»Hannibal Lecter.«

»Fällt Ihnen auch jemand ein, der *keine* Leute umgebracht hat?«, frage ich. Ein paar Studierende lachen, aber niemand scheint eine solche Figur nennen zu können.

Bis jemand sagt: »Dumbo?«

Na schön, also Dumbo. Jetzt kommt die zweite provozierende Frage, die ich eigentlich gar nicht geplant hatte: »Irgendeine weibliche Figur, die unvergesslich ist?«

Wieder dieses unbehagliche Schweigen.

»Julia Roberts in *Pretty Woman*?«, sagt eine Studentin schließlich.

Sie hat eine Prostituierte gespielt!, liegt mir auf der Zunge. Stattdessen sage ich: »Okay, das ist ein Anfang. Immerhin war sie für diese Rolle Oscar-nominiert.«

Zur Sicherheit füge ich hinzu: »Und tolle Haare hatte sie auch.« Die Kids honorieren es mit vereinzeltem Gelächter.

Das zähe Spiel geht weiter, aber ich will das erschütternd oberflächliche Wissen meiner Studierenden ausloten. Als Nächstes fallen ihnen die weiblichen Sidekicks männlicher Helden ein. Oder Disney-Prinzessinnen.

Schließlich frage ich: »Was ist mit Scarlett O'Hara in *Vom Winde verweht*?«

Ausdruckslose Mienen.

»›Schließlich, morgen ist auch noch ein Tag‹?«, versuche ich ihnen auf die Sprünge zu helfen, indem ich Scarlett O'Haras ikonische Formulierung des Überlebenswillens zitiere.

Noch immer nichts.

»Mitreißendes Bürgerkriegsdrama, spielt in den Südstaaten?«

Wieder möchte ich sie anschreien: »Sie haben nie *Vom Winde verweht* gesehen?«

»Ähm, ich glaube, ich hab mal das Plakat gesehen«, sagt Danny vorsichtig.

»Dann muss ich wohl eine Vorführung zum Unterrichtsprogramm hinzufügen.« Es fällt mir schwer, meine Fassungslosigkeit zu verbergen. »Es war ein bahnbrechender Film für Hollywood, damals. Fragwürdig in der Darstellung von Rassenfragen, aber immerhin ist er 1939 entstanden.«

»O mein Gott, das ist ja … *richtig alt*.« Avery – blaue Haare und Lipgloss – schnappt nach Luft.

»Genauso alt wie *Der Zauberer von Oz*«, sage ich, um ihren Schock ein wenig zu mildern. »Sie sind im selben Jahr auf die Leinwand gekommen.«

»Den *Zauberer von Oz* hab ich nicht gesehen«, räumt Avery ein.

Dass es in Amerika junge Leute gibt, die ein Filmstudium anfangen und den *Zauberer von Oz* nicht kennen, bringt mich fast zum Heulen, buchstäblich. Aber ich gebe nicht auf.

»Filmfiguren bleiben im Gedächtnis – oder sollten im Gedächtnis bleiben –, wenn man ein Gespür für ihr Inneres bekommt. Wenn man sich ihre Hoffnungen und Ängste ausmalen kann, ihre Vergangenheit, ihre Unsicherheiten und Schwächen.«

Die Kids nicken, aber ich würde nicht darauf wetten, dass meine Worte tatsächlich in ihre Gehirne einsickern.

»Natürlich verdankt sich das zu einem großen Teil den Leistungen der Schauspielerinnen und Schauspieler, aber die arbeiten letztlich auf der Grundlage dessen, was im Drehbuch steht. Alles läuft also auf die entscheidende Bedeutung des Drehbuchs hinaus. Auf den Entwurf erinnerungswürdiger, glaubwürdiger, dreidimensionaler Figuren.«

Ich habe meinen Rundgang um ihre Tische beendet. Wieder an meinem Platz angekommen, nehme ich die Gruppe als Ganzes in den Blick.

»Die Herausforderung, vor der Sie stehen, wenn Sie ein Drehbuch schreiben, besteht darin, Figuren zu erschaffen, die nicht bloß Klischees sind, eine hübsche Frau oder ein … guter Kämpfer. Sondern jemand, der vielleicht Züge einer Person trägt, die Sie aus dem wahren Leben kennen. Jemand Glaubwürdiges.«

Sie hören noch zu, also rede ich weiter.

»In Filmen geht es um die Erschaffung von Illusionen. Menschen können fliegen, Städte werden in die Luft gesprengt, schön und gut. Aber damit die Filme funktionieren, müssen zuallererst die Figuren glaubwürdig sein.«

Sie starren mich an, eine unergründliche Herde.

Danny hebt die Hand. »Sarah?«, fragt er.

»Ja, was gibt's?«

»Wo wir gerade von Glaubwürdigkeit sprechen, was halten Sie von all diesen Anschuldigungen, die gerade die Runde machen?«

Ich sehe ihn an und spüre, wie sich mein Puls beschleunigt, auch wenn ich nicht glaube, dass meine Studierenden einen Verdacht hegen.

Ich sage nichts und gebe ihm Zeit zum Fortfahren.

»Sie wissen schon, das ganze Zeug über Bill Cosby und diesen Weinstein … So viele Frauen, die sie beschuldigen, sich über Jahre hinweg an ihnen vergriffen zu haben. Glauben Sie diese Geschichten? Ich meine, es ist doch Wahnsinn, oder?«

Ich wähle meine Worte sorgfältig und achte darauf, weiterhin wie eine Dozentin zu klingen. »Was meinen Sie, was genau ist Wahnsinn?«

»Ich meine, warum kommt das jetzt alles auf einmal, wo die Frauen so lange geschwiegen haben? Das ist doch irgendwie verdächtig, oder?«

Für einen Moment weiß ich nicht weiter. Am liebsten würde

ich mit einer ganz anderen Lektion loslegen: darüber, wie diese Industrie wirklich funktioniert, über all die Abenteuerlichkeiten, die Hierarchien, die verzweifelte Sehnsucht, in dieser Branche zu arbeiten. Aber das Wissen, das ich als Dozentin vermitteln kann, ist limitiert.

»Ich denke nicht … Nur weil sie so lange gewartet haben, bevor sie diese Geschichten öffentlich gemacht haben … Ich glaube, es bedeutet nicht notwendigerweise, dass diese Dinge nicht *passiert* sind. Vielleicht sollten wir ihnen erst mal zuhören, bevor wir uns eine Meinung bilden.«

Dannys Miene wirkt seltsam unzufrieden, aber bevor ich etwas sagen kann, erhebt Claudia zögerlich die Hand und sagt: »Ähm, Sarah? Ich hab in der IMDB gesehen, dass Sie zusammen mit Holly Randolph an einem Film gearbeitet haben. Ist das wahr?«

»Waaaaaas?!«, bringt jemand anderes ungläubig heraus. »*Niemals.*«

Sie waren vorher schon aufmerksam, aber jetzt starren mich alle erwartungsvoll an.

Ah, ja. Die Internet Movie Database. Ein Onlinearchiv, in dem sämtliche je gedrehten Filme verzeichnet sind. Und sämtliche Personen, die an all diesen Filmen beteiligt waren. Wenn ich es wirklich gewollt hätte, hätte ich versuchen können, meinen Namen aus der IMDB löschen zu lassen, aber ein klitzekleiner Rest Stolz hat mich davon abgehalten. Die Nennung in der IMDB ist der bleibende Beweis dafür, dass ich mal eine Person von Interesse war, eine Macherin, das hatte ich jedenfalls gedacht. Eine Frau, die Eindrucksvolleres zustande gebracht hat, als an einem No-Name-College Kurse in Drehbuchschreiben 101 zu geben.

Heutzutage verschwindet nichts für immer.

Natürlich kann ich jetzt nicht lügen. Es steht alles in der IMDB und ließe sich in einer Minute auf dem Handy abrufen.

»Ja«, sage ich nach kurzem Zögern. »Ich habe an einem ihrer

frühen Filme mitgearbeitet.« Ich erwähne nicht, dass es der Film war, der ihren raketenhaften Durchbruch bedeutet hat. Oder dass ich Associate Producer war.

Wieder schnappt Avery nach Luft. »O mein Gott, wie war sie? Ich liebe sie *total*.«

»Mit Holly Randolph zu arbeiten, war toll.« Ich unterstreiche meine Worte mit einem Nicken. »Ich gönne ihr den Erfolg von Herzen.«

Ich höre selbst, wie oberflächlich meine Antwort klingt. Ich habe die Worte heruntergerasselt wie ein der Gehirnwäsche unterzogener Soldat in *Botschafter der Angst*. Aber mir wird leicht übel. Denn wenn man sich den Eintrag in der IMDB näher anschaut, stößt man auf einen anderen Namen, nicht weit von Hollys und meinem entfernt. Einen Namen, der als »Executive Producer« geführt wird. Einen Namen, den ich lieber vergessen würde.

Ich schaue auf die Uhr und stelle dankbar fest, dass der Kurs in zwei Minuten vorbei ist.

»Nun«, sage ich und reiße die Initiative wieder an mich. »Ich glaube, wir sind ein bisschen vom Thema abgekommen. Als Hausaufgabe für diese Woche möchte ich, dass Sie sich eine beeindruckende Figur aus einem Film heraussuchen – und bitte nicht aus einem Superhelden-Film. Sehen Sie sich *sämtliche* Szenen mit dieser Figur an und notieren Sie, warum Sie ihn oder sie so beeindruckend finden. Was an dieser Figur ist glaubwürdig? Warum möchten Sie mehr von ihr sehen?«

Die Studierenden murren leise. Jetzt, wo es endlich interessant wird, komme ich aufs Thema Hausaufgaben.

Während ich mit gesenktem Kopf und ausdrucksloser Miene meine Unterlagen vom Pult aufsammele, wird mir die Ironie bewusst.

Was an dieser Figur ist glaubwürdig?

Figuren, die uns in Erinnerung bleiben, die echt waren. Mit all ihren Schwächen, ihren ganz eigenen Stärken und Talenten, mit ihren verborgenen Seiten.

Ich habe die E-Mail den ganzen Tag ungeöffnet gelassen, aber am späten Nachmittag kann ich es nicht weiter hinauszögern und klicke sie an.

Thom Gallagher von der *New York Times*. Was hast du mir zu sagen?

> *Liebe Ms Lai,*
> *ich hoffe, Sie empfinden diese E-Mail nicht als Belästigung, aber ich recherchiere für die* New York Times *zu mehreren Vorfällen aus der Vergangenheit, die den Filmproduzenten Hugo North betreffen. Nach meinen Informationen haben Sie Mitte der 2000er Jahre mit Mr North bei Conquest Films zusammengearbeitet. Ich möchte mich erkundigen, ob Sie die Zeit haben, mir telefonisch oder im persönlichen Gespräch einige Fragen zu beantworten. Seien Sie versichert, dass alles, was Sie sagen, mit äußerster Vertraulichkeit behandelt wird, sofern Sie das wünschen …*

Direkt vor mir steht dieser Name, um den ich zehn Jahre lang einen Bogen gemacht habe. Hugo North.

Ich lasse ihn einige Minuten auf mich wirken, dann widme ich mich wieder der E-Mail.

Sofern Sie das wünschen. Was für eine sonderbare Formulierung. Fast wie die Beschwörungsformel eines Flaschengeistes. Gar nicht die schnelle, knallharte Sprache, die man von einem Zeitungsreporter erwarten würde. Aber natürlich erfordert das Thema Feingefühl. Die Menschen neigen zur Verschwiegenheit. Wenn man einfach ohne Vorwarnung eine E-Mail an eine Fremde schickt und tatsächlich Wert auf eine Antwort legt, können ein bisschen List und Schmeichelei nicht schaden. Selbst wenn man Thom Gallagher heißt und für die *New York Times* arbeitet.

Ich überlege, ob seine Arbeit sich so sehr von dem unterscheidet, was ich früher gemacht habe. Diese Strategie, vorsichtig anzufragen und langsam eine Verbindung aufzubauen, immer in der Hoffnung, den Weg zu etwas Bedeutungsvollem zu bahnen. Aber wo es für mich darum ging, eine komplette Filmproduktion auf die Beine zu stellen und aus dem Nichts eine perfekte Illusion zu erschaffen, betreibt Gallagher als Investigativjournalist eher eine Art Exhumierung: Er kratzt die Erde von etwas, das bis dahin begraben lag – bis das komplette Bild zum Vorschein kommt.

Aber das kann er nicht allein. Er braucht Leute wie mich, die ihm zeigen, wo er graben muss. Leute wie mich gibt es jede Menge. Er muss sie nur finden.

In der Subway, die mich nach Hause bringt, versuche ich, Thom Gallaghers E-Mail zu ignorieren. Schon die ungewöhnliche Schreibweise seines Namens lässt ihn irgendwie exklusiv erscheinen, elitär. Denn er ist nicht irgendein Journalist, sondern Erbe der hochangesehenen Gallagher-Dynastie. Über Generationen hinweg haben blauäugige Staatsmänner dieses Namens im Senat gestanden und lautstark für die Rechte der Unterdrückten gekämpft. Thom wählte stattdessen den Journalismus, als hätte er gewusst, dass die Politik ein krankes Tier ist. Dass nur die wankelmütigen, wenig vertrauenswürdigen Medien in der Lage sind, für so etwas wie Gerechtigkeit zu sorgen.

Ich hänge diesen Gedanken noch nach, während ich mir zum Abendessen einen Salat mache. Dann widme ich mich einem Stapel zehn- bis fünfzehnseitiger Exposés meiner Studierenden, von denen ich bestenfalls Mittelmaß erwarte.

Ich schiebe sämtliche Gedanken an Thom Gallagher beiseite und arbeite mich durch den Stapel. Ein Hard-Boiled-Noir über dominikanische Drogendealer in der Bronx. (*Unverblümt und atmosphärisch*, schreibe ich. *Aber können Sie uns etwas vom Innenleben Ihrer Figuren zeigen?*) Gleichzeitig denke ich: Wer würde dafür je grünes Licht geben? Es sei denn, man zieht drei der größten Latina- oder Latino-Stars an Land, bevorzugt aus der Musikindustrie.

Als Nächstes kommt ein zu Herzen gehendes Drama über eine dysfunktionale Familie in Neuengland. (*Ihre Figuren sind toll*, schreibe ich. *Aber ich tue mich schwer, Ihren Plot zu erkennen …*) Auch für diese Art Filme interessiert sich niemand. Allenfalls dann, wenn eine ganz bestimmte mehrfache Oscar-Gewinnerin die Matriarchin spielen würde.

Ich arbeite mich durch acht Texte hindurch, dann mache ich Feierabend. Kurz spiele ich mit dem Gedanken, mir etwas anzusehen, eine Serienepisode oder den Teil eines Films, je nach Uhrzeit. Inzwischen können mich nur noch Naturdokumentationen herunterbringen. Sie schaffen es noch, mich in eine andere Welt zu entführen.

Ich putze mir die Zähne und gehe ins Bett.

Auf einem imaginären Monitor sehe ich die E-Mail vor mir.

Lieber Thom … Ich male mir meine Antwort aus.

Oder würde ich *Mr Gallagher* schreiben?

Hier geht es um ein eigenartiges Machtverhältnis. So etwas kenne ich, aber nicht im Zusammenhang mit einem gefeierten Journalisten, der versucht, *mir* Informationen zu entlocken.

Nein, du hast die Story, ermahne ich mich. *Sorg dafür, dass ihr auf Augenhöhe kommuniziert.*

Lieber Thom, danke für Ihre E-Mail. Ich könnte mir vorstellen, mit Ihnen zu reden, lege aber Wert auf äußerste Diskretion. Hätten Sie Zeit für ein Gespräch am Wochenende?

Lass sie warten. Das alte Spiel.

Aber wenn ich ganz ehrlich mit mir bin (was nicht meine größte Stärke ist), bin ich nicht mal sicher, ob ich diese Geschichte erzählen will.

2

An einem ungewöhnlich warmen Morgen im Oktober steige ich in die Linie L, um zu meinem Treffen mit Thom Gallagher zu fahren. Der Times Square liegt im strahlenden Sonnenlicht und wimmelt von Menschen, wie er es an sieben Tagen pro Woche rund um die Uhr tut. Touristen starren mit offenen Mündern auf die Flut von Videobildschirmen und Neonreklamen. Menschliche Litfaßsäulen – als übergroße Hühner, römische Zenturios und Freiheitsstatuen verkleidet – werben wild mit den Armen rudernd um ihre Aufmerksamkeit. Eine verstört wirkende Frau in wild zusammengewürfelten Kleidungsstücken steht zaudernd an der Kreuzung von 42nd Street und 8th Avenue. Sie deutet auf die Kreuzung und wendet sich gestenreich an ein imaginäres Publikum.

»Die hören mir nie zu. Ich sag es ihnen immer wieder, aber es ist jedes Mal dasselbe. Ein Haufen Lügen, ein einziger Haufen Lügen …«

Am liebsten würde ich stehenbleiben und ihr weiter zuhören, aber es zieht mich magnetisch zu dem gläsernen Turm, der neben dem dampfenden Schlund des Times Square aufragt. An der Fassade im ersten Stock prangt der unverkennbare Gothic-Schriftzug, der den Zweck des Gebäudes verrät. Etage um Etage beherbergt es betriebsame Journalisten, bis hoch hinauf in die verschmutzte Luft, während unten die Obdachlosen und die mit ihren eigenen Angelegenheiten Beschäftigten vorbeiwuseln.

Ich nähere mich der dunklen Drehtür am Eingang. Der Pforte des Himmels. Oder der Hölle, je nachdem, wer man ist.

Und plötzlich, mit einem simplen *Wusch*, bin ich in einer anderen Welt.

Aus der Hitze und dem Dreck der lärmenden Stadt trete ich in den ruhigen, makellos sauberen Eingangsbereich. Ich atme die wohltuende, nach Sicherheit und Prestige duftende Luft. Über ein Jahrhundert hinweg hat diese Zeitung zur Bildung des ganzen Landes beigetragen. Wahrscheinlich arbeiten hier Leute, die ich aus dem College kenne, aber ich hoffe, dass ich ihnen am Wochenende nicht über den Weg laufe. Ich bin eine einfache Besucherin, nichts weiter.

Ich melde mich an, einen Moment fürchte ich, ich könnte nicht auf der Gästeliste stehen, aber tatsächlich kümmert sich eine gelangweilte Rezeptionistin um meinen Besucherausweis. Ihre Digitalkamera macht eine verzerrte Aufnahme meines Gesichts, fast wie im Spiegelkabinett.

Erleichtert (und amüsiert) nehme ich den Ausweis entgegen, setze mich auf ein bequemes graues Sofa und warte, dass Thom Gallagher mich abholt.

Es dauert nur wenige Minuten, bis er mit bemerkenswerter Pünktlichkeit auftaucht. Auf seinem jungenhaften Gesicht liegt ein warmes Lächeln, er hält die Hände vor dem Körper gefaltet. Ich muss zugeben, dass sein bescheidenes Auftreten mich beeindruckt, vor allem, wenn man bedenkt, wie berühmt er ist.

Thom trägt eine Hornbrille, vielleicht eine Art Verbeugung vor alten Zeitungsfilmen. Vielleicht soll sie aber auch seine Jugend oder das ererbte gute Aussehen verbergen, was nicht gelingt – er hat dieselben vornehmen Gesichtszüge wie seine männlichen Vorfahren.

»Sarah, ich freue mich sehr, Sie zu sehen. Vielen Dank, dass Sie gekommen sind.«

Ich stehe auf, er schüttelt mir schnell, aber herzlich die Hand.

Obwohl Samstag ist, achtet er auf seine Kleidung. Button-down-Hemd (hellgrün, nicht weiß) und eine dunkle Jeans.

Ich nehme meine Tasche. »Tut mir leid, dass ich auf ein Treffen am Wochenende bestanden habe. Ich hatte eine stressige Woche und ... brauchte vor unserem Gespräch ein bisschen Zeit.«

Das ist eine Lüge und auch wieder nicht. Stressig kann ich mein gegenwärtiges Leben kaum nennen. Aber es stimmt, dass ich Zeit brauchte, um mich vorzubereiten. Ich brauchte zehn Jahre.

Wir sitzen in einem abgeschirmten Besprechungszimmer im vierundzwanzigsten Stock. Die Tür ist geschlossen, Thom Gallagher und ich sind unter uns. Aus dem Fenster hat man einen beneidenswerten Blick auf Midtown und den Hudson, die herbstliche Sonne reflektiert von tiefer liegenden Fenstern und Wasserflächen. Zwischen uns steht ein kleiner runder Tisch mit einer braunen Glasplatte, eine Art unscheinbarer Altar für Thoms Digitalrekorder.

»Sie verstehen hoffentlich, dass wir unser Gespräch aufzeichnen müssen«, erklärt er höflich. »Sie falsch oder ungenau zu zitieren, ist das Letzte, was ich möchte.«

»Dann kann es also sein, dass Sie das, was ich heute sage, direkt zitieren?«, frage ich. Ich bin nervöser als erwartet, diese Anfängerfrage offenbart meine Unerfahrenheit im journalistischen Umfeld. Heimlich verfluche ich mich, dass ich sie überhaupt gestellt habe.

»Oh, machen Sie sich bitte keine Sorgen.« Beschwichtigend streckt er die Hand aus. »Das entscheide ich jetzt noch nicht. Fürs Erste unterhalten wir uns einfach. Ich will sichergehen, dass Sie sich bei alldem wohlfühlen.«

Wohlfühlen. Es ist eine Weile her, dass sich jemand darum geschert hat, ob ich mich wohlfühle.

»Aber ... was das Zitieren angeht. Ich möchte nichts sagen, was Sie später aus dem Kontext reißen.« Ich schiele zu dem Rekorder hinüber, als wäre er eine tickende Zeitbombe, deren rote Ziffern den Countdown zählen. »Oder etwas, das ich später bereue.«

»Das werde ich nicht tun. Ich verspreche es Ihnen. Was diese Geschichte betrifft, geht es vor allem um Kontext.« Seine Hände sind wie zum Gebet gefaltet, die blauen Augen strahlen Aufrichtigkeit aus. Ich frage mich, ob die Erziehung im Hause Gallagher dafür verantwortlich ist, dass er so ... überzeugend den Eindruck von Seriosität vermittelt.

»Schauen Sie«, sagt er und beugt sich leicht vor. »In diesem Stadium sammele ich nur Informationen. Ich sammele Kontext, wenn Sie so wollen. Es kann Wochen, vielleicht auch Monate dauern, bis ich den nächsten Artikel zum Thema schreibe. Wenn es so weit ist und *falls* ich Sie dann direkt zitieren möchte, stimme ich mich auf jeden Fall mit Ihnen ab, damit Sie mit Ihrer Aussage einverstanden sind. Bis dahin haben Sie eine Menge Zeit, um darüber nachzudenken.«

Ich nicke. »Das versprechen Sie mir?«

»Absolut. Pfadfinderehrenwort.« Er hebt die Handflächen, schenkt mir ein albern-ironisches Lächeln und entblößt dabei die strahlend weißen Zähne.

Sie sind in den Neunzigern geboren, möchte ich ihm entgegenhalten. *Ging man zu Ihrer Zeit* überhaupt noch *zu den Pfadfindern?*

Aber irgendwie überzeugt diese Kombination aus einem vertrauten Gesicht, der Hornbrille und der Verkörperung des mustergültigen weißen Jungen von nebenan.

»Okay.« Ich nicke noch einmal. »Das will ich Ihnen auch raten.«

Ich richte den Finger wie eine Pistole auf seine Brust. Jetzt bin ich es, die grinst.

Thom fährt fort. »Grundsätzlich ist es bei der *Times* nicht üblich, sämtliche Zitate noch einmal zu überprüfen, aber hier geht es um ein äußerst wichtiges und sensibles Thema für ... für Sie wahrscheinlich, und auch für andere. Ich will sichergehen, dass Ihre Sichtweise respektvoll wiedergegeben wird.«

Diese letzten Bemerkungen sind vielleicht zu viel des Guten. *Grundsätzlich ist es bei der* Times *nicht üblich, aber ...* Ich fühle mich an einen Verkäufer erinnert, der seine Standardmasche abspult. »*Für andere Kunden mache ich so etwas nicht, aber bei Ihnen lege ich zusätzlich noch etwas drauf ...*« Mein Zynismus meldet sich gerade rechtzeitig zurück und bringt mich zur Besinnung.

Wir alle wollen etwas verkaufen, stimmt's?

In diesem Fall frage ich mich, ob der Preis überhaupt verhandelbar ist.

Thom drückt die Aufnahmetaste, das rote Licht des Geräts beginnt zu blinken.

Wir lehnen uns auf unseren jeweiligen Sofas zurück. Neben mir steht ein *New York Times*-Becher voll Kaffee. Das berühmte Motto der Zeitung schmückt die Seite: *All the News That's Fit to Print*. Alle Nachrichten, die zum Druck geeignet sind.

Thom trinkt einen Schluck von seinem Wasser.

»Erzählen Sie mir doch einfach, wie Sie mit dem Filmbusiness in Berührung gekommen sind. Schon vor der Zeit, als Sie mit Hugo North zusammengearbeitet haben.«

Wo soll ich bloß anfangen? Beim allerersten Film, den ich gesehen habe? (*Peter Pan* in der Wieder-Wiederaufführung 1982, direkt gefolgt von *Die Rückkehr der Jedi-Ritter* in der ursprünglichen Kinofassung?) Oder mit den alljährlichen Sonntagabenden, an denen ich mir mit religiösem Eifer die Oscar-Zeremonie angeschaut habe? Obwohl meine Eltern und meine Großmutter sich jedes Mal darüber beklagten, dass ich so lange aufblieb? Dann musste ich die Lautstärke herunterdrehen und ganz nah an den Fernseher rücken, damit ich die Moderatoren verstehen konnte, während der Rest der Familie desinteressiert eindöste.

Mir machte das nichts aus. Einen Abend im Jahr genoss ich den magischen Technicolor-Traum, der über die schwarz-weiße

Schwelle meines öden Zuhauses flimmerte. Den Glamour und die Fantasie. An diesem Abend vergossen die Filmstars und die legendären Filmemacher Tränen, wenn sie auf die Bühne stiegen, um ihre goldenen Statuetten in Empfang zu nehmen. Sie strahlten vom anderen Ende des Kontinents herüber, fremdartige Lebewesen in einer unerreichbaren Welt.

Ich hätte nie gedacht, dass ich einmal dazugehören könnte. Aber irgendwie habe ich den Weg dorthin gefunden.

3

Stellen Sie sich einen handelsüblichen Film mit Rahmenhandlung vor. Wir wissen, wie er aussieht: Eine Figur unterhält sich mit der anderen, lehnt sich zurück, auf der Leinwand verschwimmt das Bild und geht in eine Szene über, von der wir instinktiv wissen, dass sie in der Vergangenheit spielt. *Alles über Eva*, *Citizen Kane* und fast jeder Hitchcock-Film nutzen das Stilmittel der Rückblende. Es funktioniert als Übereinkunft zwischen Filmemachenden und Publikum.

Genau das passiert auch jetzt. Natürlich erzähle ich Thom Gallagher nicht jede kleinste Einzelheit aus diesen Augenblicken meines Lebens. Innerlich wäge ich ständig ab: Wie viel soll ich offenbaren? An was *will* ich mich überhaupt erinnern? Aber beim Reden fühle ich mich zwangsläufig in die Vergangenheit zurückversetzt – es lässt sich einfach nicht vermeiden.

Ich muss mit der Zeit anfangen, als mein jüngeres Ich eine Außenseiterin war, die erste Blicke in die Welt des Films werfen durfte. Ansonsten ergibt der Rest keinen Sinn.

Ich habe an der Columbia University Englisch studiert. Das typische mittlere Kind, übersehen und sich selbst überlassen. Schon immer konnte ich mich in Geschichten flüchten. Ob auf der Leinwand oder in Büchern, ganz egal. Durch mein Studium kam ich mit Filmvorlesungen in Kontakt, ich besuchte so viele wie möglich.

Meine Eltern waren nicht glücklich, was die Wahl meines Hauptfachs betraf. Karen, meine ältere Schwester, hatte sich für Accounting entschieden. Sie hofften, dass ich etwas ähnlich … Praktisches wählen würde. Aber unter dem Strich konnten sie sich eigentlich nicht beklagen, solange ich gute Noten nach Hause brachte. Ich meine, was wollten sie mehr?

Allzu viel Zeit für Wahlveranstaltungen hatte ich in der Collegezeit nicht, denn ich musste meiner Familie in ihrem Betrieb helfen.

»Was für ein Betrieb war das?«, fragt Thom, seine Neugier wirkt echt.

Ich mustere sein aristokratisches weißes Gesicht und unterdrücke ein Grinsen. *Nichts so Respektables wie die Geschäfte Ihrer Familie.*

»Meine Familie führt ein chinesisches Restaurant in Flushing«, sage ich und sehe ihm geradewegs in die Augen. Genau genommen besitzt und führt sie es. Mein Großvater hat es eröffnet, nachdem er aus Hongkong hierhergekommen war, mein Vater hat es eine Weile übernommen, bis dann mein Großonkel kam. Meine beiden Eltern arbeiten als Computerprogrammierer, aber sie helfen auch im Restaurant. Das tun wir alle.

»Ah«, sagt Thom.

Er wirkt ernüchtert. Was hat er erwartet, eine Anwaltskanzlei im Familienbesitz? Mit eichengetäfelten Büros und Ölgemälden der Familienpatriarchen? Wohl kaum.

»Das heißt, Sie haben auch während Ihrer Collegezeit im Restaurant gearbeitet?«

Ja, vor allem an den Wochenenden. Da war am meisten los. Während meine Freundinnen an einem verkaterten Sonntagvormittag einen ausgiebigen geselligen Brunch mit hausgemachten Omeletts im Speisesaal des Colleges genossen, war ich in Flushing, um einen Schwarm chinesischer Familien zu bändigen, die alle einen Tisch für ihre Dim-Sum-Mahlzeit wollten.

Mein vergötterter jüngerer Bruder Edison war von der Arbeit im Familienrestaurant befreit, aber Karen und ich mussten Wochenendschichten übernehmen. Mein Talent lag eher darin, die Gäste bei Laune zu halten, während hinter mir in aller Eile die Tische abgeräumt wurden. Im Gegensatz zu Karen, die sich im Büro um die Buchhaltung kümmerte, war ich sonntags also zwölf Stunden auf den Beinen und ständig zu lautstarken Gesprächen gezwungen. Am späten Abend fuhr ich dann erschöpft mit der Linie 7 zurück zum Campus. Den Bratgeruch noch in den Haaren und Kleidern, lagen dann noch mehrere Stunden mit Hausaufgaben vor mir.

»Und wann sind Sie zum ersten Mal mit dem Filmgeschäft in Berührung gekommen?«

Klar, Thom Gallagher will die Sache etwas beschleunigen. Aber bei guten Filmen muss man zuerst ein bisschen Hintergrund liefern. Man muss das Publikum für die Figuren und ihre Nöte einnehmen. Was wollen, was brauchen sie?

Ich *wollte* im Filmgeschäft arbeiten, aber die Familie *brauchte* mich fürs Restaurant. Tischnummern zuweisen, Speisekarten verteilen, für volle Teekannen sorgen, Mägen füllen. Darum ging es bei uns. Erst das Essen, dann die Kunst.

Nach meinem Abschluss wartete keine Arbeitsstelle auf mich. Niemand hatte mich im letzten Jahr am College, in dem man die metaphorischen Schäfchen ins Trockene bringt und sich um eins der begehrten Angebote einer Investmentbank oder Graduate School bemüht, an die Hand genommen. Ich hätte den Sommer zuvor mit einem Praktikum an meiner angestrebten Arbeitsstelle zubringen sollen. Aber so weit konnte ich gar nicht planen. Mein Großonkel hatte gerade einen Herzinfarkt überlebt, sodass ich, während er wieder auf die Beine kam, einspringen und zeitweilig das Restaurant führen musste – eine verdammte zwanzigjährige Collegestudentin, die den Familienbetrieb führt. Kurz gesagt: Zu jenem entscheidenden Zeitpunkt vor dem letzten Collegejahr konnte ich nirgends beweisen, wie perfekt ich in die Unternehmenskultur passte.

Ein Jahr später, in einem drückend heißen Manhattaner Sommer, machte ich meinen Abschluss – und sämtliche Freundinnen und Freunde eilten an ihre neuen Arbeitsplätze in prestigeträchtigen Unternehmen. Während ich einfach dablieb, ohne Ziel.

»Aber mit einem Abschluss an der Columbia in der Tasche hätten Sie sich doch an Ehemalige wenden und sich vernetzen können …«, gibt Thom zu bedenken, dann hält er inne. Vielleicht merkt er, dass er dabei ist, seine Rolle als Journalist aus den Augen zu verlieren.

»Damals hatte ich keine Ahnung vom Netzwerken«, erkläre ich.

Was ich nicht sage, ist, dass so etwas typisch für Immigranten ist. Wenn die eigenen Eltern nicht hier geboren sind oder zumindest aus dem Westen stammen, lernt man das Spiel nicht. Man verfügt nicht über die familiären Kontakte, die einem am Anfang helfen. Man hat die selbstbewusste amerikanische Art nicht verinnerlicht, mit der man die eigenen Ambitionen vorantreibt, mit der man Verbindungen aufbaut, die einen ans ersehnte Ziel bringen … So etwas lernen wir von unseren Eltern nicht. Jedenfalls gilt das für mich.

Natürlich hatte meine Familie Kontakte. Zu anderen chinesischen Restaurantbetreibern. Aber geht es beim Immigrieren verdammt noch mal nicht darum, dass die eigenen Kinder nicht für den Rest ihres Lebens nach Bratfett riechen?

»Oh, ich verstehe«, sagt Thom. Er unterstreicht es mit einem Nicken.

Wir lachen beide.

Das ist genug. Diese Anerkenntnis, dass nicht alle die Welt auf einem Silbertablett präsentiert bekommen. Was darf es sein, Tommy? Eine glänzende Karriere in der Politik, wie der Rest des Clans? Oder im Showbusiness? Oder vielleicht doch lieber als echter Ritter in strahlender Rüstung: als Journalist?

Diese Art Auswahl hatte ich nicht. Jedenfalls nicht damals. Und auch jetzt nicht, mit Ende dreißig.

Die Sache mit dem Netzwerken habe ich erst später gelernt, bei der Arbeit für meine erste Chefin Sylvia – und dann von Hugo North. Ich habe eine Menge von ihm gelernt. Das muss ich ihm lassen.

Weil ich einen exzellenten Abschluss machte, gaben meine Eltern mir (in einem seltenen Akt der Milde) für den Sommer frei. Was bedeutete, dass sie mir nicht ständig im Nacken saßen. Sie sagten, ich solle mich ruhig ein paar Monate ausruhen und mir Gedanken über meine Zukunft machen, solange ich meine Wochenendschichten im Restaurant arbeitete.

Ich würde gern glauben, dass sie sich zu arrangieren begannen, denke aber, dass sie sich in Wahrheit Sorgen wegen meiner Orientierungslosigkeit machten. Weil ich einen Abschluss an der Columbia gemacht, aber keine Aussicht auf ein Einkommen hatte. (Im Gegensatz zu meiner Schwester, die nach dem Studium nahtlos ins Traineeprogramm einer der Big-Five-Wirtschaftsprüfungsfirmen gewechselt war.)

Vielleicht machen alle Eltern sich Sorgen, aber meine ganz besonders. Vermutlich ist das etwas typisch Chinesisches, oder Asiatisches. Um eine kulinarische Metapher zu benutzen: Besorgnis ist so etwas wie das verborgene Gewürz, ohne das keins unserer Gerichte auskommt. Sie schwingt bei jedem Schulzeugnis mit, bei jedem Tischgespräch, jedes Mal, wenn die Eltern uns aus dem Haus gehen sehen. Vielleicht liegt es daran, dass wir in einer Kultur leben, die nicht unsere ist.

Entsprechend erleichtert waren meine Eltern, als ich wieder zu ihnen ziehen musste. Raus aus dem Studentenwohnheim der Columbia, zurück in die Vierzimmerwohnung in Flushing, in der ich aufgewachsen war. Mit dem durchsichtigen Plastikschutz über sämtlichen Möbeln, den chinesischen Schriftrollen an den Wänden und dem ständigen Bratfettgeruch, der von der Straße heraufgetragen wurde. Der aus der Nachbarwohnung und aus unserer eigenen Küche drang. Ich fühlte mich wie in einen Käfig gesperrt, einen, für den ich zu groß geworden war. Die Gitterstäbe rückten mir zu nahe, jeder einzelne übte Druck auf mich aus.

Im Sommer war es beinahe unerträglich. Um Geld zu sparen, ließ meine Mutter die Klimaanlage meist ausgeschaltet, in der heißen Wohnung wurde ich zur lethargischen Amöbe, unfähig zu strukturiertem Denken.

Ich floh in die Queens Library. Ins nervige Gedrängel von Familien, die genau wie ich Schutz vor der Hitze der Stadt suchten und ihre Stromrechnungen drückten, indem sie es sich zwischen den Regalen mit kostenloser Lektüre bequem machten.

Irgendwann zog es mich ein Stück weiter. Ohne mich bewusst entschieden zu haben, fand ich mich auf dem Weg nach Manhattan wieder, zur Columbia. Ich kehrte in die roten Backsteingebäude zurück, mehrfach, und fand wie durch ein Wunder einen bezahlten Sommerjob bei einer Filmdozentin, deren Kurse ich besucht hatte. Ich besaß den alles entscheidenden Columbia-Ausweis, der mir den Zutritt zu den vertrauten heiligen Hallen gestattete: den riesigen Bibliotheken, den Gängen mit ihren schwarzen Brettern voll bunter Handzettel. Jetzt, im Sommer, waren die Räume weitgehend leer, die Klimaanlagen liefen auf Hochtouren. Es gab Sommerkurse für Filmstudierende, aber für einen Job als Lehrassistentin war ich zu spät dran. Stattdessen ließ mich die Dozentin ihre Vorlesungen redigieren, an den Filmvorführungen teilnehmen und, was am wichtigsten war, diese Vorführungen organisieren.

Ich möchte Ihnen ein bisschen über meine Liebesgeschichte mit dem Kino erzählen. Zwischen zwei Menschen mag Liebe auf den ersten Blick ein Mythos sein, der bei einigen von uns mit schmerzhaften Enttäuschungen endet. Aber zwischen einem Menschen und dem Kino ist Liebe auf den ersten Blick nicht nur möglich, sondern auch immer befriedigend. Von dem Augenblick an, als ich im zarten Alter von vier Jahren zum ersten Mal einen dunklen Kinosaal betrat, wusste ich Bescheid. Ich saß da, schaute zur Leinwand hoch und war von der Geschichte überwältigt, die sich da überlebensgroß vor mir abspielte – und für neunzig Minuten wichtiger war als das Leben selbst. Diese Welt würde immer faszinierender sein als meine eigene profane Existenz.

Von diesem Moment an liebte ich das Kino. Nur dass meine Familie selten in einen Film ging. Das kostete Geld, während das Fernsehen, wenn man vom Stromverbrauch absah, kostenlos war. Also kam es nur wenige Male im Jahr vor, dass wir die geheiligten Tempel des Filmgenusses besuchten. Gewissenhaft überflog meine Mutter vorher jedes Mal die Kritiken, um sicherzugehen, dass wir unser Geld nur für Filme ausgaben, die es wert waren. Natürlich sah ich mir die Filmsendungen im Fernsehen an: Siskel und Ebert, Rex Reed, all diese weißen, männlichen Experten, die mir erklärten, welche Filme sich lohnten, obwohl mir klar war, dass ich die meisten niemals sehen würde. Ich schaute mir die Oscar-Verleihungen an und sämtliche Jahresrückblicke. In den Zeitungen las ich jede einzelne Kritik und Hinter-den-Kulissen-Reportage, montags suchte ich nach den Einspielergebnissen.

Sicher war diese Liebesbeziehung während meiner Kindheit sehr einseitig, aber ich kann Ihnen versichern, dass sie sich seitdem zur verlässlichsten Beziehung entwickelt hat, die ich je hatte. Denn Filme lassen einen nicht im Stich. Sie sind immer da, spenden zuverlässig Trost, erleichtern die Einsamkeit, die man im wahren Leben erfährt, bieten mehr Dramatik, Angst und Freude als die Welt außerhalb des Kinosaals. Bessere Geschichten mit befriedigenderen Ausgängen, als man sie in der Wirklichkeit je erlebt.

Damals, mit zweiundzwanzig, war alles, was mit Filmen zu tun hatte, heiliger Boden. Als die Dozentin mich bat, ihre Vorführungen zu organisieren, spürte ich eine gewisse Ehrfurcht. Ich würde es tatsächlich mit echten, realen Menschen zu tun bekommen, die im Filmgeschäft arbeiteten.

Ich erinnere mich an meinen ersten Anruf bei einem Filmverleih. Die Firma hatte ihre Räumlichkeiten in Midtown, nur wenige Kilometer südlich von dem Seminarbüro, in dem ich gerade saß.

»Cinebureau«, meldete sich die Frau am anderen Ende. Sie klang furchtbar effizient und professionell.

»Oh, hi. Spreche ich mit Cinebureau?«, fragte ich. Am liebsten wäre ich im Boden versunken, weil ich die Antwort auf diese Frage schon bekommen hatte.

»Ja, das tun Sie.« Die Frau schien meine Dämlichkeit nicht bemerkt zu haben.

»Oh, hi, ja. Ich rufe von der Columbia University an, im Namen von Kristin Bradford, es geht um ihren Sommerkurs in Film Studies. Wir behandeln gerade *Vogelfrei* von Agnès Varda, ich möchte eine Vorführung für unsere Studierenden organisieren.«

»Also eine Vorführung im Bildungsbereich? Lassen Sie mich kurz nach den Tarifen suchen.«

So hatte ich plötzlich eine Bestimmung. Eine Daseinsberechtigung. Ich nannte nicht mal meinen Namen (erst ganz am Ende des Gesprächs), aber ich hatte einen Grund für meinen Anruf und wurde für diesen Grund nicht ausgelacht.

Ich konnte eine 35-mm-Kopie und eine Vorführlizenz bestellen. Das war eine nachweisbare Transaktion im Filmgeschäft.

Ich begriff, dass es nicht anders lief als bei einer Bestellung Sojasprossen oder Sesamöl bei unserem Lieferanten. Sag, was du willst, handel den Preis aus (beim Budget der Columbia musste ich nicht mal feilschen), sprich die Lieferbedingungen ab.

Ah, diese magischen Momente in unserer Jugend, wenn wir langsam begreifen, wie die Welt funktioniert. Dass es in dieser Welt nur um eine Abfolge von Transaktionen geht, ums Verkaufen des einzigartigen Produkts, das wir besitzen, uns selbst und unser Talent. Unsere Geschichte, die nie so einzigartig ist, wie wir glauben.

Bei den Telefongesprächen, die ich in den Wochen darauf mit Cinebureau führte, versuchte Stephanie, die Angestellte am anderen Ende der Leitung, mich zum Ausleihen weiterer »Titel« aus ihrem Angebot zu beschwatzen. Waren wir an der französischen Nouvelle Vague interessiert? Am New-Hollywood-Kino der Siebziger? Sie hatten außerdem eine besonders gute Auswahl an Cinéma-vérité-Dokumentarfilmen im Programm.

Ich merkte, dass sie mir Respekt entgegenbrachte, und das nur, weil ich das Geld hatte, die vermeintliche Entscheidungsgewalt darüber, welche Filme gezeigt und ob sie bei ihrer Firma ausgeliehen wurden. In Wirklichkeit lagen diese Entscheidungen nicht bei mir. Ich folgte den Vorgaben eines von der Dozentin längst festgelegten Lehrplans, trotzdem genoss ich die Illusion, diese Macht zu besitzen, jedenfalls während meiner Gespräche mit Stephanie.

Vielleicht wurde die Saat auf diese Weise in mir ausgebracht. Durch die Illusion der Macht oder wenigstens den Kitzel, diese Illusion erwecken zu können.

Und das, Mr Gallagher, ist das Ethos, auf dem die komplette Filmindustrie basiert.

Aber wahrscheinlich war Ihnen das schon klar.

4

Beim Organisieren der Vorführungen wurde mir nach und nach klar, dass Firmen wie Cinebureau bloß unspektakuläre Händler waren, die bereits fertige Filme anboten wie beliebige Obst- und Gemüsehändler an der Flushing Street, die möglichst schnell ihre morgendlichen Lieferungen von Pak Choi oder Litschis loswerden wollten. Zwei für drei Dollar! Zwei für drei Dollar!

Natürlich war ich enttäuscht, als ich merkte, dass diese Firmen die Filme nicht *herstellten*, dass sie nicht die kreativen Köpfe hinter den kinematografischen Meisterwerken waren. *Dieser* magische Prozess fand in Produktionsfirmen statt – wo schöpferische Genialität und künstlerische Zusammenarbeit ihr Zuhause hatten. Aber wie sollte ich je in dieses Gelobte Land vorstoßen?

Ich fand eine Liste von New Yorker Produktionsfirmen und brachte mehrere lange Abende im Seminarbüro damit zu, ein sorgfältig formuliertes Bewerbungsschreiben zu verfassen, das meine Mischung aus akademischen Spitzenleistungen und praktischen Erfahrungen perfekt auf den Punkt brachte. *Ich wäre bereit, fürs Erste nur für die Übernahme meiner Unkosten zu arbeiten*, fügte ich in der Hoffnung hinzu, meine Entschlossenheit zu dokumentieren. Ich druckte den Brief zusammen mit meinem (gleichermaßen akribisch formulierten) Lebenslauf dutzendfach aus, klaute ein paar Columbia-Briefumschläge und hoffte, der offizielle Aufdruck würde Eindruck machen und einen zusätzlichen Anstoß liefern, mich ernst zu nehmen.

Aber die Briefmarken bezahlte ich selbst.

Insgesamt verschickte ich ungefähr sechzig Briefe, manche in einfachen Umschlägen, andere in denen der Uni. Ich wartete ungeduldig.

»Sechzig Briefe?!«, wiederholte meine Schwester, als ich im Lauf der Woche bei ihr zum Abendessen war. »Na, ich bin sicher, dass du *irgendwas* hörst.«

Eine Zeitlang malte ich mir immer wieder aus, wie eine E-Mail in meinem Posteingang oder eine unbekannte Nummer auf dem Handydisplay auftauchte. Aber ein Monat verging, ohne dass ich etwas hörte.

Eine Wolke der Hoffnungslosigkeit legte sich über mich.

Ich ging in die Bibliotheken und las mit beinahe religiösem Eifer Filmliteratur und Drehbücher. Ich suchte alle möglichen DVDs aus – von langsamen ausländischen Filmen über Blaxploitation-Streifen bis hin zu aktuellen Blockbustern – und sah sie auf dem Laptop in der stickigen Wohnung meiner Familie. Der Sommer zog sich hin, unerträglich feucht. Am Ende würde mir unweigerlich ein ernstes Gespräch mit meinen Eltern bevorstehen. Sie würden eine radikale Entscheidung treffen, die darauf hinauslief, dass ich Buchhaltungskurse besuchte oder nach Hongkong geschickt wurde und lernte, wie man eine chinesische Restaurantkette aufbaute. Irgendetwas würde jede Chance zunichtemachen, in die Welt der Drehbücher, Großaufnahmen und klimatisierten Empfangsbereiche mit sorgfältig platzierten *Variety*-Ausgaben vorzudringen.

Am Ende war es ein Aushang am schwarzen Brett, der zu meiner Eintrittskarte wurde. Ich entdeckte ihn in der vorletzten Woche des Sommerkurses. Ein unauffälliges Blatt an der rechten Seite der »Chancen & Events«-Ecke. Nicht in grellem Pink oder Neonblau, wie es die studentischen Gruppen benutzen, die zu 1980er-Jahre-Partys oder radikalfeministischen Lesungen einluden. Einfaches, weißes Papier, auf dem ein einziger Absatz stand.

**Vielbeschäftigte Produktionsfirma
sucht Praktikant*in für einige Monate**
Wir sind eine vielbeschäftigte Produktionsfirma in der Nähe des West Village. Wir machen Kurzfilme und haben einige lange Projekte in Entwicklung. Wir suchen eine pfiffige, enthusiastische,

hart arbeitende Person, die unserer Firma hilft, den nächsten Schritt zu gehen. Es geht um ein unbezahltes Praktikum, aber die Ausgaben können erstattet werden. Im Gegenzug lernst du eine Menge über den Alltag der Filmproduktion. Weiterbeschäftigung nicht ausgeschlossen, abhängig von Leistung und äußeren Umständen. Bitte schick deinen Bewerbungsbrief und Lebenslauf an fireflyfilms@aol.com. Danke.

Im Rückblick war es ein derart allgemeines, unspezifisches Stellenangebot, dass es jedem normalen Menschen dubios erschienen wäre. Wer steckte hinter Firefly Films? Gab es die Firma überhaupt? Woher sollte ich wissen, dass es kein mieser Trick war?

Ich sah auf das weiße Blatt und las es zum zweiten Mal. Zum dritten Mal.

Ich weiß nicht, wann es dort aufgetaucht war, aber zu der Zeit kam ich mehrmals täglich am schwarzen Brett vorbei, es wäre mir sicher aufgefallen. Wer hatte es aufgehängt? Ich sah mich um, aber außer mir war niemand im Seminar. Leere Schreibtische und das permanente Summen der Klimaanlage, Plakate, die im Luftzug flatterten.

Ich griff zu einem Notizblock, schrieb die E-Mail-Adresse auf und wollte schon weitergehen.

Dann drehte ich mich wieder um, trat näher an das schwarze Brett heran und überflog den Abschnitt ein weiteres Mal. Vor meinem geistigen Auge sah ich mich mitten im Büro der Produktionsfirma sitzen, ringsum klingelnde Telefone, auf dem Schreibtisch ein Stapel von Drehbüchern, die darauf warteten, von mir gelesen zu werden. Mein Puls ging schneller.

War es nötig, dass noch andere Leute dies anschauten?

Ich sah mich noch einmal um, ob ich auch wirklich allein war. Dann nahm ich das Blatt vom Brett ab, faltete es zusammen und steckte es in die Tasche.

Still und zufrieden drückte ich die Heftzwecke wieder in den Kork.

Dieses letzte Detail spare ich Thom gegenüber aus – wie ich den Zettel vom schwarzen Brett nehme und fremden Blicken entziehe. Schließlich ist es für die Geschichte, die *ihn* interessiert, nicht so wichtig. Aber so fängt es an. Mit diesem Abschirmen von nützlichen Informationen, der zielstrebigen Verfolgung eigener Interessen und der ständigen Angst, die anderen könnten schneller am Ziel sein.

Eine unangenehme Mischung aus Schuldgefühlen und Euphorie hielt meinen Magen in Aufruhr, als ich an jenem Tag die Uni verließ. Ich fühlte mich schlecht, aber auf gute Art. Wie ein Kind, das im Laden an der Ecke Bonbons gestohlen hat. Man ist erregt, weil man nicht erwischt wurde, und schämt sich gleichzeitig, weil man Mr Kim oder Rahman oder Lopez bestohlen hat, den man praktisch sein Leben lang kennt.

Aber in diesem Fall, argumentierte ich innerlich, hatte ich niemandem etwas weggenommen. Der Zettel hatte in der Columbia School of Arts öffentlich ausgehangen, für alle sichtbar. Ich hatte ihn nur etwas früher abgenommen.

Im Rückblick muss ich über das moralische Dilemma lachen, in dem ich mich mit Anfang zwanzig sah. Diese jugendliche Unerfahrenheit, diese Suche nach ethischer Relevanz in jeder Kleinigkeit, die wir tun.

Denn wo liegt der Unterschied zu der Art, wie das komplette Filmbusiness funktioniert? Meistens gibt es nicht mal ein schwarzes Brett. Dann reicht ein Anruf, eine Textnachricht zwischen zwei Personen: Such eine junge, ambitionierte Person. Es gibt so viele von uns, die vor den Mauern dieser Welt herumstreifen und die Nasen ans Fenster drücken. Wir sind austauschbar.

Gilt das nicht auch hier? Wie viele naive Nachwuchsreporter und Vlogger würden keinen Mord begehen, um sich einen Weg in diese geheiligten zweiundfünfzig Etagen journalistischer Integrität zu bahnen?

Ich frage Thom Gallagher nicht, denn für ihn ist dieser Aspekt irrelevant.

Er hat sein Feld schon abgesteckt, und das im Alter von siebenundzwanzig. Wahrscheinlich werden ihm die Nominierungen für den Pulitzerpreis entgegenfliegen, ein Angebot als Moderator eines Nachrichtenmagazins im Fernsehen oder für ein Titelbild auf der *GQ*. Aber auf einen wie ihn kommen Tausende von uns, die darauf hoffen, zu den Jungstars zu gehören, zu den »Dreißig unter dreißig«, den »Vierzig unter vierzig«.

Es gibt keine »Fünfzig unter fünfzig«-Listen. Denn wenn wir es bis dahin nicht geschafft haben, sind wir in dieser Welt wahrscheinlich falsch.

Wie ist es also dazu gekommen, dass ich dieses Reich der Seligen betreten durfte? Ein Kind von Immigranten aus Hongkong, das auf den überfüllten, schmutzigen Straßen von Flushing aufgewachsen ist?

Eines Morgens stand ich auf einem Bürgersteig im Meatpacking District, nicht weit vom West Village, und klingelte bei Firefly Films im zweiten Stock. Dann stieg ich die nackte Betontreppe hoch und betrat eine von natürlichem Licht durchflutete umfunktionierte Industriefläche. Ein Gewirr aus Metallrohren zog sich an der hohen Decke entlang. An den Backsteinwänden hingen riesige Poster mit den lächelnden Leinwandgöttinnen der 1950er Jahre. Marilyn, Rita, Grace.

Eine Frau mittleren Alters, schlank und sehr gepflegt, kam auf mich zu. Das Klappern ihrer Stöckelschuhe hallte von den Wänden des höhlenartigen Raums wider. »Du musst Sarah sein«, sagte sie mit warmer Stimme.

»Ja, die bin ich«, antwortete ich und versuchte, enthusiastisch, aber nicht jugendlich-überschwänglich zu klingen.

»Schön, dich kennenzulernen. Ich bin Sylvia Zimmerman. Bitte, setz dich doch.« Sie deutete auf ein Sofa in der Ecke, das aussah, als hätte irgendjemand drei karottenfarbene Kissen ziemlich instabil auf einem eckigen Metallrahmen deponiert. Sylvia setzte sich mir gegenüber in einen kugelförmigen Sessel.

Wir tauschten Höflichkeiten aus und unterhielten uns über Filme. Welche hatte ich mir in letzter Zeit angesehen? Was hatte mir an diesen Filmen gefallen?

Ich hatte damit gerechnet, dass sie eine dieser schmerzhaften, speziell für Vorstellungsgespräche entwickelten Fragen stellen würde. (»Wo sehen Sie Ihre größte Schwäche?« – »Beschreiben Sie eine Situation, in der Sie ein unvorhergesehenes Hindernis überwinden mussten.«) Aber nichts davon kam. Es ging nur um allgemeines Geplauder und darum, was von mir erwartet wurde. Jeden Tag ab 9.30 Uhr im Büro zu sein, mich auf wechselnde Aufgaben einzustellen, nach zwei Wochen sollte eine Lagebeurteilung folgen. Ich würde nicht bezahlt, aber die Firma käme für meine MetroCard auf. Wann ich anfangen könne?

Ich starrte sie mit offenem Mund an. Immerhin hatte sie meinen Lebenslauf ausgedruckt und gab einen beiläufigen Kommentar dazu ab. (»Wie es aussieht, hast du eine Menge praktische Erfahrung gesammelt und bist sehr an Film interessiert.«) Aber was sollte das? Wurde ich so problemlos in den Club gelassen?

Offenbar schon. Solange ich nicht mit Bezahlung rechnete.

»Ähm, wie wäre es mit Donnerstag?«, fragte ich, wobei ich buchstäblich einen beliebigen Tag herauspickte.

»Oh, fantastisch, dann sei doch einfach um 11 Uhr hier.«

»Das müsste klappen ... Ich muss nur noch ein paar Dinge regeln, bevor ich es endgültig zusagen kann«, sagte ich.

Ich hatte nur einen Punkt vergessen, nämlich meinen Eltern von diesem Praktikum – vor allem von der fehlenden Bezahlung – zu erzählen.

»So! Ich hab den Job!« Auf dem Weg unter der stillgelegten Bahnstrecke, aus der Jahre später die High Line werden sollte, lieferte ich Karen einen atemlosen Bericht übers Handy. Ich wusste, dass sie arbeitete, aber ich schrie meine Begeisterung hinaus, meine Stimme hallte von der stählernen Haltestelle über mir wider.

»Ich glaub's nicht. Glückwunsch!«, zwitscherte Karen. Im Hintergrund hörte ich die nervenden Telefone und die allgemeine Geräuschkulisse eines Großraumbüros. Mein Herz schien vor Freude zu platzen. Bald würde auch ich an einem geschäftigen Arbeitsplatz sitzen und meinen Platz in der Welt bestätigt sehen. »Ich hab dir doch gesagt, dass sich etwas ergeben würde. Sind die Leute cool?«

»Cool? Ja.« Auf jeden Fall cooler als in einer Buchhaltungsfirma. Ich wechselte den Ohrknopf auf die andere Seite, als ich an einer Baustelle mit quälend lauten Bohrarbeiten vorbeieilte. Warum wurde in Lower Manhattan ständig gebaut? Die Stadt hörte nie auf, sich zu erneuern.

»Aber, ähm, sie zahlen mir nichts. In dem Sinne ist es also kein *richtiger* Job«, fügte ich hinzu. »Eher ... eine Chance.«

»Eine Chance, hm«, sagte Karen nachdenklich. In ihrer Welt aus regelmäßigen Gehaltsschecks und firmeninternen Fortbildungsprogrammen klang so etwas wahrscheinlich dubios. »Solange du glücklich bist, ist es das, was zählt, stimmt's?«

»Ja, ich bin glücklich.« Vor der nächsten Frage geriet ich allerdings ins Stocken. »Es ist nur ... Was meinst du, wie Mom und Dad reagieren?«

Ich hörte, wie sie tief einatmete. »*Das* kann ich dir nicht sagen.«

Natürlich konnte sie es nicht sagen. Weil Karen, im Gegensatz zu mir, immer tat, was von ihr erwartet wurde. Jede Entscheidung, die *ich* traf, führte bei meinen Eltern unmittelbar zur Enttäuschung.

»Es ist was? Ein unbezahltes Praktikum?« Verständnislos sahen meine Eltern mich beim Abendessen an.

Es war ein heißer, stickiger Abend, kein Luftzug war zu spüren. So gut wie möglich unterdrückte ich meinen Ärger darüber, dass meine sparsame Mom die Klimaanlage mal wieder nicht eingeschaltet hatte.

»Sie zahlt mir die MetroCard«, bemerkte ich.

Meine Mutter war nicht beeindruckt. »Sie will also, dass du Vollzeit für sie arbeitest, aber ohne Bezahlung?«

»Das nennt man Berufserfahrung sammeln.«

»Aber im Beruf geht es doch darum, dass man für jemanden arbeitet, der einen bezahlt. Das ist die einzige Erfahrung, die du brauchst.«

»Ich habe *so* viele Stunden im Restaurant gearbeitet, und das über Jahre. Das Geld hätte nicht mal fürs Existenzminimum gereicht.« Ich hatte meinen Eröffnungszug gemacht. Aus irgendeinem Grund ging mir die Kampagne an der Uni durch den Kopf, bei der Studierende vor dem Haupteingang campiert hatten, um den Kampf des Putz- und Cafeteriapersonals für eine zum Leben ausreichende Bezahlung zu unterstützen.

»Das ist etwas anderes«, sagte Mom. »Es bleibt innerhalb der Familie. Außerdem wohnst du bei uns und zahlst nicht für Miete und Essen.«

Ich versuchte es anders. »Ich habe seit dem Kindergarten Hausaufgaben gemacht. Dafür bin ich auch nicht bezahlt worden.«

»Das ist auch nicht dasselbe. Damals hast du gelernt, damit du einen Abschluss machen kannst und nach der Uni einen guten Job bekommst. Einen Job, der auch bezahlt wird.« Meine Mutter warf mir einen finsteren Blick zu.

»Na ja, jetzt geht es aber auch ums Lernen«, konterte ich. »Nur dass ich lerne, wie das Filmgeschäft funktioniert.«

Meine Mutter hatte die Stirn in Falten geworfen und brummte

abfällig. In diesem Moment kam sie mir mit ihrem Akzent und ihrer unnachgiebigen Haltung wie die Karikatur einer zornigen chinesischen Mutter vor. Innerlich schämte ich mich noch mehr, nach außen reagierte ich mit Wut.

»Wai-Lin«, versuchte mein Dad ihr gut zuzureden. »Wir leben in einer anderen Welt, hier haben die Amerikaner das Sagen. Sie regeln die Dinge auf ihre eigene Art und Weise. Du kannst nicht erwarten, dass sie Sarah sofort einstellen, ohne dass sie auch nur einen Tag für sie gearbeitet hat.«

»Was willst du überhaupt im Filmgeschäft?«, fragte meine Mutter. »All diese Entertainer. Das ist kein respektabler Beruf.«

Machst du Witze?, hätte ich am liebsten gefragt. Wo warst du während meiner Kindheit, als ich mir jedes Jahr die Oscar-Zeremonie angeschaut habe? Hast du nie die ganzen Filmbücher bemerkt, die ich in der Bibliothek ausgeliehen und auf dem Couchtisch gestapelt habe? Oder dass ich fast jeden Film aufgenommen habe, der im Fernsehen lief, und die VHS-Kassetten akribisch beschriftet habe?

Aber ich hielt den Mund, stattdessen redete Dad.

»Wai-Lin, du bist zu altmodisch. Die jungen Leute von heute … Keiner will Buchhalter werden, sie wollen alle Filmstars sein.«

Das versetzte meine Mutter noch mehr in Aufregung. Gereizt ließ sie ihre Essstäbchen fallen.

»Du willst Filmstar werden? Warum haben wir dich auf die Columbia geschickt, wenn du Filmstar werden willst?«

»Ich will nicht vor die Kamera«, versuchte ich zu erklären.

»Was willst du dann? Was willst du in deinem ›Praktikum‹ lernen?«

»Alles andere«, sagte ich. »Alles, was hinter den Kulissen passiert. Wie Filme entstehen. Wie aus dem Drehbuch das wird, was du auf der Leinwand siehst.«

Verwirrt schüttelte meine Mutter den Kopf. »Das ist kein richtiger Beruf.«

»Und ob«, antwortete ich. »Millionen Menschen arbeiten in der Filmindustrie.«

»Es ist kein Beruf, für den *ich* dich erzogen habe.«

Sie atmete schwer aus. Oberhalb ihres Nasenrückens erschienen zwei tiefe Falten, ein unfehlbares Signal für ihre Enttäuschung.

Ich veränderte meine Sitzposition und nahm das Bein vom Plastiküberzug des Stuhls, an dem es wegen der Feuchtigkeit geklebt hatte.

»Pass mal auf«, sagte ich. »Lass uns einen Deal machen.«

So saß ich da und versuchte, mit meinen Eltern zu verhandeln. Wie viele von uns haben so etwas nicht gemacht? Einen Kompromiss zwischen ihren Regeln und unseren Sehnsüchten ausgehandelt? Es ist unser erster Vorstoß in die Erwachsenenwelt, eine kleine Annäherung an das, was wir erstreben. Wenn es uns irgendwie gelingt, an diesem Hindernis vorbeizukommen, haben wir vielleicht die Chance auf ein unabhängiges Leben, das wirklich unseres ist.

Also bot ich an, in den nächsten drei Monaten jedes Wochenende im Restaurant zu arbeiten, samstags und sonntags den ganzen Tag, außerdem jeden zweiten Freitagabend. Ich war die Beste am Empfang, das wussten sie. Wenn ich unter normalen Umständen so viel für sie gearbeitet hätte, hätte ich zumindest ein bisschen Geld erhalten. Jetzt aber würde ich auf die Hälfte des Geldes verzichten, um unsere Personalkosten ein wenig zu senken.

»Hier geht es nicht um den Profit des Restaurants, Sarah«, sagte mein Dad. »Es geht um deine Zukunft, dein Leben.«

»Wir reden ja nur über die nächsten drei Monate meines Lebens«, erwiderte ich. »Ein Arrangement auf Zeit.«

Gleichzeitig wollte ich montags bis freitags Vollzeit als Praktikantin bei Firefly Films arbeiten. Ich wollte das Geschäft kennenlernen und herausfinden, ob ich dort wirklich meine Zukunft sah. Das Restaurant würde an den Wochenenden keinen Ersatz für mich suchen müssen, vielleicht würde unser Gewinn sogar höher ausfallen. In drei Monaten würden wir eine Lagebeurteilung vornehmen, sagte ich und übernahm eine Formulierung, die Sylvia am Vormittag benutzt hatte.

Meine Eltern musterten mich verblüfft, als säßen sie plötzlich in einer Verhandlung mit einer neuen Großhändlerin. Sie hatten mich noch nie so reden hören. Mir war klar, dass sie mich lieber in einem richtigen Beruf sehen würden (Ärztin, Anwältin, Wirtschaftsprüferin, Bankerin, Professorin), aber genauso klar war, dass mich das Restaurant am Wochenende brauchte. Ich fing schon an, von Sylvia zu lernen. Mach ihnen ein Angebot, das sie nicht ablehnen können.

5

»Und wie war es dann, als Sie endlich in der Branche arbeiten konnten?«

Am Anfang lief es eher schleppend, nur Sylvia und ich in diesem riesigen, fabrikartigen Büro. Aber das änderte sich schnell. Nach nicht mal einem Jahr ging es richtig los.

Ich erspare Ihnen die Einzelheiten. Für die meisten Leute klingen die Sorgen und Nöte einer kleinen Independent-Produktionsfirma nicht sonderlich spannend. Es gibt Hunderte solcher aufstrebenden Gesellschaften überall in der Welt. Die Geschichte, wie sie entstehen, sich entwickeln und in den meisten Fällen wieder eingehen, interessiert nur die Betroffenen selbst.

Ich konzentrierte mich mit vollem Einsatz auf die Firma. Jeder kleine Erfolg oder Fortschritt kam mir vor wie ein persönlicher Sieg. Okay, verdient habe ich in diesen ersten Monaten nichts. Wenn ich Sylvia fragte, ob wir nicht eine Art Vertrag abschließen sollten, ging sie darüber hinweg, als wäre es eine überflüssige Formalität. Was vor allem zählte, war die Arbeit selbst, und die Frage, ob ich gut darin war. Ich gab mir alle Mühe, meine Eignung zu beweisen, und zog mein Selbstbewusstsein daraus, wie gut ich die mir übertragenen Aufgaben bewältigte: Telefongespräche anzunehmen, mir die geschäftlichen Kontakte von Firefly einzuprägen und – als ich nach ein paar Wochen eigene Schlüssel bekam – das Büro auf- und abzuschließen. Ich wollte Teil des Wunders »Filmemachen« werden. Durch diese kleinen, alltäglichen Aufgaben hoffte ich, dem Wunder in kleinen Schritten näher zu kommen.

Gierig saugte ich jede kleinste Erfahrung auf, wie ein Schwamm in einem riesigen Ozean. Am allerersten Tag bei Firefly erhielt ich den Auftrag, Ordnung in die vielen Manuskripte zu bringen, die Sylvia von verschiedenen Agenturen zugeschickt bekommen hatte. Ich schrieb die Titel mit schwarzem Marker auf die Rücken sämtlicher Drehbücher und stellte sie so ins Regal, dass die Titel sofort lesbar waren.

Ich konnte kaum fassen, dass es echte Drehbücher waren, die von großen, glanzvollen Agenturen in schimmernden Glastürmen stammten. Wörter, die sich eines Tages vielleicht in bewegte Bilder verwandeln und auf eine Leinwand projiziert würden, beim Tribeca Film Festival, in einem Multiplex in Kansas oder einem Einkaufszentrum in Japan. Die bei Scharen ganz unterschiedlicher Menschen Lachen, Weinen oder Adrenalinschübe auslösen würden.

Am liebsten hätte ich Tag für Tag nichts anders getan als Drehbücher zu lesen, was dummerweise nicht mein Job war. Die Mehrzahl dieser von mir sortierten und beschrifteten Manuskripte war überschüssiger »Schrott«, von den Autoren oder Agenturen in der vagen Hoffnung geschickt, wir würden trotz allem etwas Wertvolles in ihnen entdecken.

Nein, am Anfang wurde ich nur für reine Verwaltungsaufgaben gebraucht. Organisieren, Ablegen, Protokollieren. Drehbücher ausdrucken, binden und beschriften. Eine Ivy-League-Ausbildung war dafür kaum nötig, nicht mal ein beliebiger Collegeabschluss. Ich hätte diese Arbeit auch gleich nach der Highschool erledigen können. Aber ich nutzte die Mittagspausen, um Drehbücher zu lesen, manchmal borgte ich auch welche aus und nahm sie mir im Expresszug auf dem Rückweg nach Flushing vor. Binnen einiger Monate hatte ich fast alle Manuskripte in unserem Büro gelesen, den ganzen »überflüssigen Schrott«. Ich begriff, dass sie deshalb abgelehnt worden waren, weil sie nicht besonders gut waren.

Die wichtigen Manuskripte waren die Titel, die Sylvia erwähnte, wenn sie sich mit Leuten aus Agenturen oder anderen Produktionsfirmen getroffen hatte. Meist leitete sie mir eine E-Mail mit einer knappen Anweisung weiter (»Bitte ausdrucken & zum

Lesen binden«) – dann war mir klar, dass das jeweilige Drehbuch etwas Besonderes hatte, dass wir es ernst nehmen mussten.

Einmal beging ich den Fehler, Sylvia zu erzählen, dass ich einen dieser Texte gelesen hatte. Daraufhin fuhr sie mich in scharfem, wütendem Ton an: »Ich habe nicht *erlaubt*, dass du es liest. Es ist vertraulich.«

»Oh, tut mir leid.« Ich war verblüfft, weil ich nicht wusste, was ich falsch gemacht hatte. Denn natürlich hatte ich beim Ausdrucken und Binden eines Drehbuchs die Möglichkeit, hineinzuschauen. Es schien mir keinen Sinn zu ergeben. Von diesem Moment an hielt ich jedenfalls den Mund. Ich las die neu hereinkommenden Drehbücher weiterhin, sagte Sylvia aber kein Wort davon.

Das ist das Verzwickte, wenn man als Assistentin arbeitet. Man muss lernen, wo die Grenzen liegen. Man ist für XYZ verantwortlich, darf den Blick aber nicht nach links und rechts schweifen lassen, so neugierig man auch ist. Und man darf die Chefin niemals gegen sich aufbringen.

Ungefähr zu dieser Zeit las ich ein Buch darüber, wie man es zur Assistentin oder zum Assistenten in Hollywood bringt. Regel Nummer eins besteht darin, sich unentbehrlich zu machen. Sobald die Chefin merkt, dass sie ohne einen aufgeschmissen wäre, ist man in der Position, interessantere Arbeiten an Land zu ziehen.

Nach einer ganzen Weile war es dann so weit. Ich hatte jede Woche vierzig Stunden in ihrem Büro verbracht, hatte Anrufe entgegengenommen, ihre Akten und die Onlinedatenbank auf Vordermann gebracht, all die verschiedenen Menschen begrüßt, die zu Arbeitsessen auftauchten. Ich hatte ihr Vertrauen gewonnen, sie hatte bemerkt, dass ich zu mehr in der Lage sein könnte als zu simplen Verwaltungstätigkeiten. Jedenfalls gestattete sie mir tatsächlich, einen Blick auf ein Manuskript zu werfen. Es war gerade vom Agenten von Xander Schulz geschickt worden, sie bat mich ums übliche Ausdrucken und Binden.

Ich hatte Sylvia so oft den Namen Xander erwähnen hören, dass ich neugierig wurde.

»Hast du was dagegen, wenn ich es lese?«, fragte ich leise.

»Klar, lies es«, antwortete Sylvia ganz nonchalant. »Sag mir, was du davon hältst.«

Am nächsten Morgen kam ich mit zwei Seiten Anmerkungen, die ich mitten in der Nacht eifrig in meinen Laptop getippt hatte. Heute, als routinierte Profis, lachen wir vielleicht darüber, wie verzweifelt ich mich damals bemühte, einen guten Eindruck zu machen. Aber es ging nicht nur darum, meine Chefin zu beeindrucken und auf mich aufmerksam machen zu wollen. Für mich ging es um etwas Grundsätzlicheres. Um die Liebe zur Arbeit und den unbedingten Drang, sie zu lernen. Ich wollte einen wirklichen Beitrag leisten und dafür anerkannt werden.

»Ich denke, das treibt die meisten von uns an, oder?«

Bei dieser rhetorischen Frage werfe ich Thom Gallagher einen Seitenblick zu. Aber außer einem flüchtigen Nicken entdecke ich keine Reaktion.

Nach drei Monaten kümmerte ich mich um interessantere Aufgaben. Noch immer war ich für die ganze Büroarbeit zuständig, den nervtötenden Kleinkram, der mich vor Langeweile fast zum Schreien brachte (zum Beispiel Sylvias sämtliche Quittungen zu sortieren und sie mit der Buchhaltung durchzugehen). Aber darüber hinaus durfte ich nicht nur Anmerkungen zu Drehbüchern machen, sondern auch Ideen sammeln, nach Finanzierungsmöglichkeiten recherchieren und E-Mails an Agenturen und potenzielle Co-Produzenten entwerfen.

Außerdem verdiente ich endlich ein bisschen Geld. Nicht genug, um für den Fall, dass ich aus der Wohnung meiner Eltern in Flushing auszog, wirklich meinen Lebensunterhalt zu decken. Aber immerhin so viel, dass meine Eltern ihre Unzufriedenheit mit meiner Berufswahl weitgehend für sich behielten. Zum Jahreswechsel schien es, als liege die Gefahr eines drastischen elterlichen Eingreifens hinter mir. Karen und ich atmeten erleichtert auf. Ich durfte sogar mit der Arbeit im Restaurant aufhören, von gelegentlichen Wochenendschichten abgesehen.

Sylvia überraschte mich mit einem großzügigen Weihnachtsgeschenk: einer Jahresmitgliedschaft in der Lincoln Center Film Society und einem 100-Dollar-Geschenkgutschein für Saks Fifth Avenue – einem Kaufhaus, dem ich schon viele Besuche abgestattet, der abschreckenden Preise wegen aber nie etwas gekauft hatte.

Kauf dir was Schönes für den Winter!, hatte Sylvia in ihrer schrägen, eleganten Handschrift auf die beiliegende Karte geschrieben.

Von dieser unerwarteten Wohltat überrascht, wartete ich die nachweihnachtlichen Sonderangebote ab und kaufte einen luxuriösen, handgestrickten Kaschmirschal aus dickem goldenem Stoff, der mir überall Komplimente einbrachte. Ich trage ihn bis heute.

Meine Eltern waren von Sylvias Großzügigkeit beeindruckt. Ich erzählte ihnen nicht, dass ich in unseren Buchhaltungsunterlagen entdeckt hatte, dass mein Weihnachtsgeschenk als Betriebsausgabe verbucht worden war.

Ich wurde auch zu Sylvias alljährlichem Weihnachtsumtrunk eingeladen, der an einem kühlen Dezemberabend in ihrem Brownstone-Haus in der Upper East Side stattfand. Ich hatte ihr bei der Gästeliste geholfen und bestimmt hundert Einladungen verschickt, unterstützt von Sylvias zehnjähriger Tochter Rachel, die glücklich die Laschen der Umschläge anleckte, neben mir saß und von den Büchern erzählte, die sie zuletzt gelesen hatte. Die Partygäste waren eine Mischung aus Freunden, Bekannten und besonders geschätzten beruflichen Kontakten: Filmemacher, Werbeleute, Schauspielerinnen, Presseleute, Fotografen, Produktionsleiterinnen. Als ich diesen Profis von Angesicht zu Angesicht gegenüberstand, war ich überrascht, wie locker ich mich mit ihnen unterhalten konnte, wie glatt die Gespräche liefen, vor allem nach meinem dritten Glas Rumpunsch.

»Ah, du musst Sylvias rechte Hand sein. Ich habe gehört, du hast gerade die Columbia abgeschlossen«, sagten mehrere Leute.

Ich nickte mit einem gewissen Stolz. Einfach dadurch, dass ich für Sylvia arbeitete, war ich zu einer Person geworden, deren Ansicht etwas zählte.

Irgendwo in der Menge entdeckte ich Xander Schulz, den angesagten Regisseur und Fotografen, dessen Werbefilme und Musikvideos Sylvia seit einigen Jahren produzierte. Er war den größten Teil des Herbstes unterwegs gewesen, eine Art verlängerter Urlaub, kombiniert mit Modeaufnahmen in Bali, Australien und auf Fidschi. Aber jetzt war er zurück, um sich auf ein Spielfilmdrehbuch zu stürzen, das er entwickelt hatte.

An jenem Abend sah er einmal in meine Richtung. Ich bezweifle, dass er mich überhaupt wahrnahm.

Im neuen Jahr begegnete ich Xander zum ersten Mal richtig. Bis dahin hatte ich Sylvia oft über seinen »eindrucksvollen visuellen Stil« und sein »intuitives Gespür fürs Geschichtenerzählen« schwärmen hören. Ich hatte sämtliche bisherigen Arbeiten von ihm gesehen und sein Drehbuch gelesen, das er jetzt verfilmen wollte, mit Sylvia als Produzentin. Das Buch war okay. Relativ packend, aber sicher nicht umwerfend. Diese Meinung behielt ich für mich.

Ich weiß nicht, was ich erwartet hatte, aber als Xander in unser riesiges Büro spazierte, sah er aus wie ein x-beliebiger Weißer jenseits der Dreißig, nicht besonders groß und auch sonst nicht weiter auffallend. Teure, in die Stirn geschobene Sonnenbrille. Trotzdem war er der erste Filmregisseur, den ich länger als fünfzehn Minuten beobachten konnte, was mich mit einer gewissen Ehrfurcht erfüllte. Schließlich musste dieses Maß an Talent und

Erfolg doch gelegentlich durchscheinen. Es konnte nicht die ganze Zeit im Verborgenen bleiben.

»Geht es um den Xander Schulz, der später den Golden Globe …«

»Ja, genau um den«, erkläre ich schroff und leicht verärgert. Es nervt mich, an Xander und seinen Golden Globe auch nur zu denken. »Dazu komme ich später.«

Thom Gallagher zieht die Augenbrauen hoch und notiert etwas auf seinem Block, vielleicht meine heftige Reaktion.

Ich ermahne mich zur Ruhe.

»Wie war die Arbeit mit ihm?«, fragt Thom.

Ich weiche der Frage ein wenig aus. »Er hatte sehr klare Vorstellungen davon, was er wollte. Und er nahm keinerlei Rat oder Vorschläge von außen an.« Ich halte inne.

»Moment … Lassen Sie mich ein bisschen über schlechte Filmregisseure erzählen.«

Das ist die Lektion, die ich meinen Studierenden schon immer gern vermittelt hätte, was ich aus Anstandsgründen aber vermieden habe.

Wie sieht Ihr stereotypes Bild eines Filmregisseurs aus? Ein schlechtgelaunter, aber visionärer Mann mit dunkler Baskenmütze, der »Cut! Cut! Cut!« brüllt.

Nun ja, in der Realität trägt er wahrscheinlich eine Baseballkappe, das Brüllen übernimmt der Erste Regieassistent, aber sparen wir uns die Details. Anscheinend haben männliche Regisseure das Vorrecht, launenhaft und schwierig sein zu dürfen, weil wir genau das von ihnen erwarten. (Ich hatte nie die Gelegenheit, mit Regisseurinnen zu arbeiten, aber das ist ein Thema für sich.)

Wenn Sie das amerikanische Publikum allerdings fragen, warum es sich einen bestimmten Film anschaut, dann meistens nicht wegen des Regisseurs (es sei denn, wir reden über jemanden wie Spielberg). Die Leute gehen wegen der Stars ins Kino, wegen dieser vertrauten, fotogenen Gesichter auf den Plakaten oder in den Trailern. Der Regisseur ist also das »künstlerische Auge«, die kreative Kraft hinter einem Film, aber er ist auf berühmte Schauspielerinnen und Schauspieler angewiesen, um überhaupt ein Publikum zu finden. Ohne Zweifel ruft es Neid hervor, wenn diese auf dem roten Teppich fotografiert, in Talkshows eingeladen oder ganzseitig in Zeitschriften abgebildet werden.

Letztlich verdankt sich die Entstehung der meisten Filme einem komplexen Aufeinanderprallen von Egos. Denn die Regisseure hängen auch in hohem Maß von den Finanziers ab, die das Geld für ein Projekt zu Verfügung stellen (wobei die Finanziers ausschließlich an berühmten Namen auf der Besetzungsliste interessiert sind). Private Finanziers sind wiederum eine ganz eigene Kategorie von Menschen. In der Regel scheren sie sich nicht um die Kunst des Filmemachens, aber sie haben über die Jahre hinweg gutes Geld verdient – im Immobilien- oder Aktienhandel zum Beispiel. Jetzt sehen sie sich plötzlich als einflussreiche Größen in einer Industrie, die sexy und glamourös wirkt.

Nehmen Sie also diesen ganzen Mischmasch von Egos und geben Sie noch den Produzenten oder die Produzentin dazu, denn das sind die Leute, die *wirklich* für das Entstehen eines Films verantwortlich sind. Und für die sich buchstäblich niemand interessiert. Wir sind die namenlosen Wesen, die nur einmal jährlich wahrgenommen werden, wenn wir den Oscar für den Besten Film in Empfang nehmen und gleich darauf wieder abtauchen. *Niemand* geht ins Kino, weil eine bestimmte Person den Film produziert hat.

Jetzt verstehen Sie die Gemengelage und die daraus resultierenden Spannungen: Wer streichelt wessen Ego? Wer betrachtet sich als hauptverantwortlich für den Erfolg des Films? Wessen Beitrag wird nach außen hin angemessen wahrgenommen? Es ist ein einziges Chaos.

»Und die Praktikanten, die Assistentinnen?«, fragt Thom Gallagher.

Wir können uns kein Ego erlauben. Wir stehen in der Hackordnung ganz unten. Komplett austauschbar.

Aber all das wusste ich nicht, als ich Xander Schulz an jenem Nachmittag in unserem Büro beobachtete. Er lehnte sich auf dem Sofa zurück und sprach über potenzielle Finanziers und die Besetzung seines Projekts *A Hard Cold Blue*. Xander saß in seiner ganzen Körperlichkeit stocksteif und selbstsicher da. Er bewegte sich kaum, als habe er nicht vor, irgendwelche Energie für kleine, unnötige Anstrengungen aufzubringen. Keinen einzigen Blick hatte er in meine Richtung geworfen, er redete nur mit Sylvia.

»Ich habe das Projekt neulich gegenüber dem Manager von Joaquin Phoenix erwähnt ...«

»Xander, eins nach dem anderen«, bremste Sylvia ihn aus. »Wir haben noch nicht genügend Finanzierungsquellen organisiert, um schon in Sachen Besetzung aktiv zu werden.«

»Na, dann organisier sie«, sagte Xander mit fester Stimme. Bei diesem knappen Kommando beließ er es.

Während der darauffolgenden Pause heftete ich weiter Akten ab und tat, als würde ich nicht zuhören. In den Monaten, die ich inzwischen bei Firefly war, hatte ich nur Meetings mit angenehmen oder gar ehrfürchtigen Gesprächspartnern miterlebt. Ich hatte nie gehört, dass jemand sich anmaßte, *Sylvia* herumzukommandieren.

»Xander, so einfach ist das nicht«, erklärte Sylvia in entschlossenem Ton. »Du weißt, wie es läuft. Meetings, Meetings, Meetings. Und diese Meetings sind effektiver, wenn du dabei bist. Schließlich bist du derjenige, der den Film inszenieren wird.«

In ihrer Stimme schwang eine kaum wahrnehmbare Portion Ärger mit.

»Ich weiß«, sagte Xander völlig unbeeindruckt.

Ich schaute zu den beiden hinüber. Xander bemerkte meinen Blick und starrte prüfend zurück. Dann wandte er sich wieder Sylvia zu.

»Was glaubt du, wie lange es dauern wird?«

»Keine Ahnung, so etwas lässt sich schwer vorhersagen …«, setzte Sylvia an.

»Ich kann aber nicht ewig warten. Ich muss diese ganzen Musikvideos machen, für die man mich haben will, und dann ist da noch diese Galerie, die mich wegen einer möglichen Ausstellung nervt.«

»Wenn dieser Film je gedreht werden soll, *musst* du dir Zeit für diese Meetings nehmen, Xander.« Sylvia, die zwanzig Jahre älter war als er, schlug einen mütterlich strengen Ton an.

»Ist das nicht *dein* Job? Und der von Andrea?« Andrea war Xanders Agentin, die ein schickes Büro ein paar Blocks Richtung Uptown besaß.

»Wenn du Andrea ins Spiel bringen willst, musst du dich an ihre Regeln halten. Zeig ein bisschen Interesse an ihren anderen Projekten. Hast du die Drehbücher gelesen, die sie dir gegeben hat?«

Xander antwortete nicht gleich. Er stürzte seinen Kaffee hinunter und sah sich im Raum um, bis sein Blick an mir hängenblieb.

»Hey«, sagte er mit etwas lauterer Stimme.

»Das ist Sarah«, erinnerte Sylvia ihn. »Sie arbeitet hier seit dem Sommer.«

»Hey, Sarah.«

Ich sah auf, überrascht, meinen Namen zu hören. Ich spürte, dass meine Wangen sich röteten, weil … Warum eigentlich? Weil ich als menschliches Wesen wahrgenommen wurde?

»Hi«, sagte ich zögerlich.

»Hast du die Drehbücher gelesen?« Xander deutete auf die

drei Manuskripte, die Sylvia vor ihm auf den Tisch gelegt hatte. *Closing Time. Serious Measures. A Hidden Shade of Anger.*

Ich warf Sylvia einen unsicheren Blick zu. Durfte ich zu erkennen geben, wie viele der Drehbücher hier ich kannte? Aber auch sie schien neugierig auf meine Antwort zu warten.

»Ja, ich hab sie letzte Woche gelesen«, sagte ich.

Xander hob die Augenbrauen, anscheinend beeindruckt, und schaute zu Sylvia hinüber. Dann wandte er sich mir wieder zu. »Wow. Anscheinend liest du eine Menge, hm?«

Ich wusste nicht, was er damit sagen wollte. Dass ich Chinesin, also ein bisschen nerdig und deswegen eine Vielleserin war? Oder einfach, dass … ich gern las?

Was natürlich der Wahrheit entsprach.

»Ja, wahrscheinlich«, sagte ich.

»Waren sie besser als mein Skript?«, fragte er.

Die Direktheit seiner Frage schockierte mich. War sie rhetorisch gemeint? Um ehrlich zu sein, fand ich *A Hard Cold Blue* einigermaßen fesselnd, aber nicht besser als die drei, die er gerade angesprochen hatte. Das konnte ich ihm natürlich nicht sagen. Abgesehen davon las ich erst seit wenigen Monaten Drehbücher. Ich traute meiner eigenen Urteilskraft nicht sonderlich.

»Nein«, log ich. »Deins fand ich origineller.«

Xander nickte zufrieden. »Gute Antwort.«

Er wandte sich wieder an Sylvia. »Siehst du? Ich inszeniere kein Drehbuch von jemand anderem. Nur mein eigenes. Also geh und such nach Geldgebern. Dafür will ich meine Zeit nicht weiter vergeuden.«

Sylvias Gesicht wurde zur undurchdringlichen Maske. »Aber du wirst diese Bücher zumindest *lesen*, okay? Wir müssen uns deiner Agentur gegenüber kooperativ zeigen.«

Xander schien ihre Frage zu ignorieren.

»Hey, Sandra.« Er schnippte mit den Fingern, sein Gesicht strahlte. »So heißt du doch, oder?«

»Sarah«, korrigierte ich ihn.

»Was ist dein Lieblingsfilm von Polanski, Sarah?«, fragte er mit ernsthafter Miene.

Kurz geriet ich in Panik. Aber schließlich war ich keine Quiz-Kandidatin. »Ähm, *Ekel*«, platzte ich heraus.

Xander grinste. Zum ersten Mal sah ich bei ihm so etwas wie ein Lächeln. »Keine schlechte Wahl.«

Wieder schnippte er mit den Fingern. »Und dein Lieblings-Kubrick?«

Kubricks Filmografie verschwamm vor meinem inneren Auge. Seine Filme waren derart verschieden, dass ich mich unmöglich für einen entscheiden konnte.

»*Wege zum Ruhm*«, sagte ich schließlich.

Xander reagierte überrascht. »Hey, hört euch das an. Eine Puristin.«

»Was denn, hast du vielleicht gedacht, ich sage *2001*?«, fragte ich sarkastisch.

»Nur Amateure sagen *2001*.« Xander blinzelte mir zu. Innerlich strahlte ich, anscheinend hatte ich den Test bestanden.

»Sarah, hast du heute Abend Zeit, eine schnelle Einschätzung dieser drei Drehbücher zu schreiben?«

Schockiert riss ich die Augen auf. Fragte er mich tatsächlich, ob ich diese Manuskripte für ihn einschätzen sollte? *Statt* ihm?

»Ähm, ich meine, klar«, murmelte ich sinnlos vor mich hin. Ich würde die Drehbücher noch einmal überfliegen müssen, was mich mindestens zwei Stunden kosten würde, bevor ich überhaupt mit dem Schreiben anfangen konnte … Das würde bis nach Mitternacht dauern, selbst wenn ich auf dem Heimweg schon anfing.

»Könnten wir gleich morgen früh ein paar Kommentare dazu bekommen?«

»Ähm …« Ich fühlte mich wie ein junges Reh im Scheinwerferlicht. Unsicher, ob das blendende Licht vor meinen Augen mich auf eine höhere Existenzstufe heben oder mir einen blutigen, schmerzhaften Tod bescheren würde.

Ich sah zu Sylvia hinüber, die Xander einen bösen Blick zuwarf.

»Meine Güte, Xander. Bist du *so* faul?«

»Ich bin nicht faul. Nur ... effizient. Ich will diese Bücher nicht inszenieren, und Sarah will etwas lernen. Ich meine, es ist nur eine Formalität, oder? Niemand hätte irgendetwas davon, wenn ich sie lese.«

»Klar, aber Sarah ist nicht *du*.«

»Natürlich nicht.« Xander grinste selbstgefällig. »Aber *du* vertraust ihren Anmerkungen zu den Büchern, oder?«

»Schon.« Sylvias Miene wurde weicher, sie sah mich an.

»Wofür bezahlen wir sie dann, wenn nicht dafür, die Drehbücher für mich zu lesen?«

Beinahe flüsternd fügte er hinzu: »Denn wir *bezahlen* Sie doch, oder?«

Ich war eher amüsiert als beleidigt.

»Ich kann das machen«, meldete ich mich zu Wort. »Und ja, ich werde bezahlt.«

Beide drehten mir die Köpfe zu und zogen die Augenbrauen hoch. Sylvia wirkte erleichtert.

»Ich kann die drei Manuskripte lesen«, versicherte ich. »Und zu jedem ein paar Notizen machen. Ich mache das gern.«

»Bist du sicher?«, fragte Sylvia. Sie zweifelte weder an meinen Fähigkeiten noch an meinem Enthusiasmus. Das Unbehagen in ihrer Stimme musste an etwas anderem liegen, an einer leichten Verschiebung der Beziehungen. Das Gespräch lief anders, als sie beabsichtigt hatte.

Ich zuckte die Achseln. »Klar, du kennst mich doch. Drehbücher lesen macht mir Spaß.«

Xander strahlte über seinen genialen Schachzug.

»Schön, schön, schön. Ein Mädel nach meinem Geschmack.«

Diesen Satz sollte ich in Bezug auf Frauen noch oft von ihm hören, er warf damit geradezu um sich. Aber es funktionierte. Er warf Sylvia einen anerkennenden Blick zu und deutete mit dem Kopf in meine Richtung. »Ist sicher hilfreich, sie in der Nähe zu haben.«

Das war meine erste Begegnung mit Xander Schulz.

6

Wie Xander bald herausfinden sollte, war es tatsächlich nützlich, mich in der Nähe zu haben. Natürlich war ich nicht wie die Frauen, an die er gewöhnt war. Im Laufe der Monate merkte ich, dass er oft in Begleitung irgendwelcher sehr hübscher, schlanker Frauen auftauchte, oft waren es Models. Ich hatte weder elegante Gesichtszüge, noch trug ich Designerklamotten oder makelloses Make-up. Ich präsentierte meine spindeldürre Figur in seiner Gegenwart nicht auf eine bestimmte Art und Weise, gurrte nicht bei jeder seiner Bemerkungen und lachte nicht ständig über seine Witze. Andererseits war ich auch nicht wie Sylvia oder seine Agentin Andrea, die beide älter, abgebrüht und geschäftsmäßig waren. Sie überschütteten ihn mit Komplimenten, scheuten sich aber auch nicht, sein Ego gelegentlich in die Schranken zu weisen – auch das immer im Dienst des Ziels, das Podest, auf dem Xander ohnehin schon stand, noch ein wenig höher zu schrauben.

Ich war jung, aber nicht dumm. Das war unübersehbar. Nach und nach lernte Xander meine Meinung über Drehbücher zu schätzen, auch wenn er mir das niemals direkt gesagt hätte.

Xander Schulz hatte etwas beinahe Reptilienhaftes an sich. Wenn man ihn über längere Zeit hinweg beobachtete, wirkte es fast, als würde er sich überhaupt nicht bewegen, vom gelegentlichen unvermeidlichen Blinzeln der schweren Lider einmal abgesehen. Er präsentierte ein Pokerface, gab wenig von seinen Gefühlen preis, behielt sein Gegenüber und die Umgebung ständig im Auge. Dann plötzlich – wie eine Eidechse, die aus der Erstarrung erwacht – konnte er lebendig werden, ein entwaffnendes Grinsen zeigen oder auf einnehmende Art sein Charisma aufblitzen lassen. Oft schlug er aus dieser Fähigkeit Kapital, zog Geldgeber und Schauspielerinnen auf seine Seite, Agenten, die er von seiner künstlerischen Vision überzeugen wollte. Aber häufig saß er einfach wortlos im Hintergrund und trug wenig zum Gespräch bei, während andere schufteten, um seine Vorstellungen Realität werden zu lassen.

Je länger ich mit Xander zusammenarbeitete, desto mehr kam ich dahin, seine Unbeirrbarkeit widerwillig zu respektieren, die absolute Fokussierung darauf, die eigene Vision – und nur die – auf die Leinwand zu bringen. Egal ob man es mit dem einnehmenden, lebhaften Xander zu tun bekam oder mit der stillen, mürrischen Ausgabe, sein Verhalten wirkte immer berechnend, von der Einschätzung gelenkt, ob man wichtig genug war, um einen gewissen Aufwand an Energie zu rechtfertigen.

Aber hinter diesen wachsamen Augen arbeitete ein Geist, der jede Einstellung in jedem einzelnen Film von Polanski und Peckinpah gespeichert hatte, jede Marotte beim Schnitt eines Nicolas-Roeg-Films. Sein visuelles Vokabular war frappierend. Anscheinend hatte er immer eine klare Vorstellung davon, wie die Kamera sich durch den Raum bewegen, ihn einfangen und für das Publikum in etwas Dynamisches, Fesselndes verwandeln konnte.

Vielleicht betrachtete er Menschen und Situationen auf dieselbe Art: dass es darum ging, sie auf die für ihn nützlichste Art und Weise zu arrangieren. Ich malte mir aus, dass er beim Sex mit seinen Supermodels die halbe Zeit damit beschäftigt war, sich die richtige Kameraeinstellung für ihren nackten Körper auszumalen – der einzige Weg, seinen filmischen Blick zu befriedigen.

Aber es war grundsätzlich *seine* Perspektive, die letztlich zählte, seine imaginäre Kamera, die das Licht und die Perspektiven nutzte, um einen die Welt so sehen zu lassen, wie *er* es wollte. Vielleicht war das typisch für einen Mann, der mindestens zwanzig Jahre seines Lebens darauf hingearbeitet hatte, Filmregisseur zu werden. Der gewusst hatte, dass er es irgendwann auf diesen ikonischen Stuhl mit der Rückenlehne aus Leinwand schaffen und mit einem bloßen Kopfnicken die Geschicke einer ganzen Produktion leiten würde.

Xander bat mich häufig, für ihn ein Drehbuch zu lesen, ich ergriff die Chance dankbar. Solche Angebote lehnte man in diesem Geschäft nicht ab. Wenn man in dieser Welt weiterkommen will, sagt man niemals Nein. Man sagt grundsätzlich Ja.

Da sieht man, zu welch frühem Zeitpunkt die Fallstricke lauern.

In künstlerischer Hinsicht waren Xander die eigenen Schwächen bewusst, auch wenn er sie gegenüber niemandem eingeräumt hätte. All seinem visuellen Talent zum Trotz war ihm wahrscheinlich klar, dass er nicht besonders gut darin war, über Gefühle und Beziehungen zu schreiben. Seine Figuren blieben oft zweidimensional, hatten kaum etwas Interessantes zu sagen. Das galt vor allem für die weiblichen Figuren, die in seinen ersten Drehbüchern ausschließlich als Liebesobjekte der Männer eine Rolle spielten. Sie wurden unweigerlich als »Anfang zwanzig und wunderschön« beschrieben und hatten sich spärlich bekleidet in standardisierte Actionszenen zu stürzen.

Nur wenige Menschen haben seine allerersten Drehbücher gelesen, aber ich entdeckte auf dem seifenblasenförmigen, durchsichtigen iMac, den ich von Sylvia geerbt hatte, eine Datei mit dem Namen »Xander Skripte«. Als ich sie öffnete und das Datum sah, den Namen auf den Titelseiten, wurde mir klar, dass es sich um Xanders früheste Drehbuchversuche handelte.

Beim Lesen begriff ich, warum sie nirgends erwähnt wurden. Um es auf den Punkt zu bringen: Sie waren ausgesprochen unoriginell. Ich fand die Kluft zwischen seinem extremen Selbstbewusstsein und ihrer Dumpfheit verblüffend.

Im Vergleich zu damals hatten seine Bücher sich enorm verbessert, aber sie waren immer noch alles andere als perfekt.

Das wurde mir klar, als ich *A Hard Cold Blue* zum ersten Mal las. Ich druckte es zusammen mit Xanders Biografie aus, die wir potenziellen Interessenten zusammen mit einer VHS-Kassette mit Ausschnitten aus seinen Werbefilmen und Musikvideos zukommen ließen. Ebenjenes Paket, das wir in den letzten Monaten mit wenig Erfolg an mögliche Geldgeber verschickt hatten.

»Ich kapiere es nicht«, nörgelte Xander eines Nachmittags. »Ich meine, alle wirken total enthusiastisch, aber dann kommen sie plötzlich mit irgendeinem Vorwand, warum sie sich nicht beteiligen wollen. *Oh, das ist nichts für uns.* Glaubst du, die haben mein Buch überhaupt *gelesen*?«

Komm schon, Xander, dachte ich. *Als ob du immer die Drehbücher lesen würdest, die du lesen müsstest.*

Sylvia schob ihre randlose Brille hoch und tippte sich mit einem burgunderroten Fingernagel auf die Unterlippe. »Vielleicht müsste das Exposé mal überarbeitet werden.«

Sie sah mich an. »Sarah, wie findest du das Exposé von Xanders Manuskript? Hast du das Gefühl, es fasst die Story gut zusammen?«

»Es ist ein bisschen ...« Ich suchte nach dem richtigen Wort. Es sollte nicht beleidigend klingen, schließlich war es möglich, dass Xander oder Sylvia dieses Exposé geschrieben hatten. Allgemein? Farblos? Wie eine Beschreibung des letzten Videospiels für Sega Mega Drive?

»Es funktioniert nicht, stimmt's?«, fragte Xander.

»Ich denke, man könnte es anders formulieren«, schlug ich diplomatisch vor.

»Willst du es mal versuchen?«, fragte Sylvia.

»Ich?«, fragte ich, nur um sicherzugehen. Ich war hocherfreut, wollte aber nicht allzu enthusiastisch klingen. Außerdem – ich war gerade zweiundzwanzig – war ich nicht sicher, ob ich den Text wirklich besser machen konnte.

»Xander, wäre es okay für dich, wenn Sarah eine Neufassung des Exposés versucht?«, fragte Sylvia in sanftem Ton.

Er zuckte die Schultern und warf mir einen gelangweilten Blick zu. »Klar, warum nicht?«

Ein Exposé ist dazu gedacht, Agentinnen, Schauspieler und Leute aus der Industrie zum Lesen des eigentlichen Drehbuchs zu ködern. Es zu schreiben, ist eine Kunst für sich, so wie es eine Kunst ist, sich die griffigen Slogans für die Filmplakate auszudenken. (*Ein Mann. Eine Mission. Eine unmögliche Deadline.*)

Das Problem ist Folgendes: Wenn man ein wirklich spritziges Exposé hat und das eigentliche Drehbuch die Erwartungen nicht erfüllt … Nun ja, dann hat man enttäuschte Leser. Und Leute, die lieber die Finger von der Finanzierung lassen.

Die Neufassung des Exposés (die zum Erfolg wurde) führte am Ende dazu, dass ich auch das komplette Drehbuch überarbeitete. Ich ging nicht so weit, die Final-Draft-Software zu benutzen, Xanders Zeilen zu löschen und durch meine eigenen zu ersetzen. Eine solche Einmischung würden jeden Filmmacher auf die Palme bringen, erst recht einen so von sich eingenommenen wie Xander.

Stattdessen tippte ich in der großen Tradition unterschätzter Script Editors detaillierte Anmerkungen, eine zehnseitige Aufstellung mit möglichen Verbesserungen. Meine Vorschläge versteckte ich zwischen Lobhudeleien über die Aspekte, die mich beeindruckt hatten. Immer wieder hob ich hervor, dass ein paar *winzige* Änderungen helfen würden, Charakterzeichnung und Plot *noch* überzeugender wirken zu lassen.

Um ehrlich zu sein, ging es nicht um winzige Änderungen, sondern um größere Eingriffe in die Story, um einen noch düsterer und realistischer wirkenden Grundkonflikt auf der Basis gesellschaftlicher Korrumpierung und Gleichgültigkeit. Vielleicht war es zu dreist, Xander mit solchen Vorschlägen zu kommen.

Ich wand mich vor Bedenken, als ich meine E-Mail an Sylvia schließlich abschickte.

»Schick deine Anmerkungen zuerst an mich«, hatte sie gesagt. »Du weißt ja, wie Xander ist. Was seine Arbeit betrifft, kann er sehr empfindlich sein, auch wenn er das nie zugeben würde.«

Sylvia war also meine erste Testperson. Was wäre, wenn sie meine Vorschläge schrecklich fand? Wenn sie mich rasend vor Wut anrief und mir sinnlose Grausamkeit gegenüber ihrem besten Pferd im Stall vorwarf? Oder, was noch schlimmer wäre, mangelnde Urteilskraft und das Unvermögen, ein wirklich gutes Drehbuch zu erkennen, wenn ich es vor mir hatte?

Am nächsten Morgen im Büro grübelte ich nervös vor mich hin und versuchte, mich irgendwie zu beschäftigen. Ich heftete Sylvias aktuelle Quittungen auf leere Blätter, sortierte neu eingetroffene Lebensläufe und Demobänder, bestellte neue Druckerpatronen, Ordner für Drehbücher und stapelweise Papier. Oh, welche Sicherheit mir diese banalen Aufgaben doch schenkten. Warum nach Höherem streben?

Sylvia platzte herein, sie wirkte geheimnisvoll. Wie eine Lehrerin, die ihre Klasse mit einem unangekündigten Test überrascht.

Sie kam aus dem Café um die Ecke und balancierte nicht nur mit einem, sondern gleich mit zwei Pappbechern und ihrer pflaumenfarbenen Mulberry-Handtasche. Deshalb vermutete ich, dass auch Xander gleich kommen würde. Mir rutschte das Herz in die Hose. Aber zu meiner Überraschung stellte Sylvia einen der Becher vor mich hin.

»Doppelter Cappuccino für dich, stimmt's?«

Ich war perplex. »Ähm … ja.« Ich vermutete, dass sie meine Laktoseintoleranz vergessen hatte, traute mich aber nicht zu fragen, ob er mit Sojamilch gemacht worden war.

Sie lehnte sich gegen das lächerliche orangefarbene Kissen und setzte ein breites Lippenstiftlächeln auf. »Sarah.«

Nervös sah ich sie an.

Sylvias Hand schoss in einer schnellen, hackenden Bewegung auf mich zu. »Eins will ich dir gleich sagen: Deine Anmerkungen sind fantastisch.«

Ich starrte sie ungläubig an. »Wirklich?«

»Im Ernst, hör auf, so bescheiden zu sein. Wenn Xander auch nur annähernd so bescheiden wäre, wäre die Arbeit mit ihm viel erträglicher.«

Ich sagte nichts, verbarg mein Lächeln hinter aufgeschäumter Milch.

»Diese Notizen sind genau das, was das Buch braucht. Exakt auf den Punkt, gut formuliert, sehr überzeugend. Es geht jetzt nur darum, sie ihm schmackhaft zu machen.«

»Glaubst du, das funktioniert?«

»Na ja, Xander kommt um zwölf vorbei. Ich spreche deine Anmerkungen mit ihm durch. Vielleicht wäre es am besten, wenn du in der Zeit irgendetwas draußen erledigst. Geh noch einen Kaffee trinken oder was auch immer.«

Es war ein Vormittag im beginnenden Frühjahr. Während meine Arbeit drinnen im Büro entweder im Papierkorb landete oder mit Lob bedacht wurde, genoss ich das seltene Vergnügen, durch die Straßen von Chelsea zu spazieren und mir die warme Sonne ins Gesicht scheinen zu lassen. Ich sah die Triebe von Blumen, die aus der dunklen Erde neben den Bäumen am Straßenrand sprossen, und fragte mich, ob dieser Tag meine alltägliche Arbeit im Büro auf eine etwas bedeutungsvollere Ebene hieven würde. Könnte ich in der Firma zu einer Art Script Doctor werden und vielleicht sogar eines Tages ein eigenes Drehbuch schreiben, das Sylvia sich ansehen und produzieren würde? So etwas hatte ich in dem Buch über angehende Assistentinnen gelesen. Mach dich unentbehrlich, verschaff dir auf einem Gebiet Kompetenz und dann … Vielleicht kannst du dann ganz lässig dieses Skript einreichen, das du nach Feierabend geschrieben hast.

Aber so weit war es längst noch nicht. Die pure Freiheit, vor einem weißen Blatt Papier zu sitzen und loszuschreiben, war zu einschüchternd für mich. Tagtäglich wurde ich mit Bergen von unspektakulären Büchern konfrontiert und vom Gespenst der Mittelmäßigkeit geradezu verhext.

Damals hatte ich keine Idee für etwas Eigenes, aber an jenem Morgen auf der 17th Street zwischen 8th und 9th Avenue schwor ich mir, dass es eines Tages so weit sein würde.

Oder betrachte ich aus dem Abstand von fünfzehn Jahren diesen besonderen Moment meines Lebens durch einen schmeichelhaften Filter? Zwischen zwanzig und dreißig taumeln wir durchs Leben und hoffen, dass die Welt im entscheidenden Moment auf magische Weise klar wird. Als würde ein Brombeergestrüpp sich plötzlich auftun und den Blick auf unsere wahre Bestimmung preisgeben. Aber auf diesen erleuchtenden Blitz warten wir in der Regel vergeblich. Wir müssen uns den Weg bahnen, dabei werden wir verletzt oder verlieren die Orientierung.

Sylvia hielt Wort. Sie überzeugte Xander davon, mit meinen Anmerkungen weiterzuarbeiten. Noch am Nachmittag setzten wir uns zu dritt zusammen und diskutierten die weiteren Schritte. An der Figurenzeichnung arbeiten, einen neuen, plausiblen Konflikt einführen, der in einem sozial relevanten Thema wurzeln und das Projekt von anderen unterscheiden sollte, mehr klassischer Suspense.

Im Verlauf weiterer Runden aus Anmerkungen und Umarbeitungen kam ich immer wieder auf die Notwendigkeit aussagekräftiger weiblicher Figuren zu sprechen. Später schärfte ich Xander immer wieder den Bedarf an klugen Thrillern mit weiblichen Hauptfiguren ein. Ich sage mir gern, dass ich damit meinen kleinen Beitrag zu seinem nächsten Film, *Furious Her*, geleistet habe.

Das anzuerkennen, würde er natürlich niemals über sich bringen.

Mit der neuen Drehbuchfassung von *A Hard Cold Blue* stießen wir auf ernsthafte Resonanz bei Geldgebern. Nach einem weiteren Jahr stiegen wir in die Pre-Production-Phase von Xanders erstem Spielfilm ein.

»Du bist ziemlich gut, was Drehbücher angeht«, sagte Xander einmal, nachdem er wieder einen Schwung meiner Anmerkungen durchgelesen hatte. So nahe ist er einem Dankeschön nie wieder gekommen.

Sylvia fragte mich, ob ich schon einen Gedanken daran verschwendet hätte, wo ich meinen Platz im Filmgeschäft sehen würde. Ich erklärte, mir mache die Arbeit an Drehbüchern Spaß, ich wolle aber auch mehr über die Produktionsseite erfahren. Damals war das richtig. Die Vorstellung, die Verantwortung zu tragen und ein Projekt voranzubringen, übte großen Reiz auf mich aus. Ich bewegte mich auf dem schmalen Grat zwischen Schmeichelei, weil sie selbst Produzentin war, und Abwiegeln, weil sie nicht glauben sollte, ich wäre auf ihren Job aus. Was sowieso unmöglich gewesen wäre, weil ihr die Firma gehörte.

»Was glaubst du, worum es beim Produzieren wirklich geht?«, fragte sie mich. »Und nenn mir jetzt nicht sämtliche Schritte im Entstehungsprozess eines Films, sondern versuch, es in wenigen Worten auszudrücken.«

»Dinge ins Rollen zu bringen?«, sagte ich.

Sylvia nickte. »Aber erst mal rollt gar nichts. Als Erstes musst du dir ein Netzwerk aufbauen und deine Projekte wachsen lassen. Dann irgendwann entdeckst du eine gute Möglichkeit. Wenn die Zeit reif ist, darfst du deinen eigenen Wert nicht vergessen. Dann kannst du verhandeln.«

Ich versuchte, all diese Punkte abzuspeichern, und sagte mir, dass ich sie lernen könnte.

»Nun«, fuhr Sylvia fort. »Bleib am Ball. Ich glaube, du könntest es wirklich weit bringen. In ein paar Jahren könnte ich dich hier als Head of Delevopment sehen.«

Dieser letzte Satz, den ich wie die dünne, trockene Oblate der Heiligen Kommunion aufnahm, reichte aus, um mich durch die darauffolgenden Jahre voll gehetztem Multitasking und unzureichendem Einkommen zu tragen.

Ich kam nicht auf die Idee, nach einer Gehaltserhöhung zu fragen. So wie ich auch nicht auf die Idee kam, wegen meiner Arbeit an Xanders Drehbuch nach einer Nennung im Abspann zu fragen. Damals war ich einfach dankbar, dazuzugehören.

7

»Können wir ein Stück weiterspringen?«

Moment, warum frage ich überhaupt? Schließlich ist es meine Geschichte.

Wäre dies ein Film, dann würde jetzt ein Zwischentitel auf der Leinwand erscheinen: *Vier Jahre später.*

Vier Jahre später stand *A Hard Cold Blue* kurz vor seiner Kinopremiere. Bei Firefly hatten wir uns in einer praktischen Dreiecksbeziehung eingerichtet: Xander und Sylvia oben, ich darunter. Ich hatte mir an Sylvia ein Beispiel genommen und die Künste des Netzwerkens und des Verhandelns gelernt – beides funktionierte nur, wenn man einen hinreichenden Vorrat an Selbstvertrauen zur Verfügung hatte. Auch das entwickelte ich nach und nach. Mein Ruf als Drehbuchwunder verbreitete sich allmählich in der New Yorker Filmszene, zum Teil, weil Sylvia mich bereitwillig anpries. Wenn ich gewollt hätte, hätte ich diesen Umstand als Sprungbrett nutzen und mich bei anderen Produktionsfirmen ins Gespräch bringen, mein »Netzwerk aufbauen« können. Wie üblich, kam ich nicht mal auf die Idee.

Stattdessen verbrachte ich lange Arbeitstage bei Firefly und unterstützte Xander und Sylvia bei allem, wofür sie mich brauchten: Marketingpakete für Geldgeber zusammenstellen, mit unserem Anwalt die Verträge durchgehen, Vertriebsagenturen und Verleihe recherchieren. Außerdem leitete ich inzwischen das Büro, kümmerte mich um die wechselnden Praktikantinnen und Praktikanten, die ohne Bezahlung arbeiteten. Glücklicherweise verdiente ich zu der Zeit leidlich gut. Natürlich nicht im Vergleich mit meinen Bekanntschaften von der Columbia, die inzwischen in großen Firmen arbeiteten oder ihr Jura- oder Medizinstudium abgeschlossen hatten. Noch immer neigte ich dazu, im Restaurant das billigste Gericht auf der Karte zu bestellen, aber immerhin reichte das Geld, um bei meinen Eltern auszuziehen und zusammen mit der Freundin einer Freundin in Williamsburg eine Dreizimmerwohnung zu mieten. Ich fühlte mich endlich wie eine Erwachsene.

Inzwischen war ich Ende zwanzig. Ich hatte mehrere Männer kennengelernt, aber daraus hatte sich nichts Dauerhafteres ergeben. Karen dagegen hatte im Jahr zuvor ihren langjährigen Freund geheiratet und erwartete ein Baby. (Wie eh und je erfüllte sie die Erwartungen unserer Eltern.) Aber für mich stand die Liebe – und alles, was damit zusammenhing – nicht wirklich an erster Stelle. Ich lebte mit Leib und Seele für die Arbeit. Verglichen mit Filmen kamen Männer mir unendlich weniger interessant vor. Einen guten Film zu sehen, war meist befriedigender als der unberechenbare Ablauf von flirten, neben jemandem aufwachen, Textnachrichten schicken und möglicherweise nie eine Antwort erhalten. Stattdessen malte ich mir eine lange, aufregende Karriere als Filmproduzentin aus. Eine lohnenswertere Figurenentwicklung konnte ich mir für meine eigene Person nicht vorstellen.

Außerdem hatte der Job auch seine geselligen Aspekte. Manchmal bat Sylvia mich, in ihrem Brownstone-Haus zu arbeiten. Dann öffnete sie, wenn es später wurde, regelmäßig eine Flasche exzellenten Rotwein. Ihre drei Kinder (Nathan, Rachel und Jacob) waren meist freundlich und neugierig. Ich hatte miterlebt, wie Rachel sich von einer munteren Zehnjährigen in eine launische, magere Fünfzehnjährige verwandelt hatte. Aber trotz ihres mürrisch-pubertären Auftretens schien sie mich gern um sich zu haben – diese langhaarige Frau Mitte zwanzig, die ihr so anders vorkam als ihre Mutter.

»Woran arbeitest du gerade?«, fragte sie mich, als ich im Wohnzimmer saß und wartete, dass Sylvia ein Telefonat beendete.

Ich erzählte ihr von dem Drehbuch, das ich gerade las.

»Dein Leben ist so cool«, stellte Rachel fest. Ihre Teenageraugen waren mit zu viel Eyeliner umrahmt.

Ich bezweifelte, dass jemand, der in Flushing über dem chinesischen Restaurant der Familie aufgewachsen war, jemals »cool« sein konnte. Aber Rachel schien sich keine Gedanken darüber zu machen, woher ich stammte.

Wegen ihrer Familie und ihres regen Soziallebens überließ Sylvia mir häufig ihre Einladungen zu Filmpremieren und Empfängen. Nach einer Weile wurde ich dann selbst eingeladen. Ich verbrachte mehrere Abende pro Woche bei Vorführungen oder offiziellen Veranstaltungen, traf dort auf andere Leute aus dem Business, redete begeistert übers Kino und die Projekte, an denen wir gerade arbeiteten, über die Filme, die wir zuletzt gesehen hatten. Immer gab es etwas zu trinken. Zwischen all den Gratisdrinks und dem in Strömen fließenden Wein war ich von attraktiven und geistreichen Profis umgeben. Die meisten von ihnen waren weiß und hatten eine gute Ausbildung, aber unsere Passion fürs Kino verband uns.

Kontaktpflege war ebenso sehr Teil des Jobs wie die Büroarbeit. Denn schließlich knüpfte man auf diese Weise sein Netzwerk. Ich war in einem Alter, in dem es mir nichts ausmachte, bis eins oder zwei in der Nacht unterwegs zu sein, Regisseure, Schauspielerinnen und potenzielle Käufer zu treffen und dann um neun am nächsten Morgen übernächtigt das Büro aufzuschließen. Ein Kater war die logische Konsequenz erfolgreichen Netzwerkens. Außerdem waren wir die wenigen Erwählten, nicht wahr? Wir lebten (wenn auch bescheiden) von dem, was wir liebten: vom Filmemachen.

Unsere eigenen Produktionen waren immer eine Gelegenheit, Mitglieder der Besetzung und des Teams kennenzulernen, all die Menschen, die im Abspann des Films genannt werden, ob Runner, Bühnenmann oder Chefkamerafrau. Ich freundete mich häufig mit den Darstellerinnen und Darstellern an und merkte, dass sie ganz normale Leute waren, nur besser aussehend und charismatischer. Und unglaublich freundlich, vor allem, wenn sie an einer Rolle interessiert waren. Von allen Berufsgruppen im Filmgeschäft brachten sie wahrscheinlich die größte Hingabe an ihre Arbeit auf, aber in der Regel waren sie auch die Unsichersten – und die am wenigsten Glücklichen.

Ich war also keine naive Newcomerin mehr, als Hugo North auf der Bildfläche auftauchte.

Ja – unheilverkündender Trommelwirbel. Wir haben den Punkt in unserer Geschichte erreicht, an dem Mr North seinen Auftritt hat.

Thom Gallagher beugt sich erwartungsvoll vor. Dies muss der Augenblick sein, an dem Investigativjournalisten das Wasser im Mund zusammenläuft.

»Können Sie Ihre erste Begegnung beschreiben?«

Sosehr ich in all diesen Jahren versucht habe, die Erinnerung zu verdrängen, habe ich den Augenblick noch sehr deutlich vor Augen. Die einflussreichen Gestalten in unserem Leben haben immer einen bemerkenswerten Auftritt. Vielleicht liegt es aber auch an unserem Gedächtnis, das diese besonderen Begegnungen sozusagen in Formaldehyd konserviert, während so viele andere verblassen und in Vergessenheit geraten.

Natürlich ist Hugo North ein Mensch, dessen Ruf ihm immer vorausgeeilt ist. Wenn man jemanden wie ihn kennenlernt, erfüllt die eigentliche Begegnung nur eine bereits vorhandene Erwartung – mit einem im Voraus festgelegten Resultat.

Was einem sofort auffiel, war sein britischer Akzent. In dieser Branche wollen die Menschen sich von der Menge abheben, als etwas Einzigartiges wahrgenommen werden. Bei Hugo sorgte dafür schon der Akzent. Wenn Amerikaner einen britischen Akzent hören, denken wir an die Queen und malen uns aus, wie sie mit ihren Nachkömmlingen im Garten Tee trinkt. Der Akzent verlieh Hugo einen Anstrich von Kultiviertheit, seine Stimme kündete von einer privilegierten Welt.

Aber hinter dieser Stimme verbarg sich eine absolute Selbstsicherheit. Die Fähigkeit, durch seinen bloßen Ruf und das Bewusstsein seines Reichtums Aufmerksamkeit auf sich zu ziehen. Mir ist nie ein Mensch begegnet, der einem, nur indem er den Mund aufmachte, derart das Gefühl vermittelte, dass man sich in seiner Gegenwart, in seinem Orbit glücklich schätzen durfte.

Just in dem Augenblick, wenn man ihn als einen dieser Briten mit Samtstimme abtat, die grundsätzlich nur Privatclubs und Fünf-Sterne-Hotels besuchten, gelang es Hugo, einen zu verwirren. Er unterhielt sich mit Obdachlosen auf der Straße, schenkte ihnen Aufmerksamkeit, wenn auch praktisch nie Geld. Einmal habe ich gesehen, wie er herzhaft in ein Stück Pizza aus einem schäbigen Laden in der Lower East Side biss und sich den Käse und die Kruste hastig in den Mund schob.

Erinnern Sie sich an meine Worte?

Erst das Essen, dann die Kunst. Und Hugo hatte auf alles Mögliche Appetit.

Aber er spürte auch ganz genau, worauf andere Leute Appetit hatten. Er wusste, wie er diesen Appetit stillen und wann er andere hungern lassen musste.

Ich begegnete Hugo North bei meinem dritten Besuch des Filmfestivals in Cannes. Ich war nicht mehr die ahnungslose Novizin, die vor dem Spektakel in die Knie ging, und wusste, was mich erwartete. Nach meinem ersten Besuch in Cannes versuchte ich, Karen zu beschreiben, wie es gewesen war, aber ich bezweifele, dass sie außer dem schieren Wahnsinn des Ganzen, dem fieberhaften Herumhetzen und dem Posieren unter der Sonne des Mittelmeers irgendetwas begriffen hat.

Denn so ist Cannes. Man tritt auf die Croisette – die berühmte Straße, die sich direkt am Ufer entlangzieht. Auf dem Gehsteig drängen sich die Menschen, überwiegend Leute aus der Filmindustrie oder Möchtegerns mit ihren Visitenkartenetuis, Handys, BlackBerrys und Akkreditierungsausweisen, die von sonnengebräunten Hälsen baumeln. Alle hetzen von einem Meeting zum nächsten, arbeiten einen mit Filmvorführungen, Mittagessen und Drinks vollgestopften Kalender ab. Wie viele Menschen kann man treffen, wie Kontakte knüpfen, die dabei helfen können, dass ein Drehbuch gelesen, ein Projekt finanziert, verkauft oder in die Kinos gebracht wird?

Auf der einen Seite funkelt das Mittelmeer im Sonnenlicht. Überall am Strand ragen die Spitzen weißer Pavillons auf, in denen die Filmkommissionen verschiedenster Länder untergebracht sind. Ihr Ziel ist es, Filmemacher dazu zu animieren, die Produktionsbudgets unbedingt in *ihrem* Land auszugeben, mit seinen großartigen Locations und steuerlichen Vergünstigungen.

Auf der anderen Seite reihen sich die Luxushotels aneinander: das Marriott, das Majestic, das Carlton, das Martinez. Ihre Fassaden verschwinden hinter riesigen Filmplakaten, manche fünf Stockwerke hoch. Die Verleihfirmen haben Tausende Dollars dafür hingeblättert, um auf dem berühmtesten Filmfestival der Welt Aufsehen zu erregen.

Natürlich ist Aufsehen alles, was hier zählt.

Der Start eines neuen Films erfordert thematisch zugeschnittene Partys in den Villen der ringsum liegenden Hügel, auf den Dächern irgendwelcher Paläste oder auf im Hafen liegenden Jachten – oder, noch exklusiver, auf Jachten, die irgendwo in der Bucht ankern und sich nur durch einen geheimnisvollen Motorboottrip erreichen lassen. Ganz sicher übersteigt das Budget mancher dieser Partys die Summe, die unser kompletter Film gekostet hat.

Wer kann die größte Party schmeißen, auf der größten Jacht?

Oder das riesigste Plakat installieren, sodass das Hotel Martinez hinter dem ins Auge springenden Bild der Hauptdarstellerin und dem Filmtitel komplett verschwindet? Über welchen Film wird am nächsten Tag am meisten geredet, welcher liefert Gesprächsstoff für Frühstücksmeetings oder Gesprächsrunden zwischen den Vorführungen, bei denen man seinen monströsen Kater hinter einer gigantischen Sonnenbrille verbirgt?

Am einen Ende führt die Croisette geradewegs zum Festival-Palais, wo zu den allabendlichen Filmpremieren ein riesiger roter Teppich auf die Stars und Sternchen wartet und die Blitzlichter das Glitzern der mediterranen Sonne noch verstärken. An den Seiten des roten Teppichs stehen verzweifelte französische Teenager in geliehenen Smokings und schlechtsitzenden Abendkleidern aus zweiter Hand. Sie halten Schilder mit der Bitte nach ungenutzten Premierentickets hoch (denn die Vorführungen stehen dem breiten Publikum nicht offen und dürfen nur in Abendgarderobe besucht werden).

In meinem ersten Jahr in Cannes hatte ich nicht ordentlich gepackt. Ich meine, welcher chinesische junge Mensch aus Flushing weiß schon, was man fürs Filmfestival in Cannes braucht? Ich war, was mein Äußeres betraf, selbstbewusst genug, um mir keine Sorgen zu machen. Dummerweise hatte Sylvia mich nicht vorgewarnt, dass man sich, um in Cannes dazuzugehören, glamouröser kleiden musste, als ich mich bis dahin jemals getraut hätte.

Auf seine Weise war Cannes wie ein Laufsteg. Als Frau wurde man nur ernst genommen, wenn man schlank war, glänzende Haare hatte, ein schmeichelhaftes Kleid und die unvermeidliche Sonnenbrille trug. Zum Glück erfüllte ich die beiden ersten Anforderungen. Bei den anderen ließ sich problemlos Abhilfe schaffen. Also sah ich mir die Menschen auf der Croisette an, ging in den nächsten Laden mit halbwegs erschwinglicher Kleidung und blätterte hundert Euro für ein Kleid hin, in dem ich den Leuten, mit denen ich Geschäfte machen wollte, nicht wie eine Idiotin vorkommen würde. Es war das billigste Kleid, das ich finden konnte, trotzdem war es für mich zur damaligen Zeit eine Menge Geld. So ist es bis heute.

Irgendwie muss es funktioniert haben, denn auf der Croisette sprachen mich zwei männliche Touristen an, die ein Autogramm wollten. Überrascht hielt ich inne. Hielten sie mich für jemand anders? Glaubten sie, ich, Sarah Lai, wäre ein Star, nur weil ich die richtige Sonnenbrille trug und entsprechend aussah?

Ich spielte mit dem Gedanken, mit einem fremden Namen zu unterschreiben – Lucy Liu oder Gong Li oder ... na ja, so viele Schauspielerinnen standen nicht zur Auswahl. Stattdessen kritzelte ich in großen, unleserlichen Buchstaben »Sarah Lai« auf ihre Gratis-Stadtpläne von Cannes. Sicher wären sie enttäuscht, wenn sie meinen Namen entziffern und entdecken würden, dass ich keine Berühmtheit war.

Worauf es ankam, war die Illusion. Sie glaubten, beim Festival in Cannes einem Star begegnet zu sein. Ich konnte mir einbilden, berühmt und irgendwie bemerkenswert zu sein.

»Geschäfte machen« bedeutet in Cannes in erster Linie endlose Meetings. Manche Leute sind tatsächlich da, um Filme zu kaufen. Es gibt einen eigenen Bereich für Vorführungen, Käufer können die Suiten der Sales Agents besuchen und Gebote für die Vertriebsrechte verschiedener Titel abgeben. Das klingt kultiviert, vor allem vor dem Hintergrund weiß getünchter Terrassen mit Blick aufs Mittelmeer. Tatsächlich trinkt man Rosé, während man einen Deal abschließt. Aber erinnern Sie sich, was ich gesagt habe? Letztlich geht es ums Verkaufen – kein Unterschied zu den mürrischen Straßenhändlern, die auf den Bürgersteigen von Flushing Sojasprossen anbieten. Filme sind Produkte, die verkauft werden müssen. Bloß etwas glamouröser verpackte Produkte.

Das Einzige, was ich in meinem ersten Jahr in Cannes nicht tun konnte, war Filme sehen. Naiv, wie ich damals war, erwähnte ich Sylvia gegenüber etwas von einer Vorführung, in die ich gehen wollte. Sie starrte mich mit unterdrückter Wut an.

»Ich bezahle dir keine Reise nach Cannes, damit du *Filme* siehst.«

Ihre Stimme nahm den scharfen Ton an, den ich immer gefürchtet hatte, gegen den ich manchmal aber unerwartet aufbegehrte.

»Ach, wirklich?«, fragte ich in purer Verwirrung. Schließlich ging es um ein Filmfestival. Irgendwie musste es doch wohl auch darum gehen, Filme zu sehen.

»Sarah, du kannst dir hier in New York nach Herzenslust Filme anschauen. Ich bezahle dich dafür, dass du zu diesen Meetings gehst. Dass du Kontakte knüpfst, unser Netzwerk erweiterst, Leute mit Talent und Leute mit Geld aufspürst. Ein *Urlaub* ist das nicht.«

Konsterniert stand ich da. Versuchte mich mit der Vorstellung anzufreunden, nach Cannes zu fahren und *nicht* inmitten eines gebannten Publikums zu sitzen und auf den großen Moment zu warten, wenn die ersten Bilder auf der Leinwand erscheinen …

Nein, was ich im Kopf hatte, war die *Illusion*, das Produkt.

Das *Business* spielte sich anderswo ab, in den Meetings, am Telefon, per E-Mail, in Verhandlungen und Verträgen. Die Welt des Films hatte mich, wie so viele andere auch, durch die Versprechen von Alltagsflucht und Erstaunen angelockt. Aber dahinter steckte Arbeit, ganz einfach. Cannes war eine Arbeitsreise.

Bei meiner dritten Reise nach Frankreich wusste ich genau, wie es lief. Sylvia und ich planten mindestens einen Monat im Voraus, legten fest, mit wem wir uns treffen wollten, mailten die entsprechenden Firmen an, um in den vier Tagen des Aufenthalts ein dreißigminütiges Zeitfenster zu finden. Ich erstellte einen Zeitplan für Partybesuche und meldete unser Kommen an. Unsere Terminkalender füllten sich mit Arbeitsessen, Verabredungen auf einen Drink und Afterpartys. Ich kopierte unsere Drehbücher und das Marketingmaterial auf einen USB-Stick, den ich ständig mit mir herumtrug. Und ich sorgte für einen ausreichenden Vorrat an Visitenkarten, mein Name in Dunkelgrau auf blassgelben Karton geprägt: Sarah Lai. Firefly Films. Associate Producer.

In diesem Moment wusste ich, dass ich angekommen war. Ich hatte meine eigene Visitenkarte. Ich gehörte dazu.

In jenem dritten Jahr in Cannes gab es eine Ausnahme, ich durfte tatsächlich einen Film sehen: unseren eigenen, *A Hard Cold Blue*. Xanders Spielfilmdebüt war für *Un Certain Regard* ausgewählt worden, die offizielle Festivalsektion für aufstrebende Filmemacher. Es war eine beneidenswerte Anerkennung, für die jeder Regisseur und jede Produzentin einen Mord begangen hätten. Zwölf Spielfilme von Neulingen aus der ganzen Welt, und die komplette Filmindustrie sah zu. Die Einladung hatte Xanders Ego ins Unerträgliche aufgebläht, was Sylvia und ich tolerierten, weil es auch für unsere Firma und unsere anderen Projekte einen Schritt nach vorn bedeutete. Wir konnten von der Aufmerksamkeit, die Xander von jetzt an genoss, profitieren. Außerdem hatten wir sein zweites Filmprojekt in der Hinterhand, das Drehbuch war in trockenen Tüchern, die Gespräche mit Schauspielerinnen und Schauspielern liefen, die Finanzierung stand zu sechzig Prozent.

Alles war bereit. Die Pre-Production konnte beginnen, sobald wir das fehlende Geld beschafft hatten, rund vier Millionen Dollar. Kein Kleckerbetrag, aber die Summe würde sich auftreiben lassen. Wir mussten nur die richtigen Leute finden.

An dieser Stelle kam Hugo North ins Spiel. Als wir ihn in Cannes trafen, lag die erste Vorführung von Xanders Film erst wenige Stunden zurück, die Resonanz war gut. Eine begeisterte Rezension in *Variety* (»das Versprechen eines ebenso ambitionierten wie virtuosen neuen Talents«), eine ziemlich positive in *Screen International* (»klug und gewagt«) und ein Foto von Xander mit den beiden Hauptdarstellern in *The Hollywood Reporter* hatten unserer Reputation einen Schub gegeben. Wenn man das Kleingedruckte aufmerksam las, stieß man auf Sylvias und meinen Namen als Produzentin und Associate Producer.

Wahrscheinlich hatte ich den Film in den verschiedenen Phasen der Post-Production zweiundvierzig Mal gesehen. Im Schnittraum, dann später allein auf einer DVD mit Timecode, damit ich Anmerkungen zu visuellen und akustischen Effekten, zum Sound und zur Musik machen konnte. Trotzdem war es eine erhebende Erfahrung, ihn zum ersten Mal in einem Saal voller Fremder zu sehen. Als sie am Ende enthusiastisch klatschten, spürte ich eine tiefe Befriedigung.

Am Ende des Abspanns hatte mein Name – Sarah Lai – für drei Sekunden die Leinwand gefüllt. Mir kam der Gedanke, dass in diesem Kino voller Fachpublikum niemand wusste, wer ich war. Dass ich Jahre meines Lebens mit der Arbeit an dem Film zugebracht hatte, den sie gerade gesehen hatten. In diesem Raum voller Menschen hätte ich ein Niemand sein können. Aber das war ich nicht. Ich lächelte im Dunkeln vor mich hin und wusste, dass ich zum ersten Mal für mich in Anspruch nehmen konnte, jemand zu sein.

Beim Verlassen des Kinos ging ich wenige Schritte hinter Sylvia, die angeregt mit jemandem plauderte, den ich nicht kannte. Ich versuchte mitzubekommen, was die Leute sagten, ob sie Anerkennung oder Missfallen äußerten. Ich wandte mich dem Mann neben mir zu, einem jungen, freundlich wirkenden Amerikaner, und fragte ihn, wie er den Film fand. Er sagte, es sei ein wirklich eigenständiger Beitrag zum Genre, mit einer großartigen Wendung am Schluss.

»Das ist gut.« Nach kurzem Zögern fügte ich hinzu: »Ich bin nämlich eine der Produzentinnen des Films.«

Mehr war nicht nötig.

Der Mann sah mich erstaunt an. Vielleicht hatte er nicht damit gerechnet, dass ich, eine junge Amerikanerin asiatischer Abstammung, Filmproduzentin sein könne. Vielleicht hatte er mich für eine Journalistin, eine angehende Schauspielerin oder die Assistentin vor irgendwem gehalten. Aber seine Haltung änderte sich auf einen Schlag.

»Oh, hey. Glückwunsch. Ein toller Film. Das finde ich wirklich.«

Ich grinste ihn an. »Danke.«

In diesem Moment war ich wirklich stolz auf meinen Beitrag zum Film, aber es hatte die Worte eines Fremden gebraucht, um das zu spüren.

»Ich heiße übrigens Ted.« Der Mann schenkte mir ein warmes Lächeln und streckte mir die Hand entgegen. »Ich bin auch Produzent. Woran arbeiten Sie gerade?«

In Cannes kann jedes Gespräch einen vage flirtenden Ton annehmen. Schließlich werden eine ganze Woche lang Geschäfte gemacht, der Alkohol fließt reichlich, und auch andere Drogen werden eifrig konsumiert. Frauen stolzieren in tief ausgeschnittenen Kleidern umher, Männer lassen die obersten Knöpfe ihrer Hemden offen. Verführung ist Teil des Spiels. Wenn man im Filmgeschäft nicht genug Charisma mitbringt, um Leute für sich einzunehmen, wird man sie nie dazu bringen, ihr Geld in einen Film zu stecken, den Film zu kaufen oder in ihm mitzuspielen. Vor allem weiß man in Cannes nie, wem man auf der nächsten Party begegnen wird.

Genau in diesem Augenblick trat Sylvia auf mich zu. Sie hielt es nicht für nötig, sich Ted vorzustellen.

»Ich gehe jetzt mit Xander zum nächsten Meeting. Check deine E-Mails und vergiss unsere Drinks im Carlton nicht. Jemand Wichtiges hat sich angemeldet, du solltest ihn kennenlernen.«

8

Sylvias E-Mail lautete: *10 Uhr Drinks mit diesem Briten Hugo North. Er mochte den Film und will uns finanzieren. Sei nett zu ihm.*

Im Rückblick könnte man auf die Idee kommen, bei dieser E-Mail zwischen den Zeilen zu lesen. Aber Sylvia hatte keine Hintergedanken. »Sei nett zu ihm« war kein versteckter Code für »Überschütte ihn mit sexuellen Gefälligkeiten«. In unserer Branche geht es ums Geben und Nehmen, aber nicht auf so krasse Weise. Was ich an Sylvia besonders schätzte, war ihre Geradlinigkeit. Wenn sie eine geschäftliche Chance oder ein potenzielles Projekt witterte, war sie zupackend. Dabei ging es ihr ausschließlich um die Qualität. Sie ließ sich nicht von Partys oder Sex oder Drogen beeinflussen, nicht mal von der Aussicht auf Ruhm. Nur beim Geld sah die Sache etwas anders aus.

Also verabschiedete ich mich nach dem Abendessen mit Ted ziemlich nüchtern und tauchte pünktlich um zehn Uhr abends zu unserem Umtrunk auf.

Das Carlton ist sicher das prächtigste der am Ufer liegenden Hotels. Hier hat Grace Kelly Fürst Rainier III. kennengelernt, bevor sie Fürstin von Monaco wurde. Hier hatte sie auch für Hitchcocks *Über den Dächern von Nizza* vor der Kamera gestanden. Auch in meinem dritten Jahr in Cannes war ich noch voller Begeisterung, als die Sicherheitsleute mich auf die Marmorterrasse vorließen, wo ich mich unter die illustren Gäste mischte, die sich unter dem Sternenhimmel eingefunden hatten.

Ich versuche, mir diese Szene, die sich an einem besonders milden Frühlingsabend im letzten Jahrzehnt abgespielt hat, vor Augen zu rufen. Wie würde ich es anpacken, wenn ich sie für einen Film inszenieren müsste?

Da wäre zunächst ich, eine Siebenundzwanzigjährige, die nicht weiß, was sie erwartet, als sie allein die Terrasse des Carlton betritt. Natürlich würde die Einstellung mit einer Steadycam aufgenommen, die alles so zeigt, wie ich es sehe. Sodass das Publikum mich praktisch begleitet und wir zusammen in dieses ausgelassene Gewimmel eintauchen.

Rechts von mir ein hohes Lachen, eine atemberaubende Frau in ärmellosem Abendkleid sitzt auf einem Tisch inmitten einer Traube männlicher Bewunderer.

Ich wende mich nach links und sehe einen vom Champagner berauschten Kahlkopf, der glücklich grinsend in einem Schwarm junger Frauen steht. In seiner Trunkenheit lässt er ein Glas fallen, das, vom Kreischen der Frauen begleitet, zerspringt.

Ich gehe weiter, die Kamera folgt mir zu einem bestimmten, noch nicht erkennbaren Ziel irgendwo im Hintergrund.

Dann teilt sich die Menge – ein Paar kreuzt unseren Weg und verstellt uns für einen Moment die Sicht. Ich lasse mich durch eine Gruppe lachender Partygäste treiben. Dann – bis eben verborgen, jetzt aber direkt in unserem Blickfeld – sehe ich die Gestalt sitzen, auf die ich mich die ganze Zeit zubewegt habe, auch wenn mir das im Augenblick noch nicht klar ist.

Die Gestalt blickt auf, mir direkt ins Gesicht, und grinst.

Es ist ein Mann mittleren Alters. Obwohl die besten Jahre hinter ihm liegen, besitzt er noch die dunkle, selbstsichere Anziehungskraft, die in seiner Jugend so typisch für ihn war. Sein Bauchumfang ist größer, seine Schultern breiter, was ihm mehr Präsenz, mehr Gewicht verleiht. Er bewegt sich nicht mehr so schnell wie in jüngeren Jahren, aber das ist auch nicht nötig, weil alles und jeder hier um ihn als Mittelpunkt zu kreisen und sich an ihm zu orientieren scheint.

Er steht auf, um mich zu begrüßen. Seine Haut ist sonnengebräunt, fast ledrig, seine Nase gekrümmt, die Augenbrauen buschig und markant. Der Blick seiner leuchtend grünen Augen wirkt gutmütig, vielleicht ein bisschen spöttisch. Als hätte er mich schon gründlich gemustert, bevor ich überhaupt vor ihm stand.

Das könnte meinen Argwohn wecken; vielleicht bin ich wirklich ein bisschen unruhig, spüre ich seine verborgene Macht. Aber sämtliche Zweifel schwinden in dem Moment, als er mich anlächelt. Das Aufblitzen seiner außergewöhnlich weißen Zähne lässt mich Zutrauen fassen.

Hugo Norths Zähne müssen künstlich gebleicht sein, anders kann ich mir dieses leuchtende Weiß nicht erklären. Trotzdem hat er sie, wie die meisten Briten, nicht richten lassen. Blendend weiß, aber leicht schief, strahlen sie mir aus seinem gebräunten Gesicht entgegen.

»Hugo«, sagte Sylvia. »Das ist Sarah Lai.«

Hugos Begrüßung erwischte mich auf dem falschen Fuß. Ich hatte mit einem einfachen Handschlag gerechnet, stattdessen beugte er sich vor, zog mich an sich und drückte mir einen feuchten Kuss auf die Wange, wie es die Europäer gern tun. An solche Intimität nicht gewohnt, versteifte ich mich unwillkürlich. Dann küsste er mich auf die andere Wange.

»Ich bin so erfreut, Sie zu sehen, Sarah. Ich habe Wunderdinge über Sie gehört.«

Obwohl ich wusste, dass er Engländer war, reagierte ich verblüfft auf seinen britischen Akzent. Er hatte etwas Anziehendes, beinahe Unheimliches.

Als diese Formalität hinter uns lag, nahm Hugo wieder Platz und setzte übergangslos sein Gespräch mit Sylvia und Xander fort. Er gab Geschichten seiner früheren Cannes-Besuche zum Besten und ließ Namen von Branchengrößen fallen, die in völlig anderen Sphären unterwegs waren als wir.

»Mal ernsthaft, ich komme jetzt seit zehn oder zwölf Jahren nach Cannes. Aber so etwas wie deinen Film, Xander, habe ich noch nicht gesehen. Ich meine, ich war völlig baff. Dieser Look, die Kamerabewegungen. Ich bin sicher, du hast das mit ziemlich kleinem Budget zustande gebracht ... Genial.«

Hugo schüttelte bewundernd den Kopf, Xander lächelte gnädig wie ein Schutzheiliger, der die Opfergaben eines Bittstellers entgegennimmt.

So fing es an, dieses gegenseitige Streicheln männlicher Egos, diese strategisch motivierte Arschkriecherei, die über Jahre hinweg die Beziehungen innerhalb unserer Firma prägen würde. Xander war an die Lobgesänge seiner männlichen Fans und aller möglicher Frauen gewöhnt – kichernder Models, angehender Schauspielerinnen, seiner Agentin und deren Assistentinnen. So etwas allerdings von einem erfahrenen Mann wie Hugo zu hören, schien Xander deutlich mehr zu bedeuten.

Gleichzeitig spielte Xander sein eigenes Spiel.

»Warte, bis du siehst, was ich für den nächsten Film geplant habe. Ein paar bahnbrechende neue Ideen, vorausgesetzt, wir treiben das Budget auf.«

Hugo winkte unbekümmert ab. »Über das Budget können wir später reden. Gönnt euch einen Moment Pause und genießt die Lorbeeren, mit denen ihr überschüttet werdet. Macht euch klar, wie weit ihr gekommen seid und in welcher großartigen Position ihr euch jetzt befindet.« Er füllte sein Champagnerglas nach, prostete uns zu und sah uns nacheinander ins Gesicht.

Dann fuhr er fort: »Ihr seid jetzt Stadtgespräch. Auf diesen Moment habt ihr jahrelang hingearbeitet – genießt ihn. Denn es kommt nicht täglich vor, dass man mit einem Film in Cannes Premiere feiert.«

Natürlich hatte er recht. Sylvia und ich waren derartig darauf aus gewesen, Meetings zu besuchen und neue Kontakte zu knüpfen, dass wir keine Sekunde innegehalten hatten, um den Augenblick zu genießen – das Gefühl des Triumphs, das wir uns nach all der harten Arbeit verdient hatten. Als ich Hugos Worte hörte und die Wirkung des Champagners spürte, erlaubte ich mir, ein Stück zu entspannen.

»Ernsthaft, wenn ihr euch heute mal richtig gehen lassen

wollt … Ich bin Experte darin, Leuten zu zeigen, wie man Party macht.« Hugo grinste und füllte unsere Gläser mit Moët. »Aber ich möchte ich euch dreien einen Grund geben, so *richtig* zu feiern. Wollt ihr ihn hören?«

Neugierig trank ich einen Schluck Champagner. Mir gefiel, dass er »euch dreien« gesagt hatte. So lange hatten immer Xander und Sylvia im Rampenlicht gestanden, während ich Termine für sie gemacht, ihnen Kontakte verschafft und immer aufgepasst hatte, meine Kompetenzen nicht zu überschreiten. Jetzt wurde ich tatsächlich mit einbezogen, als fester Teil des Teams gesehen.

Hugo lehnte sich zurück und gestikulierte mit einer Hand, am kleinen Finger glänzte ein polierter Siegelring. »Ich denke, dass ein Talent wie du, Xander, es verdient hat, mit optimalen Ressourcen ausgestattet zu werden, damit du deine nächste Vision angemessen zum Leben erwecken kannst. Es ist nicht fair, dass du das Geld für einen Film mühsam zusammenkratzen musst.«

Xander nickte und sah Hugo gespannt an.

»Ihr drei habt alles für diesen unglaublichen Film gegeben, der so viele Leute hier umgehauen hat. Ich will euch wirklich helfen, eure Arbeit auf das nächste Level zu bringen.«

Sylvia meldete sich zu Wort. »Wie es im Moment aussieht, können wir mit Xanders Film loslegen, sobald die Finanzierung steht.« Sie erklärte, wie viel Geld wir schon aus welchen Quellen organisiert hatten.

»Schon klar, schon klar. Ihr wollt nach Möglichkeit kein weiteres Jahr damit vergeuden, Geld aufzutreiben«, bekräftigte Hugo. »Solange der Wirbel um Xander anhält, wollt ihr einfach – zack! – Nägel mit Köpfen machen. Auf bestmögliche Art und Weise. Was bedeuten dürfte: auf *bestfinanzierte* Art und Weise.«

»Absolut«, sagte Xander. »Ich habe so hart gearbeitet, jetzt wird es langsam Zeit.« Er warf Sylvia einen bedeutungsvollen Blick zu, dann wandte er sich wieder Hugo zu.

Das Gespräch spielte sich eindeutig oberhalb meiner Gehaltsklasse ab, sodass ich mich aufs konzentrierte Zuhören beschränkte. Obwohl ich als Associate Producer genannt war, blieb meine Rolle in Anwesenheit von Xander und Sylvia dieselbe: bei Meetings mit neuen Geschäftspartnern den Mund zu halten, bis ich direkt angesprochen wurde.

»Dann erklär uns ein bisschen genauer, was du meinst«, forderte Sylvia ihn auf. »Wie willst du uns helfen?«

Sie merkte, dass die Champagnerflasche fast leer war, und gab mir ein Zeichen, eine neue zu bestellen. Ich sah mich nach einem Kellner um und folgte gleichzeitig dem Gespräch.

Hugo grinste. »Ah, du gefällst mir, Sylvia. Du bist direkt, das ist erfrischend bei all diesem ... dämlichen Firlefanz auf der Croisette.« Seine ausholende Geste umfasste die Terrasse mit ihren herausgeputzten Starlets und selbstzufriedenen Männern, manche trugen ihre Sonnenbrillen auch zu dieser späten Abendstunde. »Ich komme aus einer anderen Branche. Immobilien. Ich bin es gewöhnt, etwas zu kaufen, von dem ich mit hundertprozentiger Sicherheit weiß, dass es im Lauf der Jahre an Wert gewinnt. Im Filmgeschäft ist es anders, ich weiß.«

»Ziemlich anders«, sagte Sylvia trocken.

»Ich habe in Filme investiert und ziemlich wenig zurückbekommen. Ich weiß, wie es läuft. Trotzdem zieht es mich jedes Jahr wieder nach Cannes, einfach der Filme wegen.« Einen Moment lang schloss Hugo die Augen. Als er weitersprach, lag eine Art Zittern in seiner Stimme, was – zusammen mit dem britischen Akzent – für eine theatralische Note sorgte. »Schließlich reden wir übers *Kino*. Das ist mit nichts zu vergleichen. Es gibt keine andere Kunstform, keine andere Art Unterhaltung, die einen derart mitreißt. Ein guter Film, vor allem wenn er eine starke Geschichte erzählt und sein Publikum packt ... das ist einfach ...«

Er legte sich eine Hand aufs Herz und schüttelte den Kopf.

So melodramatisch Hugo klingen mochte, wir drei glaubten

ihm. Wir hatten fünf Jahre unseres Lebens in einen Film investiert, den die Leute sich in neunzig Minuten anschauten und im Zweifel gleich wieder vergaßen. Für uns klang sein Wahnsinn vernünftig.

»Hier kommt mein Vorschlag. Xander, du bist ein bemerkenswertes Talent und hast Großes vor. Sylvia und Sarah, ihr habt als Produzentinnen großen Einfluss gehabt. Ihr drei seid ein funktionierendes Team, eindeutig.

Jedenfalls möchte ich zu eurem nächsten Film *Furious Her* etwas *beitragen*. Zugegebenermaßen habe ich bis jetzt nur das Exposé gelesen, aber das fand ich toll. Also, was immer ihr braucht … innerhalb vernünftiger Grenzen. Drei Millionen Dollar? Fünf Millionen? Mehr?«

Er sah zwischen Sylvia und Xander hin und her, die ihn mit offenen Mündern anstarrten und warteten, dass er weiterredete.

Fünf Millionen? Einfach so? Schockiert riss ich die Augen auf.

»Betrachtet es als langfristige Investition. Ich bin nicht nur an diesem einen Film interessiert. Ich sehe das Potenzial der *Firma*. Von euch allen. Von Xanders nächsten Filmen. Und den Projekten mit anderen Regisseuren, die ihr in Vorbereitung habt.«

Sylvias Augen zeigten einen ungewohnten Glanz. Neben ihrem üblichen Scharfsinn war etwas anderes zu erkennen, eine laserhafte Fokussierung.

»Du willst also sagen, dass du in die Firma investieren willst?«, fragte sie.

»Genau, eine Art Upgrade, wenn ihr so wollt. Ich bin überzeugt davon, dass euer Fünfjahresplan auf soliden Füßen steht. Ich will helfen, ihn umzusetzen. Wenn wir Xanders Film dieses Jahr drehen und er im nächsten Jahr rauskommt … Innerhalb der nächsten fünf Jahre könnte dann noch Platz für einen oder zwei Spielfilme bleiben, vielleicht für eine Serie. Ich rede jetzt nur von Xander. Was eure anderen Regisseure betrifft, wer weiß? Denkt an all die Filme, die ihr mit solch einer Bargeldspritze realisieren könntet.«

»Und was verlangst du als Gegenleistung?« Sylvia wandte den Blick nicht von Hugos Gesicht.

»Ah, immer gleich zum Wesentlichen.« Er lachte. »Du bist eine echte Geschäftsfrau, Sylvia … Nun ja, wir sprechen über ein riskantes Investment. Also will ich Teilhaber werden …«

»Und welchen Anteil an der Firma stellst du dir vor?«

Hier lag der Knackpunkt, die Frage, die wie ein Schatten über allem lag. Wir saßen hier inmitten von Geplauder und perlender Klaviermusik und tranken speziellen Champagner an einem speziellen Abend mit einem speziellen Mann. Sofort fragte ich mich, ob Sylvia auch nur darüber nachdenken würde, die Leitung einer Firma, die sie über Jahre hinweg aufgebaut hatte, auch nur teilweise an diesen Fremden zu übergeben.

Hugo schaute sie geradewegs an. »Einen beträchtlichen Anteil. Ich will ehrlich sein. Ich suche schon seit Jahren nach der richtigen Produktionsfirma für meine Investition. Eine Firma, die erstklassige Talente aufspürt, gute Projekte entwickelt, effizient geführt wird … Ihr wärt überrascht, wenn ihr wüsstet, wie selten das ist.«

Sylvia lächelte mir und Xander zu, eine wortlose Anerkennung unseres Beitrags.

»Wenn ich in Cannes bin, versuche ich immer, möglichst wenig aufzufallen«, erklärte Hugo. »Wisst ihr, wie viele gierige Filmemacher, die meine finanziellen Möglichkeiten kennen, sonst an meine Tür klopfen würden? Aber ihr drei – Xander, Sylvia, Sarah –, in euch drei will ich investieren. Ihr seid das einzig Wahre.«

Xander konzentrierte sich auf das für ihn Entscheidende: »Falls du einsteigen würdest, Hugo, welche Rolle würdest du im Prozess des Filmemachens spielen?« Das Letzte, was er wollte, war, dass dieser ahnungslose Immobilienmogul sich einmischte und seine kreative Vision verwässerte.

Aber Hugo wusste genau, was er sagen musste.

»Du, Xander, bist der kreative Kopf hinter all euren Filmen, da würde ich mich niemals einmischen. Nach allem, was ich höre, ist Sarah bei allem, was mit Drehbüchern zu tun hat, großartig. Und Sylvia ist die Lady, bei der sämtliche Fäden zusammenlaufen.« Er nickte und sah uns nacheinander an. »Natürlich wollt ihr das schützen, was ihr aufgebaut habt. Aber ganz ehrlich, macht euch einen Moment von diesem Gedanken frei und überlegt, was ihr mit einer besseren finanziellen Ausstattung erreichen könntet.«

Mir ging durch den Kopf, wie knapp das Budget für den letzten Film gewesen war, wie hart wir mit den Schauspielagenturen verhandelt hatten, um die Honorare ein Stück zu drücken. Sogar das Catering hatten wir runterzuhandeln versucht.

»Ihr könnt euch vergrößern: mehr Personal einstellen, ein neues Büro mieten, vielleicht sogar nach LA umziehen ...«

»Eins nach dem anderen«, sagte Sylvia mit deutlich hörbarer Vorsicht.

Aber meine Fantasie war schon geweckt. Ich würde manche Arbeiten an eine Assistentin delegieren können. Ein ordentliches Gehalt bekommen, öfter im Restaurant essen. Beim Einkaufen müsste ich nicht mehr ständig auf die Preise schielen ...

»Wollt ihr nächstes Jahr in Cannes eine schicke Premiere feiern?«, fuhr Hugo fort. »Mit einer sensationellen Afterparty, von der alle reden? Ihr wollt doch auf die Titelseiten der Branchenmagazine und als Kandidaten für Auszeichnungen gehandelt werden? In dieser Branche lässt sich mit Geld viel erreichen. Geld sorgt für Publicity und Aufsehen. Aber Talent lässt sich nicht kaufen. *Das* legt *ihr* auf den Tisch.«

Alle drei schwiegen wir einen Moment, wahrscheinlich malten wir alle uns aus, was Hugos Finanzierung ins Rollen bringen könnte. Träume, die wir wahrscheinlich hegten, seit wir in der Filmbranche zu arbeiten begonnen hatten. Jetzt schienen sie zum ersten Mal Wirklichkeit werden zu können.

»Geld kann Talente tatsächlich fördern und einen Schritt weiterbringen.« Hugo nahm eine neue Flasche Moët und schenkte uns allen ein, bis die Gläser überliefen. »Ich bringe das Geld ein, ihr das Talent. So einfach ist es.«

Sämtliche Zweifel an Hugo, die uns bei diesem ersten Gespräch gekommen waren, gingen in den enormen Mengen Alkohol unter, die wir anschließend konsumierten.

Als wir lange genug über die Firma gesprochen hatten, deutete Sylvia an, sie wolle zurück ins Hotel und ihre Familie in New York anrufen. Aber davon wollte Hugo nichts hören.

»Unsinn«, erklärte er. »New York liegt sechs Stunden zurück, du hast noch jede Menge Zeit. *Ich* bin zu einer eleganten Party ein paar Stockwerke weiter oben eingeladen, eine Art vertrautes Beisammensein im Zusammenhang mit dem letzten Tarantino-Film. Ich bin der festen Überzeugung, dass ihr drei mich als meine Gäste begleiten solltet.«

Was?!, dachte ich. *Eine Tarantino-Party?!*

Natürlich war mir klar, dass ich meine Aufregung nicht zeigen durfte.

Sylvia zögerte. »Hugo, das ist furchtbar nett von dir, aber … Bist du sicher, dass du uns alle drei reinbringen kannst?«

In Cannes herrschten klare Regeln, in welche Partys man reinplatzen durfte und welche tabu waren. Auch wenn alle zu sämtlichen Partys wollten, lag niemandem daran, beim Überschreiten solcher Grenzen erwischt zu werden. Niemand mag offensichtliche Statusjunkies, vor allem in Cannes.

»Kein Problem.« Er winkte ab. »Je mehr, desto fröhlicher, hat man mir gesagt. Glaubt mir, da gibt es so viel Champagner, dass drei durstige Münder mehr nichts ausmachen.«

Xander grinste. »Ich bin dafür, aber da drüben stehen ein paar Mädels, ein paar Models, die ich kenne. Ich muss ihnen Hallo sagen. Lasst mir fünf Minuten Zeit.«

Er deutete auf eine Gruppe langbeiniger Nymphen mit glänzenden Haaren. So spät am Abend hatten sie eine Menge Männer angelockt, die sie langsam und geduldig umkreisten.

Hugo zog die schwarzen Augenbrauen hoch. »*Die* Mädels? Sind das Models, mit denen du gearbeitet hast?« Er warf einen Blick hinüber und nickte. »Lad sie auch ein. Ich bin sicher, dass sie da, wo wir hingehen, äußerst willkommen sind.«

Also fand ich mich fünfzehn Minuten später mit Hugo, Xander, Sylvia und vier hochgewachsenen Supermodels in einem Aufzug auf dem Weg zu einer Party im sechsten Stock des Carlton wieder.

Die Gruppe bestand aus einer Rothaarigen, einer Brünetten mit olivfarbener Haut, einer blonden Russin und einer majestätischen schwarzen Schönheit. Alle waren rund dreißig Zentimeter größer als ich, sodass ich ihre Gesichtszüge kaum sah, als Xander uns vorstellte.

»Hi, ich bin Sarah«, sagte ich zum Schlüsselbein der Rothaarigen. Auf die Bemerkung »Ich lese in unserer Firma die Drehbücher« verzichtete ich, weil ich bezweifelte, dass es sie interessierte. Sie trug hochhackige Sandalen, ihre makellosen Zehennägel waren bonbonrosa lackiert. Meine eigenen angestoßenen, selbstlackierten Nägel konnten eindeutig nicht mithalten.

Hugo sagte: »Ich hoffe, euch Mädels ist klar, dass ihr euch in Gesellschaft eines vielversprechenden kinematografischen Genies befindet. Xanders Film hatte hier in Cannes gerade Premiere, im Moment spricht das ganze Festival über ihn.«

Die Models quietschten, Xander nickte. »Und Hugo müsst ihr unbedingt kennenlernen. Wie es aussieht, wird er meinen nächsten Film finanzieren.«

»Oh, wow«, sagten sie im Chor, als könnten sie seinen Reichtum riechen.

Hugo sagte weiter nichts, lächelte ihnen bloß zu. Aber ihr Interesse war geweckt.

In diesem Moment hielt der Aufzug mit einem Klingeln und gab den Blick auf einen eleganten, marmorverkleideten Gang und die Suiten auf der sechsten Etage frei.

Mit entschlossenen Schritten marschierte Hugo auf die weiße Doppeltür der Sophia-Loren-Suite zu, aus der die unverkennbaren Geräusche einer in vollem Gang befindlichen Party drangen. Er trat auf den Sicherheitsmann zu und flüsterte ihm hinter vorgehaltener Hand ins Ohr. Der Mann sah zu uns herüber und nahm die vier Weltklasse-Supermodels wahr, die geradewegs aus einem sexy Benetton-Werbespot zu stammen schienen. Er murmelte etwas in sein Handgelenk, nickte uns zu und schob die Tür für uns auf.

Es dauerte einen Moment, bis meine Augen sich umstellten.

Vor uns erstreckte sich ein dunkler, nur mit Kerzen beleuchteter Raum. Zum Klang von Loungemusik räkelten sich coole Männer und Frauen auf Diwanen, posierten vor den Wänden oder bedienten sich von den Tabletts mit Champagnerflöten, die aufmerksame Bedienungen durch den Saal trugen.

Von einzelnen Schauspielern abgesehen wirkten die Männer ziemlich durchschnittlich, auch wenn sie sich offenbar Mühe gegeben hatten, sich hier in Cannes ein bisschen stylisher zu kleiden: Leinenhosen, Hemden mit offenstehenden Knöpfen, unter denen mehr oder weniger speckige und mehr oder weniger behaarte Oberkörper zum Vorschein kamen. Die Frauen dagegen waren atemberaubend gutaussehend. Hier und dort entdeckte ich die eine oder andere in Sylvias Alter oder normal aussehende Frauen wie mich. Aber im Großen und Ganzen war der Raum von Glamazonen wie unseren vier Supermodels bevölkert. Lange Beine schauten unter bauschigen Kaftanen oder geschmeidigen Kleidern hervor. Jedes Mal, wenn eins dieser Glitzerwesen an ihnen vorbeiging, wirkten die Männer im Raum abgelenkt.

Wer sind *diese Leute?*, fragte ich mich und wünschte, ich hätte mir wenigstens die Zeit genommen, meinen Lippenstift nachzuziehen.

»Kann ich euch Mädels etwas zu trinken bringen?«, fragte Hugo. Genau in diesem Augenblick brachte ein Kellner ein Tablett mit sechs Champagnerflöten. Prompt landeten die Gläser bei Hugo, Xander und den vier Models.

»Soll ich uns Champagner holen?«, fragte mich Sylvia mit ironischem Grinsen.

»Ähm, klar«, murmelte ich, immer noch mit dem Anblick ringsum beschäftigt. Am anderen Ende des Raums glaubte ich, Kevin Costner zu erkennen. Ich überlegte, in welchen Filmen er nach *Postman* noch mitgespielt hatte.

»Mordsparty, auf die Hugo uns hier geschleppt hat. Ich frage mich, wer noch alles hier ist«, bemerkte Sylvia und streckte mir ein randvolles Glas entgegen.

»Keine Ahnung«, sagte ich und stürzte das Glas in einem Zug herunter. Verdammt, vielleicht war sogar Quentin Tarantino hier. »Jedenfalls werden wir es nicht erfahren, wenn wir bloß hier rumstehen.«

Einigermaßen zuversichtlich, dass niemand meine angestoßenen Zehennägel bemerken würde, stürzte ich mich ins Gedränge.

Die beiden nächsten Stunden vergnügte ich mich mit feuchtfröhlichen Gesprächen – und später beim Tanzen – mit leitenden Angestellten, Vertriebsmanagern und Schauspielagenten. In der Sophia-Loren-Suite trieben sich sogar einzelne richtige Filmemacher herum. Viele von ihnen hatten von *A Hard Cold Blue* gehört, manche ihn sogar gesehen. Ich lief rot an, als ich die Begeisterung in ihren Stimmen hörte und Visitenkarten mit der Bemerkung überreicht bekam, wir sollten »uns gelegentlich mal unterhalten«. Einigen dieser Menschen hatte ich zahllose vergebliche E-Mails geschickt. Anscheinend kam es nur darauf an, zur richtigen Party eingeladen zu werden.

Später ging ich hinaus auf die Terrasse, um den Ausdünstungen der Menge zu entkommen und ein bisschen frische Luft zu schnappen. Erleichtert lehnte ich mich gegen die geschwungene Balustrade. Unten im Hafen tanzten Lichter. Das Marriott, das Majestic und die anderen am Ufer gelegenen Gebäude beschrieben eine Kurve zum Casino und zum Palais hin. Die gigantischen Filmplakate ließen die zahlreichen Nachtschwärmer winzig erscheinen, die auf anderen Balkonen oder unten auf der Esplanade riefen, lachten und feierten.

Vom Mittelmeer wehte eine Brise herüber, ich fragte mich, ob das alles echt war: ich in Cannes, sechs Stockwerke über der französischen Riviera, auf derselben Party wie Quentin Tarantino und Kevin Costner und ein Haufen Supermodels, die ich wahrscheinlich wiedererkennen würde, wenn ich die aktuelle Ausgabe der *Vogue* aufschlüge. In unserem Restaurant in Flushing wurden die Familien aus der Nachbarschaft jetzt an ihre Tische geführt, Gäste gaben Bestellungen auf, Köche nutzten die winzigen Pausen, um sich das vom Grill spritzende Fett aus den Augenbrauen zu wischen …

Ich drehte mich zur Seite und merkte, dass Sylvia neben mir stand.

»Wie geht's dir?«, fragte sie und stieß mit mir an.

»Ziemlich gut.« Ich schüttete den Rest meines Drinks herunter und stellte das Glas auf einem niedrigen Tisch mit überquellendem Aschenbecher ab.

Sylvia hielt etwas in der Hand und klopfte Asche ab. Es roch nicht nach einer gewöhnlichen Zigarette.

»Sylvia, du rauchst einen *Joint*?«, kicherte ich leicht boshaft.

Sie sah mich kurz an, nickte und brach in schallendes Gelächter aus.

»Mein erster seit ewigen Zeiten. Ich hab ihn von einem Kerl da drüben.« Sie deutete vage zur anderen Seite des Balkons. »Von einem französischen Sales Agent. Ich glaube, er hieß *Antoine*.«

Sie spie den Namen mit pseudofranzösischem Elan aus, woraufhin wir beide laut loslachten.

»Willst du einen Zug?«, fragte sie und streckte mir den Joint entgegen.

Überrascht nahm ich einen oder zwei vorsichtige Züge, das herbe Aroma des Grases kratzte mir im Hals. Natürlich hatte ich in meinem Freundeskreis in New York Bekanntschaft mit Marihuana gemacht, aber meine Eltern wären ausgeflippt, wenn sie gewusst hätten, dass meine Chefin mir Drogen anbot.

»Ein bisschen Gras hat noch keinem geschadet«, bemerkte Sylvia sinnierend. Dann fügte sie in scharfem Ton hinzu. »Aber erzähl meinem siebzehnjährigen Sohn *bloß* nicht, dass ich so etwas gesagt habe.«

Ich hob die Hände in einer Unschuldsgeste. »Meine Lippen sind versiegelt.« Dann kicherten wir beide wieder los. Ich spürte schon, wie das Marihuana meine Anspannung löste, eine stille Ausgelassenheit machte sich in mir breit.

»Und? Wen hast du getroffen?«, fragte Sylvia.

»Du meinst, von all den Supermodels abgesehen?« Ich nannte ein paar Namen von Leuten aus dem Business, denen ich über den Weg gelaufen war – eine Journalistin von *Variety*, ein Akquisiteur von Fox Searchlight, jüngere Angestellte von Endeavour und UTA. Sylvia zeigte sich von meiner Visitenkartensammlung beeindruckt.

»Dann bist du also noch bei der Arbeit«, bemerkte sie.

»Natürlich.« Mit verschmitztem Grinsen fügte ich hinzu: »Schließlich sind wir auf einer *Arbeitsreise*.«

Sylvia lächelte süffisant, als sie ihr eigenes Mantra hörte.

»Hey«, sagte sie. »Ich muss mich bei dir bedanken, Sarah. Für alles, was du getan hast.«

»Hm?« Nachts um zwei und schon ein wenig high von der Energie der Party war ich auf Sarahs Lob nicht vorbereitet.

»Ich weiß, dass du richtig hart gearbeitet hast«, fuhr sie fort.

»Und auch wenn ich das nicht ständig zum Ausdruck bringe, bin ich dir sehr, sehr dankbar. Du bringst eine Menge in diese Firma ein.«

Einen Moment lang sonnte ich mich einfach in Sylvias Wertschätzung, die sie tatsächlich selten so offen zeigte.

»Oh, na ja, hey ... Ich muss mich auch bedanken. Es hat eine Menge Spaß gemacht.«

Der chinesische Teil meiner Persönlichkeit tat sich schwer mit dem Annehmen von Komplimenten, außerdem warf ich mir vor, mich im Ton vergriffen zu haben. *Sie ist deine Chefin! Zeig mehr Begeisterung!*

»Mal ernsthaft, kannst du es glauben?«, sprudelte ich los. »Wir haben es geschafft. Wir sind auf dieser exklusiven Party in Cannes. Alle lieben *A Hard Cold Blue*. Und wir haben das fehlende Geld für den neuen Film!«

Sylvia nickte. »Das ist ziemlich großartig.« Trotz des Joints blieb sie reserviert wie immer.

»Na komm, Sylvia«, sagte ich. »Ich meine, Hugo klang doch, als wolle er die Rechnung übernehmen. Und für unsere laufenden Kosten aufkommen. Alles ein bisschen leichter machen.«

Am liebsten hätte ich gesagt: *Endlich müssen wir uns nicht mehr so abrackern. Wir haben es geschafft.*

»Klar, ich bin begeistert, natürlich«, erwiderte Sylvia. »Wer wäre das nicht? Aber schau dich mal um.«

Sylvia reckte das Kinn in Hugos Richtung. Er stand in einer Ecke, ganz ins Gespräch mit der gertenschlanken Rothaarigen aus unserer Gruppe vertieft. Ich sah, wie sie ihren schlanken Körper zu seiner kräftigen Gestalt hin neigte.

»Hugo ist Geschäftsmann, ganz einfach. Er wird immer eine Gegenleistung erwarten.«

Für mich hatte sich in unserem Gespräch klar abgebildet, worin er diese Gegenleistung sah: Teilhaberschaft an der Firma, Nennung als Executive Producer, Mitspracherecht bei der Besetzung ...

»Schau dir den Rest dieser Welt an, Sarah.« Sylvias Geste bezog die komplette Party mit ein. Die umwerfenden Models, die sich auf die Sofas und an die Schultern der Männer schmiegten. Männer, die ihre Arme lässig um die Frauen legten, ihre Hände auf den kurvigen Rücken ruhen ließen. »So sieht es manchmal aus. Bist du sicher, dass du dafür bereit bist?«

Am liebsten hätte ich gebrüllt: *Natürlich bin ich bereit, schließlich habe ich mein Leben lang darauf gewartet.* Aber ein Teil von mir zögerte.

In unserem Rücken, am Zugang zur Terrasse, hörten wir zwei andere unserer Supermodelfreundinnen – die Blonde und die Brünette – sturzbetrunken kreischen. Ein älterer Mann legte sich die Brünette über die Schulter. Sie lachte und strampelte mit den Beinen.

Die Umstehenden machten Platz und sahen dem Tumult mit wohlwollenden Mienen zu.

»Diese Mädchen.« Sylvia schüttelte den Kopf. »Jetzt stehen sie im Mittelpunkt der Aufmerksamkeit. Aber in zehn Jahren sind sie mit einem langweiligen Geschäftsmann verheiratet. Sobald sie seine Nachkommenschaft geworfen haben, können sie ihre Jobs als Models vergessen.«

Von Sylvias ätzendem Kommentar schockiert, biss ich mir auf die Zunge und warf ihr einen Seitenblick zu. Ich fragte mich, wie sie selbst vor wenigen Jahrzehnten gewesen sein mochte.

»Willst *du* etwa so sein, Sarah?«

»Das würde nicht funktionieren«, entgegnete ich störrisch. »Für ein Model bin ich viel zu klein.«

»*Und* du hast was im Kopf«, fügte Sylvia mit Nachdruck hinzu. »Eine ganze Menge sogar.«

Ich freute mich über das Kompliment.

»Weißt du, wir haben alle unsere strahlenden Momente«, sagte Sylvia. »Worauf es ankommt, ist, was du aus diesen Momenten machst.«

In einer unbesonnenen Geste schnippte sie ihren Joint über die Balustrade. Ich sah dem orangefarbenen Glühen hinterher, bis es in der Tiefe verschwand.

»Das meine ich ernst, Sarah.« Sie wandte sich zum Gehen. »Lass dich von der ganzen Blenderei nicht zu sehr ablenken. Dafür bist du viel zu gut.«

Ich nickte, als Sylvia in der Menge verschwand. Schließlich hatte ich Übung darin, zu ihren Anweisungen zu nicken. Aber ich schaute hinaus auf das dunkle Mittelmeer und ließ mir ihre Worte durch den Kopf gehen. Während der Ereignisse des folgenden Jahres würde ich sie mir immer wieder ins Gedächtnis rufen und mich an ihnen festhalten.

9

Gegen vier Uhr morgens verließ ich die Party im sechsten Stock des Carlton-Hotels. Xander und Hugo waren noch geblieben, aber auch Sylvia brach auf, um ihre Familie in New York anzurufen.

Und ich? Ich machte mich auf den Weg in die Wohnung am anderen Ende der Croisette, die ich mit sechs anderen Twenty-Somethings teilte. Auf diese gemeinsame Unterkunft war ich durch eine zufällige Bekanntschaft gestoßen. Eine Vierzimmerwohnung für sieben Personen, mit einem einzigen Schlüssel. Wir deponierten ihn unter der Topfpflanze an der Tür. Obwohl es praktisch gesehen nur fünf Schlafplätze gab, kamen wir irgendwie zurecht. Die meisten von uns machten ohnehin nur kurz die Augen zu, wenn wir um vier oder fünf am Morgen von einer Party kamen. Ein mürrisch aussehender Filmstudent mit Pferdeschwanz stand jeden Morgen früh auf, machte Kaffee und brach zur Neun-Uhr-Vorführung auf, so blieben nur wenige Stunden, in denen wir keine ausreichenden Schlafplätze zur Verfügung hatten.

Jetzt, ein Jahrzehnt später, kann ich mich nicht mal mehr an die Namen der Leute erinnern, mit denen ich in Cannes die Wohnung geteilt habe. Vielleicht haben sie inzwischen Wahnsinnskarrieren gemacht und bahnbrechende Filme inszeniert, die Preise gewonnen haben oder an der Croisette uraufgeführt wurden. Vielleicht sind sie angesehene Kritiker oder stellen Festivalprogramme zusammen. Aber wahrscheinlicher ist es, dass ihre Hoffnungen unerfüllt geblieben sind. Dass sie über Jahre hinweg ihr Bestes gegeben, ihr Talent und ihre Ideen, ihr ganzes Wesen in eine Branche eingebracht haben, die sie dann doch nicht wollte oder brauchte. Bis sie am Ende in die Unkenntlichkeit abtauchten, in die Normalität des Alltags: als Werbetexter, Versicherungsmakler, Kundenberater. Lehrer.

Als ich in jener Nacht unter dem mediterranen Himmel über die Croisette schlenderte, lagen mir solche Gedanken fern. Ich wähnte mich auf einem Weg, der nur nach oben führte. Zwei Tage später stand die nächste Vorführung unseres Films an, am selben Tag würden die Branchenzeitschriften die Partnerschaft zwischen Firefly Films und Hugo North bekanntgeben. Es war wie im Traum.

Innerlich jubilierend, betrunken und leicht stoned ging ich an glitzernden Lichtern und weißen Millionen-Dollar-Jachten vorbei. Ich hörte das Lachen der Geschäftsleute, der Stars und des unvermeidlichen Mobs, der diese Leute verehrte.

Ich ging übers Ende der Croisette hinaus, wo der Lichterglanz aufhörte, wo die normalen, unspektakulären Bewohner von Cannes lebten.

Beim Gedanken an die Zukunft spürte ich nur freudige Erregung.

An dieser Stelle lege ich eine Pause ein, weil ich den erwartungsvollen Ausdruck in Thom Gallaghers Augen wahrnehme. Er wirkt wie ein Welpe, der Witterung aufgenommen hat. Bei diesem ganzen Gerede über Cannes brennt der Reporter darauf, einen bekannten Namen zu hören. Eine Berühmtheit – die Währung, mit der in Journalistenkreisen gehandelt wird. Er wartet auf das Ass in meinem Ärmel.

An einem Samstagmorgen ist er sicher nicht ins Büro gekommen, um Sarah Lais Abenteuern in der Filmwelt zu lauschen. Er wollte etwas über Hugo North erfahren, aber natürlich auch über *sie*. Über Holly Randolph.

Es ist Jahre her, dass sie und ich irgendwelchen Kontakt hatten. Noch heute, im traurigen kleinen Leben zwischen meiner leeren Wohnung und dem zweitklassigen Seminarraum, glaube ich manchmal, dass ich dieses andere Leben nur geträumt habe. Dass ihre Nummer nie in meinem Handy gespeichert war, neben denen von Hugo North und Xander Schulz. Namen, die inzwischen strahlen wie Sterne am Nachthimmel. Während meiner wie ein Stein auf den Grund eines Teichs gesunken ist. Sagt der Name Sarah Lai *irgendjemandem* etwas? Von den gut sechzig Studierenden einmal abgesehen, die mir sonntagabends kurz vor Mitternacht widerwillig ihre mittelmäßigen Drehbuchversuche zuschicken?

Falls Hollys Name im Zuge dieser Recherche auftaucht, wird die Story nicht aus dem öffentlichen Bewusstsein verschwinden. Ihre Berühmtheit wird Aufmerksamkeit garantieren.

Und ich könnte die unvermeidlichen, schmutzigen Nachwirkungen zu spüren bekommen.

Also wäge ich gründlich ab, wie ich mein Blatt am besten ausspiele.

Ich schaue auf meine Uhr. Inzwischen ist es früher Nachmittag, ich sitze mit grummelndem Magen im vierundzwanzigsten Stock des *New-York-Times*-Gebäudes.

Mit jemandem längere Zeit im selben Zimmer zu sitzen, hat etwas außerordentlich Intimes. Nicht im erotischen Sinn, aber es schafft eine gewisse Ebene von Vertrautheit, die ich in diesen Tagen nur selten erlebe. Wenn meine Studierenden zu mir in die Sprechstunde kommen, verbringe ich zwanzig Minuten mit ihnen, höchstens. Zahn- und sonstige Arztbesuche dauern etwa genauso lang. Wenn ich mich mit einer Freundin treffe, gibt es andere Ablenkungen: das Essen, das Aufblinken von Handynachrichten. Und immer öfter die Unterbrechungen durch ihre kleinen Kinder.

Ich bin es nicht mehr gewöhnt, mich längere Zeit konzentriert und zielgerichtet mit jemandem zu unterhalten. Deshalb fühle ich mich auf eine Art und Weise ungeschützt, die ich in den letzten Jahren nicht zugelassen haben.

Als ich aufstehe, um die Beine zu strecken, bin ich nervös –

und auf seltsame Weise nachdenklich. Ich lasse den Blick über die Stadtlandschaft wandern: die namenlosen, über die Bürgersteige hastenden Gestalten, die Büroangestellten im gegenüberliegenden Bankgebäude, die samstagnachmittags vor ihren Monitoren hocken. Dies ist die Stadt, in der zu leben wir alle uns entschieden haben, samt ihrem vertrauten Refrain, der in allzu vielen Filmen, Bühnenstücken und Büchern Nachhall gefunden hat: all die individuellen Kämpfe, von denen wir nie erfahren werden, die Millionen von Leben, die Leid und Freude erfahren, bis sie irgendwann in der Anonymität verblassen.

Trotzdem beeindruckt mich dieses Klischee auch jetzt, hier in dieser Festung der Vierten Gewalt, in die ich mich dummerweise freiwillig begeben habe.

Hinter mir höre ich Thoms Magen knurren. »Hungrig?«

Beinahe verlegen zuckt er die Schultern. »Kurz vor dem Verhungern.«

»Ich auch.«

Wir stehen uns gegenüber, sehen uns an. Ich frage mich, welches Verhalten in solchen Situationen üblich ist. Ist es unangemessen, den Journalisten, der einem eine verborgene Geschichte entlocken will, zu bitten, ein Sandwich zu besorgen?

»Sollen wir uns was zu essen holen?«, schlägt Thom vor.

Ich strecke abwehrend die Hand aus. »Ich möchte Sie nicht von Ihren Plänen fürs Wochenende abhalten. Ich habe jetzt schon ziemlich viel gequasselt …«

»Sarah«, fällt er mir ins Wort. »Überhaupt nicht. Ich bin Ihnen wirklich dankbar für alles, was Sie mir erzählt haben …«

Diese routinierte Bescheidenheit. Mir ist klar, dass ich bisher nichts gesagt habe, was wirklich von Wert für ihn wäre. Stattdessen bin ich meinem narzisstischen Bedürfnis gefolgt, meine eigene Geschichte loszuwerden.

»… Und wenn ich das sagen darf: Ich glaube, wir fangen gerade erst richtig an. Ich bin überzeugt, dass es noch eine Menge gibt, was Sie mir erzählen können … Was Sie mir vielleicht erzählen *wollen*.«

Ich wende den Blick ab und ziehe eine Grimasse.

Thom grinst. »Wir sind hier jedenfalls nicht bei der Inquisition. Ich werde Ihnen weder Essen noch Schlaf vorenthalten.«

Das haben Sie schon getan, denke ich im Stillen. In den vergangenen Nächten bin ich immer wieder mit vor Angst rumorendem Magen aufgewacht.

»Was halten Sie davon: Wir laufen runter, holen ein paar Sandwichs und bringen sie mit hoch. Gleich um die Ecke gibt's einen tollen Deli. Natürlich lädt die *Times* Sie ein.«

Ich werfe einen flüchtigen Blick auf den Digitalrekorder, dessen rotes Licht nicht mehr blinkt. Natürlich werde ich eine Essenseinladung nicht ausschlagen.

»Ich verspreche Ihnen, dass ich, sobald wir diesen Raum verlassen, keine Fragen zu … der Recherche mehr stellen werde. Betrachten Sie es als Auszeit.«

10

Ich liebe Reuben-Sandwichs, vielleicht weil sie so verschieden von allem sind, was meine Eltern oder Großeltern essen. Ehrlich gesagt weiß ich nicht mal, woher meine Mutter wusste, was ein Reuben-Sandwich ist. Aber einmal, ich war noch ein Kind, kamen wir an einem jüdischen Deli in Midtown vorbei – bei einem der wenigen Male, dass wir Queens verließen. Jedenfalls blieb meine Mutter stehen und erklärte mir das Reuben.

In einer Nische saß ein altes weißes, über das Essen gebeugtes Paar. Ich war hungrig und fürchtete, meine Mutter würde mich mit dem Essen warten lassen, bis wir wieder zurück in Flushing waren.

»Siehst du das?« Durchs Fensters deutete meine Mutter auf den weißhaarigen Mann, der den Mund weit öffnete, um in sein Sandwich zu beißen. »Das ist ein Reuben-Sandwich. Es wurde in New York erfunden.«

Pastrami, geschmolzener Schweizer Käse, Thousand-Island-Dressing und Sauerkraut auf Roggenbrot. Mit einer Gewürzgurke serviert.

Die Zutaten waren derart exotisch, so anders als Reis, Nudeln und Pfannengerichte mit Glutamat, die ich tagein, tagaus aß. Ich wusste nicht mal, wie Thousand-Island-Dressing schmeckte. Meine Eltern hassten Käse.

»Sauerkraut in einem Sandwich?«, fragte ich. »Igitt.«

Ich muss entsetzt ausgesehen haben, denn genau in diesem Moment sah der Mann auf und entdeckte, wie ich auf sein Essen starrte. Mit finsterem Blick wandte er sich ab. Meine Mom lachte laut los.

Vor Scham lief ich rot an, aber die alte Dame winkte mir zu, was es bloß noch schlimmer machte. Sie wackelte mit den Fingern, um mich zum Lachen zu bringen. Stattdessen traten mir Tränen in die Augen. (Ich war ein sehr schüchternes Kind.)

»Das ist sehr lecker«, sagte die Dame mit übertriebenen Mundbewegungen und deutete aufs Sandwich ihres Mannes.

Ich zog an der Hand meiner Mutter, um sie vom Fenster wegzulotsen. Ich hoffte nur, dass ich im Boden verschwinden und vom schmutzigen Bürgersteig verschluckt werden würde.

An jenem Tag aß ich kein Reuben-Sandwich. Jahrelang machte ich in Erinnerung an meine kindliche Erniedrigung einen Bogen darum. Erst als ich älter wurde, begriff ich, dass der Moment eigentlich nicht besonders peinlich gewesen war. Ich war einfach die Gesellschaft älterer weißer Menschen nicht gewöhnt. Und dabei erwischt worden, wie ich andere beobachtete.

Erst als ich mein erstes Reuben probierte, entdeckte ich, was ich all die Jahre verpasst hatte. Vielleicht war es doch nicht zu riskant, sich in die weiße Kultur vorzuwagen.

»Ich nehme ein Reuben«, sage ich jetzt und lehne mich über die Theke in Sam's Bagels & Deli auf der 41st Street. »Und ein …« Fieberhaft überfliege ich die Tafel mit der einschüchternden Auswahl von Smoothies in jeder erdenklichen Kombination von Früchten und Gemüsesorten. »Und ein Egg Cream.« Auch eine typische New Yorker Erfindung, die mir als Kind so fremdartig erschien. Und die ich seit Jahren nicht mehr genossen habe.

»Gute Wahl«, stellt Thom beifällig fest. »Für mich das Avocado-Truthahn, Mitch. Und, ähm, gibt es noch das leckere glutenfreie Brot, das ihr Anfang der Woche hattet?«

»Für Sie immer, Thom.« Hinter der Theke breitet Mitch die Arme aus, was seinen unter der weißen Schürze verborgenen Bauch betont.

»Großartig.« Mit einem Nicken fordert Thom mich auf, Platz zu nehmen und zu warten.

Thom Gallagher isst glutenfrei, registriere ich und speichere die Information in meinem Vorrat nutzlosen Wissens ab.

»Dann meiden Sie Weizen?«, frage ich. Warum nicht zur Abwechslung ein bisschen Small Talk?

»Ja, das probiere ich gerade aus. Meine Mom hat es mir empfohlen.« Seine Mom, Petra Gallagher, von der ich erstmals gehört habe, als sie vor fünfzehn Jahren auf dem Cover von *Parade* auftauchte. *Lernen Sie Petra kennen: Die neue Matriarchin des Gallagher-Clans. Elegant, sexy und klug.*

Seine Mutter hatte als Studentin an der Brown University eine Modelkarriere begonnen, dann ein Praktikum im Kapitol gemacht und dort den damaligen Senatsmitarbeiter Stephen Gallagher kennengelernt. Der Rest ist Geschichte.

Ich muss Thom nicht nach seinem familiären Hintergrund fragen. Irgendwie kennen wir ihn alle.

Stattdessen stelle ich eine andere Frage, eine gewagtere, aber ich kann es nicht lassen. »Wird es nicht manchmal, ähm, stressig ... diese ganze Arbeit? Fremde anzurufen und zu versuchen, ihnen sehr persönliche Dinge zu entlocken?«

Thom wirkt verblüfft, offenbar überrascht ihn die Frage. Dann setzt er sein charmantes, selbstironisches Grinsen auf. »Na ja, das ist mein Job.«

»Klar, ich weiß, dass es Ihr Job ist.« Ich deute auf eine Ausgabe der *Times*, die auf der Theke liegt. »Aber ist das nicht manchmal belastend? Ich meine, wie sollte es anders sein? Sie bitten andere Menschen, wirklich schmerzliche Erinnerungen preiszugeben ...«

Er nickt. »Ja, ich weiß. Es ist ... es ist nicht einfach.«

»Es ist nicht einfach für diese Menschen, darüber zu reden, aber fällt es *Ihnen* leicht, dabei zuzuhören?«

»O Gott, nein. Ich musste mir ... richtig schreckliche Geschichten über Missbrauch und Traumatisierungen anhören. Es ist auch vorgekommen, dass Menschen mitten im Interview zu weinen angefangen haben ...«

»Wie fühlt sich das an? Dass Sie ... die Leute zum Weinen gebracht haben?«

»Na ja, *ich* habe sie nicht zum Weinen gebracht.« Seine Stimme klingt vorsichtiger. »Was sie zum Weinen bringt, ist die Erinnerung an den Missbrauch … Oder um es noch genauer zu sagen: die Person, von der sie missbraucht wurden.«

Oh, Thom. Du bist so stolz auf deine Arbeit. So ging es mir früher auch.

»Klar, aber sie würden bei den Interviews nicht weinen, wenn Sie diese Fragen nicht gestellt hätten.«

Er dreht sich zu mir um, als fühle er sich angegriffen. »Wollen Sie darauf hinaus, dass ich diese Frauen noch einmal traumatisiere, indem ich sie bitte, ihre Geschichte zu erzählen?«

Ich gebe mich lässig. »Ja, ich glaube, darauf will ich hinaus.«

Er schaut hinüber zu Mitch, der immer noch darauf wartet, dass der Käse für mein Reuben-Sandwich schmilzt. Wahrscheinlich wünscht sich Thom Gallagher, dass Mitch sich mit den Sandwichs ein bisschen beeilen würde.

»Ich glaube, das Trauma ist da, egal, was passiert. Außerdem denke ich, dass es den Frauen manchmal hilft, ihre Geschichte erzählen zu können und angehört zu werden.«

Seine blauen Augen mustern mich konzentriert. »Und vor allem bin ich der Meinung, dass diese Art von Machtmissbrauch beim Namen genannt werden muss. Wenn man ein bestimmtes Unrecht ans Tageslicht bringen will, geht es manchmal nicht ohne ein paar Tränen und den Schmerz … Es geht nicht, ohne schwierige Wahrheiten auszusprechen.«

Er hat die Worte sorgfältig gewählt und wendet den Blick nicht ab. Am Ende bin ich diejenige, die unruhig wegsieht. Ich frage mich, wen er für seine Recherchen sonst noch interviewt. Aber ich bemühe mich um eine gleichmütige Miene.

»Gut ausgedrückt«, sage ich und nicke.

Verdammt, du bist gut, denke ich. *Du solltest es wirklich wie dein Dad machen und für ein öffentliches Amt kandidieren.*

Wir sind beide noch in Gedanken versunken, als zwei Frauen auf uns zu treten. Besser gesagt: auf Thom.

»Entschuldigung«, sagt eine von ihnen. Ihre lockigen braunen Haare sind zu einer Art Wolke zusammengesteckt, aus ihrem Poncho aus Merinowolle schaut eine Hand mit einer Kaffeetasse hervor. »Tut mir leid, wenn ich Sie unterbreche, aber sind Sie nicht Thom Gallagher?«

Ihre Freundin stellt sich dazu, beide haben diesen anbetungsvollen Blick, mit dem normale Menschen Prominenten in der Öffentlichkeit begegnen.

»Ähm, ja, der bin ich«, sagt er bescheiden wie immer.

Ihre Blicke strahlen noch heller.

»Oh, das dachten wir uns schon, wo das *New-York-Times*-Gebäude doch gleich nebenan liegt … Wow, ich meine, ich wollte nur sagen … Vielen, vielen Dank für das, was Sie tun.« Die Frau streckt den freien Arm aus und legt ihn auf Thoms Ellbogen. Ich registriere, wie er ganz leicht zusammenzuckt. Sie scheint es nicht zu merken.

»Ihre Arbeit ist *so* wichtig«, schaltet die zweite Frau sich ein.

»Ehrlich, also, jedes Mal, wenn einer Ihrer Artikel erscheint, weiß ich, dass der nächste schreckliche Fall ans Licht kommt.«

»Und jemand muss für diese Frauen eintreten! Ich bin *so froh*, dass Sie das tun.«

Diese Frauen, denke ich und sehe zu, wie es aus den beiden heraussprudelt. *Jemand muss für diese Frauen eintreten?*

Thom hebt bescheiden die Hände. »Schauen Sie, ich … Ich höre mir einfach nur diese Geschichten an, die erzählt werden müssen. Und ich helfe den Frauen dabei, sie zu erzählen.«

»Gut, machen Sie weiter so. Denn es wird Zeit, dass das Verhalten all dieser Männer an die Öffentlichkeit kommt.«

»Ekelhaft, wirklich ekelhaft.« Die andere Frau schüttelt den Kopf.

»Es gibt noch viele Geschichten, die erzählt werden müssen«, sagt er und dreht den Kopf kaum merklich in meine Richtung.

»Oh, das glaube ich gern«, sagt die erste Frau. »Jede Menge

Geschichten. Es geht nicht nur um Bill Cosby und diesen ... wie heißt er noch ... Weinstein. Das betrifft sicher noch viele andere Männer.«

»Hey, hey, jetzt kommen wir in Fahrt, stimmt's?«, kichert die andere Frau und klopft ihrer Freundin auf den Rücken.

Fragt nicht nach einem Selfie, fragt nicht nach einem Selfie, fragt nicht nach einem Selfie, rufe ich im Stillen.

»Wir wollen Sie nicht aufhalten.« Die Frau wirft mir einen schnellen Blick zu und nickt. »Ich weiß, dass Sie als Reporter viel zu tun haben, also ... ja, wir wollten nur sagen: Machen Sie weiter so, Thom Gallagher. Unsere Unterstützung haben Sie.«

»Danke, danke, das bedeutet mir viel.« In demonstrativer Dankbarkeit greift er sich an die Brust und nickt ihnen zum Abschied zu.

Mit strahlendem Lächeln gehen die Frauen hinaus.

Plötzlich wirkt es im Deli sehr still.

Hinter der Theke ruft Mitch: »Schauen Sie sich an, Thom. Immer von Fans umringt. Demnächst muss ich hier ein Bild von Ihnen aufhängen.«

Er deutet auf die obligatorische Fotosammlung der Prominenten, die den Deli im Lauf der Jahre besucht haben: Bill Clinton, Liza Minelli, Michael Bloomberg, Shakira.

»Irgendwann mal«, ruft Thom zurück. »Was machen übrigens unsere Sandwichs?«

»Hier, alles fertig eingepackt. Sie warten auf Eure Hoheit.«

Mitch wedelt in höfischer Ehrerbietung mit den Händen, Thom lacht. »Dann her damit.«

Auf dem Weg nach draußen sagt Thom: »Es tut mir wirklich leid.«

»Keine Sorge«, erwidere ich. »Es gab mal eine Zeit, da war ich ständig von berühmten Leuten umgeben.«

Wir stellen uns an die Kreuzung und warten, dass die Ampel

umspringt. Wie alle New Yorker drängeln wir uns ungeduldig vor, damit wir die Straße vor dem nächsten Rotlicht überqueren können.

»Das kann ich mir vorstellen.« Er wirft mir einen verschwörerischen Blick zu. »Sie müssen mir mehr erzählen.«

Interview-Abschrift (Ausschnitt):
Sylvia Zimmerman, Privathaus, Upper East Side,
Sonntag, 29. Okt., 14.07 Uhr

Sylvia Zimmerman Mir ist klar, wie wichtig Ihre Recherchen sind, Thom. Aber ich verstehe nicht ganz, warum Sie mit mir reden wollen. An unseren Filmsets ist nichts passiert.

Thom Gallagher Ich wollte nur ein Gefühl für die Situation damals, im Jahr 2006, bekommen … Vermutlich wissen Sie, um wen es mir geht?

SZ Ja, klar. Wahrscheinlich um eine ganz bestimmte Person.

TG Würde es Ihnen etwas ausmachen, den Namen dieser Person zu nennen? Das alles ist strikt vertraulich, wie Sie wissen.

SZ Ich vermute, es geht Ihnen um Hugo North.

TG Wie kommen Sie auf diese Annahme?

SZ [*spöttisch*] Das liegt auf der Hand, oder? Er ist dieser Typ Mann.

TG Könnten Sie das näher ausführen?

SZ Überlebensgroß. Liebte den Luxus. War gewöhnt, dass alles nach seinen Vorstellungen lief … Sie kennen diese Leute. Erzählen Sie mir nicht, dass Sie Menschen wie ihm nie begegnet sind, in den Kreisen, in denen Ihre Familie verkehrt, Thom. Wir alle kennen solche Typen. Sie müssen sich nie etwas erarbeiten. Alle Türen öffnen sich auf magische Weise von selbst.

TG Was glauben Sie, wie sein Einstieg ins Filmgeschäft lief?

SZ Genau so. Die Türen haben sich auf magische Weise geöffnet … Schauen Sie, ich … Mit dem, was er später gemacht hat, hatte ich nichts zu tun. Vielleicht habe ich unwissentlich dazu beigetragen, dass er im Filmgeschäft Fuß fassen konnte, aber … Darüber können wir später reden.

TG Okay. Wie war Ihr erster Eindruck von Hugo North, als Sie ihn kennengelernt haben?

SZ Er dürfte mir wie ein Mann vorgekommen sein, der für

uns alles ins Rollen bringen konnte … Schon komisch, ich hab immer gesagt, dass Produzenten die Dinge ins Rollen bringen. Aber das Einzige, was wirklich etwas ins Rollen bringt, ist Geld.

TG Das klingt zynisch.

SZ Natürlich bin ich zynisch, Thom. Ich habe mehr als zwanzig Jahre im Filmgeschäft gearbeitet. Wer wäre da nicht zynisch?

11

Nach der Auszeit kehren Thom und ich in den vierundzwanzigsten Stock zurück und versuchen, den Faden wieder aufzunehmen. Aber nach dem Ausflug in den Deli hat sich das Verhältnis zwischen uns unmerklich verschoben.

»*Ich helfe den Frauen nur dabei, Ihre Geschichten zu erzählen*«, ahme ich Thom in leicht spöttischem Ton nach. »Ernsthaft? Glauben Sie, wir brauchen Hilfe?« Meine Dreistigkeit gibt mir einen speziellen Kick.

Thom hebt abwehrend die Hände. »Solche Leute kommen ständig auf mich zu. Ich dränge mich nicht nach ihrer Aufmerksamkeit.«

Doch, das tust du, denke ich.

»Sie ist nur ein erfreuliches Nebenprodukt Ihrer Arbeit«, erkläre ich sarkastisch.

Thom versucht, mit einem Lachen und seinem Megawatt-Lächeln darüber hinwegzugehen. Ich muss selbst ein wenig lachen.

»Nach diesem Cannes-Besuch im Jahr … 2006.« Er schaut in seine Aufzeichnungen und versucht, die Kontrolle zurückzugewinnen. »Wie hat sich die Zusammenarbeit mit Hugo North angelassen? Wie waren Ihre ersten Eindrücke von ihm?«

»Hugo North war ein Wesen von einem anderen Planeten. Ich meine, er war ein britischer Milliardär, ansonsten wusste ich nichts über ihn. Was glauben Sie, wie viele britische Milliardäre mir bis dahin über den Weg gelaufen waren? Ich komme aus Flushing.«

Thom lacht in sich hinein. Diese Reaktion auf meine trockene Bemerkung löst ein warmes Gefühl in mir aus. Meine Wangen laufen rot an, was ich als Warnsignal begreife.

(*Denk nicht mal dran*, warne ich mich selbst. *Nicht bei diesem Goldjungen.*)

Hugo North war reich und vielleicht in bestimmten Kreisen bekannt, aber mir hatte sein Name nichts gesagt. Nach einer kurzen Internetsuche kannte ich sein geschätztes Vermögen und fand Fotos von ihm und seiner zur besseren Gesellschaft gehörenden Frau, die bei diversen britischen Promi-Hochzeiten und sozialen Events gemacht worden waren. Allerdings wusste ich nicht viel über britische Berühmtheiten – mit Ausnahme der Royals, David Beckhams und einzelner Film- oder Musikstars, die den Sprung über den Atlantik geschafft hatten.

»Glauben Sie, dass seine relative Unbekanntheit wie eine Art Tarnung gewirkt hat? Weil kaum jemand wusste, was er bisher geschäftlich getrieben hatte?«

Wahrscheinlich, ja. Andererseits funktioniert das Filmbusiness genau so. Man umgibt sich mit einer mysteriösen Aura, deutet seinen märchenhaften Reichtum an, und plötzlich will jeder mit einem zusammenarbeiten.

Hugo wusste jedenfalls, was er wollte. Er ging wie nach Lehrbuch vor.

Zuerst, gleich nach der Premiere von Xanders Film in Cannes, gab es ein Rumoren in der Branchenpresse. Ich muss zugeben, dass es aufregend und surreal war, diese Artikel in *Variety* und *Screen Daily* zu lesen.

North will fünfzig Prozent von Firefly Films erwerben.
Schulz-Firma verhandelt mit britischem Finanzier.

Natürlich wurde Hugo in beiden Schlagzeilen erwähnt, während Sylvia nicht auftauchte, aber das war verständlich. Wer das Geld lieferte, sahnte den Ruhm ab. Sylvia und ich wurden weiter unten im Artikel genannt.

North wird zusammen mit Sylvia Zimmerman die zukünftigen Arbeiten von Schulz und einem wachsenden Pool von Regietalenten produzieren. Sarah Lai übernimmt die Position als Head of Development.

Den letzten Satz hätte ich am liebsten mit Textmarker hervorgehoben, vergrößert und für meine Eltern gerahmt. Seht ihr, Mom und Dad? Ich hab's geschafft. Head of Development. Wir haben einen Film gemacht, der in Cannes gezeigt wurde! So dumm, wie ihr gedacht habt, war meine Berufswahl dann doch nicht!

Tatsächlich waren meine Eltern beeindruckt. Ich schnappte mir am Stand des SoHo House mehrere Exemplare der Zeitschriften und nahm sie mit nach Hause. Die ganze Familie feierte mit Peking-Ente und einer Flasche Courvoisier (von der nur mein Dad und ich tranken, weil meine Mutter kaum Alkohol zu sich nahm und meine Schwester mitten in der Schwangerschaft war).

»Was hat das genau zu bedeuten?«, fragte Karen, die den Artikel in der *Variety* las. Dabei strich sie sich ständig über den runden Bauch, eine Geste, die auf mich völlig fremdartig wirkte.

»Es bedeutet, dass wir ziemlich erfolgreich sein werden«, sagte ich grinsend. Am liebsten hätte ich hinzugefügt: Es bedeutet, dass ihr aufhören könnt, euch um mich zu sorgen.

Oh, die Torheit der Jugend.

Ich weiß, dass mein Dad den Artikel aufbewahrt hat. Als ich vor anderthalb Jahren sein Arbeitszimmer betrat, um eins seiner Medikamentenrezepte zu suchen, entdeckte ich ihn unter die Plexiglasplatte seines Schreibtischs geklemmt. Er war nicht versteckt, aber auf dem Papier hatten Kaffeetassen Ringe hinterlassen. Als ich diesen Beweis unausgesprochenen väterlichen Stolzes entdeckte, regte sich Bedauern in mir. Über meine verpasste Karriere. Oder zumindest die Karriere, die der Artikel mir vorhergesagt hatte. Und weil ich mich gründlich geirrt hatte, als ich glaubte, Teil dieser Welt werden zu können.

In denselben Artikeln war auch von Xanders nächstem Film die Rede, was der nützlichste Aspekt dieser ganzen Publicity war. *Schulz schließt die Vorarbeiten an seinem nächsten Spielfilm ab, das Casting beginnt demnächst.*

Dieser eine Satz sorgte dafür, dass wir noch am Tag, an dem der Artikel erschien, mit Anrufen und E-Mails überschüttet wurden. Es war unser vorletzter Tag in Cannes. Als ich auf meinen BlackBerry schaute, liefen die Anfragen für Treffen auf den letzten Drücker ein.

Habe den tollen Artikel in Variety gelesen! Würde gern mehr über Ihr neues Projekt erfahren. Sind Sie noch in Cannes und haben Zeit für ein kurzes Gespräch?

Zwei Tage später im New Yorker Büro fand ich auf unserem Anrufbeantworter zahllose Nachrichten von Casting Directors, Agenten und – ja! – sogar einigen verwegenen Schauspielerinnen und Schauspielern vor. (An alle angehenden Darsteller: NIE-MALS auf die ABs von Produktionsfirmen sprechen! Kein Mensch schaut sich auch nur ein Foto an, wenn es nicht über einen Agenten kommt.)

Auch Verleiher und Sales Agents meldeten sich, ein deutliches Zeichen, dass die Zeiten sich änderten. Nicht mehr *wir* mussten *ihnen* hinterherlaufen (für *A Hard Cold Blue* hatte ich monatelang höfliche E-Mails verfasst, in denen ich auf Xanders vielversprechende kürzere Arbeiten hingewiesen und erklärt hatte, wir könnten es »kaum erwarten«, den Film fertigzustellen). Jetzt kamen sie auf uns zu. Warum? Nur deshalb, weil Xanders Film in Cannes gelaufen war. Wegen der Publicity und weil wir jetzt finanzielle Unterstützung im Rücken hatten.

Talent, Ruhm und Geld. Die Dreieinigkeit dieses gottverlassenen Geschäfts. Man versucht uns glauben zu machen, dass die beiden Letzteren nur eine Folge des Talents sind. Aber das geht an der Realität vorbei.

Als wir die erste Aufregung und das Presseecho im Gefolge von Cannes hinter uns hatten, warteten die üblichen langweiligen logistischen Aufgaben. Hugo wollte das Geld anweisen, aber erst mussten seine und unsere Anwälte die Verträge aufsetzen.

Riesige Mengen von Papier wurden bedruckt, paraphiert, unterzeichnet, hin und her gefaxt. (Ja, damals wurden noch Faxgeräte benutzt.)

Ich musste den Vertrag prüfen. Auf welche Aspekte hin, war mir nicht klar. Aber Sylvia gab sich nicht mit der gründlicheren Lektüre von juristischen Dokumenten ab, Xander noch viel weniger. Also fiel diese öde Routinearbeit mir zu, einer Siebenundzwanzigjährigen, die niemanden hatte, der ihr dabei über die Schulter sah. Trotzdem war ich akribisch. Heute ist mir klar, dass es niemandem etwas ausgemacht hätte, wenn ich nur halb so akribisch und fleißig gewesen wäre.

Was mich betraf, stand mein Name im Vertrag, die Funktion als Head of Development war fixiert. Damit war ich zufrieden. Wie unfehlbar wir uns doch von unserem Ego leiten lassen.

Unsere Firma bekam auch einen neuen Namen. Aus Firefly Films (so hatte Sylvia ihre Firma in den frühen Neunzigern genannt) wurde Conquest Films, das hatte Hugo angeordnet. Der Name war derart offensichtlich, dass er nicht mal als ironisch durchgehen konnte. Bis dahin hatte ein skurriles, handgezeichnetes gelbes Glühwürmchen unsere cremeweißen Visitenkarten geziert. Jetzt hatte Hugo einen Designer ein neues Logo entwerfen lassen: Gold auf Schwarz. Hohe Serifenbuchstaben, die an eine großstädtische Skyline und die schlanke Typografie der 1920er Jahre erinnerten. Ja, das Logo vermittelte Klasse, Kultiviertheit und einen subtilen, altmodischen Ausdruck von Macht. Ganz wie Hugo.

»Wie ging es Ihnen mit all diesen Änderungen?«, fragt Thom.

Natürlich war ich aufgeregt. Jeder Schritt war ein Schritt nach oben. Fünf Jahre hatte ich mich unbemerkt auf der untersten Ebene der Pyramide abgeplagt. Jetzt hatte ich das Gefühl, dass wir die verdiente Anerkennung bekamen – und die damit verbundene Chance zur Weiterentwicklung.

Die ganze Firma wurde runderneuert: neues Briefpapier, neue

Visitenkarten, neue Mailadresse, neue Website, alles im Verlauf weniger Wochen. Überall war unser neues Logo zu sehen. Natürlich war es meine Aufgabe, diese Umstellung organisatorisch zu bewältigen: Druckereien und Webdesigner zu finden, dafür zu garantieren, dass Rechnungen bezahlt wurden, unsere strahlende neue Identität bei all unseren Branchenkontakten zu präsentieren.

Die gesamte praktische Arbeit, die der Betrieb eines Unternehmens mit sich bringt, blieb mir überlassen. Gleichzeitig kümmerten sich Xander und Sylvia um die letzte Phase der Projektentwicklung für *Furios Her*. Andrea war von der Resonanz in Cannes elektrisiert und brachte, wie es sich für eine Top-Agentin in dieser Situation gehört, die gutgeölte Maschine von TMC ins Laufen. Telefonate und E-Mails führten zu Meetings mit einer immer länger werdenden Liste von Sales Agents und Verleihern, die schon jahrelang auf unserer Wunschliste gestanden hatten. Xanders und Sylvias Terminkalender quollen von Verabredungen in ganz Manhattan über. Sie flogen sogar nach L.A. Sie flogen ein zweites Mal nach L.A.

»Und Hugo North? Wo war er in dieser Zeit?«

Hugo war mit seinem Umzug aus Großbritannien beschäftigt, schaute aber gelegentlich für einen oder zwei Tage herein, bevor er für den Sommer nach New York zog. Eine ganze Weile blieb er also diese rätselhafte Berühmtheit, die uns nur dann mit ihrer Anwesenheit beglückte, wenn sie geruhte, den Atlantik zu überqueren und sich ins Gewimmel Manhattans zu begeben.

In dieser Zeit hatte ich nicht viel mit ihm zu tun. Schließlich war ich bei Conquest Films nur eine Angestellte, keine Teilhaberin. Für die Meetings in dieser frühen Phase war ich nicht wichtig genug. Eines Nachmittags allerdings saß Hugo in unserem Büro und ging mit Sylvia und Xander die Namen von Presseagenten in L.A. durch. Plötzlich wandte er sich an mich.

»Und was ist mit dir, Sarah?«

»Was soll mit mir sein, Hugo?«, gab ich scherzhaft und mit einer Spur Sarkasmus zurück.

»Wie passt du in dieses ganze Bild? Oder, warte mal ...« Er sah auf seine Uhr. »Hast du Lust auf einen Drink, jetzt gleich? Um sechs treffe ich einen Freund, aber bis dahin habe ich noch ein bisschen Zeit totzuschlagen. Ich habe das Gefühl, du bist immer im Hintergrund und hältst den Laden am Laufen, aber ich wüsste gern, was du wirklich von uns Verrückten hältst.«

»Einen Drink, jetzt gleich?«, wiederholte ich. Es ging auf fünf Uhr zu. Sylvia legte Wert darauf, dass ich bis sechs im Büro blieb. Bei Hugos Vorschlag spürte ich einen kleinen Nervenkitzel, wie eine Schülerin beim Blaumachen. Außerdem war ich noch nie allein mit einem Milliardär etwas trinken gegangen.

»Hast du etwas dagegen?«, wandte Hugo sich an Sylvia. »Sarah hat den ganzen Tag hart gearbeitet. Ist es in Ordnung, wenn ich sie für einen schnellen Cocktail entführe?«

Sylvia betrachtete uns leicht überrascht. »Ich glaube nicht, dass es ein Problem wäre ... Sarah, gibt es noch etwas, um das du dich unbedingt heute kümmern musst?«

Ich zuckte die Achseln. »Nur ein paar E-Mails, aber die kann ich auch morgen früh schreiben.«

»Na schön, dann trinkt euren Cocktail.« Spöttisch zog sie die Augenbrauen hoch. »Aber lass das nicht zur Gewohnheit werden, Hugo.«

12

Zwanzig Minuten später saß ich Hugo North in einer schicken Bar gegenüber, an der ich schon oft vorbeigekommen war, die ich aber nie betreten hatte. Ich hatte angenommen, die Preise lägen jenseits meiner finanziellen Möglichkeiten, womit ich auch recht hatte. An jenem Tag aber ließ ich mich in den Samtstoff eines hohen Lehnstuhls sinken und schlürfte einen Zwanzig-Dollar-Martini (einen Drink, den ich selten bestellt und mir lieber für einen Anlass aufgehoben hatte, bei dem ich nicht selbst zahlen musste). Ich versuchte, meine Neugier und Aufregung hinter professioneller Höflichkeit zu verbergen. Hugo North war ein Mensch wie alle anderen, sagte ich mir, auch wenn er Milliardär war.

Er lächelte mich liebenswürdig an. »Erzähl mal, Sarah, wie bist du dazu gekommen, mit Sylvia und Xander zu arbeiten?«

Es ist schon komisch, dass die Leute immer »mit jemandem arbeiten« statt »für jemanden arbeiten« sagen. Obwohl allen klar ist, wer das Sagen hat und wer Befehle ausführt.

»Es hat sich einfach ergeben«, sagte ich bemüht lässig. »Ich habe in der Columbia eine Anzeige entdeckt, auf der nach einer Praktikantin gesucht wurde, und mich beworben. Wahrscheinlich habe ich Glück gehabt.«

»Das war sicher nicht nur Glück. Du musst ziemlich clever gewesen sein«, sagte er. »Am College muss es jede Menge junge Leute geben, die darauf brennen, mit den beiden zu arbeiten.«

Im Stillen sah ich den Aushang vor mir, den ich vor Jahren gefaltet und in meinem Rucksack verstaut hatte, damit ihn niemand mehr zu Gesicht bekam.

Hugo redete weiter. »Mir ist es immer wichtig zu wissen, mit wem ich arbeite, vor allem, wenn es um die wichtigsten Mitarbeiter in einer Firma geht. Und das bist du auf jeden Fall. Ich habe das Gefühl, dass du im Büro der Fels bist, auf den Sylvia und Xander sich stützen können.«

Die Anerkennung schmeichelte mir. Endlich betrachtete mich jemand als festen und wichtigen Bestandteil der Firma.

»Nun, Sarah«, sagte Hugo. »Du bist jetzt seit fünf Jahren eine loyale Kollegin von Sylvia und Xander. Du weißt eindeutig, wie Filme gemacht werden. Außerdem verstehst du, wie die Branche tickt.«

Ich nickte und trank einen Schluck. Ich wollte mehr hören.

»Ich habe Erfahrung darin, Firmen zu kaufen und ihre Stärken zu entdecken. Nichts ist so wichtig wie junge Talente. So voller Hoffnung, so bereit zu harter Arbeit. Wenn man diese Talente fördert, geht es auch mit der Firma aufwärts. Wenn man sie klein hält, leidet der ganze Betrieb.«

Er beugte sich ein Stück vor, die Hände auf den Knien, die grünen Augen direkt auf mich gerichtet. »Sarah, verrat mir, was du mit all deinem Know-how und all deiner Leidenschaft fürs Kino *wirklich* erreichen willst.«

Seine unverblümte Frage erwischte mich auf dem falschen Fuß. So direkt auf meine Herzenswünsche angesprochen zu werden. In dieser Branche war es üblich, die eigenen Ambitionen hinter einer Fassade aus demonstrativem Teamgeist zu verbergen. Ich zögerte.

»Komm schon, Sarah«, sagte Hugo. »Ich mache dir keine Vorwürfe. Ich weiß Ehrgeiz zu schätzen, ich sehe es gern, wenn Leute große Träume haben. Du musst deine Ziele nicht verbergen, ich will dir bloß helfen.«

Ich war unsicher, wie offen ich sein durfte, aber dass ein Vorgesetzter mir die Chance gab, meine Wünsche offenzulegen, war für sich genommen schon erfrischend.

»Na ja, ich … Es hat mir immer Spaß gemacht, eng mit Sylvia zusammenzuarbeiten, bei der Produktionsarbeit zu helfen«, begann ich. »Also würde ich eines Tages gern selbst Filme produzieren.« Mehr sagte ich nicht, aber die Notwendigkeit, ständig nur Sylvias Kommandos zu folgen, begann tatsächlich auf mir zu lasten. Vielleicht spürte Hugo das.

Er lächelte wissend und musterte mich unter seinen dichten Wimpern hinweg. »Es muss unglaublich spannend sein, wenn man sieht, wie ein Film langsam Gestalt annimmt. Du willst also deine eigenen Projekte produzieren. Nicht mehr die zweite Geige spielen. Ich bin sicher, du würdest das großartig machen.«

»Meinst du wirklich?«, fragte ich. Er hatte spontan, fast schon beiläufig geklungen.

Hugo wirkte überrascht, in seiner Einschätzung hinterfragt zu werden. Seine Augen glänzten vergnügt. Ich fragte mich, ob ich nachhaken sollte, aber ich wollte ihm auch zeigen, dass ich nicht bloß ein Lakai war.

»Na ja«, fuhr ich in leichtem Ton fort. »Du kennst mich kaum. Ich meine, das klingt ja alles furchtbar nett, aber … Woraus schließt du, dass ich eine gute Produzentin sein könnte?«

Hugo kniff die Augen zusammen. Dann lachte er. »Meine Güte, du bist ganz schön clever.«

Er beugte sich wieder vor und tätschelte mein Handgelenk. »Vor allem aus dem, was du jetzt gerade tust. Du bist bereit, mich beim Wort zu nehmen, wo andere vielleicht eine belanglose Schmeichelei gehört hätten. Ich sehe schon, dass du von Sylvia eine Menge gelernt hast.«

Ich nickte, murrte aber innerlich. Schon wieder Sylvia.

»Davon abgesehen bist du klug und arbeitest hart – beides ist unübersehbar. Du weißt, was einen guten Film ausmacht … Du lässt dich nicht von Äußerlichkeiten beeindrucken. Das ganze Drumherum ist nicht der Grund, warum du in dieser Branche bist.«

Zufrieden lehnte ich mich zurück und legte die Hände an mein Martiniglas. »Wie meinst du das?«

»Glaub mir, so viele hoffnungsvolle junge Frauen wollen in

diesem Geschäft nur Stars werden – oder einem Star so nahe wie möglich kommen. Oder ihn vögeln, wenn ich mich mal so ausdrücken darf. Aber ich merke, dass du daran kein Interesse hast. Dir geht es um die Filme. Um deine Liebe zum Kino. Deswegen wirst du eines Tages eine großartige Produzentin.«

»Glaubst du das wirklich?«

»Kein Zweifel. Und wenn du das wirklich willst, kann ich dir helfen, dorthin zu kommen.«

Seine Worte schwebten zwischen uns, verlockend, aber ich zögerte noch.

»Sag mir, was es monatlich kostet, die Firma am Laufen zu halten.«

Ich dachte einen Moment nach, rief mir die Zahlen ins Gedächtnis und legte noch ein bisschen drauf. »In der alten Form, bevor du eingestiegen bist, ungefähr fünfzehntausend im Monat.«

»Das sind … keine zweihunderttausend im Jahr.« Unbeeindruckt zog Hugo die Brauen hoch. »Für mich sind das Peanuts. Ich will nicht arrogant klingen, aber ich bin mir meiner finanziellen Mittel bewusst. Ich muss nicht lange überlegen, bevor ich solch ein Projekt fördere. Vor allem, wenn es von jemandem mit deinem Talent geleitet wird. Möchtest du in Zukunft eine eigene Produktionsfirma? Ich kann sie dir besorgen.«

Ich kniff die Augen zusammen, mein Herz schlug eine Spur schneller. »Meine eigene Produktionsfirma?«

»Na komm, Sarah.« Hugo grinste. »Es ist schön und gut, von ›der Firma‹ zu sprechen, aber Firmen bestehen aus hart arbeitenden Individuen. Du hast dein Bestes gegeben und verdienst eine Belohnung. Ich kann mir vorstellen, dass eine Frau mit deinem Ehrgeiz eines Tages ihr eigener Boss sein will.«

»Klar, schon«, sagte ich, immer noch verblüfft über Hugos Offenheit. »Aber …«

Ich verstummte. Es musste doch ein Aber geben.

»Aber was?«, fragte Hugo. »Es gibt kein Aber. Wir reden über eine einfache Tatsache. Wenn die Zeit reif ist, wenn du es dir wirklich verdient hast, kann ich dir deine eigene Produktionsfirma bieten. Behalt das einfach im Hinterkopf.«

»Das mache ich.« Ich hob das Glas. Plötzlich sah ich mich selbst hinter einem Schreibtisch sitzen, mit meiner eigenen Assistentin, in meine eigene Auswahl von Drehbüchern vertieft. Ich musste mich nicht mehr nach Sylvia richten. Niemals hätte ich geglaubt, dass solche Freiheit möglich sein könnte, aber jetzt schien sie in Reichweite. »Danke.«

»Und weißt du was?« Wieder beugte Hugo sich vor. »Das Schönste daran ist: Wenn du erst das Sagen hast, wenn du ein gewisses Level erreicht hast, kannst du den Routinekram von anderen erledigen lassen. Kein ständiges Hin- und Herhetzen mehr.«

Der Gedanke gefiel mir. Ich biss in die gingetränkte Olive und ließ mir den Rest Martini, kalt und berauschend, durch die Kehle rinnen. Durch den bitteren Geschmack spürte ich den Alkohol nicht so stark.

»Verdammt, soll das ein Witz sein?«, fuhr Hugo die Person am anderen Ende der Leitung an.

Ich beobachtete ihn leicht benebelt. Ein wenig schockiert nahm ich die plötzliche Veränderung in seinem Tonfall wahr und fragte mich, wer sein unglückseliger Gesprächspartner sein mochte.

»Das hab ich dir schon mal gesagt … Nein … Das ist keine Option«, sagte er mit geblähten Nasenflügeln und leicht zusammengekniffenen Augen. »Verdammt, stell dich nicht so dämlich an! Klär es einfach und ruf mich bloß nicht wieder an. Ich bin beschäftigt.«

Er beendete das Gespräch und ließ seinen BlackBerry wieder in die Jackentasche gleiten.

»Tut mir leid.« Er rollte die Augen. »Das kommt davon, wenn

man mit Idioten zusammenarbeitet, die nicht richtig zuhören … Bei dir werde ich mir über so etwas keine Gedanken machen müssen.«

Ich schluckte und hoffte im Stillen, dass er recht hatte.

»So.« Auf einmal lag wieder Wärme in Hugos Stimme. »Sylvia hat mir erzählt, dass deine Familie in der Gastronomie arbeitet. Und dass du trotz deines Alters schon eine Menge Erfahrung in der Branche gesammelt hast.«

Unter dem Einfluss des Alkohols hielt meine übliche Scham über den Familienbetrieb nicht lange vor. »Na ja, meine Familie besitzt seit zwanzig Jahren ein Restaurant in Queens.«

»Beeindruckend. Heutzutage gibt es in diesem Zweig des Gastgewerbes eine derartige Fluktuation. Die Welt ist manchmal brutal. Kennst du den Küchenchef Manson Wang? Wir haben in einigen meiner Immobilien mit ihm zusammengearbeitet, vor allem in unserem Hotel in Hongkong. Brillanter Kerl.«

Manson Wang war ein pausbäckiger Promi-Koch, der sich gern mit Hollywoodstars ablichten ließ. Er verdankte seinen Ruhm dem Umstand, dass er die traditionelle Küche Sichuans an die Vorlieben eines westlichen Publikums anpasste, das mit Freuden horrende Preise zahlte, um »authentisches« chinesisches Essen zu genießen, ohne einen Fuß aus dem Fünf-Sterne-Hotel setzen zu müssen. Natürlich hatte ich von ihm gehört.

»Nein, ich habe Manson nie persönlich kennengelernt«, entgegnete ich nonchalant und verkniff mir ein Kichern. Schon die Vorstellung, dass meine Familie – mit unserem kleinen Dim-Sum-Laden in Queens – im selben Universum verkehrte wie Manson Wang, war lächerlich. Ich fügte hinzu: »Allerdings glaube ich, dass mein Onkel früher einmal mit ihm zusammengearbeitet hat.«

Eine Lüge, aber eine inspirierte.

»Ah, dann muss ich dich ihm vorstellen, wenn sich die Gelegenheit ergibt.«

Am liebsten hätte ich laut losgelacht. Dann aber dachte ich: Hey, wenn Hugo es ernst meinte und ich Manson tatsächlich begegnen würde, wären meine Eltern wahrscheinlich schwer beeindruckt.

Ein alberner Schnappschuss von mir und Manson Wang, aufgenommen bei einer flüchtigen fünfminütigen Begegnung, das würde ihnen sicher gefallen. Auch wenn ich erzählen würde, dass ich heute Abend mit einem britischen Milliardär einen Martini für zwanzig Dollar getrunken hatte, hätten sie ihre Freude. Trotzdem waren meine Eltern auch nach fünf Jahren bei Firefly und einer Premiere in Cannes immer noch skeptisch, ob ich wirklich in die Welt des Films gehörte.

Ich sah Hugo an und folgte einem neckischen Impuls: »Wie ist dieser Manson Wang eigentlich wirklich?«

»Ganz unter uns«, prustete Hugo heraus, »er ist ein ziemlicher Trottel. Aber er macht ein erstklassiges Mapo Tofu, keine Frage.«

Ich kicherte vergnügt. Hugo North wusste, was ein Mapo Tofu war. Der Mann war in Ordnung.

»Gut«, sagte ich. »Das muss ich irgendwann probieren.«

»Dafür werde ich sorgen«, sagte Hugo lächelnd.

Zu den Veränderungen in der Firma gehörte glücklicherweise auch, dass ich eine kleine Gehaltserhöhung bekam. Am meisten freute mich allerdings, dass ich eine bezahlte Vollzeitassistenz bekam – eine Person, an die ich bestimmte Arbeiten regelmäßiger delegieren konnte, ohne dieses Kommen und Gehen von Collegestudierenden, die gerade lange genug blieben, um ihrem Lebenslauf einen weiteren Praktikumsplatz hinzufügen zu können. Die neue Stelle versprach eine geringere Arbeitsbelastung für mich, einen höheren Status und sogar ein bisschen Kameradschaftsgeist. Ein bisschen weniger Herumhetzen.

Ich blieb meinen Wurzeln treu, machte einen Aushang an der Columbia und benutzte die Klischees, die man ständig liest: harte Arbeit, schnelles Lernen, Eigeninitiative. Liebe zum Kino. Ich hoffte auf eine kluge und vielseitige Person mit einer gewissen geerdeten Cleverness. So wie ich mich selbst im Rückblick auf meine Anfänge sah.

Aber Sylvia und Hugo kamen mit eigenen Vorschlägen: Nichten und Neffen, die im Filmbusiness arbeiten wollten, Kinder von guten Bekannten. Sie schickten mir einen Haufen Lebensläufe, die ich durchblätterte, ohne wirklich beeindruckt zu sein: fehlerhafte Zeichensetzung, No-Name-Colleges, Ferienjobs als Verkäuferin bei Gap oder im Büro der Eltern.

»Muss ich *all* diese Leute zu Vorstellungsgesprächen einladen?«, fragte ich Sylvia irgendwann. »Ich hab eine Menge zu tun, und schließlich ist nur eine Stelle zu besetzen.«

»Na ja, mach wenigstens Hugo glücklich«, sagte sie. »Da gibt es ein Mädchen, dass er uns wirklich ans Herz legt. Eine Freundin der Familie. Chelsea irgendwas.«

Innerlich grummelnd schickte ich der zweiundzwanzigjährigen Chelsea Van Der Kraft eine E-Mail und lud sie zum Gespräch ein.

Sie entpuppte sich als schlanke Blondine, deren frisches Gesicht von honigfarbenen Haaren gerahmt wurde. Sie trug ein Sommerkleid und hatte lange, bronzefarbene Beine.

Ernsthaft?, dachte ich und lud sie mit einer Geste ein, sich zu setzen.

Sie war angenehm im Gespräch und besaß die typische Ungezwungenheit junger Leute aus wohlhabenden Verhältnissen, die daran gewöhnt waren, ihre Eltern zu gesellschaftlichen Anlässen zu begleiten. Aber jenseits des Small Talks sah ich nicht, was diese junge Frau in die Firma würde einbringen können.

»Nun, warum bist du so interessiert an einer Arbeit im Filmgeschäft?«, fragte ich.

»Oh, ich glaube einfach, das könnte ziemlich cool sein«, sagte sie. Ihre blauen Augen strahlten mich an.

Ich wartete, aber mehr hatte sie nicht zu sagen.

»Okay, ja ... Es ist *tatsächlich* interessant«, fuhr ich fort. »Was ist dein Lieblingsfilm?«

Sie dachte eine Weile nach. Ich wartete geduldig. Schließlich sagte sie: »Vielleicht *Tatsächlich ... Liebe*?«

Ich starrte sie an und versuchte, meinen Unglauben zu verbergen. *Lass mich raten: Ihr seht ihn euch in der Familie jedes Jahr zu Weihnachten an.*

Wer bin ich, dass ich über den Filmgeschmack anderer Leute richten könnte? Aber es lässt sich einfach nicht vermeiden. Natürlich gibt es auf die Frage »Was ist dein Lieblingsfilm?« keine richtigen Antworten. Trotzdem, ganz ehrlich: Beim Bewerbungsgespräch in einer Produktionsgesellschaft ist *Tatsächlich ... Liebe* eher eine schlechte Wahl.

Trotzdem wollte ich ihr eine Chance geben.

»Ob du es glaubst oder nicht, mich hat er zum Weinen gebracht«, sagte ich. »Die Szene mit Emma Thompson, wo ihr klar wird, dass ihr Mann die Kette für seine Sekretärin gekauft hat ...« Ich sagte die Wahrheit. Im tiefsten Inneren bin ich ein Softie und muss bei den lächerlichsten Filmen weinen. »Was gefällt dir so gut daran?«

An dieser Stelle hoffte ich (um ihretwillen), dass sie etwas halbwegs Durchdachtes über die Besetzung, über die verschränkten Handlungsstränge oder einen Höhepunkt im Genre der romantischen Komödie von sich geben würde. Stattdessen grinste Chelsea Van Der Kraft einfältig und sagte: »Er bringt mich wirklich zum Lachen. Ich sehe ihn jedes Jahr zu Weihnachten mit meiner Familie, deshalb ist er für mich etwas Besonderes.«

Ich zwang mich zu einem höflichen, schmallippigen Lächeln und starrte auf ihren Heiligenschein aus goldenen Haaren.

Scheiße, dachte ich. *Das Mädel hat keinen einzigen originellen Gedanken im Kopf.*

Am liebsten hätte ich sie angebrüllt: Etwas Besseres fällt dir nicht ein? *Tatsächlich ... Liebe*, weil ich ihn jedes Jahr mit meiner Familie sehe? Bildlich gesprochen stehen die Leute meilenweit Schlange für eine Vollzeitstelle als Assistentin in einer Produktionsfirma. Da opfere ich zwanzig Minuten meiner Zeit, um mit *dir* zu reden?

Stattdessen stellte ich Chelsea noch ein paar bedeutungslose Fragen und vergaß ihre Antworten auf der Stelle. Dann dankte ich ihr fürs Kommen.

»Wann bekomme ich Bescheid, was die Stelle angeht?«, fragte sie unschuldig, als wir aufstanden.

»Hm«, sagte ich. »Wir führen noch ein paar andere Gespräche, also ... In einer Woche, würde ich sagen.«

»Oh, okay«, sagte sie. »Weil ich mir hier in der Stadt eine Wohnung suchen muss.«

Ich versuchte, mir meinen Schrecken nicht anmerken zu lassen, und schlug vor, damit zu warten, bis sie von mir hörte.

»Oh, das ist schon in Ordnung«, erklärte Chelsea. »Meine Eltern wollten hier sowieso noch etwas kaufen, jetzt kann ich ihnen beim Aussuchen helfen. Ich wollte immer eine Wohnung in Chelsea ... weil es so heißt wie ich.« Sie kicherte.

»Ja, natürlich ...«

In diesem Moment traten Sylvia und Xander durch die Tür, die von einem Meeting zurückkamen. Ich nutzte die Gelegenheit, um Chelsea Van Der Kraft hinauszubegleiten.

Als ich zurückkehrte, sah Xander mich mit hochgezogenen Augenbrauen an.

»Wer war das?«, fragte er.

»Irgendein Mädel, Chelsea Soundso, wegen der Stelle. Total ungeeignet.« Ich setzte mich wieder an meinen Schreibtisch. »Dumm wie Brot.«

»Stell sie ein.« Xander zuckte die Achseln. »Sie ist scharf.«

»Was?« Ich warf ihm einen bösen Blick zu. »Nie und nimmer.«

»Ich kann sie mir in der einen oder anderen Position vorstellen.« Er grinste anzüglich. »Mit der Figur.«

»Ernsthaft, Xander.« Sylvia grinste. »Du bist unmöglich.«

»Ich weiß«, sagte er lachend. »Aber du liebst mich trotzdem.«

Sylvia schüttelte gutmütig den Kopf. Was so viel bedeutete wie Ja.

Dieser kurze verbale Abtausch entsprach unserem Standardrepertoire im Umgang mit Xander, wenn er sich mal wieder entschloss, den Perversling rauszuhängen. Wir trugen es mit Fassung, wie es von Frauen, die in der Branche arbeiteten, erwartet wurde. Jemanden dafür zur Rede zu stellen oder Missfallen zu äußern, hätte dazu geführt, dass man zur Außenseiterin gestempelt wurde.

»Ich hab ihre Telefonnummer, falls du sie willst, Xander«, bemerkte ich mit trockenem Sarkasmus.

»Nein, meine Freundin würde mich umbringen.« Was er ernst meinte. Seit vier Monaten war Xander mit Greta zusammen, einem exotischen neuen Calvin-Klein-Model, halb Norwegerin, halb Mexikanerin. So lange hatte er selten eine Beziehung durchgehalten.

Trotzdem ließ ihn das Thema nicht los. »Ich hätte nichts dagegen, sie hier im Büro zu sehen. Vielleicht käme ich dann sogar jeden Tag.«

»Xander, die Pre-Production geht in ein paar Wochen los«, platzte Sylvia heraus. »Wenn eine scharfe junge Frau dein einziger Grund ist, hier aufzutauchen, dann such dir eine neue Produzentin.«

»Mir ist egal, wie sie aussieht«, erklärte ich. »Ich wäre diejenige, die sie beaufsichtigen muss, sie ist einfach zu dämlich.«

»Ich mag dämliche Frauen«, sagte Xander. »Das wäre ein Ausgleich dafür, dass ich mit euch beiden arbeiten muss.«

»Ihr Lieblingsfilm ist *Tatsächlich … Liebe*«, fügte ich hinzu.

»O nein, Scheiße, dann ist sie raus«, erklärte er mit finsterem Blick.

Wir alle lachten, ich hielt das Thema für erledigt. Aber dann sah Sylvia mich über ihre Brille hinweg an (wie sie es häufig tat, wenn sie als älteste Person im Raum ernst genommen werden wollte).

»Warum hast du sie überhaupt eingeladen?«

»Sie ist das Mädel, dass Hugo vorgeschlagen hat«, sagte ich.

»Ich hoffe, da, wo sie herkommt, gibt es noch mehr von ihrer Sorte.« Xander grinste.

Hätten wir damals bloß etwas geahnt. Mit Hugo zu arbeiten, ging mit einem Ansturm schlanker, hübscher und oftmals reichlich dämlicher Frauen in den Zwanzigern einher. Immer wieder schickte er sie, wenn Praktikumsplätze oder freie Stellen zu besetzen waren. Zwischen uns dreien wurde es zu einer Art Running Gag. Es gab Bewerbungen, über die wir ernsthaft nachdachten, und es gab Hugos Girls. Natürlich war immer ich diejenige, die sich mit ihnen abgeben musste, auch wenn ich gerade Wichtigeres zu tun hatte. Hugo bei Laune zu halten wurde ein Bestandteil meines Jobs, auch wenn es nie laut ausgesprochen wurde.

Aber wahrscheinlich bin ich mit diesen jungen Frauen – von denen Chelsea Van Der Kraft die erste war – härter umgegangen, als sie es verdient hatten. Weil sie wunderschön und oftmals wohlhabend waren und sich mit einer Leichtigkeit und Sicherheit bewegten, mit denen hübsche weiße Mädchen gesegnet schienen. Als würde die ganze Welt – oder jedenfalls der männliche Teil davon – nur darauf warten, sie anstarren zu dürfen, ihnen ein Maß an Aufmerksamkeit zu schenken, das ich niemals genießen würde, egal wie glamourös oder schlank oder gutgekleidet ich daherkam. Weil ich zu der Zeit bereits von Missgunst und einem Gefühl der eigenen Unzulänglichkeit geprägt war. Auch wenn ich noch nicht so verbittert war wie in den letzten Jahren.

Vielleicht war Chelsea Van Der Kraft nicht dumm wie Brot, aber ich habe ihr nie die Chance gegeben, es zu beweisen.

Vielleicht war sie klüger, als sie gewirkt hat. Vielleicht hatte sie tatsächlich eigenständige Gedanken. Aber solche Gedanken zu haben, war nie von ihr erwartet worden, deshalb nahm ich an, sie hätte sie nicht.

Also Entschuldigung, Chelsea Van Der Kraft, dass ich dich vorschnell beurteilt habe! Andererseits ist das typisch fürs Filmbusiness. Es ist unsere zweite Natur.

13

Am Ende stellten wir Ziggy Constantine ein, den zweiundzwanzigjährigen Sohn von Sylvias Cousine, der sich als klug, witzig und energisch entpuppte. Sylvia war zufrieden, ich war zufrieden, Xander schien es nichts auszumachen, Hauptsache, es gab jemanden, der ihm Kaffee machte und ihn mit Komplimenten überschüttete.

Inzwischen hatte der New Yorker Sommer mit all seinem herrlichen Chaos begonnen, mit tausend übelriechenden Partys und Auseinandersetzungen und Überfällen. Es war mein siebenundzwanzigster Sommer in New York City. (Nur einen einzigen hatte ich außerhalb der Stadt verbracht. Als ich bei meiner Tante und meinem Onkel in Seattle wohnte, die dort ebenfalls ein chinesisches Restaurant betrieben.) Aber diesmal hatte ich kaum eine Chance, New Yorks mildeste Jahreszeit zu genießen. Während meine Freunde abends auf den Dächern von Brooklyn Kombucha-Cocktails mixten oder unter dem grünen Blätterdach des Central Parks picknickten, hing ich im Büro fest.

Wir versuchten, gleichzeitig die Finanzierung von *Furious Her* unter Dach und Fach zu bringen, den Kinostart von *A Hard Cold Blue* zu organisieren und in einen festen Arbeitsrhythmus mit Hugo zu kommen. Auch wenn wir es nie ausgesprochen hätten, trieb uns die Angst um, dass die Arbeit der letzten fünf Jahre umsonst gewesen war, wenn wir es nicht schafften, *A Hard Cold Blue* in die Kinos zu bringen und im Lauf des Jahres mit den Dreharbeiten von Xanders zweitem Film zu beginnen. Xander spürte diese unterschwellige Angst. Nach Cannes wurde er zusehends bissig und herablassend, als hätte er längst auf dem Regiestuhl eines prestigeträchtigen Hollywoodfilms Platz genommen, um von dort oben knappe Befehle zu erteilen. Ich versuchte, es zu ignorieren.

Auch Sylvia wurde anspruchsvoller – und mir gegenüber gleichzeitig großzügiger. Sie ließ für uns alle Mittagessen liefern und schenkte mir sogar einen neuen BlackBerry und einen neuen Ventilator (weil meine Klimaanlage zu Hause den Geist aufgegeben hatte). Als hätte sie instinktiv begriffen, dass angenehme Arbeitsbedingungen die Produktivität steigerten.

Ich hatte eine Menge zu tun, denn die Aufgaben einer Produzentin sind endlos: ein unaufhörlicher Strom von Anrufen, E-Mails, Meetings. Produzenten denken immer schon einen Schritt voraus, treffen Vorbereitungen, um einen Sales Agent zu finden, einen Verleih für jeden Markt, einen Slot auf einem Filmfestival. Dann geht es um die Publicity und darum, das Publikum neugierig zu machen und schließlich mit großem Getöse zu starten.

Wir hatten diesen qualvollen Weg mit *A Hard Cold Blue* schon einmal beschritten, aber dabei war es um einen kleinen Indie-Film gegangen, mit einem Budget von nicht mal drei Millionen Dollar und einer weitgehend unbekannten Besetzung. Um unser Budget im Rahmen zu halten, hatte Sylvia auf die Hälfte ihres Produzentinnenhonorars verzichtet – und ich auf die Hälfte meines Honorars als Associate Producer (nicht dass ich je gefragt worden wäre, ob ich damit einverstanden sei). Für Sylvia war es kein Problem: Ihr Mann war Finanzdirektor eines großen Unternehmens. Aber mit dem Honorar, das mir entgangen war, hätte ich ein Jahr lang die Miete für meine Wohnung zahlen können. Trotzdem sahen wir es als notwendiges Opfer, um den Film überhaupt möglich zu machen.

Xander musste bei seinem Honorar als Regisseur und Drehbuchautor von *A Hard Cold Blue* natürlich keine Abstriche machen.

Bei *Furious Her* lagen die Dinge völlig anders. Xander war jetzt als Regisseur gefragt, Conquest Films wurde als vielversprechende neue Produktionsfirma betrachtet. Außerdem hatten wir Geld. Wir erhöhten unser Budget auf fünfzehn Millionen Dollar – immer noch Peanuts für jedes Hollywoodstudio, aber genug, um uns aufwändigere Actionszenen leisten zu können (vielleicht eine kleine Explosion oder einen Autounfall), hochwertige CGI, einen renommierten Chefkameramann und eine prominentere Besetzung. Denn die Besetzung ist der Schlüssel, wenn es darum geht, das Publikum anzulocken.

Fans strömen in Scharen ins Kino, um einen bestimmten Star in einer Rolle zu sehen, die ihr »auf den Leib geschnitten ist«. Aber der Casting-Prozess ähnelt ziemlich der Art und Weise, wie Leute aus dem Westen in einem chinesischen Restaurant bestellen. Wählen Sie einen Schauspieler von Liste A und eine Schauspielerin von Liste B. Die Namen auf Liste A sind teurer, sorgen aber hoffentlich für mehr Finanziers, mehr Publicity, mehr Zuschauer. Ein kalkuliertes Glücksspiel.

Vielleicht war es genau dieser Aspekt, der Hugo am Filmbusiness reizte. Für ihn ging es nicht um Kunst oder um eine Leidenschaft aus Kindertagen. Er hatte begriffen, dass das *Geschäft* im Grunde darin bestand, aus einem Katalog bewährter Publikumsvorlieben ein Produkt zusammenzubasteln, es mit schillerndem Glanz zu überziehen und das Geld aufzutreiben, um dieses Produkt herstellen zu können. Und es dann zu vermarkten und zu bewerben, bis das Publikum es für das größte Ding seit der Erfindung von Glückskeksen hielt.

Natürlich konnte er sich diese Art von Gleichgültigkeit leisten. Wenn es nicht funktionierte, fiel er mit seinem Zweieinhalb-Milliarden-Polster weich. Ein Luxus, den wir anderen nicht hatten.

Interview-Abschrift (Fortsetzung):
Sylvia Zimmerman, 14.19 Uhr

SZ Ich meine, was verstand Hugo North letztlich vom Filmemachen? [*schnaubt*] Das Handwerkliche hat ihn nicht die Bohne interessiert. Er machte sich auch nicht die Mühe, ein Drehbuch zu lesen, geschweige denn, dass er gewusst hätte, wie man es verbessern kann. Er wäre auch nicht in der Lage gewesen, den richtigen Komponisten oder die richtige Cutterin zu holen, die ihm im Zweifel den Arsch retten.

TG Wie war es für Sie, mit so jemandem zu arbeiten?

SZ Na ja, auf gewisse Weise hat er die kreative Seite ganz uns überlassen. Mir, Xander und Sarah. Was einerseits erleichternd war. Aber auch ein bisschen frustrierend … vielleicht sogar erniedrigend. Wir mussten so tun, als wüsste Hugo, wovon er spricht. Ihm schmeicheln und ihn wie unseren Retter behandeln. Bloß wegen … [*bricht ab*]

TG Bloß wegen?

SZ Wegen seines Geldes. Wir wollten Xanders nächsten Film machen. Die Filmkunst ist extrem teuer. Ohne eine riesige Menge Geld geht gar nichts.

TG Also fanden Sie es notwendig …

SZ Es war ein notwendiges Opfer, würde ich sagen. Ein bisschen Kontrolle – und Selbstrespekt – abzugeben und dafür mit Hugos Geld arbeiten zu können. Ich dürfte kaum die erste Kreative sein, die solch eine Entscheidung getroffen hat.

TG Vom Geld einmal abgesehen, was hat Hugo noch in die Firma eingebracht?

SZ Bei all seinen Versprechungen und den ständigen Partys hat er unsere Arbeit mit einem gewissen rabiaten Pragmatismus bereichert. Ich meine, zu der Zeit war Xander ein künstlerischer Snob. Er und sein Abschluss an der Filmschule, seine Besessenheit von Bildkomposition und Hommagen an seine Vorbilder.

Xander sah sich als eine Art Visionär und dachte, er würde eines Tages die ganze Filmkunst verändern. Hugo hat ihn ein bisschen auf den Boden geholt.

TG Wie hat er das geschafft?

SZ Ich weiß nicht. Vielleicht lag es daran, dass er ein Mann war und Xander eher auf ihn gehört hat? [*lacht spöttisch*] Schauen Sie, so ungern ich es zugebe, aber es sind Menschen wie Hugo, die dafür sorgen, dass die Maschinerie der Massenunterhaltung am Laufen bleibt. Die rücksichtslosen Macher. Die mit dem Geld. Die nichts zu verlieren haben. Die Männer, die niemand zu hinterfragen scheint.

14

Mitte Juni war Hugo »endgültig« nach New York gezogen. Er beschloss, den Start unserer neuen Firma zu feiern, indem er uns alle zum Abendessen in den Privatclub einlud, der ihm vorübergehend als Zuhause diente. Der *Spark Club* war ein diskreter, luxuriöser Laden in SoHo. Hinter der Glastür führte ein schmaler Gang in die überraschend geräumige Lobby. Elegante Blumenarrangements, gedämpfte Beleuchtung, höfliche, gutaussehende Angestellte … Ich nehme an, Sie können sich ein Bild machen.

Hugo und Xander saßen bereits am Tisch und tranken einen Aperitif. Als Sylvia und ich eintraten, hatte ich eine Art Willkommensgeschenk dabei, zwei kleine Kästchen mit Hugos neuen Visitenkarten. Dicker schwarzer Karton, in den das Logo von Conquest Films und sein Name in Gold eingeprägt waren.

»Oh, die sind ja sooo perfekt«, schwärmte Hugo beim Öffnen des ersten Kästchens. Er nahm eine Karte in beide Hände, ehrfürchtig, als hielte er einen heiligen Text. »Genau der richtige Auftakt für dieses feine Abendessen. Wunderschöne Karten, Sarah.« Er legte seine warme Hand auf meine, seine grünen Augen sahen mich an. »Ich weiß jetzt schon, dass ich in jeder Hinsicht auf dich zählen kann.«

Ich erwiderte sein Lächeln und fragte mich, ob es unhöflich wäre, meine Hand wegzuziehen. Als Hugo die Hand von sich aus hob, atmete ich erleichtert auf.

Vor allem aber erfüllte Hugos Lob mich mit Stolz. Er bestätigte meinen Wert, die Tatsache, dass ich einen guten Job gemacht hatte. Ich war ganz die sinoamerikanische Schülerin, die den Lehrer zufriedenstellen und vor dem weißen Mann einen Kotau machen wollte. Heute schaudere ich, wenn ich mir klarmache, welchen Selbstwert ich aus dem hingeworfenen Kommentar eines Mannes zog, den ich kaum kannte. Eines Mannes, der nur deshalb mein Chef war, weil er Macht und Geld besaß.

»Eine Flasche Wein für den Tisch? Oder noch ein Runde Cocktails?«, fragte ihn die Kellnerin. Hugo saß breitschultrig am Kopf des Tischs, die Frau – eine elegante Blondine mit Pferdeschwanz und makellosem Make-up – schien sich auf ganz natürliche Weise auf ihn zu konzentrieren.

»Meine Liebe, bitte sagen Sie mir noch einmal Ihren Namen.« Hugo beugte sich vor und berührte ihre schlanke Taille.

»Megan, Mr North.«

»Megan, Sie können mich gern Hugo nennen.« Er lächelte. »Ich werde hier mindestens einige Wochen verbringen, sodass wir uns häufiger sehen werden.«

Er warf ihr einen verschwörerischen Blick zu, sie lächelte gekünstelt.

Nachdem er bei Megan eine gekühlte Flasche Moët bestellt hatte, wandte er sich triumphierend an uns andere. »Nun, es gibt aufregende Neuigkeiten ... Xander und ich haben gerade über den Film geplaudert, und wir dachten: Warum drehen wir ihn nicht in L. A.?«

Kaum hatte ich die Worte gehört, spürte ich ein Prickeln in der Kopfhaut. *In L. A. drehen?*

Auch Sylvia reagierte heftig.

»L. A.?«, fragte sie ungläubig. Wahrscheinlich hörte sie zum ersten Mal von dieser Idee. »Ihr wollt in L. A. drehen?«

»Ja, es wäre ideal«, bestätigte Hugo. »Wir hätten all die Schauspieler, Techniker, Drehorte, Studios und alles zur Verfügung. Außerdem wäre es die perfekte Gelegenheit, unser Netzwerk dort auszuweiten, Finanziers ans Filmset einzuladen, all die Agenten und einflussreichen Persönlichkeiten kennenzulernen.«

Xander nickte, er sagte nicht viel. Ich war daran gewöhnt, dass Xander sich aufspielte, ständig im Rampenlicht stehen wollte, jetzt aber überließ er die Aufmerksamkeit scheinbar anstandslos Hugo.

Sylvia warf Xander einen herausfordernden Blick zu. Ich merkte, dass sie sauer war. »Wann hast du Hugo zum ersten Mal darauf angesprochen?«, fragte sie mit scharfer Stimme. Xander wirkte verblüfft.

»Na ja, eigentlich gerade eben. Vor einer Stunde oder so.«

»Ihr habt eine Stunde darüber geredet, ohne mich, und schon *entschieden*?«, fauchte sie ihn an.

»Langsam, Sylvia, langsam, wir plaudern doch bloß«, ging Hugo dazwischen und hob besänftigend die riesige Hand. »Mach dir nicht ins Hemd.«

Xander kicherte, hörte aber sofort auf, als er Sylvias wütenden Blick bemerkte.

»Wir haben nur ein paar *Möglichkeiten* durchgesprochen«, erklärte Hugo. »Ich denke einfach, dass es, wenn die Firma wirklich Furore machen und unser Film zum Branchengespräch werden soll, nicht schaden könnte, nach L. A. zu gehen.«

»Aber die meisten Kontakte haben wir *hier*«, wandte Sylvia ein. »Die Firmen für die Post-Production, die Talentagenturen, die Sales Agents …«

»In L. A. gibt es mindestens doppelt so viele«, wandte Hugo ein. »Mehr Auswahl, mehr Talente. Wir sind auf einem neuen Level, wir hängen nicht mehr von unseren alten Netzwerken ab. Es wird Zeit, sie zu erweitern.«

»Er hat recht«, stimmte Xander ihm zu. »Das hab ich immer schon gesagt. In L. A. dreht sich alles ums Filmbusiness. Nicht wie hier in New York, wo das Filmemachen eine Sache unter vielen ist. Jeder ist furchtbar beschäftigt, immer ist etwas anderes gerade wichtiger. In L. A. ist die Filmindustrie heilig. Die Stadt lebt von ihr.«

Sylvia nickte. »So weit kann ich es nachvollziehen, aber … Ich finde, ihr hättet mich von Anfang an in die Diskussion einbeziehen müssen.«

»Wir haben bloß bei einem Drink ein bisschen geredet«, sagte

Hugo in beruhigendem Ton. »Aber in dieser Branche führen alle Wege nach L. A., stimmt's?«

Alle am Tisch lachten leise – mich eingeschlossen, obwohl ich in der Angelegenheit wenig mitzureden hatte. Für mich klang der Gedanke an Dreharbeiten in Los Angeles – in Hollywood, tatsächlich! – einfach nur fremd und exotisch. Bisher war ich nicht mal in der Nähe der Stadt gewesen.

Das Wort »Hollywood« rief Bilder von hoch aufragenden Palmen und endlosen Freeways hervor, von betonierten Kanälen, die so groß waren, dass Killer-Cyborgs mit LKWs hindurchfahren konnten, von riesigen Studiogeländen, wo man sich bei Sicherheitsleuten ausweisen musste, bevor man durch die gewaltigen automatischen Tore den geheiligten Boden betreten durfte. Ich wusste, dass es irgendwo in Los Angeles Strände gab, an denen permanent gebräunte Frauen in der Sonne Volleyball spielten und Männer mit Waschbrettbauch ihre im Fitnessstudio gestählten Muskeln zur Schau stellten. Aber irgendwo dort gab es auch Valley Girls und Huren mit einem Herz aus Gold und angehende Models und Schauspieler, die sich als erschreckend fotogene Kellner durchschlugen (wobei wir die auch in New York hatten). Und schnell sprechende Studio-Führungskräfte mit Kabrios und noch schneller sprechende Agenten, die noch schnellere Kabrios fuhren, und ehrgeizige, notleidende Drehbuchautoren (alle jung, weiß, männlich, mit Brille). Natürlich waren meine Vorstellungen von Bildern aus Filmen oder aus dem Fernsehen geprägt. Zu guter Letzt gab es South Central L. A. und die Schauplätze der Unruhen, sodass dort wahrscheinlich auch Schwarze und Latinos und eine Menge Asiaten lebten, wovon man nichts wüsste, wenn man sich nur auf die Bilder aus den Filmen verließ.

Ich musste zugeben, nie einen Fuß nach Los Angeles gesetzt zu haben, ich kannte die Stadt nur von der Leinwand. Als Frau, die im Filmbusiness arbeitet, konnte ich mir vorstellen – besser gesagt: *wusste* ich –, dass diesen Bildern kaum zu trauen war.

Trotzdem spürte ich die Aufregung im ganzen Körper. Vielleicht hatte Hugo recht: Um den nächsten Schritt zu machen, mussten wir nach Westen aufbrechen – in jenes sagenumwobene Land der Studiogelände, der Besetzungscouchs und roten Teppiche, der prunkvollen Premieren in Mann's Chinese Theatre.

Aber Sylvia hatte andere Vorstellungen.

»Nenn mir einen guten Grund, warum wir unseren nächsten Film nicht in L. A. drehen sollten«, forderte Xander sie auf.

Sylvia sah ihn leicht schockiert an. »Weil manche von uns hier unser *Leben* und unsere *Familie* haben?«, sagte sie, als wäre es das Offensichtlichste der Welt.

»Ah.« Xander zeigte einen winzigen Anflug von Scham.

»Xander, ich möchte dich daran erinnern, dass ich *drei* Kinder habe«, legte Sylvia nach. »Bei Nathan, meinem Ältesten, stehen dieses Jahr die Collegebewerbungen an, für ihn ist das eine ganz entscheidende Zeit. Rachel ist zwei Jahre jünger und hat Ärger mit ihrem Freund. Jacob, mein Jüngster, hat Asthma *und* demnächst seine Bar Mitzwa. Ich kann also nicht mal eben nach L. A. ziehen, weil ›die Industrie dort sitzt‹. Manche von uns haben neben dem Filmemachen noch andere Verantwortlichkeiten, verstehst du?«

Xander nickte. Die folgende Pause war spannungsgeladen. Schließlich drehte Xander sich zu Hugo um und fragte: »Wie viele Kinder hast du, Hugo?«

Sylvia machte eine wegwerfende Handbewegung.

»Oh, ich habe vier.« Hugo hielt die Hände selbstzufrieden auf dem Schoß gefaltet.

»Siehst du?«, fuhr Xander fort. »Für Hugo ist es kein Problem.«

»Na ja«, bemerkte Hugo selbstironisch. »Ich bin wahrscheinlich kein Mustervater. Das liegt bei uns in der Familie.«

Ich unterdrückte ein Lachen.

»Xander, fang gar nicht erst an.« Sylvia stieß einen Finger in seine Richtung. »Ich bin *Mutter*. Ich habe meine Kinder geboren und mich während der letzten achtzehn Jahre täglich um sie gekümmert. Ich werde nicht ans andere Ende des Landes ziehen, bloß weil ich mich mehr wie eine Filmproduzentin *fühlen will*.«

Mir war nicht klar, ob das ein versteckter Seitenhieb gegen Hugo sein sollte. Aber gleichzeitig wurde mir klar, dass ich ihn nie von seinen Kindern hatte sprechen hören. War ich überrascht, dass er vier Kinder hatte? Eigentlich nicht. Von einem Mann, der so viel Reichtum angehäuft hatte, so viele geschäftliche Projekte und Immobilien überall auf der Welt, wurde erwartet, dass er eine Frau und ein paar Nachkömmlinge hatte.

Später erfuhr ich, dass von Hugos immensem Reichtum auch zwei fest im Haus lebende Kindermädchen bezahlt wurden, dazu ein Fahrer für die Familie, mehrere Hausangestellte und ein Team von Privatlehrern für die Kinder. Sylvia war wohlhabend, aber zwischen Hugo und ihr lagen Welten. Im Klartext: Sie beschäftigte nur Privatlehrer, eine Putzfrau und eine Teilzeitkraft für den Haushalt.

Xander mochte Sylvias mütterlichen Pflichten gleichgültig gegenüberstehen, aber ich hatte mich in den ersten drei Jahren bei Firefly um Sylvias Terminkalender gekümmert und wusste, wie wichtig ihre Kinder für sie waren. In ihrem elektronischen Kalender stand bis heute von montags bis freitags um 15 Uhr grundsätzlich »Jacob abholen«, auch wenn sich in der Hälfte der Fälle ihre Haushälterin darum kümmerte. Ich hatte oft genug gehört, wie sie mit den Schulen telefonierte, Musikstunden verschob oder Plätze fürs Sommercamp buchte.

Aber ich muss zugeben, dass auch ich an jenem Abend in SoHo nicht so recht begriff, warum die Existenz der drei Kinder es Sylvia unmöglich machen sollte, an einem anderen Ort zu arbeiten. Ich war jung und enthusiastisch. In L.A. zu wohnen, dort zu arbeiten, einen Film zu drehen – vielleicht war dieser lang gehegte Traum jetzt tatsächlich in Reichweite. Vielleicht stand nur Sylvia dem im Weg.

»Wir können also nicht in L. A. drehen, nur weil dein Sohn seine Bar Mitzwa hat?«, bemerkte Xander spitz.

»Red nicht so«, brummte Sylvia.

Hugo tat, als wollte er die Spannung lösen.

»Aber, aber. Kein Grund, sich in etwas hineinzusteigern. Noch ist nichts entschieden, aber ich denke, dass es zum jetzigen Zeitpunkt nicht schaden kann, unsere Ziele so hoch wie möglich zu stecken. Das Filmgeschäft ist nichts für Angsthasen, oder?«

In diesem Moment wurden wir von Megan unterbrochen, die sich schon einige Minuten im Hintergrund gehalten und unserem Gespräch wahrscheinlich mit heimlichem Vergnügen gelauscht hatte.

»Es tut mir leid, wenn ich Sie unterbreche, aber haben Sie schon gewählt?«

»Ah, meine Liebe.« Hugo lenkte seine Konzentration mühelos auf Megan um. Ich konnte beobachten, wie sein sanfter britischer Akzent auf sie wirkte, auch wenn er locker drei Jahrzehnte älter war als sie. »*Ich* habe mich tatsächlich entschieden. Ich fange mit den sautierten Jakobsmuscheln an. Und zum, ähm … ›Entrée‹, wie ihr es auf dieser Seite des Atlantiks nennt … das Prime-Rib-Steak, bitte.«

»Für mich den Burger, blutig«, sagte Xander und zwinkerte Megan zu. Sie lächelte.

Dann bestellte Sylvia. Als Letzte, natürlich, war ich dran.

Wenige Stunden später hatten wir es uns zu viert drei Stockwerke höher bequem gemacht, in Hugos Privatsuite im *Spark Club*. Wir tranken großzügig bemessene Gläser Lagavulin. Der bittere, medizinisch schmeckende Single Malt vermischte sich auf heikle Art und Weise mit den drei Gläsern Champagner, die ich zum Essen getrunken hatte.

Wahrscheinlich muss ich nicht erwähnen, dass ich zu diesem Zeitpunkt ziemlich betrunken war. Ich lehnte mich auf dem blauen Samtstoff des Sofas zurück, schloss die Augen und spürte, wie der Raum und das Gespräch um mich herum kreiselte. Ich war erleichtert, nicht mehr unten am Tisch auf den Restaurantstühlen mit den geraden Rückenlehnen sitzen und zu allem, was meine Chefs sagten, nicken zu müssen.

Beim Abendessen hatte Hugo uns die meiste Zeit mit Geschichten über Privatjets, riskante Geschäftsabschlüsse und eine Luxusferienanlage unterhalten, die er einmal vergeblich auf den Malediven zu bauen versucht hatte. Bis dahin hatte ich von den Malediven noch nie gehört, sodass ich mir während des Gesprächs im Stillen den Kopf darüber zerbrach, auf welchem Teil des Globus die Inseln liegen mochten. Die drei anderen sprachen über ihre Lieblingsinseln in der Karibik (Hugo liebte Mustique, Xander bevorzugte St. Barth, für Sylvia war es Anguilla). Wieder hoffte ich, dass niemand mich nach meiner Meinung fragen würde. Die einzigen Urlaube, die ich je gemacht hatte – abgesehen von dem Sommer in Seattle, der kein richtiger Urlaub war –, waren Besuche bei Verwandten in Hongkong und eine Reise nach Orlando im Alter von sieben gewesen.

So wenig ich auch in diese Runde zu passen schien, fühlte ich mich doch geschmeichelt, dort sitzen zu dürfen. Diese Menschen aus einer ganz anderen Welt hatten mich zu sich eingeladen, ließen mich ihren Champagner trinken und teures Essen bestellen. Ich saß still dabei, lauschte dem Gespräch zwischen meinen Chefs und genoss die Erinnerung an das ausgezeichnete geschmorte Lamm mit Sommergemüse, das ich sonst niemals probiert hätte. Wie immer spielte ich eine Nebenrolle und trug nur hin und wieder einen Dialogsatz bei.

»Sarah.«

Als ich meinen Namen hörte, riss ich die Augen auf. Ich war bei unseren Drinks auf dem Sofa eingeschlafen, Hugo wedelte mit der Hand vor mir herum. »Bist du ohnmächtig geworden?«

Ich spürte, wie ich beschämt errötete. Die drei wirkten belustigt.

»Nein, ich … genieße nur die Atmosphäre.«

»Großartig. Ich habe gehört, dass du einen guten Instinkt fürs Casting hast. Rein aus Neugier: Wie würdest du beim Casting für *Furious Her* vorgehen?«

Ich zwang mich wieder in den Arbeitsmodus. Hugo hatte recht. Um Geld zu sparen, hatte ich mich bei *A Hard Cold Blue* allein ums Casting gekümmert. Ich hatte Kurzcharakterisierungen der einzelnen Rollen geschrieben, hatte mich an Agenturen gewandt, Vorsprechtermine organisiert und schließlich mit den jeweiligen Agenten der Schauspielerinnen und Schauspieler verhandelt. Diesmal, bei *Furious Her*, hatten wir das Budget für einen erstklassigen Casting Director. Aber ich spürte, dass Hugos Frage eine Art Test darstellte.

Trotz meines Rauschs brachte ich eine überzeugende Antwort zustande.

»Wie du schon gesagt hast, für eine junge Schauspielerin ist es eine Bombenrolle«, fing ich an. »Also suchen wir jemanden auf dem Weg nach oben, einen potenziellen kommenden Star. Und für den Vater vielleicht einen bekannteren Namen. Die Dreharbeiten für diese Rolle müssten in einer Woche erledigt sein, sodass wir uns jemand Etablierten leisten könnten – einen Namen, der Sales Agents und Verleiher aufmerksam macht.«

Hugo und Sylvia nickten, Xander hörte mit der unbeeindruckten Miene zu, die er ständig zur Schau trug.

»Auch für den Polizisten könnten wir einen Namen mit Wiedererkennungseffekt suchen, vielleicht einen ehemaligen Actionstar. Er könnte den Film für ein Publikum interessant machen, dass sich durch eine weibliche Hauptfigur eher abgeschreckt fühlt.«

Hugo klatschte langsam. »Du bist *wirklich* so clever, wie die anderen sagen. Gut gemacht, Sarah! Schenkt dem Mädel noch ein Glas ein!«

Dabei entsprach das, was ich gesagt hatte, nur dem gesunden Menschenverstand.

»Sarah«, ergriff Sylvia das Wort. »Du hast doch schon angefangen, eine Liste mit Ideen für die Besetzung und den zugehörigen Fotos zusammenzustellen, oder?«

»Ja, ich hab ein paar Ideen gesammelt.«

»Fabelhaft«, sagte Hugo. »Lasst uns morgen Nachmittag im Büro darüber reden. Sagen wir, um drei? Aber jetzt sollten wir abschalten und so richtig feiern.«

Wie auf Kommando klingelte es an der Tür, ich sah unsere Kellnerin Megan. Sie hatte die Haare gelöst und war in Begleitung von zwei anderen Frauen und einem Mann – alle ungefähr in meinem Alter, modisch gekleidet und weiß. Mir fiel auf, dass vor allem der Mann ziemlich süß war.

Während des Essens hatte ich gesehen, wie Hugo in Megans Ohr flüsterte und ihr etwas in die Hand drückte. Jetzt, in seiner Suite, trat sie dicht an ihn heran. Mit ihrer schmalen Hand, deren Nägel in einem glänzenden Beige lackiert waren, steckte sie ihm etwas zu, das ich nicht erkennen konnte.

Drogen, nahm ich an. Ich spürte ein kurzes, erwartungsvolles Kribbeln, schließlich hatte ich mein Leben lang kaum jemals Drogen angerührt. Der Reiz des Verbotenen ließ jedes Detail im Raum mit einem Mal deutlich hervortreten.

Die Spannungsverhältnisse in der Gruppe veränderten sich. Plötzlich konzentrierten Hugo und Xander sich ausschließlich auf die drei Frauen, Sylvia und ich waren so uninteressant wie die Möbel ringsum. Ich trat ans Fenster und sah auf die Straße hinunter, wo Fußgänger sich dem Zauber der Unbekümmertheit hingaben, die der dunstige Sommerabend versprach.

»Es kommen noch mehr Leute«, sagte Hugo zu mir. »Leute, die du wirklich kennenlernen solltest, Sarah.« Er warf mir einen bedeutungsvollen Blick zu. Mir war nicht klar, was ich damit anfangen sollte.

Bevor ich antworten konnte, stand Sylvia entschlossen auf und schulterte ihre riesige Mulberry-Handtasche.

»Hugo«, sagte sie und unterbrach sein Tête-à-tête mit Megan. »Es ist schon spät, ich muss zu meinen Kindern. Du und Xander macht einfach, was ihr wollt, aber ich nehme Sarah mit.« Sie warf mir einen Blick zu, der keinen Widerspruch zuließ.

»Oh, nein. Verdirb ihr nicht die Party«, beschwor Hugo sie. Dann wandte er sich an mich: »Bleib ruhig hier, wenn du magst. Wir gönnen uns zusammen etwas ganz Besonderes. Was meinst du?«

Ich war neugierig, was in diesem Zimmer passieren würde, aber auch zögerlich, so offensichtlich gegen Sylvia aufzubegehren.

»Komm schon, Sarah«, drängte sie. »Wir haben morgen ein frühes Meeting. Wir sollten los.«

»Wirklich?« Ich versuchte, mir unsere Termine am Vormittag ins Gedächtnis zu rufen. Aber Sylvia warf mir einen eindringlichen Blick zu. Widerstrebend ging ich zur Tür. Ich wünschte, sie würde es etwas lockerer angehen lassen.

»Tut mir leid, wahrscheinlich sollte ich besser mit ihr mit«, lallte ich zu niemandem speziell.

»Kein Problem«, antwortete Hugo, als Sylvia mich zur Tür hinausdrängte. »Wir werden noch jede Menge Partys feiern.«

Megans schallendes Gelächter dröhnte auf den Gang heraus, dann schloss sich die Tür.

Erst als Sylvia mich durch die Glastür des Clubs hinaus auf die Straße schob, merkte ich, wie betrunken ich war. Nach der Klimaanlage schlug mir jetzt die feuchte Nachtluft entgegen.

»Ich glaube nicht, dass ich dich jemals so betrunken erlebt habe.« Sylvias Stimme hatte den üblichen, leicht tadelnden Ton, aber ich hörte auch eine Wärme heraus, als spräche sie mit einer alten Freundin.

»So schlimm ist es nicht«, versuchte ich, mich zu verteidigen, und blickte mich nach einer Subway-Haltestelle um. Welche Linie hielt in dieser Gegend? Ich brachte kaum einen vernünftigen Gedanken zustande »Scheiße, die L wird ewig brauchen.«

»Sarah«, sagte Sylvia streng. »*Auf keinen Fall* nimmst du heute noch die Subway.«

»Hast du eine Ahnung, was ein Taxi nach Williamsburg kostet?« Es war eine rhetorische Frage. Natürlich wusste Sylvia es nicht, sie kam kaum jemals aus Manhattan hinaus.

»Es ist spät.« Sie packte meine rechte Schulter und starrte mir geradewegs in die Augen. »Nimm ein Taxi. Auf Kosten der Firma.«

»Wirklich?« Das Angebot freute mich übermäßig. Sylvia winkte ein gelbes Taxi heran und drückte mir zwei Zwanzig-Dollar-Scheine in die Hand. »Vergiss nicht, dir eine Quittung geben zu lassen.«

Ich nickte und nannte dem Fahrer murmelnd meine Adresse. Das Taxi fuhr los, Sylvia blieb auf dem dunklen Bürgersteig zurück. Immer noch durcheinander, drehte ich mich um und suchte nach dem erleuchteten Fenster, hinter dem Hugo und Xander und die anderen sich in eine Party stürzten, an der ich nicht mehr teilnahm. Aber ich war zu betrunken, um das richtige Fenster ausmachen zu können. Also lümmelte ich mich selig benebelt auf die Rückbank.

Immerhin war es das allererste Mal, dass ich ein Taxi für den ganzen Weg von Manhattan bis zu meiner Wohnung in Brooklyn nahm. Ein echter Luxus.

15

Am nächsten Morgen hatte ich mit einem grässlichen Kater zu kämpfen. Um 10.30 Uhr trafen Sylvia und ich uns mit dem Team von Sammy Lefkowitz – dem amerikanischen Verleiher von *A Hard Cold Blue*. Sammy war in der Branche eine Legende, seine Spezialität war das Entdecken kleiner Independent-Juwelen, die er durch raffiniertes Marketing zu Auszeichnungen und kommerziellem Erfolg führte. Er selbst war bei dem Meeting nicht anwesend, es ging um den geplanten Filmstart im November, einem Zeitpunkt, der im Hinblick auf die traditionell in den ersten Monaten des Jahres stattfindenden großen Preisverleihungen gewählt war. Von einer Welle der Übelkeit überrollt, beschränkte ich mich darauf, hin und wieder zu nicken und jede Menge Wasser zu trinken. Kurz ging mir durch den Kopf, dass Sylvia und ich hier die Beziehung zu unserem Verleiher pflegten, während Xander und Hugo nach der gestrigen Party wahrscheinlich ihren Rausch ausschliefen.

Als sie nachmittags ins Büro taumelten, waren die Nachwirkungen unübersehbar. Xander hatte dunkle Ringe um die Augen, Hugo war unrasiert. Wortlos ließen sie sich auf das Sofa fallen.

»Einen schönen Nachmittag auch«, bemerkte ich sarkastisch.

Hugo nickte mir zu. Xander brummte etwas und sah weg.

Nach kurzem Schweigen versuchte ich, die bisher einseitige Konversation in Gang zu bringen. »Spät geworden gestern Abend?«

»Allerdings«, antwortete Xander prahlerisch. »Noch später als spät.«

»Wir waren bis … vier auf den Beinen. Oder bis fünf?«, fragte Hugo mit einem Blick auf Xander, der abwesend nickte.

»Wow«, sagte ich, ohne eine Miene zu verziehen. »Muss Spaß gemacht haben.«

Sie wechselten einen verschwörerischen Blick und lachten.

»Und wie«, kicherte Xander. Ich musste an die Sportskanonen auf der Highschool denken, die selbstgefällige, verschlüsselte Bemerkungen über ihre Erlebnisse bei den Partys am Wochenende austauschten. Ich beschloss, den beiden nicht durch weiteres Nachhaken zu schmeicheln, und wandte mich wieder meinen E-Mails zu.

Als Sylvia den Raum betrat, tippte Hugo auf seinem BlackBerry, Xander starrte ausdruckslos ins Leere.

»Oh, schaut an, wer sich endlich in die Welt der Lebenden bequemt hat«, bemerkte sie trocken und schüttelte den Kopf. »Na denn. Schön, dass ihr beide gestern Spaß hattet, aber jetzt müssen wir einen Film machen.«

Xander sah auf und nickte gehorsam, Hugo beschäftigte sich weiter mit seinem Handy. Sylvias Ärger war unübersehbar.

»Können wir jetzt übers Casting reden? Ziggy, mach Kaffee für die beiden. Du, Sarah, könntest die Fotos und die Vorschläge der Agenturen bringen.«

Während Xander und Hugo unbeteiligt Espresso tranken, stellte ich verschiedene Casting-Optionen vor.

Die Hauptrolle in *Furious Her* war weiblich und ziemlich komplex. Katie Phillips (Alter 25 bis 30) betrauert den kürzlichen Tod ihres Ehemanns. Sie muss das Haus, in dem sie mit ihrer Tochter wohnt, gegen gefährliche Eindringlinge verteidigen und versucht gleichzeitig, eine Verschwörung von Kriminellen aufzudecken, die ihren Mann ermordet haben. Wir wussten, dass sämtliche aufstrebenden Schauspielerinnen im passenden Alter sich um die Rolle reißen würden. Eine Traumrolle.

Der Name Katie Phillips klang nach einer netten jungen Frau. Denn genau das war Katie im tiefsten Inneren, ein nettes, braves Mädchen, das gezwungen war, immer verzweifeltere, gewagtere Dinge zu tun, um sich und ihre Sechsjährige zu beschützen. Sie war temperamentvoll, sie war tapfer, sie war athletisch, sie war klug. Sie hatte einen guten Collegeabschluss und war trotzdem mit Mitte zwanzig schon Mutter. Natürlich musste sie sexy sein. Schlank. Scharf. Aber nicht nuttig. »Eine natürliche Schönheit«, wie Xander sie in seinem Drehbuch beschrieb.

Die Agenturen vertraten jede Menge Darstellerinnen im richtigen Alter, alle hübsch, wenn auch schauspielerisch mehr oder weniger begabt. Als ich Andrea eine Kurzcharakterisierung von »Katie Phillips« geschickt hatte, war am nächsten Tag eine E-Mail mit den Fotos und Lebensläufen von dreißig Frauen zurückgekommen. Von einer einzigen Agentur! Nach ein paar Telefonaten mit anderen Agenturen hatte ich über zweihundert Fotos zusammen.

Beim Durchsehen dieser zweihundert Lebensläufe hatte ich die schauspielerischen Erfahrungen der Frauen überflogen: ihre Ausbildung, ihre bisherigen Produktionen. Dann hatte ich verschiedene Stapel je nach professioneller Glaubwürdigkeit gemacht – »Ideal«, »Vielleicht« und »Nein«. Anschließend war ich die »Ideal«- und »Vielleicht«-Stapel durchgegangen und hatte die Frauen aussortiert, die meiner Meinung nach optisch nicht passten: eine Spur zu unscheinbar, zu viele Sommersprossen, Pferdegesicht. Kurz gesagt: nicht hübsch genug.

Ich muss zugeben, dass mir der Vorgang ein gewisses Hochgefühl bescherte – der Gedanke, dass ich, eine unbekannte Siebenundzwanzigjährige, in Eigenregie entscheiden konnte, ob eine aufstrebende Schauspielerin für eine Hauptrolle in Betracht gezogen wurde.

Vielleicht hatten meine Chefs mir das Leben hin und wieder schwergemacht, aber jetzt spürte ich den Rausch von Macht und Kontrolle über diese Fremden. Ja – ich, als Frau, beurteilte diese anderen Frauen nach ihrem Aussehen. Genau genommen nach ihrem Aussehen auf einem einzigen Schwarz-Weiß-Foto. Aber wie ich schon sagte: Im Filmbusiness urteilen wir ständig übereinander. Manchmal besteht unser Job genau darin.

Ich war in meinem Urteil eindeutig weniger hart als Xander und Hugo.

Während des Meetings konnten die beiden es kaum abwarten, mit den Männerrollen fertig zu werden. Viel spannender fanden sie die Aussicht, sich attraktive junge Frauen anzusehen, die Katie Phillips spielen konnten. Als ich die Vorschläge der Agenturen durchging, streckten Xander und Hugo gierig die Hände nach den Fotos aus wie Kinder nach den Süßigkeiten an Halloween. Aber sie wirkten enttäuscht und sagten zu den meisten gleich Nein.

Sylvia reagierte positiver. »Sie könnte passen«, sagte sie und hielt das Foto einer ernsthaft wirkenden Blondine hoch. »Jenny Oliver. Sie hatte eine durchgehende Rolle in einer Staffel von *Law and Order*. Jede Menge Bühnenerfahrung. Sie war sogar für einen Tony nominiert.«

»Nein.« Xander zuckte die Achseln. »Nicht mit der Nase.«

»Oder die hier?« Sylvia präsentierte ein anderes Foto. »Ich hab sie in einem TV-Drama über eine kleine Stadt im Mittleren Westen gesehen. Da war sie sehr beeindruckend.«

»Zu alt«, spottete Hugo. »Und nicht heiß genug.«

»Hier, gib mir den Stapel.« Xander schnappte sich die »Vielleicht«-Fotos und blätterte sie zusammen mit Hugo schnell durch, ungefähr so, wie ein gelangweilter Zauberer ein Kartenspiel präsentiert. »Lass mal sehen, ob wir hier ein paar scharfe Schnecken dabeihaben ...«

Hugo kicherte und trank einen großen Schluck Kaffee.

Die beiden gingen den Stapel durch und wechselten sich mit Kommentaren ab.

»Wie wär's mit der?«

»Oh, die ist heiß. Zu der würde ich nicht nein sagen.«

Schnipp, schnipp. »Sieht aus wie eine LKW-Fahrerin.« Lachend warf Xander ein Foto auf den Boden.

»Die sieht aus, als wären ihre Eltern Geschwister. Ernsthaft, wie kommt *die* an einen Agenten?«

Noch mehr Gekicher. Ein weiteres Foto landete auf dem Boden.

»Oh, wow, schau mal. Hal-*lo*, meine Schöne.«

Xander machte einen neuen Stapel mit denen, die ihm zusagten.

»Hey, hör dir das an ... zu ihren ›besonderen Fähigkeiten‹ gehört Poledance.«

Beide amüsierten sich prächtig.

Sylvia und ich warfen uns lange, frustrierte Blicke zu.

»Jungs«, sagte Sylvia. »Geht ein bisschen ernsthafter an die Sache ran. Verschwendet eure Zeit nicht mit völlig Unbekannten, bei denen jeder Sales Agent zurückzuckt.«

»Meinst du die?« Xander hielt das Foto einer sinnlichen Blondine hoch. »Davor zuckt niemand zurück. Sie ist einfach geil. Schau dir die Lippen an.«

»Marie Playfair. Oh, darauf würde ich es ankommen lassen«, bemerkte Hugo.

Sie blätterten weiter. *Schnipp, schnipp, schnipp.*

Weil das Meeting sich offenbar zu einer Nonsenseveranstaltung entwickelt hatte, ging ich an meinen Schreibtisch zurück und verschickte ein paar E-Mails. Xander und Hugo machten unverdrossen weiter.

Plötzlich hob Xander die Stimme.

»Sarah«, sagte er mit besorgter Stimme. »Was macht diese Frau in deinem Stapel? Sie sieht aus wie eine Nutte aus Harlem.«

Er hielt ein Foto von Theresa Josephs hoch, einer schwarzen Schauspielerin mit hohen Wangenknochen und großen, herausfordernden Augen.

Ich war nicht sicher, worauf Xander hinauswollte, und zögerte.

»Was meinst du ... weil sie schwarz ist?«

»Ja, natürlich, sie ist schwarz. Außerdem sieht sie wie eine Prostituierte aus.«

Bevor ich Xander fragen konnte, an welchen Gesichtszügen man eine Prostituierte erkannte, mischte Sylvia sich ein.

»Überleg mal, Xander. Katie könnte schwarz sein. Als Vater könnten wir trotzdem einen Weißen besetzen. Wie wäre es zum Beispiel mit ... Halle Berry?«

»Was?« Xander schaute sie entgeistert an. »Das würde nicht funktionieren.«

»Warum nicht?«, fragte sie.

»Weil ich Katie nicht als Schwarze sehe.«

Bei ihm klang es nach einer unabweisbaren Wahrheit.

So wurde auf einen Schlag eine komplette Rasse von der Traumrolle der Katie Phillips ausgeschlossen.

Wahrscheinlich nicht nur eine Rasse. Mir war aufgefallen, dass ich auf den ganzen Fotos, die uns zugeschickt worden waren, keine einzige Asiatin gesehen hatte. Latinas waren ganz vereinzelt darunter.

Auch wenn Xander es nicht explizit gesagt hatte, war offensichtlich, dass Katie Phillips eine Weiße sein sollte. Gutaussehend, klug und sexy – und unvermeidlich weiß.

Ich wandte mich wieder meinen E-Mails zu. Ein winziger Keim des Ekels begann in mir zu sprießen. Ich würde ihn ignorieren, so tun, als wäre er nicht da. Stattdessen sagte ich mir, dass wir gerade in einer unglückseligen Phase steckten. Großes lag vor uns: der eigentliche Dreh, vielleicht sogar ein Umzug nach L. A.

»Sie ist nicht dabei«, erklärte Xander mürrisch. »Ich sehe sie hier nicht, nicht in diesem Stapel.«

Wenn man zweihundert Schauspielerinnen verraten würde, dass sie derart auf einen Schlag abgeurteilt und en masse für ungeeignet befunden wurden, würde es ihnen das Herz brechen. Aber hoffnungsvolle Schauspielerinnen und Schauspieler ahnen selten etwas von den kalten Realitäten der Branche. Sie stehen zu sehr im Bann der Illusion, mit der die Industrie hausieren geht: dass man mit dem entsprechenden Talent und der entsprechenden Leidenschaft irgendwann den Durchbruch schafft.

Niemand verrät einem, dass es im Wesentlichen genau darauf

hinausläuft: dass ein verkaterter Regisseur sich fünf Sekunden Zeit für ein Foto nimmt und es dann auf den Boden wirft. Wo es sofort in Vergessenheit gerät.

Während ich mit einem Ohr Xanders und Hugos Kommentaren zur Besetzung von *Furious Her* lauschte, ging ich am Computer die ziemlich langweilige Liste von Wünschen durch, die wir dem Verleiher von *A Hard Cold Blue* erfüllen mussten.

»Wollt ihr ernsthaft *all* diese Schauspielerinnen aussortieren?«, fragte Sylvia ungläubig. Sie deutete auf die Fotos auf dem Fußboden, wo es aussah, als wäre ein Sturm durchs Zimmer gefegt. »Wollt ihr euch nicht mal irgendwelche Demobänder ansehen?«

Xander zuckte die Achseln. »Es waren ein paar dabei, die *vielleicht* in Frage kämen, aber niemand sticht wirklich heraus.«

»Na ja«, sagte Hugo. »Es ging ja nur um eine vorläufige Auswahl. Da draußen gibt es noch jede Menge andere Schauspielerinnen.«

»Ich habe mit den *vier* wichtigsten Agenturen gesprochen«, erinnerte ich Xander.

»Wenn für ihn nicht das richtige Mädel dabei war, dann ist es eben so«, nahm Hugo ihn in Schutz. »Du solltest dich nicht mit dem Zweitbesten zufriedengeben. Es ist *dein* Film.«

»Lasst uns mit ein paar Casting Directors sprechen«, schlug Sylvia vor. »Sarah, kannst du nachhören, wer Anfang nächster Woche Zeit hat? Schick ihnen das Drehbuch, damit sie es am Wochenende lesen können, falls sie es nicht sowieso schon haben.«

Dann wandte sie sich wieder an Xander. »Wie klingt das? Ein guter Casting Director ist auf der Höhe der Zeit und kann jemanden vorschlagen, den wir übersehen haben.«

Aber Xander zeigte kein besonderes Interesse. Er erhob sich und setzte sich abwesend die Sonnenbrille auf.

»Ja, kann sein«, sagte er achselzuckend. »Wie spät ist es jetzt?«

»Zehn vor vier«, sagte Ziggy.

»Gott, mit mir ist heute überhaupt nichts los«, sagte Xander zu niemandem speziell.

Auch Hugo stand auf. »Ich lade dich auf einen Drink ein.«

»Wartet mal, Moment …« Sylvia wirkte schockiert. »Xander, wir sind mit den PR-Leuten für *A Hard Cold Blue* verabredet.«

»Ich hasse PR-Leute«, murmelte Xander. »Ich bin heute nicht in der Stimmung. Geh du mit Sarah zu dem Meeting und sagt mir später, was dabei rausgekommen ist.«

Er war schon an der Tür, Hugo folgte ihm nach draußen, bevor Sylvia noch irgendetwas sagen konnte. Wir sahen, wie sich die Tür hinter ihnen schloss.

Rings um den Couchtisch, unter unseren Füßen, lagen die aussortierten Fotos. In Schwarz-Weiß aufgenommene Gesichter junger Frauen starrten vom Fußboden hoch.

16

Ich weiß nicht mehr, wann ich den Namen Holly Randolph zum ersten Mal gehört habe. Aber irgendwie ist er – durch Gespräche mit Casting Directors oder eine Suche in der IMDB – dann hängengeblieben. Eines Tages fand ich heraus, welche Agentur sie vertrat, bat um Demoaufnahmen und legte im Büro die DVD ein. Zu jener Zeit zirkulierten in New York Hunderte solcher DVDs, Motorradkuriere brachten sie in Plastikhüllen mit dem Logo der jeweiligen Agentur. All diese Schauspielerinnen und Schauspieler hofften, für eine Rolle gecastet zu werden, die ihnen endlich den »großen Durchbruch« bringen würde.

Ich war es also gewöhnt, die DVDs aus ihren Hüllen zu nehmen, sie ins Gerät zu legen, das Klicken des elektronischen Mechanismus zu hören und zu warten.

Wie immer ließen die ersten Bilder nicht lange auf sich warten. Ich setzte mich auf den Fußboden und starrte neugierig auf den Bildschirm.

»Wer ist das?«, fragte Ziggy.

»Holly Randolph«, sagte ich mit einem Blick auf die DVD-Hülle. Dann starrte ich wieder fasziniert auf den Bildschirm. »Nie von ihr gehört, aber sie ist gut.«

Ich lege eine kurze Pause ein und überlege, was ich heute, ein Jahrzehnt danach, über Holly Randolph weiß.

Die ganze Zeit über habe ich ihre Karriere mit großem Interesse und einem Anflug von beinahe elterlichem Stolz verfolgt. Ohne mich hätten Sie alle nie von Holly Randolphs brillantem Schauspieltalent erfahren.

Natürlich ist das nicht ganz richtig. Jemand anders hätte ihr eine Hauptrolle in einem Film mit einem ordentlichen Budget anbieten können. Vielleicht hätte sie sich übers Fernsehen und

Independent-Filme bis zu den großen Studioproduktionen hochgearbeitet. Ein Jahr später wäre sie vielleicht als aufgeweckte, charmante Freundin oder als kluge Collegestudentin besetzt worden. Oder als erwachsene Tochter eines Mannes in der Midlife-Crisis, gespielt von einer ehrwürdigen Hollywoodlegende.

In den zehn Jahren, die vergangen sind, habe ich sie in all diesen Rollen gesehen – und in vielen anderen. Wo weniger begabte Schauspielerinnen sich bei diesen Aufgaben auf ihr obligatorisches hübsches Gesicht und eine gewisse Leinwandpräsenz verlassen hätten, verleiht Holly Randolph diesen Figuren zusätzliche Tiefe, eine versteckte Note von Schmerz und Ungeschütztheit ... Vielleicht liegt das an ihrer besonderen Authentizität. Denn was hat Holly im vergangenen Jahrzehnt nicht alles durchgemacht? Und sich dabei gleichzeitig eine kometenhafte Karriere aufgebaut, die von Golden-Globe-Nominierungen bis zu den Oscar- und Tony-Verleihungen geführt hat. Ihr Gesicht war auf dem Titel von *People* abgebildet, über Buzzfeed-Quizzen und Interviews: *Holly Randolph, offen und persönlich. Dein Snackgeschmack sagt dir, welche Holly-Randolph-Figur du bist.*

Heute betrachte ich ihre Karriere mit noch größerer Ehrfurcht vor ihren schauspielerischen Fähigkeiten. So viele Masken auf einmal zu tragen, einfach, um zu überleben. Die Rolle, in die sie am Set schlüpft. Die Version von Holly, der man in Talkshows oder auf dem roten Teppich begegnet. Und dann die wahre Holly, die verbirgt, was passiert sein könnte, die es für sich behält, hinter ihrer gefeierten Fassade.

Der wahren Holly bin ich einmal begegnet, bevor sie berühmt wurde. Wenigstens möchte ich glauben, dass es ihre wahre Persönlichkeit war. Aber was wissen wir schon?

Zwei Wochen nachdem ich mir die DVD angesehen hatte, begegnete ich Holly Randolph zum ersten Mal persönlich. Wir hatten uns für *Furious Her* die Dienste von Val Tartikoff gesichert, einer teuren, aber hoch angesehenen Casting-Chefin. Val und ihr Assistent Brian hatten für einen Mittwochnachmittag eine Casting-Suite am Herald Square angemietet, wo zehn verschiede Schauspielerinnen zu vorher festgelegten Zeiten für die Rolle der Katie Phillips vorsprachen. Im Vorfeld hatte ich Xander auf Hollys Demoaufnahmen aufmerksam gemacht, aber er schien meinen Vorschlag zu ignorieren. Umso zufriedener war ich, als ich sah, dass Val sie für 15.15 Uhr eingeladen hatte.

Da Xander und Hugo sowieso hingingen, sah Sylvia es als Zeitverschwendung an, wenn ich den ganzen Tag beim Casting verbringen würde. Trotzdem war ich neugierig und schaffte es, meine sonstige Arbeit so zu legen, dass ich zwischen 15 und 16 Uhr Zeit hatte.

Als Holly eintrat, wirkte sie zierlich, ganz wie die anderen, etwa gleichaltrigen Schauspielerinnen an jenem Tag. Aber ihre Bewegungen strahlten eine gewisse Sicherheit aus, die ihre schlanke Gestalt präsenter wirken ließ. Dasselbe galt für ihr sonstiges Auftreten. Obwohl sie auf den ersten Blick wie eine x-beliebige hübsche blonde Frau jenseits der Zwanzig wirkte, erweckte sie Aufmerksamkeit, sobald sie einen ansah oder den Mund aufmachte. Die Kamera verstärkte diesen Eindruck noch, fing jedes Detail ihrer Gesichtszüge ein, jede kleinste emotionale Regung in ihren hellblauen Augen und dem sensiblen Mund. Als ihr Gesicht vor uns auf der Leinwand auftauchte, setzte Xander sich kerzengerade auf. Das galt auch für Hugo.

»Hallo«, begrüßte Val sie mit unüberhörbarem New Yorker Akzent. Es war das siebte warme »Hallo« an diesem Tag.

»Hi, ich bin Holly.« Selbstsicher schüttelte sie Val die Hand.

»Das ist Holly Randolph«, wandte Val sich an uns. »Das sind Xander, unser Regisseur und Autor, und Hugo, unser Produzent.« Xander nickte nur, aber Hugo stand auf und begrüßte sie auf europäische Art mit Küssen auf beide Wangen. Holly akzeptierte es höflich.

»Oh, und Sarah, eine weitere Produzentin«, fügt Val schnell noch hinzu.

»Hi«, sagte Holly. Vielleicht war sie erleichtert, hier noch eine andere junge Frau zu sehen.

»Hattest du Zeit, das ganze Drehbuch zu lesen, Holly?« Auf diese Frage hin hatten mehrere andere Schauspielerinnen das Drehbuch mit Komplimenten überschüttet und sich auf fast schon orgastische Weise in ihre Hymnen auf Xanders Qualitäten als Autor hineingesteigert. Ich fragte mich, ob die ständig schwärmenden Frauen Xander jemals zu viel werden würden.

Hollys Reaktion war höflich, positiv und klug formuliert. »Ich habe es gern gelesen. Katie hat so viele Facetten. Sie ist Mutter, Tochter, trauernde Witwe und Actionheldin. Im wirklichen Leben spielen die meisten von uns viele Rollen gleichzeitig.«

»Die Actionheldin vielleicht nicht«, bemerkte Xander. Alle lachten.

»Das weiß man nie«, gab Holly zurück und erntete ein weiteres höfliches Lachen.

»Bist du bereit, die Szenen für uns zu lesen?«, fragte Val.

»Absolut«, erklärte sie strahlend. »Können wir mit der Szene mit ihrer Tochter anfangen?«

Auch dieser entschiedene Vorschlag hob sie von anderen Schauspielerinnen ab, die lieber Anweisungen befolgten. Sie standen da, gertenschlank und zitternd, und fragten beinahe flüsternd: »Welche Szene soll ich zuerst lesen?«

Der weibliche Wunsch, zu gefallen, hat mich niemals mehr frustriert als in der Casting-Suite. Natürlich will jede Schauspielerin verzweifelt die Rolle haben, für die sie vorspricht. Aber es ist eine Kunst für sich, diese unterschwellige Verzweiflung zu überspielen und sich über die zynischen Zweifel von drei oder vier Leuten hinwegzusetzen, die schon einen Aufmarsch von Konkurrentinnen hinter sich haben, die dieselben Zeilen gelesen und sich dieselbe Figur angeeignet haben.

Bei der Casting-Sitzung fiel mir auf, dass auch Xander und Hugo in Rollen verfielen. Xander gab das Schweigende Künstlerische Genie, was niemand hinterfragte, schließlich war er der Regisseur und Autor. Hugo dagegen übertrieb sein britisches Auftreten auf fast schon theatralische Weise. Zusammengenommen mussten sie auf die vorsprechenden Frauen dadurch noch unerreichbarer wirken. Beide wussten um ihre Macht. Im Dunkeln sitzend fällten sie ihr Urteil über diese jungen Frauen, die sich verausgabten und ihr Innerstes nach außen kehrten, wofür sie kaum mehr als ein Nicken und einen kurzen Kommentar ernteten.

Holly Randolph wirkte jedoch weniger eingeschüchtert – vielleicht konnte sie ihre Nervosität aber auch einfach besser verbergen als die anderen. Auf ein Zeichen von Val hin stellte sie sich ins Scheinwerferlicht, ihre Körpersprache wechselte wie auf Knopfdruck von freundlich-professionell hin zu wachsam, mütterlich, besorgt.

»Es kann losgehen«, gab Val das Startsignal.

Ihr Assistent Brian las den Part der sechsjährigen Tochter, Holly sah ihn mit mütterlicher Sorge an.

»Mommy?«, sagte Brian mit hoher, kindlicher Stimme. »Sind da draußen vor dem Haus böse Männer?«

Ich fieberte mit. Im Lauf von zwei Wochen hatte ich ein starkes persönliches Interesse an Holly Randolph entwickelt, obwohl sie keine Ahnung hatte, wer ich war. Vielleicht steckte mein Wunsch dahinter, einen bleibenden Beitrag zu diesem Projekt zu leisten, meinen Wert als Produzentin zu beweisen. Vielleicht lag es aber auch an Hollys Star-Qualität, die mich in Bann schlug. Sie hat immer die Fähigkeit besessen, ihr jeweiliges Publikum oder völlig Fremde für sich einzunehmen. Auch wenn diese Menschen ihr nichts bedeuten, bedeutet sie ihnen in diesem besonderen Moment alles.

Holly zögerte, Unsicherheit verdüsterte ihre Miene. Nicht die Unsicherheit einer Schauspielerin beim Casting, sondern die einer Mutter in einer Gefahrensituation, die nicht weiß, wie viel sie ihrer kleinen Tochter erzählen soll.

»Ja, mein Schatz«, sagte sie nickend. »Da draußen sind böse Männer. Du musst mir versprechen, dass du tust, was du kannst, damit sie dich nicht sehen.«

»Wie beim Versteckspielen?«, fragte Brian unschuldig.

»Ganz genau, mein kluges Mädchen.« Holly lächelte, ihre Augen strahlten vor Stolz auf ihre imaginäre Tochter. »Weißt du noch, wie wir mit Daddy gespielt haben …« Hier brach ihre Stimme leicht, Tränen traten ihr in die Augen.

Gepackt lauschten wir jedem einzelnen Wort. Sie war in diesem Moment kämpferisch und zärtlich zugleich.

Beinahe instinktiv schien Holly den Rhythmus des Dialogs zu beherrschen, die Spannung wachsen zu lassen – und damit unser Interesse. Wo andere Schauspielerinnen auf Sentimentalität setzten, vermittelte Holly Gefühle über ihre Augen und die Spannung in ihrer Stimme.

Nach ihrem letzten Satz saßen wir schweigend im Dunkeln, um den Moment so lange wie möglich auszukosten. Wir wollten nicht daran erinnert werden, dass es sich hier bloß um ein Vorsprechen handelte, dass die Szene jetzt vorbei war und Holly den Raum und das Gebäude verlassen würde. Anschließend würden wir einer Reihe anderer Schauspielerinnen zusehen, die dieselbe Figur darstellen würden, ohne Chance darauf, mit dem gerade Gesehenen konkurrieren zu können.

Holly rührte sich nicht. Wie jede gut ausgebildete Mimin wusste sie, dass sie so lange in der Rolle bleiben musste, bis jemand »Cut« sagte. Vielleicht hielt sie uns in diesem Augenblick alle in der Hand. Vielleicht hielten Hugo und Xander aber auch sie in der Hand.

Val durchbrach den Zauber. »Gut gemacht.«

Holly trat zurück, aus ihrer Rolle heraus und grinste freudestrahlend. »Wirklich? Danke. Ich war ziemlich nervös.«

»Das ist nicht nötig«, sagte Val. Ich nahm die Aufrichtigkeit in ihrer ansonsten so routiniert und pragmatisch klingenden Stimme wahr. »Das war wirklich etwas Besonderes.«

Als Holly acht Minuten später die Casting-Suite verließ, kam es mir vor, als wäre die geschlossene Hülle der Welt aufgebrochen, sodass wir einen Blick ins Universum hatten werfen können. Genau darum ging es beim Casting. Bei der Schauspielerei, beim Filmemachen. Um die perfekte Verschmelzung von Mensch und Rolle. Eine Form von Alchemie, die in glücklichen Momenten funktionierte.

Trotz Xanders gefühlsseligem Dialog, der die Sentimentalität auf die Spitze trieb, hatte Holly es irgendwie geschafft, dieser bedrohten Mutter spontanes Leben einzuhauen. Sie hatte uns geradezu magnetisch auf ihre Seite gezogen.

Dabei war sie unglaublich natürlich, selbstsicher und mühelos professionell erschienen. All die Eigenschaften, die Männer in dieser Welt von Frauen erwarten. Dabei erfordert es eine Menge Übung, diese Eindrücke zu erwecken.

Ich saß allein in einer Ecke, in stiller Verzückung. Trotzdem sah ich mir drei weitere Schauspielerinnen an, um mir bestätigen zu lassen, dass ich mir das, was ich gerade miterlebt hatte, nicht bloß eingebildet hatte. Aber so war es nicht. Was sich für mich auf den körnigen Demoaufnahmen schon angedeutet hatte, war tatsächlich eingetreten.

Kein Zweifel, Holly Randolph war absolut einzigartig.

17

Thom will, dass ich weiterrede, das ist mir klar, aber im Moment geht es einfach nicht. An diesem Punkt der Geschichte macht sich ein geradezu körperlicher Widerwille bemerkbar. Eine innerliche Straßensperre.

Ich merke, wie erschöpft ich bin. Ich sehe auf meine Uhr, dann aus dem Fenster. Inzwischen wirft die Sonne über Midtown Manhattan längere Schatten.

Mir fallen die Ringe unter Thom Gallaghers Augen auf. Ich frage mich, wie viele Stunden er im letzten Jahr damit zugebracht hat, sich die Geschichten verbitterter und mit Reue erfüllter Frauen anzuhören und Zeuge der zerstörerischen psychischen Auswirkungen des Vergangenen zu werden.

Eine Weile sagen wir beide nichts.

»Möchten Sie weitermachen?« In seinem Ton nehme ich eine Spur Besorgnis wahr, vielleicht ist sein Interesse wirklich echt.

Ich zögere. »Ich weiß nicht, ob ich es schaffe. Jetzt, meine ich.«

Während der letzten Stunde ist die leichte Übelkeit, die ich von Anfang an gespürt habe, ein wenig stärker geworden. Sie signalisiert mir, dass ich besser nicht weitermache.

Ich möchte aufhören, noch bevor wir in L. A. ankommen, möchte hier in New York bleiben, der Stadt, die immer mein Zuhause war. Dann sind all diese Dinge einfach nicht geschehen. Natürlich weiß ich, dass sie geschehen sind, sie haben schon hier auf dieser geschäftigen Insel begonnen, ungefähr vierzig Blocks südlich von dort, wo ich jetzt sitze.

»Ich könnte wiederkommen. Ich meine, die Geschichte geht ja noch weiter.«

»Natürlich«, stimmt Thom mir zu. »Ich arbeite jetzt seit Monaten daran, kein Grund zur Eile also. Wenn Sie später weitermachen wollen … Vielleicht können wir uns nächste Woche wieder treffen.«

Vielleicht, denke ich.

Die Sonne muss hinter einer Wolke hervorgekommen sein, denn plötzlich blendet mich helles Licht. Ich halte die Hand schützend vor die Augen und blinzele.

»Sie entscheiden«, sagt er nicht unfreundlich. »Was möchten Sie?«

Als ich mich um 16.21 Uhr am Empfang abmelde, den Ausweis mit dem pixeligen Foto meines Gesichts zurückgebe und den ehrwürdigen Wolkenkratzer verlasse, kann ich nicht gleich nach Hause fahren.

Was erwartet mich dort? Eine leere Wohnung. Drehbücher meiner Studierenden, die benotet werden müssen.

Inzwischen komme ich nur noch selten nach Manhattan, vielleicht sollte ich mich ein bisschen verwöhnen. Mir den neuesten ausländischen Film im Quad ansehen oder mich auf eine Bank im Central Park setzen und alten Männern beim Schachspiel zusehen.

Noch während ich nachdenke, merke ich, dass ich mich auf den Weg Richtung Downtown gemacht habe, weg aus der Neonwelt des Times Square. Ich sehne mich nach etwas Ruhigerem, Abgeschiedenerem.

Ich sehe auf mein Handy, entdecke eine Nachricht von meiner Schwester und ignoriere sie. Es ist nicht mehr wie früher, als ich sämtliche Nachrichten von ihr sofort beantwortet habe.

Immer noch geistert mir die junge Holly Randolph durch den Kopf, das Glück, sie damals beim Vorsprechen erlebt zu haben. Die Hoffnungen, die ich mit siebenundzwanzig für meine eigene Zukunft hatte. Und die Entwicklung, die Holly inzwischen genommen hat.

Ohne nachzudenken steige ich in die Subway und komme auf dem Bürgersteig der Canal Street wieder ans Tageslicht.

Ich bewege mich wie in Trance. Meine Füße wählen eine vertraute Strecke, die ich allerdings niemals bewusst eingeschlagen hätte. Irgendwo tief drinnen muss mein Körper abgespeichert haben, wo es war, und mich – ganz instinktiv, wie bei Zugvögeln – näher und näher an diesen schicksalhaften Ort geführt haben. An die Adresse, an der ich an jenen Sommerabenden vor unserem Umzug nach L. A. zu oft gelandet war.

Dort angekommen, erkenne ich das Haus kaum wieder. Der Privatclub muss dichtgemacht haben oder umgezogen sein.

Ich erkenne auch die Geschäfte ringsum nicht wieder. Wo die Pizzeria war, befindet sich jetzt ein luxuriöses Nagelstudio. Der Schnapsladen, in dem ich spätabends Nachschub geholt habe, ist einem Bio-Café gewichen, in dem man Kurkuma Latte trinken kann. Was ich wiedererkenne, ist der Eingang, die Glastür, durch die ich oft in die elegante Lobby geschlüpft bin.

Ich stehe auf dem Bürgersteig, sehe nach oben und suche das Fenster im vierten Stock. Dort habe ich vor zehn Jahren gestanden und jemanden auf der Straße angestarrt, der genau an dieser Stelle hier stand.

Damals hätte ich mein zukünftiges Ich, wenn es zu mir hochgeschaut hätte, nicht erkannt.

Interview-Abschrift (Fortsetzung):
Sylvia Zimmerman, 14.39 Uhr

SZ Mit wem haben Sie sonst noch gesprochen? Mit Sarah? Sarah Lai?

TG Ich darf Ihnen meine anderen Quellen leider nicht offenlegen.

SZ Na gut, es könnte sich jedenfalls lohnen, mit Sarah zu reden. Sie hatte einen völlig anderen Hintergrund.

TG Wie meinen Sie das?

SZ Sarah kam aus dem Nichts, Thom. Ihre Familie waren Immigranten aus Hongkong, sie hatten irgendein Restaurant in Queens. Sie ist mehr oder weniger ins Filmgeschäft hineingestolpert und hat ihre Position durch … was man halt so sagt: Leidenschaft, Talent und harte Arbeit erreicht. [*Pause*] Ich kann ihr keinen Vorwurf für ihren Ehrgeiz machen … In diesem Geschäft sind alle ehrgeizig. Aber vielleicht hat Sarahs Herkunft eine Rolle gespielt. Vielleicht wollte sie sich beweisen, mehr noch als wir anderen.

TG Wenn Sie sagen »sich beweisen«, was meinen Sie damit?

SZ Jemand wie Sarah bekommt nur eine Chance, sich in der Branche durchzusetzen. Für Leute wie sie, ohne Verbindungen, gibt es keine ›Sie kommen aus dem Gefängnis frei‹-Karte. Ich war froh, ihr diese Chance bieten zu können.

TG Wie würden Sie Ihre Arbeitsbeziehung zu jener Zeit beschreiben?

SZ Sie war gut, das war sie immer. Sarah war immer verlässlich. Das braucht man in dieser Branche: jemanden, der einem den Rücken freihält. Das hat Sarah getan. Jedenfalls bis Hugo auftauchte.

TG Und war sie auch bis zum Schluss zuverlässig?

SZ Darauf kann ich nicht eindeutig antworten. [*Pause*] Anfangs auf jeden Fall. Mit ihr zu arbeiten, war fast ein Traum, sie hat sehr schnell gelernt, war sich für Überstunden nie zu schade. Aber ein Teil von ihr ... schien immer etwas Besseres zu wollen.

TG Was glauben Sie, was das war?

SZ Vielleicht hatte sie das Gefühl, dass sie für manche ihrer ursprünglichen Aufgaben überqualifiziert war? Dass sie mehr konnte als Drehbücher zu stapeln und den Fotokopierer zu bedienen? Aber wir alle fangen mal an. Ein bisschen Demut hat noch niemanden geschadet.

TG Wie haben Sie in der Branche angefangen?

SZ Ich? Genau so. Als junge Frau waren mir ein paar Aufträge als Model angeboten worden. Nichts Besonderes, ein Freund meines Vaters war auf mich aufmerksam geworden. Aber mir hat es vor der Kamera nicht gefallen. Ich habe mich immer ein Stück entmenschlicht und bloßgestellt gefühlt. Ich wollte lieber hinter den Kulissen arbeiten, begreifen, wie Projekte realisiert werden, wie man die Fäden zieht ... [*Pause*] Also ... bin ich vom Modeln zur Modewerbung gekommen, dann habe ich Werbespots und Musikvideos produziert. Klar, am Anfang standen so dämliche Arbeiten wie Kaffeekochen, Kopieren und Anrufe annehmen, ich wurde behandelt wie eine x-beliebige Idiotin mit hübschem Gesicht. Aber ich habe mich hochgearbeitet. Irgendwann bin ich Xander begegnet und habe begriffen, dass er ein Talent war, bei dem ich zuschnappen musste. Ein Regisseur, dessen Arbeit ich über Jahre hinweg fördern, den ich ermutigen und bekannt machen konnte, mit dem ich eine ideale Arbeitsbeziehung aufbauen konnte. Um dann irgendwann seine Spielfilme zu produzieren.

TG Dann haben Sie sich Ihren Platz also erkämpft.

SZ Klar, das nimmt einem niemand ab. Ich habe meine Möglichkeiten gesehen und zugegriffen. [*Pause*] Ich glaube, ich habe mich in Sarah irgendwie wiedererkannt. Deshalb wollte ich ihr diese Chance geben.

TG Hätten Sie Sarah Lai als naiv bezeichnet?

SZ Ja, anfangs schon. Aber im Laufe ihrer Zeit bei Firefly hat sie dazugelernt. Sie war immer schnell von Begriff.

18

Am nächsten Tag, einem Sonntag, muss ich zu einem Familientreffen. Also nehme ich die Subway nach Queens und treffe mich im Restaurant mit meinen Eltern, meiner älteren Schwester, meinem jüngeren Bruder samt ihren Familien. Alles pflichtbewusste sinoamerikanische Kinder, mit Ausnahme von mir.

Karen ist nach DC gezogen, wo sie als Buchhalterin in einer der großen Firmen arbeitet, die Akronyme als Namen haben, irgendwelche Buchstabenfolgen, mit denen angelsächsische Nachnamen abgekürzt werden. Karens Mann ist Anwalt, die beiden Kinder inzwischen sieben und zehn. Als einziger Sohn einer chinesischen Familie hat mein Bruder Edison immer in einer privilegierten Welt gelebt – und sich für keine seiner Schwestern besonders interessiert. Er ist jetzt Zahnarzt in Boston und mit seiner Verlobten angereist, einer Amerikanerin mit taiwanesischen Wurzeln, die Marketing für Luxusmarken macht. Diese mustergültige Stabilität, die ständig steigenden Rentenansprüche, die monatlichen Hypothekenzahlungen, die regelmäßig wechselnden Smartphones – das alles erfüllt mich mit einem gewissen Ekel. Und Neid.

Ich mache meiner Familie Schande, weil ich trotz meines Columbia-Abschlusses nur das magere Einkommen aus meiner Dozentinnenstelle verdiene. Ich habe weder Kinder noch einen Partner vorzuweisen. Ich bin bloß Sarah, die nach L. A. gezogen ist, um Filme zu machen, was nicht funktioniert hat. Deshalb ist Sarah jetzt zurück in New York, wo sie an einem unbedeutenden Community College arbeitet. Ein abschreckendes Beispiel für alle, die zu hoch hinauswollen.

An diesem Sonntag bin ich nachdenklicher als sonst. Der gestrige Abend hat mich verunsichert. Nach meiner Rückkehr aus Manhattan hätte ich ein paar Drehbücher durchsehen oder mir auf YouTube irgendwelche Comedy-Sketche anschauen können, um mich aus meiner Benommenheit zu befreien. Stattdessen habe ich im Dunkeln gesessen, aus dem Fenster gestarrt und immer wieder das Licht an- und ausgeschaltet wie ein einsamer, gruseliger Stalker in einem stereotypen Thriller. Fehlte nur noch, dass ich laut gehechelt hätte.

Ich bin im Sitzen eingeschlafen, um zwei in der Nacht aufgewacht und dann ins Bett gegangen.

Heute Morgen finde ich das helle Tageslicht irgendwie verwirrend.

»Hey, tut mir leid, dass ich deine Nachricht nicht beantwortet hab«, sage ich leise zu Karen. »Ich war gestern ziemlich beschäftigt.«

»Wie läuft's denn so?«, fragt sie wohlwollend, wie es sich für ältere Schwestern gehört. Ich habe ein Gefühl – nicht gerade wie eine außerkörperliche Erfahrung, aber etwas in der Richtung –, dass wir vorherbestimmte Rollen spielen und Sätze sagen, die von uns erwartet werden. Rollen und Sätze, die wir schon ein Leben lang kennen und routiniert abspulen.

Karen ist immer die gewesen, die alle Erwartungen erfüllt hat: Hausbesitzerin, erfolgreich im Beruf, zweifache Mutter, pflichtbewusste Tochter. Ich dagegen erwecke Mitleid: Single, knapp bei Kasse und »künstlerisch«.

Ich bin kurz davor, meinen üblichen Satz zu sagen: *Ja, ganz gut.* Stattdessen entscheide ich mich fürs Improvisieren.

»Hmmm ... Im Moment ist es ein bisschen seltsam.«

»Tatsächlich?« Ihre Neugier ist geweckt. Das war nicht meine Absicht, ich wollte die Wahrheit nur oberflächlich streifen.

Mit den Essstäbchen schaufele ich mir noch etwas Reis und geschmorte Aubergine in den Mund. Dann spüle ich mit Tee nach.

»Was ist denn los?«, fragt Karen.

Ich weiß nicht so recht, was ich sagen soll, denn niemand aus meiner Familie hat eine Ahnung, was sich vor zehn Jahren abgespielt hat und warum meine Karriere im Filmbusiness vor die Wand gefahren ist.

Aber vielleicht hat Karen einen Verdacht. Keinen spezifischen, aber sie könnte ahnen, dass es irgendwie mit schlagzeilenträchtigen Geschichten und bekannteren Namen zu tun hat. Sie probiert es aus einer anderen Richtung.

»Ich hab gehört, dass die Schauspielerin Holly Randolph in den Nachrichten war. Im Zusammenhang mit diesen Anschuldigungen.«

Ich versuche, mir meinen Schrecken nicht anmerken zu lassen. Habe ich irgendwelche Schlagzeilen übersehen?

»Was hat sie gesagt?« Um meine Besorgnis zu überspielen füge ich hin: »Seit wann siehst *du* dir eigentlich *Entertainment Tonight* an?«

»Ich hab's nicht gesehen, aber Alice.« Karen deutet auf die Zehnjährige, die ein paar Stühle weiter sitzt und mit großen Augen auf den in der Pfanne gebratenen Rübenkuchen wartet. »Sie ist total verrückt nach Filmen. Ein bisschen wie du früher.«

»Na, dann pass gut auf sie auf«, bemerke ich scherzhaft.

»Aber ernsthaft, diese Geschichten geistern jetzt ständig durch die Medien.« Karen legt ihre Essstäbchen ab und starrt mich an. »Hast du nicht mal mit Holly Randolph zusammengearbeitet?«

»Ja. Aber das ist Ewigkeiten her. Wahrscheinlich würde sie sich nicht mal an mich erinnern.«

Karen spürt, dass ich mit meinen Worten eine Grenze ziehe. Dass ich ablenke und den Gesprächsfaden nicht weiterverfolgen will. Ich will das Thema nicht in Anwesenheit unserer Eltern und der Kinder besprechen, nicht unter den Blicken von drei Generationen Lais.

Sie lächelt und schlägt einen leichteren Ton an. »Ist dir klar, dass Alice ausflippen würde, wenn ich ihr erzähle, dass du mal mit Holly Randolph zu tun hattest?«

Ich lache. »Tu das besser nicht. Ich kann ihr weder ein Autogramm besorgen noch einen Überraschungsbesuch in ihrer Schule arrangieren.«

Und wenn ich das nicht kann, spielt dann die Tatsache, dass ich Holly Randolph einmal kannte, überhaupt eine Rolle? Ich habe nicht mal Fotos von uns beiden zusammen, mit denen ich es beweisen könnte.

»Hey, ihr beiden«, ruft meine Mutter über den Tisch hinweg. »Worüber redet ihr? Erzähl deiner Schwester lieber von einem netten unverheirateten Mann in deinem Büro, mit dem du sie bekanntmachen kannst.«

Karen und ich schütteln die Köpfe.

»Mom, ich arbeite in einer Rechnungsprüfungsfirma. Die Männer dort sind zu langweilig für Sarah.«

Mom wackelt tadelnd mit dem Finger. »Siehst du, das ist dein Problem. Du bist die ganze Zeit nur in deinen Filmen unterwegs. Willst immer nur Spaß haben.«

Ich unterdrücke meinen Ärger, schlucke ihn herunter, halte den Mund.

Mom spielt ihre Bemerkung mit einem Lachen herunter. »Ich hab nur Spaß gemacht. Und jetzt reicht die Peking-Ente endlich weiter.«

Ich stoße die träge drehbare Platte leicht an, sodass meine Mutter sich an der Ente bedienen kann. Es kommt mir vor, als hätte ich mein ganzes Leben so verbracht, hier in diesem Restaurant. Als hätte ich vor einer Platte gesessen und sie in ihre Richtung gedreht, damit sie immer kriegt, was sie will. Ein ständiger Kreisel. Die Last der elterlichen Erwartungen, durch die wir uns auf der Stelle drehen und nie richtig vom Fleck bewegen.

Am Montag, während einer Pause in meinem Büro, setze ich mich vor den Computer, um herauszufinden, von wem Holly Randolph inzwischen vertreten wird. Als Produzentin gehörte es früher zu meinem Alltag, mich durch verschiedene Websites und Menüpunkte zu arbeiten oder ein paar diskrete Anrufe zu führen, um die Agenten von Schauspielerinnen und Schauspielern in Erfahrung zu bringen.

Wie jeder große Star wird Holly inzwischen von einem Team von Profis vertreten: Schauspielagentin, Manager, Presseagent, Anwältin samt zahlreichen Assistentinnen und Assistenten. Ich kenne sie alle nicht. Vor zehn Jahren hat keine dieser Personen für Holly gearbeitet. Ich sehe mir ihre Websites an. Sie sind auf Hochglanz poliert, bieten aber wenig an Informationen oder Kontaktmöglichkeiten.

Wie immer bleibt Hollywood ein Ort für Insider.

Ich könnte eine E-Mail an ihre Presseagentin oder ihren Manager schicken, aber was sollte ich schreiben? *Liebe Holly, ich weiß nicht, ob du dich noch an mich erinnerst ...*

Nein, eine solche Mail würde auf der Stelle gelöscht.

Liebe Holly, ich bin Sarah Lai, eine der Produzentinnen deines Films Furious Her ...

Nein, das würde sofort Erinnerungen an Hugo North wecken und ...

Ich wende mich vom Bildschirm ab. Übelkeit und Schuldgefühle setzen ein.

Ich gehe auf Twitter, diese ebenso bizarre wie nützliche Plattform, auf der man nur hundertvierzig Zeichen am Stück schreiben kann. Trotzdem scheinen diese Hundertvierzig-Zeichen-Statements für Stars, Journalisten, Politiker, Sportler, selbst für Köche interessant zu sein, ganz zu schweigen von den Millionen Followern, die sich keinen einzigen Tweet entgehen lassen. Wenn ich heutzutage Zeitungsartikel lese, kommen sie mir oft wie Zusammenfassungen von Tweets anderer Menschen vor. Twitter hat die Nachrichten ersetzt, keine Frage. Twitter ist die Nachrichten *geworden*.

Natürlich hat Holly Randolph ihren eigenen Account, samt dem blauen Häkchen, der ihn als verifiziert ausweist. @Holly-

Randolph nennt sich »Schauspielerin. Liebt die Welt«, Standort Los Angeles, das Profil lautet: »Geschichtenerzählerin. Vegetarierin. Taucht von Zeit zu Zeit auf der Leinwand auf.« Ich finde es so bizarr, dieses Medium, in dem die Worte, die Bilder, die Retweets, selbst die Emojis so sorgfältig gewählt sind – öffentliche Hochglanzavatare angeblich echter menschlicher Wesen.

Ich scrolle durch ihren Twitter-Feed und entdecke fortlaufende Konversationen mit anderen Superstars, ein oder zwei Tweets über einen Film mit ihr, der nächsten Monat ins Kino kommt, und ein paar Retweets von Tierschutzorganisationen. Sie hat 5,2 Millionen Follower.

Ich verstehe, was Durchschnittsmenschen an Twitter reizt – diese unmittelbaren Äußerungen einer Berühmtheit zu erhalten, praktisch von Handy zu Handy. Aber, wie alles andere, ist auch das eine Illusion.

Holly muss täglich Tausende Tweets bekommen. Höchstwahrscheinlich wird jemand bezahlt, um ihren Account zu pflegen. Dasselbe gilt für Instagram, das mir noch weniger einleuchtet – ein zusammenhangloser Strom von Fotos. Und offenbar trotzdem die populärste Social-Media-Plattform in L. A. Die Instagram-Posts von Prominenten werden von Fans und Experten ständig analysiert: »Was soll dieser Kommentar bedeuten?« oder »An wessen Arm klammert sie sich auf diesem Foto?«

Ich bin amüsiert und hoffnungslos verloren. Vor allem aber bin ich erleichtert, dass all diese Kanäle zu meiner Zeit im Filmgeschäft noch nicht existiert haben. Wie viel zusätzliche Zeit muss es kosten, einen aktiven Twitter- oder Instagram-Account zu pflegen, all diese Fotos und witzigen Kommentare für 5,2 Millionen Follower zu produzieren? Um die Leute daran zu erinnern, dass man noch relevant ist.

Diese Last ist mir erspart geblieben. Zur Abwechslung bin ich dankbar.

Ich schaue auf die Uhr in der rechten unteren Ecke des Bildschirms. Fast vierzig Minuten sind vergangen, in zwölf Minuten beginnt mein nächster Kurs. Vierzig Minuten, einfach so, auf dem Streifzug durch eine Flut von virtuellem Müll.

Einer Kontaktaufnahme mit Holly Randolph bin ich dabei keinen Schritt näher gekommen.

Thom hatte mir am Sonntag, dem Tag nach meinem Besuch im Büro der *Times*, eine E-Mail geschickt und sich höflich für meine Zeit und Aufmerksamkeit bedankt.

Ich freue mich darauf, noch einmal mit Ihnen zu sprechen, wann immer es Ihnen passt. Um den Schwung auszunutzen, würde ich Mittwoch- oder Donnerstagabend vorschlagen. Aber natürlich bin ich relativ flexibel. Ich würde es verstehen, wenn Sie ein bisschen Abstand zwischen den Interviews bräuchten.

Ich lese seine E-Mail schon am Sonntagabend, schließlich bin ich eine Loserin ohne Privatleben und checke jeden Sonntagabend meine Mails. Am Montag schreibe ich nicht zurück, weil es der Tag ist, an dem ich mir Holly Randolphs Social-Media-Accounts anschaue und über den Kontrast zwischen der bescheidenen, unbekannten Schauspielerin von damals und dem Superstar von heute sinniere.

Am Dienstagmorgen erwache ich aus einem Traum von Holly. Wir sitzen nebeneinander auf einer Bank im Central Park und reden einfach über nichts Besonderes. Kein schockiertes Wiedererkennen, kein Versuch, sich nach zehn Jahren auf den aktuellen Stand zu bringen.

Wir plaudern vergnügt wie alte Freundinnen, die sich jede Woche treffen. Im Traum ergreift sie meine Hand und sagt etwas, aber ihre Worte entgleiten mir.

Stattdessen spüre ich ein überwältigendes Verlustgefühl, eine klaffende Leere, in der sich mein einsames Leben als Neununddreißigjährige abspielt.

Ich liege starr im Bett und weine.

Am Dienstagabend sitze ich in meinem Wohnzimmer und überlege, ob ich auf Netflix nach etwas halbwegs Anständigem suchen soll. In diesem Moment blinkt mein Handy auf. Eine Push-Nachricht von *The Hollywood Reporter*.

Ich lasse mir diese Nachrichten der Branchenpresse aufs Handy schicken. Vielleicht, um so zu tun, als würde ich immer noch dazugehören, als wäre ich auf der Höhe der Zeit – als hätte das alles noch etwas mit meinem Leben zu tun.

Gelangweilt greife ich nach dem Gerät – und erstarre, als ich die Schlagzeile lese.

Xander Schulz: Ich stehe an der Seite aller Opfer sexuellen Fehlverhaltens.

Schon wegen der einen Zeile könnte ich kotzen. Der bloße Gedanke, dass Xander diese Thematik nutzt, um sich als edler Streiter für die bedrängten Frauen in der Unterhaltungsbranche aufzuspielen.

Ich rufe den Artikel auf, um die Autorenzeile zu lesen. Diesmal ist nicht Thom Gallagher der Verfasser, sondern eine gewissen Carrie Seager. Für einen Moment bin ich erleichtert: Diese Journalistin aus Los Angeles hat nicht versucht, mit mir Kontakt aufzunehmen. Noch nicht.

Zum Artikel gehört ein Video von Xander, das bei einem offiziellen Pressetermin aufgenommen wurde. Ich schaudere beim Anblick der Show, die er abzieht, zumal ihn das Thema in der Vergangenheit nicht die Spur interessiert hat.

»Wie viele andere in der Branche haben mich die Geschichten, die ans Licht gekommen sind, schockiert und angewidert.«

Xander liest diese Erklärung hinter einer Traube von Mikrofonen ab, immer wieder flammen Blitzlichter auf.

Für mich ist es immer noch verwirrend, Xander im Blickpunkt der Öffentlichkeit zu sehen. Heute produziert er am laufenden Band laute, wenn auch visuell beeindruckende, Superheldenfilme, während der Xander, den ich kannte, sich als Autorenfilmer auf den Spuren des jungen Polanski sah. Wenn ich mich in der Anonymität eines gepolsterten Kinosessels zurücklehne, strahlt mir unmittelbar, bevor der Film richtig losgeht, sein Name von der Leinwand entgegen: *Directed by Xander Schulz*. Dann habe ich jedes Mal mit meinen Gefühlen zu kämpfen. Aber ich spüre auch eine unleugbare Schadenfreude, wenn ich denke – wenn ich weiß: »*Xander Schulz – du hast dich verkauft.*«

In diesem neuen Video auf meinem Handy ist Xander im Vergleich zu früher deutlich aus dem Leim gegangen, seine Haare lichten sich, sein Gesicht wirkt aufgequollen, seine Kieferpartie nicht mehr so entschlossen. Es befriedigt mich, ihn derart gealtert zu sehen. Ein Jahrzehnt voller Hollywoodpartys hinterlässt Spuren. Dafür kann er ausnahmsweise niemand anderen verantwortlich machen.

»Bei meiner Zusammenarbeit mit einigen der mutigen Schauspielerinnen, die ihre Erlebnisse öffentlich gemacht haben, bin ich persönlich nie Zeuge eines sexuellen Übergriffs am Filmset geworden. Mein allergrößter Respekt und mein Mitgefühl gelten diesen Profis und allen anderen Opfern, die sich noch nicht geäußert haben. Ich stehe an der Seite aller Opfer und hoffe wirklich, dass die Verantwortlichen zur Rechenschaft gezogen werden, damit in der Community der Filmschaffenden Vertrauen und gegenseitiger Respekt herrschen können.«

Bei diesen Worten hätte ich am liebsten mein Handy durchs Zimmer geschleudert. Aber mein Vertrag bei Verizon ist noch ganz frisch, und ein Ersatzgerät kann ich mir nicht leisten. Also knirsche ich einfach mit den Zähnen.

Damit Vertrauen und gegenseitiger Respekt in der Community der Filmschaffenden herrschen ...

Fick dich, Xander Schulz. Was bist du für ein Heuchler.

Es ist die übliche Botschaft: »Ich bin einer von den Guten.« Xander Schulz, der ständig mit seinen Models oder Schauspielerinnen zusammen war, der ausschließlich wunderschöne Frauen unter dreißig besetzt hat, der immer wieder pubertäre Witze über ihre körperlichen Merkmale gerissen hat – *dieser* Xander Schulz gehört zu den Guten. Verglichen mit anderen Männern in der Branche. Was leider die Wahrheit ist.

Ich denke kurz über Xander nach. Inzwischen hat er einen Golden Globe und Preise in Toronto und Sundance gewonnen, bei fünf Filmen Regie geführt und so viel Geld verdient, dass ich mich nicht mal trauen würde, sein Vermögen zu schätzen. Xander wird keine Probleme bekommen. Denn natürlich war sein Verhalten sexistisch, geschmacklos und unreif. Aber es war nicht kriminell.

Ich sehe mir das Video noch einmal an und merke, wie perfekt sein Statement formuliert ist.

»Ich bin persönlich nie Zeuge eines sexuellen Übergriffs am Filmset geworden.«

Er hat von »sexuellem Übergriff« gesprochen, nicht von »Fehlverhalten« oder »Belästigung«. Und von »den Filmsets«, an denen er gearbeitet hat. Keine Rede von privaten Partys oder Hotelzimmern.

Xander hat peinlich genau darauf geachtet, keine Namen zu nennen. Kein Wunder, denn sein Statement ist sicher Wort für Wort von einem Presseagenten formuliert worden. (Die PR-Agenturen in Hollywood dürften sich im Moment eine goldene Nase verdienen.)

Carrie Seager dagegen lässt im letzten Abschnitt ihres Artikels mehrere Namen fallen.

In der Vergangenheit hat Schulz mit Schauspielerinnen wie Scarlett Johansson, Jennifer Lawrence, Reese Witherspoon und Holly Randolph gearbeitet.

Dort steht ihr Name, alle können ihn lesen: Holly Randolph.

Allerdings werden keine Namen von Tätern, Beschuldigten oder gerüchteweise Beteiligten genannt. Ich frage mich, wie blind diese Journalistin ist, ob sie den wahren Schurken, der sich hinter den Vorhängen verbirgt, tatsächlich nicht identifiziert hat. Oder hat sie wie Thom Gallagher einen Verdacht und wartet auf den richtigen Augenblick?

Von Sylvia Zimmerman ist nirgends die Rede, vielleicht weil Sylvia nicht mehr in der Branche arbeitet. Mit Val Tartikoff, die weiterhin zu den führenden Casting Directors gehört, scheint ebenfalls niemand gesprochen zu haben.

Die Nicht-Schauspielerinnen, die in dieser möglichen Story eine Rolle gespielt haben, scheinen also nicht nach ihrer Meinung gefragt worden zu sein. Wir bleiben, zumindest für die Öffentlichkeit, weitgehend stumm, unsere Rolle wird vergessen.

Was mich nicht sonderlich überrascht.

Interview-Abschrift:
Anna McGrath, Elite PR
Mittwoch, 25. Okt., 12.15 Uhr

Anna McGrath Hier ist Anna McGrath.
Thom Gallagher Oh, hi, Anna. Ich heiße Thom Gallagher. Ich arbeite für die *New York Times*.
AM Oh, wow. Thom Gallagher! Was für eine Überraschung!
TG Ich würde gern ein Interview mit Holly Randolph führen. Ich weiß, dass sie jede Menge zu tun hat …
AM Ja, es ist Wahnsinn. So viel auf einmal. Geht es um *Rainfall in Texas*?
TG Nein … Es dreht sich nicht um ihre aktuellen Filme.
AM Dachte ich mir schon. Normalerweise rufen Sonal oder Pete aus Ihrem Feuilleton an. Filme sind gar nicht Ihr Thema … Sie recherchieren für die *Times* größere Storys, stimmt's?
TG Ja, genau. [*Pause*] Hören Sie, die Geschichte, über die ich mit ihr sprechen möchte … Na ja, sie ist ziemlich persönlich. Ich weiß also nicht …
AM Ich weiß, worüber Sie schreiben, Thom. Ich … [*Pause*] Ich kann jetzt nichts dazu sagen. Wir müssen erst mit Holly und dem Team sprechen, sie hat so viel um die Ohren. Ich kann mir wirklich nicht vorstellen, dass sie so etwas auf sich nehmen will.
TG Ich habe gesehen, dass sie das Gesicht der neuen L'Oréal-Kampagne ist, bei der es darum geht, die Geschichten von Frauen in den Vordergrund zu rücken. Da hatte ich gehofft …
AM Thom, was Sie von Holly wollen, hat nichts mit Kosmetikwerbung zu tun. Das wissen Sie selbst.
TG Ja, ich dachte nur …
AM Schicken Sie mir eine E-Mail. Fassen Sie kurz zusammen, welche Fragen Sie stellen, welche Art Artikel Sie schreiben und wann Sie ihn veröffentlichen wollen. Dann sehen wir weiter. Aber an Ihrer Stelle würde ich mir keine großen Hoffnungen machen. Sie ist im Moment einfach sehr beschäftigt.

TG Klar, klar. Ich meine, wer ist das nicht?

AM Ja, aber wir reden von Holly Randolph. Sie entscheidet, welche Geschichte sie erzählen will. Ich glaube ehrlich nicht, dass es diese ist.

19

Wir treffen uns am Donnerstagabend. Thom hatte angeboten, nach Brooklyn zu kommen, aber mir gefällt die Vorstellung, mitten in der Woche am Feierabend nach Manhattan zu fahren. Es gibt mir die Illusion, dass ich doch noch ein eigenes Leben führe. Weil jemand für einige Stunden meine Gesellschaft sucht, auch wenn es nur um die Recherche für einen Artikel geht, an dem er arbeitet.

Diesmal treffen wir uns nicht im Büro der *New York Times*. An einem Abend in der Woche halten sich dort zu viele Leute auf. Stattdessen hat Thom einen kleinen Raum in einem Privatclub in der Lower East Side reserviert.

Als ich das letzte Mal einen Privatclub in Manhattan betreten habe, war ich auf Einladung von Hugo dort. Heute erwartet mich keine Suite mit Schlafzimmer. Kein Tisch, von dem Kokain geschnupft wird, kein Bett. Bloß ein kleiner, luxuriös möblierter Raum gleich neben der Bar. Zwei Sessel, ein Tisch, Lampe und Garderobenständer. Kaum größer als ein begehbarer Kleiderschrank.

»Passt es für Sie?«, fragt Thom. »Es macht vielleicht einen etwas seltsamen Eindruck, aber ich dachte, wir brauchen etwas Diskretes.«

»Es ist prima.« Ich schaue mich um und genieße im Stillen das bizarre Ambiente.

Unwillkürlich frage ich mich, wofür dieser Raum sonst genutzt wird. Heimliche Waffengeschäfte. Rendezvous mit kostspieligen Escort-Damen. Enthüllungen irgendwelcher Verfehlungen.

Ein bisschen fühle ich mich an einen Beichtstuhl erinnert. Nicht dass ich je einen betreten hätte, aber die katholische Fantasiewelt hat so viele Filme inspiriert, dass ich eine halbwegs präzise Vorstellung davon habe. Gerade mal ein Meter trennt mich von Thoms intensiven blauen Augen. Es ist eine Weile her, dass ich über längere Zeit so dicht mit einem Mann zusammengesessen habe.

Bei cleverem Investigativjournalismus geht es immer um Verführung, oder? Er, der Journalist, muss mein Vertrauen gewinnen und nähren, damit ich ihm meine dunkelsten Geheimnisse anvertraue – damit ich mich seinen Wünschen füge, bis er sich die nächste Beute sucht.

Ich finde die Metapher gleichermaßen erregend wie verstörend.

Sobald unsere Drinks serviert sind (eine Kanne Pfefferminztee für mich, ein teures Mineralwasser für Thom – sehen Sie nur, wie verantwortungsvoll wir uns unter der Woche verhalten), stellt er den Digitalrekorder auf den polierten Metalltisch zwischen uns.

»Wie läuft es denn sonst mit Ihren Recherchen?«, frage ich.

»Ganz gut.« Er ist auffallend wortkarg, was sicher seinem journalistischen Ethos entspricht.

Trotzdem kann ich schlecht damit umgehen, dass ich so offen und freigiebig über mich reden soll, während Thom sich einfach zurückhält.

»Wie fühlen Sie sich?«, fragt er besorgt. »Ich meine, nach dem Gespräch vom Samstag? Ich weiß, dass es verstörend sein kann, so in der Vergangenheit zu wühlen.«

Ich nicke, plötzlich und ungewollt bekomme ich feuchte Augen. *Was soll das jetzt?* Ich hatte den Abend nicht damit beginnen wollen, dass ich Thom Gallagher etwas vorheule. Abrupt schaue ich weg, betrachte das komplexe goldene Muster der Tapete und befehle meinen Tränen, sich zurückzuhalten.

Ich bin hier, weil ich es so will, rufe ich mir ins Gedächtnis.

Thom schweigt respektvoll. Würde er noch weitere Zeichen von Anteilnahme zeigen, gäbe es für meine Tränen kein Halten mehr.

Ich bin es nicht gewöhnt, dass Leute nach meinem Befinden fragen, wenn ich etwas zu erzählen habe.

Die Situation ist mir peinlich, ich konzentriere mich auf die gedämpften Geräusche aus der Bar. Langsam komme ich wieder zu mir. Meine Augen sind immer noch feucht, aber die Tränen fließen nicht.

»Ähm, ja«, sage ich und sehe Thom wieder an. »Es war aufwühlend. Klar.«

Er seufzt wissend. Sein Blick macht mir Mut.

»Wenn Sie wollen, können wir jederzeit loslegen.«

Trotz Hollys großartiger Leistung beim Casting waren im ersten Moment weder Xander noch Hugo so überzeugt von ihr wie ich. Xander bestand darauf, sich weitere Schauspielerinnen anzusehen. Hugo schien es, aller Prahlerei über sein Auge für Talente zum Trotz, weniger auf das künstlerische Resultat anzukommen als auf die Begegnung mit so vielen attraktiven und ehrgeizigen jungen Frauen.

Aber Sylvia sah am nächsten Tag die Aufnahmen vom Casting und stimmte mir zu.

»Du hattest recht.« Sie nickte. »Holly Randolph ist großartig.«

Ich fühlte mich geschmeichelt, dass Sylvia mir beipflichtete.

Es dauerte noch zwei oder drei Wochen, bis Xander endgültig überzeugt war. Ich muss ihm zugutehalten, dass er sich mit der Entscheidung wirklich quälte, schließlich wusste er, dass die Besetzung der Titelrolle über Erfolg oder Misserfolg seines Films entscheiden konnte.

Angesichts der Bedeutung dieser Entscheidung können Sie sich vorstellen, wie überrascht ich war, als ich Hugo in der Woche nach dem Vorsprechen zufällig dabei erwischte, wie er mit einer der Mitbewerberinnen für die Rolle der Katie Phillips etwas trank. Er hatte mich gebeten, ihm einige Verträge und Demobänder in den Club zu bringen, wo er an der Bar auf mich warten wolle. (Wie die meisten Briten schien er das Gefühl zu haben, dass geschäftliche Angelegenheiten sich mit Alkohol leichter regeln ließen.)

Inzwischen erkannte mich Jermaine, der Portier des Clubs.

»Hey, wie geht's?«

»Mein Mädel Sarah, strahlend wie immer«, erwiderte Jermaine. »Er sitzt an der Bar.«

Hugos üblicher Platz. Allerdings war ich überrascht, ihn dort mit einer schlanken, feminin wirkenden Gestalt in einem kurzen Kleid anzutreffen. Sie hatte die gebräunten Beine unter dem Barhocker überkreuzt. Im ersten Moment dachte ich, es könnte seine Frau Jacintha sein, die ich noch nicht kennengelernt hatte.

Als ich näher kam, sah ich, dass die Frau zu jung für eine vierfache Mutter war. Außerdem kamen ihre Wangen und die Stellung ihrer Augen mir irgendwie bekannt vor.

Sie muss gespürt haben, dass ich sie beobachtete, denn sie sah auf und betrachtete mich vorsichtig. Ich konnte sie immer noch nicht einordnen.

»Ah, Sarah, schön, dass du da bist.« Hugo wandte sich fröhlich zu mir um. »Das ist Sarah, meine Mitarbeiterin. Sarah, hast du Jessica schon kennengelernt?«

Jessica schüttelte den Kopf. »Ich glaube nicht, dass wir uns schon mal begegnet sind.«

In diesem Moment wurde mir klar, dass wir uns schon gesehen hatten. Genauer gesagt, hatte *ich sie* gesehen, als sie, zwei Slots nach Holly Randolph, für die Rolle der Katie Phillips vorgesprochen hatte. Aber was wollte sie hier?

Ich war verwirrt und spürte das seltsame Bedürfnis, Holly zu beschützen. Hugo hatte die Rolle doch wohl nicht einer anderen angeboten? Aber natürlich konnte ich ihn nicht fragen, vor allem nicht in ihrer Gegenwart.

»Nett, dich kennenzulernen«, sagte ich. »Ich war beim Casting dabei. Ich kann mich erinnern. Gut gelesen«, log ich.

»Oh, danke!«

Jessica hatte fein geschwungene Lippen und besonders große Brüste, die in ihrem engen Kleid reichlich zur Geltung kamen. Ein unbehagliches Gefühl beschlich mich, als ich neben den beiden stand.

Ich registrierte, dass Hugo mich nicht aufgefordert hatte, etwas mit ihnen zu trinken.

»Ähm, ich hab die Verträge und die anderen Sachen mitgebracht«, sagte ich barsch und reichte ihm die Dokumente und Demobänder.

»Ooh, noch mehr Demos«, bemerkte Jessica und zog die Augenbrauen hoch. »Willst du dir die Konkurrenz anschauen?«, fragte sie neckisch.

Mein Unbehagen verwandelte sich in Ekel.

»Na, na, na.« Hugo wackelte tadelnd mit dem Finger. »Das hier ist top secret. Abgesehen davon bist du in mancher Hinsicht absolut konkurrenzlos.« Er stierte demonstrativ auf ihren Oberkörper, woraufhin Jessica in schallendes Gelächter ausbrach.

»Du frecher, unartiger Mann. Ich werde meinem Agenten von dir erzählen.« Jessica stieß Hugo spielerisch gegen die Schulter. Er streckte die Hand aus und hielt ihren Arm dort fest. Betrunken fing er an, ihn mit der anderen Hand zu streicheln.

Mein Signal zum Verschwinden.

»Ich muss los«, verkündete ich. »Brauchst du sonst noch irgendwas, Hugo?«

Er schüttelte den Kopf, ohne den Blick von Jessica abzuwenden. »Bis morgen, Sarah.«

Jessica sah mich weder an, noch sagte sie zum Abschied ein Wort. Innerlich kochend zog ich mich zurück. Nur weil ich mit ihrem dämlichen Flirt nichts zu tun hatte, schienen sie mich für unsichtbar zu halten.

Ich nickte Jermaine zu und stürmte aufgewühlt nach draußen. Mir war nicht klar, wie Hugo Kontakt mit Jessica aufgenommen hatte – wahrscheinlich hatten Ziggy oder Brian ihren Agenten angerufen –, aber was lief dort in der Bar? Wollte er mit ihr nur ins Bett? Das alte Spiel offenbar, die Besetzungscouch, nur dass ich es zum ersten Mal mitkriegte. Hugo missbrauchte anscheinend den künstlerischen Prozess des Castings – einen der ganz entscheidenden Aspekte beim Filmemachen – für seine sexuellen Bedürfnisse. Obwohl es letztlich sowieso nicht seine Entscheidung war, wer eine Rolle bekam. Die ganze Sache war so falsch, ich konnte es kaum glauben.

Am nächsten Tag erzählte ich Sylvia im Vorbeigehen davon.

Sylvia verdrehte die Augen. »Vielleicht ist er ohne seine Frau bloß einsam.«

Sie bemerkte meinen missbilligenden Gesichtsausdruck.

»Ich spreche ihn darauf an. Er soll sich nicht auf diese Art in den Casting-Prozess einmischen.«

Ich weiß nicht, ob Sylvia es je getan hat.

Wissen Sie, was das Schlimmste ist? Ich kann mich nicht mal an Jessicas Nachnamen erinnern. Auch ihren Vornamen kenne ich nur, weil Hugo uns einander vorgestellt hat. Ich habe sie nie wiedergesehen. Weder im Fernsehen noch im Kino oder auf der Bühne. Ich weiß also nicht, was aus ihr geworden ist.

Sie bleibt ein Niemand. Vielleicht ist sie dem Ruhm nie wieder so nahe gekommen wie in der Nacht, als Hugo North sie vermutlich gevögelt hat. Oder Schlimmeres.

Nach der Jessica-Episode blitzen Thoms blaue Pfadfinderaugen neugierig auf.

»Können Sie sich noch an andere konkrete Begegnungen zwischen Hugo North und Schauspielerinnen erinnern, die auf eine Rolle hofften?«

Ich denke angestrengt nach. Bei Jessica ist es mir zum ersten Mal aufgefallen. »Es muss andere gegeben haben, kein Zweifel.«

»Wie meinen Sie das?«

»Versetzen Sie sich mal in die Lage der Frauen. Sie sind jung und ehrgeizig. Sie sprechen für einen Part vor, den Sie unbedingt wollen, eine Traumrolle, die Ihrer Karriere den entscheidenden Kick geben könnte. Dann erhalten Sie einen Anruf von der Produktionsfirma, einer der Produzenten will Sie treffen. Vielleicht, um Ihnen zu sagen, dass Sie die Rolle haben. Oder Sie bekommen eine Chance, ihn von Ihrem Talent und Ihrer Leidenschaft zu überzeugen. Jede Rückmeldung von einem Produzenten ist ein Grund zur Hoffnung und bringt Ihre Fantasie in Gang.«

»Hat Hugo Sie je gebeten, diese Schauspielerinnen für ihn anzurufen?«

Ich zögere. Ich habe in den letzten Wochen oft wachgelegen und mir darüber klarzuwerden versucht, was ich bewusst getan habe und an welchen Stellen ich schon damals einen leisen Verdacht gehegt habe. Es geht um feine Unterschiede und schmerzhafte Neubewertungen.

»Höchstwahrscheinlich hat er mich *tatsächlich* gebeten, Termine mit solchen Schauspielerinnen zu machen, dann habe ich mich gefügt, genau wie Ziggy. Schließlich war er mein Chef. Ich war nicht in der Position, ihm Fragen zu stellen, oder? Ich dachte nur, okay, so stellt Hugo es eben an. Er hat Geld und trifft sich gern mit attraktiven jungen Frauen, die in der Branche Fuß fassen wollen. Er ist sicher nicht der erste mächtige und reiche Mann, der so etwas macht.«

»Was wollen Sie damit genau sagen?«

Ich starre Thom Gallagher an und denke, dass dieses Gespräch mit einer Frau sicher einfacher wäre.

»Es sind nicht nur Schauspielerinnen, die mit so etwas umgehen müssen. Nach meinen Erfahrungen als junge Frau im Filmgeschäft ist es praktisch unausweichlich, dass irgendwann ein Kerl, mit dem man zusammenarbeitet, sich an Sie heranmacht. Es kann subtil ablaufen: Ein Setfotograf mittleren Alters, den Sie kein bisschen attraktiv finden, erklärt, dass er einem hübschen

Mädchen wie Ihnen gern einen Drink ausgeben möchte. Oder unverblümter: Ein älterer Schauspieler, mit dem Sie die letzten Monate gearbeitet haben, schlägt vor, Sie sollen die Nacht in seinem Hotelzimmer verbringen. Oder unverschämt: Ein weißhaariger Filmkritiker über sechzig küsst Sie feucht auf die Lippen, als Sie die Party verlassen wollen, und packt Ihnen an den Hintern.«

Solchem Verhalten war praktisch nicht zu entkommen. Die Regel schien zu lauten: Als junge Frau in dieser Branche ist man Freiwild.

»Wie sind Sie persönlich damit umgegangen?«

Ich zucke die Achseln. »Man setzt eine stoische Fassade auf, um die unerwünschte Aufmerksamkeit abzuwehren. Ich meine, in keinem der drei Fälle habe ich mit dem fraglichen Mann geschlafen. Ich habe mit schlagfertigen, aber deutlichen Bemerkungen reagiert und gehofft, mein Desinteresse klarzumachen, ohne grob werden zu müssen.«

»War es anstrengend, damit umgehen zu müssen?«

»Absolut. Natürlich nervt es. Natürlich möchten Sie naiverweise glauben, dass der ältere Filmkritiker Sie einlädt, weil er zum Beispiel an Ihren Gedanken zu Genrefilmen von Frauen interessiert ist – wo er in Wirklichkeit bloß mit Ihnen schlafen will. Irgendwann gewöhnen Sie sich diese Naivität ab.

Aber die schlagfertige Antwort, die Fähigkeit zu einer einfallsreichen Zurückweisung, ist der entscheidende Faktor. Vor allem dürfen Sie keine Schwäche zeigen. Männer sind darauf programmiert, Schwäche als ein Zeichen für leichte Beute zu interpretieren.«

»Glauben Sie das tatsächlich?«

»Natürlich nicht sämtliche Männer. Aber im Filmbusiness? Es gibt immer ein Machtgefälle. Die Mächtigen machen Jagd auf die Schwachen. Die Schwachen werden entbehrlich, werden ausgenutzt und verschwinden irgendwann von der Bildfläche. Wenn man überleben will, zeigt man keine Schwäche.«

Was Schauspielerinnen betrifft, müssen sie wahrscheinlich mit noch viel Schlimmerem zurechtkommen.

»Was glauben Sie, was zwischen Hugo und Jessica an jenem Abend wirklich passiert ist?«

»Damals hatte ich den Eindruck, dass Jessica seine Aufmerksamkeit genießt. Sie hat eindeutig mit ihm geflirtet.«

»Dann waren Sie also nicht überrascht, dass sie mit Hugo geflirtet hat. Warum nicht?«

Du bist ein verdammter Gallagher und stellst mir so eine Frage?, würde ich am liebsten sagen. Aber ich lasse es bleiben.

»Schauen Sie, wir reden übers Filmbusiness. Alles läuft über Kontakte. Warum sollten Sie Nein sagen, wenn ein mächtiger Mann Sie zu einem Drink an der Bar einlädt? Es wäre unhöflich. Dann flirtet dieser Mann mit Ihnen … Was haben Sie zu verlieren, wenn Sie ein Stück weit mitmachen? Als junge Schauspielerin haben Sie in dieser Branche so schlechte Karten, dass Sie zu jedem Trick greifen, um an ihr Ziel zu kommen. An die Rolle.«

»Glauben Sie, dass es tatsächlich so läuft? Oder ist das nur ein Klischeebild von Schauspielerinnen?«

»Weil es von ihnen erwartet wird, verhalten sich manche Schauspielerinnen tatsächlich so. Als wäre es eine vorab festgelegte Rolle. Und Jessica, eine junge Frau wie sie …«

»Wie meinen Sie das: ›eine junge Frau wie sie‹?«

Thom schaut mich entsetzt an. Ah, der woke Millennial-Mann. Der sich dank seines familiären Hintergrundes nie für eine noch so ungewisse Chance abquälen musste …

»Eine junge Frau, die Schauspielerin werden will, die sich auf einer bestimmten Ebene nach der Aufmerksamkeit anderer sehnt, *kann* – in manchen Fällen – dazu neigen, solche Aufmerksamkeit für ihre eigenen Ziele zu nutzen. Vielleicht hat Jessica das in jener Nacht versucht.«

Thom starrt mich missbilligend an. »Was glauben Sie also, was damals geschehen ist?«

Ich zucke die Achseln. »Ich weiß es nicht. Ich habe Hugo die Verträge und Demobänder gebracht, mehr kann ich nicht sagen. Vielleicht sind sie rauf auf sein Zimmer gegangen und haben Sex gehabt. Vielleicht hat sie geglaubt, auf diese Weise die Rolle zu bekommen.«

»Dann vermuten Sie also, dass zwischen ihnen etwas Einvernehmliches passiert ist?«

»Damals habe ich das geglaubt, ja. Weil die Alternative … Sie kam mir einfach unmöglich vor.«

»Warum?«

»Weil er mein Chef war. Ich habe täglich mit ihm zusammengearbeitet, seine Anrufe angenommen, über seine Witze gelacht, seinen Champagner getrunken. Er war nett zu mir, hat meine Ansichten ernst genommen. Ich habe mich von Hugo anerkannt gefühlt. Die andere Möglichkeit konnte ich nicht mal in Erwägung ziehen.«

20

Mir ist schon klar, was Sie denken: Wer bin ich, dass ich über Jessica Soundso urteile, nur weil sie Schauspielerin war und in der Branche Fuß fassen wollte?

Inwieweit ist mein Urteil vielleicht von Neid geprägt? Weil ich nie zu den Frauen gehört habe, die wissen, wie man künstliche Wimpern trägt, wie man im Sitzen die Titten rausstreckt, wie man das männliche Ego kitzelt. Diese Frauen sind sich ihrer sexuellen Anziehungskraft so sicher. Bin ich, die gescheiterte Produzentin, insgeheim eifersüchtig, weil Schauspielerinnen diese Tricks draufhaben?

Aber nicht alle ehrgeizigen Schauspierinnen sind so, möchte ich einwenden. Holly Randolph war nicht so.

Wie jede schnelle Google-Suche Ihnen bestätigen wird, stammt Holly aus bescheidenen Verhältnissen, aus einer typischen Mittelklassefamilie in North Carolina. Ihr Vater war Apotheker, ihre Mutter Lehrerin. Sie war das mittlere von drei Kindern, genau wie ich. Als ich sie kennenlernte, wirkte sie bescheiden. Wenn man sie heutzutage in Talkshows sieht, scheint sich daran trotz ihres Ruhms nichts geändert zu haben.

Ich glaube, das war es auch, was mir damals so an ihr gefallen hat. Dass ihr Übermaß an Talent mit solcher Demut einherging. Dass sie völlig in ihrer Kunst aufging. Für sie drehte sich alles ums Spielen, um das völlige Einswerden mit einer Rolle. Nicht um den Glamour, die roten Teppiche und Geschenke. Obwohl wir beide auf vielen Partys waren, spielte das für uns keine entscheidende Rolle.

Als wir uns kennenlernten, hatte Holly ihren Nachnamen gerade in Randolph geändert. Ihre Haare waren aschblond mit einem leichten Hang zu Braun. Nicht so üppig rot, wie es heute ihr Markenzeichen ist. (Sehen Sie? Weiße Frauen dürfen ihre Haarfarbe ändern, ohne dass man ihnen vorwirft, die eigene Rasse zu hassen.) Außerdem ließ ihre Intelligenz sich so wenig übersehen wie die absolute Hingabe an ihren Beruf.

Holly verfügte über eine stille, selbstsichere Anziehungskraft – sie verlangte keine Aufmerksamkeit, sondern zog sie auf subtile Weise auf sich. Bis irgendwann alle Blicke auf ihr ruhten und die perfekte Symmetrie ihres Gesichts bewunderten, die Grübchen in den Wangen, die unglaublich ausdrucksstarken Augen. Als hätten wir alle nur darauf gewartet, in dieses Gesicht sehen zu dürfen.

Als wir ihr in jenem Sommer die Rolle anboten, konnte natürlich niemand Hollys künftige Karriere vorhersehen.

Bei ihrem ersten Besuch in unserem Büro waren wir gerade damit beschäftigt, bestimmte Klauseln in den Verträgen der beiden etablierten Schauspieler durchzusprechen, die als »Grauhaariger Detective« und als »Vater« vorgesehen waren. Ron Griffin, der Vater, bestand darauf, jeden Abend nach Drehschluss eine Flasche Johnny Walker Black Label, eine Schale geräucherte Mandeln und eine kubanische Partagás-Zigarre in seinem Wohnwagen vorzufinden. Er aß ausschließlich vegetarisch. Jason Pulaski, der Detective, hatte eine Wollallergie und konnte kein Kleidungsstück tragen, in dem auch nur eine Faser Wolle verarbeitet war.

»Keine Wolle, hm?« Hugo verdrehte die Augen. »Mal ganz was Neues.«

Ich hörte das Klingeln, Ziggy stand auf. Er winkte mir durch die Glastür des Konferenzraums zu und sagte lautlos: »Sie ist da.«

Ich war seltsam nervös, als ich Holly die Tür öffnete. Als hätte ich mich auf einer Dating-Website mit jemandem verabredet, dem ich jetzt zum ersten Mal begegnen würde. »Holly?«, rief ich durchs Treppenhaus und hielt die Tür auf.

Ich sah sie heraufkommen, ihre hellen Haare waren noch nicht rot gefärbt. Als sie auf dem Treppenabsatz unter mir auftauchte, schaute sie herauf und schenkte mir das strahlende Lächeln, das in den folgenden Jahren Reklamewände und die Titelseiten von Zeitschriften schmücken würde.

»Oh, hi!«, sagte sie fröhlich.

»Hi, ich bin Sarah. Wir sind uns schon beim Casting begegnet.« Ich wollte unbedingt deutlich machen, dass meine Rolle hier eine gewisse Bedeutung hatte.

»Ich erinnere mich, natürlich.« Holly stieg die letzten Stufen hoch, jetzt waren wir auf Augenhöhe. Ich merkte, dass sie die Wahrheit sagte. Wir lächelten uns an, ich streckte die Hand aus.

»Toll, dich bei uns zu haben«, sagte ich. »Ich habe vor Kurzem dein Demoband gesehen und war tief beeindruckt.«

»Danke«, erwiderte sie freudestrahlend. »Ich kann immer noch nicht glauben, dass ich die Rolle habe. Es ist, als wäre ein Traum wahrgeworden.«

Sie sah auf meine Hand hinunter. »Übrigens finde ich deinen Ring wirklich schön.« Es war ein dünner Jadering, den ich bei einem Verwandtenbesuch in Hongkong gekauft hatte. Der Stein war so gearbeitet, dass er an einen fliegenden Vogel erinnerte.

Für eine Hauptdarstellerin war Holly ungewöhnlich aufmerksam und freundlich. Jedenfalls damals.

»Nun, wie dein Agent inzwischen bestätigt hat, drehen wir den Film in L. A.«, sagte Sylvia zum Auftakt des Meetings.

In ihrer Stimme schwang leiser Widerwille mit. Xander hatte, typisch Mann, so lange gedrängt, bis er seinen Willen bekommen hatte. Irgendwann hatte Sylvia eingelenkt. Vermutlich hatte sie einen Weg gefunden, mit dem Dreh und ihren drei Kindern in New York zu jonglieren, schließlich war Organisationstalent schon immer ihre starke Seite gewesen.

Val fragte Holly: »Warst du schon einmal in L. A.?«

»Nur zu Meetings und Castings«, antwortete sie. »Es wird mein erster Dreh dort drüben.«

»Wir haben eine Unterkunft für dich gebucht«, sagte Sylvia. »Eine Wohnung für die Zeit der Dreharbeiten. Natürlich kommen wir auch für deine Reisekosten innerhalb der Stadt auf.«

»Oh, toll!« Holly hatte die ausgehandelten Konditionen schon von ihrem Agenten erfahren, der für den nervenaufreibenden und kleinkarierten Verhandlungsprozess zuständig war. Uns gegenüber legte sie den angemessenen Enthusiasmus für das Projekt an den Tag.

»Ein guter Freund von mir besitzt mehrere Immobilien in L.A.«, fügte Hugo hinzu. »Du wirst eine seiner Wohnungen beziehen.«

Er hatte nur ein paarmal telefonieren müssen, schon war das Anmieten von Büros, Studios und Unterkünften erstaunlich reibungslos gelaufen. Nun ja, die Kleinarbeit war letztlich an mir hängengeblieben. Trotzdem staunte ich über Hugos Verbindungen, über sein Geschick, wenn es darum ging, die richtigen Fäden zu ziehen und andere (mich eingeschlossen) dazu zu bringen, ihm die Arbeit abzunehmen.

Ich kann mich noch erinnern, dass Hugo Holly damals mit dem offenkundigen Interesse angesehen hat, das mächtige Männer schönen jungen Frauen so oft entgegenbringen. »Hast du Freunde in L.A.?«, fragte er. »Ansonsten könnte ich dich mit Leuten bekanntmachen.«

»Ja, ich kenne ein paar Kolleginnen und Kollegen«, antwortete Holly höflich.

»Dann wäre es also kein Problem für dich, ein paar Monate in L.A. zu wohnen?«, hakte Hugo nach. »Kein Freund hier in New York oder so was?«

Ein unbehagliches Schweigen machte sich breit, Val runzelte die Stirn.

»Ich ziehe gern für ein paar Monate dorthin«, erklärte Holly mit fester Stimme. »Das ist ganz normal in diesem Beruf, oder? Wir drehen vor Ort, das gehört einfach dazu.«

Im Stillen applaudierte ich Holly.

»Na so was«, sagte Hugo mit honigsüßer Stimme. »Ein echter Profi. Ich habe nicht den geringsten Zweifel, dass du in unserem Film fantastisch sein wirst. Wir stehen eindeutig vor etwas ganz Großem.«

So dachten wir damals alle. Wir besprachen mit Holly noch weitere organisatorische Fragen, die Reisepläne würden mit ihrem Agenten abgestimmt werden. In Kürze sollte Holly sich mit der PR-Frau treffen, die eine gute Geschichte über ihren bescheidenen Hintergrund zusammenstellen und erste Kontakte mit verschiedenen Medien knüpfen würde. Als Holly schließlich aufstand, überschütteten wir sie mit enthusiastischen Bekundungen unserer Vorfreude.

Dann stellte Hugo ihr eine letzte Frage.

»Holly, bist du heute Abend zufällig hier in der Gegend?«

Für einen winzigen Moment verdüsterte ein Ausdruck von Unsicherheit ihre Miene, aber sie bekam sich schnell in den Griff. »Da muss ich erst meinen Agenten anrufen. Warum?«

»Oh, wir werden in meinem Club etwas trinken, um zu feiern, dass du an Bord bist. Es wäre wunderbar, wenn du es schaffst.«

Interview-Abschrift (Ausschnitt):
Val Tartikoff, Montag, 30. Oktober, 15.32 Uhr

Val Tartikoff: Hugo? Oh, ja. Wir kennen uns schon lange. Ich habe das Casting für seinen ersten Film gemacht, den Xander-Schulz-Film mit Holly Randolph.

Thom Gallagher: *Furious Her*?

VT Ja, genau. Wir haben Holly Randolph damals entdeckt … Mein Gott, war das aufregend. Stars wie sie findet man nur selten.

TG Meine Frage zielt darauf ab, wie Hugo den Casting-Prozess gestaltet hat. Bei diesem und möglicherweise auch bei anderen Filmen. Haben Sie je gehört, dass er das Casting als … Mittel benutzt hat, um eine bestimmte Art von Beziehungen mit jungen Schauspielerinnen anzubahnen?

VT [*seufzt*] Hören Sie, Thom. Ich arbeite jetzt praktisch vierzig Jahre in der Branche. Ja, es gibt die Besetzungscouch. Aber nicht bei meinen Projekten. [*Pause*] Ich habe nicht umsonst einen guten Ruf. Ich finde die bestmöglichen Talente, ohne Mauscheleien. Als weiblicher Casting Director bin ich vertrauenswürdig. Der ganze andere Mist interessiert mich nicht.

TG Oh, ich wollte auf keinen Fall andeuten …

VT Wenn ich einen Film besetze, weiß ich, was ich tue, okay? Und meines Wissens hat Hugo sich bei der Arbeit absolut professionell verhalten. Klar, viele Frauen dürften sich zu ihm hingezogen gefühlt haben. Möglicherweise hat er ihre Gesellschaft genossen. Aber das ist etwas ganz anderes, als das Casting für bestimmte Zwecke auszunutzen.

[*Pause*]

TG Sie haben bei mehreren Projekten mit Hugo zusammengearbeitet, stimmt's?

VT Ja, nach dem Holly-Randolph-Film waren es noch einige. Er war immer ein guter Kunde. Hat großes Interesse am Casting gezeigt und meine Arbeit respektiert.

TG Okay. Können Sie sich irgendwie vorstellen …

VT Hören Sie, diese ganze Inquisition, die im Moment abläuft, wird langsam lächerlich. Ich kenne das Geschäft. Es gibt eine Menge junger Frauen, die unbedingt Stars werden wollen und alles tun würden, um Aufmerksamkeit zu erregen. Vielleicht bedauern sie Dinge, die sie in der Vergangenheit getan haben, und versuchen, ihnen einen anderen Dreh zu geben. Für ein paar Minuten Ruhm tun sie alles.

TG Glauben Sie das wirklich?

VT [*seufzt*] Ich muss jetzt los. Ich stecke mitten im Casting für vier Netflix-Serien und den neuen Film von James Cameron. Ich habe im Moment keine Zeit, diese ganzen Fragen zu beantworten.

TG Falls ich noch etwas wissen muss …

VT Rufen Sie Henry an, meinen Assistenten. Er meldet sich dann bei Ihnen. Aber wissen Sie, was ich denke? Hugo North ist absolut in Ordnung. Ich kenne in der Branche einige Arschlöcher, aber er gehört nicht dazu. So viele junge Frauen da draußen sehnen sich nach Aufmerksamkeit. Man weiß nie, welche Gerüchte sie in die Welt setzen.

21

»Ist Holly Randolph nun an jenem Abend in den Club gekommen, um etwas mit Ihnen zu trinken?«

Ja, auf einen Drink. Sie war höflich, sie war professionell. Sie stieß im *Spark Club* zu uns, wo Hugo in den letzten Wochen eine Ecke der Bar zu seinem persönlichen Reich gemacht hatte. Sobald er an diesem Abend den Raum betrat, war das Personal auf einen Schlag hellwach.

»Megan, meine Liebe, wie schön, Sie zu sehen.« Hugo begrüßte sie mit Küssen auf beide Wangen.

Sie nickte, die beiden anderen Kellnerinnen strahlten, als er auf uns zukam. AJ, der Barkeeper, rief: »Das Übliche, Mr North?«

»Ja, eine Flasche Moët … Suchen Sie einen besonderen Jahrgang aus«, rief er zurück. Inzwischen hatte er uns erreicht und starrte Holly unverwandt an. »Heute gibt es etwas Besonderes zu feiern. Wir haben *endlich* die Hauptdarstellerin für unseren Film gefunden.«

Wieder erwachte mein Beschützerinstinkt, aber genau in dem Moment, als Hugo auf Holly zutrat, stieß ein anderes Clubmitglied – ein breitschultriger Texaner – mit ihm zusammen.

»Hey, Hugo, bist du das? Lass mich dir meine Frau vorstellen. Sie war mal Schauspielerin.« Eine magersüchtige Blondine mit scharlachrotem Lippenstift, zwanzig Jahre jünger als der Texaner, strahlte Hugo an.

»Ah, Richard.« Hugo war über die Störung erkennbar verärgert, aber zu kultiviert, um den Mann einfach zu ignorieren. Er schlug ihm auf den Rücken, plötzlich fiel eine ganze Meute ein. Ein Schwarm von Menschen, manche völlig fremd, andere vage vertraut, strömten in die Bar und drängten sich um Hugo. Der Champagner wurde geöffnet, Gläser mit goldenem Moët machten die Runde. Mitten in diesem Spektakel hob Hugo das Glas und schenkte Holly ein warmes Lächeln.

Sylvia schien ins Gespräch mit Xander vertieft, eine Clique schlanker, aufgeregter junger Frauen umgab Hugo. Ich nutzte die Gelegenheit, um Holly aus dem Tumult zu befreien.

»Wenn Hugo auftaucht, ist immer was los, wahrscheinlich kennt er einfach eine Menge Leute«, bemerkte ich entschuldigend. »Also, ähm, ich hoffe, du bist genauso begeistert über das alles. Bist du schon in vielen Spielfilmen aufgetreten?« Ich hatte ihren Lebenslauf gelesen: In den letzten fünf Jahren hatte sie zwei kleine und eine größere Rolle in Indie-Filmen gespielt, die alle nur mit wenigen Kopien in die Kinos gekommen waren.

»Nicht auf diesem Niveau«, sagte Holly. »Ich meine, ich habe noch nie eine Actionrolle gespielt. Irgendwie ist es furchteinflößend.« Lachend schüttelte sie den Kopf. »Als ich damals in der Theatergruppe an der Schule angefangen hab, hätte ich mir so etwas nie träumen lassen.«

»Es ist schon eine seltsame Branche, in der wir arbeiten«, sagte ich und sah, wie Hugo Xander von Sylvia weglockte, hinein in seinen Kreis von Nymphen. »Für Schauspielerinnen wahrscheinlich ganz besonders. Erst strampelt ihr euch ab, um überhaupt bemerkt zu werden, dann plötzlich findet ihr euch mitten in … so etwas wieder.«

»Wie hast *du* denn beim Film angefangen?«

Ich warf ihr einen überraschten Blick zu. So etwas wurde ich von Schauspielerinnen und Schauspielern normalerweise nicht gefragt.

»Wahrscheinlich habe ich schon mein Leben lang Filme geliebt, nur dass ich es nie für möglich gehalten habe, tatsächlich *beruflich* damit zu tun zu haben.« Ich erzählte von all den unbeantworteten Bewerbungsschreiben, vom schwarzen Brett in der Columbia und meiner ersten Begegnung mit Sylvia. »Und jetzt stehen wir hier … fünf Jahre später.«

»Jetzt stehen wir hier.« Sie lächelte und hielt mir ihr Glas zum Anstoßen hin.

Ich trank noch einen Schluck. »Meine Eltern waren natürlich nicht sonderlich begeistert, als sie von meinen Plänen gehört haben.«

Holly lachte. »Meine auch nicht. Genau genommen haben sie alles getan, um mich zu einer … solideren Laufbahn zu drängen. Aber als ich an der Juilliard angenommen wurde, konnten sie schlecht Nein sagen.«

»Meine Eltern haben ein chinesisches Restaurant. Etwas Langweiligeres kannst du dir nicht vorstellen.« Mit Leuten aus meinem beruflichem Umfeld redete ich praktisch nie über meine Herkunft. Es war etwas, für das man sich schämen musste, vergleichbar mit einem orientalischen Gong im Soundtrack einer schlechten Komödie aus den Achtzigern. Bei Holly dagegen fühlte ich mich sicher.

»Wow, ein chinesisches Restaurant!« Ihr Interesse wirkte echt. Ich hatte schon Angst, sie würde mit einer Litanei ihrer liebsten amerikanisierten Gerichte loslegen. Was sie zum Glück nicht tat. »Wo ist das Restaurant?«

»In Flushing.«

»Oh, ich war ein einziges Mal in Flushing. Chinesisch essen.«

Das überraschte mich nicht. Unerschrockene Collegestudierende aus New York verschlägt es immer mal wieder auf eine Exkursion nach Flushing. Ich habe selbst gesehen, wie sie neugierig an großen Menschenansammlungen vorbeiliefen, ängstlich in orange getönte Restaurantfenster spähten und die an ihren gebrochenen Hälsen hängenden gebratenen Enten anstarrten.

»Ich würde dir den Namen des Restaurants sagen, aber ich kann mich ehrlich nicht erinnern.«

»Es heißt Imperial Garden. Aber wahrscheinlich sieht eins wie das andere aus …« Ich brachte den Gedanken nicht zu Ende.

»Für eine ahnungslose Weiße wie mich?«, fragte sie scherzhaft.

Wir lachten beide.

»Also.« Sie wechselte das Thema und schaute kurz aus dem

Fenster. Es war Hochsommer und auch nach 20 Uhr noch weitgehend hell, die Läden auf der anderen Straßenseite lagen im bernsteinfarbenen Licht der langsam sinkenden Sonne. »Wie ist es, mit diesen Kerls zu arbeiten?«

Ich wusste, dass ich mich jetzt eigentlich über Xanders brillante visuelle Begabung, sein unfehlbares Auge auslassen sollte. Aber aus irgendeinem Grund sagte ich etwas anderes. »Sie, ähm, sie lieben ihre Partys. Falls dir das noch nicht aufgefallen sein sollte.«

Inzwischen verteilten Hugo und Xander Gläser mit Grey-Goose-Wodka an die jungen Frauen. Sylvia stand ein Stück entfernt und unterhielt sich mit dem Texaner und seiner Frau.

»Ich hab's gemerkt.« Kurz wirkte sie leicht besorgt. »Meinst du, so läuft es bei den Dreharbeiten jeden Tag?«

»Ich … glaube nicht. Bei seinem ersten Film hat Xander nicht viel gefeiert. Während der Produktion ist er sehr fokussiert.«

»Und Hugo?«

»Hugo ist erst an Bord gekommen, als *A Hard Cold Blue* schon fertig war. Also … kann ich nichts dazu sagen.«

»Ja, mein Agent hat mir gesagt, dass Hugo erst seit ein paar Monaten bei der Firma ist.« Ich hatte den Eindruck, als bohre Holly nach weiteren Informationen.

»Das stimmt, er …« Ich suchte nach einer diplomatischen Formulierung für *Hugo unterschreibt die Schecks, ansonsten würde der Film vielleicht nie gedreht*.

»Er hat eine Vision für die Produktionsfirma«, sagte ich schließlich. »Er gehört zu den Leuten, die Dinge ins Rollen bringen.« *Weil er das Geld dazu hat*, hätte ich am liebsten hinzugefügt.

Ich kam mir ein bisschen schäbig vor, einen Menschen, den ich mochte, mit solchem PR-Geschwafel abzuspeisen.

»Ganz ehrlich«, sagte sie. »Ich bin unglaublich dankbar für diese Rolle. Aber ich hab *absolut* keine Vorstellung, worauf ich mich hier einlasse.«

In Holly Randolphs Blick las ich eine unausgesprochene Frage. Ich tat sie mit einem warmen Lächeln ab.

»Ich auch nicht«, räumte ich ein und verschanzte mich hinter nichtssagenden Beteuerungen. »Es ist ein tolles Drehbuch. Wir haben ein großartiges Team. Die Dreharbeiten werden sicher fantastisch.«

Natürlich sagte ich nicht die Wahrheit. An jenem Sommerabend inmitten des von Hugo ausgelösten Trubels wusste ich selbst nicht, was ich denken sollte. Die ineinandergreifenden Rädchen der Filmproduktion waren in Bewegung gekommen, ich sagte das, von dem ich glaubte, ich müsste es sagen. Ich zeigte den gnadenlosen, oberflächlichen Optimismus, der jedes Gespräch in dieser Branche dominiert. Wenn man an diese Oberfläche klopfte, klang es darunter meistens hohl.

22

»Du scheinst dich ja gut mit Holly zu verstehen«, bemerkte Sylvia am nächsten Morgen und zog anerkennend die Augenbrauen hoch. Wir waren allein im Büro, ein seltener Moment der Ruhe in den Wochen vor unserem Aufbruch nach L.A.

Gleichgültig zuckte ich die Achseln, aber im tiefsten Inneren empfand ich Genugtuung, dass Sylvia es bemerkt hatte. »Wahrscheinlich. Für jemanden mit ihrem Talent ist sie wirklich nett.«

Sylvia nickte. »Es kann der Produktion nur nützen, wenn ihr beide euch anfreundet. Ich meine, die besten Produzentinnen bauen eine starke Verbindung zu ihren Künstlern auf.«

Ich fragte mich, ob so meine Zukunft aussehen würde: Starvehikel für Holly zu produzieren. Nicht nur Vehikel (das klang so zynisch), sondern echte, wertvolle und eigenständige Geschichten, die wir zusammen entwickeln und auf die Leinwand bringen würden.

»Während ihr euch unterhalten habt«, fuhr Sylvia mit ungerührter Miene fort, »musste ich Xander davon abbringen, noch eine Verfolgungsjagd und eine Explosion ins Drehbuch zu nehmen.«

»Was?«, fragte ich. »Das Budget und der Drehplan stehen, wir können nicht einfach aus Lust und Laune solche Szenen einbauen. Außerdem kommt die Geschichte bestens ohne sie aus.«

»Genau das hab ich auch gesagt«, erklärte Sylvia boshaft. »Sowieso sind Verfolgungsjagden und Explosionen etwas für unsichere kleine Jungs auf dem Regiestuhl, die beweisen müssen, dass sie große Schwänze haben.«

Wir kicherten.

»Gar nicht davon zu reden, dass unsere Versicherungskosten durch die Decke gehen würden«, fügte sie gewohnt pragmatisch hinzu. »Jedenfalls hab ich ihm versprochen, dass er im nächsten

Film so viele verdammte Explosionen und Verfolgungsjagden haben kann, wie er will, wenn dieser hier ein Erfolg wird.«

Ich beneidete Sylvia nicht. Seit Jahren schon musste sie sich mit Xanders Ego herumschlagen und ihm irgendwelche Eingebungen auf den letzten Drücker ausreden.

»Weißt du, Sarah ...«, begann Sylvia. Ich hörte mit dem Tippen meiner E-Mail auf, weil ich die Ernsthaftigkeit in ihrem Ton registrierte. »Ich habe ziemlich viel um die Ohren: diese Produktion, die Umgestaltung der Firma und meine Familie. Aber was wir jetzt vor uns haben, ist ... richtig groß.«

»Groß?« Ihre Wortwahl amüsierte mich.

Sie lächelte ironisch. »Der ganze Wahnsinn bei der Produktion von *A Hard Cold Blue* ... Es wird jetzt wieder so, nur zehnmal heftiger. Aber in mancher Hinsicht auch einfacher, weil wir ein größeres Budget zur Verfügung haben.«

»Ja, ich weiß.« Ich hatte die Zahlen gesehen und bemerkt, dass die Gagen für Besetzung und Crew teilweise doppelt so hoch waren wie bei unserem ersten Film. Das galt auch für mein Honorar – das ich diesmal hoffentlich behalten durfte.

Es klingelte an der Tür, ich ging zur Gegensprechanlage.

»Hey, Sarah, bist du das?«, fragte eine jugendliche Stimme. »Hier ist Rachel. Ich war einfach in der Gegend. Ist meine Mom da?«

»Klar, ich lasse dich rein.«

Sylvia wirkte überrascht. »Im Ernst? Meine Tochter nimmt zur Kenntnis, dass ich existiere? Vielleicht kannst du mir bei der Übersetzung des Teenager-Slangs helfen ... Sie war in den letzten Wochen unerträglich launisch.«

»Ich versuch's gern«, sagte ich. Zum Glück lag die Unsicherheit des Heranwachsens hinter mir.

»Lass mich meinen Gedanken zu Ende bringen, bevor sie hier oben ist.« Sylvia sah mir in die Augen. »Was uns in den nächsten Monaten mit diesem Film bevorsteht, kann für uns zum Alles oder Nichts werden. Behalt also das Budget im Auge und lass dich nicht zu sehr von den Partys ablenken. Am Ende wird es die Mühen wert sein, für uns alle. Auch für dich.«

»Ich weiß«, sagte ich nickend.

Sie grinste mich an. »Ich weiß, dass du es schaffst. Sonst hätte ich dich nicht all die Jahre hierbehalten. Also mach uns stolz, Sarah Lai.«

Bevor ich antworten konnte, öffnete sich die Tür, Rachel streckte den Kopf herein. In ihrem Denim-Minirock wirkte sie erschreckend mager, aber wahrscheinlich war das ihr neuer Look.

»Hey, Sarah«, sagte sie. »Macht meine Mom dir das Leben schwer? Dann haben wir was gemeinsam.«

In jenem Sommer wurde meine Arbeitsbelastung fast unerträglich. Ich delegierte so viel wie möglich an Ziggy, aber letztlich war seine Position in der Firma zu untergeordnet, um ihn mit wichtigen Kontakten sprechen oder Deals abschließen zu lassen.

Ich drängte mich frühmorgens in einen Waggon der L, noch bevor es richtig heiß wurde. Sobald ich im Büro ankam, schaltete ich die Klimaanlage ein, blieb dann bis 19 oder 20 Uhr dort und verließ die Räumlichkeiten nur zum Mittagessen oder für Meetings. Ich fing an, auch am Wochenende mindestens einen Tag zu arbeiten. Dann schloss ich die stählernen Türen des Lagerhauses auf, während ganz New York draußen den Sonnenschein zu genießen und Eiskaffee zu schlürfen schien. Ich sah meine Freunde nur selten, auch meine Schwester Karen, deren Babyparty ich eigentlich hätte organisieren sollen. (Diese Verantwortung reichte ich an ihre Zimmergenossin aus dem College weiter.) Jedes Mal, wenn ich sie sah, war ich überrascht, wie schnell ihr Bauch anschwoll. Aber ich hatte kaum Zeit, mich näher zu erkundigen. Immer war irgendeine E-Mail zu beantworten.

»Hat jemand Sie darum gebeten, am Wochenende zu arbeiten?«

Nein, aber das war die einzige Möglichkeit, alles erledigt zu bekommen. Chinesisches Arbeitsethos. Schließlich war ich es schon immer gewöhnt, am Wochenende mitzuhelfen.

Als Head of Development bekam ich kein riesiges Gehalt, niemand prüfte nach, ob ich meine Aufgaben erledigte. Die anderen gingen einfach davon aus, dass Sarah ihre exponentiell ansteigende Arbeitsbelastung schon hinkriegen würde. Mein Verantwortungsbewusstsein gegenüber der Firma war Antrieb genug.

Das – und meine Sehnsucht, in der Branche eine wichtige Rolle zu spielen. Mein Ehrgeiz.

Wie ein Automat ging ich jeden Tag ins Büro, checkte abends meinen BlackBerry, beantwortete um Mitternacht Mails von Sylvia und Hugo. Denken Sie nur an all die Leute, die auch jetzt, um 20 Uhr an einem Donnerstag, in den Wolkenkratzerbüros dieser Insel hocken. Auf welchen Trick sind wir alle hereingefallen, dass wir glauben, dieser Fleiß könnte irgendwie unsere Rettung sein, uns finanzielle Sicherheit und die Wertschätzung von Kolleginnen und Kollegen schenken? Als käme es auf nichts anderes an.

Die Konsequenz aus dieser inneren Getriebenheit und dem sinoamerikanischen Arbeitsethos hieß für mich, dass ich zwischen zwanzig und dreißig niemals innehielt, um mich zu fragen, *warum* ich so hart arbeitete. Als Angestellte war ich für Sylvia, Xander und Hugo ein Glücksfall. Ich war klug, unermüdlich und loyal – und verlangte keine nennenswerte Gegenleistung. Ich war bereit, mein Leben den Bedürfnissen der Firma komplett unterzuordnen. Ein gutes Geschäft für die anderen, ein schlechtes für mich.

»Wie haben Ihre Eltern darüber gedacht?«

Ich glaube nicht, dass sie wirklich Bescheid wussten. Sie waren so sehr in ihre eigenen Jobs und in die Führung des Restaurants eingebunden, dass sie meine Arbeitsbelastung wahrscheinlich nicht hinterfragt haben. Was in der chinesischen Kultur eigentlich auch nicht üblich ist. Man senkt den Blick, gehorcht dem

Boss und schmeichelt denen, die über einem stehen. Meine Eltern sind als Immigranten in die Vereinigten Staaten gekommen, sie haben weder irgendwelche Machtstrukturen noch die Weißen hinterfragt, in deren Händen das System lag.

Ich werfe Thom Gallagher einen ironischen Blick zu. Seine Familie ist der Inbegriff amerikanischer Führungskraft ... Wie mag es sich für ihn anfühlen, wenn ich so über dieses Thema spreche?

Sein gleichbleibend freundlicher Blick deutet darauf hin, dass er sich nicht angesprochen fühlt.

Wenn überhaupt, waren meine Eltern eher stolz, dass ich eine so fleißige Angestellte war. So war ich erzogen worden. Fleißig lernen, hart arbeiten, die Chefs achten, dann macht man praktisch automatisch Karriere. So unschuldig war die Weltsicht meiner Eltern.

In jenem Sommer belohnte ich mich für mein kritikloses Schuften, indem ich häufig zu den spontanen Partys in Hugos Club ging. Schließlich gehörten die zu den Annehmlichkeiten des Jobs.

Während meine Freundinnen mit höheren Gehältern, Rentenansprüchen und einer ordentlichen Krankenversicherung dastanden, konnte ich zumindest jeden Abend in einem Privatclub nach Herzenslust trinken. Ich konnte heiß erwartete neue Filme Monate vor dem normalen Publikum sehen, mit kinematografischen Genies und Filmstars verkehren, manchmal auch mit glamourösen Leuten, die einfach so aussahen, als müssten sie berühmt sein.

Bei Hugos Partys wusste man nie. Wenn ein Mann seine Suite betrat, konnte es sich um einen Milliardär, einen berühmten Rennfahrer oder den Gründer eines Hightech-Unternehmens handeln – die Frauen dagegen waren in der Regel angehende Schauspielerinnen, Models, Tänzerinnen, PR-Frauen, Assistentinnen in Kunstgalerien oder irgendwelche Britinnen aus seinem Umfeld. (Wenn ich mich recht erinnere, bin ich bei einer dieser

Partys sogar Chelsea Van Der Kraft über den Weg gelaufen.) Wo auch immer dieser nicht enden wollende Strom schöner Fremder herkam, sie waren meistens zwischen Anfang zwanzig und Ende dreißig und besaßen null Persönlichkeit. Als müsse Hugo in jedem sozialen Umfeld das Alphatier sein: der Reichste, der Mächtigste, der Charismatischste.

Natürlich führte ich mit den Leuten, die mir in Hugos Suite begegneten, keine tiefsinnigeren Gespräche, aber es machte mir *Spaß*. Vor mir hatte sich unerwartet ein Reich des schrankenlosen, hedonistischen Vergnügens aufgetan. Ich konnte über Filme reden und mit freundlichen, umwerfend aussehenden Menschen, die beeindruckt davon waren, dass ich mit Hugo zusammenarbeitete, ein paar Drinks kippen, ehe ich mich beschwingt auf den Heimweg machte und den Druck der Produktion vorübergehend vergaß.

Es war nicht mehr wie früher in Flushing, als ich mich widerwillig mit Kellnern und gefräßiger Kundschaft herumschlagen musste. Jetzt wollte ich Menschen kennenlernen, ihnen nicht mehr so gut wie möglich aus dem Weg gehen.

Die letzte dieser Partys fand am Freitagabend vor meiner Abreise nach L. A. statt. Ich hatte besonders lange gearbeitet, Details der Produktion geklärt und wichtige E-Mails ausgedruckt. Als ich in Hugos Suite eintraf, war die Party schon voll im Gang. Ich brauchte unbedingt einen Drink.

Ich entdeckte Sylvia im Gespräch mit Kolleginnen und Kollegen von Andrea, die Autoren und Regisseurinnen vertraten, die deutlich berühmter waren als Xander. Als ich auf die Gruppe zuging, fing Hugo mich ab und legte mir den Arm um die Schulter.

»Sarah, ich hatte mich schon gefragt, wann du dein hübsches Gesicht zeigen willst. Du hast doch hoffentlich nicht bis jetzt gearbeitet?«

Ich lächelte Hugo an, seine Hand lag noch immer auf meinem Oberarm. »Ich, na ja … Doch, ich hatte im Büro noch einiges zu tun.«

Er schüttelte den Kopf und schnalzte mit der Zunge, als wäre ich eine ungezogene Schülerin. »Immer so eifrig. Du hast es verdient, dich ein bisschen zu amüsieren. Hier, trink etwas.« Er reichte mir ein Glas des allgegenwärtigen Moët und musterte mich. Dann schien ihm ein Gedanke zu kommen. »Du fliegst am Sonntag?«

»Ja, Sonntag Morgen. Von JFK.«

»Welche Airline – Continental? Delta? Lass uns sehen, ob ich mein Meilenkonto nutzen kann, damit du ein Upgrade erhältst.«

»Ehrlich?«, fragte ich, im Stillen überglücklich. Ich wusste, dass wir für Xander die Business-Class gebucht hatten, Sylvia hatte das Meilenkonto ihres Mannes angezapft. Ich war in meinem ganzen Leben nie anders als Economy-Class geflogen.

»Wenigstens auf Premium Economy oder so etwas. Das ist doch wohl das Mindeste.«

»Wow. Dann vielen Dank …« Aber Hugo winkte ab.

»Bitte, Sarah. Du musst dich nicht bedanken. Du hast es dir wirklich verdient.«

Von Hugos Großzügigkeit erfreut, stürzte ich den Champagner herunter. Dankbar spürte ich die entspannende Wirkung des Alkohols. Ich hielt nach der Flasche Ausschau, um mir nachzuschenken.

»Schade, dass Holly es nicht geschafft hat«, bemerkte Hugo. »Es wäre schön, wenn sie diese Partys auch genießen und sich mit uns allen wohlfühlen würde. Meinst du, du kannst sie überreden, beim nächsten Mal zu kommen?«

Er beugte sich zu mir herunter, sodass ich sein Aftershave roch, einen angemessen teuren Duft, schwer und dunkel. »Weißt du, Sarah, das ist der Trick bei allem. Sorg dafür, dass alle sich amüsieren, dann merken sie nicht mal, was du von ihnen verlangst.«

Was natürlich leichter war, wenn man Milliardär war und Champagnerflaschen ohne Ende bestellen konnte. Aber das sagte ich Hugo nicht.

»Ich bin sicher, dass Holly irgendwann mitkommt.«

»Braves Mädel. Und jetzt zieh los und genieß die Party.« Er schenkte mir nach und entließ mich.

Einige Stunden später hatte sich die Party in ein vergnügtes Chaos verwandelt. Ich drehte meine Runden durch die Suite und genoss den freundschaftlichen Umgang mit fast allen, obwohl ich von den wenigsten die Namen wusste. Dann kam der Moment, in dem Xander und Hugo mit ihrer ganz persönlichen Version des Flaschendrehens begannen.

Bei den Partys der letzten Wochen hatte ich beobachtet, wie sie dieses Spiel perfektioniert hatten. Vergessen Sie den peinlichen Anblick nervöser Heranwachsender in einem Keller, die auf einen ersten Kuss mit dem Klassenschwarm hoffen – eine Szene, die Eingang in zahllose Coming-of-Age-Komödien gefunden hat. Xander und Hugo hatten eine erwachsenere Version erfunden, wo die glückliche Person, auf die der Flaschenhals am Ende zeigte, Hugo entweder feurig auf den Mund küssen (manchmal bot Xander sich als Ersatz an) oder eine Line Kokain vom Körper einer halbnackten Frau schnupfen musste.

Als ich es das erste Mal leibhaftig zu sehen bekam, konnte ich es kaum glauben. Erst war ich verlegen, dann ehrlich schockiert. Sie wären überrascht, wenn Sie wüssten, wie viele junge Frauen sich freiwillig auszogen und Kokain vom Körper schnupfen ließen. Oder Hugo küssten. Anscheinend ist es für manche Frauen ein Riesending, mit einem Milliardär jenseits der fünfzig zu knutschen. An jenem Freitagabend trat Xander an einen Sessel heran, stützte sich auf dem Kopf einer kichernden jungen Frau ab und verkündete: »Ich würde sagen, es ist Zeit für eine Runde Flaschendrehen. Ihr wisst, was das heißt!«

Ein kollektiver Aufschrei all derer, die das Spiel schon einmal mitgemacht hatten. Ich hatte mich gerade mit Sylvia unterhalten, die mir einen wenig begeisterten Blick zuwarf.

»Ich glaube, das ist mein Stichwort zum Aufbruch.« Sie schulterte ihre Tasche. »Für solche Spielchen bin ich viel zu alt. Komm schon.« Sie erwartete, dass ich ihr folgen würde.

Ich zögerte. »Oh, ich … bleibe vielleicht noch ein bisschen.« Es war der letzte Abend in New York, an dem ich feiern konnte. Ich amüsierte mich zu gut, um schon aufzubrechen. »Freitagabend und so …«

Sylvia kniff die Augen leicht zusammen. Sie konnte schlecht auf irgendwelche Meetings am nächsten Tag verweisen. Ich musste nur noch für L. A. packen.

»Bist du sicher, Sarah? Du willst *hierbleiben*?« Sie zeigte auf die lachenden, sich auf den Möbeln herumfläzenden Fremden, die vielen gebräunten Beine, verwuschelten Haare und die wenigen Männer, die in all der weiblichen Energie badeten.

»Sylvia, alles ist prima.« Scherzhaft fügte ich hinzu: »Soll ich dir eine SMS schicken, wenn ich zu Hause bin?«

»Na ja, eine Tochter, um die ich mich sorgen muss, reicht mir eigentlich.« Sie lächelte. »Dann viel Spaß. Aber tu nichts, was ich nicht auch tun würde.«

Wir umarmten uns zum Abschied. Wir würden uns erst in L. A. wiedersehen, um gemeinsam unseren ersten Spielfilmdreh in Hollywood anzugehen. Es war noch immer zu surreal, um es zu glauben.

In dem Augenblick, als Sylvia die Party verließ, veränderte sich die Stimmung. Es schien, als hätte Xander nur darauf gewartet, dass die erwachsene Aufpasserin endlich verschwand.

»Na dann, zur Sache«, verkündete er. »Flasche!« Er legte eine leere Moët-Flasche mitten ins Zimmer und gab allen ein Zeichen, einen Kreis darum zu bilden.

»Und Koks!«, rief Hugo.

Er hatte eine junge Frau namens Christy dazu gebracht, sich bis auf ihr Höschen auszuziehen, den BH abzunehmen und sich auf den gläsernen Couchtisch zu legen. Sie kicherte, als er einen dünnen Streifen Kokain auf ihrem geschmeidigen, sich hebenden und senkenden Brustkorb ausbreitete.

»Beruhige dich, meine Liebe.« Hugo legte seine riesige Hand auf Christys nackten Bauch. »Der Stoff ist erstklassig, wir wollen nichts verschwenden.«

Inzwischen war ich mit dem Anblick nackter, auf dem Tisch liegender Frauen vertraut, von deren Brüsten Hugo, Xander oder wer auch immer Kokain schnupften. Zuerst hatte ich gedacht, so etwas passiert nur in Filmen. Aber wenn ich das Schauspiel mit heimlicher Faszination beobachtete, brachen sowohl der Schnupfer als auch die Frau jedes Mal in Gelächter aus, als sei das alles ein unglaublich komischer Insiderwitz, den sie schon seit Jahren praktizierten.

Einige Frauen entschieden sich stattdessen dafür, Hugo zu küssen. Sie schlenderten auf ihn zu und schlangen die Arme um seinen gebräunten Hals. Einige umfingen ihn mit einem ozeanischen Kuss, vielleicht in der Hoffnung, durch die Hexenkünste ihrer Lippen und Zungen etwas von seinem legendären Reichtum aufsaugen zu können.

An diesem Abend war es nicht anders. Die Flasche drehte sich, genau wie der Raum um mich herum. Wenn der Flaschenhals auf einen der wenigen Männer im Raum deutete, stolzierte der Betreffende hin und wieder auf Hugo zu (was jedes Mal zu brüllendem Gelächter führte), ehe er dann doch die Line Koks schnupfte. Wenn der Flaschenhals auf eine Frau zeigte, küsste diejenige meist Hugo und bettelte anschließend trotzdem um das Kokain. Normalerweise gestattete Hugo ihr beides.

Xander gab den Zeremonienmeister und spielte sich auf wie ein hyperaktiver Gameshow-Moderator. Der ansonsten kurz angebundene, schweigsame Xander existierte in diesen Augenblicken nicht. Jetzt war er ganz der Aufmerksamkeit heischende Zauberer, der jede Bewegung jeder Person im Raum dirigierte.

»DREHEN!«, rief er. Woraufhin jemand vortrat und die Flasche wieder im Kreis wirbeln ließ. Als sie zum Halten kam, zeigte sie auf die junge Frau neben mir.

Sie schlug sich die Hände vors Gesicht und kicherte.

»Ich?«, fragte sie.

Die Menge brüllte, aber Xander trat in den Kreis.

»Nein, nein!«, erklärte er in scharfem Ton und mit erhobenen Händen. »Einspruch des Spielleiters.«

Alle verstummten und fragten sich, ob das ein Witz sein sollte.

Xander beugte sich hinunter und versetzte der Flasche einen ganz leichten Stoß, sodass sie auf mich zeigte. Dann betrachtete er mich mit teuflischem Grinsen und trat zurück.

Mein Herz raste vor Wut. *Nie und nimmer, Xander.*

Jedes Mal, wenn ich bei diesem Spiel zugesehen hatte, war ich mir wie eine Außenstehende vorgekommen. Als würden die Spielregeln für mich nicht gelten. Aber plötzlich sahen mich alle erwartungsvoll an.

»Hört alle zu«, erklärte Xander. »Das ist Sarah, die mit Hugo und mir an unseren Filmen arbeitet. Ich kenne Sarah seit fünf Jahren und hab sie *noch nie* eine Line Coke schnupfen sehen. Oder Hugo küssen. Aber *jetzt* passiert entweder das eine oder das andere!«

Er stieß eine Faust in die Luft, die Meute kicherte vergnügt. Ich spürte, wie meine Wangen vor Wut – und von den fünf Gläsern Champagner, die ich getrunken hatte – rot anliefen. Für einen Moment bedauerte ich, nicht mit Sylvia aufgebrochen zu sein.

Ich sah zu Hugo, der die Arme ausbreitete und mich mit einer verführerischen Geste heranwinkte. »Komm schon Sarah«, lockte er gespielt schmachtend. »Du weißt, dass du es willst.«

Xander prustete los. Ich kochte vor Wut.

»Xander, du kannst nicht einfach so die Flasche anstoßen«, versuchte ich zu argumentieren.

»Doch, doch, das kann ich«, rief er. »Ich bin der Spielleiter, stimmt's? *Ich* entscheide hier.«

»Fick dich, Xander«, platzte es aus mir heraus, aber die Menge schien sich bestens zu unterhalten.

Xander schnaubte. »Ich liebe es, wenn Sarah wütend wird.«

»Wird auch Zeit, dass wir ihre böse Seite kennenlernen«, bemerkte Hugo scherzhaft.

Ich warf beiden wütende Blicke zu, begriff aber, dass ich aus dieser Sache nicht herauskam, ohne zur Spielverderberin zu werden. Der schöne Abend hatte sich plötzlich auf eine lächerliche Alternative zugespitzt. Wenn ich weder das eine noch das andere tat, würden alle im Raum mich für spießig halten und Zeugen meiner Demütigung werden.

»Komm schon Sarah, wir haben nicht die ganze Nacht Zeit«, rief Xander. »Was darf es sein?«

Mein persönlicher Umgang mit Drogen bestand darin, dass ich Alkohol trank und gelegentlich einen Joint rauchte, mich von harten Drogen aber fernhielt. Hugo zu küssen, kam erst recht nicht in Frage. Ich würde ihm nie mehr in die Augen sehen oder mich als Produzentin ernst genommen fühlen können. Vor allem nicht, wo ich die ganze Peinlichkeit Xanders Willkür zu verdanken hatte.

Jetzt schnupf die verdammte Line und bring es hinter dich.

»Okay, okay, *also schön*«, sagte ich und trat einen Schritt auf den Tisch mit der nackten Frau zu.

Xander und Hugo lachten.

»Das ist die richtige Einstellung«, bemerkte Xander triumphierend.

Ich war nie zuvor dem nackten Körper einer anderen Frau so nahe gekommen. Zwar hatte ich schon unbekleidete weiße Frauen gesehen, aber ihre blassrosa Brustwarzen hatten mich immer auf seltsame Weise an ihre Verschiedenheit von mir erinnert. Ich versuchte, die Augen abzuwenden.

»Na los, Sarah«, drängte Hugo.

Ich sah Christy an, sie begegnete meinem Blick.

»Hast du schon mal Koks geschnupft?«, fragte sie. Ihre Rehaugen waren mit Wimperntusche verschmiert.

Ich antwortete nicht.

»Sa-rah, Sa-rah«, legte Xander los, als wäre ich eine Sportlerin im Wettkampf. Hugo fiel ein. Irgendwie brachten sie auch die anderen, mir unbekannten Partygäste dazu, »Sa-rah! Sa-rah!«, zu rufen.

Natürlich hatte ich noch nie Kokain genommen. In meiner Schulzeit war ich so oft gewarnt worden, ich hatte TV-Spots gesehen, in denen ein Gehirn unter Drogeneinfluss mit einem brutzelnden Spiegelei verglichen wurde. Drogen waren schlecht. Drogen konnten das Leben ruinieren. Botschaft angekommen.

Aber in keiner dieser Lektionen war man davor gewarnt worden, dass man, wenn man im Filmbusiness arbeitete, nachts um drei in einem Privatclub von seinen beiden Chefs gedrängt werden würde, von den Brüsten einer nackten Frau Kokain zu schnupfen. Dass man manchmal einfach nicht Nein sagen konnte.

Ich malte mir meine wütend schimpfenden Eltern aus.

Aber dann drängte ich das Bild beiseite, beugte mich über Christys nackten Körper und nahm den zusammengerollten Hundert-Dollar-Schein, der neben ihr lag. Ein Ende des Röhrchens war feucht.

Das stieß mich mehr ab als alles andere. Dass ich mir diesen mit Koks bestäubten und mit dem Rotz von Hugo, Xander und wem auch immer befleckten Hundert-Dollar-Schein in die Nase schieben sollte. Ich schaute auf den Geldschein, dann bemerkte ich Christys Blick.

»Sorry«, murmelte ich.

»Schon in Ordnung.« Kichernd fügte sie hinzu: »Du hast tolle Haare.«

»Danke«, sagte ich peinlich berührt.

Hugo beugte sich zu uns vor und grinste anzüglich. »Braves Mädel. Na los.«

Ich ignorierte ihn.

Der Vorgang an sich war umständlich. Ich musste meine Haare zurückschieben, mir das linke Nasenloch zukneifen und das Röhrchen mit der rechten Hand halten. Warum sah es in Filmen so mühelos aus? Trotzdem schaffte ich es, die Line in einem langen Atemzug in mein rechtes Nasenloch zu ziehen.

Ich schnupfte noch einmal, um sicherzugehen, dass ich alles erwischt hatte. Die sparsame Chinesin in mir begriff instinktiv, dass kein Krümel des teuren Stoffs verschwendet werden durfte.

Dann fragte ich mich, warum ich mich überhaupt darum scherte. Schließlich war es Hugos Geld.

Hugo und Xander stießen Triumphgeheul aus. Alle anderen schlossen sich an.

»JAAAA, gut gemacht, Sarah!«, brüllte Xander. »Genieß den Rausch.«

Zu meinem Erstaunen erfasste mich eine Welle der Begeisterung. Nach dem Moment der Panik, den ich den Aufklärungskampagnen in der Schule verdankte, wurde ich schnell von einer unerwarteten Euphorie gepackt. Ich wusste nicht, ob es an der Droge selbst oder am Reiz des Verbotenen lag. Aber der Champagner, das Kokain und der Jubel ringsum hoben mich auf eine andere Ebene, direkt vor den Augen dieser Menschen, die mich jetzt als eine von ihnen betrachteten.

So fühlte ich mich also.

Ich gehörte zu dieser Welt ohne Schranken, wo keine Regeln galten.

Hugo tauchte dicht neben mir auf und murmelte: »Ein anderes Mal, Sarah. Warte ab.«

Das Kokain hatte sämtliche Wut in mir ausgelöscht. Ich lachte nur und schwebte durch den Raum. Aus der Entfernung beobachtete ich, wie Hugo sich über Christy beugte, die sich auf die Ellbogen stützte und mit ihm flirtete. Wieder rief Xander ein Kommando, die Menge jubelte, die Flasche wurde noch einmal zum Drehen gebracht.

Auch in meinem Kopf drehte es sich, alles wirbelte durch den befreiten Orbit. Vielleicht hatten all die, die mich vor Drogen gewarnt hatten, falsch gelegen.

Wenn Hugo und Xander und so viele andere in der Branche ständig high auf Koks waren und trotzdem funktionierten, würde ich, Sarah Lai, das Schnupfen einer einzigen Line sicher überleben. Ich hatte nichts zu befürchten. Es war viel zu früh, um die Party zu verlassen. Die Welt war wunderbar, voll neuer Möglichkeiten und Empfindungen.

Alles würde gut werden. Eine einzige Line Koks hatte nichts zu bedeuten.

Einige Stunden später, in der Morgendämmerung eines Augusttages, saß ich im grell beleuchteten Waggon der Subway und fuhr nach Hause. Mein Hirn arbeitete immer noch auf Hochtouren. Ich beschloss, Karen nichts von der Kokainepisode zu erzählen, weil sie es niemals verstehen würde. Und auf keinen Fall Sylvia. Sylvia würde nur sagen: »Eigentlich weißt du es besser, Sarah. Du bist nicht wie diese Frauen.«

Das war ich auch nicht. Ich hatte mich unter Kontrolle.

Und so durchlebte ich die letzten sechsunddreißig Stunden in New York. Ich zog aus meiner Wohnung aus, verpackte den größten Teil meines Erwachsenenlebens in Kisten und verstaute sie bei meinen Eltern in Flushing.

Ich sagte ihnen, dass ich nur vorübergehend in L. A. leben würde, nur für diese Dreharbeiten. Im Stillen aber hoffte ich, dass der Umzug für immer sein würde. Dass ich dem neurotischen, stressigen Rhythmus New Yorks entkommen würde, den vertikalen Linien der Wolkenkratzer, den dichtgedrängten Blocks und nicht zuletzt den vergangenen siebenundzwanzig Jahren voll familiärer Erwartungen. Ich stand am Beginn eines neuen Kapitels in meinem Leben. Hollywood lockte, erstrahlte an einem fernen Horizont – und wie so viele Dummköpfe zuvor durchquerte ich den Kontinent im Bann dieser Fata Morgana.

Interview-Abschrift (Fortsetzung):
Sylvia Zimmerman, 14.56 Uhr

SZ Am Anfang wirkte Hugo ziemlich respektabel. Das Geld, das wir für Xanders zweiten Film brauchten … nun ja, für ihn waren das Peanuts. Es erschien mir fair, dass er als Gegenleistung Teilhaber der Firma werden wollte. Schließlich hatten wir uns geeinigt.

TG Wollen Sie damit andeuten, dass er später sich nicht an die vereinbarten Bedingungen gehalten hat?

SZ Juristisch gesehen hat er das getan, der raffinierte Schweinehund. [*Pause*] Aber sein sonstiges Verhalten, jenseits der unmittelbaren beruflichen Zusammenarbeit, wurde immer mehr zum Problem.

TG Was meinen Sie mit sonstigem Verhalten?

SZ Ich denke, es fing mit den Partys an. Hier und dort ein Drink, eine Line Koks … Natürlich reden wir über die Filmszene in New York, da ist Kokain allgegenwärtig … Aber es ging darum, wie diese sozialen Anlässe dazu dienten, berufliche Verbindungen zu pflegen … Darin war Hugo ein wahrer Meister.

TG Würden Sie sein Verhalten unprofessionell nennen?

SZ Noch mal: Wir reden von der Filmbranche. Es geht nicht um professionell oder nicht. Nur dass sich plötzlich so vieles nicht mehr im Büro und bei den Meetings abspielte. [*Pause*] Mit Xander zum Beispiel … Ich war bei diesen nächtlichen Partys, die sie beide so liebten, oft nicht dabei. Die Drogen, die Frauen. [*schnaubt*] Das untergräbt die Abläufe. Auf der einen Seite dieser Regisseur, mit dem ich acht Jahre zusammengearbeitet hatte. Ich hatte jeden Cent zweimal umgedreht und mehr oder weniger um Geld gebettelt, damit er seinen ersten Film drehen konnte. Dann taucht aus dem Nichts dieser Milliardär mit seinen endlosen Drinks, privaten Hotelsuiten und schwärmenden Mädchen auf – und das soll plötzlich die Basis der Beziehung zu meinem Regisseur sein? Ich meine, das alles war so unerwachsen.

TG Was glauben Sie, wie das alles Sarah Lai gefallen hat?

SZ Sie war jung und leicht zu beeinflussen. Ich bin sicher, dass sie auf einer bestimmten Ebene Spaß daran gehabt hat. Wer hätte das in dem Alter nicht? Ich will Ihnen nichts vormachen, die Partys sind ein wichtiger Faktor für die Anziehungskraft der Branche. Aber ich habe mir Sorgen um Sarah gemacht.

TG Warum?

SZ Ein Kind von Immigranten, das zur Columbia gegangen war? Für sie war es eine völlig neue Welt. So viele Möglichkeiten, sich … korrumpieren zu lassen.

TG Was meinen Sie mit »korrumpieren«?

SZ Sie kennen doch diese Geschichten. Eine leicht beeinflussbare junge Frau – oder ein junger Mann – übertreibt es mit den Partys, den Drogen, dem Sex, dem Glamour. Und endet kaputt und verbraucht.

TG Glauben Sie, Sarah war dafür anfällig?

[*Pause*]

SZ Nein, dafür war sie zu klug. Aber ein Teil ihrer Persönlichkeit neigte dazu, sich mitreißen zu lassen.

TG Hatten Sie das Gefühl … sie beschützen zu müssen? Vor diesen korrumpierenden Einflüssen? Oder vor jemandem, der sie hätte korrumpieren können?

SZ Hm. [*Pause*] Hören Sie, ich bin nicht Sarahs Mutter. Sie hat Eltern, und ich war schon für meine eigenen Kinder selten genug da. Letztlich war sie ein großes Mädchen, nicht wahr? Siebenundzwanzig? Achtundzwanzig? Sie konnte ihre eigenen Entscheidungen treffen und mit den Konsequenzen umgehen. Man kann wohl sagen, dass meine Verantwortung als Arbeitgeberin sich nur aufs Büro und aufs Filmset erstreckte. Was sich hinter verschlossenen Türen abspielte, war allein ihre Entscheidung. Sie hätte für sich selbst sorgen können.

[*Schweigen*]

TG Haben Sie es damals wirklich so gesehen?

SZ Stellen Sie männlichen Chefs auch solche Fragen?
TG Ich darf leider …
SZ Schon klar, schon klar. Sie »dürfen leider nicht sagen«, wen Sie sonst noch interviewen. [*Pause*] Hören Sie, die Welt in der wir gearbeitet haben, war knallhart. In der Zeit, als ich anfing, in den Achtzigern und Neunzigern, gab es noch weniger weibliche Chefs als heute. Sich ohne Rettungsweste ins kalte Wasser zu stürzen, war der einzige Weg, etwas zu lernen. Viele von uns sind dabei ertrunken. Aber einige haben es auch geschafft, sich über Wasser zu halten.

23

»Also sind Sie nach L. A. geflogen …«

Nach einer Toilettenpause bin ich zurück in unserem Beichtstuhl. Thom Gallagher drängelt, er will endlich zum vergrabenen Schatz vordringen. »Welche Erwartungen hatten Sie?«

Meine Güte, was stellen sich alle, die im Filmbusiness arbeiten, vor, wenn sie das erste Mal nach L. A. kommen? Die Erwartungen sind so zahlreich, die Bilder von goldenen Sonnenuntergängen und Palmenalleen so allgegenwärtig, dass die Realität der Stadt sich mit den Vorstellungen vermischt. Man kann beides kaum auseinanderhalten.

Wie viele Filme über unschuldige junge Mädchen gibt es, die mit aufgerissenen Augen nach Los Angeles kommen und auf den Durchbruch in einer Welt hoffen, die hart und erbarmungslos sein mag, aber trotz allem noch Platz für einzigartig talentierte Newcomer bietet, die das Rad des Showbusiness neu erfinden wollen? Das ist die wahnhafte Fantasie, die Hollywood über sich selbst nährt. Aber auf jedes *Singin' in the Rain* oder *La La Land* kommen ein *Sunset Boulevard* oder *Mulholland Drive*. Die Stadt der Engel zieht unglaublich viel Talent, Schönheit und Jugend an. Und sie bringt hartgesottene, geldgierige Gauner hervor, die alle anderen wie unerwünschten Abfall entsorgen.

Am Sonntag, zwei Tage nach der letzten Party in Hugos Suite, trat ich aus dem Gebäude des Los Angeles International Airport hinaus auf den breiten Bürgersteig und wurde von der milden Luft, dem strahlenden Himmel und den Abgaswolken überrascht. Rico, der Taxifahrer, half mir mit meinen beiden Koffern und ließ sich über die Wunder von L. A. aus. Ich schaute aus dem Fenster und staunte über die sechsspurigen Highways, die Zahl der vorbeifahrenden Autos, die goldenen Hügel am Horizont. In

New York war jeder Quadratzentimeter Land zugebaut, gezeichnet von vier Jahrhunderten vertikaler Architektur und menschlichem Emporstreben. Hier dagegen sah man in sämtlichen Richtungen weiten Himmel und die Hügel – trotz der Verstädterung der Landschaft gab es noch immer mehr Raum, mehr Möglichkeiten. Ich staunte über die Eigenheime auf separat liegenden Grundstücken, ganz anders als in New York, wo die Haushalte übereinandergestapelt waren, komprimiert und anonym.

Rico war begeistert, als er hörte, dass ich Filmemacherin und zum ersten Mal in der Stadt war. Er gab mir Hinweise zu den Gegenden, durch die wir fuhren, angefangen von Santa Monica, vorbei an den schicken Villen von Beverly Hills, der Geschmacklosigkeit und den Touristengruppen in Hollywood, dann an Downtown L. A. entlang zu den grünen Rasenflächen von Pasadena und darüber hinaus.

Mir wurde schnell klar, dass hier ohne Auto nichts zu machen war.

Als wir an den angemieteten Wohnungen in der Nähe von Culver City vorfuhren, reichte er mir für den Fall, dass ich noch einmal einen Fahrer brauchen sollte, fröhlich seine Visitenkarte. Damals fragte ich mich, wie viele ehrgeizige junge Frauen er am Flughafen abgeholt hatte, die von einer glamourösen Karriere träumten. Heute geht mir eher durch den Kopf, wie viele von ihnen er wieder zum Flughafen kutschiert hatte, nachdem ihre Träume zerbrochen waren und sie nur noch auf die Rückkehr in ein normales Leben hofften.

Wäre dies ein Film gewesen, dann hätte sich Ricos Visitenkarte als nützliches Requisit entpuppt. Rico würde mich in einem entscheidenden Augenblick retten und dabei ungeahntes Potenzial offenbaren – Martial-Arts-Fähigkeiten zum Beispiel, unfehlbare Schießkünste oder wenigstens eine schlagkräftige Gang von Latino-Brüdern. Jedenfalls würde er mir die Schurken vom Hals halten, denen ich in L. A. unweigerlich begegnen würde. Denn in Filmen ist es immer so, dass die erste Person, die man in einer fremden Stadt trifft, sich als bedeutsam entpuppt, als jemand, der einem auf der weiteren Reise beisteht.

Aber wir waren nicht in einem Film. Rico gab mir einfach seine Karte, ich rief ihn nie an.

Sylvia, Hugo und Xander folgten im Verlauf der Woche nach. Jeder von ihnen bekam auf natürliche Weise eine Unterkunft und ein Verkehrsmittel, die seinen individuellen Vorlieben entsprachen.

Sylvia zog zu einer Freundin in Malibu und deren Mann, wohnte im Anbau des Hauses und lieh sich gleich noch den überzähligen BMW. Nach Culver City und zurück fuhr sie jeweils eine Stunde über den Highway 1 und die I-10. Hugo besaß schon ein Haus in Beverly Hills, schien sich während der Dreharbeiten zu *Furious Her* aber überwiegend in einer Suite im Chateau Marmont aufzuhalten. Natürlich hatte er einen eigenen Fahrer. Xander wohnte während der Pre-Production und der Dreharbeiten in einem zum Chateau Marmont gehörenden Bungalow. Sein Auto samt Fahrer wurden aus dem Filmbudget finanziert.

Dank Hugos Verbindungen kam ich in einer bescheidenen Wohnanlage fünf Autominuten vom Studio und den Produktionsbüros entfernt unter. Ich hatte ausgehandelt, dass die Firma bis zum Abschluss der Dreharbeiten für meine Unterkunft aufkam. Eine weitere zur Produktion gehörende Person würde gleich in der Wohnung nebenan leben: Holly Randolph höchstpersönlich.

Ich traf drei Wochen vor dem Termin ein, zu dem Holly erwartet wurde. Während dieser Zeit folgten meine Arbeitstage weitgehend demselben Schema wie in New York: von der Wohnung ins Büro fahren, zehn Stunden mit E-Mails, am Telefon oder in Meetings, irgendwo zu Abend essen und dann zum Schlafen zurück in die Wohnung. Für die Wochenenden verabredete ich mich mit Bekannten vom College, außerdem flirtete ich in meiner Freizeit mit Ted, dem Produzenten, den ich in Cannes kennengelernt hatte. Ohne dass etwas Besonderes passierte, nutzte ich die Chance, ein anderes Leben auszuprobieren.

Ich spürte das seltsame Gefühl, dass alles möglich war. Jetzt lebte ich in einer Stadt, wo ich kaum jemanden kannte. Mit einem Mal war ich nicht mehr die strebsame Tochter besorgter chinesischer Restaurantbetreiber. Die Last, die meine Familie darstellte, fiel im Licht, Raum und in der Luft dieses neuen Ortes von mir ab. Ich fühlte mich beschwingt, befreit. Ich konnte sein, wer ich wollte. Oder mir selbst eine neue Rolle schreiben.

Interview-Abschrift (Fortsetzung):
Sylvia Zimmerman, 15.08 Uhr

SZ Natürlich passte es mir nicht, dass wir mit den Dreharbeiten nach L. A. zogen. Ich hatte klar und deutlich gesagt, dass ich dagegen war, aber sie hatten mich einfach überfahren. Xander scherte sich nicht darum. Er hatte immer schon Hollywoodregisseur werden wollen, für ihn war es ein Riesenschritt nach vorn.
TG Wie fühlten Sie sich, als es so weit war?
SZ Ich war wütend. Aber ich habe meinen Stolz heruntergeschluckt und einfach meinen Job gemacht. Wenn man sich gegen das Ego von jemandem wie Xander stellt, zieht man unweigerlich den Kürzeren.
TG Wie meinen Sie das?
SZ Na ja ... Am Ende muss jemand einen Rückzieher machen. Als Produzentin eines Regisseurs wie Xander musste ich mir überlegen, welche Kämpfe ich ausfechten wollte und welche nicht. [*Pause*] Witzig, aber irgendwie ist es so ähnlich, wie Mutter zu sein.
TG Tatsächlich?
SZ Man muss sich um die Bedürfnisse eines ziemlich anspruchsvollen Wesens kümmern. Ob das ein Filmregisseur oder eine Fünfjährige ist ... Manchmal ist der Unterschied nicht so groß. [*lacht*] Produzieren und Bemuttern. In beiden Jobs kommt man nie an ein Ende, beide sind total undankbar.
TG Aber Sie haben beides gleichzeitig geschafft.
SZ Gerade so eben. Ich weiß nicht, was ich mir damals gedacht habe. Ich wollte zu den erfolgreichen arbeitenden Müttern in der Lower East Side gehören, wahrscheinlich habe ich das auch geschafft. Aber ich war komplett erschöpft. Sicher war es keine große Hilfe, dass ich das Gefühl hatte, andere Leute würden ständig in meinen Bereich hereinpfuschen und mir das biss-

chen Raum nehmen, das ich mir in der Branche in jahrelanger Arbeit erobert hatte.

TG   Andere Leute?

SZ   O Gott, Hugo, wahrscheinlich. Und irgendwann auch Sarah, als sie aus der Rolle der Assistentin herauswuchs. Ich meine, ich versuchte, den Laden zusammenzuhalten. Aber sobald wir nach L. A. kamen, geriet alles außer Kontrolle. Vielleicht lag es einfach an den verschiedenen Persönlichkeiten, vielleicht war es unvermeidlich.

TG   Würden Sie sagen, dass alles, was geschah, unvermeidlich war?

SZ   Nein, das wäre eine faule Ausrede. Menschen sind für ihre Entscheidungen verantwortlich. Auch ich. [*Pause*] Xander und Hugo hatten recht. Mit der Produktion nach L. A. zu gehen, hat der Firma tatsächlich neue Möglichkeiten eröffnet. Auf für mich unvorhersehbare Art und Weise. [*Pause*] Was hat der Umzug also im Rückblick zu bedeuten? Letztlich wahrscheinlich, dass ich nicht mehr die Macht hatte. Die Zeiten hatten sich geändert. Aber das merkte ich damals nicht.

24

Hey! Wie ist L.A.? Hab ewig nichts von dir gehört. Ich werde sooo dick, Wahnsinn.

Karen schickte mir die Nachricht nach meinen ersten Wochen in Kalifornien. Sie hatte recht, ich hatte mich lange nicht gemeldet. Ich las ihre Nachricht an meinem Schreibtisch im Produktionsbüro, um mich herum telefonierten sechs Leute.

Ja, tut mir leid. Arbeit ohne Ende, textete ich zurück. Was den Tatsachen entsprach. Allerdings war ich auch viel aus gewesen, bei verschiedenen Hauspartys. Zu Drinks mit Collegefreundinnen und den Freunden von Freunden. Wenn man in L. A. einen Film produziert, laden die Leute einen gern ein.

Aus irgendeinem Grund wollte ich Karen nichts davon erzählen. Was sagt man einer Schwester, die im achten Monat schwanger ist? Ich war mir nicht sicher.

Ich hab mir hier ein Auto gemietet, es ist Irrsinn.

Mein Dad hatte vor Jahren darauf bestanden, dass ich den Führerschein machte, aber in New York hatte ich ihn praktisch nie gebraucht. Hier, im endlos sich ausdehnenden L. A., kamen mir die Fahrten mit meinem wenig spektakulären Hyundai beängstigend unberechenbar vor. Für ein Navi war ich zu geizig gewesen, jedes falsche Abbiegen konnte also dazu führen, dass ich mich auf diesen Tausenden von Straßen verfuhr. Ich ärgerte mich, dass es praktisch keinen öffentlichen Nahverkehr gab, dass man nirgendwohin zu Fuß gehen konnte, dass ich ständig einen Parkplatz suchen musste. Aber ich gewöhnte mich daran.

Warst du schon beim Hollywood Sign?

Ich runzelte die Stirn. Karens Frage nervte mich. Sie kam mir so albern, so bieder vor.

Ich bin keine Touristin, antwortete ich. *Und ich hab wirklich keine Zeit.*

Oh, klar. Dann versuch, nicht so viel zu arbeiten.
Karen hatte wirklich keinen Schimmer.

Aber so ganz daneben lag sie nicht. Schließlich hatte ich von Kindesbeinen an Filme geliebt, die erste Fahrt über den Sunset Strip hatte mich elektrisiert. Ich fuhr vom unfassbar steilen La Cienaga Boulevard ab und sah über mir die zehn Stockwerke hohen Reklametafeln für die neuesten Fernsehproduktionen und Blockbuster. Ich war tatsächlich hier, in einer Richtung lagen die Studios mit ihren riesigen Geländen und geschäftigen Büros, in der anderen Century City, wo die großen Agenturen in ihren Hochhauskomplexen residierten. In den Wohnungen und Häusern der Viertel ringsum – West Hollywood, Los Feliz, Silver Lake, Downtown L. A. und darüber hinaus – wohnten, kämpften, träumten Menschen von Karrieren als Schauspieler, Autorinnen, Regisseure, Designerinnen, Comedians, Tänzerinnen, Sänger und Produzentinnen. Alle verfolgten leidenschaftlich ihre jeweiligen Ziele. Über dem allen, auf diesen gar nicht so weit entfernten Hügeln, aber weit genug entfernt von uns Sterblichen und unseren Nöten, thronte das Hollywood Sign mit seinen unverkennbaren weißen Buchstaben.

Nein, ich fuhr in den ganzen Monaten, die ich dort wohnte, nicht bis oben. Irgendwie wäre es mir peinlich gewesen. Als würde ich mich durch diese Pilgerreise zum Heiligen Ort auf den Hügeln völlig dem Mythos ausliefern. Ich war Profi. Ich wollte mich nicht mit all den anderen um den Altar des Ruhms drängen.

Während all der Monate fuhr ich also über diese Straßen und Freeways, verbrachte endlose Zeit vor roten Ampeln, wechselte Spuren und tastete mich durch das vorübergehende Zuhause, zu dem L. A. geworden war. Wie alle anderen trug ich eine Sonnenbrille, weil das Licht dort draußen immer zu hell strahlte. Wir alle waren viel zu sehr vom Glanz L. A.s geblendet, um darauf zu achten, wohin wir wirklich unterwegs waren.

Es klingelte, Holly Randolph stand vor der Tür.

Sie kam direkt von ihrem sechsstündigen Flug, wirkte aber trotz ihrer lässigen Kleidung – Jeans und gestreiftes T-Shirt – strahlend. Ich spürte ein Kribbeln im Bauch.

»Hey, willkommen in L. A.!« Sie erwiderte meine Umarmung.

Ich hatte den Tag von Hollys Ankunft in meinem Kalender angestrichen, zum Teil, weil ein großer Teil der Pre-Production-Arbeit sich um sie drehen würde (Kostümproben, Fitnesstraining, Proben), aber auch, weil ich mich nach all den Wochen des unpersönlichen, vom Auto abhängigen Lebensstils in L. A. nach engerem menschlichen Kontakt sehnte.

»Ich kann es immer noch nicht glauben.« Sie betrat meine Wohnung, die zugegebenermaßen alles andere als bemerkenswert war: der übliche beigefarbene Teppich und langweilige Möbel, wie man sie in jeder amerikanischen Eigentumswohnung findet. »Okay, damit komme ich klar«, entschied sie, nachdem sie sich kurz umgesehen hatte. »Auf jeden Fall besser als meine Wohnung ohne Aufzug in Queens.«

Ich machte ein paar sehr optimistische Bemerkungen über die Produktion und dass alle sich darauf freuten, ab morgen mit ihr zu arbeiten.

»Jedenfalls bin ich froh, dass wir gleich nebeneinander wohnen«, sagte sie. »L. A. ist manchmal so riesig und unpersönlich.«

»Ich hab sogar ein Auto«, sagte ich. »Für den Fall, dass du bereit bist, mit einer New Yorkerin zu fahren, die sonst so gut wie nie am Steuer sitzt.«

Holly lachte. »Hey, es wäre toll, wenn wir zwischendurch mal eine Spritztour machen können, um vom Set wegzukommen.« Ihre Bemerkung wirkte so beiläufig, dass ich den Eindruck hatte, Holly wolle einfach höflich sein. Aber wer weiß, vielleicht lag ihr tatsächlich etwas daran, sich mit mir anzufreunden.

Holly packte aus, legte sich kurz schlafen, dann fuhren wir los, um in einem gut besuchten mexikanischen Laden mit Latino-

Pop und fruchtigen Margaritas zu Abend zu essen. Wir fühlten uns wie zwei Kids am Beginn der Sommerferien und bestellten Cocktails. Holly eine Piña Colada, ich eine Erdbeer-Margarita. Beim Anstoßen sah ich mich im Restaurant um. Viele andere Besucher hier waren jung und aufgekratzt wie wir: in den Zwanzigern, energiegeladen, ehrgeizig. Eine Stadt der Hoffnungsvollen, die ihren Träumen folgten, wohin auch immer sie führten.

Hollys Tage waren mit Training ausgefüllt – Kampf-Choreografien und speziellen Übungen, die darauf abzielten, sie gleichzeitig muskulös und feminin erscheinen zu lassen. Mehrere Choreografinnen und Trainer perfektionierten mit Holly die Art und Weise, wie sie sich auf der Leinwand bewegen würde. Clive, der für Frisuren und Make-up zuständig war, und Gina, die Kostümdesignerin, kümmerten sich um ihr Aussehen. Holly wurde für Anproben, Tests und Fotos benötigt.

Die Resultate all dieser Arbeit wurden Xander präsentiert, damit er seine Zustimmung geben konnte. Manchmal wurden auch wir, die Produzentinnen, um unsere Meinung gebeten.

Hollys Haare stellten ein besonderes Problem dar. Irgendwie schienen sie nicht Xanders Vorstellungen zu entsprechen.

»Ich weiß nicht, woran es liegt«, erklärte er Clive eines Tages im Produktionsbüro. »Aber so, wie es jetzt ist, passt es einfach nicht.«

Clive war schlank und bärtig und bekennendes Mitglied der sogenannten »Velvet Mafia« von West Hollywood. Er war seit fast zwanzig Jahren auf Frisuren und Make-up für die Kinoleinwand spezialisiert. Wenn es um Haare ging, konnte ihm niemand etwas vormachen. Bisher hatte er es bei Holly mit einem Pferdeschwanz und einem nachlässigen Bun probiert, einem Long Bob, einem Relaxed Bob, einem Soft Wave Bob, vor allem sollte die Frisur nicht allzu straff oder geschniegelt wirken.

»Letztlich kommt es auf Katies natürliche Schönheit an«, beharrte Xander mürrisch. »Sie ist lässig, sie hat keine Zeit, lange mit ihrer Frisur herumzumachen. Aber gleichzeitig sollen ihre Haare irgendwie rausstechen.«

Clive zog eine Augenbraue hoch. »Aber was meinst du mit ›rausstechen‹?«

Xander war aufgeschmissen. Filmregisseure können sehr gut erklären, was ihnen nicht gefällt, sind aber weniger gut darin, ihre Vorstellungen auf den Punkt zu bringen. Entsprechend müssen ihre Mitarbeiter raten, einen Vorschlag nach dem anderen machen, bis auf wundersame Weise irgendetwas passt – und das alles, während die Uhr tickt und das Budget immer knapper wird.

»Vielleicht könnten wir es mit einer anderen Farbe versuchen«, schlug Clive vor. »Vielleicht kann das sie ›rausstechen‹ lassen, nicht so sehr die Frisur.«

Hinter Xanders Rücken verdrehte Clive auf übertrieben tuntige Art die Augen.

Ohne ein Wort zu sagen, blätterte Xander durch die Polaroids, die Holly mit verschiedenen Frisuren zeigten. Dabei wirkte er wie ein Kartenspieler mit einem besonders schlechten, zum Verlieren bestimmten Blatt.

»Sooooo …« Clive klammerte sich an Strohhalme. »Wir könnten sie blonder machen …«

»Nein«, unterbrach Xander ihn auf der Stelle. »Nicht blonder. Ich will nicht, dass sie billig rüberkommt.«

»Nicht jedes Blond ist billig, mein Süßer«, sagte Clive mit samtiger Stimme. »Ich meinte nicht flaschenblond oder platinblond. Nur ein schöner Honigton …«

»Nein, sie ist praktisch sowieso schon blond! Wenn du sie noch blonder machst, sieht sie am Ende aus wie Marilyn Monroe.«

»*Erstens:* Niemand sieht aus wie Marilyn Monroe. Nur Ihre Platinblonde Hoheit selbst. Zweitens: Es gibt so viele Schattierungen von blond: aschblond, honigblond, erdbeerblond, butterblond, praktisch alles, was ich gern esse, außer der Asche natürlich ... Mein Job als Hairdesigner besteht darin, sie *dir* zu präsentieren, o Mächtiger Herrscher im Regiestuhl.« Dabei wedelte er geziert mit einer Hand wie ein Höfling vor dem Thron des Lehnsherrn.

Xander schüttelte den Kopf. »Nicht blond. Basta. Was geht sonst?«

Clive riss verzweifelt die Augen auf. »Okay, ähm ... Sie hat so helle Haut, dass ein dunklerer Ton unnatürlich wirken würde. Warum ... versuchen wir es nicht mit Rot?«

Nach kurzem Zögern wiederholte Xander: »Rot?«

»Ja. Ein schöner Rotschopf. Kommt auf der Leinwand immer knallig. Du weißt schon, Rita Hayworth oder Ann-Margret in den guten alten Zeiten ...«

Xander schob die Polaroids zu einem ordentlichen Stapel zusammen und klopfte damit auf die Tischplatte.

»Oder ... Julianne Moore, wenn wir über die Gegenwart reden wollen.«

»Rot«, murmelte Xander. »Ich versuche mir vorzustellen, wie das aussehen würde ...«

»Soll ich etwas am Computer zusammenbasteln?«

»Nein, ich muss es in der Realität sehen. Färb sie rot.«

»Einfach so? Einfach: ›Hey, Holly, tut mir leid, aber ich muss mal eben deine Haare färben ...‹«

»Einfach so. Zeig mir, was du mit roten Haaren machen kannst. Aber diese anderen Sachen hier ...« Er streckte Clive die Polaroids entgegen. »Das funktioniert nicht. Verschwende damit nicht deine Zeit.«

Xander warf die Fotos auf den Tisch, wo sie sich zu einer Reihe von Hollys mit jeweils unterschiedlichen Frisuren auffächerten. Dann drehte er sich auf dem Absatz um und ging hinaus.

Einer der Production Coordinators musste Hollys Terminplan ändern und sie auf der Stelle herbeordern, damit ihre Haare gefärbt werden konnten. Ich war zufällig im Studio, als sie vor dem Spiegel Platz nahm und Clive ihr die Nachricht überbrachte.

»Du willst es *rot* machen?«

Sie starrte Clive entgeistert an. Aber auf diese für Außenstehende verwirrende Art und Weise, wie Friseure und ihre Kundinnen es tun: im Spiegel statt über direkte Blicke. Ich folgte dem Gespräch und wusste nie, ob ich die beiden oder den Spiegel ansehen sollte.

»Ja, ich weiß, Schätzchen. Das ist sicher ein kleiner Schock.«

»Aber, ich meine ... Bisher hat niemand etwas davon erwähnt, dass ich mir die Haare färben lassen soll.«

»Du weißt ja, wie Regisseure sind. Mit solchen Sachen kommen sie immer auf den letzten Drücker.«

Im Spiegel sah ich, wie Holly ihn mit aufgerissenen Augen anstarrte.

»Ja, aber es geht um *meine Haare*.«

»Ist das ein Problem für dich? Willst du deinen Agenten anrufen? Soll Sarah deinen Agenten anrufen?«

Holly sah kurz zu mir herüber und schüttelte den Kopf. Im Stillen war ich erleichtert. Bei derartigen Meinungsverschiedenheiten war ein Gespräch mit Agenten grundsätzlich kein Vergnügen.

Sie seufzte kaum merklich und wirkte einen Moment lang sehr nachdenklich. Dann drehte sie sich direkt zu Clive um und sagte: »Weißt du was? Ist in Ordnung. Ich bin ein großes Mädchen, das geht schon klar.«

Drei Stunden später drehte Clive Hollys Stuhl langsam herum und präsentierte Xander, Hugo, Sylvia und mir die Früchte seiner Arbeit.

»Naaa ... was meint ihr?«

Sie war immer noch dieselbe Holly (Clive hatte sie für die Präsentation noch einmal geschminkt), aber jetzt rahmten dynamisch wirkende Locken ihr Gesicht, deren lebhaftes Rot ihre Augen blauer und intensiver strahlen ließen. Der Schwung ihrer hohen Wangenknochen wirkte eleganter und selbstbewusster.

»Wow«, schwärmte Hugo. »Einfach umwerfend. Den Anblick werde ich so schnell nicht vergessen.«

Er trat auf Holly zu, inspizierte sie gründlich und klatschte bewundernd Beifall.

Xander nickte und sagte zu Clive: »Jetzt hast du es. Tolle Arbeit.« Clive knickste vor ihm.

Sylvia war die Einzige, die Holly direkt ansprach: »Wie fühlst du dich als Rothaarige? Du siehst absolut fantastisch aus.«

Holly blinzelte in den Spiegel, als hätte sie Mühe, sich wiederzuerkennen. »Ja, ich glaube, es gefällt mir. Bleiben wir dabei.«

Der Rest ist Filmgeschichte. Holly Randolph verwandelte sich in die Rothaarige, die sie bis heute geblieben ist. Ohne ihre rötlichen Locken wäre sie vielleicht ein hoffnungsvolles blondes Starlet geblieben, wie es sie in Hollywood und New York zu Tausenden gibt. Aber die roten Haare wurden ihr Markenzeichen. Sie stehen für Holly Randolph, jedenfalls für die Holly, die ihre Fans lieben.

Heute – zehn Jahre, vierzehn Filme und zwei TV-Serien danach – könnte sie ihre Haarfarbe wahrscheinlich nicht ändern, selbst wenn sie es wollte. Ich vermute, sie wird die roten Haare für den Rest ihres Lebens nicht los.

Interview-Abschrift (Ausschnitt):
Christy Pecharski, Café Julienne,
Dienstag, 31. Okt., 11.41 Uhr

Thom Gallagher Christy, vielleicht können Sie mir weiterhelfen. Ich möchte Sie nach einem Filmproduzenten fragen, dem Sie möglicherweise im Jahr 2006 bei einer Party in New York begegnet sind.

Christy Pecharski Meine Güte, das ist schon ziemlich speziell. Auf Partys bin ich einer Menge Leute begegnet. Wer soll der Kerl sein?

TG Ein britischer Filmproduzent namens Hugo North, der ein oder zwei Partys gegeben haben könnte, bei denen Sie anwesend waren. Und zwar im Spark Club in SoHo, der inzwischen nicht mehr existiert.

CP [*Pause*] Haben Sie ein Bild von dem Typen?

[*Blättern*]

Oohh ... Der. Ja, an den erinnere ich mich. Nicht so leicht, ihn zu vergessen.

TG Tatsächlich? Warum?

CP Na ja, zum Beispiel, weil ich mit ihm im Bett gelandet bin.

TG Sie hatten ... Sie haben mit ihm geschlafen?

CP Ja, aber nur einmal, soweit ich mich erinnere.

TG War es ... Würden Sie es einvernehmlich nennen?

CP Ja. [*lacht*] Ich meine, er musste mir nicht drohen oder irgendwas, falls Sie das meinen.

TG Dann haben Sie also freiwillig mit ihm geschlafen?

CP Klar. Schauen Sie, damals war ich praktisch jeden Abend auf irgendeiner Party. Ein paarmal auch bei ihm, da gab es reichlich Koks, also ... Ja, ich war high. Nach solchen Partys hab ich mit Männern geschlafen – wahrscheinlich zu oft. Aber meistens hat es mir Spaß gemacht. [*Pause*] Heute mache ich das nicht mehr.

TG Und wenn Sie nicht high gewesen wären?

CP Ob ich dann trotzdem mit ihm geschlafen hätte? Schwer zu sagen ... Wahrscheinlich? Auf seine Art war er irgendwie scharf. Ich meine, er war älter. Aber er kam mir kultiviert vor und schien immer das Sagen zu haben mit seinem britischen Akzent. Außerdem hatte er eine Menge Geld. [*Pause*] Wenn man jung ist, gibt einem das einen Kick – schafft man es, sich den reichsten Kerl im Raum zu angeln? Man fühlt sich für einen Moment mächtig, aber ... Ich meine, das hält nicht lange vor. Irgendwie vergessen einen diese Typen ganz schnell. [*Pause*] Dieser ... Wie hieß er noch?

TG Hugo. Hugo North.

CP Dieser Hugo North gab jede Menge Partys, auf denen reichlich Champagner floss. Ich war damals Model und wollte Schauspielerin werden. Da kam dieser einflussreiche Filmproduzent und sagte, er könnte mir eine Rolle besorgen. [*Pause*] Ich meine, das ist jetzt ein bisschen peinlich. Aber bei seinen Partys wurden immer Flaschen gedreht, dabei gehörte es zum Spiel, dass Koks vom nackten Körper eines Mädchens geschnupft wurde. Und, na ja ... Einmal war ich dieses Mädchen.

TG Wie ist es dazu gekommen?

CP Ich hab mich freiwillig gemeldet. Ich weiß nicht, was über mich gekommen ist. Damals war ich stolz auf meinen Körper und mein Aussehen. Es gefiel mir, wenn die Typen mich attraktiv fanden. Wahrscheinlich war ich irgendwie scharf auf die Aufmerksamkeit.

TG Hat er Ihnen eine Rolle versprochen, für den Fall, dass Sie mit ihm schlafen?

CP Ich kann mich nicht genau erinnern ... Aber doch, solche Sachen hat er gesagt. Wahrscheinlich vor allem, um mich ins Bett zu kriegen.

TG Und hat er es nachher gemacht? Ihnen eine Rolle besorgt?

CP [*lacht*] Nein. Ich meine, damals war ich jung und dämlich.

Aber es hat mich nicht wirklich gestört. Der Sex hat Spaß gemacht, soweit ich mich erinnere. Er war ein bisschen anspruchsvoll, aber solange ich gemacht hab, was er wollte, war es in Ordnung.

[*Pause*]

TG Wie alt waren Sie damals?

CP Das war, bevor ich Marcus kennengelernt hab, also wahrscheinlich ... neunzehn? Vielleicht zwanzig.

TG Fühlten Sie sich genötigt, mit ihm zu schlafen?

CP Eigentlich nicht. Im Rückblick vielleicht ein bisschen ausgetrickst? Aber am Ende ist alles gut geworden. Ich meine, Filmrollen hab ich keine bekommen, aber er hat mich einem besseren Model-Agenten vorgestellt – dadurch hab ich gute Aufträge ergattert. Ein paar Titelseiten, eine Menge Jobs auf dem Laufsteg.

TG Wissen Sie noch, wie das konkret abgelaufen ist?

CP Ich versuche, mich zu erinnern ... Am nächsten Morgen hat er gesagt: ›Ruf meinen Freund Steve bei Apex an und sag ihm, Hugo North hat dich empfohlen.‹ Das hab ich gemacht und ... Ich fand es ein bisschen dreist, da anzurufen, auch ein bisschen peinlich. Aber ich dachte, ich hab nichts zu verlieren. So hat es sich am Ende irgendwie gelohnt. Jedenfalls war es kein Übergriff oder so was, nein. Jedenfalls nicht damals.

[*Pause*]

TG Wollen Sie damit andeuten, dass Hugo North bei anderen Gelegenheiten ...

CP Nein, er nicht. Wie gesagt, mit Hugo gab es nur ein einziges Mal. Aber ... Himmel, ich könnte Ihnen andere Geschichten erzählen. Ich weiß nur nicht, ob Sie die jetzt hören wollen.

25

Holly stand neben mir, ihre frisch gefärbten roten Haare leuchteten im Licht der Straßenlaterne. Wir standen auf dem Bürgersteig vor einer Bar in West Hollywood. Es war 22 Uhr an einem Freitagabend, mein achtundzwanzigster Geburtstag übrigens. Clive hatte uns versprochen, seinen Einfluss spielen zu lassen und uns in die legendäre Drag-Night reinzubringen.

»Mateo, wie geht's dir, Schätzchen? Lass uns nicht zu lange warten, wir stehen auf Roberts Liste«, sagte Clive, als wir an der Warteschlange vorbeigegangen waren: Schwule im mittleren Alter, zwitschernde Fag Hags, umwerfend gut aussehende junge Männer und natürlich eine ganze Armee herausgeputzter Drag Queens, die sich die angesagtesten neuen Drag-Acts nicht entgehen lassen wollten.

Mateo, der Türsteher, hatte riesige, wie gemeißelt wirkende Oberarmmuskeln. Er lächelte, als er Clive erkannte, und winkte uns durch.

Von unserer Produktion waren nicht nur wir drei dort. Wir hatten auch Marisa (unsere Visagistin), Seth (unseren Line Producer) und Leila (unsere Buchhalterin) mitgenommen, die plaudernd zusammengestanden hatten, als wir das Büro verließen.

»Ich kann uns auf die Gästeliste für die Drag Night eines Freundes setzen lassen«, hatte Clive geprahlt. »*Menagerie at Dorothy's*. Eine echte Institution in L. A.«

So hatten wir uns zu sechst in eine Bar in Culver City gehockt, wo wir gerade noch die Happy Hour mitnehmen konnten, anschließend an einem Essensstand koreanische Tacos verdrückt und fanden uns jetzt in West Hollywood wieder, um uns einen Drag-Queen-Wettbewerb anzusehen. Mein Bauch war voll mit Short Rib Tacos und Rum mit Cola. Ich war satt, angetrunken und sehr froh, aus dem Büro heraus zu sein, um mit den Kolleginnen und Kollegen meinen Geburtstag feiern zu können. Die Kameradschaft, die sich bei der Arbeit an einem Film meist schnell entwickelt, hat für mich immer etwas Einzigartiges gehabt. Jetzt, weit weg von meiner Heimatstadt, galt das umso mehr.

Ich kannte Clive, Marisa, Seth und die anderen erst seit wenigen Wochen, trotzdem waren sie freundlicher und offener als Sylvia und Xander in meinem ersten Jahr bei Firefly. Zynisch betrachtet liegt es vielleicht daran, dass Freundschaften am Set immer zeitlich begrenzt sind, was allen Beteiligten klar ist. Manchmal wird jemand nach wenigen Wochen Zusammenarbeit so zur engen Vertrauten. Aber sobald die Dreharbeiten abgeschlossen und die letzten Ablaufpläne entsorgt sind, verstreut man sich in alle Winde und weiß, dass die Freundschaft ihren Zweck erfüllt hat.

Für den Moment aber genoss ich die auf Anhieb entstandene Zuneigung, die freie Ausgelassenheit unserer abendlichen Unternehmungen. In L. A. war mir bisher alles viel spontaner vorgekommen als in New York, wo die Leute – zumindest in meinem Bekanntenkreis – ihre Wochenenden weit im Voraus planten.

Ein Abend mit koreanischen Tacos und einer Drag-Show in West Hollywood war jedenfalls ganz typisch für meine Zeit in L. A.

Holly und ich hielten uns aneinander fest wie zwei Seeleute, die mit großen Augen den fantastischen neuen Strand bestaunten, an den sie gespült worden waren. Als wir den spärlich beleuchteten Club durch einen Perlenvorhang betraten, pulsierten die Rhythmen der Remixes alter Discoklassiker durch meinen Körper. Ich wusste, dass es Drag-Clubs wie diesen auch in New York gab, aber ich hatte nie einen besucht. Mein Leben dort hatte sich in engen Grenzen bewegt: meine Familie, das Restaurant, später die Ivy-League-Freundschaften und Leute, die ich über die Arbeit kennenlernte. Genau genommen hatte es mir erst Hugo ermöglicht, über den Tellerrand zu schauen und das ausschweifende Leben in den privaten Manhattaner Clubs zu entdecken.

»Darf ich euch eine Runde ausgeben?«, fragte ich, als wir uns zur Bar vordrängten, die von Neonlicht in heißem Pink und dem Mosaikmuster einer Discokugel beleuchtet wurde. Als Associate Producer fühlte ich mich irgendwie verpflichtet, den anderen etwas zu spendieren. Ich glaube, das wurde von Produzenten erwartet, wenn sie mit Mitgliedern der Filmcrew unterwegs waren.

»Nein, nein.« Clive drängte mich an der Bar entlang zur anderen Seite des Raums. »Wir sitzen im VIP-Bereich. Da wird am Tisch bedient. *Außerdem* hast du Geburtstag, verdammt, und ich wohne hier mehr oder weniger. Auf keinen Fall bestellst du die erste Runde.«

Im nächsten Moment beugte Clive sich zum dunkelhäutigen, muskulösen Barkeeper hinüber, dessen Bart mit der Präzision eines Lasers gestutzt schien. »Tarek, du Hengst, gib mir einen Kuss.« Sie küssten sich herzhaft.

»*Tolle* Haare«, rief Tarek Holly zu. »Was für eine Farbe!«

»Hat sie mir zu verdanken«, prahlte Clive. »Dieses wunderbare Mädel spielt die Hauptrolle in unserem Film, aber die Haare gehen auf mein Konto. Ist sie nicht zum Anbeißen?«

Tarek überschüttete Holly und Clive noch eine Weile mit Aufmerksamkeit, dann drängten wir uns weiter in den VIP-Bereich. Dort, an einem kleinen runden Tisch, hatten wir deutlich mehr Luft zum Atmen. Wir bestellten zwei Krüge Sangria und warteten.

»Erzähl mir von Xander«, sagte Seth. »Wie ist die Arbeit mit ihm?«

Argh! Immer dieselbe Frage. Als wäre Xander ein Kinogott wie Orson Welles. Dabei drehte er gerade seinen zweiten Film.

Ich gab die üblichen Floskeln von mir (»tolles Auge, weiß genau, was er will«) und stellte Seth eine Gegenfrage. »Sag mal, du bist doch seit Jahren im Geschäft: Was ist das Geheimnis eines guten Drehs?«

»Komischerweise kann man das eigentlich nicht so richtig sagen.« Seth beugte sich über den Tisch, damit ich ihn trotz des Lärms verstand. »Manche Produktionen laufen total glatt – im Zeitplan, im Budget, keine Ego-Probleme, alles wie ein Schweizer Uhrwerk. Trotzdem sind sie irgendwie … langweilig. Alle kommen prima miteinander klar, aber du hast nicht das Gefühl, dich mit irgendwem wirklich anfreunden zu wollen.«

»Manchmal sind die Dreharbeiten aber auch eine absolute Katastrophe«, fügte Clive hinzu und winkte unseren Kellner heran. »Total chaotisch, nie läuft etwas nach Plan, alle brüllen sich an. Aber trotzdem findest du Freunde fürs Leben.«

»Bei so einem Dreh haben *wir* uns kennengelernt, stimmt's?« Marisa sah ihn an und zog eine Augenbraue hoch.

»O Gott, ja.« Clive nahm einen randvollen Krug und schenkte uns Sangria ein. »Hört euch das an. Nach zwei Wochen Dreharbeiten musste ich mir auf die allerletzte Minute eine neue Visagistin suchen. Einer der Stars, ich will keinen Namen nennen, ließ die Vorgängerin feuern, weil sie mit Lidschatten rumgesaut hatte … blöde Kuh. Irgendwer erzählte mir von Marisa. Ich rief sie abends um zehn total verzweifelt an und fragte, ob sie am nächsten Morgen um vier am Set sein könne. Unglaublich, wie sie ist, hat sie Ja gesagt.«

»Wie hätte ich auch Nein sagen können? Jeder weiß, wer Clive ist«, stellte Marisa fest.

»Da hat sie recht. Jeder kennt mich«, sagte Clive mit affektiertem Lächeln. Ich war beeindruckt. Offenbar hatte der Kerl sich ein großartiges Netzwerk aufgebaut. »Seitdem arbeiten Marisa und ich immer zusammen.«

»Ah, verstehe, ihr habt euch in Hollywood gefunden«, platzte Holly heraus. Sie hatte eine Weile nichts gesagt, jetzt drehten wir alle uns zu ihr um. Ihre blauen Augen strahlten. »Ich weiß, dass es für uns Schauspielerinnen anders ist, weil wir nicht die ganze Zeit am Set sind. Manchmal werde ich richtig eifersüchtig, wenn ich sehe, wie eng die Leute aus dem Team miteinander verbunden sind. Wenn ich eine kleine Rolle habe, stoße ich für ... sagen wir, für eine Woche dazu. Oder nur für einen oder zwei Tage. Alle anderen kennen sich, aber ich gehöre nur für einen Sekundenbruchteil dazu.«

»Ja, aber diesmal ist es anders«, sagte ich. »Schließlich hast du die Hauptrolle. Ich glaube, du bist praktisch an jedem einzelnen Drehtag dabei.«

Alle lachten.

»Aber es stimmt, für uns heißt es immer: alles oder nichts. Ihr habt mit jeder Produktion für längere Zeit Arbeit. Ein paar Monate am Stück. Ich bekomme einen Tag hier, eine Woche dort, und dann monatelang nichts. Vielleicht sogar jahrelang.«

»Ich glaube, darüber musst du dir von jetzt an keine Sorgen mehr machen«, versicherte ihr Clive. »Das ist eine großartige Rolle, alle werden es mitkriegen.«

»Gott, das hoffe ich«, sagte Holly. »Nochmal danke, dass ihr mich genommen habt.« Sie sah mich an, ich zuckte die Schultern.

»Holly, du bist die perfekte Besetzung. Es gab nicht mal eine halbwegs ernsthafte Konkurrentin.« Ich lächelte sie aufrichtig an und hob mein Glas Sangria. »Auf die Dreharbeiten und dass wir alle gute Freunde werden. Damit es *keine* absolute Katastrophe wird.«

»Und darauf, dass Holly sich nie wieder Sorgen machen muss, ob sie Arbeit findet«, fügte Clive hinzu.

Wir leerten unsere Gläser und schenkten schnell nach. Die Musik wurde lauter, die Show würde gleich losgehen.

»Und du, Sarah?«, fragte Seth. »Ich meine, es muss komisch sein, wenn jemand davon spricht, hier oder da für einen oder zwei Tage zu arbeiten. Du bist Produzentin und sicher seit *Jahren* mit dem Projekt beschäftigt, oder?«

»Drei Jahre, um genau zu sein«, sagte ich und angelte eine Orangenscheibe aus meinem Glas.

»Meine Güte, drei Jahre?!« Marisa wirkte schockiert.

»So lange dauert es, bis man das Drehbuch immer wieder überarbeitet, die Finanzierung auf die Beine gestellt und Sales Agents für das Projekt interessiert hat ...« Ich hielt inne. Ich war ziemlich sicher, dass sie nicht hören wollten, wie mühsam es gewesen war, mehr als sechzig Prozent des Budgets aufzutreiben. Für das Team war so etwas wahrscheinlich ziemlich langweilig.

Trotzdem hätte niemand von ihnen diesen speziellen Job überhaupt bekommen, wenn wir die Finanzierung nicht geschafft hätten. Wahrscheinlich wussten das im Stillen alle und respektierten meine Rolle. Vielleicht waren sie deswegen so nett zu mir.

»Scheiße, diese Geduld würde ich nie aufbringen«, brummte Clive. »In drei Jahren arbeite ich wahrscheinlich bei ... vierzig Produktionen mit. Mindestens.«

»Verrückt.« Marisa schüttelte den Kopf. »Die unterschiedlichen Zeitmaßstäbe, nach denen wir alle arbeiten. Obwohl wir alle beim Film sind.«

Genau das gefiel mir zu jener Zeit in L. A. In einer Stadt voller Leute zu wohnen, die mit den Realitäten der Branche vertraut waren, die fürs Kino und fürs Fernsehen lebten und atmeten. Die mühelos über das Noir-Kino der Nachkriegszeit reden und sich im nächsten Moment über die Thriller der 1970er, über *Twin Peaks* oder die Disney-Renaissance der 1990er auslassen konnten. Niemand hier würde spöttisch behaupten, Filme wären nur ein Hobby oder ein Zeitvertreib, bevor man sich auf einen richtigen Beruf konzentrierte. Hier war das Filmbusiness eine anerkannte Industrie, die Tausende von Menschen ernährte und von allen ernst genommen wurde. Aber davon abgesehen wussten auch alle, wie man sich amüsierte.

»Reden wir nicht mehr übers Berufliche.« Clive nahm Marisas halbvolles Glas und stellte es auf den Tisch. »Die Show fängt jeden Moment an. Ihr wollt die erste Nummer sicher nicht im Sitzen sehen.«

Er scheuchte uns auf und drängte uns in Richtung Bühne. Ich trank mein Glas leer und checkte schnell meinen BlackBerry. Nichts von Sylvia, Xander oder Hugo, zum Glück. Dafür eine Nachricht von meiner Schwester.

Genießt du deinen Geburtstag? Hoffentlich! Der Arzt hat heute noch einen Ultraschall gemacht. Aber es ist alles in Ordnung. Das Baby tritt ständig!

Ich blieb einen Moment stehen und war unsicher, was ich schreiben sollte. Dann steckte ich meinen BlackBerry ein, ohne ihr zu antworten. Das würde ich später tun. Die Musik hatte begonnen, das Publikum johlte. Holly sah zu mir herüber und schien sich zu fragen, wann ich kommen würde.

26

Die Pre-Production lief mit Volldampf weiter, wir näherten uns unaufhaltsam dem Beginn der eigentlichen Produktion, den Dreharbeiten. Vermutlich kennt Thom Gallagher sich mit den Abläufen im Showbusiness einigermaßen aus, wo er so viele Quellen interviewt hat. Aber ich bin nun mal Dozentin, also lassen Sie mich ein wenig ausholen.

Von den drei Phasen des Filmemachens ist die Produktion diejenige, von der alle schon gehört haben, weil man sie häufig in Filmen zu sehen bekommt. Die Kameras laufen, Schauspielerinnen und Schauspieler werden aus ihren Wohnwagen zum Set gebracht, der Regisseur gibt von seinem Stuhl aus Kommandos, im Hintergrund organisiert und wuselt das Produktionsteam, um jedes kleinere oder größere Problem sofort beheben zu können.

Die Produktion ist ein einziger logistischer Albtraum. Denn Dreharbeiten sind teuer, Geld darf – oder sollte – niemals verschwendet werden. Alle, die am Set oder im Hintergrund arbeiten, müssen bezahlt werden. Sobald sie länger arbeiten müssen, wird es entsprechend teurer. Ein Studio zu mieten kostet Geld. Das Studio so einzurichten, dass es wie ein Wohnzimmer oder ein Boxring oder eine außerirdische Landschaft aussieht, kostet Geld. Die Kameraausrüstung, die Scheinwerfer und all das zu mieten, was für die Aufnahmen gebraucht wird, kostet Geld. Frisuren und Make-up kosten Geld. Kostüme kosten Geld. Statisten für Massenszenen kosten Geld. Besetzung und Crew zum Set und zurück zu transportieren kostet Geld. All diese Menschen zu verpflegen kostet Geld. Funkgeräte und Handys kosten Geld. Die täglichen Ablaufpläne auszudrucken und an Crew und Besetzung zu verteilen, damit sie wissen, was am nächsten Tag zu tun ist, kostet Geld.

Jede Kleinigkeit, die für einen Film gebraucht wird, kostet Geld, und zwar eine Menge.

Unter diesem Aspekt hätte ich keine realitätsnähere Ausbildung erhalten können als durch die Arbeit in der Filmindustrie.

Bevor die Dreharbeiten losgehen, steht die abschließende Leseprobe des Drehbuchs an. Das ist immer ein großer Moment: Zum ersten Mal sind sämtliche Sprechrollen versammelt, zum ersten Mal hört man die Schauspielerinnen und Schauspieler den Dialog sprechen. In diesem Moment begreift man, dass der Film, den man Hunderte Male im Geiste vor sich gesehen hat, tatsächlich Realität wird.

In unserem Fall fand die Leseprobe an einem Montagnachmittag statt, in der letzten Woche der Pre-Production. Xander, Sylvia, Hugo, Seth, unsere Pressefrau Jenna, die Schauspieler und ich saßen an einem langen Tisch im Studiokomplex. Val war telefonisch aus New York zugeschaltet und hörte zu. Ein Stapel mit zwanzig frisch ausgedruckten Drehbüchern wartete am anderen Ende des Tischs.

Die Luft knisterte spürbar.

Holly muss nervös gewesen sein, trotzdem strahlte sie eine bemerkenswerte Ruhe und Konzentriertheit aus. Andere waren schon früher eingetroffen, Amanda zum Beispiel, die Achtjährige, die Katies Tochter spielen würde, mit ihrer Mutter. Wir warteten noch auf Ron Griffin und Jason Pulaski, die Val als Vater und als grauhaarigen Detective gecastet hatte.

Ron und Jason hatten nicht so umfangreiche Pre-Production-Verpflichtungen wie Holly. Zum einen ließen ältere, etablierte Schauspieler wie sie sich nicht so flexibel einplanen wie Holly. Außerdem blieb ihnen als Männern mittleren Alters das endlose Theater über ihr Äußeres erspart, während Hollys Frisur, ihr Make-up, die Garderobe, selbst ihre Unterwäsche und deren Einfluss auf ihre Silhouette Dauerthemen waren.

Woran man wieder mal sieht, wie sehr das Kino dem wahren Leben ähnelt.

Ron und Jason hatten bei einem Gangsterfilm vor fünf Jahren schon einmal zusammengearbeitet. Als Jason den Raum betrat, umarmten sie sich brüderlich.

»Wie geht's dir, Mann?«, fragte Ron. Sie schüttelten die Hände und klopften sich, typisch Mann, gegenseitig auf den Rücken.

»Gut, gut! Toll, wieder mit dir zu arbeiten.«

»Ja. Ernsthaft, als mein Agent mir erzählt hat, dass du dabei bist, hab ich gesagt: ›Unterschreib auf der Stelle, Mann!‹«

»Jason, Ron, das ist unsere Hauptdarstellerin Holly Randolph, die Katie spielen wird«, erklärte Hugo und deutete auf Holly.

»Oh, hallo, Kleine«, sagte Ron. »Glückwunsch, das ist eine Superrolle. Ich freue mich schon, deinen Dad zu spielen. Du siehst toll aus.«

»Ja.« Jason deutete mit dem Finger auf sie. »Du siehst genauso aus, wie ich mir Katie vorgestellt hab. Meine Freundin hat auch rote Haare. Ich liebe Rothaarige.«

Holly lächelte. »Danke. Schön, dass ich zum Club gehöre.«

»Ein echter Rotschopf, stimmt's?« Jason stieß Hugo mit dem Ellbogen an, Hugo klopfte ihm auf den Rücken.

»Genau mein Typ«, gab Hugo kichernd zurück. »Obwohl *meine* Frau blond ist.«

In diesem Moment stand Sylvia auf und klatschte zweimal laut in die Hände, als wollte sie eine lärmende Schulklasse zur Ordnung rufen.

»Also dann. Es ist wirklich toll, euch alle in einem Raum zu haben. Xander und ich – und Hugo – haben hart gearbeitet, um diese Produktion auf die Beine zu stellen. Es ist toll, dass es so schnell funktioniert hat.«

Hugo räusperte sich. »Ich platze vor Stolz, dass ich mit Xander arbeiten und dabei helfen darf, seine Regiearbeit auf ein neues Level zu bringen. Der Kerl ist schockierend talentiert. Ihr werdet die Arbeit mit ihm absolut genießen.«

Sylvia nickte und fuhr fort: »Wenn wir hier fertig sind, werden wir ein paar Drinks nehmen. Ich hoffe, ihr könnt alle bleiben und euch ein bisschen besser kennenlernen. Jetzt möchte ich, falls ihr ihm nicht sowieso schon begegnet seid, Xander vorstellen.«

Unter enthusiastischem Klatschen stand Xander auf. Er hatte seine Sonnenbrille auf die Baseballkappe geschoben (die er neuerdings mit dem Schirm nach hinten trug, als wolle er die frühen Neunziger wiederbeleben). Am Tag zuvor hatte Xander mir nuschelnd ein paar Ideen präsentiert und mich gebeten, ihm daraus eine kurze Rede zu fabrizieren.

»Schön«, hatte ich gebrummt, obwohl ich in den beiden nächsten Stunden noch zehn E-Mails und fünf Anrufe vor mir hatte. Ich tat mich mit dem Schreiben von allen am leichtesten und würde nur ein paar Minuten brauchen, um etwas Ordentliches zu Papier zu bringen.

Jetzt schaltete Xander, der bis dahin schweigend am Tisch gesessen und alle beobachtet hatte, sein Charisma ein. Er sah sich am Tisch um, grinste und sagte genau das, was ich ihm aufgeschrieben hatte.

»Ich habe dieses Drehbuch geschrieben, weil ich eine junge Frau – eine junge Mutter – zeigen wollte, die gleichzeitig beschützerisch, kämpferisch und verletzlich ist. Katie Phillips wird mit einer einzigartigen Situation konfrontiert und muss ganz auf sich gestellt äußerst gewalttätige Feinde besiegen. Sie muss ihr Heim schützen und, so sehe ich es jedenfalls, ihrer kleinen Tochter Mutter und Vater gleichzeitig sein.«

Hier legte er eine Kunstpause ein.

»Aber ich glaube nicht, dass sich das sehr von dem unterscheidet, was das wirkliche Leben vielen Frauen täglich abverlangt. Ich habe diesen Film also auch als Anerkennung für die Leistung all der alleinerziehenden Mütter da draußen geschrieben.«

Wieder klatschten alle.

»Lasst mich eins sagen«, ergriff die Schauspielerin Marian

Waters das Wort. Sie war jenseits der fünfzig und spielte Katies unsympathische, geschiedene Mutter, deren Leben sich nur noch um sie selbst drehte. »Es ist ein wunderbares Drehbuch. Wie schön, so etwas von einem männlichen Regisseur zu hören.«

Wie ging es mir, als ich ihm zuhörte? Ich war stolz, dass ich Xander so wirkungsvolle Sätze in den Mund gelegt hatte, die er selbst nie formuliert hätte. Außerdem war ich diejenige, die das Drehbuch vorwärts und rückwärts kannte, die wusste, wann welche Figur für welche Szene benötigt wurde, wie eine narrative Wendung zur nächsten führte. Also saß ich einfach schweigend da und sonnte mich in der indirekten Anerkennung.

»Tolles Drehbuch, ich kann es kaum abwarten«, rief Jason. Dann fragte er mich mit leiser Stimme: »Hey, kannst du mir ein Glas Mineralwasser besorgen, bevor wir anfangen?«

Es waren die ersten Worte, die er mit mir sprach. Mein Stolz bröckelte. Unsicher öffnete ich den Mund.

Sylvia kam mir zuvor. »Jason, wir haben einen Runner, der jeden Moment das San Pellegrino bringt. Das hier ist übrigens Sarah, sie ist Associate Producer.«

»Oh, Scheiße.« Jason sah mich entgeistert an. »Sorry.«

Aber was hatte ich erwartet? Ich war eine junge Frau, bisher hatte niemand daran gedacht, mich vorzustellen.

Nach etwa einem Drittel des Drehbuchs, als Katie den zweiten Drohanruf von den Schurken bekommt, registrierte ich, wie Sylvias Handy aufleuchtete. Natürlich hatte sie es stumm geschaltet. Sie warf einen Blick aufs Display und runzelte die Stirn.

»Hey, kleine Lady«, schnaufte Barry Wincock. Barry spielte den Bösewicht, den Anführer, der erst im letzten Akt stirbt und von dem sich herausstellt, dass er Katies Mann auf dem Gewissen hat.

Barry und Holly stürzten sich in den angespannten Dialog, jeder Satz von ihm strotzte vor Bedrohlichkeit.

Wieder sah ich Sylvias BlackBerry aufleuchten. Verärgert nahm sie es in die Hand.

Während wir mit der nächsten Szene fortfuhren (die besorgte Katie geht mit ihrer Tochter im Schlepptau zu ihrem Vater), scrollte Sylvia unter dem Tisch heimlich durch ihre Nachrichten. Außer mir bemerkte es niemand. Ihre Miene wirkte besorgt.

»Dad, darf ich dich etwas fragen?«, sagte Holly als Katie. Sie wandte sich Ron zu.

»Klar, mein Sonnenschein, frag, was du willst.«

Ron hatte in den vergangenen zwölf Jahren immer wieder vertrauenswürdige Väter gespielt und seinen leicht heiseren Tonfall längst perfektioniert.

Währenddessen versuchte Sylvia, unter dem Tisch eine Nachricht zu tippen. Ich fragte mich, was so dringend sein konnte, dass sie damit nicht bis zum Ende der Leseprobe warten konnte.

Die anderen lasen weiter. Derart zum Leben erweckt, fügten die einzelnen Sätze sich zu einem stimmigen Ganzen. Wir waren alle völlig in dieses gemeinsame Erzählen der Geschichte vertieft und verschwendeten keinen Gedanken an die Außenwelt. Allerdings merkte ich, dass Xander Sylvia ein- oder zweimal frustriert anschaute, weil sie den Blick nicht vom Handy löste.

Ausgerechnet an einem ganz entscheidenden Punkt – Katie erklärt ihrer Tochter, dass sie jetzt nur noch zu zweit seien und sie die Kleine vor den bösen Männern beschützen werde – stand Sylvia auf.

Holly und die Kinderdarstellerin Amanda bekamen nichts davon mit, weil sie völlig in ihren Rollen aufgingen. Die anderen am Tisch sahen Sylvia fragend an.

»Tut mir leid«, sagte Sylvia lautlos und eilte leise aus dem Zimmer.

Die Leseprobe ging ohne Unterbrechung weiter. Hugo zog die Augenbrauen hoch und wechselte einen Blick mit Xander.

Verwirrt griff ich nach meinem eigenen Telefon, um zu sehen, ob Sylvia mir etwas getextet hatte. Nichts.

»Dir wird nichts passieren«, verkündete Holly. »Auch wenn Daddy nicht mehr bei uns ist: Ich bin da und beschütze dich.«

Die achtjährige Amanda beugte sich leicht vor. »Aber wenn Daddy nicht da ist, wer soll *dich* dann beschützen?«

27

Erst zehn Seiten vor dem Ende des Drehbuchs tauchte Sylvia wieder auf. Als sie sich leise auf ihren Stuhl setzte, wirkte sie ziemlich durcheinander. Ich bemerkte die dunklen Ringe unter ihren Augen, die auch ihr gewohnt kräftig aufgetragenes Make-up nicht verbergen konnte.

Die Leseprobe endete mit Applaus, weiteren Lobesbekundungen und einer kurzen aufmunternden Rede von Hugo. Dann verließen wir plaudernd den Raum, um uns über unsere Drinks herzumachen.

Sylvia nahm meinen Arm und zog mich zu sich.

»Hör mal«, sagte sie mit ernster Miene. »Es ist etwas passiert.«

Mit einem Anflug von Panik fragte ich mich, ob ein Finanzier kurzfristig abgesprungen oder der Kinostart von *A Hard Cold Blue* geplatzt war. Vielleicht hatte auch Hollys Agent im letzten Moment ein zusätzliches Hindernis aufgebaut. »Was ist los?«

»Ähm, es geht um Rachel. Meine Tochter. Sie …« Sylvia schien mit der richtigen Formulierung zu ringen. Mit gesenkter Stimme fuhr sie fort: »Sie kämpft schon eine Weile mit Bulimie. Ich wusste, dass es ein Problem ist, aber mir war nicht klar, wie schlimm es geworden ist.«

Ihre Besorgtheit war unübersehbar, Schuldgefühle und Reue verdüsterten ihre Miene.

Rachel? Ich hatte sie vor einem Monat zuletzt gesehen, da hatte sie mager gewirkt, aber war sie das nicht immer gewesen?

»Ist irgendwas passiert?«, fragte ich erschreckt.

»Sie … ist im Krankenhaus. Sie hatte einen Zusammenbruch, als sie abends mit ihrer Clique unterwegs war. Die Ärzte waren bestürzt über ihren Gewichtsverlust. Sie wiegt gerade noch vierzig Kilo!«

»Wow.« Ich wusste nicht, was ich sonst hätte sagen sollen.

Gleichzeitig konnte ich kaum glauben, dass jemand so wenig wiegen konnte. Hier in Hollywood, wo Kohlenhydrate ein ständiges Thema waren, wog ich stämmige sechsundfünfzig Kilo. Unwillkürlich drehte ich mich zu den Schauspielern um, aber Holly war die einzige junge Frau dort, ich war sicher, dass sie mindestens fünfundvierzig Kilo wog.

»Das tut mir wirklich leid«, sagte ich. Als Kind war Rachel so lieb zu mir gewesen. Auch als Teenagermädchen hatte sie mir gegenüber zumindest eine grundlegende Höflichkeit und Umgänglichkeit gezeigt. Sich aber durch Hungern bewusst in Gefahr zu bringen, um … Verständnislos schüttelte ich den Kopf.

»Ich bin eine *schreckliche* Mutter«, erklärte Sylvia.

»Was? Nein, das bist du nicht.«

»Doch, das bin ich«, fuhr sie fort. »Ich meine, wie konnte ich übersehen, dass meine eigene Tochter krank ist? Und im Herbst stehen Nathans Collegebewerbungen an … Ich kann nicht hierbleiben. Ich muss morgen zurück nach New York.«

Ich war schockiert. Seit dem Beginn der Pre-Production war Sylvia schon zweimal nach New York geflogen. Aber eine Woche vor dem Drehstart zu verschwinden, klang für eine Produzentin extrem, fast schon unverantwortlich.

»Ich kann meine Kinder nicht derart allein lassen. Sie brauchen mich jetzt.«

Die Produktion braucht dich jetzt, dachte ich. Ich konnte mir nicht vorstellen, wie sie drei Zeitzonen vom Drehort entfernt einen Film produzieren wollte.

»Aber du kommst doch zurück, oder?«, fragte ich.

Sylvia antwortete nicht sofort. Sie sah mich nur an. Schließlich sagte sie: »Das hängt davon ab, wie es Rachel geht.«

Ich versuchte, das Gehörte zu verarbeiten.

»Soll das heißen, du kommst vielleicht überhaupt nicht zurück?«

Sie funkelte mich an, weil ich unbewusst die Stimme erhoben

hatte: »Das ist eine Möglichkeit. Aber sag Xander und Hugo nichts davon, mit denen hab ich schon genug Probleme.«

»Ernsthaft?«, fragte ich.

Sylvia führte es nicht weiter aus.

»Außerdem kann ich vieles auch von dort erledigen. Es ist nur … Ich kann mich nicht als Mutter bezeichnen und zusehen, wie meine Tochter so etwas allein durchstehen muss. Wenn du selbst mal Familie hast, wirst du das verstehen.

Ich nickte, rebellierte aber innerlich gegen Sylvias herablassenden Ton.

»Außerdem habe ich dich«, sagte sie mit einem Lächeln. »Ich muss dir einige Verantwortlichkeiten übertragen, Sarah. Du schaffst das sicher mit Bravour.«

Ich fühlte mich von ihren Worten geschmeichelt und leicht erregt. Endlich würde ich in die Rolle einer vollgültigen Produzentin schlüpfen, und das hier, in L. A., an der Spitze einer Fünfzehn-Millionen-Dollar-Produktion.

»Irgendwie hast du dich immer danach gesehnt, oder?«, fragte Sylvia. Beschämt hielt ich den Mund. War mein Ehrgeiz derart offensichtlich?

»Sarah, ich verlasse mich darauf, dass du dafür sorgst, dass die Produktion glattgeht. Wenn Probleme auftauchen, sieh zu, dass du sie in Schach hältst. Und mach Xander und Hugo ein bisschen Druck, du weißt ja, wie sie manchmal sind.«

Ein Bild blitzte in mir auf: Ich schnupfe Kokain von den Brüsten der kichernden Christy, während Hugo und Xander begeistert johlen.

»Keine Sorge, Sylvia. Ich kümmere mich darum.«

Ich versuchte mich an einem beruhigenden Blick. Aber im tiefsten Inneren fürchtete ich, über kurz oder lang kein Land mehr zu sehen. Ich schob den Gedanken beiseite. An der Herausforderung konnte ich wachsen. Gab es im Showbusiness nicht immer plötzliche Chancen wie diese? Die Zweitbesetzung, die überraschend ins Rampenlicht tritt?

»Sylvia, Sarah, ihr habt ja noch keinen Schluck getrunken.« Ich sah auf. Hugo kam mit zwei Champagnergläsern auf uns zu und schüttelte tadelnd den Kopf. »Was sollen die Schauspieler denken? Dass unsere Produzentinnen nicht wissen, wie man sich amüsiert?«

»Ich habe Sarah nur auf den neuesten Stand gebracht«, erklärte Sylvia in kühlem, scheinbar ungerührtem Ton.

»Na komm.« Hugo grinste mich an. »Du weißt, dass es bei uns nicht so läuft. Erst trinken, dann reden.«

Sylvia nutzte die Gelegenheit, um die wichtigsten Mitglieder von Besetzung und Crew einzeln darüber zu informieren, dass sie eines familiären Notfalls wegen nach New York zurückmüsse. Nachdem sie mit mir gesprochen hatte, trat sie zuerst zu Xander, dann zu Hugo, Seth und den wichtigsten Darstellerinnen und Darstellern. Ich sah, wie sie sich bei Holly entschuldigte, die lächelnd den Kopf schüttelte.

Von der anderen Seite des Raums aus war Hollys Körpersprache nicht schwer zu entschlüsseln. Ich versuchte, meine Neugier zu verbergen, indem ich meinen Drink herunterstürzte und mir eine Handvoll Gemüsechips in den Mund schob. (Bei feierlichen Anlässen in Hollywood gab es niemals Kartoffelchips, weil alle ihren Diätplänen folgten.)

»Sarah.« Hugo trat verschwörerisch an mich heran. »Wie hast du dich in L. A. eingelebt?«

Hugo verstand es, bei sozialen Anlässen auf unübertroffene Weise, jeder Person im Raum das Gefühl zu geben, ein paar Minuten lang die ungeteilte Aufmerksamkeit des berühmten Milliardärs zu genießen. Oft gelang es ihm auf diese Weise, ein Stück Vertrauen und Intimität aufzubauen oder alte Bekanntschaften neu zu beleben. Von Sylvias Mitteilung erschüttert, klammerte ich mich an banale Einzelheiten über L. A. Gleichzeitig fragte ich mich, welche Probleme sie mit Xander und Hugo gehabt haben mochte.

»Na ja, es ist schon anders als in New York«, sagte ich. »Ich muss mich noch daran gewöhnen. Aber das Wetter ist toll.«

Was nicht ganz der Wahrheit entsprach. Oftmals kam Los Angeles mir wie eine riesige höllische Betongrube voller Parkplätze, Einkaufszentren und Freeways vor, in der die ohnehin brutale Hitze sich noch verstärkte.

»Ich bin Engländer. Da kann ich nicht anders, als das Wetter in L. A. zu lieben.«

Ich lachte pflichtschuldig.

Hugos grüne Augen fixierten mich. »Mir ist klar, dass Sylvias Neuigkeiten für dich einen Schock darstellen. Auch weil ihr beide so eng zusammenarbeitet. Aber so schlimm diese Sache mit ihrer Tochter ist ... für dich könnte es eine riesige Chance sein, das weißt du doch?«

Ich sah ihn fragend an. »Wie meinst du das?«

Er lächelte und trat noch einen halben Schritt näher. »Erinnerst du dich an unser Gespräch in New York? Ich sehe doch, wie hart du arbeitest, Sarah. Jetzt ist deine Chance gekommen. Jetzt kannst *du* der Produktion deinen Stempel aufdrücken.«

Ich nickte, sagte aber nichts. Es war mir unheimlich, wie genau Hugo meine Gedanken erraten hatte. Außerdem wurde mir bewusst, dass ich mich durch Sylvias ständige, übermächtige Präsenz ein Stück unter Druck gefühlt hatte.

»Ich glaube, wenn Sylvia nicht hier ist, wirst du uns allen zeigen, wozu Sarah Lai in der Lage ist.«

Ich dachte an die Freiheit, die ich gewinnen würde, wenn ich nicht wegen jeder Entscheidung zu Sarah rennen und fürchten müsste, ihren Zorn oder ihre Ablehnung auf mich zu ziehen.

»Außerdem sind wir hier in L. A. Die ganze Branche wartet auf Xanders neuen Film. Das ist die ideale Möglichkeit, dir ein Netzwerk aufzubauen, die Botschafterin für unsere Firma zu sein. *Unsere* Firma, weil *du* diejenige bist, die hier die Produktion durchzieht.«

Ich trank noch einen Schluck Champagner. Bei Hugos Worten malte ich mir aus, wie ich in den Büros der großen Agenturen und Studios ein und aus ging, wie ich mit Journalisten von *Variety* und *Hollywood Reporter* plauderte. Wie ich mich als verantwortliche Produzentin eines heiß erwarteten Films im lebendigen, schlagenden Herzen der Filmwelt bewegte. Hier, wo der Horizont weit und einladend war, nicht eng und verstellt wie in New York.

»Am Freitagabend lade ich ein paar Bekannte aus der Branche zum Essen ein. Agenten, Manager, ein oder zwei leitende Angestellte der Studios. Es findet im Marmont statt, wo ich wohne. Du solltest auch kommen.«

Ich nickte, unruhig, aber fasziniert. »Klar, klingt toll. Danke für die Einladung.«

Hugo grinste. »Braves Mädel. Ich bin froh, dass wir dich hierhaben. Ich sehe doch, dass du das Potenzial hast. Und du bist hungrig auf mehr.«

Ich zuckte die Schultern. »Das Wort ›hungrig‹ würde ich wahrscheinlich nicht benutzen.«

»Doch, es passt genau.« Hugo deutete mit dem Kinn zu Xander hinüber, der lebhaft mit Ron und Jason plauderte. »Siehst du Xander? Der ist hungrig. Genau deswegen dreht er in seinem Alter schon seinen zweiten großen Film.«

Zugegebenermaßen lag er nicht ganz falsch. Abgesehen davon, dass Sylvia die letzten acht Jahre lang für Xander gekämpft hatte.

»Und du?«, fragte Hugo. »Sarah, du hast eine wirklich vielversprechende Karriere vor dir, wenn du deine Karten richtig ausspielst. Die entscheidende Frage dabei ist: Wie hungrig bist *du*?«

Interview-Abschrift (Fortsetzung):
Sylvia Zimmerman, 15.38 Uhr

SZ Ob ich es verantworten konnte, Sarah Lai die Verantwortung für die Produktion zu überlassen? Das ist eine akademische Frage, oder? Ich meine, schließlich lässt es sich nicht mehr ändern.

TG Aber würden Sie im Rückblick sagen, dass es vielleicht den Boden für die späteren Ereignisse bereitet hat?

SZ Wollen Sie von mir wissen, was passiert wäre, wenn ich in L. A. geblieben wäre? Sie können die Verantwortung nicht mir zuschieben, Thom, nur weil ich mich um meine Familie gekümmert habe.

TG Ich wollte nicht …

SZ Hören Sie, manche Menschen setzen sich ein Ziel und manipulieren eine gegebene Situation so, dass sie diesem Ziel näher kommen. Wenn es dann nicht funktioniert, versuchen sie es anders. Fragen Sie einen beliebigen geilen Teenager auf einer Party voll betrunkener Mädchen. Tut mir leid, im gegenwärtigen Klima ist die Metapher sicher geschmacklos … Aber Sie verstehen, worauf ich hinauswill. [*Pause*] Wenn meine Rückkehr nach New York also ungewollt zu einer Situation geführt hat, die von anderen ausgenutzt wurde … bin ich für das Resultat nicht verantwortlich. Ich hätte niemals vorhersehen können, was passiert.

TG Gab es im Rückblick irgendwelche Warnsignale …

SZ Sie fragen mich nach Warnsignalen? Meine eigene Tochter hatte Bulimie, und ich habe nichts gemerkt. Können Sie sich vorstellen, wie es ist, Mutter zu sein? Nein, können Sie nicht, weil Sie ein sechsundzwanzigjähriger Mann sind und Gallagher heißen.

TG Ich wollte mir nicht anmaßen …

SZ Drei Kinder und einen Vollzeitberuf zu haben … Das bedeutet Schuldgefühle von morgens bis abends. Ihre Kinder brauchen Sie. Die Firma braucht Sie. Sie können niemals allen gerecht werden. Also habe ich Sarah diese unglaubliche Chance gegeben, die sie wahrscheinlich verdient hatte und nach der sie gelechzt hat. Sarahs Ehrgeiz war vom ersten Moment an unübersehbar.

TG War das ein Manko?

SZ Nein, ich glaube nicht. Ehrgeiz … bringt uns oft dazu, ein Ziel zu erreichen. Aber niemand hat es gern, wenn dieser Ehrgeiz so deutlich zu sehen ist. Sarahs Hintergrund war von diesem chinesischen Restaurant geprägt, vielleicht war sie kulturell so geprägt, dass sie … manche Rollen nicht ausfüllen konnte. Vielleicht sind wir es aber auch einfach nicht gewöhnt, dass eine junge Frau mit asiatischem Hintergrund die Verantwortung trägt, sodass sie sich schwerer Autorität verschaffen kann. Ganz unabhängig von ihrer Kompetenz.

TG Und Hugo?

SZ [*spöttisch*] Das genaue Gegenteil. Ich meine, jemand mit seinem Reichtum und seinen Ansprüchen lässt sich niemals von seinen Plänen abbringen. Bestenfalls passt er sie ein Stück den Umständen an. Manche Menschen sind einfach gewöhnt, alles zu bekommen, was sie wollen.

TG Dass Sie Sarah die Verantwortung für die Produktion überlassen haben, würden Sie also …

SZ Ich fände es unfair, von einem Fehler zu sprechen. Ich habe aus einer schwierigen Situation das Beste gemacht. Sarah war definitiv in der Lage, die Logistik der Dreharbeiten in den Händen zu halten. Und was das andere angeht? Was soll ich sagen … Macht ist die schlimmste Droge, die es gibt. Weil sie so heimtückisch ist und derart abhängig macht.

28

Am nächsten Morgen flog Sylvia nach New York. Als sie mir vom Gate auf LAX eine Nachricht schickte, fühlte ich mich erleichtert, vielleicht ein bisschen wie ein Teenager, wenn die Eltern übers Wochenende verreisen. Keine Sperrstunde. Jetzt hatte ich alles für mich allein – die Produktion, die Schauspielerinnen und Schauspieler, Holly.

Die letzte Woche der Pre-Production verging wie im Flug. Hollys Garderobe wurde fertiggestellt. Die Sets wurden gebaut. Die Studiofläche war verfügbar. Am Donnerstag hatte ich ein kurzes Meeting mit Seth, dem Line Producer, der die letzten Fragen durchgehen wollte.

»Okay, Hollys Szenen im Auto. Woche vier. Das Modell, das Xander wollte, ist nicht mehr zu bekommen, und das, was ihm am nächsten kommt, kostet zweitausend Dollar mehr. Kannst du für diesen Posten ein bisschen mehr freigeben? Ansonsten würde ich mich nach etwas Billigerem umsehen.«

Bei Xanders erstem Film wären wir für die Möglichkeit, zweitausend Dollar zu sparen, unendlich dankbar gewesen. In meinem Privatleben hätte ich damit die Miete für zwei Monate bestreiten können. Aber im Kontext eines Fünfzehn-Millionen-Films …

»Gibt das Budget es noch her?«, fragte ich.

Seth nickte. »Ja, ich könnte ein paar andere Sachen rumschieben. Wir haben die Reserve für Unvorhergesehenes bisher kaum angetastet.«

»Gut«, sagte ich. »Dann machen wir es so.« Ich war wie elektrisiert, dass ich problemlos und ohne Gewissensbisse eine Zahlung von zweitausend Dollar genehmigen konnte.

»Müssen wir noch jemand anderen fragen?«

Ich dachte kurz nach. Xander und Hugo scherten sich ohnehin nicht ums Budget.

»Nein.« Ich schüttelte den Kopf. »Machen wir es einfach so.« Ich spürte eine ganz neue Entschlossenheit. Auf gute Weise kam ich mir zehn Jahre älter vor.

Während der folgenden Wochen kam es zu mehreren ganz ähnlichen Situationen. Unsere Pressefrau hatte für Holly Interviews mit *Premiere* und *Seventeen* verabredet und wollte wissen, ob sie dafür in der ersten Drehwoche ein bisschen Zeit freihalten konnte.

»Das kriegen wir sicher hin«, erklärte ich. »Ich frage sie und gebe dir Bescheid.«

Ich sprach Holly darauf an, die natürlich kein Problem damit hatte. Dann sagte ich Joe, dem zweiten Regieassistenten, er solle Zeit für die Interviews einplanen.

Es fühlte sich an, als sei plötzlich alles ganz einfach: Ich musste den anderen Leuten nur sagen, was sie zu tun hatten, dann setzten sie es um. Es war die Art Autorität, die auch Hugo ausstrahlte: andere herumzuscheuchen, während er selbst einfach telefonierte, Abendessen veranstaltete und die Figuren auf dem Schachbrett so bewegte, dass er sein Ziel erreichte.

Den Routinekram von anderen erledigen lassen.

Hugos Worte aus dem Frühsommer gingen mir durch den Kopf. So also machten es die da oben.

Am Freitagabend kroch ich durch den üblichen Verkehr auf dem Sunset Boulevard, auf dem Weg zum eleganten Chateau Marmont, dem Bollwerk des alten Hollywood. Ich hatte mich dem Anlass entsprechend gekleidet: eine schmeichelhafte, aber lässige weiße Bluse, Jeans, hochhackige Schuhe. Außerdem hatte ich mehr Make-up (natürlich, nicht grell) aufgelegt als sonst. Ich wollte es für ein entspanntes Abendessen zum Netzwerken nicht übertreiben, aber wir waren in L. A., wo von Frauen, auch denen, die hinter der Kamera arbeiteten, immer noch ein Minimum an Glamour erwartet wurde.

Als ich an den Tisch trat, begrüßte Hugo mich mit den üblichen Küssen auf beide Wangen. Er bemerkte, wie toll ich aussähe, dann stellte er mich Simon vor, einem anderen Briten, dem Akquisechef einer Sales-Agency. Der Abend verlief relativ locker. Wenn man in der Stadt neu und halbwegs wichtig war, konnte man sich einer gewissen Aufmerksamkeit sicher sein, außerdem wollten die Leute – natürlich – wissen, wie es war, mit Xander zusammenzuarbeiten.

»Fantastisch«, log ich. »Ich kenne sonst kaum jemanden mit so einem Sinn fürs Visuelle.«

»Welche Projekte habt ihr sonst noch in der Hinterhand?«, fragte Simon.

»Außer Xanders Film …« Ich beschrieb unsere schrullige Rom-Com über gefälschte Online-Datingprofile, unsere in den Achtzigern spielende Coming-of-Age-Komödie über Videospiele und die übrigen Projekte, die ein paar Rollen boten, von denen ich im Stillen dachte, sie wären perfekt für Holly. »Du solltest Holly Randolph im Auge behalten«, fügte ich noch hinzu. »Sie wird eines Tages richtig groß rauskommen.«

»Eure Projekte klingen jedenfalls großartig«, sagte Simon. »Wir sind immer auf der Suche nach neuen Produktionsfirmen. Hast du nicht Lust, in den nächsten Wochen auf ein Gespräch in unser Büro zu kommen?«

»Doch, klar«, erwiderte ich, überrascht, wie glatt alles lief. Ich gab ihm meine Karte, er versprach, dass seine Assistentin sich in der nächsten Woche melden werde. Mein erstes geschäftliches Meeting in L. A., ganz ohne Sylvia.

Bei jenem Abendessen gingen mir die Visitenkarten aus. Ich war nicht überrascht, als Hugo uns anschließend zum »Nachtisch« in seine Suite einlud. Von den acht Anwesenden kamen sechs mit, mich eingeschlossen. Zugegebenermaßen war ich neugierig. Außerdem hatte ich nichts gegen die entspannende Wirkung mancher Drogen. Das Kokain tauchte schon zu einem relativ frühen

Zeitpunkt auf. Diesmal lief es erwachsen und professionell ab: keine grölende Meute, keine junge Frau, von deren nacktem Körper geschnupft wurde. Die jüngste Frau in der Gruppe war ich.

»Sarah.« Hugo tippte mir auf die nackte Schulter. »Komm und hilf mir, im anderen Zimmer die Lines zu ziehen.«

»Ähm, klar …« Ich folgte ihm ins angrenzende Schlafzimmer, wo er mir seine stabile Platinum-Elite-Amex-Karte reichte und auf einen hohen verzierten Spiegel deutete, der an der Wand lehnte.

Ich hatte so etwas noch nie gemacht, hatte es aber oft genug in Filmen und im wirklichen Leben gesehen. Ich beugte mich über den Spiegel und zog mit einem kleinen Hügel des weißen Pulvers ordentliche Lines. Hugo trat neben mich und sah mir zu, dabei streifte er mich. Inzwischen hatte ich mich an diese kurzen Berührungen gewöhnt, sodass ich mich nicht mehr unbehaglich fühlte. Es war einfach Hugos Art.

»Ich hab gesehen, dass du dich mit allen am Tisch unterhalten konntest, das ist gut. Simon ist ein zuverlässiger Typ. Wir kennen uns schon ewig.« Geschickt rollte er einen Hundert-Dollar-Schein zusammen und schnupfte die erste Line.

»Diese Agenten sind ein aalglatter Haufen. Aber über die wichtigsten von ihnen kommt man an die echten Leinwandstars. Zieh dir genügend Lines Kokain mit ihnen rein, dann sind sie beim Verhandeln ein bisschen freundlicher. Außerdem«, fuhr Hugo fort, »hast du den besonderen Vorzug, dass du eine attraktive junge Frau bist. Du hast etwas Einzigartiges zu bieten.«

»Was? Dass ich Asiatin bin?«, spottete ich.

»Hah! Nein, ich meinte, dass du rausstichst. Du prägst dich den Leuten ein.«

»Dein besonderer Vorzug ist, dass du *Milliardär* bist, Hugo«, erinnerte ich ihn. In nüchternem Zustand hätte ich das wahrscheinlich nicht laut gesagt.

Hugo lachte überrascht auf und klopfte sich auf den breiten

Schenkel. »Himmel, du gefällst mir, Sarah. Immer eine flinke Zunge.« Er drückte meine Schultern. »Wahrscheinlich hast du recht. Aber es ist eine Last. Alle sehen dich als wandelnden Geldschrank.«

Mit hoher Stimme und amerikanischem Akzent sagte er: »*Ooh, Hugo North, bezahl mir meinen teuflisch dämlichen Actionfilm. Ooh, Hugo North, besetz mich in deinem nächsten Film, dann öffne ich dir hier und jetzt meine Vagina.*« Er schnaufte, diesmal nicht wegen des Kokains.

Hugos Grobheit schockierte mich, aber ich hielt den Mund. Zum ersten Mal wurde mir klar, wie lästig es ihm sein musste, dass alle auf sein Geld aus waren.

Ich war mit den Lines fertig und legte seine mattschwarze Kreditkarte auf den Tisch. Mein Blick blieb an der sechzehnstelligen Kartennummer hängen, ich versuchte, mir den Überfluss und Luxus auszumalen, zu dem sie Zugang verschaffen konnte.

»Ja, Sarah, du hast noch etwas anderes im Angebot. Du gehörst nicht zu diesen hirnlosen Bimbos, die für den kleinsten Vorteil die Beine breitmachen.« Er zeigte mit dem Finger auf mich. »Glaub mir, eine *kluge Frau* weiß, wann der richtige Moment dafür gekommen ist.«

Die Bemerkung stand im Raum, ich sagte nichts.

In diesem Moment wurde mir klar, dass ich in dieser Nacht wahrscheinlich mit Hugo schlafen konnte, wenn ich wollte. Von körperlicher Anziehung konnte keine Rede sein. Wenn ich seine sonstige weibliche Gesellschaft betrachtete, entsprach ich auch kaum seinen üblichen Vorlieben. Aber die Vorstellung blitzte in mir auf, eine unausgesprochene Herausforderung. Ich musste nur auf eine seiner Berührungen an der Schulter eingehen, meine Hand auf seinen Ellbogen legen, ihm in die Augen schauen …

In diesem Moment klopfte es an der Tür. Carrie, eine der Agentinnen, steckte den Kopf herein und sagte: »Ich weiß nicht, was ihr beide hier treibt, aber schnupft nicht alles weg!«

Ich trat einen Schritt von Hugo weg, von der erotischen Andeutung beschämt, aber auch fasziniert von seiner Freimütigkeit.

»Ah, die Kavallerie ist da«, sagte Hugo und verdrehte die Augen. »Und so endet Hugos erste Lektion.« Er streckte mir den zusammengerollten Hunderter entgegen. »Los, Sarah. Genieß deinen Anteil, bevor die anderen sich darüber hermachen.«

Ich sah ihn an und griff wortlos nach dem Geldschein.

Am Sonntagnachmittag, einen Tag vor Beginn der Dreharbeiten, klopfte Holly an mein Fenster im Erdgeschoss.

»Hey«, sagte sie. Sie war ungeschminkt und hatte die rotgefärbten Haare nachlässig zu einem Pferdeschwanz gebunden. »Würde es dir was ausmachen, meinen Text mit mir durchzugehen?«

»Nein.« Ich öffnete die Tür.

Zuletzt hatten wir uns an den Wochenenden morgens Textnachrichten geschickt, waren dann eine halbe Stunde im Griffith Park joggen gegangen und hatten in einer Saftbar in West Hollywood Bio-Smoothies geschlürft. In Gegenwart der ungeschminkten Holly fühlte ich mich ruhig. Wenn wir zu zweit waren, den Blicken der anderen entzogen, war Holly ein ganz normales, unkompliziertes menschliches Wesen.

»Ich bin so nervös«, sagte sie, als wir uns auf mein langweilig graues Sofa gesetzt hatten. Ich fragte mich, wie viele Partys hier stattgefunden hatten, wie viel Kokain von der gläsernen Platte des Couchtischs geschnupft worden war. Vielleicht war dieser Gedanke ein deutlicher Hinweis darauf, dass ich zu viel Zeit mit Hugo verbrachte.

Holly quasselte immer noch vor sich hin.

»Ich meine, jahrelang hab ich mir vorgestellt, eine Hauptrolle zu spielen – jede Schauspielerin träumt davon. Trotzdem hab ich solche Angst, es zu vermasseln.«

Ich holte eine Kanne mit kaltem Jasmintee. Es war das Getränk, das mir als Kind durch die feuchten Sommer New Yorks geholfen hatte. Wenn es heiß war, hatte meine Mutter immer daran gedacht, eine Kanne in den Kühlschrank zu stellen.

»Schau dir das an. Ich glaube, ich bekomme schon Ekzeme von dem ganzen Stress.« Holly streckte mir ihre dünnen Unterarme entgegen. Ich sah den rosafarbenen, erhabenen Ausschlag auf der Alabasterhaut ihrer Handgelenke und Hände.

Ich zuckte zusammen. Nicht der passende Look für eine Hauptdarstellerin.

»Mach dir keine Sorgen«, sagte ich. »Clive wird das für die Aufnahmen mit einer richtig satten Grundierung hinkriegen. Wenn das nicht klappt, können wir es immer noch in der Post-Production korrigieren.«

Wobei Letzteres eigentlich keine Option war. Hautprobleme per Computer wegzuretuschieren, würde für jedes Einzelbild Tausende Dollar kosten. Aber das sagte ich nicht.

»Hey, wie geht's deiner Schwester?« Mit großen Schlucken stürzte sie den Tee herunter. Ihr Gesichtsausdruck verriet, dass der Geschmack sie zwar irritierte, dass sie ihn aber mochte. »Hast du nicht gesagt, sie bekommt bald ihr Kind?«

»In einem Monat, wenn alles nach Plan läuft. Ja, das Baby könnte genau während unserer Dreharbeiten kommen.« Ich stellte das leere Glas auf den Tisch und zuckte die Schultern. »Na ja, ich werde wohl bis zu unserer Rückkehr nach New York warten müssen, bevor ich sie und meine Nichte sehe.«

»Wie schade.« Holly hockte sich im Schneidersitz auf den Boden, mit dem Rücken gegen das Sofa, und versuchte, in einer Yogahaltung tief durchzuatmen. »Aber bist du jetzt nicht die Chefin? Oder musst du immer noch jemanden um Erlaubnis bitten, wenn du zurückfliegen willst? Ich bin sicher, dass Hugo nichts dagegen hätte.« Sie senkte die Stimme, imitierte seinen britischen Tonfall und lehnte sich hoheitsvoll zurück. »*Oh, meine liebe, liebe Sarah, es wäre mir ein Vergnügen, dir meine Millio-*

nen Bonusmeilen für einen Business-Class-Flug nach New York zu überlassen. Am besten schicke ich dich in meinem Privatjet … mit einem exklusiven Kokainvorrat. Stell dir nur vor: Fünf Stunden in der Luft, auf Wolke sieben. Exzellenter Stoff.«

Wir mussten beiden lachen.

»Uuund meine Familie wird begeistert sein, wenn ich total high bei meiner Schwester und meiner neugeborenen Nichte auftauche.«

»Die merken das nicht.« Holly zuckte die Achseln. »Je länger ich in dieser Stadt bin, desto klarer wird mir, dass alle high sind. Sie tun nur so, als wären sie nüchtern und bei Verstand.«

Vierzig Minuten später ging ich zum fünfzehnten Mal mit Holly ihren Text durch. Wir schafften es gerade so, dabei halbwegs ernst zu bleiben. Als Letztes nahmen wir uns ihre erste Szene am folgenden Tag vor, in der sie eine Reihe von Fragen in einem einseitigen, angespannten Gespräch am Telefon stellen sollte: Wer ist da? / Haben Sie meinen Mann gekannt? / Ich glaube, Sie rufen hier besser nicht mehr an. Ich lag neben Holly auf dem Boden und berauschte mich daran, aus nächster Nähe zu bewundern, wie sie ihr Talent so lässig und beiläufig demonstrierte.

»Okay, einmal noch«, verkündete ich und imitierte das Klingeln des Telefons. »DRRRING, DRRRING!«

Holly hielt sich einen imaginären Hörer ans Ohr. »Wer ist da?«, fragte sie angespannt und ängstlich.

»Deine Großtante Sheila«, quäkte ich mit schwerem Brooklyn-Akzent. »Kannst du mir mit meinem Einlauf helfen?«

Holly fiel aus der Rolle und lachte. »Stopp!«, rief sie.

Sofort war sie wieder bei der Sache. »Wer ist da?«

»Hier ist Xander Schulz.« Ich imitierte seinen lakonischen Tonfall. »Ich dachte nur, dass wir mit deinen Haaren wahrscheinlich noch etwas ändern müssen – weißt du, wir lassen es rot, aber in einer Art Prollschnitt …«

»Aaaaah, nein!«, jammerte Holly. »AUF KEINEN FALL! DAS SIND *MEINE* HAARE! Ernsthaft, Sarah, ich muss proben …« Wieder wurde ihre Miene ernsthaft. »Wer ist da?«

Nach kurzer Pause antwortete ich mit nasalem kalifornischen Akzent. »Steven Spielberg. Ich möchte dir die Hauptrolle in meinem nächsten Blockbuster anbieten.«

Holly ließ sich erschöpft zurückfallen. »Mein Gott, wäre es doch so.«

»Sorry, sorry, sorry. Ich weiß, du musst proben …«

»Nein, passt schon. Ich bin fertig. Wenn ich es jetzt nicht hinkriege, schaffe ich es nie.« Sie fläzte sich auf den Teppich, streckte die Arme hoch und betrachtete wieder ihren Ausschlag.

»Ehrlich, was würde ich nicht für so einen Anruf geben. Aber so einfach läuft das nicht.«

»Kennst du niemanden, der schon mal mit Spielberg gearbeitet hat?«

»Nein, aber mein Freund Jeff war mal in der engeren Wahl bei einem Casting. Er hat die Rolle nicht bekommen.« Holly dachte einen Moment nach. »Aber genau das ist es ja. Die Sachen, die man hört … In der Schauspielerei ist alles so *unsicher*. Wenn du einmal die Hauptrolle spielst, ist das keine Garantie für irgendwelche Rollen in der Zukunft.« Holly drehte sich auf die Seite und starrte mich an. Ihre blauen Augen wirkten plötzlich verletzlich. »Wie konnte ich mich bloß für diesen Beruf entscheiden, Sarah? Sag es mir.«

»Du hast dich nicht für ihn entschieden, Holly«, sagte ich in affektiertem Ton. »Er hat dich gerufen. Er wollte diiiiich …«

»Hör auf.« Kichernd griff sie zu dem Krug mit Jasmintee und trank ihn leer. »Du erinnerst mich an meinen Schauspiellehrer an der Highschool. Der alte Mr McCormack. ›*Holly, du hast eine Begabung. Du musst ihr gerecht werden.*‹« Sie sprach schroff und im Ton einer Südstaatlerin. »Immer dieser Druck.«

»Na ja … immerhin hattest du jemanden wie ihn. Ich weiß

nicht, vielleicht braucht man genau das: jemanden, der etwas in einem sieht und sagt: ›*Du hast da was, Kleines.*‹« Mit erhobenem Finger versuchte ich mich an einer Humphrey-Bogart-Imitation.

»Ich wette, das hast du als Mädchen oft gehört«, sagte Holly.

»Ich?« Kurz überlegte ich. »Eigentlich nicht. Ich meine, ich hatte gute Schulnoten, die Lehrer mochten mich also. Aber ich glaube, alle erwarteten, dass ich Ärztin oder Steuerberaterin oder so etwas werde. Niemand, wirklich *niemand* hat je gesagt, ich solle ins Filmgeschäft gehen. Das war meine Entscheidung.«

»Dann ich bin froh, dass du sie getroffen hast.« Holly lächelte. »Sonst wärst du jetzt nicht hier in L. A., um meinen Text mit mir durchzugehen.«

Ich sagte nichts und wärmte mich im Stillen an ihrer letzten Bemerkung. Aber ich war auch neidisch auf die Unterstützung, die sie immer genossen hatte, die ständige Bewunderung.

Ich nahm unsere Gläser und trug sie zur unauffällig grauen Spüle in der unauffälligen Küche. Plötzlich kam mir der Gedanke, dass man an all dem unerwiderten Streben und Sich-Abmühen kaputtgehen konnte.

»Hast du nie daran gedacht, selbst Schauspielerin zu werden?«, rief Holly, die das Gespräch fortsetzen wollte.

Ich schnaubte. »Ich? Um Himmels willen, ich würde es hassen, vor der Kamera zu stehen. Außerdem: Wie oft werden asiatisch aussehende Frauen gecastet? Ich käme nur für Rollen als Labortechnikerin, ängstliche Mutter oder Kurtisane in Frage.«

Holly zog mich auf: »Ab und zu werden auch tolle Ninja-Kriegerinnen gesucht.«

»Na, da wäre ich aufgeschmissen. Martial Arts hab ich nie gelernt.«

Ich ging zurück ins Wohnzimmer und setzte mich in den Sessel. Mir fiel ein, dass ich vor Beginn der Dreharbeiten noch E-Mails verschicken musste. Morgen würde es für uns alle früh losgehen.

»So oder so, ich wäre eine schreckliche *Schauspielerin*.« Ich betonte das letzte Wort mit Shakespeare-Flair. »Weil ich nicht gut darin bin, eine andere Person als ich selbst zu sein.«

»Vielleicht«, sagte Holly. »Aber das muss nichts Schlechtes sein. Vor allem in dieser Stadt.«

Später am Abend traf eine mürrische Nachricht von Sylvias BlackBerry ein.

Hey, ich hab seit Freitag nichts von dir gehört. Hatte Updates erwartet. Morgen wird gedreht! Wie läuft alles?

Gereizt tippte ich eine Antwort. Was sollte ich schon sagen? Solange alles gut lief, bestand kein großer Anlass für Updates.

Hier ist alles in Ordnung. Ein paar Änderungen auf den letzten Drücker (mussten ein neues Auto für Woche 4 organisieren, aber im Rahmen des Budgets). Für morgen ist alles bereit, einschließlich Publicity. Wir können kaum erwarten, dass es losgeht.

Sylvia schrieb zurück: *Gut. Ich wusste, dass ich auf dich zählen kann.*

Ich antwortete nicht.

29

Dann, plötzlich, war der erste Drehtag da.

Ablauf- und Lagepläne waren im Voraus verteilt worden, sodass Team und Besetzung genau wussten, wann sie wo zu erscheinen hatten. Außerdem waren auf den Plänen die wichtigsten Kontaktnummern verzeichnet. Ich hatte Xander am Tag zuvor eine Nachricht geschickt und gefragt, wie er sich fühle. Ob ich im letzten Augenblick noch etwas für ihn erledigen könne.

Mir geht's gut. Bin ein bisschen nervös. Aber ich glaube, es läuft schon. Bis morgen.

Sein Eingeständnis von Nervosität rührte mich fast. Selbst unser Reptil konnte Verletzlichkeit zeigen. Aber wer wäre an seiner Stelle nicht nervös gewesen? Es war erst sein zweiter Film, Budget und Aufwand waren meilenweit von unserem zusammengestoppelten ersten Werk entfernt. Ganz Hollywood, die Studios, die Programmmacher von Cannes, Sundance und sämtlichen anderen Festivals, sie alle warteten mit angehaltenem Atem darauf, was Xander diesmal zu bieten hatte. Seit den ersten Entwürfen von *A Hard Cold Blue*, die niemand hatte lesen wollen, war eine Menge passiert.

Wir rocken es, textete ich mit dem für L. A. typischen Elan zurück. *Bis morgen!*

Ich fuhr sehr früh zum Studio, noch bevor die Pendlerflut die Straßen von L. A. verstopfen konnte. Fast alle im Team waren schon bei Sonnenaufgang auf den Beinen. Holly war um fünf abgeholt worden, weil sie drei Stunden mit Frisieren, Make-up und Garderobe beschäftigt war. (Nur so ließ sich nach Xanders Ansicht ein »natürlicher« Look erreichen).

Als verantwortliche Produzentin muss ich mich im Büro um zahllose E-Mails und Anrufe kümmern. Am Set dagegen hatte ich normalerweise keine festgelegte Rolle, während alle anderen ihren vorbestimmten Platz einnahmen. An jenem ersten Tag allerdings musste ich mich um das PR-Team kümmern, das kurz vor Mittag eintraf. Ein Kameramann war eigens abgestellt, damit die PR-Leute sich umsehen und vor laufender Kamera idiotische Fragen stellen konnten: »Heute ist der erste Drehtag. Wie fühlen Sie sich?«

Das ist Hollywood. Natürlich braucht man einen Film zum Film, damit man den zauberhaften Entstehungsprozess dokumentieren kann. Aus dem Material, das am Set aufgenommen wird, werden kleine Pakete für die PR im Fernsehen gebastelt, ein paar Sekunden später erscheinen in einem Beitrag für *Entertainment Tonight* oder *Access Hollywood*. Noch später dient es als Grundlage fürs Bonusmaterial der DVD. Ich fuhr also zum Set, um dafür zu sorgen, dass Xander höflich zu den PR-Leuten war, obwohl er innerlich wahrscheinlich kochte, weil sie ihn von seiner eigentlichen Aufgabe ablenkten.

Als ich das Studio betrat, herrschte die unglaublich langweilige Atmosphäre, wie sie für ein Filmset üblich ist. Auch das gehört zu den Mythen übers Filmemachen: dass es am Set lebhaft und spannend zugeht. Das tut es nicht. Meistens ist es so spannend, als würde man Farbe beim Trocknen zusehen. Es dauert stundenlang, Kamerapositionen einzurichten, für die richtige Beleuchtung zu sorgen, für eine Aufnahme von wenigen Minuten oder gar Sekunden eigens Schienen zu verlegen. Ich staune immer wieder, wie diese Tage und Monate purer Langeweile in der Post-Production wie durch ein Wunder zu einem Stück Film werden, das Millionen Menschen überall auf der Welt verzaubert.

Als ich also ins Studio trat, sah ich eine Gruppe Männer am Set herumstehen: Scheinwerfer, Tonangel, Kamera – alles war auf diesen beleuchteten Fleck hin ausgerichtet, an dem Holly in ihrem vermeintlichen Vorstadthaus stehen würde. Als Kinoschauspielerin zu arbeiten, bedeutet auch, bei jeder einzelnen

Bewegung von Dutzenden Augen beobachtet zu werden. Und in diesem künstlichen, nur für diesen speziellen Zweck konstruierten Ambiente trotz allem »natürlich« zu wirken. Vielleicht gibt es für Frauen keinen anderen Beruf, der mit Natürlichkeit so wenig zu tun hat.

Holly war die einzige Schauspielerin, die wir an diesem Tag filmten. Sämtliche Szenen spielten in ihrem Vorstadthaus. Sie musste ängstlich wirken und die Sätze sprechen, die wir am Tag zuvor geprobt hatten. Als ich näher trat, reichte ein Runner mir einen Becher Kaffee.

»Du bist Sarah, die Produzentin, stimmt's?«, fragte er. »Sojamilch, ein Stück Zucker. So wie du ihn magst.«

»Die bin ich, ja.« Ich strahlte stolz. Der Runner schien ungefähr fünfzehn zu sein, ein pickliger Junge. Kurz machte ich mir Sorgen, ob wir gegen irgendwelche arbeitsrechtlichen Bestimmungen verstießen, wenn wir jemanden in seinem Alter beschäftigten. »Wie heißt du?«, fragte ich.

»Cory«, antwortete er enthusiastisch.

»Danke, Cory.« Ich schenkte ihm ein Lächeln.

Dann aber galt meine ganze Aufmerksamkeit Holly. Ihre roten Haare waren kunstvoll zu einem pseudo-lässigen Bun frisiert. Sie trug einen türkisfarbenen Bademantel und schaute aus einem Pseudo-Fenster.

»Lasst uns die Beleuchtung checken«, sagte Scott, der erste Regieassistent. Sein Job bestand darin, der Crew Anweisungen zuzurufen, während Xander konzentriert auf seinen Videomonitor starrte und Kaffee trank.

Sie waren mitten in den Vorbereitungen für eine Einstellung.

Holly sah mich am Rand des Sets auftauchen und lächelte breit. Ein paar Teammitglieder drehten sich neugierig zu mir um. Ich nickte ihnen zu, wie um zu sagen: »Ja, ich bin hier, ich bin die Produzentin.« Dann wandte ich mich wie alle anderen schnell wieder Holly zu und winkte ihr kurz.

Ich sah mich im Studio um und versuchte, den Gesichtern Namen zuzuordnen. Manche kannte ich schon seit Wochen, andere sah ich heute zum ersten Mal. Stan, unser Chefkameramann, hockte sich hinter die auf den Dolly montierte Kamera und wartete auf die Bestätigung von Scott und Xander, die sich hinter dem Videomonitor besprachen.

Xander trug seine Baseballkappe mit dem Schirm nach hinten und saß auf dem Regiestuhl. Auf der Rückenlehne aus Leinwand stand »Xander«. Natürlich war der Stuhl aus dem Filmbudget finanziert, wie auch die beiden mit »Hugo« und »Sylvia« beschrifteten. Ich setzte mich auf den »Sylvia«-Stuhl und versuchte, es mir bequem zu machen. Schon als Kind waren mir diese Stühle immer erschreckend instabil erschienen. Im Prinzip rechnete ich damit, dass er jeden Moment unter mir zusammenbrechen würde.

Von Hugo war weit und breit nichts zu sehen.

Xander und Scott waren mit ihrer Unterhaltung fertig. Scott hob die Stimme: »Okay. Wir sind drehfertig. Bitte Ruhe!«

Die kurzen Gespräche, mit denen sich die Mitglieder des Teams die Zeit vertrieben hatten – »Hast du mit diesen Leuten schon mal gearbeitet? Was machst du, wenn der Film fertig ist?« –, verstummten. Der ins Scheinwerferlicht getauchte Bereich des »Wohnzimmers«, aus dessen Fenster Holly starrte, war nun von absoluter Stille umgeben.

»Alles auf Anfang!«, rief Scott.

Holly hielt sich das Telefon ans Ohr. Carlos, der Tonassi, hielt das Mikro hoch über ihren Kopf.

»Uuund ... Ton ab!«, sagte Scott.

»Ton läuft!«, bestätigte Carlos.

»Kamera!«, sagte Scott.

»Läuft.« Stan begann zu filmen.

»Klappe«, kommandierte Scott.

Chas, der Materialassistent, hielt die Klappe vor die Kamera.

»Bild 15, 1, die Erste«, sagte er und schlug die Klappe.

Alle hielten den Atem an.

»Uuuund ... Bitte!«

Stan und die auf den Dolly montierte Kamera fuhren langsam auf Holly zu. Die Kamera zoomte an Holly heran, die bereits ihre besorgte Miene aufgesetzt hatte. Sie zog die Brauen leicht zusammen, ihre großen blauen Augen drückten Besorgnis aus, sie berührte die Vorhänge und sah aus dem Fenster.

»Wer ist da?«, fragte sie ins Telefon.

Am Set hörten wir nur ihren Teil des Gesprächs. Die Sätze des Schurken würden später aufgenommen und in der Post-Production mit Hollys Beitrag zusammengefügt. Auf diese Weise wirkte die Szene längst nicht so intensiv wie später im fertigen Film, wo Musik und Sounddesign die Spannung noch zusätzlich verstärken würden.

»Haben Sie meinen Mann gekannt?« Hollys Stimme klang jetzt schärfer.

Die Kamera zoomte auf ihr Gesicht, die Einstellung ging in eine Großaufnahme über.

Sie drehte sich vom Fenster weg Richtung Kamera. »Ich glaube, Sie rufen hier besser nicht mehr an.«

In diesem dritten Satz lag die präzise Entschlossenheit einer Frau, die tapfer und energisch klingen wollte. Unter der Oberfläche aber zitterte sie vor Angst. Das Publikum würde sofort spüren, dass dieser Anruf nur ein Vorbote der Gefahr war, in der Katie Phillips schwebte. (Schließlich ereignete der Anruf sich nach nur dreizehn Minuten des Films.)

»Uuuund ... Cut!«, sagte Scott.

Alle atmeten durch. Carlos nahm die Tonangel herunter, Hollys Miene entspannte sich.

»Das war gut, das war gut«, sagte Scott zu allen. »Wir machen noch eine. Alles auf Anfang!«

Xander meldete sich zu Wort: »Holly, beim nächsten Mal vielleicht mit einer Spur mehr Härte in der Stimme.«

Scheiße, dachte ich, mit der Geduld schon am Ende. Ich war bestürzt, dass eine kreative Kunstform wie der Film sich am Set als derart technischer und langweiliger Prozess entpuppte.

Ich stand auf und nickte Xander im Vorbeigehen zu. Er reagierte nur mit einem leichten Anheben des Kinns. Typisch.

Als ich aus dem Studio ins gleißende Sonnenlicht trat, sah ich als Erstes Hugo, der mit dem PR-Team plaudernd auf mich zukam.

Als er vor mir stand, wurde sein Lächeln noch breiter.

»Sarah, Sarah, wie schön, dich zu sehen«, sagte Hugo. »Hast du unser Publicity-Team schon kennengelernt?«

Natürlich hatte ich das, schließlich hatte ich die Leute eingestellt. Ich verbarg meinen Ärger und strahlte alle an. »Jenna, schön, dich zu sehen.«

»Wir sind so aufgeregt«, erklärte Jenna. Anscheinend ist Aufgeregtheit bei PR-Leuten der Grundzustand. Aber ich begrüßte ihr Team mit angemessenem Enthusiasmus.

»Wie geht's?«, fragte Hugo mit liebenswürdigem Lächeln. »Ein bisschen dreist, dass du die Party am Freitag so früh verlassen hast.«

»Ach?«, fragte ich. Gegen drei Uhr morgens waren die wenigen Verbliebenen aus der Suite im Marmont gestolpert. Ich weiß noch, dass Hugo mich auf einen letzten Drink einladen wollte, aber … Ich war nicht bereit gewesen, mich mitten in der Nacht mit ihm in einem Schlafzimmer aufzuhalten – und ihn die unvermeidlichen Schlüsse daraus ziehen zu lassen.

»Ja, es war schade«, bekräftigte Hugo.

Ich warf ihm einen verschmitzten Blick zu. Dann würde ich eben die Naive spielen. »Ich bin zum ersten Mal in L. A., Hugo. Ich habe noch viel zu lernen.«

»Hey, ich hab eine Idee!«, meldete Jenna sich zu Wort. »Lasst uns ein paar Aufnahmen von euch beiden machen. Ihr könnt einfach ein paar Statements zum ersten Drehtag abgeben.«

»Was?«, fragte ich entsetzt.

»Brillante Idee«, sagte Hugo.

Kurz darauf lief die Kamera, Hugo und ich standen nebeneinander und redeten auf die demonstrativ muntere Art, die vor der Kamera üblich ist.

»Hi, ich bin Sarah«, sagte ich fröhlich und schaute mit aufgesetztem Grinsen direkt in die Kamera.

»Und ich bin Hugo North.«

»Wir produzieren *Furious Her*. Heute ist der erste Drehtag. Wir sind sehr aufgeregt und freuen uns auf die sieben Wochen, die vor uns liegen!«

Hugo legte mir kameradschaftlich den Arm um die Schultern. Ich lächelte.

»Wir haben eine großartige Besetzung und ein tolles Team zusammengestellt«, versicherte er. Sein vornehmer Akzent gab den Worten zusätzliches Gewicht. »Glaubt mir, diesen Film werdet ihr nicht vergessen.«

Interview-Abschrift (Fortsetzung):
Sylvia Zimmerman, 15.51 Uhr

SZ Wissen Sie, was der größte Schwindel ist, den die Männer je abgezogen haben? Ihre angebliche Unfähigkeit zum Multitasking.
TG Interessant.
SZ Sie zum Beispiel, Thom. Wahrscheinlich jonglieren Sie für Ihren Artikel mit einer Menge Hinweise, mit verschiedenen Quellen und Perspektiven. Ich meine, das ist doch Multitasking, oder? Und dann kommt so ein Typ und sagt: ›Oh, ich ein Mann. Ich nicht multitasken kann. Rettet mich.‹ Das ist Blödsinn. Bloß eine Entschuldigung, um sich die Arbeit vom Hals zu halten.
TG Ich bin neugierig. Wie kommen Sie ...
SZ Ich denke nur daran, was bei diesem Film abgelaufen ist. All diese Puzzleteilchen, um die wir uns als Produzentinnen kümmern mussten. Sarah und ich haben wie die Irren geschuftet. Während ich mich nicht erinnern kann, dass Hugo als Executive Producer irgendetwas Produktives beigetragen hat außer Schecks zu unterschreiben und uns mit seinen Kontakten zu helfen. Trotzdem hat er am Ende ... [*Pause*] Sorry, ich bin einfach wütend. [*unterdrücktes Schluchzen*]
TG Lassen Sie sich Zeit.
SZ Egal wo ich hinschaue, es ist überall dasselbe. Wer kümmert sich im Normalfall um die Kinder? Wer sorgt dafür, dass alle glücklich und zufrieden sind? Eine Frau zu sein bedeutet so viel ... emotionale Arbeit. [*Pause*] Manchmal beneide ich die Männer. Sie können sich wie einsilbige Trampel aufführen, aber trotzdem hört ihnen jeder zu. Sie machen keinen Finger krumm, weil sie ›oh, nicht multitasken können‹. Sie müssen sich auf ihre künstlerische Vision konzentrieren, auf ihre finanzielle Vision, auf die Vision, jede junge Frau in Sichtweite zu vögeln. Also darf man sie nicht stören. Ich meine, was zum Teufel soll das?

TG Glauben Sie ernsthaft, dass jeder einzelne Mann so ist?

SZ Nein, natürlich nicht. Ich übertreibe. Vieles davon machen die Männer nicht mal aus bösem Willen, sie kommen halt einfach damit durch. Trotzdem ist es frustrierend. Wenn ich diese Freiheit hätte, wäre mein Leben unvergleichlich viel einfacher. [*Pause*] Tut mir leid, ich komme vom Thema ab.

TG Nein, Sie müssen sich nicht entschuldigen. Dieser ganze Kontext ist wichtig. Glauben Sie, bei den Dreharbeiten zu *Furious Her* haben diese Dinge eine Rolle gespielt?

SZ Absolut. Damals hat niemand von uns innegehalten und den Finger daraufgelegt. Aber es war da. Es war die ganze Zeit da.

30

Was ich fragen wollte ... Meinst du, ich könnte schnell für ein Wochenende nach New York fliegen, wenn meine Schwester ihr Kind bekommt? Wahrscheinlich um die vierte Drehwoche herum.

Ich hatte die Nachricht an Sylvia schon getippt, aber noch nicht abgeschickt. Nächste Woche würde ich schon die Babyparty meiner Schwester verpassen. Um ehrlich zu sein, reizte es mich auch nicht besonders, zwischen glücklich verheirateten Frauen zu sitzen und ihren Gesprächen über Strampelanzüge und Stofftiere zu lauschen. Aber dabei zu sein, wenn Karen Mutter wurde ... Die Geburt sollte Ende September eingeleitet werden, was immer das bedeutete. Ich wusste, wie wichtig ihr dieser Moment war, auch wenn wir in letzter Zeit selten miteinander geredet hatten.

Zögernd betrachtete ich meinen BlackBerry und überlegte, zu welcher Tageszeit ich die Nachricht am besten abschicken sollte. Es war 17 Uhr an einem Mittwoch, in New York also schon 20 Uhr. Ich wollte Sylvia nicht beim Abendessen stören.

In diesem Moment tauchte eine Nachricht von Sylvia auf dem Display auf.

Rachel treibt mich zum Wahnsinn. Leg dir nie eine Teenager-Tochter zu. Ich wünschte, ich wäre bei den Dreharbeiten. Wie läuft's bei euch?

Ich löschte die Nachricht, die ich gerade getippt hatte. Sie konnte noch ein paar Tage warten.

Alles prima.

Ich hielt einen Moment inne. Anfang der Woche hatte Hugo mich runtergemacht. Ein harscher, wütender Kommentar wegen einer Kleinigkeit. Ich hatte nur gefragt, ob er Xander daran erinnern könne, ein paar Publicityfotos freizugeben, wenn sie sich später zum Abendessen träfen.

»Frag Xander doch selbst. Schließlich ist es deine Verantwortung.«

Eine seltsame und leicht verächtliche Bemerkung. Ich schrieb sie seinem Stress zu, schließlich waren wir in der ersten Drehwoche.

Ich beschloss, es Sylvia gegenüber nicht zu erwähnen.

Heute konnten wir pünktlich Schluss machen. Alle waren froh. Bisher läuft es reibungslos.

Von der kleinen Episode mit Hugo abgesehen war es tatsächlich so.

31

»Es war zur damaligen Zeit also ungewöhnlich, dass Hugo Sie runtergemacht hat?«

Ich staune über Thoms Nachfrage. Anscheinend verliert er an diesen Geschichten über zehn Jahre zurückliegende kleine Reibereien am Arbeitsplatz niemals das Interesse. An Abneigungen und Machtkämpfen aus längst vergangenen Zeiten.

»Damals schon.« Ich nicke. »Bis dahin war Hugo immer höflich und charmant gewesen. Ich hatte immer den Eindruck gehabt, dass er mich als Produzentin respektierte. Beim nächsten Vorfall war ich also nicht ganz sicher, wie ich damit umgehen sollte.«

»Was ist denn passiert?«

Ich erzählte meinen Eltern, dass ich Sylvias Rolle als verantwortliche Produzentin übernommen hatte, sie waren beeindruckt.

»Das heißt, dass du noch härter arbeiten musst. Mach einen guten Job«, ermahnte meine Mutter mich am Telefon.

Wie immer konnte ich bei meinen Eltern auf Wärme und Bestätigung zählen.

»Ich weiß.« Verärgert biss ich die Zähne zusammen. »Die Verantwortung ist riesig.«

Jedenfalls viel größer, als ich erwartet hatte. Aber ich sagte mir, dass ich nur sieben Wochen durchhalten musste.

Von der zusätzlichen Verantwortung abgesehen, stellte sich heraus, dass die bizarre Veränderung in Hugos Verhalten keine Ausnahme gewesen war. Trotz seiner großen Worte, ich werde allen zeigen, wozu ich in der Lage sei, übertrug er mir immer mehr kleine, nebensächliche Aufgaben. Es machte mir nichts aus, ihm bei seinen Partys hin und wieder beim Verteilen des Kokains zu helfen, ansonsten aber erinnerten seine Wünsche mich mehr und mehr an die Routineaufgaben in meinem ersten Jahr bei Firefly.

Druck mir fünf Exemplare von diesem Vertrag aus.
Besorg mir eine Kopie dieses Drehbuchs.
Verbinde mich mit diesem Agenten.

Wenn ich diese Kleinigkeiten nicht auf der Stelle erledigte, zog er die Augen zusammen und sagte Dinge wie: »Das enttäuscht mich, Sarah. Ich dachte, du hättest den Laden im Griff.«

Diese widersprüchlichen Signale ergaben keinen Sinn. Aber die doppelte Belastung, Sylvias Rolle ausfüllen und nebenher seine Sekretärin spielen zu müssen, ließ sich immer weniger durchhalten.

Das Problem bestand darin, dass ich niemanden unter mir hatte, an den ich die Aufgaben delegieren konnte. Die Production Coordinators und Assistenten wurden bei den Dreharbeiten gebraucht. Am Freitag der ersten Woche war ich an dem Punkt, wo mir klar wurde, dass dringend etwas geschehen musste, wenn ich die nächsten Wochen durchstehen wollte.

»Seth«, fragte ich unseren Line Producer eines Nachmittags im Büro. »Haben wir noch Platz im Budget, um eine Assistentin oder einen Assistenten für Hugo einzustellen?«

»Was?«, fragte er verwirrt. »Willst du damit sagen, dass er noch niemanden hat?«

Seth war nicht erfreut, dass ich so spät mit einem zusätzlichen Etatposten kam, aber ich blieb hart. Außerdem war ich in der Position, ihm Anweisungen zu geben.

»Viel zahlen können wir jedenfalls nicht«, erklärte er und tippte auf seinem Taschenrechner herum.

»Kein Problem«, sagte ich. Ich dachte an den Aushang an der Columbia University vor langer Zeit. »Wir sind in L. A. Da muss es Dutzende Filmstudierende geben, die für ein Praktikum bei jemandem wie Hugo alles tun würden. Schau einfach, wie du es im Budget unterbringst. Um die Bewerbungen kümmere ich mich.«

Von der Aussicht auf Unterstützung beflügelt schickte ich am selben Abend eine Jobbeschreibung an die USC und die UCLA.

> **Spielfilmproduktion sucht Praktikantin/Praktikanten** zur Unterstützung eines britischen Executive Producers für sechs Wochen. Der letzte Film des Regisseurs wurde in Cannes gezeigt. Executive Producer verfügt international über zahlreiche Verbindungen in der Entertainment- und der Immobilienbranche. Von den Bewerberinnen/Bewerbern werden Bereitschaft zu harter Arbeit, Enthusiasmus und Eigeninitiative erwartet, außerdem eigenes Laptop und Auto. Ein Mobiltelefon wird gestellt. Arbeitsbeginn sofort.

Bis zum Nachmittag des nächsten Tags waren zwölf E-Mails eingegangen, ich hatte fürs Wochenende fünf Bewerbungsgespräche angesetzt.

Ein Kandidat – Allan Nguyen – ragte in meinen Augen deutlich heraus. Er war klug, er war witzig, er hatte einen BA in Stanford. Außerdem hatte er schon bei zehn Kurzfilmen mitgearbeitet und war für das Emerging Writers Programme der Fox Studios ausgewählt worden. Nicht zuletzt hatte er in einem Meer weißer Kandidatinnen und Kandidaten als Einziger einen asiatischen Hintergrund.

Trotzdem war er nicht der, den ich suchte.

Stattdessen fokussierte ich mich auf zwei junge Frauen mit frischen Gesichtern, beide in den Zwanzigern. Sie wirkten ähnlich qualifiziert und aufmerksam, auch die Noten an ihren jeweiligen Filmschulen waren vergleichbar. Trotzdem hatte die eine, Courtney Jennings, am Ende einen Vorsprung. Sie war die Tochter eines Finanzmanagers in der Branche und war auf das Geld nicht angewiesen. Ihr ging es nur um die Erfahrung und eine Nennung im Abspann. Außerdem wusste sie genug über die Hot Spots in L. A. und die besten Restaurants. Vor allem aber war sie zweiundzwanzig, brünett, langbeinig und bezaubernd.

Perfekt. Sie war, was ich brauchte, um Hugo glücklich zu machen.

Interview-Abschrift (Fortsetzung):
Sylvia Zimmerman, 16.04 Uhr

SZ Ob ich Sarah zu sehr sich selbst überlassen habe? [*Pause*] Schon witzig, denn während der Dreharbeiten habe ich mir darüber hin und wieder Sorgen gemacht.

TG Worüber genau?

SZ Irgendwie habe ich wahrscheinlich geglaubt, dass meine Abwesenheit dazu führen würde, dass Sarah und Hugo sich enger verbünden. Wahrscheinlich war ich damals paranoid. Schließlich war es meine Firma, meine Produktion. [*Pause*] Wenn man jemanden unter sich hat, der klug und ehrgeizig ist ... Das Business ist gnadenlos. Vielleicht hatte ich Angst, dass Sarah ihre Jugend und Schönheit nutzt, um Hugo auf ihre Seite zu ziehen? Um meine Stellung zu untergraben? [*Pause*] Mein Gott, im Rückblick war das alles so unbedeutend.

TG Haben Sie während Ihrer Abwesenheit je darüber nachgedacht, wie Hugo sich Sarah und den anderen an der Produktion beteiligten Frauen gegenüber verhalten würde?

SZ Nein, auch wenn mir das heute unangenehm ist. Ich war so auf Sarah und ihre Rolle als verantwortliche Produzentin konzentriert, dass ich keine Sekunde darüber nachgedacht habe. Dass ihr irgendetwas passiere könnte, meine ich. [*Pause*] Ich bin froh, dass sie wenigstens als Produzentin genannt wurde.

TG Wenn Sie in der IMDB nachsehen, steht sie dort aber nur als Associate Producer.

SZ Tatsächlich? Ich hätte schwören können, dass sie als vollgültige Produzentin genannt wird. Na ja, so etwas kommt manchmal vor. Unter dem Strich geht es bloß um eine Bezeichnung. Im Leben gibt es wichtigere Dinge ... Wobei Sarah mir da sicher nicht zustimmen würde.

TG Haben Sie noch Kontakt zu ihr?

SZ Nein. Es ist schade ... Ich würde gern wissen, wie es ihr geht. Ich glaube, sie musste damals eine Menge aushalten, vor allem für jemanden in diesem Alter. Dabei hat sie nur versucht, ihr Bestes zu geben. Wahrscheinlich hat Sarah ihren Job ernster genommen als wir alle, ist das nicht verrückt?

TG Was soll daran verrückt sein?

SZ Dass die Jüngste die meiste Verantwortung trug. Und am Ende wahrscheinlich die wenigste Anerkennung bekam.

32

»Hugo, darf ich dir Courtney vorstellen?«, sagte ich am folgenden Montag, als es mir gelungen war, die beiden in einer halbwegs stillen Ecke unseres Produktionsbüros zusammenzubringen.

»Ich freue mich so, Sie kennenzulernen«, sprudelte es aus Courtney heraus. Auf die selbstsichere Art weißer junger Frauen streckte sie ihm die gebräunte Hand entgegen. An ihrem schlanken Handgelenk baumelte ein Tennisarmband. »Ich hab so viel von Ihnen gehört.«

Beim Anblick ihrer geschmeidigen Figur und des hübschen Gesichts strahlte Hugo. »Ach was, das Vergnügen liegt auf meiner Seite«, sagte er und setzte zu seinen üblichen Wangenküssen an.

»Courtney wird sich für den Rest der Dreharbeiten um dich kümmern«, erklärte ich. »Du kannst dich für sämtliche Verwaltungsarbeiten, Recherchen, Botengänge oder irgendwelche Buchungen an sie wenden.«

Ein bisschen fühlte ich mich wie eine Luxuszuhälterin, die ihm Courtney als Geschenk überreichte, mit dem er tun konnte, was er wollte. Aber ich schob den Gedanken beiseite. Ich delegierte nur, ich verteilte die zur Verfügung stehenden Ressourcen, um meine – beziehungsweise Sylvias – Arbeit zu schaffen. Wie eine gute Produzentin es eben macht.

»Ich finde es so toll, dass ich bei dieser Produktion mitarbeiten darf«, versicherte Courtney, ganz die selbstbewusste Kalifornierin. *Ja, dieses Selbstbewusstsein kannst du bei Hugo gebrauchen*, dachte ich. »Ich stehe Ihnen jederzeit zur Verfügung.«

»Dann lass uns als Erstes da drüben einen Kaffee zusammen trinken, was meinst du?«, schlug Hugo vor. »Und nenn mich Hugo.«

Courtney lächelte einfältig. »Gern.«

Ich hätte mir selbst auf die Schulter klopfen können, weil ich das Problem mit Hugo so gut gelöst hatte. Aber die Erleichterung, die Courtneys Anwesenheit mir verschaffte, verpuffte sofort, als ich an meinen Schreibtisch trat. Ziggy hatte ein paar Fragen zu unserem Deal mit Sammy Lefkowitz. Andrea wollte wissen, welche Publicity-Interviews mit Xander geplant waren. Holly hatte getextet, um sich zu erkundigen, ob im Lauf der Woche weitere Pressetermine anstünden. *(Ich weiß nicht, Holly, aber wenn ja, steht es auf deinem Ablaufplan.)* Seth hatte eine E-Mail mit der Betreffzeile *Production Design. FREIGABE BIS 15 UHR ERFORDERLICH* geschickt.

Dann kam auch noch eine Nachricht von Sylvias BlackBerry.

Wie läuft's? Ich habe vor, euch im Lauf der Woche zu besuchen. Es wäre schön, wenn du mich auf den neuesten Stand bringen kannst.

In mir gärte etwas.

Wie ein Blase kurz vor dem Aufplatzen.

Als Sylvia einige Tage später auftauchte, überließ ich ihr den Regiestuhl neben Xander. Ich sah zu, wie sie angeregt mit Holly, Ron, Jason und den wichtigsten Mitgliedern des Teams plauderte. Sie ging allein mit Xander essen, während ich mich wieder zu meinen E-Mails schlich. Sie durfte sich als Produzentin fühlen, während sich bei mir die Arbeit türmte.

Kurz vor ihrem Rückflug bat Sylvia mich, einen Kaffee mit ihr zu trinken. Trotz meiner furchterregenden To-do-Liste sagte ich: »Klar, kein Problem.« Ein kindlicher Teil von mir fürchtete immer noch, von Sylvia ausgeschimpft zu werden. Leicht ängstlich betrat ich das Starbucks gegenüber dem Studio.

»Sarah«, sagte sie, als wir uns bei Café Latte und Cappuccino gegenübersaßen. »Du scheinst seit dem Start der Dreharbeiten richtig gut klarzukommen. Du musst ein Naturtalent sein.«

»Ein Naturtalent? Ich meine, letztlich geht es in dieser Phase der Produktion doch nur darum, im Budget zu bleiben. Du kennst mich ja, ich war immer schon sparsam ...«

»Das kommt dir sicher zugute.« Sie nickte. »Vor allem jetzt.«

Einen Moment lang sahen wir schweigend aus dem Fenster, an dem sich der endlose Strom des Verkehrs vorbeischob: Autos und anonyme Passanten, die dringend an irgendeinen Ort dieser zersiedelten Stadt wollten. Ein abgerissener Obdachloser schob einen überladenen Einkaufswagen über den Bürgersteig.

»Ähm, wie geht's Rachel?«, fragte ich.

»Etwas besser«, sagte Sylvia langsam. »Wenigstens ist sie aus dem Krankenhaus raus. Aber sie hat immer noch dieses verquere Körperbild. Ich hab einfach Angst, dass ihre schulischen Leistungen darunter leiden, ihre Noten. Nächstes Jahr stehen die Collegebewerbungen an ... Du weißt ja, wie das ist.«

Das wusste ich tatsächlich, aber die Ängste in der Highschool, die klaustrophobische Fixierung auf ein Ivy-League-College – das alles schien so lange her zu sein und wirkte im Nachhinein so unbedeutend. Vor allem aus der heutigen Perspektive, ein Jahrzehnt danach, an der Westküste, während einer Filmproduktion.

»Ich habe gesehen, dass du diese Courtney als Assistentin für Hugo geholt hast«, sagte Sylvia und rührte in ihrem Latte. »Offenbar weißt du genau, auf welchen Typ er steht.«

»Na ja.« Ich zuckte die Achseln. »Es bringt nichts, eine Assistentin anzuheuern, die er nicht mag, oder? Außerdem ... führt er sich in letzter Zeit ein bisschen seltsam auf.«

»Wie meinst du das?« Sylvia runzelte die Stirn.

Mir war unbehaglich zumute, ich versuchte, der Frage auszuweichen. Auch wenn Hugo nicht hier war, sorgten die Art, wie er mit mir redete, und die Dinge, die er von mir verlangte, dafür, dass ich nicht unbefangen redete.

»Er hat ziemlichen Druck wegen unbedeutender Kleinigkeiten gemacht. Deshalb hab ich ja Courtney geholt. Aber ... all die Partys. Er lässt es auch während der Dreharbeiten nicht ruhiger angehen.«

Sylvias Augen wurden zu schmalen Schlitzen. Schuldgefühle wallten in mir auf. Immerhin hatte ich selbst auch reichlich Lines geschnupft.

»Xander sagt, du hättest eine Menge Zeit mit Hugo verbracht.« Das überraschte mich. Was hatte Hugo ihm erzählt?

»Nur bei gesellschaftlichen Anlässen«, wandte ich ein. »Hugo kennt so viele Leute und hat mich mehrmals eingeladen, um mich verschiedenen Bekannten vorzustellen.«

»Hm.« Nur diese eine Silbe. Sylvia starrte mich an, als wolle sie mich so zum Weiterreden bringen.

Das tat ich nicht. Aber das Schweigen zwischen uns zog sich immer länger hin, wurde erstickend. Ich trank meinen Cappuccino aus und leckte den Schaum vom Boden der Tasse.

»Sarah«, sagte Sylvia. Diesmal schwang die altbekannte tadelnde Note mit. »Xander sagt, du hast dich auch mit Agenten und anderen Leuten aus der Branche getroffen und die Firma nach außen repräsentiert. Stimmt das?«

Einen Moment lang sagte ich nichts. Zögernd stellte ich die Tasse ab und suchte nach einer unverfänglichen Formulierung. Sylvia wirkte alles andere als erfreut.

»Ich war bei ein oder zwei Meetings, die sich nebenbei ergeben haben. Über Hugo habe ich einen Sales Agent kennengelernt, der mich zu einem Gespräch über unsere Projekte in sein Büro eingeladen hat. Also bin ich hingegangen.«

»Ohne mir etwas davon zu sagen?«

»Na ja…« Ich zuckte die Schultern. »Es waren nur informelle Plaudereien, nichts Offizielles.«

Sylvia sah mich kühl an. »Sarah, du weißt genauso gut wie ich, dass es keinen Unterschied zwischen einem ›informellen Geplauder‹ und einem Meeting gibt. Bist du nicht auf die Idee gekommen, mich wenigstens über diese Meetings zu informieren?«

Ich wollte antworten, spürte aber einen Kloß im Hals. »Aber ich gehöre doch auch zur Firma.«

»Schon, aber du führst sie nicht. Du hast nicht das Sagen.«

»Aber … du hast mir die Verantwortung für die Produktion hier übertragen«, erinnerte ich sie. »Und ich bin Head of Development. Ich kenne unsere Projekte so gut wie alle anderen in der Firma.«

»Aber du kannst nicht einfach rumlaufen und nach Herzenslust Entscheidungen treffen. Vor allem, wenn es darum geht, die Firma gegenüber potenziellen Partnern zu vertreten.«

Die paradoxe Situation war wie ein Schlag ins Gesicht. Ich war seit fünf Jahren fester Bestandteil der Firma, sollte aber nicht in der Lage sein, zu einem ersten Meeting zu gehen? Und das, obwohl ich die Verantwortung für einen kompletten Spielfilmdreh trug? Trotzdem brachte ich es nicht über mich, diese Gedanken gegenüber Sylvia, die praktisch nie am Set gewesen war, laut auszusprechen.

Stattdessen konterte ich: »Hugo hat gesagt, es wäre gut, wenn ich zu diesen Meetings ginge.«

»Hugo kann sagen, was er will«, blaffte Sylvia mich an. »Er ist nicht derjenige, der aus dem Nichts diese Firma aufgebaut hat.«

Aber er ist derjenige, der sie inzwischen finanziert, dachte ich.

Ich schluckte meinen Ärger herunter und verkniff mir eine Antwort.

Sylvia schüttelte den Kopf. »Ich weiß nicht, was in dich gefahren ist, Sarah. Vielleicht liegt es an L. A. Vielleicht an deinen … neuen Kompetenzen. Aber du hast dich irgendwie verändert. Nicht unbedingt zum Besseren.«

»Ich weiß nicht, was du meinst, Sylvia«, sagte ich und wusste es wirklich nicht. »Klar, Menschen verändern sich. Aber ich habe von Anfang an hart für diese Firma gearbeitet. Ich habe das Gefühl, dass ich sie nach außen vertreten kann.«

»Das gibt dir nicht das Recht, dich hinter meinem Rücken mit irgendwelchen Leuten zu treffen.«

Für einen Moment fragte ich mich, ob die unerschütterliche,

gebieterische Sylvia in ihrem Brownstone-Haus in der Upper East Side sich von mir bedroht fühlte, von diesem mittleren Kind chinesischer Immigranten. Wenn sie wegen ihrer Abwesenheit vom Set verunsichert war, brauchte sie jemanden, der sie beruhigte. Ich konnte ihr diese Beruhigung geben – oder das sagen, was mir wirklich auf der Zunge lag.

»Es ... Es tut mir leid«, murmelte ich.

»Ich bin einfach enttäuscht, das ist alles. Ich muss mich auf dich verlassen können, solange ich in New York bin.« Aber was wollte sie eigentlich genau? Dass ich hier in L.A. überhaupt niemanden traf? Dass ich mein restliches Berufsleben glücklich unter ihrer Führung verbrachte?

Ich sagte nichts. Für eine weitere Entschuldigung war ich zu stolz.

Sylvia schaute auf ihren BlackBerry.

»Ach ja, du hast erwähnt, dass deine Schwester in den nächsten Wochen ein Kind bekommt.«

Plötzlich war ich ganz aufmerksam, und ein wenig besorgt.

»Ich glaube, es wäre nicht richtig, es aus dem Produktionsbudget zu bezahlen.« Abwesend tippte Sylvia auf ihrem Handy herum. »Du musst also selbst den Flug bezahlen. Aber wenn bis dahin alles glatt läuft, wüsste ich nicht, warum du nicht für ein Wochenende nach New York fliegen solltest. Ich meine, für einen oder zwei Tage. Geht's deiner Schwester gut?«

Ich nickte. Einerseits war ich dankbar, andererseits irritierte mich dieses Gefühl der Dankbarkeit. »Ja, schon. Sie hat natürlich eine Heidenangst. Es ist ihr erstes Kind, aber ...«

»Scheiße, ich muss meinen Flieger kriegen«, fiel Sylvia mir ins Wort. »Ist der Fahrer hier, um mich zum Flughafen zu bringen?« Die Gereiztheit in ihrer Stimme war unüberhörbar.

»Ich, ähm ... Ich rufe ihn an.« Während ich nach der Nummer des Fahrers scrollte, hasste ich mich dafür, mich ständig nach ihren Befehlen zu richten.

33

Bis zum Ende der Dreharbeiten kam Sylvia jetzt alle zwei Wochen nach L. A. Zwischen ihren Stippvisiten ging es mit unserer Produktion unermüdlich weiter. Dadurch fühlte ich mich bestätigt, dass die eigentliche Produzentin ich war, nicht sie. Gleichzeitig nahm ich es Sylvia und Hugo übel, dass sie mich weiterhin wie eine Untergebene behandelten. Nur dass ich keine Zeit hatte, darüber nachzugrübeln. Während die Stunden am Set sich endlos hinzuziehen schienen, herrschte im Büro ständiger Druck. Tagtäglich ging es darum, im Zeitplan, im Budget und bei klarem Verstand zu bleiben.

Eine Filmproduktion funktioniert wie ein Organismus ganz eigener Art. Besetzung und Team bilden ein Biotop, das für einige Monate oder auch nur Wochen aufblüht, dann aber komplett vom Erdboden verschwindet. Während dieser Zeit entwickeln sich am Set tiefe Freundschaften und heftige Rivalitäten, heimliche Affären und persönliche Abneigungen, die bei Produktionsmeetings, in den Aufenthaltsräumen und bei Afterpartys unter der Oberfläche brodeln.

Am Ende einer Drehwoche trafen wir uns wie ganz normale Arbeitnehmer auf einen Drink. Mit dem Unterschied, dass wir uns in der Bar des Chateau Marmont einfanden, wo Hugo und Xander wohnten. Hugo spielte liebend gern den Gastgeber und tat so, als gingen sämtliche Drinks auf seine Rechnung, obwohl ein Teil davon aus dem Produktionsbudget bezahlt wurde.

Seit ich Courtney und Hugo einander vorgestellt hatte, waren die beiden praktisch unzertrennlich. Meist stand sie dicht neben ihm, nickte und notierte hin und wieder etwas in einem lilafarbenen Organizer. Mit ihren zu einem kecken Pferdeschwanz gebundenen schimmernden Haaren und ihrer Designertasche wirkte sie herausgeputzter und hollywoodtypischer, als ich es je sein würde.

Unfreiwillig versetzte mir der Anblick ihrer Vertrautheiten, des spielerischen Lachens und der gelegentlich in Courtneys Ohr geflüsterten Bemerkungen einen Stich. Hatte ich freiwillig auf die Chance verzichtet, die rechte Hand einer derart bedeutenden Person zu werden? Aber mir war auch klar, dass es nur nach außen hin so glanzvoll wirkte. Der Job selbst bestand darin, jeden seiner Wünsche zu erfüllen: seine Unterlagen zu sortieren, seinen Terminkalender zu führen, wahrscheinlich auch bei seinem Dealer die Drogen zu bestellen.

Ich tröste mich mit meiner wachsenden Freundschaft zu Holly, dem Star unserer Produktion sowohl am Set als auch abseits davon. An den Freitagabenden in der Bar beneidete ich sie um die anhimmelnden Blicke, die ihr alle zuwarfen. Sie folgten jeder einzelnen Bewegung Hollys, so wie es heute die Fans hinter den Absperrungen am roten Teppich tun.

Holly, Clive und ich amüsierten uns mit Insiderwitzen über die unterschiedlichen Charaktere am Set. Carlos, der welpenäugige Tonassi, war eindeutig in sie verliebt. Außerdem waren wir alle der Ansicht, dass Ralph, der Oberbeleuchter, etwas Unheimliches an sich hatte.

»Wie seine Blicke dir überallhin folgen, ohne dass er je den Mund aufmacht …«, sagte Clive und schüttelte sich. »Trau niemals einem Oberbeleuchter.«

Wir lachten lauthals, wozu auch die Gin Tonics, die wir in einer Spelunke in Los Feliz getrunken hatten, ihren Teil beitrugen.

»Und Hugo? Was denkst du von ihm?«, fragte mich Holly.

»Seine Persönlichkeit ist ein bisschen komplexer«, sagte ich nachdenklich. »Er steht auf scharfe Frauen, so viel ist sicher.« Ich erzählte ihr von den sehr jungen Frauen, die bei jeder seiner Partys in New York dabei gewesen waren, und von seiner hedonistischen Variante des Flaschendrehens.

»Ernsthaft? Er hat Kokain von einer nackten Frau geschnupft?«, fragte Holly entsetzt.

Ich erwähnte lieber nicht, dass ich das auch getan hatte.

»Schätzchen, das ist Kinderkram.« Clive zuckte die Achseln. »Ich hab schon Schlimmeres gesehen.«

»Ich glaube, für ihn sind sie irgendwelche Accessoires«, sagte ich. »Manche Männer sammeln Uhren, andere attraktive junge Frauen.«

»Ja, aber wird er ihnen gegenüber auch anzüglich?«, wollte Holly wissen.

»Weiß nicht«, sagte ich. »Ich glaube, sie fühlen sich wegen seines Geldes sowieso zu ihm hingezogen.«

»Schlecht aussehen tut er nicht«, stellte Clive fest. »Zu seiner Zeit muss er etwas hergemacht haben. Der britische Akzent, die dunklen Haare und grünen Augen. Mann, wahrscheinlich würde ich ihn immer noch vögeln, wenn ich betrunken genug bin.«

»Ich glaube nicht, dass du sein Typ bist«, bemerkte ich. Wir alle lachten über das Offensichtliche.

Ich glaube, so habe ich es die ganze Zeit betrachtet: Natürlich hatte er immer Frauen um sich herum, weil er reich und mächtig war. Jessica Soundso zum Beispiel, die mit ihm in der Bar des *Spark Club* geflirtet hatte. Oder die albernen Frauen, die ihn bereitwillig geküsst hatten, wenn die Flasche sich langsamer drehte und am Ende auf sie zeigte.

Dann aber, an einem Tag in der dritten Woche, schaute ich von meinem Schreibtisch im Produktionsbüro auf und sah Courtney auf mich zukommen ...

Hier verstumme ich, mit einem Mal bin ich auf der Hut. Thom Gallagher lächelt mir vorsichtig zu.

Mir kommt ein Gedanke, und sofort wird mir übel.

Thom wirkt durcheinander. »Alles in Ordnung?«

»Ähm, ja, es ist nur ...«

Noch mal, Take 2.

Dann, an einem Tag in der dritten Woche, schaute ich von meinem Schreibtisch im Produktionsbüro auf und sah Courtney vorbeigehen.

Ihr hoher haselnussbrauner Pferdeschwanz schwang im selben Rhythmus wie ihre schmalen Hüften. Sie hielt ihren Black-Berry zwischen Kinn und Schulter geklemmt und lachte.

Tara und Chip, zwei unserer Production Coordinators, kicherten, sobald sie durch die Tür war.

Seth hustete. »Pst!«, zischte er boshaft.

»Was ist los?«, fragte ich verwirrt und sah zwischen Tara und Chip hin und her, die meinen Blicken auswichen.

»Oh, nichts«, sagte Seth, was eindeutig nicht stimmte.

»Nichts, was mit der Produktion zu tun hätte«, erklärte Tara.

»Oder vielleicht doch?«, bemerkte Chip. Die beiden sahen sich verschwörerisch an.

»Seth.« Ich setzte mein liebenswürdigstes Lächeln auf. »Weißt du, worum es hier geht?«

Seth löste den Blick von der Movie-Magic-Budgeting-Tabelle auf seinem Monitor. »Nur der übliche Klatsch am Filmset.« Er verdrehte die Augen. »Du weißt doch, dass Courtney und Hugo unzertrennlich geworden sind? Jemand hat sie letzte Nacht um eins aus dem Aufzug im Marmont kommen und das Hotel verlassen sehen.«

»Wer?«

Offenbar waren Tara, Chip und Joe, der zweite Regieassistent, noch lange in der Bar des Marmont geblieben. Chip sagte: »Sie wirkte so, als wolle sie möglichst schnell verschwinden. Damit keiner von uns sie sieht.«

»Abgesehen davon klingt es doch nicht abwegig«, stellte Tara fest. »Er hat Kohle ohne Ende. Sie ist seine Assistentin.«

»Man könnte fast sagen, es war in dem Moment unausweichlich, als du sie an Bord geholt hast«, sagte Seth mit einem bedeutungsvollen Blick in meine Richtung.

»Glauben Sie also, dass Hugo und Courtney während der Dreharbeiten eine Art Beziehung hatten?«, fragt mich Thom Gallagher.
Immer direkt auf den Punkt, mit dem unbestechlichen Blick des Pathologen durch sein Mikroskop.
Nach einer Pause sage ich unbehaglich: »Ich … keine Ahnung.« In der Bar draußen läuft jetzt schnellere Musik, ich höre den beharrlich hämmernden Beat durch die Wände des Zimmers. »Gerüchte gab es auf jeden Fall. Ich … fand nicht, dass es mir zustand, Courtney oder Hugo darauf anzusprechen.«
»Was glauben Sie, was passiert ist?«
Ich weiche der Frage aus. »Dieselbe Frage haben Sie mir bei der Schauspielerin Jessica auch gestellt. Ähnliche Situation.«
»Inwiefern?«
»Junge, attraktive Frau, die durch die Beziehung zu einem einflussreichen, wohlhabenden Mann viel zu gewinnen hat.« Mit einer ausholenden Handbewegung versuche ich, die Welt jenseits dieses Zimmers einzubeziehen. »Ich meine, diese Konstellation finden Sie überall.«
Ich versuche, den Kegel des Scheinwerfers auszuweiten, aber Thom hakt nach.
»Würden Sie sagen, diese Konstellation hat auch bei Ihnen selbst gewirkt?«
»Was?«, antworte ich in beleidigtem Ton. »Hätte ich durch … eine enge Beziehung zu Hugo etwas zu gewinnen gehabt?« Ich hoffe, meine Gekränktheit ist nicht zu überhören. Ich lege eine Pause ein und denke nach. Zum Glück sind wir vom Thema Courtney abgekommen. »Die Sache ist die … Wer hätte durch eine enge Beziehung mit ihm nichts zu gewinnen? Durch das ganze Geld? Er hat uns angelockt wie Honig die Fliegen. Was ihm jederzeit bewusst war.«

Thom nickt, wendet den Blick aber nicht von mir ab.

»Ich hatte einiges um die Ohren«, sage ich abwehrend. »Meine Hauptsorge war die Produktion … Dass wir im Zeitplan bleiben, im Budget.«

»Glauben Sie, dass auch andere über Courtney und Hugo Bescheid wussten?«

Für den Bruchteil einer Sekunde gerate ich in Panik. Wieder frage ich mich, mit wem er für seine Recherchen sonst noch spricht.

»Sylvia habe ich nichts davon gesagt. Ich hatte Angst …« Wieder verstumme ich. Ich suche nach dem schmalen Grat zwischen dem, woran ich mich erinnere, und dem, was ich anderen Menschen mitteilen möchte.

Damals hatte ich vor vielem Angst, das stimmt.

»Ich hatte Angst, ich … könnte Sylvia noch mehr verärgern, wenn sie wüsste, dass unter meiner Verantwortung solche Dinge passieren.«

Thom runzelt die Stirn, ich hoffe, er hakt nicht nach.

»Nicht dass das Verhältnis von Hugo und Courtney irgendetwas mit mir zu tun gehabt hätte«, füge ich hinzu. »Trotzdem hatte ich Angst, es wirft irgendwie ein schlechtes Licht auf mich. Ich … kann nicht genau sagen, warum.«

Vielleicht wollte ich eine makellose Bilanz vorweisen, damit ich zur Geburt meiner Nichte nach New York fliegen durfte. Vielleicht wollte ich auch nur als perfekte Produzentin dastehen. Es ist mir bis heute nicht richtig klar. Aber eins stimmt auf jeden Fall: Vor zehn Jahren war mein Leben von der einfachen, sinnlosen, hartnäckigen Sorge geprägt, wie ich vor anderen dastehen würde.

Interview-Abschrift (Fortsetzung):
Sylvia Zimmerman, 16.20 Uhr

TG Erinnern Sie sich an eine gewisse Courtney Jennings?
[*Pause*]
SZ Der Name sagt mir nichts.
TG Er steht im Abspann von *Furious Her*.
SZ Ach was, Thom? Im Abspann eines Films stehen Hunderte Namen. Sie können nicht erwarten, dass ich mich an jede einzelne Person erinnere, die vor zehn Jahren am Set eines Spielfilms gearbeitet hat.
TG Courtney Jennings war während der Dreharbeiten zu *Furious Her* als persönliche Assistentin von Hugo North beschäftigt. Hilft Ihnen das weiter?
[*Pause*]
SZ Oh, warten Sie ... Ich sehe ein Bild vor mir ... Ich glaube, es ist die Frau, von der Sie sprechen. Anfang zwanzig, hübsch, immer perfekt zurechtgemacht. Wenn Sie die meinen, habe ich sie ein- oder zweimal gesehen.
TG Sie haben keine genaueren Erinnerungen?
SZ Nein. Ich meine, ich war ja nicht oft am Set. Warum fragen Sie?
TG Wäre es möglich, dass sich zwischen ihr und Hugo irgendetwas abgespielt hat? Ist Ihnen etwas zu Ohren gekommen?
SZ [*lacht*] Ob es möglich wäre? Natürlich wäre es möglich. Hugo und eine schöne junge Frau? Das ist mehr als möglich, eher ziemlich wahrscheinlich.
TG Was ist ziemlich wahrscheinlich?
SZ Dass er mit ihr geschlafen hat.
TG Nun ja, im Lichte der Anschuldigungen, mit denen die Branche in letzter Zeit konfrontiert ist ... Halten Sie es für denkbar, dass es zu etwas anderem als einem einvernehmlichen sexuellen Kontakt gekommen ist?

SZ Sie meinen, ob ich mir einen Übergriff vorstellen kann? Auf diese Courtney Jennings?

TG Ja, manche Leute würden es so formulieren.

SZ Ich hoffe es jedenfalls nicht. Hören Sie, Thom, ich kann mich an das arme Mädchen kaum erinnern …

TG Hatten Sie damals irgendeinen Verdacht?

SZ Wie gesagt, ich kann mich praktisch nicht an sie erinnern. Wenn Sie darauf hinauswollen, ob ich den Verdacht hatte, Hugos ›Tändeleien‹ wären nicht einvernehmlich gewesen? Ich … [*Pause*] Lassen Sie mich ehrlich sein, im Grunde habe ich mir die Frage nie gestellt. So hartgesotten wird man in diesem Business. Reicher, mächtiger, alter Mann. Junge, hübsche Frau, die eine Zukunft in der Branche sucht, vielleicht auf der Leinwand. Eine uralte Geschichte. Klar, zu meiner Zeit, als ich jung war, hingen eine Menge lüsterne Kerle um mich herum und versprachen mir dieses und jenes, wenn ich nur … ›ein bisschen Spaß mit ihnen hätte‹. Das ist Teil des Geschäfts. Man nimmt es hin, weil es nicht anders geht. Wenn man stark genug ist, lernt man, auf sich aufzupassen, und wird erwachsen. Wenn man dann ein bisschen älter ist, muss man sich keine Sorgen mehr machen, denn es gibt immer Frauen, die jünger, hübscher und empfänglicher sind.

TG Also hatten Sie nie das Gefühl, Verantwortung dafür zu tragen, dass diese jüngeren Frauen vor Hugo geschützt werden?

SZ Ernsthaft? Damals war ich wahrscheinlich zu eingespannt. [*Pause*] Ich weiß, wie schrecklich es klingen muss, aber als gute Produzentin hat man rund um die Uhr zu tun. Da bleibt keine Zeit, um auf die jungen Dinger da draußen aufzupassen. Es bleibt keine Zeit, die Augen offenzuhalten und sicherzustellen, dass all die privaten Kontakte korrekt ablaufen. Außerdem ist ein Geldgeber eben … ein Geldgeber. Ein Mittel zum Zweck.

TG Dann hatten Sie nie das Bedürfnis, Hugo auf sein Interesse an jungen Frauen anzusprechen?

SZ Ich habe die Besetzungscouch nicht erfunden, Thom. Oder

Hugo eine neue Form von Ausschweifung ermöglicht. Der Kerl hatte mehr als fünfundfünfzig Jahre auf dem Buckel und trieb sich in diesen wohlhabenden Kreisen herum. Ich bin sicher, dass er dort reichlich mit schönen jungen Frauen zu tun hatte. Solche Dinge passieren nicht nur in der Filmindustrie – und sicher kann man keinen einzelnen Filmdreh für alles verantwortlich machen.

TG Glauben Sie denn, dass während der Produktion von *Furious Her* so etwas passiert ist?

SZ Na ja, offensichtlich glauben Sie es, sonst würden Sie mir die Frage nicht stellen. [*seufzt*] Ich möchte nicht glauben, dass etwas passiert ist. Aber ich bin nicht allwissend. Während meiner Abwesenheit gab es jede Menge Partys. Und auf jede Afterparty folgt eine Afterparty, nicht wahr? Sie können wohl kaum erwarten, dass ich als Einzelperson – als einzelne Frau – verantwortlich für das Verhalten eines ganzen Filmteams bin, sowohl am Set als auch nach Drehschluss. Solange die Leute morgens pünktlich auftauchten, ihre Jobs erledigten und den Film machten, war ich zufrieden. [*Pause*] Wenn der Kerl, der mehr oder weniger alles finanziert hat, sich nicht benehmen kann, wie soll ich ihn dann kontrollieren? Eine Produktion ist wie ein großes Kartenhaus auf ziemlich wackligem Boden. [*Pause*] Wie ich es sehe, war ich nicht in der Position – nicht einmal annähernd –, um an Hugos Verhalten etwas zu ändern.

TG Hätte es irgendeine Möglichkeit gegeben, Hugo für sein Verhalten gegenüber anderen Profis, die am Film mitgearbeitet haben, zur Verantwortung zu ziehen?

SZ [*schnaubt*] Kann man da überhaupt von Profis sprechen? Bei einer Dreiundzwanzigjährigen, die frisch von der Filmschule kommt und unbedingt in einem Abspann auftauchen will? Oder bei einem ehrgeizigen dreiundzwanzigjährigen Model, das zufällig die richtigen Leute kennt? Das sind keine Profis, diese Leute sind einfach … Kanonenfutter.

TG Kanonenfutter?

SZ Ja, nennen Sie mich ruhig brutal. Aber wahrscheinlich ist das der Begriff, der am ehesten passt: Kanonenfutter.

34

An einem Donnerstagabend verließ ich gegen 22 Uhr als Letzte das Produktionsbüro und stieg in meinen Mietwagen. Der übliche abendliche Verkehr rauschte an mir vorbei. Nach der Hektik endloser Produktionsdetails steckte ich meinen BlackBerry in die Handtasche, wo ich ihn nicht sehen konnte, und genoss die Dunkelheit und Stille um mich herum.

Ich wollte nicht gleich nach Hause fahren, obwohl mir klar war, dass ich den Schlaf brauchte. Holly war sicher schon im Bett. Ihr Wecker klingelte an den Drehtagen meist um 4.30 Uhr, normalerweise sah ich sie dann nur am Set oder im Aufenthaltsraum.

Mein knurrender Magen erinnerte mich daran, dass ich nichts mehr gegessen hatte, seit ich mir am späten Nachmittag ein Stück von einer im Holzofen gebackenen Pizza mit Roquefort und Chorizo geangelt hatte. Jemand hatte die Pizza dreist mit ins Büro gebracht, obwohl Kohlenhydrate in L.A. ein absolutes No-Go waren.

Ich startete den Wagen, bog auf den Culver Boulevard und beschloss, einfach ziellos weiterzufahren, bis ich ein Lokal fand, das noch geöffnet hatte.

Ich kam an einer verwaist wirkenden Taqueria vorbei. An einem mit pinkfarbenen Neonröhren gerahmten Burgerladen im Retrostil.

Dann entdeckte ich mitten in den Reklameschildern eines Einkaufszentrums eine gelbrote Neonwerbung mit orientalisch stilisiertem Schriftzug: Jade Mountain Chinese Restaurant.

Die Namen chinesischer Restaurants in Amerika sind mir auf beruhigende Weise vertraut – ich finde es amüsant, wie sie noch im hektischen Gewimmel einer amerikanischen Großstadt einen zenmäßigen Anklang an die Natur vermitteln wollen. Ohne zu zögern fuhr ich auf den Parkplatz des Einkaufszentrums, der bis auf ein oder zwei Fahrzeuge gleich neben dem Gebäude leer war.

Das Restaurant war bescheiden und um diese Uhrzeit leer, eine der Deckenlampen flackerte unregelmäßig. An den acht Tischen standen vertraut aussehende Stühle – einfache Metallrahmen mit Polstern aus rotem Vinyl. Gerahmte Bilder der Chinesischen Mauer und des Huang-Shan-Gebirges erstrahlten in unnatürlichen Technicolorfarben. Auf dem Tresen stand eine goldene Winkekatze mit mechanisch wippender Pfote, genau wie im Restaurant meiner Familie und allen anderen chinesischen Lokalen in Flushing.

»Hi«, sagte ich und trat näher. »Kann ich noch etwas bestellen?«

Die Frau hinter dem Tresen sah von ihrem Handy auf. Sie war in den Vierzigern oder Fünfzigern, ihr müde wirkendes Gesicht bis auf die wenig schmeichelhaft pinkfarben gestylten Lippen ungeschminkt.

»Wir wollten gerade schließen«, sagte sie misstrauisch. Ich nahm ihren Hongkong-Akzent wahr.

Ich ging den nächsten Satz im Stillen durch.

»Sprechen Sie Kantonesisch?«, fragte ich auf Kantonesisch.

Die Sprache meiner Eltern außerhalb von Flushing zu benutzen, machte mich meist verlegen, aber die wenigen Worte brachten die Frau zum Strahlen.

»Aha, Kantonesisch! Sag mir, was du willst, kleine Schwester. Unser Koch ist noch nicht gegangen.«

Ich schaute auf die Karte mit den umständlich formulierten englischen Bezeichnungen für die Gerichte (Küchenchefs Nest von Zwölf Köstlichkeiten), dann fragte ich nach einer chinesischen Karte. Aus einer Schublade zog sie ein laminiertes, von oben bis unten mit chinesischen Schriftzeichen bedrucktes Exemplar.

Auf Chinesisch zu lesen war mir nie besonders leichtgefallen, aber ich entdeckte meine Lieblingsgerichte.

»Rübenkuchen. Eine sauerscharfe Suppe. Und einmal Lo Mein mit Rind«, sagte ich. »Oder geht das um diese Zeit nicht mehr?«

»Ich frage den Koch«, antwortete sie. »Hey, Fei-Zhai!« Dann rief sie ihm meine Bestellung zu. »Kannst du das noch machen?«

»Wenn nicht, ist es nicht schlimm«, fügte ich auf Kantonesisch hinzu. »Dann irgendetwas Einfacheres.«

Aus der Küche drang das zustimmende Brummen des Kochs, dann senkte sich eine unbehagliche Stille über uns, in der ich das Summen des Abluftventilators und das Brutzeln von Öl in einem Wok hörte.

»Lange gearbeitet?«, fragte die Frau.

Ich nickte und gähnte. »Ja. Zu lange. Ich hab heute Abend noch nichts gegessen.«

»Ohhh ... dann bekommst du dein Essen gleich. Wo arbeitest du?«

»Ähm.« Ich wollte nicht zu sehr ins Detail gehen. »Wir drehen einen Film. In einem Studio nicht weit von hier.«

»Oh, du bist im Filmbusiness! Das gibt's nicht!«, rief die Frau, als würde sie mir nicht glauben. »Was machst du? Bist du Schauspielerin?« Wahrscheinlich eine Höflichkeitsfrage. Dafür war ich eindeutig nicht dünn genug, das schien auch ihr Blick zu sagen.

»Nein, nein«, antwortete ich. »Ich bin Produzentin. Ich ... produziere den Film.«

»Oh, wow! Stell dir das vor.« Sie nickte und zog die ungezupften Augenbrauen hoch. »Produzentin. Dann bist du verantwortlich? Du bist die Chefin?«

»Ja. Nicht so ganz eigentlich.« Ich dachte an Hugo. Und an Sylvia in New York, die mich mit E-Mails von ihrem BlackBerry bombardierte. »Ich bin für vieles verantwortlich, aber ich habe noch eine Chefin.«

»Ah hah ha!« Lachend schlug sie sich auf die Schenkel. »Das kenne ich. Du schmeißt den Laden, machst die ganze Arbeit, hast aber immer noch einen Boss über dir. Bei mir die Besitzer des Restaurants. Absolut grauenhaft.«

»Genau.« Ich erinnerte mich an den anstrengenden Sommer im College, als mein Großonkel nicht im Restaurant gewesen war. Sechzehn-Stunden-Tage in der knalligen Hitze, kein Entkommen vor dem Geruch des Sesamöls und dem Geplapper der Gäste.

»Aber trotzdem, so viel Verantwortung, und du bist so jung … Wie alt bist du?«

Chinesische Frauen neigen gegenüber jüngeren chinesischen Frauen zu brutaler Direktheit. Ich verbarg meinen leichten Ärger.

»Ich bin … achtundzwanzig.«

»Achtundzwanzig. Ich hätte dich für älter gehalten. Du wirkst jedenfalls älter. Dann bist du noch richtig jung. Du hast noch eine Menge vor dir. Keine Kinder, keine Sorgen. Du genießt dein Leben.«

Ich sagte nichts. Stattdessen starrte ich auf die Pfote der Winkekatze, die endlos auf und ab wippte. Diese Katzenfiguren sollten Glück und Wohlstand bringen, aber der Anblick der Plastikpfote machte mich nur müde.

»Meine Eltern führen ein chinesisches Restaurant in New York«, sagte ich.

Die Frau wurde munter. »Das gibt's nicht. Dann bist du wirklich eine von uns!«

Wir sprachen über das Restaurant: dass die Kundschaft überwiegend aus der näheren Umgebung stamme, nicht aus diesen Weißen, die Abscheulichkeiten wie Zitronenhühnchen bestellten und grundsätzlich Sojasauce über ihren Reis kippten.

»Ah, schau dich an«, sagte sie schließlich. »Deine Eltern müssen stolz auf dich sein. Jetzt ist ihre Tochter hier in Hollywood und dreht einen Film.«

»Meinst du?«, fragte ich. »Keine Ahnung. Wahrscheinlich machen sie sich eher Sorgen und warten, dass ich zurückkomme.«

»Nimm es ihnen nicht übel. L. A. ist verrückt. Hier wird ein Film gedreht, dort feiert ein Film Premiere.« Sie zeigte aus dem Fenster, den Culver Boulevard erst in die eine, dann in die andere Richtung. »So viele Dreharbeiten. Und wir mit unserem kleinen Restaurant sitzen mittendrin und machen jeden Tag Dumplings. Für uns ändert sich nichts.«

Irgendwie wurmte mich ihr letzter Satz. Die Bescheidenheit, aber auch die Resignation in ihrem Ton. Ich spürte einen Anflug der Schuldgefühle, die meist mit den Gedanken an meine Familie einhergingen.

»Ist das Essen schon fertig?«, fragte ich, um zu signalisieren, dass ich mich nicht länger unterhalten wollte.

»Ich hole es dir. Ich heiße übrigens Debbie. Komm gern wieder hierher, Schwester. Am Ende eines langen Tages bekommst du hier etwas zu essen. Der Rübenkuchen geht aufs Haus.«

Diese letzte Szene erzähle ich Thom Gallagher erst gar nicht, weil ich irgendwie sicher bin, dass sie ihn nicht interessiert. Sie hat nichts mit seinen Recherchen zu tun. Nicht mit Hugo North und nicht mit Holly Randolph. Trotzdem hat es sich so abgespielt, dass ich an jenem Abend über das chinesische Restaurant gestolpert bin. In der Folge wurden das bescheidene Angebot fettiger Speisen und das unkomplizierte Geplauder mit Debbie für mich zum dringend benötigten Anlaufpunkt in L. A. – keine E-Mails, keine Anforderungen, kein Zwang zu Fröhlichkeit und Spritzigkeit. Mindestens einmal wöchentlich fuhr ich allein dorthin, schaufelte mir den dampfenden Rübenkuchen in den Mund und genoss ohne Reue die Kohlenhydrate.

Kürzlich habe ich das Jade Mountain Chinese Restaurant bei Google Earth gesucht und mir den betreffenden Abschnitt des Culver Boulevard auf dem Computermonitor angesehen. Aber ich habe keine Spur davon gefunden, so als hätte es nie existiert. In L. A. ist die Fluktuation bei Lokalen ziemlich hoch, wahrscheinlich hat es einfach dichtgemacht. Irgendwie empfinde ich das als persönlichen Verlust. Ohne diese Insel der Vertrautheit kommt mir L. A. zehn Jahre später so anonym und entfernt vor wie eh und je.

35

Mit der Produktion ging es unaufhaltsam voran. Über Courtney sprach ich mit niemandem ein Wort. Tara und Chip konnten klatschen, wie sie wollten, aber ich hatte das Gefühl, als Produzentin darüberstehen zu müssen. Was sich hinter geschlossenen Türen und nach ein paar Gläsern zu viel abspielte, ging mich nichts an, Hauptsache, die Arbeit blieb im Zeitplan. Vor allem bei Sylvia wollte ich den Eindruck erwecken, dass alles glatt lief, um sie mir vom Hals zu halten.

Aber es lief nicht glatt, jedenfalls nicht für mich.

Nach einer besonders aufreibenden Folge von Einstellungen in Woche vier, in denen es auch um den Mord an der Figur des Vaters ging, brüllte Xander mich an.

»Ich habe morgen einen PR-Termin? WARUM?« Er kochte.

Ich versuchte ihm zu erklären, dass Andrea, seine Agentin, den Termin vereinbart habe. Dass er wichtig für die Festivalpremieren von *A Hard Cold Blue* sei – aber Xander fiel mir ins Wort.

»Mir ist scheißegal, was Andrea oder sonst jemand sagt. Mach zur Abwechslung mal deinen Job und verschieb den Termin.« Dann warf er seinen Kopfhörer hin und stampfte davon.

Voller Zorn bemühte ich mich, die letzte Bemerkung zu verarbeiten. Vielleicht hätte Xander im ersten Jahr meines Praktikums das Recht gehabt, mich so anzuschnauzen, aber sicher nicht jetzt, wo ich die gesamte Produktion in den Händen hielt. Ich *machte* meinen Job, es gab keinen Grund, mich so zu behandeln.

Aber Xanders Ausbrüche waren nur vorübergehend. Viel dringender wollte ich mir Hugo vom Hals halten. Ihm Courtney als Assistentin zuzuteilen, hatte eine Zeitlang funktioniert und mir die meisten seiner kleinlichen Forderungen erspart. Trotzdem belastete die unausgesprochene Entwicklung seines Verhältnisses zu Courtney – mein Nichtwahrhabenwollen – unsere

Beziehung. Vielleicht verhielt ich mich ihm gegenüber anders als vorher, und er reagierte nur darauf. Jedenfalls wurde er mürrisch, sprunghaft und rachsüchtig.

Er konnte weiterhin der vertraute, leutselige Hugo sein – immer mit einem Kompliment, einem Glas Champagner oder einer Line Koks bei der Hand –, im nächsten Moment war er dann unberechenbar und bereit, sich über Nebensächlichkeiten aufzuregen. Mit den exklusiven Einladungen war es vorbei. Stattdessen kam es vor, dass ich um Mitternacht einen zornigen Anruf erhielt und er mich mit harten, gehässigen Beschimpfungen überzog – um sich dann am nächsten Tag ganz aufgeräumt und liebenswürdig zu präsentieren.

»Sarah«, fragte er mich eines Abends um 18 Uhr telefonisch. »Ist es wahr, dass du am Wochenende nach New York fliegst? Das ist keine besonders verantwortungsvolle Entscheidung, oder?«

»Ja, vielleicht fliege ich.« Der Tag war strapaziös gewesen. Wir hatten den letzten Teil der Verfolgungsjagd gefilmt, bei dem sich das Vierzigtausend-Dollar-Auto durch den choreografierten Verkehr einer Freeway-Ausfahrt schlängeln musste. »Ich hab alles im Griff, Hugo. Ich verschwinde nicht einfach unangekündigt.«

»Aber welcher Produzent macht sich während der Dreharbeiten einfach davon?« Ich hörte ihn in sein Telefon atmen, seine Stimme hatte einen gemeinen Unterton. »Willst du Sylvia kopieren? Erzähl mir nicht, dass deine Schwester auch Bulimie hat.«

Seine letzte Bemerkung ignorierte ich. Ich hatte mir einen Flug in der Economy-Class herausgesucht, der mir sechsunddreißig Stunden in New York verschaffen würde. Genug Zeit, um meine Schwester und meine neugeborene Nichte zu sehen und dann noch etwas Zeit mit meinen Eltern zu verbringen, damit sie sahen, dass ich noch lebte, bevor ich den fünfstündigen Rückflug antrat. Aber ich musste ihn noch heute Abend buchen, weil der Preis sonst in die Höhe schießen würde. Nicht jeder verfügte über einen Vorrat an Vielfliegermeilen, um auf den letzten Drücker Flüge ans andere Ende des Kontinents buchen zu können.

Hugo schimpfte vor sich hin.

»Wie kommst du überhaupt auf die Idee? Zeigst du *so*, dass du eine echte Produzentin bist? Ich brauche dich hier, damit du Entscheidungen triffst, aber du lässt wegen einer Familienangelegenheit alles stehen und liegen?«

»Es geht ums Wochenende, verdammt.« Ich ging auf den Gang, um nicht von allen gehört zu werden. »Es funktioniert doch sicher mal sechsunddreißig Stunden ohne mich. Wenn ich in L. A. bliebe, würde ich auch nicht die ganze Zeit arbeiten.«

Ich versuchte, nicht weinerlich zu klingen. Vom langen Arbeitstag war ich total erschöpft, einen Streit mit Hugo konnte ich jetzt wirklich nicht gebrauchen.

»Finde dich damit ab. Deine Schwester wird noch mehr Kinder bekommen. Und du irgendwann auch. Mach kein Riesending daraus.«

Seine Argumentation ergab keinen Sinn, aber sein Ton war derart boshaft, dass ich auf eine Entgegnung verzichtete. Vielleicht war mein Kurztrip es nicht wert, ihn noch weiter zu reizen.

»Ich denke darüber nach«, sagte ich schließlich. »Noch ist nichts entschieden.«

»Aber du weißt, wie deine Entscheidung ausfallen sollte. Deine Familie wird immer da sein, egal was passiert. Aber deine Karriere, Sarah? Ich will einfach nicht, dass du dir diese Chance versaust.«

Oh, halt's Maul, Hugo, dachte ich beim Auflegen. *Was weißt du schon von meiner Familie?*

Ich blieb noch einen Moment auf dem Gang, um mich zu sammeln. Dann kehrte ich ins Büro zurück, wo die meisten Mitglieder des Produktionsteams noch vor ihren Bildschirmen hingen. Ich wollte nicht, dass Seth und die anderen mitbekamen, wie aufgewühlt ich war. Schließlich setzte ich mich an meinen Schreibtisch, senkte den Blick und tippte wütend ein paar E-Mails.

Weil ich mich nicht entscheiden konnte, buchte ich den Flug an diesem Abend nicht.

Später, gegen zehn, fuhr ich zum Jade Mountain und plauderte mit Debbie, während ich auf meine übliche Bestellung wartete – Beef Lo Mein und Rübenkuchen. Debbie schenkte mir eine Tüte Chicken Wings zum Mitnehmen. Vielleicht konnte ich die Schuldgefühle gegenüber meiner Familie auf diese Weise am ehesten zur Ruhe bringen.

Als ich am nächsten Morgen aufwachte, entdeckte ich eine Nachricht von meiner Schwester.

Die Wehen haben angefangen!!! Drück mir die Daumen ...
Aufgeregt schnappte ich nach Luft. Aber das Gefühl wurde schnell von Bedauern überlagert. Der Ticketpreis war auf vierhundert Dollar gestiegen, was mehr war, als ich ausgeben wollte. Wieder einmal gewann meine sparsame Seite die Oberhand.

Ich glaube, meine Eltern hofften insgeheim, dass ich am Wochenende nach New York kommen würde. Aber als ich das nicht tat, reagierten sie verständnisvoll. Sie erklärten, die Arbeit sei wichtig, ich solle auf meinen Boss hören.

Am Samstagnachmittag schickte meine Schwester mir ein Foto des Neugeborenen. Ein kleines rosafarbenes Ding, zusammengerollt und gleichgültig gegenüber der Welt.

Sie heißt Alice, schrieb Karen. *Sie kann es kaum abwarten, dich kennenzulernen.*
Der Anblick meiner Nichte ließ mich zittern. Ich stellte mir vor, wie es sich anfühlen würde, ihren kleinen, zerbrechlichen Körper zu halten. Dann schaltete ich meinen BlackBerry aus und ignorierte die fünf anderen Nachrichten, die ich bekommen hatte.

Das ganze Wochenende ärgerte ich mich über mich selbst, weil ich den Flug nicht gebucht hatte. Am Sonntag versuchte ich, mich von der Produktion abzulenken, indem ich mich ein bisschen in der Filmszene der Stadt umsah. Holly und ich waren zur Premiere eines Independent-Films im Cinespace am Hollywood Boulevard eingeladen worden. Holly kannte mehrere Leute, die dort mitspielten, ich war von einer Agentur eingeladen worden, mit der ich vor kurzem erste Gespräche geführt hatte.

Der Film war als herzerwärmende Dramedy über eine schrullige dysfunktionale Familie ehemaliger Hippies im amerikanischen Südwesten angekündigt. Weil keine bekannten Stars mitwirkten, glaubte ich, der Film werde nicht viel Umsatz einspielen, aber der Regisseur war vielversprechend. Die Branchenmagazine würden später schreiben: »Ein solider erster Versuch.«

Ich war klug genug, meine Bedenken bei der Premiere für mich zu behalten.

»Das war großartig!«, erklärte ich enthusiastisch, als ich dem Autor/Regisseur bei den Drinks nach der Vorführung die Hand schüttelte.

»Ja, Jeremy hat wirklich beeindruckend gespielt«, sagte Holly. »Er ist so talentiert. Wir waren zusammen an der Juilliard.«

»Oh, dann bist du also auch Schauspielerin?«, fragte der Filmemacher. Ich merkte, dass er Holly gründlicher musterte: ihre roten Haare und das fotogene Gesicht.

Ich erklärte, sie spiele die Hauptrolle in unserer Produktion, Holly stellte mich als Produzentin vor. Wir ließen uns durch die Gäste aus der Branche treiben, erfreuten uns des Weins und der Aufmerksamkeit, die uns sicher war, sobald wir beiläufig erwähnten, dass wir gerade einen Film drehten. Mehrere Leute drückten mir ihre Drehbücher in die Hand, andere wollten wissen, wer Holly repräsentierte. Typisch Hollywood. Weil wir dank des Alkohols in der richtigen Stimmung waren, genossen wir den Abend.

Nach einer Weile ließ ich den Blick durch den Raum schweifen und entdeckte eine vertraute Gestalt: Hugo, inmitten einer enthusiastischen Runde von Leuten, die ich nicht kannte. Direkt neben ihm, wie üblich in sich gekehrt, stand Xander.

»Oh, Scheiße«, platzte ich heraus.

»Was ist?« Holly folgte meinem Blick.

»Auf zwölf Uhr«, sagte ich. »Hugo und Xander.«

Am liebsten hätte ich mich versteckt, aber es war zu spät: Hugo hatte uns schon gesehen. Mitsamt seinem Gefolge drängte er sich in unsere Richtung.

»Ich kann einfach nicht glauben, dass er sich dermaßen wie ein Arschloch aufgeführt hat und dich nicht zu deiner Nichte fliegen lassen wollte«, murmelte Holly verärgert. Eine Zehntelsekunde später hatte sie sich wieder im Griff und setzte ihre professionelle liebenswürdige Miene auf. Ich versuchte, mir ein Beispiel an ihr zu nehmen.

»Hugo und Xander!«, rief sie den beiden strahlend entgegen.

»Na, was für ein Zufall.« Hugo trat mit einem Lächeln auf uns zu. »Wie schön, euch beide hier zu sehen.«

»Gleichfalls«, sagte ich und hielt mein Weinglas hoch, sodass wir anstoßen konnten.

»Morgen müssen wir alle arbeiten«, bemerkte Hugo. »Aber seht uns an: Trotz allem lassen wir es krachen.«

Hugo stellte uns seinem Gefolge vor: Agentinnen, Manager, ein Experte für Product Placement. Carrie, eine der Agentinnen, hatte ich schon in Hugos Hotelsuite bei einer Line Koks kennengelernt. Als Hugos Begleiter hörten, dass wir der Star und eine Produzentin von Hugos neuem Film waren, äußerten sich alle beifällig.

»Ihr Mädels müsst begeistert sein, mit einem heißen neuen Regisseur wie Xander zu arbeiten«, bemerkte ein kleiner, nervöser Mann namens Aaron. Seine aggressive, geschwätzige Art ließ mich auf einen Agenten tippen.

Wir gaben das übliche positive, unverbindliche Geschwafel von uns. Ich fügte hinzu, dass ich schon seit fünf Jahren mit Xander zusammenarbeitete.

»Und Hugo an Bord zu haben«, fuhr Aaron fort und stieß den Angesprochenen spielerisch mit dem Ellbogen an. »Ich meine, er ist *der Mann*. Wer würde keinen *Mord* begehen, um seine finanziellen Möglichkeiten zu haben! Stellt euch vor, wie viele Filme man damit produzieren könnte.«

»Stopp.« Hugo hob tadelnd den Finger. »Es wäre mir lieber, wenn du das nicht zu laut herausposaunst.«

Die Umstehenden lachten laut.

Lisa, eine leitende Angestellte mit Helmfrisur, meldete sich zu Wort. »Aber wirklich, Hugo. Ich bin so froh, dass du endlich nach L. A. gekommen bist und einen Filmemacher gefunden hast, der deine Unterstützung verdient.«

»Ja«, bemerkte ich aus einem jähen Impuls heraus. »Was hat dich dazu veranlasst, Hugo? In einen Film zu investieren, meine ich?«

Hugo sah mich neugierig an und verfiel dann in die Standardsprüche, die ich schon zwanzigmal gehört hatte. »Wie ich schon bei unserer ersten Begegnung in Cannes gesagt habe, Sarah ...« Ich ließ ihn über die Freuden schwafeln, die wir alle dem Kino verdankten, und musterte sein entzücktes Publikum.

»Ja, aber geht es *wirklich* um die Kunst als solche?«, unterbrach ich ihn. »Oder um das alles hier?« Ich deutete auf die Menge ringsum und hob mein Glas. »Die Partys, der Glamour ... die Frauen?«

Ich dachte an Jessica und ihr gekünsteltes Lächeln auf dem Barhocker des New Yorker Clubs. Und an Courtney. Natürlich war mir auch nicht entgangen, wie er Holly ansah.

In seinen Augen blitzte deutlicher Unmut über meine Frage auf – was mir ein perverses Vergnügen bereitete. Ich wollte nicht lockerlassen, im Gegenteil.

»Natürlich will ich nicht abstreiten, dass die Branche dadurch zusätzlich an Anziehungskraft gewinnt. Da können Immobilien nicht mithalten.« Er suchte in den Gesichtern der anderen nach Zustimmung.

Aaron nickte. »Ich meine, wenn man Tag und Nacht bis zum Umfallen schuftet, hilft es schon, scharfe Frauen um sich zu haben.«

»Und Männer«, fügte Lisa hinzu. »Heutzutage läuft es nicht mehr so einseitig.«

Wieder wurde gelacht.

Holly, die einzige Schauspielerin in unserer Runde, hatte die Stirn gerunzelt. »Halt, Moment mal.« Alle wandten sich ihr zu. »Ich bin Schauspielerin, ich weiß, dass von mir ein gewisses Aussehen erwartet wird. Aber schenkt uns ein bisschen Anerkennung. Wir haben Talent, wir arbeiten hart. Wir sind nicht bloß Schaufensterpuppen.«

Einen Moment lang herrschte Stille.

»Hör mal, Schätzchen«, sagte Aaron dann. »Ganz sicher hast du Talent. Aber bis wir das zu sehen bekommen, sehen wir erst mal dein Gesicht, sonst nichts.«

Holly nickte lächelnd, aber ich merkte, wie sie bei seinem herablassenden Ton zusammenzuckte.

Hugo sagte: »Ich bin nicht sicher, Holly. *Ich* würde sagen, dass nicht nur dein Gesicht dafür sorgt, dass du auffällst. Sondern deine Einstellung.«

»Oh, willst du damit sagen, dass ich eine schlechte Einstellung habe?«, fragte sie scherzhaft. Die anderen kicherten.

»Du hast eine brillante Einstellung, meine Liebe«, schmeichelte Hugo. »Diejenigen, die sich ein bisschen anpassen können, die das Spiel begreifen, haben am Ende den meisten Erfolg. Wenn man weiß, wie man die richtigen Knöpfe drückt – oder *wessen* Knöpfe man drücken muss … Findest du nicht auch, Sarah?«

Überrascht, so direkt angesprochen zu werden, zögerte ich.

»Doch, natürlich«, erwiderte ich leicht gereizt. Ich musterte Hugo und versuchte zu verstehen, welches Spiel er eigentlich trieb. »Wenn einem nur daran gelegen ist, den Status quo aufrechtzuerhalten.«

Hugo lachte. »Das musst du näher erklären.«

»Ich meine, wenn wir nichts anderes tun wollen, als uns bei den Mächtigen einzuschleimen«, formulierte ich vorsichtig. Dann spann ich meinen Gedanken weiter: »Ihnen liegt nur daran, dieselbe Formel immer wieder zu reproduzieren, stimmt's? Was ist, wenn man etwas Neues schaffen will? Etwas ... Revolutionäreres?«

»Sarah.« Hugo lächelte süffisant. »Wir machen bloß Filme, keinen marxistischen Aufstand. Ich meine, *ein* Filmemacher wie Tarkowski reicht für alle Zeiten aus, oder nicht?«

Alle lachten, aber Hugos höhnische Bemerkung – mit der ich natürlich gerechnet hatte – stachelte mich nur weiter an.

»Eisenstein«, platzte ich mit einer gewissen Schärfe hinaus.

»Wie bitte?«, fragte Hugo verwirrt.

»Eisenstein, nicht Tarkowski.« Ich wusste, dass meine Bemerkung engstirnig war, aber ich wollte unbedingt das letzte Wort behalten. »Falls du den sowjetischen Filmemacher meinst, der *Panzerkreuzer Potemkin* gedreht hat.«

»Okay, von mir aus.« Hugo winkte geringschätzig ab. »Ich bitte um Entschuldigung dafür, dass mein Wissen über russische Regisseure lückenhaft ist. Sie sind nicht mein täglich Brot, wie es bei euch Filmfreaks der Fall sein mag.«

Aaron und einige andere kicherten, aber ausgerechnet Xander meldete sich zu Wort.

»Eisenstein hat das Konzept der Montage praktisch *erfunden*«, erklärte er mit tödlichem Ernst. »Man kann ihn eigentlich mit niemandem verwechseln.«

»Hugo«, sagte ich und hob scherzhaft den Finger. »Wenn du in dieser Gesellschaft hier über die Filmgeschichte sprichst, musst du gut aufpassen.«

Xander lachte. Carrie und Holly auch.

Hugos Blick wurde kalt. »Oh, verdammt nochmal!«, blaffte er uns an. »Ihr geht mir manchmal richtig auf die Nerven.«

Einen Moment lang waren wir alle sprachlos, einige glaubten wohl, er hätte es scherzhaft gemeint. Aber seine Wut wirkte echt.

»Es reicht wohl nicht, wenn ich eure verdammten Filme bezahle. Anscheinend muss ich ein Experte in Filmgeschichte sein, um sie produzieren zu dürfen? Ihr braucht *mein* Geld, es ist *meine* Sache, wen ich unterstütze. Glaubt also nicht, dass *irgendjemand* von euch sich darüber lustig machen sollte, wenn ich den Unterschied zwischen Eisenstein und Tarkowski und Polanski oder irgendwelchen von euren Autorenfilmern nicht kenne. *Keiner* von diesen Typen hätte ohne Geld einen einzigen Film gemacht, was auch für euch alle gilt. Also zeigt verdammt noch mal ein bisschen Respekt. So – wer will noch Champagner?«

Sein Blick glühte, herausfordernd schwenkte er die Champagnerflasche.

Nach einem Moment des Schweigens hob Aaron sein leeres Glas. »Ich auf jeden Fall.«

Holly und ich sahen uns schockiert an.

Dann merkte ich, dass Hugo mich anstarrte.

»Jetzt trink schon aus, Sarah.«

In seinem Blick mischten sich Verspieltheit und eine unübersehbare Warnung.

Interview-Abschrift:
Telefonat mit Courtney Novak (geb. Jennings),
Mittwoch, 1. Nov., 18.12 Uhr

Thom Gallagher Hi, ich heiße Thom Gallagher. Ich bin Journalist und arbeite für die *New York Times*.
Courtney Novak Die *New York Times*? Oh. Ja ... Ich weiß, wer Sie sind. [*Pause*] Wie sind Sie an meine Nummer gekommen?
TG Ähm, ihr Chef, Dan Gomez, hat sie mir gegeben.
CN Oh, ach so. [*Pause*] Womit kann ich Ihnen helfen?
TG Ich schreibe einen Artikel ... Dafür spreche ich gerade mit einigen Leuten. Ich glaube, Sie könnten mir helfen, in einer wichtigen Angelegenheit etwas klarer zu sehen.
CN Welche Angelegenheit?
TG Ich könnte mich irren, aber ich glaube, Sie waren im Jahr 2006 an den Dreharbeiten zu einem Film namens *Furious Her* beteiligt? Holly Randolph hat damals die Hauptrolle gespielt.
CN Darüber kann ich nicht reden.
TG Aber Sie waren an diesem Film beteiligt, stimmt's? Sie hießen damals Courtney Jennings und tauchen in den Stabangaben auf.
CN Ja ... so hieß ich vor meiner Hochzeit.
TG Sie haben damals als Assistentin gearbeitet, ist das korrekt?
CN Ja.
[*Pause*]
TG Wären Sie in der Lage, ein paar Fragen zu den Dreharbeiten zu beantworten?
CN Nein, ich ... Ich kann das nicht.
TG Können Sie nicht, oder wollen Sie nicht?
CN Beides. Hören Sie, das ist ziemlich lange her. Ich kann mich sowieso nicht mehr an viel erinnern. [*Pause*] Warum fragen Sie nach diesem speziellen Film?
TG Ich ... recherchiere ein wenig zu den Produzenten. Vor allem zu einem Mann namens Hugo North.

CN [*Pause*] Ähm … Ich kann wirklich nicht darüber reden. Ich bin vertraglich verpflichtet, darüber …

TG Sie sind was?

CN Ich werde nicht weiter darüber sprechen. Ich kann nicht. Tun Sie mir einen Gefallen und rufen Sie nicht mehr an.

TG Darf ich wenigstens fragen …

CN Nein. Wenn Sie noch einmal anrufen, wird mein Anwalt sich darum kümmern …

TG Aber ich glaube wirklich …

CN Wissen Sie, mit wem Sie reden sollten? Damals war da eine Asiatin, die mit ihm zusammengearbeitet hat – ich kann mich nicht mehr an den Namen erinnern …

TG Sarah Lai? Sie taucht auch in den Filmcredits auf.

CN Ja. Das ist sie. So hieß sie. Sarah Lee oder Lai, etwas in der Art. [*Pause*] Reden Sie mit ihr. Sie trug damals eine Menge Verantwortung.

[*CN legt auf*]

36

Der kleine Triumph, den es mir verschafft hatte, Hugo an jenem Abend vorzuführen, verpuffte bald in der anhaltenden Schinderei der Produktion. Woche fünf war ein Horror. Wir hatten Amanda, die Kinderdarstellerin, am Set, mitsamt einem Gefolge aus schwieriger Mutter, Privatlehrer, Agentin, Manager und einer neugierigen Frau vom Arbeitsschutz. Außerdem standen Ron und Jason täglich vor der Kamera. Als etablierte Stars hatten auch sie Agenten und Manager im Schlepptau, die uns mit ständigen Forderungen nervten. Zu allem Überfluss war auch unser eigenes PR-Team samt Kameras am Set, um die beiden bekannten Darsteller zu begleiten.

Für ein bisschen Linderung sorgte nur meine Freundschaft mit Holly. In den Mittagspausen, wenn alle herumsaßen und sich über Salat und Pasta hermachten, fragte Holly regelmäßig nach den Fotos meiner neugeborenen Nichte, die meine Schwester jeden Morgen schickte.

»Sie ist wirklich umwerfend«, sagte Holly jedes Mal. »Ich wette, du kannst es kaum erwarten, sie auf den Arm zu nehmen.«

Anschließend verbrachten wir ein paar Minuten damit, uns in ihrem Aufenthaltsraum über die Dreharbeiten zu amüsieren, über Xander, Hugo und die unterschiedlichen Charaktere am Set. Beide freuten wir uns auf ein bisschen Ruhe am Wochenende.

Um das Ende dieser harten Arbeitswoche zu feiern – inzwischen lagen nur noch zwei Wochen vor uns –, lud Hugo uns für den Samstagabend zu einer Produktionsparty in sein Haus in Beverly Hills ein.

»Eine Art Noch-vierzehn-Tage-Party«, nannte es Hugo. »Nach all der harten Arbeit haben wir es uns verdient, ein bisschen Dampf abzulassen.«

Was Hugo anging, war ich in den letzten Wochen misstrauischer geworden, aber als verantwortliche Produzentin konnte ich mir nicht erlauben, nicht hinzugehen. Ihn zu besänftigen, war immer einfacher, als den nächsten Wutausbruch aus heiterem Himmel zu riskieren. Außerdem war ich natürlich neugierig auf sein Haus in Beverly Hills. War es tatsächlich so protzig, wie wir es uns ausmalten?

Am Samstagnachmittag fuhren Holly und ich zusammen los. Obwohl wir uns nicht explizit über die Gründe austauschten, waren wir uns einig, uns für etwa eine Stunde sehen zu lassen und dann wieder zu fahren. Ich steuerte meinen Hyundai durch die breiten, gepflegten Straßen von Beverly Hills, während Holly mir mit auf den Knien aufgeschlagenem Stadtplan den Weg wies.

»Okay, hier rechts. Und dann … die zweite links.«

Die Häuser, an denen wir bisher vorbeigekommen waren, schienen mit jeder neuen Straße größer geworden zu sein. Villen im Kolonialstil mit Pseudo-Tudor-Fassaden. Minischlösser mit efeubewachsenen steinernen Erkertürmen. Dazwischen karge zeitgenössische Würfel aus Glas und Stahl. Die wohlhabenden Gegenden in Los Angeles sind ein groteskes Spektakel ganz eigener Art. Ein Mischmasch sämtlicher Genres und Stile, bis in die Bauweise einzelner Häuser hinein.

Die Straße, in der Hugo sein Haus hatte, war ungefähr doppelt so breit wie die, in der Holly und ich wohnten. Am Bürgersteig standen Porsches und Prius-Modelle. Dann entdeckten wir einen Haufen geparkte Autos, die auf eine Party hindeuteten.

»Da muss es sein«, sagte ich. Wir näherten uns einer palastartigen weißen Villa, vor der Palmen wuchsen. Eine halbkreisförmige Zufahrt führte zum Portikus am Haupteingang. Ich war überrascht, dass es kein Tor gab, aber vielleicht scherte Hugo sich nicht darum, weil er sich hier sowieso selten aufhielt.

»Na, größer als mein Elternhaus ist es auf jeden Fall«, bemerkte Holly spöttisch.

»Himmel, deine Eltern haben immerhin ein Haus«, gab ich zurück. Wir beide lachten.

Vor meinem geistigen Auge tauchte die Vier-Zimmer-Wohnung in Flushing auf, die mit Plastik abgedeckten Möbel und die gerahmten Schulabschlüsse meiner Eltern an den Wänden – all das schien zu einer Person aus einem anderen Leben zu gehören.

Weil Courtney nicht zur Party kommen konnte, hatte Hugo mich gebeten, ein paar Verträge auszudrucken und für ihn mitzubringen. Als wir das Foyer mit den hohen Wänden betraten, steckten sie in meiner Handtasche. Ich hob meinen Blick zu dem Dachfenster, das über der luftigen zentralen Treppe schwebte. Eindrucksvoll, aber irgendwie wirkte das Haus leer, unbewohnt. Es erinnerte mich an ein verlassenes Filmset mit Möbeln und geschmackvollen Dekorationsstücken – eine hohe beige Vase enthielt drei schlanke Stängel irgendeiner minimalistisch wirkenden Pflanze. Was fehlte, waren Zeitschriften, Bücher oder Familienfotos, die auf die Anwesenheit von Menschen hindeuteten.

Wir waren vom Eventpersonal begrüßt worden, das er für die Party angeheuert hatte. Frauen in kurzen schwarzen Kleidern und Ballerinas liefen durchs Haus, alle jung und makellos geschminkt, die blonden Haare zu hohen Pferdeschwänzen gebunden. Bizarr.

»Wollt ihr zu Hugo?«, hatte uns eine von ihnen an der Haustür gefragt. »Er ist hinten am Pool.«

Das Letzte, was ich sehen wollte, war ein Badehose tragender Hugo, der seinen behaarten Oberkörper der Allgemeinheit präsentierte.

Holly und ich ließen unsere Handtaschen in dem dafür vorgesehenen Zimmer und sahen uns amüsiert an. Was würde uns in Hugos Horrorhaus erwarten?

Als wir in den Poolbereich traten, schien eine für L. A. ganz normale Hausparty im Gange zu sein. Aus unsichtbaren Lautsprechern drang Musik, neben der Bar war ein opulentes, aber nicht exzessives Buffet aufgebaut. Ein junger Mann und eine junge Frau in schwarz-weißer Garderobe mixten mit selbstsicherer Begeisterung Cocktails.

Im Poolbereich entdeckte ich Xander, Seth, Clive und den größten Teil des Teams, alle mit Drinks in den Händen. Die unbekannteren Schauspielerinnen und Schauspieler waren komplett anwesend, offenbar in der Hoffnung, Kontakte zu knüpfen. Von denen, die eine Hauptrolle spielten, war nur Ron zu sehen. Er hatte die Haare zurückgekämmt und trug eine Pilotensonnenbrille.

»Und hier kommen unsere wirklichen Stars«, verkündete Hugo in schmeichlerischem Ton. Er trat auf uns zu und küsste unsere Wangen. »Wo wären wir nur ohne diese beiden Schönheiten?«

Er legte seine Arme um unsere Schultern, ich war nur dankbar, dass der Gürtel seines Bademantels fest über dem Bauch zugezogen war.

»Sarah, die dafür sorgt, dass wir alle bei Verstand bleiben. Und Holly … die zauberhafte, unvergleichliche Holly, die für eine andere Welt geschaffen ist.«

Zur Bekräftigung küsste er sie noch einmal auf die Wange. Holly lächelte entgegenkommend und löste sich dann aus seinem Griff.

»Ich hole mir einen Drink«, erklärte sie.

»Oh, nein, nein, nein.« Hugo hielt ihren Arm fest. »Im Traum nicht. Ich hole euch beiden etwas zu trinken. Was darf es für die Damen sein?«

Holly und ich zuckten die Schultern. Sie bat um einen Gin mit kalorienarmem Tonic.

»Ich nehme nur ein Corona«, sagte ich, schließlich musste ich fahren. Und wir wollten nur eine Stunde bleiben.

Holly war bereits in eine Unterhaltung mit Ron vertieft, sodass ich mich der nächsten Gruppe zuwandte, unserer Visagistin Marisa und ein paar weniger bekannten Mitgliedern der Besetzung.

»Sarah, die Produzentin, stimmt's?«, wurde ich von Brent gefragt, einem Schauspieler, mit dem ich bis dahin kein einziges Wort gewechselt hatte. Er spielte einen der jüngeren Bösewichter. Wie alle Schauspieler, selbst wenn sie Verbrecher spielten, sah er beeindruckend aus. Dichte schwarze Haare und ein vorstehendes Kinn.

»Ja.« Ich nickte. »Ich bin Sarah. Ich hoffe, die Dreharbeiten machen Spaß?«

»Es ist ein tolles Projekt«, schwärmte er. »Großartiges Drehbuch. So straff und kompakt und intensiv.«

Ich beschloss, meinen eigenen Beitrag nicht zu verschweigen.

»Ja, Xander und ich haben hart daran gearbeitet, das Drehbuch ganz auf Katies Geschichte und ihren Überlebenskampf zu reduzieren.«

»Hey, dann arbeitest du an den Drehbüchern mit?«

»Das ist der Teil des Produktionsprozesses, der mir am meisten Spaß macht. Drehbücher zu entwickeln.« Nach drei Monaten in L. A. hatte ich kein Problem mehr damit, meinen eigenen, unbestreitbaren Status als Produzentin hervorzuheben.

»Wow, das ist natürlich praktisch. Eine Produzentin, die sich gern mit den Büchern beschäftigt.« Brent beugte sich ein Stück vor, sein magnetischer Blick suchte meinen. »Weißt du, ich arbeite selbst an einem Drehbuch …«

Ich hätte es kommen sehen müssen. Wo ließ sich besser Werbung für Drehbücher betreiben als auf einer Party in L. A.?

Ich nickte höflich und hörte zu, wie Brent mir seine düstere, in den Maisfeldern des Mittleren Westens spielende Suspense-Story präsentierte. Währenddessen sah ich mich im Poolbereich nach Holly um. Sie sprach jetzt mit Xander und Barry.

In diesem Moment spürte ich eine Hand an meiner Taille.

Ich drehte mich um und sah Hugo, sein Atem roch wie üblich

nach Whisky. Er drückte mir eine kalte Flasche Corona in die rechte Hand.

»Du solltest mit dem Trinken anfangen, Sarah«, sagte er mit blödem Grinsen. »Wir haben schon einen ordentlichen Vorsprung.«

Ich nickte lächelnd. »Danke. Aber ich muss fahren.«

Sein Mund näherte sich meinem rechten Ohr. »Du hast mir doch die Verträge zum Unterschreiben mitgebracht, oder?«

»Ja, sie sind in meiner Tasche.«

»Später, bevor du gehst, unterschreibe ich sie. Vergiss es nicht.« Dann mischte er sich mit Hollys Drink wieder unter die Leute. In diesem Moment dachte ich mir nichts dabei.

Eine Stunde später hatte ich zwei Flaschen Corona getrunken.

Ich weiß nicht, wie es dazu gekommen war, denn ich hatte es bei einer belassen wollen. Aber als ich genug Fisch-Tacos und Salat gegessen hatte, war ich wohl davon ausgegangen, dass eine zweite Flasche mir nicht schaden konnte.

Die Party war inzwischen lockerer geworden, laute Indie-Musik lief, die untergehende Sonne tauchte den Pool in das für den Süden Kaliforniens typische goldene Licht. Einige Männer planschten im Pool herum, in Gesellschaft mehrerer junger Frauen in Bikinis, die mir weder zum Stab noch zur Besetzung zu gehören schienen. Hugos Girls mal wieder, mit Einheitsfigur und Einheitsgröße.

Holly und ich hatten keine Badesachen mitgebracht. Wir hatten beide keine Lust, uns vor den Arbeitskollegen auszuziehen. Trotzdem genossen wir die Gesellschaft, ich spürte die Aufregung bei dem Gedanken, dass wieder ein Filmdreh vor dem Abschluss stand und all diese talentierten, hart arbeitenden Menschen hier zusammenkamen. War es tatsächlich erst wenige Monate her, dass wir Hugo in Cannes kennengelernt und auf der Hotelterrasse über Finanzierungsmöglichkeiten gesprochen hatten? Jetzt lagen noch zwei Wochen vor uns, bis die Dreharbeiten in L. A. beendet sein würden.

In einer Art ungläubigem Staunen sah ich mich um. Wie schnell das Leben doch eine derart erfreuliche Wendung nehmen konnte. Ich sah die Menschen vor mir, die ganzen Schauspielerinnen und Schauspieler, die Handwerkerinnen und Techniker. Sie alle waren hier, um etwas zu erschaffen, bei dessen Entwicklung ich eine Schlüsselrolle gespielt hatte.

Ein Tippen auf meine Schulter riss mich aus meinen Tagträumereien. Bevor ich begriff, was los war, hatte Hugo mein Handgelenk gepackt und führte mich ins Haus.

»Komm, Sarah, wir müssen diese Verträge unterschreiben, bevor du zu betrunken bist.«

»Was?« Ich drehte mich schnell zum Pool um, aber Hugo drängte mich in seine geräumige, ungenutzte Küche. Ein oder zwei Leute vom Catering-Personal bedienten sich an den Resten und betrachteten uns abwesend.

Er führte mich in die Eingangshalle.

»Die Verträge, wo sind sie?«

»Du willst sie jetzt auf der Stelle unterschreiben?«, fragte ich. Der plötzliche Szenenwechsel und Hugos sprunghaftes Verhalten irritierten mich.

»Ja, Sarah. Es geht ums Geschäft. Nimmst du es ernst oder nicht? Filmemachen ist kein Zuckerschlecken, weißt du?«

Er packte mich an beiden Schultern und stierte mich mit gerötetem Gesicht an. Hugo schien der Raserei nahe. Ich wusste, dass ich ihn in diesem Zustand besser nicht verärgern sollte.

Eine leise Panik überkam mich. »Ja, ich hole sie. Sie sind in meiner Tasche.«

»Bring sie sofort her, damit ich sie unterschreiben kann«, blaffte er mich an.

Vor lauter Verwirrung war mir schwindlig. So dringend waren die Verträge wahrhaftig nicht. Ging es hier, zwei Wochen vor

Drehschluss, um eine Art Test? Ich beugte mich über die Tasche, fand die Kopien der Verträge und brachte sie zu Hugo.

Er nahm sie mir ab und fing an, mich die Treppe hinaufzuziehen.

»Moment mal, was soll das?«, fragte ich.

»Lass sie uns oben unterschreiben.«

Ich sah mich um und merkte, dass zwei der jungen Frauen vom Catering, als wir hinaufgingen, miteinander flüsterten und uns verstohlene Blicke zuwarfen. Was glaubten sie, was sich hier abspielte?

Aber mittlerweile waren wir oben, Hugo hielt immer noch mein Handgelenk und zog mich durch den Gang zu einem erleuchteten Zimmer ganz am Ende. Er schob mich durch die Tür, die Umgebung irritierte mich. Anscheinend war ich in einem Schlafzimmer mit einem riesigen Bett, dessen Laken zurückgeworfen und zerwühlt waren.

»Lass uns den Vertrag anschauen«, sagte er und blätterte durch die Ausdrucke.

Meine Panik schlug in eine Art Urangst um.

Ich sah ihn auf und ab gehen, mein Herz raste. »Hugo, warum hast du mich zum Unterschreiben hierhergebracht?«

Er sah mich geringschätzig an und wandte sich wieder den Papieren zu. »Bei dem ganzen Lärm da draußen kann ich nicht nachdenken. Geschäftliches kann ich nur hier oben mit dir besprechen, ganz privat.«

Er starrte mich zornig an. »Das ist meine Party. Ich zahle für das Essen und die Drinks dieser Leute. Da sollten sie ein paar Minuten ohne mich zurechtkommen, oder?«

Er spuckte die Worte geradezu aus, scharf und abfällig. Die Gehässigkeit in seinem Ton brachte mich aus dem Gleichgewicht.

Hugo bedeutete mir, näher zu kommen. »Komm schon, erklär mir, was diese Ziffer bedeutet.«

Ich rührte mich nicht von der Stelle.

»Sarah!«, zischte er mich ungeduldig an. »Soll ich das jetzt unterschreiben oder nicht?«

Langsam bewegte ich mich nach vorn, versuchte aber, auf sicherem Abstand zu Hugo zu bleiben, der sich am Nachttisch über die Unterlagen beugte. Aber er packte mich und zog mich dicht an sich heran.

»Ziffer 22a. Was bedeutet das?« Er hatte den Arm fest um mich gelegt. »Da ich offensichtlich nichts von Filmen verstehe, wirst du mich weiterbilden müssen.«

Der Vertrag sollte unsere Übereinkunft mit dem Tonstudio in New York besiegeln, wo in wenigen Monaten Sounddesign, Tonschnitt, Nachsynchronisation und die endgültige Abmischung stattfinden sollten. Es war der trockenste Aspekt der Post-Production, aber ich versuchte, ihm alles mit möglichst ruhiger Stimme zu erklären.

Innerlich zitterte ich vor Angst. Ich war in einem fremden Schlafzimmer. Mit Hugo. Draußen amüsierten sich alle. Meine Gedanken rasten zurück zu Courtney, zu den Gerüchten über sie und dem Umstand, dass sie neuerdings alle geselligen Anlässe mied.

Er nickte, offenbar zufrieden mit meiner Erklärung. »Gut, gut«, brummte er. »Okay, ich unterschreibe es.«

Mit seiner freien Hand tastete er nach einem Montblanc-Füller auf dem Nachttisch, dann blätterte er die Seiten durch, um seine Initialen jeweils in eine Ecke zu setzen und schließlich die letzte Seite zu unterschreiben. Dasselbe machte er mit den Anhängen und der zweiten Kopie.

Während der ganzen Prozedur hielt er mich mit dem anderen Arm unnachgiebig fest.

Als er die Seiten zusammengelegt hatte und mir die Mappe zurückgab, glaubte ich, er würde mich loslassen. Aber das tat er nicht.

»Danke fürs Unterschreiben«, sagte ich und versuchte, meine

Panik hinter einem gleichmütigen Ton zu verbergen. »Dann lass uns zurück zur Party gehen.«

Hugos Lachen klang wie ein gutturales Donnern. »Nein, nein, erst teilen wir uns eine Line Koks.«

Ich schüttelte den Kopf. »Sorry, geht nicht, ich fahre.«

»Mein Fahrer kann dich nach Hause bringen.«

»Nein, ist schon in Ordnung. Ich muss jetzt wirklich wieder runter.«

»Nicht so schnell, Sarah.« In Windeseile stieß Hugo mich gegen die Wand, sein breiter Bauch presste sich gegen meinen, ich roch seinen sauren Atem. Immer noch drückte ich die Mappe mit den Verträgen an mich.

»Hugo.« Ich wand mich, das Herz schlug mir bis zum Hals. »Was zum Teufel tust du da?«

»Ich weiß genau, was ich tue.« Seine linke Hand berührte meine Rippen und tastete sich zur Brust vor. Mein Arm und die Verträge waren zwischen uns eingeklemmt. Seine rechte Hand strich meinen nackten linken Arm hinunter. Ich sank zurück gegen die Wand.

»Weißt du, ich mag asiatische Mädels wie dich: Haut wie Seide«, flüsterte er. »Vom ersten Moment an, als ich dich in Cannes gesehen habe …«

»Was?!« Ich kochte, brachte aber nur diese eine, fassungslose Silbe heraus.

»Du weißt, dass du mir etwas schuldig bist.«

»Wofür denn?«, fragte ich wütend.

»Ein Mädel in deinem Alter bekommt normalerweise nicht die Verantwortung für einen Spielfilm in dieser Größenordnung … Du hast sie nur, weil ich es gestattet habe.«

In meiner Angst musste ich irgendwie an Donald Sutherland in den düsteren letzten Minuten von *Wenn die Gondeln Trauer tragen* denken, in denen er verschiedene Anzeichen zu einer schrecklichen Warnung zusammenfügt, die eigentlich hätte offensichtlich sein sollen. Eine Line Koks auf einem Spiegel. Hugos anzügliches Grinsen eines Abends. Courtney, die es eilig hatte, zu verschwinden.

Du hast es die ganze Zeit kommen sehen.

»Ich denke, es ist Zeit, dass du mir gibst, weswegen ich hier bin«, sagte Hugo mit hechelnder Stimme. Seine linke Hand berührte jetzt meine Brust, sein Daumen bohrte sich mir unter der Aktenmappe ins Fleisch.

Ich spürte die Angst wie einen Stromschlag. Mir war übel, ich ekelte mich, aber mein Gehirn suchte nach einem Ausweg. Die Musik draußen war so laut, dass niemand mein Schreien hören würde. Ich könnte lachen und so tun, als würde ich mich fügen. Und ihm dann den Ellbogen ins Gesicht rammen. Aber er war immer noch mein Chef, auf lange Sicht würde ich damit nicht durchkommen. Es musste irgendeinen Hebel geben, den ich ansetzen konnte.

Xander.

»Hugo«, sagte ich mit tödlicher Ruhe. »Wenn du jetzt irgendetwas tust, werde ich es Xander sagen.«

Schnaubend hielt er inne. Ich sah seine Nasenflügel beben, wie sie es immer taten, wenn er mit zu vielen Reizen konfrontiert war, wenn zu viele dumme junge Frauen und Kokain um ihn herum waren.

»Und?«, fragte er mit zornigem Blick.

»Willst du unseren aufstrebenden Regiestar gegen dich aufbringen? Wenn er herausfindet, was du mir angetan hast, wird er jeden Respekt vor dir verlieren.«

Hugo kochte, sagte aber kein Wort.

»Xander ist ein Perfektionist«, fuhr ich fort. »Er verlangt von allen im Team unbedingte Zusammenarbeit. Klar, mit den Dreharbeiten sind wir fast durch, aber bis der Film auf die Leinwand kommt, vergehen noch Monate. Willst du für ein paar Minuten Spaß deine Sieben-Millionen-Dollar-Investition und dein Verhältnis zu Xander riskieren?«

Ich hasste mich für das Wort »Spaß« in diesem Zusammenhang, aber ich durfte nicht aufhören, musste mich irgendwie aus dieser Situation herausreden. Welche Argumente konnte ich noch vorbringen, was klang überzeugend?

»Ich arbeite seit über fünf Jahren mit Xander zusammen«, sagte ich. »Er braucht mich, damit seine Drehbücher funktionieren. Wie lange kennt er dich?«

Ich sah Hugo fest in die Augen, sah seine wachsende Wut und hatte Angst, was er als Nächstes tun würde.

Er lehnte sich ein kleines Stück zurück, dann presste er sich wieder an mich, sein Mund war nur eine Haaresbreite von meinem entfernt. »Du hältst dich für so klug mit deinem beschissenen Ivy-League-Abschluss.«

Hugo ließ mich los und stieß mich grob gegen den Nachttisch. Ich streckte eine Hand aus, um Halt zu finden.

»Glaubst du etwa, das wäre Xander nicht scheißegal? Es gibt Hunderte Script Doctors, die alles tun würden, um für ihn arbeiten zu dürfen. Wer bezahlt eigentlich diesen ganzen Film?«

Ich stand auf, starrte ihn an und drückte die Mappe mit den Verträgen wie einen jämmerlichen Schutzschild an mich.

Plötzlich legte Hugo mir die Hand auf die Schulter und stieß mich weg, Richtung Tür.

»Verschwinde auf der Stelle! Und kein Wort zu irgendjemandem! Weil nichts passiert ist. Ich habe nur ein paar Verträge unterschrieben. Niemand würde dir auch nur ein Wort glauben.«

Er legte beide Hände an den Türrahmen. Sein Bademantel hatte sich geöffnet und ließ den nackten, haarigen Bauch samt dem erigierten Schwanz sehen.

Ich unterdrückte den Drang, mich zu übergeben, lief den Gang entlang und stolperte die Treppe hinunter. Die beiden jungen Frauen starrten mich mit großen Augen an und traten wortlos zur Seite.

Unten musste ich würgen und mich orientieren. Ich wollte auf der Stelle verschwinden, aber nicht, ohne Holly mitzunehmen. Meine Gedanken rasten.

Wahrscheinlich würde Hugo die nächsten Minuten damit zubringen, Kokain zu schnupfen. In Gegenwart der anderen konnte er mir sowieso nichts tun.

Ich rannte durch die Küche hinaus zum Pool, wo die Party im Gange war, als wäre nichts geschehen.

Holly, verdammt, wo war Holly?

Ich entdeckte sie zusammen mit anderen Schauspielern und den Kostümbildnerinnen, sie lachte und strahlte über das ganze Gesicht.

»Holly«, sagte ich mit einer Dringlichkeit, die in dieser Umgebung völlig fehl am Platze klang. »Ich fahre jetzt. Komm, wir müssen los.«

»Schon?«, fragte sie unschuldig. »Willst du nicht noch ein bisschen bleiben?«

»Nein«, entgegnete ich schrill und atemlos. »Ich muss los. Ich muss ... jemanden anrufen. Bist du sicher, dass du noch hierbleiben willst?«

Die Leute um sie herum starrten mich überrascht an.

Holly sah sich um. »Ähm ... Ja, das würde ich gern. Ist das in Ordnung?«

Ich konnte nicht mehr sagen, nicht vor allen Leuten.

Verzweifelt wandte ich mich an Clive. Die Verbindung zwischen einem schwulen Hairdesigner und dem weiblichen Star war meist stark und wahrscheinlich der beste Schutz für Holly. »Kannst du dafür sorgen, dass sie heil nach Hause kommt? Lass sie nicht aus den Augen.«

»Aber klar, Schätzchen. Sie ist aber keine acht mehr.« Clive musterte mich neugierig. »Alles klar mit *dir*?«

Innerlich sackte ich zusammen. Ich schaffte es gerade eben, die Tränen zurückzuhalten. »Ja, ich muss einfach fahren. Aber du bist persönlich verantwortlich dafür, sie nach Hause zu bringen.« Ich deutete mit dem Finger auf Clive, um keinen Zweifel daran zu lassen, wie ernst es mir war.

Dann drehte ich mich um und lief los. Drinnen hielt ich nur kurz an, um mir meine Tasche zu schnappen. Ich malte mir aus, wie Hugo jeden Moment aus dem Schlafzimmer treten und die Treppe heruntersteigen würde wie der gnadenlose Schurke in einem Slasherfilm.

Aber ich entkam, unsicher durch die Eingangstür und über die halbkreisförmige Zufahrt stolpernd.

Auf dem Bürgersteig geriet ich in Panik.

Verdammt, wo war mein Auto?

Auf der breiten Vorortstraße war es gespenstisch ruhig. Unter dem gleichgültigen Nachthimmel lief ich an den Luxusvillen entlang zu meinem Wagen. Bei jedem einzelnen Haus, an dem ich vorbeikam, schaltete der Bewegungsmelder automatisch die Außenbeleuchtung ein. Ich hörte die gedämpften Gespräche der Bewohner, die durch die Fenster der Millionenvillen drangen.

Erleichtert entdeckte ich mein Auto und mühte mich fieberhaft mit dem Schlüssel ab. Sobald ich eingestiegen war, verriegelte ich die Tür und brach in Tränen aus, das Herz schlug mir bis zum Hals. Ich weinte, Kopf und Arme zitternd auf dem Lenkrad.

Niemand war in der Nähe. Eine Totale hätte mich ganz allein in meinem Mietwagen gezeigt, weinend am Straßenrand in einer teuren Wohngegend in Beverly Hills.

Als ich mich halbwegs unter Kontrolle hatte, checkte ich, weil mir nichts Besseres einfiel, meinen BlackBerry. Ich ignorierte die Nachrichten zur Produktion und klickte stattdessen eine E-Mail meiner Mom an.

Hey, wie läuft es in L. A.? Ich weiß, dass die Dreharbeiten vor dem Ende stehen. Du musst jede Menge zu tun haben und sehr aufgeregt sein. Ich bin so stolz auf dich. Hör nicht auf, hart zu arbeiten.

Zu diesem Zeitpunkt hatte ich schon alle Tränen geweint und

fühlte mich nur noch betäubt. Ich glaubte nicht, dass ich meiner Mutter irgendetwas sagen konnte. Ich glaubte nicht, dass ich *irgendjemandem* etwas sagen konnte. Ich war die ganze Zeit eine Idiotin gewesen und hatte mich in Sicherheit gewähnt. Fast hatte ich mein Schicksal verdient.

An einem Samstagabend, an dem überall in L. A. Partys wie diese stattfanden, fuhr ich allein nach Hause. Damit ich ins Bett gehen und weinen konnte.

37

Ich sitze hier in diesem engen Raum, keinen Meter von Thom Gallagher entfernt. Mein Herz rast noch immer. Gerade habe ich noch einmal die Szene aus meiner Vergangenheit durchlebt, die ich immer vergessen wollte.

Die aggressive, von mir nicht gewollte Berührung durch den Körper eines Mannes. Der verzweifelte Wunsch, verschwinden und mit der Wand in meinem Rücken verschmelzen zu können, mit diesen gehärteten Molekülen aus Holz und Verputz, statt in meinem weichen, empfindlichen Körper mit all seiner Verletzlichkeit ausharren zu müssen.

»Haben Sie damals mit irgendjemandem darüber gesprochen?«, fragt Thom mitfühlend.

Ich sage nichts. Ich fühle mich unwohl, so dicht bei ihm, verfolgt von der Erinnerung an die ganz anders gelagerte körperliche Nähe zu einem Mann.

Nach längerem Schweigen ergreift er das Wort.

»Wir … machen es grundsätzlich so, wenn wir über solche Vorfälle berichten. Wir fragen, ob Sie zur damaligen Zeit mit jemandem gesprochen haben, einer Freundin zum Beispiel. Damit wir die betreffende Person fragen und verifizieren können, dass sie damals davon erfahren hat.«

»Was? Wenn ich es niemandem erzählt habe, bedeutet das, dass es auch nicht passiert ist?«, frage ich in anklagendem Ton.

»Nein, das habe ich nicht gesagt.«

Ich habe Tränen in den Augen und schäme mich plötzlich, dass ich vor Thom Gallagher mit seinem Ruf, seiner weltberühmten Familie und seinem hinreißend problemlosen Leben weine.

»Ich will nur sagen, dass es … hilfreich wäre, wenn wir die Bestätigung durch eine dritte Person bekämen, der Sie sich anvertraut haben.«

Anvertraut haben. Wem hätte ich etwas sagen können? Ich war in L. A. ganz auf mich gestellt. Meine engeren Freundinnen und die Familie waren hier in New York. Ich hatte keinen Anlaufpunkt, kein Sicherheitsnetz und trug die komplette Verantwortung für einen Fünfzehn-Millionen-Dollar-Film. Außerdem kam ich mir wie eine Idiotin vor, weil ich Hugo blind in dieses Schlafzimmer gefolgt war.

»Offenbar habe ich nicht weit genug vorausgedacht«, erklärte ich mit bitterem Sarkasmus. »Ich meine, natürlich hätte ich damit rechnen müssen, dass ich irgendwann in der Zukunft von der *New York Times* zu dem Vorfall interviewt werden würde. Dass ich im Jahr 2006 jemanden ins Vertrauen ziehen musste, damit meine Geschichte später auch zählt. So ist es doch?«

Er stößt ein klägliches Lachen aus, wahrscheinlich damit ich mich besser fühle. »Nun ...«

»Tut mir leid«, murmele ich. »An der Stelle hab ich wahrscheinlich versagt.«

Nach einer kurzen Pause hakt er nach: »Dann haben Sie also mit niemandem darüber geredet?«

Ich seufze. »Am Anfang nicht. Ich hatte noch zwei Wochen Dreharbeiten vor mir und konnte nur daran denken, wie ich sie mit Hugo in meiner Nähe durchstehen sollte. Außerdem war niemand da, dem ich nahe genug stand.«

Abgesehen von Holly.

Mit meiner Familie hätte ich niemals reden können. Es hätte nur bestätigt, was sie über meine Arbeit in der Filmbranche schon immer gedacht hatten: dass ich dort nicht hingehörte. Weil sie ein Sündenpfuhl war, kein richtiger Arbeitsplatz.

»Ich habe ... ein oder zwei Freundinnen davon erzählt, als ich wieder in New York war, ungefähr ein Jahr später.«

»Ein Jahr später?« Er wirkt enttäuscht.

»Ja, ein Jahr. Mein Freundeskreis hier hat sich natürlich erkundigt, warum ich nicht mehr in der Filmbranche arbeitete.«

»Warum haben Sie so lange gewartet?«

Ja, warum eigentlich?

»Ich dachte, mir würde niemand glauben. Außerdem kam ich mir so dumm vor, denn ich hätte es ahnen können, vor allem nach …«

»Vor allem nach was?«

Ich mache einen Rückzieher auf sichereren Boden. »Na ja, nach all den Gerüchten, allem, was ich bis dahin gesehen hatte, bei diesen Frauen, die immer um ihn herum waren. Ich hätte Verdacht schöpfen müssen.«

»Aber Sie haben gesagt, dass Sie bis dahin vermuteten, die Frauen wären aus eigenem Antrieb mit ihm ins Bett gegangen. Und nicht …«

»Und nicht gezwungen worden?«, bringe ich seine Frage zu Ende.

Er nickt.

Ich seufze und versuche, die Fragen in eine andere Richtung zu lenken. »Was meinen eigenen … Übergriff betrifft, wie ich es vielleicht nennen sollte …« Das Wort ist mir fremd, es fühlt sich in meinem Mund nicht ganz richtig an. Ich sehe es in fetten Schlagzeilen vor mir, nicht als etwas, was in meine eigene Vergangenheit eingewoben ist.

»Ich habe das, was bei der Party geschehen ist, einfach herunterzuspielen versucht. Auch wenn sich für mich nach jenem Abend alles geändert hat.«

»In welcher Hinsicht?«

»Die Auswirkungen sind mir erst Jahre später bewusst geworden. Ich hatte danach irgendwie mein Selbstvertrauen verloren. Ich war niedergeschlagen, geschwächt. Habe immer wieder darüber nachgedacht, dass ich es hätte verhindern können, dass ich es hätte kommen sehen müssen.«

In diesem Moment tut sich ein tiefer Abgrund zwischen dem auf, was ich sagen will, und dem, was ich sagen kann. Ich sitze seltsam schweigend und mit dickem Hals da. Ich betrachte das aufwändige Tapetenmuster, Tränen laufen mir über die Wangen, ich will Thom nicht ins Gesicht sehen.

»Am schlimmsten war das, was er zu mir gesagt hat. Dass mein Arbeitsverhältnis zu Xander nichts bedeutet, dass mir niemand glauben würde. Ich sagte mir, dass es nur Drohungen waren, aber trotzdem ließen Hugos Worte mich nicht los. Und dafür, dass ich so ... empfindlich war, hasste ich mich noch mehr.«

Auf Thoms Wunsch hin nenne ich ihm die Namen und Kontaktdaten der New Yorker Freundinnen, mit denen ich später darüber gesprochen habe. Mit Unbehagen sehe ich zu, wie Thom die Informationen in sein ordentliches kleines Notizbuch schreibt. Ich denke an das, was ich noch immer nicht gesagt habe.

Ich denke an diese nervige existenzialistische Fragestellung: Wenn im Wald ein Baum umstürzt und niemand es hört ...

Ich frage mich, wie viele Bäume noch umstürzen müssen, bevor uns klar wird, dass der ganze Wald zusammenbricht.

Nach der Mühe, die mich das Sprechen über diesen Teil der Geschichte gekostet hat, fühle ich mich leer. Wie die Achtundzwanzigjährige an jenem schrecklichen Samstagabend in L. A. möchte ich nur nach Hause und ins Bett.

Aber Thom Gallagher drängt mich sanft weiter.

»Glauben Sie mir, ich habe so viele solcher Interviews geführt, dass ich weiß ... dass es nicht gut ist, an dieser Stelle abzubrechen, beim Moment des Traumas. Wenn Sie das tun, werden Sie sich beim Nachhausekommen schrecklich fühlen, und ich wahrscheinlich auch.«

Was im ersten Moment nach ärgerlichem Pseudo-Edelmut klingt, ergibt auf den zweiten Blick einen gewissen Sinn.

»Ihnen ist etwas Schreckliches zugestoßen«, fährt er in bedachtsamem, rücksichtsvollem Ton fort. »Niemand sollte so etwas durchmachen müssen. Aber Sie haben es irgendwie überstanden. Erzählen Sie mir, wie es weitergegangen ist.«

Sie machen das richtig gut, Thom Gallagher, räume ich im Stillen ein.

Ich schließe die Augen und bringe auch den Rest jenes Abends hinter mich.

Schluchzend ging ich ins Bett. Am nächsten Tag wachte ich mit verweinten Augen und wirren Gedanken auf. Obwohl es so aussah, als würde meine Welt in Stücke brechen, schien draußen die Sonne. Wie sie es in L. A. immer tut.

Eine besondere Art von sonniger Amnesie, auf die die Stadt sich spezialisiert hat.

Im allerersten Moment genoss ich das selige Nichtwissen der Aufwachenden. Das Einzige, was zu mir durchdrang, war das helle Sonnenlicht.

Dann erinnerte ich mich: Hugos Hände auf meinem Körper, die Angst.

Der Selbsthass.

Ich hätte es kommen sehen müssen.

Nachdem ich einige Stunden geweint hatte, schickte ich Holly eine Nachricht.

Bist du gestern gut nach Hause gekommen?

Vierzig Minuten später antwortete sie: *Yep, hab mich prächtig amüsiert! Clive hat mich hier abgesetzt.*

Ich spürte eine Welle der Erleichterung. Und einen Anflug von Neid, den ich lieber verdrängte.

Letztlich erzählte ich Holly nicht, was am Abend zuvor passiert war. Es war zu erniedrigend: Ich, die verantwortliche Produzentin, als Opfer eines derart niederträchtigen sexuellen Übergriffs von Hugo. Im Zeitraum einer Viertelstunde, während der die Party weiterlief und niemand etwas merkte.

Lieber hielt ich den Mund. Ich schrieb eine E-Mail nach der anderen. Die Arbeit half mir, jeden Gedanken an Hugo, der sich an mich presste und mich betatschte, zu verdrängen. Mir graute vor dem Gedanken an eine Nachricht oder E-Mail von ihm. Zum Glück tauchte auch keine auf meinem Display auf.

Aber am frühen Nachmittag rief Sylvia an.

Emotional betäubt beantwortete ich ihre üblichen Fragen. Ich fürchtete und hoffte gleichermaßen, dass sie eine leichte Abweichung von meinem sonstigen Tonfall bemerken würde. Dass sie innehalten und fragen würde: »Ist irgendetwas passiert?«

Stattdessen fragte sie das Übliche: »Wie läuft's? Sind wir im Zeitplan? Wie geht es Xander?« Wie immer stand unser Regisseur an erster Stelle.

»Gut, glaube ich.« In diesem Moment scherte ich mich nicht um Xanders Gefühlslage, aber ich hielt meine Antwort neutral. »Er scheint die Party gestern genossen zu haben.«

»Ach ja, Hugos Party! Wie war es?«

Ich spürte einen Kloß im Hals, mir wurde übel.

»Es war, ähm … eine typische Hugo-Party. Bloß diesmal in einem größeren Haus mit einem Pool.«

»Na ja«, sagte Sylvia spöttisch. »Hauptsache, alle haben sich amüsiert.«

Mein Herz raste, aber ich sagte nichts. Das Schweigen schien mir die beste Zuflucht zu sein.

»Es tut mir leid – ich muss gehen«, erkläre ich abrupt und entschlossen.

Jetzt kommt der Punkt, dem ich die ganze Zeit ausweichen wollte.

Jetzt kommt der Punkt, wegen dem ich instinktiv all die Jahre geschwiegen habe. Mir war immer klar, dass das schlechte Gewissen mich irgendwie lähmen würde.

»Einfach so? Sind Sie denn fertig?«

»Ich darf Nein sagen.« Ich nicke und lächele ihn grimmig an. »Für heute reicht es mir.«

Er wirkt enttäuscht, als wolle er mehr.

Auf einmal fühle ich mich wie ein feuchter, tropfender Waschlappen, den dieser Goldjunge von Journalist auswringt, immer weiter, bis der letzte Tropfen zu Boden fällt.

»Vielen Dank für den Tee«, bringe ich mit leiser Stimme, kaum hörbar heraus. »Aber ich muss morgen Früh einen Kurs geben.«

Die Angst ballt sich in meinem Kopf zusammen wie Gewitterwolken. *Mach, dass du wegkommst.*

Ich beuge mich vor und drücke die STOPP-Taste an seinem Rekorder. Die rote Lampe erlischt.

Ich hatte gehofft, am heutigen Abend eine große Last loszuwerden, stattdessen ist sie nur größer und bedrohlicher geworden.

Denn wenn ich alles, was ich bisher gesagt habe, noch einmal durchgehe, wäre sofort klar, dass ein paar Einzelbilder fehlen, die ich bewusst aus dem Film herausgeschnitten habe.

Wissen Sie, Thom Gallagher, es gibt noch eine Menge, was ich Ihnen nicht erzählt habe.

Interview-Abschrift (Ausschnitt):
Treffen mit Anonymer Quelle 1, Sal's Trattoria,
Dienstag, 7. November, 14.11 Uhr

AQ1 Ja, es ist passiert. Damals habe ich niemandem etwas davon gesagt, weil … es mich zu viel gekostet hätte.
TG Was hätte es Sie gekostet?
AQ1 Alles. Meine Karriere. Die Art, wie Menschen Sie wahrnehmen. Ob sie je wieder mit Ihnen arbeiten wollen. Sind Sie die Sorte Frau, die einen Aufstand macht, oder haben Sie Teamgeist? [*Pause*] Auf der einen Seite müssen Sie nach außen hin als jemand rüberkommen, mit dem man »Spaß« haben kann, aber es soll auch niemand denken, Sie wären leicht ins Bett zu kriegen. Oder Sie wären eine Frau, die einfach einen Kollegen beschuldigt. Es ist ein Drahtseilakt. Und auf die Dauer ziemlich erschöpfend. [*Pause*] Also dachte ich mir, es wäre leichter, den Mund zu halten, ruhig zu bleiben und so zu tun, als wäre nichts passiert. Das erfordert auch eine gewisse Stärke, oder?

38

Nach der Rückfahrt von Manhattan quäle ich mich die Stufen der Subway-Station Metropolitan Avenue hinauf. Ich spüre den Smog in der Nase, unten rumpelt der Zug wieder los. Es ist dunkel. Sobald ich oben auf dem Bürgersteig stehe, piept mein Handy.

Neugierig werfe ich einen Blick aufs Display. Ich bekomme sehr selten Anrufe, vor allem nicht um 23 Uhr an einem Donnerstag.

Zwei verpasste Anrufe. Keine Nachricht auf der Mailbox, obwohl der Anrufer meine Ansage bis zum Ende gehört hat.

Die Anrufernummer ist unterdrückt.

Ich frage mich, ob das Zufall ist.

An diesem kühlen Herbstabend ist die Straße menschenleer. Mein Atem bildet Wölkchen.

Am nächsten Morgen um 9.30 Uhr stehe ich vor meinem Kurs und beglücke die Studierenden mit meinem Wissen über die Drei-Akt-Struktur in Drehbüchern.

Obwohl ich gegen Mitternacht fix und fertig ins Bett geklettert bin, habe ich mich beim Aufwachen frisch und munter gefühlt. Vielleicht genieße ich es, meine Kenntnisse an einer Stelle demonstrieren zu dürfen, die nichts mit Hugo North zu tun hat. An einer Stelle, wo mir ausnahmsweise niemand reinreden kann.

»Wer kann mir sagen, was im dritten Akt geschieht?«, frage ich den Kurs.

Sie starren mich ausdruckslos an. Am liebsten würde ich sie anbrüllen: *Ist euch eigentlich klar, was für ein Glück ihr habt, euch täglich mit diesen Dingen beschäftigen zu dürfen?* In drei Jahren, wenn sie in ihren Bürojobs festhängen und für ihr Monatsgehalt vor dem Ego eines Vorgesetzten im mittleren Management kuschen, werden sie es bedauern, zu den wirklich spannenden Themen nichts gelesen zu haben, als noch alle Zeit dazu war.

»Kommt schon«, sage ich. »Das ist Basiswissen. Die klassische Drei-Akt-Struktur. Akt 1 ist das Set-up. In Akt 2 folgt die Herausforderung. Und Akt 3 ...?«

»Ein großer Kampf oder so was?«, schlägt Avery vor.

»Der epische Showdown!«, ruft Danny.

»Ja!« Ich nicke und deute auf ihn. »Der Endkampf. Rocky gegen Apollo Creed. Die Schlacht um die Hornburg.«

Fieberhaft suche ich nach einem weniger gewalttätigen Beispiel. »Dorothy und ihre Freunde stellen sich der bösen Hexe entgegen.«

Hm, auch da kommt jemand zu Tode.

»Dumbo lernt, dass er ohne die Zauberfeder fliegen kann«, füge ich triumphierend hinzu.

»Wenn es in Akt 2 also um den brodelnden Konflikt geht, die wachsende Konfrontation, spitzt sich in Akt 3 alles zu. Wie nennt man diesen entscheidenden Punkt in der Struktur des Plots?«

Ich tippe an das auf die Leinwand projizierte Diagramm, eine Plotlinie, die sich zum Höhepunkt steigert.

»Die Klimax?«, meldet Claudia sich zu Wort.

Ein oder zwei Studierende kichern, sicher wegen der sexuellen Bedeutung des Begriffs, aber ich ignoriere sie. Claudia sackt in sich zusammen.

»Genau, die Klimax. Wo sich alles ein für alle Mal entscheidet. Die Lösung des Konflikts.«

»Wie bei King Kongs Sturz vom Empire State Building?«, fragt jemand.

»Auch ein gutes Beispiel.« Ich nicke zustimmend. »In vielen Filmen ist es der Moment, in dem der Held oder der Gute schließlich gewinnt.«

»Aber gewinnen sie *immer*?« Danny zieht eine gepiercte Augenbraue hoch und versucht, besonders clever zu wirken.

Ich kneife die Augen leicht zusammen. »In Filmen meistens schon.«

Im echten Leben, würde ich am liebsten hinzufügen, *nicht so oft.*

Um 15.21 Uhr, während meiner Sprechstunde, nehme ich überrascht ein leises Klopfen an der Tür wahr. An einem Freitag? Als ich öffne, steht Claudia vor mir, schüchtern und mit großen Augen. Ich freue mich, sie zu sehen. Ich war schon immer neugierig, was sich hinter dem Vorhang aus dunklen Haaren und dem scheuen Blick verbirgt.

»Hi, Claudia!«, begrüße ich sie munter. »Kommen Sie rein.«

Sie schlurft ins Zimmer, lässt sich auf einem Plastikstuhl nieder und schaut nervös auf die offene Tür.

Ich registriere ihr Unbehagen und schließe die Tür.

»Wie geht es Ihnen?«, frage ich.

Claudia ringt sich ein schwaches Lächeln ab. Ich frage mich, ob sie mit ihren zweiundzwanzig Jahren hin und wieder auch voller Selbstvertrauen ist. Ob es Momente gibt, in denen sie stolz in die Welt schaut, statt ängstlich den Blick schweifen zu lassen, wie sie es jetzt tut: über meinen Schreibtisch, die Bücher und Manuskripte.

»Wollten Sie … mit mir über etwas Bestimmtes sprechen?«

Ich bemerke, dass ihre Fingernägel bis zum Nagelbett abgekaut sind. Einen Moment lang denke ich panisch, dass sie mit mir nicht über die Hausaufgaben reden will, sondern über etwas anderes: einen Jungen, der sie bei einer Party aufs Bett gestoßen hat, einen Onkel, dessen Besuche sie aus gutem Grund fürchtet. Ich zwinge mich zur Ruhe, gebe ihr Platz zum Reden.

Bitte sag was, versuche ich ihr telepathisch zu übermitteln.

Schließlich nimmt sie ihren Mut zusammen. »Ich … Ich dachte, wir könnten vielleicht ein bisschen über mein Drehbuch sprechen?«

Im Stillen bin ich erleichtert. Ich verfluche mich, dass ich so vorschnell zu morbiden Schlüssen bereit war.

Aus einem der Stapel in meinen Schubladen fische ich ihr Manuskript heraus. Ich weiß schon, welches es ist. Es handelt von zwei Schwestern mit dominikanischem Hintergrund, die an der Schwelle zur Pubertät von dem goldblonden Teenagerjungen fasziniert sind, der im Nachbarhaus eingezogen ist.

Wäre sie es anders angegangen, hätte es die Vorlage für einen nervenaufreibenden Suspensefilm oder einen trashigen Teenagerstreifen liefern können. Stattdessen ist ihr ein überraschend anrührendes Porträt junger Außenseiterinnen gelungen, mit großem Gespür für die Kluft zwischen Kindern und ihren Immigranteneltern.

»Ich fand es toll«, sage ich ehrlich. »Es fängt sehr genau ein, wie es ist … ein Mädchen in diesem Alter zu sein.«

»Wirklich?« Sie strahlt. Zu sehen, wie sie sich ein winziges Stück aus ihrem Schneckenhaus vorwagt, erfüllt mich mit großer Freude.

Ich frage nicht, ob es auf ihren eigenen Erfahrungen beruht, weil das in gewisser Weise irrelevant ist. Natürlich erwähne ich auch nicht, dass die Finanzierung eines solchen Stoffs sich im wirklichen Leben sehr schwierig gestalten würde. Stattdessen spreche ich einfach über das Drehbuch als solches, über die bewegende Geschwisterbeziehung, und mache Vorschläge, wie der Konflikt mit den Eltern noch pointierter ausfallen könnte.

Claudia wirkt ermutigt und dankbar. Vielleicht hat noch niemand auf so unmittelbare Weise mit ihr gesprochen. Nicht von oben herab im Sinne von Korrekturen und Warnungen vor möglichen Irrwegen, sondern auf Augenhöhe über das, was sie erschaffen hat.

Ich nenne ihr ein paar Regisseurinnen, die interessant für sie sein können: die frühe Catherine Hardwicke, Céline Sciamma, Alicia Rohrwacher. Zum ersten Mal seit langer Zeit spüre ich, wie anregend das Gespräch mit einer Cinephilen sein kann, auch wenn sie halb so alt ist wie ich.

Wie großartig muss es sein, die Begegnung mit *Der Himmel über Berlin* oder *Schafe töten* noch vor sich zu haben. Ich beneide Claudia um all das Staunen, das ihr noch bevorsteht. So jung zu sein, so leicht zu erfreuen, so blind.

Als Claudia gegangen ist, checke ich meinen Posteingang. Halb hoffe ich auf eine E-Mail von Thom Gallagher, trotzdem bin ich erleichtert, dass ich keine finde. Ein schneller Blick auf die Homepage der *LA Times* führt mich zum Interview mit einem ehrwürdigen weißhaarigen Schauspieler.

»Wir alle sind unverdientermaßen Opfer wilder Anschuldigungen geworden«, sagt ein fett hervorgehobenes Zitat. »Die Welt ist verrückt geworden.«

Ich schüttele den Kopf und schalte den Computer aus.

Auf dem Weg zum Ausgang des Seminars verabschiede ich mich vom Verwaltungspersonal.

»Fahr nach Hause und mach dir ein faules Wochenende«, sagt Marnie, die Büroleiterin. »Du siehst müde aus.«

Wenn sie nur wüsste.

»Danke«, sage ich. »Dir auch ein schönes Wochenende. Ooh, guter Champagner!«, sage ich mit einem Blick auf die Magnumflasche Moët, die riesig und schimmernd zwischen einem Aktenschrank und einem Stapel mit übervollen Papierschächten steht. »Willst du die um fünf aufmachen?«

»Oh, das hätte ich fast vergessen!« Marnie steht auf. »Die ist für dich. Heute Nachmittag gebracht worden. Du hast wohl einen Verehrer mit Stil?«

Ich stehe wie angewurzelt da und bringe kein Wort heraus. Ich starre nur auf die übergroße Flasche, um deren schlanken schwarzen Hals eine Schleife aus Goldfolie gewickelt ist. In meinem ganzen Leben habe ich nur einen Menschen kennengelernt, der einfach so eine Magnumflasche Moët schicken würde.

Mit dem Champagner ist eine Karte aus schwerem cremefarbenen Karton gekommen. Darauf steht eine kurze Nachricht in Times New Roman:

Liebe Sarah,
ich dachte, ich könnte dir hiermit eine Freude machen. In Erinnerung an unsere guten gemeinsamen Zeiten und unsere filmkünstlerischen Erfolge. Melde mich bald persönlich.
H. N.

Ich muss all meine Willenskraft zusammennehmen, um die Flasche nicht zu packen und gegen die weißen Betonziegel der Bürowand zu werfen.

Aber dann wird mir klar, dass ich den kühlen, frischen Geschmack des Moët seit Ewigkeiten nicht genossen habe. Es wäre eine Schande, eine Flasche feinen Champagner einfach zu ruinieren.

Also schleppe ich die Magnumflasche in einer Einkaufstüte nach Hause. Das Gewicht zieht mich nach unten und droht das billige blaue Plastik zu zerreißen.

In meiner Wohnung in Williamsburg verstaue ich die Flasche unter der Spüle, neben den Sprühflaschen mit Glasreiniger und Desinfektionsmittel. Aus den Augen, aus dem Sinn, sage ich mir.

Aber ich kann nur daran denken, dass Hugo North weiß, wo er mich findet. Er will etwas von mir. Und er akzeptiert kein Nein.

Als ich am nächsten Morgen, dem Samstag, aufwache, freue ich mich über die Oktobersonne, die auf mein Bett fällt, über die Straßengeräusche direkt unter meinem Fenster. Die ganze Nacht über war ich verstört wegen des Champagners unter meiner Spüle. Ich habe der Versuchung widerstanden, sie zu öffnen, komplett auszutrinken und mich dem vorübergehenden Vergessen hinzugeben. Stattdessen hat die unterschwellige Angst mich lange wach gehalten, ehe ich in einen unruhigen Schlaf fiel.

Beim Wachwerden wünschte ich mir, dem Unvermeidlichen entkommen zu können: den ständigen Blicken aufs Handy, dem Suchen in Apps und Schlagzeilen. Aber ich kann nicht widerstehen. Die neuesten Schlagzeilen von *The Hollywood Reporter* ziehen mich auf magische Weise an. Und dann – wumm!, ich hatte es halb befürchtet, halb gehofft – lese ich ihren Namen.

Holly Randolph über ihre #MeToo-Story.

Ich setze mich kerzengerade auf, von Adrenalin durchströmt. Mir wird übel.

Schnell checke ich meine anderen Nachrichten, aber niemand hat versucht, mich zu erreichen. Wenigstens etwas.

Ich tippe auf den Link zum Artikel, überfliege ihn einmal und lese ihn dann etwas langsamer durch.

Bei einem Video-Interview mit *Indiewire* aus Anlass ihres bevorstehenden Films *Rainfall in Texas* gab Holly Randolph einen rätselhaften Kommentar zur wachsenden #MeToo-Bewegung ab. Auf die Frage, ob sie im Rahmen ihrer Arbeit je Opfer von sexuellem Fehlverhalten oder Belästigung geworden sei, antwortete sie: »Ich werde zum jetzigen Zeitpunkt nicht über Einzelheiten sprechen. Im Augenblick möchte ich gern über meinen neuen Film reden.«

Braves Mädchen, denke ich.

Holly, ganz Profi, immer auf den Job fokussiert.

Auch auf weitere Nachfragen blieb Randolph fest. »Wenn ich bereit bin, könnte ich zu gegebener Zeit entscheiden, meine Geschichte öffentlich zu machen. Im Moment möchte ich nur sagen: Ja, ich musste natürlich mit so etwas umgehen. Ich glaube, das gilt für jede junge Schauspielerin in Hollywood. So ist die Branche.«

Dieses Zitat wird auf meinem Display in fetten Buchstaben und einem Rahmen noch einmal hervorgehoben.

»Ich möchte meine Privatsphäre noch eine gewisse Zeit schützen und bitte Sie, diesen Wunsch bis dahin zu respektieren.«
Randolph verweigerte jeden Kommentar dazu, ob bei ihren eigenen Erlebnissen einer der jüngst des sexuellen Fehlverhaltens bezichtigten Männer eine Rolle gespielt hat.
Vor wenigen Tagen hat der Autor und Regisseur Xander Schulz eine Erklärung abgegeben, nach der er niemals Zeuge sexueller Belästigung an seinen Filmsets geworden sei. Schulz hat mit Randolph *Furious Her* gedreht, den Film, der weithin für ihren Aufstieg zum Superstar verantwortlich gemacht wird.
In der Branche ist zunehmend darüber spekuliert worden, welche Täter bisher noch nicht öffentlich genannt wurden, während das Ansehen anderer Stars und einflussreicher Persönlichkeiten bereits Schaden genommen hat.

Also hat Holly sich als Betroffene geoutet, ihre ganze Geschichte aber noch nicht erzählt. Ich frage mich, was sie davon abhält. Eine Drohung mit juristischen Konsequenzen? Eine Stillschweigevereinbarung, die zu unterzeichnen sie gezwungen wurde, nachdem unser Kontakt abgerissen war? Eine geheimnisvolle Flasche Moët als implizite Drohung?

Vielleicht wartet sie auch darauf, dass jemand anderes sich meldet, dass wenigstens ein anderer Mensch bestätigt, was sie noch zurückhält.

In diesem Moment wird mir klar, dass ich die ganze Geschichte dessen, was Holly vor zehn Jahren zugestoßen ist – in unseren wenigen Monaten als Freundinnen und Kolleginnen im sonnendurchfluteten L. A. –, nicht kenne.

Wie der Rest der Welt warte ich gebannt darauf, was sie als Nächstes zu sagen hat.

Wann immer du so weit bist, Holly Randolph.

Als pflichtbewusste Tochter, die ich bin, reise ich am Sonntag nach Flushing.

Dim Sum im Restaurant, inmitten von heulenden Babys und lärmenden Mehrgenerationenfamilien, die sich an runden Tischen vollstopfen. All diese Menschen leben ihr Leben, unberührt von Interviewaussagen irgendwelcher Berühmtheiten, die sie niemals kennenlernen werden.

Später bin ich mit meinen Eltern allein in deren Wohnung, wo wir noch mehr Tee trinken und uns die neuesten Videos von Karens Kindern bei ihren Klavieraufführungen ansehen. Ich versichere wieder einmal, dass mein Leben als neunundreißigjährige alleinstehende Tochter prima läuft, dass sie sich keine Sorgen machen müssen und bitte nicht versuchen sollen, mich mit dem Sohn von Dads Klassenkameraden zu verkuppeln, der sich kürzlich von seiner blonden Freundin aus dem Mittleren Westen getrennt hat.

»Mir geht's gut. Wirklich«, versichere ich ihnen in meinem unbeholfenen Kantonesisch.

Ich kann nur an die übergroße Champagnerflasche denken, die in meiner Küche unter der Spüle steht, eine tickende, meinen Blicken entzogene Zeitbombe.

Als ich die elterliche Wohnung verlasse, hat der Himmel sich zugezogen, die Oktobersonne ist hinter einer Wolke verschwunden. Statt auf direktem Weg zur Subway zu gehen, entschließe ich mich zu einem Besuch der Queens Library. Meine Füße scheinen wie von selbst die altvertraute Strecke zur Bibliothek zu finden, die an einer belebten Straßengabelung thront.

Als ich durch die Glastür trete, rechne ich mit einer Welle von

Nostalgie, aber das Gebäude ist renoviert worden. Ich fühle mich zwischen den strahlend weißen Wänden und den Hightech-Touchscreens, die den einfachen Karteikartenschrank meiner Jugendzeit abgelöst haben, irgendwie desorientiert.

Was sich nicht verändert hat, ist die Zusammensetzung des Publikums: chinesischstämmige Besucherinnen und Besucher in allen Altersgruppen, Großväter und kleine Kinder, einsame Teenager mit ihren Rucksäcken. Alle lesen oder tippen auf iPads und Computern, als gäben sie ihr Bestes, um dem Stereotyp fleißiger Chinesinnen und Chinesen gerecht zu werden.

Irgendwie fühle ich mich von diesem lautlosen Wissensdurst und Pflichtbewusstsein beruhigt.

Im Untergeschoss entdecke ich mehrere Rollwagen mit Büchern, DVDs und CDs, die die Bibliothek nicht mehr braucht. Solche Angebote ziehen mich immer an, erwecken meine Neugier auf aussortierte Schätze. Ich schaue die Kartons mit DVDs durch, halte mich nicht lange mit den Actionfilm-Sequels und den handelsüblichen banalen Komödien und Liebesfilmen auf, mit denen ich nichts anfangen kann.

Dann entdecke ich – auf dem mittleren Bord, zwischen dem Remake eines Horrorfilms und der zweiten Staffel einer beliebten Sitcom aus den Neunzigern – einen mir vertrauten Titel: *Furious Her*.

Hier? Im Untergeschoss der Queens Library?

Ich sage mir, dass es purer Zufall sein muss. *Furious Her* war ein populärer Film; die Leute von der Bibliothek müssen mehrere Exemplare gehabt und beschlossen haben, eins weiterzuverkaufen.

Die minimalistische Kombination von Typografie und Farbgebung würde ich überall wiedererkennen. Als ich die Hülle in die Hand nehme, sehe ich Holly im Dreiviertelprofil, ihr Blick verrät hinter aller heldenhaften Entschlossenheit Angst.

Der Zufall irritiert mich. In die Überraschung mischt sich die

Übelkeit, die mit der Erinnerung an diesen Film jedes Mal einhergeht.

Aber ich bin auch stolz.

Ich drehe die Hülle um und suche nach dem Block mit den Stabangaben. Dort, wenn man ganz genau hinsieht, steht mein Name zwischen all den anderen. *Associate Producer: Sarah Lai.*

Das ist mein Name!, möchte ich der erstbesten Person zurufen. *Sehen Sie nur, das bin ich! Ich hab diesen Film gemacht!*

Fast erzähle ich es der Bibliothekarin, bei der ich zwei Dollar für den Film bezahle. Aber ich will die Ironie des Ganzen nicht noch herausposaunen. Sie würde mich fragen, ob ich immer noch Filme mache, ich kann mir schon die Enttäuschung ausmalen, wenn ich sage: *Nein, nicht mehr.* Also stecke ich die DVD einfach in die Tasche und verlasse die hellerleuchtete, gleichermaßen vertraute wie fremde Bibliothek mit all den stillen, auf bessere Zeiten hoffenden Besuchern.

Ich bin bloß eine weitere Gestalt in einem Meer schwarzhaariger Individuen auf dem Bürgersteig, dann verschwinde ich unter der Erde, um in die Subway zu steigen.

Zu Hause lege ich die silberne Scheibe in meinen DVD-Player. Sie hat mehrere Kratzer – bei einer Bibliotheks-DVD nicht anders zu erwarten –, aber nach einigen stotternden Anläufen taucht das Hauptmenü auf meinem Bildschirm auf.

Vielleicht denken Sie, dass ich als Associate Producer mit der DVD von *Furious Her* vertrauter bin. Aber dank der langwierigen Abfolgen der Filmauswertung kam die DVD lange nach Abschluss der Dreharbeiten auf den Markt – fast zwei Jahre nach jenem Herbst in L. A. Zu der Zeit, na ja ... Der Film bedeutete mir nicht mehr so viel, meine Gefühle hatten sich inzwischen grundlegend verändert.

Ich erinnere mich noch, dass man mir ein paar Exemplare der DVD zuschickte, aber ihr Besitz machte mir keine Freude. Ein

Exemplar schenkte ich meinen Eltern, auch mein Bruder und meine Schwester bekamen jeweils eins. Die anderen standen noch eingeschweißt irgendwo als Staubfänger herum.

In all den Jahren hatte ich wenig Lust, mir den Film anzusehen, obwohl er als gelungenes Beispiel eines Indie-Thrillers zunehmend Kultstatus genoss. Obwohl mein Name im Abspann stand.

Jetzt, ein Jahrzehnt später, sitze ich auf meinem Sofa und starre auf den Bildschirm mit dem DVD-Menü. Die darübergelegte Musik ist sparsam, aber spannungsgeladen, ein leises Zupfen auf der Gitarre, das zu einem unheimlichen Crescendo anschwillt und dann in Endlosschleife wiederholt wird. Es immer wieder zu hören, macht mich nervös, sodass ich auf stumm schalte und überlege, welchen Menüpunkt ich auswählen soll.

Jeder Gedanke an den Film hat etwas Krankes für mich, als wäre meine Beziehung zu ihm irgendwie vergiftet. In letzter Zeit bin ich häufig in diesem toxischen See geschwommen, genau genommen seit meinem ersten Gespräch mit Thom.

Also überspringe ich die »Film starten«-Option und wähle die »Extras« aus. Es gibt keine herausgeschnittenen Szenen, aber ich sehe mir den Originaltrailer an. Eine theatralische Männerstimme gibt den Ton vor: »*Sie hat den Mann verloren, den sie liebt, aber sie weiß nichts von seinem Geheimnis ... Und von seinen Feinden.*«

Mir schaudert. Ziemlich altbacken, das Ganze.

Wie viel Glanz würde der eigentliche Film mit dem Abstand von zehn Jahren wohl einbüßen?

Ich entdecke, dass Hollys Vorsprechen für die Rolle in die Extras aufgenommen wurde. Das Material ist körnig, die Soundqualität schrecklich. Trotzdem ist es faszinierend, Holly mit dreiundzwanzig zu sehen, lange vor ihrem heutigen Status als Superstar. Ihre Haare sind aschblond, das Make-up ist weit von der Perfektion entfernt, die wir heute gewöhnt sind. Trotzdem ist es unverkennbar Holly Randolph, ihr Gesicht ausdrucksstark wie immer, ihre Phrasierung und ihre Schauspielkunst so souverän wie heute.

Es muss sich um die Aufnahmen handeln, die Vals Assistent Brian in der Casting-Suite aufgenommen hat, die wir für einen Sommertag angemietet hatten. Wo Xander und Hugo die Parade der Schauspielerinnen abnahmen, während ich im Hintergrund still zusah.

Ich finde es irritierend, dasselbe Vorsprechen aus einem anderen, irgendwie offizielleren Blickwinkel zu sehen. Die Kamera zoomt heran, um Holly in ehrfürchtigen Nahaufnahmen zu erfassen, so wie zahlreiche Kameras es in den Jahren seitdem getan haben.

Der Gedanke, dass ich dabei war, außerhalb des Blickfelds. Meine Anwesenheit in jenem Raum ist allen, die dieses DVD-Extra gesehen haben, verborgen geblieben. Sie werden nie wissen, dass eine Sarah Lai anwesend war, als Holly zum ersten Mal aus dem Drehbuch gelesen hat, das sie berühmt machen sollte.

Aus einem düsteren, unerklärlichen Impuls heraus suche ich im Menü weiter.

Auf der zweiten Bildschirmseite entdecke ich einen Beitrag unter dem Titel: »Im Feuer geschmiedet: The Making of *Furious Her*.«

Ich hatte die Erinnerung an dieses Feature verdrängt, obwohl ich selbst das PR-Team engagiert hatte, das es produziert hat. Nach allem, was geschehen war, ertrug ich keinen Hochglanz-Clip mehr, in dem Xanders herausragendes Talent gefeiert wurde und die Beteiligten sich endlos gegenseitig auf die Schulter klopfen.

Pfui.

Aber diesmal drücke ich auf »Play«.

Die DVD rotiert geräuschvoll, der Bildschirm wird kurz schwarz, dann geht es los.

Lächelnd wendet Holly sich an die handgehaltene Kamera: »Hi, ich bin Holly Randolph. Heute ist Tag eins am Set von *Furious Her*. Ich freue mich unglaublich, Katie Phillips spielen zu dürfen!«

Es folgt eine Totale von Xander bei der Arbeit, resolut und ernsthaft gibt er seine Anweisungen. Dann wieder Holly, die mit Clive, Marisa und Carlos, dem Tonassi, lacht. Ein paar schnelle Schnitte auf andere Schauspielerinnen und Schauspieler, die aufgeräumt mit Teammitgliedern plaudern. Dann plötzlich, auf dem Bildschirm direkt vor mir: Hugo. Eine Halbtotale seines grinsenden Gesichts.

Auf diese Art mit ihm konfrontiert zu werden – in diesen unauslöschlich auf Film festgehaltenen Bildern –, löst eine Welle von Übelkeit in mir aus.

Sein grenzenloses Selbstbewusstsein, das Funkeln in seinen Augen, wenn er seinen Charme spielen lässt.

Widerwillig sehe ich weiter zu.

Ich höre seinen britischen Akzent.

»Ich bin Hugo North, der Executive Producer dieses unglaublichen Films *Furious Her*. Heute beginnen die Dreharbeiten. Begleiten Sie uns, dann sehen wir es uns aus der Nähe an.«

Natürlich erinnere ich mich an diesen Moment. Am Ende sind die Aufnahmen von Hugo und mir, als wir direkt in die Kamera gesprochen und lächelnd unsere Kameradschaft demonstriert haben, nicht verwendet worden. Keine große Überraschung.

Ich drücke die Pausentaste der Fernbedienung und sehe mir das von zwei zitternden weißen Streifen durchzogene Standbild genauer an.

Hinter Hugo erkenne ich die Außenwand des Studios, das wir für mehrere Monate angemietet hatten. Augenblicklich kann ich mich in diesen Moment am ersten Drehtag hineinversetzen.

Ein paar Schritte hinter Hugo bemerke ich eine andere Gestalt: eine junge Frau mit langen schwarzen Haaren direkt am Bildrand.

Schaudernd begreife ich, dass ich diese Frau bin.

Ich spuke im Hintergrund des Videos herum wie eine Kreatur aus einem japanischen Horrorfilm.

Ich bin dort, in dieser Kameraeinstellung – und ahne nicht, was mir und so vielen von uns zustoßen sollte.

Aber ich bin auch die Einzige, die nach solchen Spuren Ausschau hält. Niemand sonst würde auf die Idee kommen.

Interview-Abschrift (Ausschnitt):
Eingegangener Anruf, Donnerstag, 9. November, 16.23 Uhr

Lily Winters Hallo, spreche ich mit Thom Gallagher?
Thom Gallagher Ja, ähm, und mit wem spreche ich?
LW Ich heiße Lily Winters. Ich arbeite im Kommunikationsbereich. Früher war ich für Ihren Onkel Paul tätig, bei seinen Wahlkämpfen für den Senat.
TG Oh, gut. Hallo, was kann ich … Was kann ich für Sie tun? In letzter Zeit habe ich nicht viel mit Paul zu tun gehabt.
LW Darum geht es auch nicht. Ich rufe von Conquest PR an.
TG   Conquest PR?
LW Ja, genau. Ich arbeite für den Produzenten Hugo North und bin für Öffentlichkeitsarbeit und Medien zuständig.
TG Ah. Wie sind Sie an meine Telefonnummer gekommen?
LW Sie sind Journalist, oder? Ich arbeite für eine PR-Firma. Das ist nicht weiter schwierig.
TG Was möchten Sie, Lily?
LW [*Pause*] Wir haben gehört, dass Sie … möglicherweise an einem Artikel über Hugo arbeiten, über seine Anfänge im Filmbusiness und seinen weiteren Werdegang. Ist das korrekt?
TG Ich spreche mit vielen Leuten über verschiedene Themen. Es ist also … zu früh, um sagen zu können, ob daraus irgendwann ein Artikel entsteht, der zur Veröffentlichung geeignet ist.
LW Natürlich. Aber wir sind ein bisschen in Sorge, dass Sie möglicherweise nicht mit den richtigen Leuten sprechen. Wenn es um Hugo geht.
TG Wie meinen Sie das? Mit den »richtigen Leuten«?
LW Nun ja, Hugo ist ein sehr erfolgreicher Produzent und Geschäftsmann. Sie können sich vorstellen, dass es immer jemanden gibt, der seinem Ruf schaden will. Wir fänden es schrecklich, wenn die Times sich für eine Art Schmutzkampagne hergeben würde.

TG Eine Schmutzkampagne? Nein, das ist nicht die Art Journalismus, die ich betreibe.

LW Ganz sicher nicht. Trotzdem sollten Sie vorsichtig sein und nur mit seriösen Quellen sprechen.

TG Und ... Was entscheidet darüber, ob eine Quelle seriös ist oder nicht?

LW Ich glaube, wir wissen alle, welche Art Frauen glaubwürdig sind und welche nicht. Da draußen laufen jede Menge verbitterte Menschen herum. [*Pause*] Wir wären gern bereit, mit Ihnen zusammen an dem Artikel zu arbeiten. Falls Sie bereit sind, uns ein bisschen mehr zu erzählen.

39

Zwei Wochen später ist Thom Gallagher zu Besuch in meiner Wohnung in Brooklyn, im schäbigeren Teil von Williamsburg.

Ich habe ihn für den abschließenden Teil des Interviews hierher eingeladen. Ich rede mir ein, dass es dafür keinen anderen Grund gibt als meinen Heimvorteil.

In letzter Zeit habe ich genügend Enthüllungsstorys gelesen, um zu wissen, dass viele Quellen die Journalisten oder Journalistinnen zu sich nach Hause eingeladen und dort über ihre Vergangenheit gesprochen haben. Einige Stars haben dafür sogar die Intimität eines Hotelzimmers gewählt – eine düstere Ironie, über die ich mich irgendwie amüsieren kann.

Meine Wohnung ist alles andere als eindrucksvoll, eine bescheidene Bleibe, die ich mir von meinem Dozentinnengehalt gerade eben leisten kann. Es ist lange her, dass ich einen Mann, gleich welchen Alters, zu Gast hatte. Aber als ich mich umschaue, komme ich zu dem Ergebnis, dass ich mich auch nicht schämen muss.

Meine Wohnung ist einfach möbliert, Kunst- und Naturposter sind mit Klebestrips an den Wänden befestigt, als wäre ich noch im College. Ein flüchtiger Blick liefert kaum einen Hinweis, dass ich früher in der Filmbranche gearbeitet habe. Im Flur hängt ein riesiges japanisches Poster von *Die Rückkehr des King Kong* (1962), aber es gibt weder Fotos von mir am Set oder auf dem roten Teppich noch eine als Souvenir aufgehobene Klappe. Und sicher keine Oscars oder Golden Globes.

Aber wenn Thom näher hinsähe, könnte er die Stapel studentischer Drehbücher bemerken, die Literatur über Filmkritik und Drehbuchschreiben, die umfangreiche und stilistisch breite DVD-Sammlung, die auf dem Boden, den Tischen und der Fensterbank verteilt ist.

Die DVD von *Furious Her* habe ich auf den Couchtisch gelegt, ein ziemlich offensichtlicher MacGuffin, der einen scharfsichtigen Rechercheur wie Thom sicher zu einem Kommentar veranlassen wird.

Nervös lasse ich den Tee ziehen und sehe zu, wie Thom höflich die Titel auf den Buchrücken und die Kunstposter an den Wänden betrachtet. Eigentlich sollte mir egal sein, was dieser Siebenundzwanzigjährige von meinem Lesestoff hält.

Er ist nur ein Journalist, der beruflich hier ist. Weil er mir eine Geschichte entlocken will.

Und ich bin bloß eine Quelle, die die Last ihrer Vergangenheit loswerden will. Wobei ich immer noch unschlüssig bin, wie viel ich preisgeben soll.

Es geht um ein Geschäft, eine Tauschaktion, mehr nicht.

Wie aufs Stichwort deutet Thom auf die *Furious Her*-DVD auf dem Couchtisch. »Haben Sie ihn sich noch einmal angesehen?«

Wir haben uns an den beiden Enden meines Sofas niedergelassen, anderthalb Kissen zwischen uns. Der Digitalrekorder liegt auf dem Couchtisch, ist aber noch nicht eingeschaltet.

»Witzigerweise bin ich bei einem Secondhand-Verkauf in der Queens Library darüber gestolpert. Letzte Woche erst.«

Ich beschreibe den Vorfall noch etwas detaillierter und übertreibe meinen Schrecken.

Er reagiert reflexhaft enthusiastisch. »Was hat die Bibliothekarin gesagt? Darüber, dass Sie an dem Film mitgearbeitet haben?«

»Ich ... hab ihr nichts davon gesagt. Ich meine ... wozu auch?«

In der darauf folgenden Stille betrachte ich den Dampf, der von meinem marokkanischen Minztee aufsteigt, und spüre die Last der vergangenen zehn Jahre. Thom streckt die Hand aus und legt den Finger auf die Aufnahmetaste seines Diktiergeräts.

»Darf ich?«, fragt er.

Das rote Licht beginnt zu blinken, er lehnt sich zurück, die Distanz ist wiederhergestellt.

»Mit welchen Gefühlen denken Sie heute an den Film?«, fragt er.

»Ich weiß, dass ich stolz darauf sein sollte«, sage ich. »Ich meine, der Film ist wirklich gut. Er hat Preise gewonnen und gilt in manchen Kreisen als Kultklassiker. Aber ... ich war damals bei der Produktion ein anderer Mensch. Jünger, naiver.«

Die Sarah, der es nur darum ging, dass sie in den Credits auftauchte, wo mein Name kaum lesbar zwischen all die anderen gequetscht war.

»Ich schäme mich für diese Naivität. Dafür, dass ich so hart für ... nichts gearbeitet habe.«

»Würden Sie das wirklich so ausdrücken?«

»Ja«, fauche ich ihn gereizt an. »Für nichts. Ich meine, mal ehrlich ... Was hat der Film mir gebracht?« Ich deute auf meine winzige Wohnung, den Stapel ungelesener Drehbücher, aus denen niemals Filme entstehen werden.

»Was fühlen Sie, wenn Sie heute an den Film zurückdenken? An die Produktion und all das, was geschehen ist?«

»Ich schäme mich. Weil ich so dumm war ... Und ich fühle mich schuldig.«

Ich schaue zur Seite, auf den leeren Bildschirm des Fernsehers. Thom und ich sind auf der schwarzen Oberfläche als schattenhafte Silhouetten zu erahnen.

Im Geiste sehe ich die Gestalten zweier junger Frauen vor mir, die vor zehn Jahren mit dem Rücken zu mir in den goldenen Aufzug eines Hotels in Los Angeles getreten sind.

»Schuldig?« Thoms neugieriger Tonfall lässt mich aufhorchen.

»Ja, schuldig.« Ich sehe ihm in die Augen. »Sind Sie bereit für den Rest meiner Geschichte?«

Nach der Party in Hugos Haus fühlte ich mich für den Rest der Dreharbeiten wie ein Zombie.

»Wie meinen Sie das, ›ein Zombie‹?«

Ich könnte jetzt eine witzige Anspielung auf George Romero einstreuen, *Produktion der lebenden Toten* oder so etwas, aber die Sache ist nicht lustig.

Ich glaube, dass die Taubheit, die ich am Morgen nach der Party spürte ... nun ja, dass diese Taubheit bis zum Ende der Produktion anhielt, wahrscheinlich sogar noch Monate danach. Ich war nicht in der Lage, mit irgendjemandem über den betreffenden Abend zu sprechen, sodass ich mich in einen freudlosen, einsamen Kokon zurückzog. Ich war ausschließlich darauf konzentriert, die Dreharbeiten zu Ende zu bringen, die täglichen Anforderungen abzuarbeiten, meine endlose To-do-Liste, und nach außen hin die Rolle der freundlichen, kompetenten Produzentin zu spielen.

Mehr brachte ich nicht zustande. Ich verlor jeden Drive, jedes echte Gefühl von Freude und Kameradschaft.

Innerlich war ich zusammengebrochen.

Über alldem hing das gestaltlose Grauen vor einer weiteren Begegnung mit Hugo. In meinem Inneren war etwas zerstört worden, auch wenn ich mir einreden wollte, er hätte nicht mehr getan als mich gegen eine Wand zu drücken und meinen Arm zu streicheln. Natürlich wusste ich, dass er mehr getan hätte, wenn er die Chance bekommen hätte.

Jedes Mal, wenn ich von jetzt an mit Hugo im selben Raum war, schien eine dumpfe Angst in mir zu vibrieren, knapp unterhalb der Hörschwelle – wie ein tiefer, hämmernder Bass, beharrlich und nervtötend. Trotzdem konnte ich Hugo nicht aus dem Weg gehen. Er war überall, und zwar lauter, lebhafter und übermütiger, je mehr wir uns dem Ende der Produktion näherten.

Mir gegenüber tat Hugo so, als wäre am Abend seiner Party nichts Ungewöhnliches passiert. Als wäre ich einfach mit ihm nach oben gegangen, um die Verträge unterschreiben zu lassen, und dann nach Hause gefahren.

Vielleicht war das alles für ihn nicht ungewöhnlich. Vielleicht verhielt er sich gegenüber allen jungen Frauen in seinem Umfeld auf genau diese Weise.

Während der vorletzten Drehwoche tauchte ich einmal voller Unbehagen in der Bar des Chateau Marmont auf, redete mit ein paar Leuten vom Team und fragte mich, wo Hugo sich herumtrieb. Courtney war schon nach Hause gefahren. Sie hatte mir zwei Drehbücher gegeben, die sie für Hugo ausgedruckt hatte. Ich hatte sie widerstrebend genommen, als wären sie ansteckend.
Aus reiner Neugier warf ich einen Blick auf die Titel. *The Dead Can't Speak. Invisible Fires.* Wahrscheinlich irgendwelche Thriller an der Grenze zum Horrorgenre, aber die Autorennamen sagten mir nichts. Außerdem war nirgends das Logo einer Agentur zu sehen, was bedeutete, dass sie irgendwie auf direktem Weg bei Hugo gelandet waren. Sprach er mit Xander über neue Projekte, ohne dass Sylvia und ich davon wussten?
Das hätte ein Grund zur Sorge sein können, aber ich hatte keine Zeit, mir in dieser Phase der Produktion Gedanken darüber zu machen. »Ich glaube, Hugo will sie am Wochenende lesen«, hatte Courtney mir beiläufig gesagt, bevor sie in ihren blauen RAV4 mit Elektromotor stieg und losfuhr.
Keine Stunde später erhielt ich eine Nachricht von Hugo. *Ich brauche die beiden Drehbücher von Courtney heute Abend. Bring sie mir hoch in Zimmer 72. Ich bin da.*
Schon bei dem Gedanken wurde mir übel.
Auf keinen Fall würde ich allein hoch auf sein Zimmer gehen.
Die nächste Nachricht blinkte auf, als hätte er meine Gedanken gelesen. *Bring sie persönlich. Lass sie bloß nicht über die Rezeption hochbringen. Wir müssen über einiges reden.*
Ich überlegte, ob ich einfach an der Zimmertür stehenbleiben, ihm die Drehbücher hinwerfen und weglaufen konnte.
Aber dann fiel mir ein, wie er mich die Treppe hinaufgedrängt

und in das Schlafzimmer gestoßen hatte. Er war körperlich stärker als ich. Er musste mich nur ins Zimmer zerren, die Tür zuschlagen und abschließen ... Wieder spürte ich die fleischigen Hände, die meinen Unterarm wie ein Schraubstock umklammerten, seine Finger, die sich meine nackte Schulter hinabtasteten, ich hörte seine Worte. Ich zitterte vor Übelkeit.

Ich ging zum Aufzug, wütend, dass mein Abend so aussehen sollte, und versuchte mir darüber klarzuwerden, wie ich einen weiteren Übergriff meines Chefs verhindern konnte.

Ich muss völlig in Gedanken versunken gewesen sein, denn beinahe hätte ich Xander übersehen, der plötzlich auftauchte, wie immer in schwarzem T-Shirt und Jeans. Als er mich sah, blieb er stehen.

»Sarah, dich hab ich hier nicht erwartet.«

Ich sah auf. Abseits des Sets wirkte Xander entspannter, nicht so demonstrativ ernsthaft wie bei den Dreharbeiten. Mit gegelten Haaren und ohne Baseballkappe sah er aus, als wolle er ausgehen. Sosehr mir seine mürrische Art in den letzten Wochen auf die Nerven gegangen war, erleichterte mich jetzt sein unerwarteter Anblick.

»Oh, hey«, sagte ich. »Wo gehst du hin?«

Er zuckte die Schultern. »Ich bin mit jemandem im Mondrian verabredet. Was hast du vor?«

»Ich, ähm ...« Ich hielt inne, mir kam eine Idee. »Hast du vielleicht fünf Minuten Zeit?«

Mit leicht verärgertem Blick sah Xander auf seine Uhr. »Eigentlich nicht.«

Ich ignorierte seine Antwort. »Bitte, du musst mir wirklich, wirklich, wirklich einen Gefallen tun. Ich soll Hugo diese Drehbücher bringen und will nicht hoch auf sein Zimmer. Könntest du sie ihm eben bringen?«

»Was?« Er spuckte das Wort geradezu aus. Solche Dinge ließ man von Assistentinnen oder Praktikanten erledigen, nicht vom Regisseur höchstpersönlich.

Ich warf ihm einen flehenden Blick zu und atmete stoßweise. Ausgerechnet vor Xander Schulz die Jungfrau in Nöten zu spielen, stieß mir übel auf – ich hasste die Rolle so, wie ich es hasste, ihn um Hilfe bitten zu müssen.

»Du weißt, wie Hugo sein kann, wenn er betrunken oder high ist«, sagte ich. »Ich … ich will einfach nicht da hoch. Als Frau. Allein.«

Xander musterte mich einen langen Augenblick. Vielleicht würde es funktionieren.

Jedes feministische Molekül meines Körpers kochte vor Empörung, aber ich machte weiter.

»Du weißt, wie er ist. Frauen gegenüber.«

Vielleicht wusste Xander es sehr genau, vielleicht auch nicht. Jedenfalls stand er immer noch da und dachte über meine Worte nach.

»Es kostet dich buchstäblich fünf Minuten«, sagte ich. »Zimmer 72. Bitte. Wenn ich ein Kerl wäre, würde ich dich nicht fragen.«

Xander starrte mich an, als wolle er sich vergewissern, dass ich die Wahrheit sagte. Ein kurzes Nicken, ein wissender Blick – oder vielleicht bildete ich mir den nur ein. »Okay«, sagte er. »Also gut.«

Meine Erleichterung war unbeschreiblich. »Danke, danke, danke«, sagte ich und reichte ihm die Bücher. »Ich bin dir was schuldig.«

Xander runzelte die Stirn. »Wie geht es dir eigentlich?«

Die Frage kam unerwartet. Wollte er tatsächlich wissen, wie es *mir* ging? Zeigte er ausnahmsweise einen Anflug von Interesse an seinen Mitmenschen?

»Ähm …« Ich hatte einen Kloß im Hals. Überrascht registrierte ich, dass diese kleine Geste des Mitgefühls ausreichte, um mich zum Zittern zu bringen. Jetzt nur nicht weinen, ermahnte ich mich. Nicht vor Xander. Etwas Erniedrigenderes konnte ich mir nicht vorstellen.

»Doch, mir geht's gut. Nach den ganzen Drehwochen bin ich bloß ein bisschen erschöpft.« Ich schaute weg und spürte, wie mir die Tränen kamen.

»Ja, du siehst wirklich erschöpft aus. Aber wir sind fast am Ziel. Komm, wo ist die unverwüstliche Sarah, die ich kenne? Wo ist sie geblieben?«

Ich weiß es nicht, hätte ich am liebsten gesagt. *Ihr ist etwas Schlimmes zugestoßen. Jetzt ist sie auf Tauchstation.*

40

Nie war ich so nahe daran gewesen, die Wahrheit über Hugo und Xander herauszufinden. Möglicherweise wusste Xander längst Bescheid, aber es kümmerte ihn nicht, weil Hugos Verhalten sich für ihn selbst nicht negativ auswirkte und er als Regisseur von Hugos Freigiebigkeit abhing.

Hätte ich in jenem Moment etwas gesagt …

Ich schüttelte den Kopf. Was sollte diese Frage bringen?

Die letzten Wochen der Produktion durchlebte ich wie in einem Nebel. Ich hetzte vom Produktionsbüro zum Set und weiter zu irgendwelchen Drinks oder hastigen Abendessen in der Stadt. Die Erschöpfung rieb mich auf. Der Ort, an den ich mich am deutlichsten erinnere – zu dem ich immer wieder zurückkehre –, war die Lobby des Chateau Marmont.

Wenn man das Gebäude betritt, findet man sich zwischen zwanglos platzierten Art-déco-Sesseln wieder, an den Wänden zeichnen sich die Schatten der Palmen ab. Man geht direkt auf die Bar zu, wo das Team viele Abende verbracht hat, um vor dem Heimweg ein oder zwei Drinks zu kippen. Gleich um die Ecke bringen die Aufzüge Besucher diskret zu den luxuriösen privaten Zimmern und Suiten hinauf.

Eine Woche vor Abschluss der Dreharbeiten war ich auf dem Weg dorthin, als mir bewusst wurde, dass ich Holly die ganze Woche noch nicht gesehen, geschweige denn mit ihr gesprochen hatte. Nach sechs Wochen vor der Kamera war sie wahrscheinlich von den Strapazen fix und fertig. Wie belastend musste die Hoffnung sein, dass die Rolle ihr zum großen Durchbruch verhelfen würde, solange sie nur in jeder einzelnen Szene perfekt wäre, in jedem Take, in jedem Augenblick vor der Kamera.

Was mich anging, so zog ich mich in meinen Kokon des Elends zurück, gelähmt von der Scham, die mich nach der Party bei Hugo überkommen hatte.

Insgeheim war ich auch eifersüchtig auf Holly. Trotz unserer Freundschaft hatte sich während der Produktion ein Graben zwischen uns aufgetan. Wie hätte es auch anders sein können? Als unserem Star wurde Holly jeder kleinste Wunsch erfüllt, sobald sie das Set betrat. Wenn sie fror, reichte ihr jemand einen Mantel. Immer stand jemand bereit, um ihr Make-up aufzufrischen. Oder sie wohin auch immer zu fahren. Schauspielerinnen sind wie unsterbliche Wesen, die ein Filmset mit ihrer Anwesenheit schmücken. Sämtliche Scheinwerfer sind buchstäblich darauf ausgerichtet, ihre überirdische Schönheit ins richtige Licht zu tauchen. Regisseure, Kostümbildnerinnen, Friseure und Visagistinnen erinnern sie ununterbrochen daran, dass sie großartig aussehen, dass sie fantastisch sind, geradezu perfekt (vorausgesetzt, sie fügen sich anstandslos ein).

In der Zwischenzeit schwitzte ich unter einer endlosen Flut von E-Mails und Anrufen, Sylvia und Hugo verlangten mir mit ihren Forderungen alles ab.

Ja, ich hatte angefangen, Holly die ganze Leichtigkeit zu missgönnen, die ständige Hätschelei. Wer hätte das nicht getan?

An jenem Freitagabend verließ ich das Büro lange nach allen anderen. Wegen des Verkehrs kam ich spät zu unserem Freitags-Umtrunk im Chateau Marmont. Kurz spielte ich mit dem Gedanken, den Parkservice zu nutzen, aber die Gebühr war astronomisch. Stattdessen schlängelte ich mich mit dem Wagen durch die umliegenden Straßen und fand schließlich einen Parkplatz, von dem ich zehn Minuten den Hügel hinauf zum Hotel gehen musste.

Außer Atem erreichte ich die Lobby, natürlich registrierte der Portier, dass ich mich offensichtlich zu Fuß genähert hatte. An der Bar entdeckte ich eine Handvoll Beleuchter und Soundleute, einen Bruchteil der sonst üblichen Menge.

»Wo sind denn alle hin?«, fragte ich.

»Früh gegangen«, murmelte Chas, der Materialassistent. »Oder noch zum Abendessen gefahren.«

»Ah, okay.« Ich verfluchte mich, weil ich so lange im Büro geblieben war. »Und wo ist Holly?«

»Oh, sie hatte noch etwas zu erledigen.« Chas trank einen Schluck von seinem Craftbier. »Sie müsste noch irgendwo im Hotel sein.«

Verwirrt ging ich hinaus ins Foyer und checkte meinen BlackBerry. Vielleicht war Holly zur Toilette gegangen. Die Toiletten des Chateau Marmont waren immer einen Besuch wert, schon wegen ihrer auf antik gemachten Ausstattung und der Chance, angetrunkenen Promis über den Weg zu laufen.

Aber als ich von meinem Telefon aufsah, entdeckte ich Courtney und Holly gleich um die Ecke. Sie wollten gerade in einen offenen Aufzug treten.

Ich rief ihre Namen, sie drehten sich um.

»Hey!«, sagte ich. »Geht ihr schon?«

Courtney nickte entschieden. Sie war im Arbeitsmodus und hatte eine Hand auf Hollys Arm gelegt, als wolle sie sie einem unausgesprochenen Schicksal entgegenführen.

»Hey!«, rief Holly und strahlte mich an.

»Wir wollen noch nicht richtig weg«, erklärte Courtney. »Aber Hugo hat gesagt, er muss etwas mit Holly besprechen.«

»Moment ...« In meinem Kopf läuteten die Alarmglocken. »Wollt ihr hoch auf sein Zimmer?«

Schockiert starrte ich Courtney an, ich wollte ...

(Tief durchatmen. Noch mal von vorn.)

... Ich wollte irgendwie zu ihr durchdringen, aber sie sah mich nur ausdruckslos an.

»Es dauert nur fünf Minuten«, versicherte Holly mir.

»Hat er gesagt, worum es geht?«, fragte ich, um Zeit zu gewinnen.

»Nein.« Courtney zuckte die Schultern. »Nur dass es ziemlich dringend sei und ich sie gleich nach oben bringen solle.«

Inzwischen hatte ich sie fast erreicht, aber sie waren schon in den Aufzug gestiegen und sahen mich arglos an. Courtney drückte den Knopf für den sechsten Stock.

Ich spürte die Anspannung in meiner Brust. »Und du wirst die ganze Zeit an ihrer Seite bleiben?«, fragte ich Courtney direkt.

»Vielleicht«, sagte sie. Ihre Miene gab nichts preis.

»Es ist nur ...« Ich wollte etwas sagen, irgendetwas. Stattdessen warf ich Holly einen Blick zu, den sie neugierig erwiderte.

»Sarah, stimmt etwas nicht?«, fragte sie.

Ich zögerte mit offenem Mund.

Genau in diesem Augenblick glitt die Aufzugtür zu.

»O nein«, flüsterte ich zu mir selbst.

Ich stand wie angewurzelt in der prunkvollen Lobby und hoffte aus tiefstem Herzen, der Aufzug werde nicht funktionieren, die Kabel sich nicht bewegen, die Tür im sechsten Stock sich nicht öffnen. Damit die beiden nicht mal in die Nähe von Zimmer 72 kamen.

Eigentlich war es nur ein Moment. Ein Innehalten wie zitternde Tautropfen an der Spitze eines Blatts. Eine Kugel aus Wasser wächst und wächst, bis man in sie hineinsehen, sich eine alternative Zukunft ausmalen kann, tausend Möglichkeiten, wie es anders laufen könnte.

Aber schon einen Atemzug später ist die Realität dieses Augenblicks vergangen, zu Boden gefallen, für alle Zeit verschwunden.

»Was ist Ihnen im Nachhinein zu den Ereignissen jenes Abends durch den Kopf gegangen?«

Thom Gallagher wartet auf meine Antwort.

Ich spüre ein unangenehmes Prickeln in der Kehle und im Mund, als wäre die Taubheit von damals zurückgekehrt, um mich davon abzuhalten, mehr zu sagen.

»Ich glaube ...«, bringe ich krächzend heraus, dann räuspere ich mich. »Ich glaube, man kann es unmöglich wissen, es sei denn, jemand hätte die Szene gefilmt. Aber wenn man Holly und Hugo fragen würde, was an dem Abend passiert ist ...«

Ihre Aussagen würden sich deutlich voneinander unterscheiden.

Ich kann mich immer noch nicht überwinden, mehr zu sagen, also versuche ich es auf indirekte Weise.

»Wissen Sie, im Lauf der Jahre habe ich immer eine seltsame Kluft gespürt, eine Art Graben von Schuldgefühlen zwischen mir und den Frauen, die es erleben mussten.«

Die jungen Frauen im College, über die Gerüchte im Umlauf waren. Was ihnen zugestoßen war, wenn sie eines Abends in Tränen aufgelöst und von einer Freundin gestützt nach Hause kamen. Oder die Bekannte, die auf Facebook etwas über einen »Vorfall« oder ein »schlimmes Date« vor Jahren postet. Was sagt man in solchen Fällen? Wie überbrückt man diesen heiklen Unterschied? Die simple, nicht aufzulösende Gleichung: dass eine Frau vergewaltigt worden ist und die andere nicht?

Es gibt keine Logik, keine erklärbare Rechnung, warum die Karten auf diese Weise verteilt werden. Es ist purer Zufall. Ein Glücksspiel. So viel weiß ich heute. Jedenfalls versuche ich, mir das zu sagen, um die Schuldgefühle zu lindern.

»Sie sprechen oft von ›Schuld‹«, sagt Thom wie ein überbezahlter Therapeut.

Ich antworte nicht, aber der Begriff durchzieht tatsächlich unser gesamtes Gespräch. Und die letzten zehn Jahre meines Lebens.

Ja. Wenn ich an die Situation in der Lobby des Chateau Marmont denke – ich vor der Aufzugtür, kurz bevor sie sich schloss und Hollys Schicksal besiegelte –, frage ich mich, was ich hätte tun können, um den weiteren Verlauf zu verhindern. Denn es war unausweichlich, oder? Natürlich hätte ich in dieser speziellen Nacht die zwanzig Dollar für den Parkservice bezahlen, rechtzeitig in der Bar erscheinen und Holly möglicherweise von einem Besuch in Hugos Zimmer abhalten können. Oder mich in den Aufzug drängen und Holly ohne zu zögern die Wahrheit über Hugo erzählen können. Über das, was ich wusste, das, was mir selbst passiert war.

Aber am Ende hätte Hugo irgendwie gewonnen.

Er war so sehr daran gewöhnt, zu bekommen, was er wollte, dass der Ablauf eines einzigen Abends nichts daran geändert hätte, dass er irgendwann sein Ziel erreichte. Ob durch Charme oder Reichtum, Gewalt oder einen Rauschzustand, war ihm ganz egal. Für ihn waren das nur unterschiedliche, gleichermaßen legitime Mittel zum Zweck.

Ich rede natürlich nicht nur von Sex. Er konnte sich fast alles kaufen. Von seinem Reichtum ließen sich die meisten überzeugen. Er hatte sich in die Filmbranche hereingemogelt. Wir drei – Sylvia, Xander und ich – waren so dumm gewesen, ihm die Tür weit aufzuhalten. Sobald er dann die Produktion finanzierte, hatte er das Gefühl, alles gehörte ihm. Einschließlich Holly.

»Glauben Sie, dass Hugo Holly an dem Abend vergewaltigt hat?«, fragt Thom ganz direkt.

»Ich glaube es, ja«, sage ich endlich mit heiserer Stimme. »Heute glaube ich es.«

»Aber damals haben Sie nichts gesagt?«

Ich nicke.

Ich wollte es mir damals nicht vorstellen, obwohl ich es natürlich befürchtete. Ich stand noch, lange nachdem sie sich geschlossen hatte, vor der Aufzugtür, starr und nachdenklich. Bis die vergoldete Skala über dem Aufzug wieder die »1« erreichte, die Tür aufglitt und ein stämmiger Kellner einen Wagen mit einer umgedrehten Servierplatte und zwei leeren Weingläsern herausschob.

Ich überlegte, ob ich an der Rezeption darum bitten sollte, Hugo anzurufen und dringenden Besuch anzukündigen, aber das Marmont rühmte sich dafür, seine Gäste in Frieden zu lassen. Außerdem hätte das seinen Zorn nur weiter angefacht.

Abgesehen davon konnte ich nicht mit Sicherheit sagen, was Hugo vorhatte. Ich redete mir ein, dass er Holly niemals so behandeln würde wie mich am Abend seiner Party. Holly hatte einen Agenten, sie war unser Star, in gewissem Umfang war sie geschützt. Sie schien von einer verzauberten Aura umgeben, sobald sie das Set betrat. Dass wir noch eine Drehwoche vor uns hatten, würde ihr zusätzlich Schutz bieten.

Also drehte ich mich auf dem Absatz um, verließ das Hotel, trat auf den neonbeleuchteten Sunset Boulevard und ging den Hügel hinab zu meinem bescheidenen Mietwagen. Was immer zwischen Hugo und Holly passierte, war eine Sache zwischen dem Executive Producer und dem Star des Films. Sie war erwachsen, sie konnte selbst für sich sorgen.

Irgendwie schlief ich in jener Nacht ziemlich fest. Vielleicht war ich von den Dreharbeiten so ausgelaugt, dass der Schlaf zu einer willkommenen Fluchtmöglichkeit wurde.

Aber am nächsten Morgen erinnerte ich mich schweren Herzens an meinen Fehlschlag vor dem Hotelaufzug, an die messingbeschlagene Tür, die mich von Holly und Courtney abschnitt.

Das taube Gefühl in meinem Körper wurde stärker, so wie jetzt.

Auf dem Nachttisch blinkte mein BlackBerry auf. Ich wollte mich der Flut von E-Mails nicht stellen. Sylvias Bitte um ein Update oder, schlimmer noch, irgendeiner Nachricht von Hugo. Als ich nachsah, war nichts Dringendes eingegangen. Die üblichen automatisierten Mails.

Ein verpasster Anruf von Holly um zwei Uhr nachts.

Ich überlegte, ob ich zurückrufen sollte. Vielleicht sollte ich unseren Star an einem Samstagmorgen lieber nicht belästigen.

Schließlich entschloss ich mich, ihr eine kurze Nachricht zu schicken.

Hey, tut mir leid, dass ich deinen Anruf verpasst hab. Alles in Ordnung?

Ich bekam nie eine Antwort.

Ich halte inne. Um mich herum dröhnt ein monströses Schweigen. Ich merke, dass ich die Fingernägel tief ins Sofapolster gegraben habe, als könnte ich mich dort irgendwie verstecken.

Als ich aufstehe, wird mir schwindlig. Ich entschuldige mich bei Thom, stolpere in die enge Küche und fülle mir an der Spüle ein Glas mit Wasser. Dann lehne ich mich an die Arbeitsplatte, drücke die Hände an die Stirn, schließe die Augen und versuche, mich vor dem Nichtgesagten zu verschließen.

Du hast noch nicht alles erzählt.

Höhnisch klingen mir die Worte im Ohr.

Die Einzelbilder, die ich praktischerweise herausgeschnitten habe, ein paar Szenen vorher. Ein passender Schnitt hier und dort, dann sieht die Wahrheit gleich anders aus.

Was wird vor Gericht verlangt? Die Wahrheit, die ganze Wahrheit und nichts als die Wahrheit …

Die ganze Wahrheit.

»Alles in Ordnung?«, ruft Thom vom Sofa aus. Er hat das Diktiergerät angehalten.

»Ich brauche bloß einen Moment«, sage ich mit schwacher Stimme.

Du verdammte Idiotin, halte ich mir vor. *Was hast du denn geglaubt, wo das alles hinführt?*

Mir ist bewusst, wie verdächtig mein Verhalten erscheinen muss. Ich würde in jedem Krimi die perfekte Schuldige abgeben, hilflos, zappelig, kurz vor dem Geständnis.

Du musst es ihm jetzt sagen, sonst wirst du völlig unglaubwürdig.

Gleich hier, unter dieser Arbeitsfläche, steht die ungeöffnete Champagnerflasche. Unter das schwere Glas habe ich die harmlos klingende Karte von Hugo geklemmt.

»*In Erinnerung an unsere guten gemeinsamen Zeiten und unsere filmkünstlerischen Erfolge.*«

Ich nehme das Handy aus der Tasche und wähle noch einmal die Nummer meiner Mailbox. Dann höre ich die Nachricht ab, die dort vor einer Woche hinterlassen wurde.

»*Hi, Sarah, hier ist Hugo. Sieht aus, als hätte ich dich wieder verpasst. Hör mal, ich weiß, dass es Jahre her ist, aber manchmal ... Manchmal braucht man Jahre, bis man die Menschen schätzen lernt, die wirklich Anerkennung verdienen. Du bist zu talentiert und zu engagiert, um nicht wieder mit uns zu arbeiten. Du weißt, wie du mich erreichen kannst.*«

Es hat eine Zeit gegeben, vor Jahren – vielleicht sogar noch vor zwei Monaten –, in der ich auf eine solche Nachricht traurigerweise sofort geantwortet hätte. Auf eine Einladung zurück in die Herde. Auf das Angebot, dass all meine Sünden vergeben seien und ich meinen Platz in der Branche wieder einnehmen könne.

Aber das tat ich nicht. Ein paar Tage später erhielt ich die nächste Nachricht, düsterer im Ton und mit leiser Stimme aufgesprochen.

»*Sarah, hier ist Hugo. Eins wollte ich noch sagen. Falls du mit irgendwem sprichst, mit Journalisten meine ich, dann sei besser sehr vorsichtig. Die Presse dreht dir das Wort im Mund herum. Und ... du weißt ja, was du damals gewusst hast. Tu nicht so, als wärst du komplett unschuldig. Du musst dich auch selbst schützen.*«

Der sanfte britische Akzent, die Stimme, die ich nie wieder hatte hören wollen. Selbst nach zehn Jahren löst sie noch kalten Ekel in mir aus.

Aber trotz dieser zweiten Nachricht habe ich mich entschieden, mit Thom Gallagher zu sprechen. Warum?

Das Papierkorb-Icon auf meinem Display lockt. Ich bin kurz davor, die Nachrichten zu löschen, aber halt!

Auch sie können nützlich sein.

In diesem Moment wird mir etwas klar: Wenn Hugo North, der Mann, der für eine Menge erfolgreiche Filme verantwortlich ist, der eine Kette von Luxusimmobilien und ein Gesamtvermögen von rund 3,8 Milliarden Dollar besitzt, sich die Mühe macht, mich – die einfache Dozentin an einem unbekannten College – mehrmals anzurufen, muss er tatsächlich richtig Angst haben. Vielleicht besitzt mein Wissen tatsächlich Macht.

Ich kenne ihn zu gut, um mich von der Fassade täuschen zu lassen.

Nachdenklich und noch unsicher, was ich tun soll, werfe ich einen Blick auf die Fensterbank. Dort steht ein gerahmtes Foto von mir mit der dreijährigen Alice, die mich vergnügt anstrahlt. Daneben steht ein Geldbaum, den meine Mutter mir vor zwei Jahren geschenkt hat, als ich in diese Wohnung gezogen bin. Die rundlichen, gummiartigen Blätter glänzen im matten Licht des Spätnachmittags.

»Er wird dir Glück und Wohlstand bringen«, hat sie damals gesagt und ihn vorsichtig nach Norden hin ausgerichtet, zu einem schmutzigen Luftschacht des Gebäudes hin.

Welche Ironie, denke ich schnaubend. Ein toller Glücksbringer.

Scheiße.

Schluss mit dem Versteckspiel.

Du hast gewonnen, Thom Gallagher. Du wirst alles zu hören bekommen.

Interview-Abschrift (Fortsetzung):
Sylvia Zimmerman, 16.45 Uhr

TG Hätten Sie Holly Randolph damals als »Kanonenfutter« bezeichnet?

SZ Hören Sie, mir ist egal, ob Sie das Gespräch aufnehmen, aber an dieser Stelle werden Sie mich nicht öffentlich zitieren. [*Pause*] Holly Randolph hätte es so gehen können, aber sie war eine andere Art Persönlichkeit. Eine weniger starke junge Frau wäre vor Hugos Forderungen eingeknickt und zu seinem Spielzeug geworden. Aber Holly war zäh ... Deshalb haben wir ihr die Rolle ja gegeben. [*Pause*] Ich habe keine Gerüchte darüber gehört, dass sie mit Hugo schlafen würde oder dass überhaupt etwas zwischen ihnen war. Falls doch, war sie sehr diskret.

TG Was glauben Sie, was während der Dreharbeiten tatsächlich mit Holly geschehen ist?

SZ Ich habe keinen Grund zu der Vermutung, dass irgendetwas Ungehöriges passiert ist. Ich meine, der Film war ein Riesending für sie, um sich zu profilieren. Ich kann mir nicht vorstellen, dass sie einen Grund hätte, sich zu beklagen.

TG Halten Sie es für ausgeschlossen, dass ... ein Vorfall vertuscht wurde, von dem Sie gar nichts mitbekommen haben?

SZ Von dem ich nichts mitbekommen habe? Ich war die Produzentin, haben Sie das schon vergessen? [*Pause*] Aber wie gesagt: Es geht um Filme, es geht um Hugo. Alles ist möglich. Ich war während des größten Teils der Dreharbeiten nicht in L. A. Vermutlich besteht also eine winzige Möglichkeit.

TG Warum sagen Sie »winzig«?

SZ Na ja, weil ... es Holly gut zu gehen schien. Sie hat sich ganz normal verhalten, niemand hatte Anlass zum Verdacht, dass etwas Schlimmes passiert sein könnte.

TG Sie ist ... eine gute Schauspielerin. Vielleicht hat sie einfach ihren Job gemacht.

SZ Trotzdem wäre ich überrascht.

TG Können Sie sich vorstellen, dass jemand anderes aus dem Team es mitbekommen hätte, wenn Holly etwas passiert wäre?

SZ Wenn sie ihrem Agenten irgendetwas erzählt hätte, hätte ich davon erfahren. [*Pause*] Ich nehme an ... Ich nehme an, dass Sarah ihr damals ziemlich nahe stand. Sie wohnten während der Dreharbeiten direkt nebeneinander. Sie waren ... Sie schienen Freundinnen zu sein.

TG Aber Sarah hat Ihnen gegenüber nie etwas erwähnt?

SZ Nein, und ich bin sicher, dass sie das getan hätte, wenn ihr ein Verdacht gekommen wäre.

TG Wie kommen Sie darauf?

SZ Weil sie immer verlässlich war, vom allerersten Tag an. Wir waren ein Team. Ich meine, was hätte es ihr gebracht, so etwas vor mir zu verheimlichen?

41

Natürlich sagte ich Sylvia von alldem kein Wort. Weil es praktisch nichts zu sagen gab. Dass ich zwei Frauen in einen Aufzug hatte steigen sehen, auf dem Weg zu Hugos Zimmer? In gewisser Weise war das reichlich uninteressant. Frauen werden ständig in Hotelzimmer eingeladen.

Aber mein Schweigen wurde zur Last. Den letzten Teil der Dreharbeiten verbrachte ich in ängstlicher Lähmung. Tagelang hörte und sah ich nichts von Holly, obwohl sie gleich nebenan wohnte. Das ganze Wochenende antwortete sie nicht auf meine Nachricht, was mich abwechselnd sorgte (will sie nicht mehr meine Freundin sein?) und erleichterte (wenn etwas passiert wäre, hätte sie es mir sicher erzählt).

Ich schickte noch eine zweite Nachricht: *Wenn du irgendwas von mir brauchst oder einfach quatschen willst, dann melde dich.*

Wieder keine Reaktion.

Ich fand es fast schon absurd, dass wir immer noch eine Woche vor uns hatten. Den größten Teil des Montags musste ich im Büro verbringen. Als ich endlich am Set auftauchte, sah ich sie gerade noch weggehen. Am Dienstag lief es genauso. Aber der Mittwoch war ein großer Tag, weil wir unter anderem eine entscheidende Szene nachdrehen wollten, die wir schon einmal in Woche zwei versucht hatten. Der entscheidende Kampf zwischen Katie Phillips und dem Oberschurken Max findet auf dem Dach ihres isoliert liegenden Sommerhauses statt, nachdem alle anderen, die am Kampf beteiligt waren, schon erledigt sind. Es ist Nacht, Katie hat gerade eine Hetzjagd durchs ganze Haus überlebt. Jetzt, inmitten von Sturm und Gewitter, behält sie in einem verzweifelten Kampf die Oberhand. Max stürzt – in der Tradition großer Filmbösewichter – in den Tod.

Es war eine komplizierte Szene mit Regen, Wind, gelegentlichen Blitzen (natürlich alles künstlich) und einem choreografierten Kampf zwischen Holly und Barry. Das alles auf einem erhöht und schräg gebauten Set (um die Neigung des Dachs wiederzugeben). Die Kamera bewegte sich an einem Rig über das Dach, um den Kampf aus verschiedenen Perspektiven aufzunehmen und dadurch noch spannender wirken zu lassen.

Wir hatten die Szene für die zweite Woche geplant, aber das Gerät, das für die Blitze sorgte, hatte nicht richtig funktioniert. Es blitzte nicht auf Kommando, zu den von Xander geforderten Zeitpunkten. (Seth hatte daraufhin die Beleuchtungsfirma aufgefordert, das Gerät auszutauschen und uns einen Rabatt einzuräumen.) Hugo, Sylvia und ich hatten Xander davon zu überzeugen versucht, das Material zu verwenden, das wir bereits im Kasten hatten, aber er war unnachgiebig geblieben.

»Nein, der Blitz muss Katies Gesicht *genau* in dem Moment beleuchten, wenn sie den entscheidenden Satz sagt«, beharrte er. »Wir müssen es neu drehen.«

Regisseure sind anspruchsvolle Perfektionisten, deren Forderungen man grundsätzlich erfüllen muss. Die einzige Möglichkeit bestand letztlich darin, die Szene in der letzten Drehwoche nachzuholen, als das ganze Team ernsthaft erschöpft war. Vor allem Holly.

Am Tag des Nachdrehs stand ich zusammen mit einigen anderen am Rand des Sets. Wir starrten auf das Blitzgerät, als wäre es eine Art Trojanisches Pferd, das an diesem Tag über Sieg oder Niederlage entschied.

Ich sah, wie Holly zusammen mit Joe, dem zweiten Regieassistenten, Clive und Marisa das Set betrat. Katie, ihre Filmfigur, trug während der ganzen zweiten Hälfte des Films dieselben Klamotten: Jeans, einen figurbetonten Hoodie mit Reißverschluss und darunter ein schmeichelhaftes graues Tanktop. An diesem Punkt der Geschichte hatte sie sich des Hoodies schon entledigt und trug obenrum nur noch das graue Top, das durch den Kampf bereits Risse hatte. Außerdem hatte Clive auf Katies Gesicht diverse Schrammen, Blutergüsse und Schmutz aufgeschminkt. Auf ihrem Schlüsselbein war eine besonders kleidsame Abschürfung zu erkennen, die ihre Porzellanhaut gleich über den Brüsten zierte. Sicher hatte Xander es genau so gewollt.

Für Clive waren diese »Wunden« ein echter Albtraum. Er musste sie jeden Tag fotografieren und penibel rekonstruieren, und zwar an exakt denselben Körperstellen. Entsprechend standen mindestens zehn Exemplare des grauen Tanktops zur Verfügung, unterschiedlich verdreckt und zerrissen, passend für das jeweilige Stadium des Kampfs.

All der künstliche Schmutz und die aufgeschminkten Wunden änderten nichts an Hollys magischer Anziehungskraft. Das galt selbst dann, wenn sie sich um Unauffälligkeit bemühte.

Ich musste an meine unbeantworteten Nachrichten denken.

Auf der anderen Seite des Sets hatte Hugo Hollys Eintreffen mit einem Grinsen zur Kenntnis genommen. Das Grinsen wirkte aufgesetzt, aber er winkte ihr zu. Sie wandte sich ab. Ich merkte, wie sie sich in den Schultern versteifte und Hugo den schlanken Rücken zukehrte. Hugo wandte sich wieder seinem Gesprächspartner zu und hob die Stimme eine Spur an.

Ich drängte alle Zweifel beiseite und trat ein paar Schritte auf Holly zu, die gerade auf eine Frage von Marisa hin nickte.

Sanft legte ich ihr eine Hand auf den Oberarm – Holly zuckte zusammen. Mit einem wilden, erschreckten Blick drehte sie sich zu mir um.

»Hey, ich bin's nur«, flüsterte ich und lächelte sie an. »Wie fühlst du dich jetzt, an den letzten Drehtagen?«

»Oh.« Holly klang leicht überrascht. Und distanziert. Einen Moment lang kam ich mir wie in der Highschool vor: sie, die beliebte Cheerleaderin, ich, die linkische, übersehene Streberin, die sich nach Aufmerksamkeit sehnte. »Hi«, sagte sie. »Tut mir leid, ich hab einfach ein ruhiges Wochenende ganz allein gebraucht. Um mich auf die letzte Woche vorzubereiten.«

»Alles klar mit dir?«, fragte ich, immer noch beunruhigt.

Sie antwortete nicht. Stattdessen zog sie eine Grimasse. »Ich bin so kaputt. Ich will es einfach hinter mich bringen.«

»Kann ich verstehen. Diese Szene ist ein echter Albtraum …«

»Nicht nur die Szene. Die ganze verdammte Produktion.« Ihre Stimme klang ungewohnt bissig.

Ich konnte nichts darauf sagen, denn Joey drängte sie aufs Set. Clive folgte und versuchte hastig, den wasserfesten Puder in ihrem Gesicht aufzufrischen.

Sie kletterte auf das schräge Dach, das sich in Wahrheit nur anderthalb Meter über dem gepolsterten Fußboden befand.

Selbst in dieser Situation blieb Holly ganz Profi. Sie besaß eine außerordentliche Fähigkeit, negative Gefühle zu verbergen und so zu tun, als wäre die Welt perfekt, was ihr erlaubte, sich darüber zu erheben. Trotzdem sah ich, wie sie sich auf dem Dach umschaute, wie sie am Rand des Sets in der Dunkelheit nach einer ganz bestimmten Person Ausschau hielt. Als sie Hugo entdeckte, nahm ihre Miene einen ängstlichen Ausdruck an – der in der nächsten Sekunde wieder verschwand.

Ich glaube, außer mir bemerkte es niemand. Alle waren auf das verdammte Blitzgerät konzentriert.

»Bist du bereit, Holly?«, rief der erste Regieassistent.

Zwei Stunden später war endlich Hollys Großaufnahme an der Reihe. Den Moment, in dem der Blitz passend zu ihren letzten, triumphierenden Zeilen einsetzen musste.

Barry, der Schauspieler, der ihren Widersacher spielte, war in seinen Aufenthaltsraum gegangen, um Pause zu machen. Die nächsten Einstellungen sollten ausschließlich Hollys Gesicht zeigen, klatschnass vom künstlichen Regen, mit dem wir sie bespritzt hatten.

Holly sollte die resolute, starke junge Mutter verkörpern, die das bisschen verteidigte, was ihr noch geblieben war. Sie hatte einige wenige Sätze zu sprechen, während die Kamera immer näher rückte – bis der Blitz beim letzten Satz ihr Gesicht in Großaufnahme erstrahlen ließ.

Holly nahm die vorgesehene Position ein, Carlos hob das Mikro gleich über ihren Kopf.

Langsam setzte die Kamera sich in Bewegung.

»Hast du dich jemals ganz allein gefühlt?«, fragte sie, den Blick nach unten gerichtet.

»Cut«, knurrte Xander.

»Cut!«, rief Scott. »Clive, können wir irgendwie verhindern, dass so etwas mit ihren Haaren passiert?«

»Eigentlich nicht.« Clive zuckte trocken die Schultern. »Es sei denn, ich stecke es zurück, aber das ist nicht der natürliche Look, den ihr wollt. Mit einer Wind- und Regenmaschine besteht immer ein gewisses Risiko.«

»Okay, war bloß eine Frage«, sagte Scott mürrisch. »Alle wieder auf ihre Positionen.«

Die Kamera fuhr auf die Position am Beginn der Einstellung zurück.

Holly fing von vorne an. »Hast du dich jemals ganz allein gefühlt?«

Die Kamera näherte sich wieder, Wind und Regen wirbelten um Hollys Gesicht. Sie erstrahlte im Gefühl des Sieges – dem Sturm, der Dunkelheit und den Wunden auf ihrer Haut zum Trotz.

Dann redete sie weiter. »Ich meine, wirklich allein. Als hätte die ganze Welt dich verlassen und du bist der einzige Mensch, der in *deiner* Welt noch existiert … Denn bald wird man dich vergessen haben.«

Während meiner endlosen Arbeit am Drehbuch hatte ich diese Zeilen immer wieder leise für mich gelesen. Aber Holly verlieh den Worten mit jedem Mal, mit jeder leichten Veränderung ihrer Stimme, neue Bedeutungsfacetten.

Jetzt wurde sie ganz leise, von einer stillen Kraft getragen.

»Stell dir vor, Max. Man wird dich *tatsächlich* vergessen.«

Die Kamera kam näher, im Hintergrund blitzte es.

Ihre Stimme wurde noch leiser.

»Aber ich bin in meiner Welt nicht allein.«

Es blitzte aufs Stichwort. Hollys Gesicht erstrahlte in hellem weißem Licht.

»Ich habe meine Tochter.«

Die letzte Zeile flüsterte sie praktisch. Ihre leise Stimme hatte etwas Eisiges, aber ich hörte Xander unzufrieden brummen. Er wartete ein oder zwei Sekunden und sagte: »Cut.«

»Cut!«, rief Scott.

Alle atmeten auf, die Spannung am Set löste sich.

Hinter mir kicherte Hugo.

Xander sprach mit scharfer Stimme in Scotts Ohr, sein Unmut war unübersehbar. Ich saß neben ihm auf Sylvias Stuhl, direkt vor dem Monitor, der Holly immer noch in Großaufnahme zeigte, obwohl die Kamera nicht mehr lief.

Wenn ich Holly direkt anschaute, sah ich eine kleine, zerbrechliche Gestalt, die allein im Dunkeln saß und die dünnen Beine über die Dachkante baumeln ließ. Auf dem Monitor dagegen nahm ihr Gesicht den ganzen Raum ein, zeitlos und perfekt, obwohl sie keine Aufmerksamkeit auf sich ziehen wollte.

Ich sah näher hin. Hollys Gesicht war nass vom künstlichen Regen. Jemand hatte ihr ein Tuch gereicht, damit sie sich zwischen den Takes abtrocknen konnte. Aber ich entdeckte auf ihren Wangen noch eine andere Flüssigkeit: Tränen.

Plötzlich wandte sie die Augen ab, wischte sich über die Wangen und lächelte jemandem zu. Dann blockierte Clive, der ihr Make-up auffrischen wollte, das Blickfeld der Kamera.

Ich lehnte mich zurück und dachte nach. Holly weinte am Set.

Natürlich hatte die Szene ihr viel abverlangt, aber ich hatte sie nie zuvor weinen sehen, es sei denn, das Drehbuch verlangte es. Aber an dieser Stelle der Geschichte sollte Katie eigentlich ihren Triumph auskosten, nicht ängstlich oder traurig sein.

Augenblicklich machte ich mir um sie Sorgen, aber ich konnte jetzt nicht zu ihr. Auf diesem Dach wirkte sie unerreichbar, auch wenn ich sie gleichzeitig in Großaufnahme auf dem Monitor sah.

»Okay, Holly«, sagte Scott. »Das war ein guter erster Take. Können wir es noch einmal probieren, nur dass du den letzten Satz etwas lauter sprichst? Am Ende verliert sich deine Stimme fast, dabei soll es für Katie ein Moment des Triumphs sein.«

Holly nickte. »Okay«, sagte sie ausdruckslos.

Während sie auf den Beginn des nächsten Takes wartete, konnte ich zusehen, wie ihr Gesicht wieder zur professionellen Maske wurde.

»Also noch mal!«, rief Scott.

»Uuuund ... Bitte!«

Holly lieferte noch fünfzehn Takes ab, immer mit leicht veränderter Intonation. Aber das Gefühl war jedes Mal greifbar, gleich unter der Oberfläche, kurz vor dem Ausbruch.

Nach jedem Take brummte Xander genervt vor sich hin.

»Diesmal war es großartig«, sagte ich nach dem fünfzehnten Versuch.

Xander funkelte mich an, als stünde es mir nicht zu, in seiner Gegenwart eine Meinung zu äußern.

Beim sechzehnten Take veränderte Holly, bewusst oder nicht, den Rhythmus. »Aber ich bin in meiner Welt nicht allein.«

Als die Kamera heranfuhr, sah ich, wie sie durchatmete und eine Pause machte, als würde irgendetwas sie zurückhalten – unausgedrückten Schmerz. Dann, endlich: »Ich habe meine Tochter.«

Aber Hollys Pause hatte alles durcheinandergebracht. Der Blitz kam zu früh und fiel nicht mit ihren Worten zusammen, dabei war es wahrscheinlich ihr ausdrucksstärkster Versuch gewesen.

Xander kochte vor sich hin und warf seine Kopfhörer weg. Scott sah ihn beunruhigt an.

»*Verdammt*, Holly«, murmelte Xander leise.

Janice, unsere Script-Supervisorin, schaute von ihrem Ordner auf.

»Sie wirkt erschöpft«, stellte Janice fest. »Vielleicht eine Pause?«

»Wir haben schon sechzehn Takes«, merkte Scott an.

»Nein, nein.« Xander schüttelte unerbittlich den Kopf. »Sie kann das. Sie stellt sich an. Lasst uns diese Einstellung in den Kasten bekommen.«

Scott wollte etwas sagen, aber Xander stand auf und stürmte auf das nachgebaute Dach los.

Alle sahen überrascht zu. Xander verließ seinen Stuhl sonst praktisch nie.

Er stand jetzt unter Holly und redete mit ausgestrecktem Finger auf sie ein. Wir alle konnten seine Stimme hören. Sie war nicht übermäßig laut, aber von massivem Ärger erfüllt.

»Verdammt, Holly. Warum hast du die Pause gemacht? Du hast den Einsatz für den Blitz versaut.«

Untypischerweise blaffte Holly zurück: »Xander, ich versuche *zu schauspielern*. Wenn ich vor dem Satz eine Pause machen will, sollte ich die bekommen. Ich kann mich nicht die ganze Zeit nach deiner verdammten Beleuchtung richten.«

Xander kochte. Er schlug mit der Faust in die andere Handfläche. »Es ist auf diese spezielle Sekunde hin getimt! Darum geht's doch bei dieser verdammten Szene. Um den Blitz!«

Wir standen alle um den Monitor herum und sahen Hollys Gesicht während dieses Streits.

»In der Szene geht es um den Blitz? Um den *Blitz*, Xander? Was ist mit *meinem Spiel*?«

Xanders Augen funkelten zornig. »Hör auf, hier einen auf Diva zu machen, Holly. Es dreht sich nicht alles um dich. Mach es einfach mal richtig.«

Wir alle zuckten zusammen.

Holly sprach ganz langsam und giftig. »Ich hab es jedes einzelne Mal richtig gemacht. Den ganzen Tag hab ich *keinen einzigen* Satz verhauen. Ich lege *alles* in diese Szene, aber du bist nie zufrieden.«

»Das ist mir egal. Es ist noch nicht gut genug«, fauchte Xander sie an.

»Was soll das heißen, nicht gut genug?«

»Ernsthaft, wo liegt das Problem, Holly?«, brüllte Xander. »Kannst du keine Anweisungen befolgen? Mach es einfach richtig!«

Er stampfte zurück zu seinem Regiestuhl. Keiner von uns wagte es, ihn oder Holly anzusehen.

Janice und ich sahen uns mit hochgezogenen Augenbrauen an, dann wandten wir uns wieder dem Monitor zu. Ich sah, dass Holly jetzt ungeniert weinte, mit jedem stillen Schluchzer bebte ihre schmale Gestalt. Clive versuchte, sie zu trösten und gleichzeitig ihr Make-up zu retuschieren.

Alle taten so, als würden sie Holly nicht bemerken, obwohl es keinem von uns entging. Der Tonassi wandte ihr den Rücken zu, der Kameramann schaltete die Kamera aus und starrte auf sein Handy. Clive war der Einzige, der ihr zur Seite stand und ihr ein Taschentuch nach dem anderen reichte.

Ich ging zu ihr hinüber, um sie zu trösten, aber sie scheuchte mich mit einer Handbewegung weg. Als ich an meinen Platz zurückkam, warf Xander mir einen finsteren Blick zu und schüttelte ungläubig den Kopf. »Was für eine Heulsuse.«

Hinter uns unterdrückte Hugo ein Lachen und verließ schweigend das Studio. Seine Schritte hallten im Takt von Hollys Schluchzen.

Ich zitterte.

Am Ende hatte Holly recht. In der endgültigen Schnittfassung, die in den Kinos lief und auf dem US-Markt mehr als hundert Millionen Dollar einspielte, bleibt von der Szene nicht der Blitz in Erinnerung, sondern ihr Spiel. Ihr Gesicht, wunderschön und zum Schutz vor dem Regen in Falten gelegt, findet bei jener letzten Zeile eine neue Gelassenheit, wie ein Messer, das sein wahres Ziel findet.

Die Kritiker überschlugen sich in ihrem Lob auf Hollys Leistung, sie erhielt einen Golden Globe und eine Oscar-Nominierung. Ein großer Teil des Publikums vergoss Tränen über ihre brüchige, durch und durch realistische Mischung von Angst und Tapferkeit. In dieser Szene schien echter Schmerz durchzuschimmern.

Aber auch der Blitz trug seinen Teil bei. Er intensivierte Hollys Spiel, ähnlich wie in der Dachszene in *Blade Runner*, wo Rutger Hauers furchteinflößender Replikant mitten im Unwetter einen plötzlichen, friedlichen Tod stirbt. Ohne den Blitz hätte Hollys Spiel sich nicht so unvergesslich eingeprägt.

Der Take, der schließlich in der endgültigen Fassung auftauchte, wurde aufgenommen, nachdem Hugo das Set verlassen hatte. Als hätte erst seine Abwesenheit es Holly ermöglicht, ihr ganzes Potenzial abzurufen.

Interview-Abschrift (Fortsetzung):
Sylvia Zimmerman, 16.56 Uhr

SZ Es wäre albern, wenn Sarah das Gefühl hätte, für Hugos Verhalten die Verantwortung zu tragen. Ich habe jedenfalls nicht von ihr erwartet, dass sie einen Executive Producer an die Leine legt.

TG Aber Sie haben erwartet, dass sie die Verantwortung für die Produktion des Films übernimmt, vor allem in den Zeiten, in denen Sie selbst nicht am Set waren?

SZ Ja, natürlich. Aber da ging es um die professionelle Verantwortung, um die Aufsicht über die Dreharbeiten. Alles andere, die Art und Weise, wie die Leute sich abends auf Partys aufführen – das ist egal, solange es am Set funktioniert.

TG: Sie würden also sagen, dass die Verantwortung einer Produzentin oder eines Produzenten an dieser Stelle endet?

SZ Ansonsten wäre es ein Vierundzwanzig-Stunden-Job. Wenn man bei klarem Verstand bleiben will, muss man irgendwo die Grenze ziehen.

TG Was denken Sie über Xander? Hat er sich am Set immer professionell verhalten?

SZ Xander weiß, wie man einen guten Film dreht. Nur darauf kommt es bei einem Regisseur an.

TG Nur darauf?

SZ Ja, jedenfalls, solange wir über die Arbeit reden. [*Pause*] Falls Sie darauf abzielen, ob ich geglaubt hätte, dass er ... Schauspielerinnen bedrängt oder belästigt? Nein. Er hatte ständig seine Models um sich, er musste keine Gewalt anwenden.

TG Glauben Sie, er könnte bei Hugo weggesehen haben?

SZ Thom, wie nennt man so etwas vor Gericht – Hörensagen? Spekulationen? Ich habe keine Ahnung, was Xander wusste. Oder was Sarah vielleicht wusste. Ich kann sagen, was ich selbst gewusst oder vermutet habe – und das war damals sehr wenig.

TG Aber Sie haben trotzdem gesagt … Sie würden es Hugo zutrauen. »Er ist dieser Typ Mann.« Er sei es gewöhnt gewesen, dass alles nach seinen Vorstellungen lief, auch wenn es um Frauen ging. Wie können Sie so etwas sagen und gleichzeitig keinen Verdacht hegen?

SZ Weil alles nach seinen Vorstellungen lief. Die jungen Frauen flogen auf ihn, ohne dass er etwas tun musste. Er musste nicht mal etwas dafür tun, Produzent zu werden – zack, plötzlich war er einer. Wir Frauen müssen jahrelang schuften. Wenn man ein Kerl wie Hugo ist, steinreich und alles, spaziert man einfach mit dem Scheckbuch herein und bekommt seine Wünsche erfüllt.

TG Könnte er deswegen über Jahre mit gewissen Verhaltensweisen durchgekommen sein?

SZ »Gewissen Verhaltensweisen.« Sie sind so diplomatisch, Thom. [*lacht*] Was meinen Sie? Mädchen in einem Alter zu bumsen, wo es gerade eben legal ist? Regelmäßig Kokain von Teenagerbrüsten zu schnupfen? Man muss mit solchem Verhalten nicht »durchkommen«, wenn alle es machen. So läuft es in Hollywood, seit es Hollywood gibt. Als Frau lernt man, damit zu leben, wegzusehen und sich nicht von den eigenen Zielen ablenken zu lassen. [*Pause*] Wenn Sie sich Hugo vorknöpfen, gibt es gleich fünfzig andere von seiner Sorte. Was er gemacht hat, ist widerlich, aber nicht wirklich ungewöhnlich.

TG Warum tolerieren Sie es? Wenn Sie es widerlich finden?

SZ Was wäre die Alternative? Es gibt niemanden, zu dem Sie hinlaufen können, solange er derjenige ist, der die Schecks unterschreibt. [*Pause*] Wer stellt diese Leute zur Rede? Wer riskiert den eigenen Kopf wegen eines Verhaltens, das kaum der Rede wert scheint, weil es so verbreitet ist? Ich jedenfalls nicht. [*Pause*] Ich meine, vielleicht hätte ich es tun sollen, wenn ich etwas gewusst hätte. Aber es gibt immer vieles, was wir hätten tun sollen, als wir jünger waren. Nur wenige von uns machen es wirklich.

42

Im Rückblick habe ich keine Ahnung, wie Holly es durchgestanden hat. Wenn wir mit unserer Vermutung darüber, was am Freitagabend zuvor passiert war, richtigliegen ... dann kann ich mir nicht ansatzweise vorstellen, wie es ihr am Tag, als wir die Dachszene nachgedreht haben, gegangen sein muss.

»Wie meinen Sie das?«, fragt Thom.

Ich versuche, meine Gedanken zu formulieren: »Nach allem, was ich gehört habe, ist man nach einer solchen Gewalttat in einem schrecklichen Zustand, schwer traumatisiert. Holly hat uns allen irgendwie vorgespielt, dass er ihr gut ginge.«

»Was glauben Sie, warum sie das getan hat?«

»Weil es professionell war. Man verschiebt keine Dreharbeiten. Man erscheint am Set und macht seinen Job. Das hat Holly getan. Schließlich ist sie Schauspielerin. Sie hat die Situation mit ihren eigenen Mitteln bewältigt.«

So machen wir es alle, würde ich am liebsten hinzufügen. Auf unsere jeweilige Weise spielen wir den anderen etwas vor.

»Warum glauben Sie, dass sie vergewaltigt wurde?«, fragt Thom geradeheraus.

»Und nicht nur begrapscht?« Ich zittere beim Gedanken an Hugos Finger auf meiner Haut. »Weil Holly nachher wie eine vollkommen andere Person wirkte. Vielleicht nicht an der Oberfläche. Aber ich hatte sie im Lauf der Monate ganz gut kennengelernt – wenigstens dachte ich das. Nach dem betreffenden Abend schottete sie sich völlig ab. Sie wollte niemanden mehr in ihre Nähe lassen.«

Vielleicht war das die schmerzlichste Wahrheit von allen. Dass sie mich außen vor ließ. »Wenn er versucht hätte, sie zu begrapschen oder zu küssen, wäre sie wütend und angeekelt gewesen. Sie hätte es mir erzählt, wir hätten zusammen darüber gelacht.

Aber eine Vergewaltigung … war einfach zu schrecklich, um sie beim Namen zu nennen.«

Ich stelle mir die ehrgeizige Holly von vor zehn Jahren vor.

»Der Star eines Films zu sein und den Executive Producer einer Vergewaltigung zu bezichtigen … Das hätte die ganze Produktion in Gefahr bringen können. Dieses Projekt, diese Rolle war wichtig für Hollys Karriere, das wusste sie.« Thom nickt nachdenklich. »Letztendlich dürfte es also ums Überleben gegangen sein … Sie dachte langfristig. Womit sie recht hatte. Bedenken Sie nur, wo sie heute steht.«

Einen Moment staune ich einfach über Hollys eiserne Nerven. Nach einem derart grauenhaften Erlebnis eine solche Entscheidung zu treffen … Wieder einmal ist mein *Versuch*, mich in sie hineinzuversetzen, typisch für die Unwissenden. Die Glücklichen, die nicht vergewaltigt wurden.

Denn letztlich geht es genau darum, oder?

Die alte sensationslüsterne Faszination derjenigen, die außerhalb stehen, voller Schrecken über das, was zwischen zwei Menschen geschehen kann. Diese unaussprechliche Tat.

»Ich meine, Sie verlangen, dass ich darüber spekuliere, was eine andere Person durchgemacht hat, stimmt's?«, frage ich mit leichtem Widerwillen.

Plötzlich habe ich es so satt. All die Stunden, die ich mit Thom Gallagher zusammengesessen habe, übertölpelt von seinen blauen Augen, seiner ritterlichen Einstellung und seiner legendären Familie. Ich weiß nicht, was es mir gebracht haben soll, ihm mein Herz auszuschütten. Nur Schmerz, Scham und Selbsthass. Und Neid.

Aber wenn ich ehrlich bin, war der Neid immer da. Vom ersten Moment an, als ich das Büro von Firefly Films betreten und Sylvia kennengelernt habe. Oder noch vorher, wann immer ich den Fernseher eingeschaltet und die Oscar-Nacht oder *Beverly Hills, 90210* oder *Dawson's Creek* angeschaut habe. Oder irgendeine verdammte Sendung mit weißen Teenagern, die tolle Haare hatten und ein unglaublich privilegiertes Leben in einem gepflegten Vorort führten.

Neid ist tief in der Erfahrung von Einwanderern verwurzelt. Letztlich ist er die Triebfeder des amerikanischen Traums.

Thom Gallagher hat mich aufmerksam beobachtet und wirkt durch meinen letzten Kommentar verstört. »Es geht nicht um *Spekulation*. Jedenfalls nicht, soweit es die Opfer betrifft. Es geht um Beweise. Um *Fakten*. Sie sind selbst zum Opfer geworden, Sarah.«

Mit der letzten Bemerkung habe ich nicht gerechnet. In einem Zustand verspäteten Schocks starre ich Thom an.

»Wie meinen Sie das?«, frage ich.

Er wirkt verständnislos, als würden wir mit einem Mal verschiedene Sprachen sprechen und uns nicht verstehen.

»Sarah, was Ihnen bei Hugos Party passiert ist … in seinem Haus in Beverly Hills«, sagt er langsam. »Sie waren ein Opfer. Er hat Sie letztlich nicht vergewaltigt, trotzdem war es ein Übergriff.«

»Ja, aber … Das hätte ich verhindern können«, wende ich ein. »Wenn ich nicht mit auf sein Zimmer gegangen wäre. Das war meine eigene Dummheit.«

»Trotzdem war es ein Übergriff«, beharrt Thom. »Und nein, Sie waren nicht dumm. Sie haben getan, was Ihr Boss wollte. *Er* hat die Entscheidung zu diesem Übergriff getroffen. Er hat ein Verbrechen begangen.«

Zum ersten Mal höre ich es in derart einfachen Worten.

»Sie haben nichts falsch gemacht«, sagt er.

»Doch, Thom«, beharre ich.

Ich sehe ihn an. Der Moment, der seit meiner Antwort auf seine erste E-Mail unausweichlich war, ist nun da. Die Stille lastet auf mir, ich räuspere mich, mein Herz hämmert in wildem Rhythmus.

»Wissen Sie … Ich war nicht ganz offen zu Ihnen.«

Die Worte fallen langsam, wie Steine in einen stillen Teich. Aber er wirkt nicht verärgert, nur geduldig.

»Können wir ein paar Wochen zurückgehen? Zur Mitte der Dreharbeiten?«

Sehen wir uns den ursprünglichen Take der Szene an. Die ungeschnittene Version.

Dann, an einem Tag in der dritten Woche, schaute ich von meinem Schreibtisch im Produktionsbüro auf und sah die bestürzt wirkende Courtney auf mich zukommen.

»Courtney«, sagte ich. »Wie geht's?« Es war ungewohnt, sie hier im Büro zu sehen, ohne Hugo.

»Hey, bist du im Stress? Kann ich … etwas mit dir besprechen?«, fragte sie.

Ich war gerade dabei, das PR-Material durchzugehen, das Andreas Büro eine Stunde später brauchte, aber ich wollte nicht grob sein. Außerdem wirkte Courtney irgendwie neben der Spur, bedrückt.

»Ähm, klar. Sollen wir hier reden?«

Courtney schüttelte wortlos den Kopf und deutete Richtung Flur. Ich registrierte das Zittern ihrer Unterlippe.

Ein dunkles Unbehagen regte sich in mir. Ich folgte ihr hinaus bis ganz ans Ende des Gangs. Hier hielt sich sonst niemand auf.

Wir standen uns in der relativen Ruhe gegenüber, durch ein Fenster fiel helles Sonnenlicht herein.

»Alles in Ordnung?«, fragte ich.

Wieder schüttelte sie den Kopf. Ich sah die Tränen in ihren Augen, sie legte sich eine Hand vor den Mund. Noch immer sagte sie kein Wort.

»Courtney, was ist los?«

Jetzt fing sie an, leise zu weinen, ihr schlanker Körper zitterte. Zögernd legte ich den Arm um ihre Schulter, es hätte seltsam gewirkt, wenn ich nicht versucht hätte, sie zu trösten.

»Was ist passiert?«, fragte ich nochmals, auch wenn ich mir Sorgen machte, was ich zu hören bekommen würde.

Schließlich brachte Courtney einige Worte heraus.

»Es ist ... ich weiß nicht ... Hugo«, stammelte sie mit zitternder Stimme. »Ich weiß nicht ... Ich bin nicht sicher, was passiert ist.«

»Wie meinst du das?« Ich war perplex. Sie wirkte so selbstbewusst und schien sich jedes Mal, wenn ich die beiden zusammen sah, in seiner Gesellschaft so wohl zu führen.

»Gestern Abend ...«, sagte sie schluchzend. »O Gott, ich weiß nicht ... Ich begreife nicht, wie das alles passiert ist ...«

Aus meiner Sorge wurde Angst. Ich sah mich um. Dankbar, dass niemand in der Nähe war, öffnete ich die Tür zu einem kleinen, farblosen Besprechungsraum. Ein rechteckiger Tisch und nichtssagende gepolsterte Stühle boten eine gewisse Ungestörtheit.

»Lass dir Zeit«, sagte ich, als wir Platz genommen hatten. »Aber wenn es wichtig ist, erzähl es mir bitte.«

»Na ja, das ist es ja. Ich weiß nicht, ob es wichtig ist oder ob ich mir nur ...« Sie brachte den Satz nicht zu Ende. »Gestern Abend ... hat er gefragt, ob ich nach der Arbeit etwas mit ihm trinken gehen wollte. Natürlich wollte ich. Wir haben das nicht zum ersten Mal gemacht. Du hast uns dabei schon mal gesehen.«

Ich nickte. Alle hatten die beiden gesehen.

»Aber dann ... Ich weiß nicht ... Er fing an ... Er fragte, ob ich mit auf sein Zimmer kommen wollte. Wo ich auch schon gewesen war ...«

Sie hielt inne.

»Hat er ... dir Koks angeboten?«, soufflierte ich.

»Ja, natürlich, das auch.« Ihr wegwerfender Ton verriet, dass Drogen nichts Besonderes waren. »Es ist mehr ... na ja ... Er fing an, mich zu küssen, ich wollte nicht grob sein, weil er mein Boss ist, und attraktiv ist er auch, aber ... Ich wollte trotzdem nicht ...«

Wieder machte sich Stille breit. Ich zögerte und versuchte, mir einen Reim auf ihre Worte zu machen. Ich malte mir aus, was passiert sein *könnte*. Als würde ich in einen formlosen Nebel starren, um die Umrisse eines Ungeheuers zu erahnen, das dort, knapp außer Sichtweite, lauerte.

»Hat er …«, setzte ich an. »Hast du …?«

Mit einem Mal nickte Courtney und brach erneut in Tränen aus. »Ja … hab ich«, brachte sie keuchend heraus. »Ich weiß nicht, wie es so schnell passieren konnte, dann war es vorbei, und dann … Er benahm sich, als wäre es keine große Sache gewesen. Er wollte mich nur noch aus seinem Zimmer haben.«

Ich runzelte die Stirn, sah den Abend aber immer noch nicht klar vor mir. Indem sie diese Lücke ließ, erlaubte Courtney mir, sie mit der akzeptabelsten Variante der Geschichte auszufüllen. Es hätte alles Mögliche sein können, ein beiläufiger One-Night-Stand. Aber im Augenblick saß Courtney mir gegenüber, eindeutig aufgelöst. Das war das unmittelbare Problem.

Eine gute Produzentin hält das Problem klein, rief ich mir in Erinnerung.

»Wie hat er sich dir gegenüber seitdem verhalten?«, fragte ich.

Sie zuckte die Schultern. »Als wäre nichts passiert. Irgendwie weiß ich nicht, ob ich mir etwas einbilde oder … Aber warum weine ich dann?«

Sie starrte mich an, die Tränen liefen über ihr makelloses Gesicht. Noch immer waren Courtneys Worte ziemlich vage, aber wenn ihre schlimmsten Andeutungen zutrafen – und das konnte ich mir nicht vorstellen, ich wollte nicht glauben, dass Hugo derart die Grenzen überschritt – und irgendetwas nach außen dringen würde … Es konnte den weiteren Verlauf der Produktion in Mitleidenschaft ziehen.

Mitfühlend schüttelte ich den Kopf. »Ich sehe, wie durcheinander du bist. Dieser Dreh kostet uns alle eine ganze Menge, alle sind gestresst. Manchmal übertreibt Hugo es mit den Partys und dem Dampfablassen.« Mir wurde selbst übel, als ich meine lahme Entschuldigung hörte.

Sie lächelte schief. »Das kannst du wohl sagen.«

Ich nahm Courtney in den Arm und strich ihr über den Rücken. Die Geste war mir unvertraut, so etwas machen Chinesen nicht mit Leuten, die praktisch Fremde sind. Ich ließ sie schluchzen und ging währenddessen in Windeseile verschiedene Möglichkeiten durch, wie ich die Situation behandeln sollte. Courtney war erst nach Beginn der Dreharbeiten zu uns gestoßen und kannte kaum jemanden im Team. Sie war isoliert und arbeitete ausschließlich mit Hugo zusammen. Vielleicht würde sie sich außer mir niemandem anvertrauen.

»Ich komme mir so dumm vor, dass ich es zugelassen habe. Vor so etwas wird man immer gewarnt«, sagte sie schluchzend. Sie sah mich an, das Gesicht zu einem Ausdruck von Selbsthass verzogen. »Was soll ich bloß machen?«

Ich zögerte. Mit meinen nächsten Worten konnte ich dafür sorgen, dass eine Decke über die ganze Situation gebreitet wurde.

»Hör zu.« Ich sah ihr in die Augen. »Du unternimmst jetzt gar nichts. Mach dich deswegen nicht verrückt. Wir trinken alle mal ein bisschen zu viel, und … Na ja, betrunken hab ich schon einige Dinge getan, die mir nachher leidtaten. Das geht wohl den meisten so.«

Sie schlug die Hände vors Gesicht.

»Du bist eine clevere junge Frau und hast eine strahlende Zukunft vor dir«, fuhr ich fort, fast redete ich wie Hugo. »Lass nicht zu, dass dieser eine Vorfall deine Beteiligung an diesem Film überschattet.«

Courtney schniefte. »Es ist nur … Wie soll ich ihm noch gegenübertreten?«

»Überspiel es, genau wie er. Tu so, als wäre nichts passiert. Natürlich hast du die Freiheit, nie wieder etwas mit Hugo zu trinken, wenn du dich nicht wohl dabei fühlst.«

»Es ist so erniedrigend«, murmelte sie mit gesenktem Blick. »Du erzählst doch keinem was davon, oder?«

»Nein, natürlich nicht.« Sie tat mir leid. Ihre jugendliche Naivität, ihre Hilflosigkeit. »Nie und nimmer. Ich glaube, damit wäre keinem der Beteiligten gedient.«

Damals glaubte ich, was ich sagte. Je gründlicher wir die Sache unter dem Teppich hielten, was immer »die Sache« gewesen sein mochte, desto besser. Ich klopfte Courtney auf den Rücken und traf meine Entscheidung.

Ich schweige, die Reue überfällt mich wie eine gewaltige, stille Flut. Ich schaue aus dem Fenster, wo die Novembersonne blutrot untergeht.

»Also … Was genau wollen Sie sagen?«, fragt Thom, der das Gehörte noch verdauen muss. »Sie *wussten* damals, dass Courtney Jennings etwas zugestoßen war?«

»Ich … hatte den Verdacht«, antwortete ich. »Aber ich war nicht sicher. Weil ich nicht restlos wusste, ob es ein One-Night-Stand oder etwas Schlimmeres gewesen war. Ich hab nichts unternommen, ich hab weggeschaut. Wahrscheinlich fühlte ich mich überfordert, weil ich die ganze Produktion organisieren musste.«

»Und Sie waren nicht sicher, weil …?«

»Weil sie nicht explizit ausgesprochen hat, was Hugo mit ihr gemacht hat. Ich würde sagen, sie ließ Raum für Spekulationen. Ich … hab den leichtesten Weg gewählt.«

Ein langes Schweigen macht sich breit.

»Ich glaube, dass er sie vergewaltigt hat«, sage ich schließlich mit leiser Stimme. »So wie er es … bei mir versucht hat. Und wahrscheinlich mit Holly gemacht hat.«

Thom nickt.

»Ich glaube, dass er das getan hat«, wiederhole ich und lasse zu, dass die Schuldgefühle mit aller Macht hochkommen.

»Alles, was im Anschluss passiert ist – mit mir, mit Holly und wahrscheinlich mit einigen anderen jungen Frauen – war meine Schuld. Weil ich nichts gesagt hab.«

Interview-Abschrift (Fortsetzung):
Sylvia Zimmerman, 17.03 Uhr

TG Glauben Sie, dass Hugo North fähig war, Frauen zu belästigen oder zu vergewaltigen?

SZ Hugo North war zu vielem fähig. Seine Macht und seinen Wohlstand erreicht man nicht, ohne auf dem Weg dorthin andere Menschen zu zerstören.

TG Ist sein Reichtum denn nicht ererbt?

SZ Doch, das ist er. Zusammen mit einem soziopathisch übersteigerten Anspruchsdenken. Was bedeutete, dass ihm andere Menschen komplett egal waren. Hauptsache, er bekam, was er wollte.

TG Was glauben Sie, was Menschen wie Hugo dazu bringt, sich so zu verhalten, wie sie es tun?

SZ Macht? Ego? Ich würde lügen, wenn ich behaupten würde, dass diese Dinge mich selbst nicht antreiben würden. Jeder mag es, wenn andere auf ihn hören und ihn respektieren. Aber es gibt diesen schmalen Grat zwischen Autorität und einem Machtmissbrauch, der andere Menschen schädigt. Manche achten sorgfältig darauf, diese Grenze nicht zu überschreiten, andere scheren sich nicht darum.

TG Aus dem Abstand von zehn Jahren betrachtet ... Wie würden Sie Hugo North beschreiben?

SZ Schlicht und einfach: Er ist ein Arschloch. Ein komplettes Arschloch, das damit groß geworden ist, dass alle immer nur Ja gesagt haben. Er hat gelernt, dass er sich alles nehmen darf, ohne irgendwelche Konsequenzen. [*Pause*] Aber wenn er so sein will, nur zu. Solche Leute mögen reich und berühmt sein, aber wer mag sie letztlich? Ohne seinen Reichtum wäre Hugo nichts. Nicht mal seine eigenen Kinder wollen mit ihm sprechen.

TG Dann gibt es am Ende also doch eine Art Gerechtigkeit?

SZ Wohl kaum. Er wird Zeit, dass wirkliche Gerechtigkeit geübt wird. Ja, ich bin froh, dass all diese Anschuldigungen jetzt auf den Tisch kommen. Diese Typen … sind immer ohne Konsequenzen davongekommen. [*Pause*] Aber wissen Sie was? Es kotzt mich an, über Hugo zu sprechen. Immer geht es um die Männer. Nie um die Frauen, die sie großgezogen oder im Hintergrund gearbeitet haben. Oder die einfach ignoriert und übergangen wurden. Nicht mal über die Frauen, die selbst Verantwortung trugen.

TG Glauben Sie, dass auch Sie, als Sie Verantwortung trugen, unwissentlich andere Menschen geschädigt haben?

SZ Clever, Thom, clever. [*seufzt*] Schon möglich. Es war nie meine Absicht. Aber ich muss zugeben, dass es möglich wäre. Wenn man mittendrin steckt – wenn man um einen Film kämpft, wenn man in der eigenen Firma Macht ausübt –, ist man sich der Auswirkungen des eigenen Handelns nicht immer bewusst. Ja, vielleicht habe ich Menschen verletzt. Aber ich habe versucht, das zu vermeiden. Was Hugo North sicher nicht von sich sagen kann.

43

Für das Abschlussfest hatten wir eine im Stil der 1950er Jahre dekorierte Bar in Venice Beach gemietet. Die meisten fuhren mit dem Taxi oder ließen sich von ihrem persönlichen Fahrer hinbringen, einige besonders Tapfere kamen auch mit dem eigenen Auto. Sylvia flog (natürlich) zur Party ein, aber ich hatte nicht das Gefühl, ihr viel erzählen zu können. Sie hatte es geschafft, den wesentlichen Teil der Produktion zu versäumen, sie hatte den Streit zwischen Holly und Xander am Set verpasst. Sie wusste praktisch nichts, während die Party für mich weitgehend zu einem PR-Job geworden war: Ich musste der Besetzung und dem Team mit falschem Enthusiasmus versichern, wie wunderbar die Dreharbeiten gelaufen seien, wie großartig dieser Film werde.

Holly tauchte nur kurz zur Party auf.

Ich hatte ihr vorher eine Nachricht geschickt und gefragt, wann sie losfahren wolle. Mehrere Stunden vergingen, bis ihre knappe Antwort kam: *Ich packe gerade. Hab meinen Flug auf morgen vorverlegt. Will noch ein Stündchen für mich allein sein. Wir sehen uns bei der Party.*

Die Nachricht war eindeutig. Wir würden nicht zusammen fahren.

Ich dachte daran zurück, wie wir in den letzten Monaten die Kneipen und Restaurants von L.A. ausgekundschaftet hatten. Noch am Abend von Hugos Hausparty waren wir zusammen hingefahren und hatten mit aufgerissenen Augen die Villen in Beverly Hills begafft.

Jetzt, auf dem Abschlussfest, stand eine unsichtbare Mauer zwischen uns.

Während alle anderen sich in den vergangenen sieben Wochen nähergekommen zu sein schienen, waren Holly und ich nur noch Kolleginnen, die höflich miteinander umgingen. Vielleicht war unsere Freundschaft Vergangenheit. Vielleicht hatte sie ihren Zweck erfüllt.

»Na denn, bis irgendwann in New York«, sagte Holly, nachdem sie sich von allen anderen verabschiedet hatte. Anscheinend wollte sie der Form Genüge tun.

Wir sahen uns an. Es war noch früh, irgendwo im Hintergrund hatte jemand auf der Jukebox ein völlig unpassendes Stück ausgewählt – Vanilla Ice oder etwas in der Art. Die Hälfte der Anwesenden stöhnte, während die anderen in nostalgischen Jubel ausbrachen. Voller Unbehagen bemerkte ich, dass Sylvia uns von der anderen Seite des Raums aus beobachtete.

»Ja, ich bin in ein paar Wochen zurück«, sagte ich gespielt fröhlich. »Hier müssen bloß noch ein paar lose Enden zusammengefügt werden. Der größte Teil der Post-Production läuft sowieso in New York.«

Holly lächelte schmallippig. »Na, dann viel Glück damit.«

»Dir auch viel Glück. Mit allem«, sagte ich. »Ich meine, nach der Sache hier werden dir sicher jede Menge spannende Rollen angeboten.«

Mein hohler Spruch ließ mich schaudern. Ich klang schon so herablassend wie Hugo.

Holly sagte nichts. Ich versuchte, die Situation zu retten, indem ich weiterredete: »Oh, hey. Xanders erster Film kommt in ein paar Wochen ins Kino. Du solltest zur New Yorker Premiere kommen!«

Sie nickte diplomatisch. »Schick meinem Agenten Paul auf jeden Fall eine Einladung. Er wird sie sicher an mich weiterleiten.«

Ihr Agent. Jetzt schob sie also den Agenten vor. Instinktiv wusste ich, dass es vorbei war. Aber in einer letzten, verzweifelten Geste der Freundschaft versuchte ich es mit Aufrichtigkeit.

Ich beugte mich ein Stück vor und sah Holly in die Augen.

»Hey, ich weiß, dass die Dreharbeiten irre und teilweise

schrecklich waren. Aber für mich persönlich war es ... richtig toll, mit dir zusammenzuarbeiten.« Unsicher hielt ich inne. »Ich wollte mich nur noch dafür entschuldigen ...«

Aber sie legte die Hand auf meinen Arm, als wolle sie den Rest des Satzes nicht hören. »Du musst dich für nichts entschuldigen, Sarah.« Sie drückte meinen Arm ganz leicht, dann ließ sie los. »Du warst toll. Ich weiß nicht, wie du das alles hinbekommen hast. Mit diesen Leuten. Aber ich bin froh, dass du hier warst. Du ... hast es mir sehr erleichtert.«

Im nächsten Moment war Holly verschwunden. Die roten Haare, die inzwischen zu ihrem Markenzeichen geworden sind, wippten auf dem Weg zur Tür auf und ab. Ich war die Letzte auf der Party, mit der sie vor dem Rückflug nach New York sprach.

Ich fühlte mich befreit – vielleicht war das, was ich befürchtet hatte, überhaupt nicht passiert. Vielleicht hatte ich gar keinen Grund, mich zu entschuldigen.

Aber irgendwo glaubte ich das nicht.

Du hast es mir sehr erleichtert.

Im Gegenteil, hätte ich ihr gern gesagt. *Ich hab alles falsch gemacht.*

44

Ich wusste nicht, was ich Thom noch erzählen sollte. Ich meine, das war das Ende der Dreharbeiten. Alles, was danach kam … Es war kein hübscher, sauberer Abschluss, ganz und gar nicht.

»Erzählen Sie mir von der letzten Phase, von der Post-Production und allem.«

Normalerweise erkundigt sich niemand nach der Post-Production, weil sie für den Durchschnittsmenschen tödlich langweilig ist. Ein Haufen Spezialisten müht sich in Studios und Schnitträumen ab und präsentiert irgendwann verschiedene Fassungen des Films – im Rohschnitt, ohne Farbkorrektur, Spezialeffekte und so weiter. Abhängig von den Reaktionen des Testpublikums werden dann weitere Änderungen vorgenommen. In dieser Phase gibt es keine Stars, keine Partys, keine Besuche von PR-Teams.

Nach meiner Rückkehr nach New York kam ich mir weiterhin wie ein Zombie vor. Ich jonglierte mit der Post-Production von *Furious Her* und dem anstehenden Kinostart von *A Hard Cold Blue*. Ich hatte New York im Hochsommer verlassen, meine Rückkehr fiel in die zweite Oktoberhälfte, es wurde merklich kühler, der Winter stand unausweichlich bevor.

Endlich lernte ich meine Nichte Alice kennen, sie war inzwischen sechs Wochen alt. Dieses winzige neugeborene Mädchen auf dem Arm zu halten, war so … rein und unverdorben. Als könnte ich durch einen Blick in ihr schlafendes Gesicht für eine Weile Hugo, die Filme und alles, was in L. A. geschehen war, vergessen – und dank Alice und des vor ihr liegenden Lebens nur noch an Positives denken.

Trotzdem war es eine bittersüße Phase. Mein Schwager hatte vor Kurzem eine Stelle in DC angenommen, im neuen Jahr wollten sie umziehen. Ich würde Alice also nicht mehr häufig halten können, bevor sie die Stadt verließen. Es schien unausweichlich, dass Karens Leben und meins sich noch weiter auseinanderentwickeln würden.

Ansonsten fand ich mich schnell wieder in mein New Yorker Leben ein. Ich zog in die Wohnung einer Collegefreundin und genoss meine Subway-Fahrten zur Arbeit, auf denen ich ein Buch lesen oder andere Fahrgäste beobachten konnte, statt nervös in den Seitenspiegel zu schauen, wann ich die Fahrbahn wechseln konnte.

Nachdem ich monatelang mit Hugos unberechenbarem Verhalten und den ständigen logistischen Problemen der Produktion gekämpft hatte, war es eine willkommene Erleichterung, wieder im Büro zu sein, Ziggys trockene Kommentare zu hören und den vertrauten Blick auf den Meatpacking District zu genießen.

Nur mein Verhältnis zu Sylvia war angespannt. In L. A. hatte ich täglich Entscheidungen treffen müssen, was Sylvia irgendwie nicht anzuerkennen schien. Sie reagierte immer noch sauer, wenn ich zum Beispiel auf eine an alle gerichtete E-Mail unseres Sales Agents antwortete. Schließlich war sie die Chefin, ich musste ihr den Vortritt lassen.

Inzwischen lancierte Sammy Lefkowitz *A Hard Cold Blue* als Indie-Geheimtipp für die Anfang des kommenden Jahres anstehende Filmpreissaison.

Als die New Yorker Premiere näher rückte, schickte ich Holly über ihren Agenten eine Einladung, die sie höflich ablehnte. Tatsächlich habe ich sie nie wiedergesehen, obwohl wir uns gegenseitig versichert hatten, in Verbindung zu bleiben. Ich ließ ihre Nummer in meinem Handy gespeichert. In den Monaten nach dem Abschlussfest stand ich mehrmals kurz davor, ihr eine Nachricht zu schicken. *Wie läuft's? Mit dem Schnitt geht's gut voran. Hast du schon neue Rollen angeboten bekommen?* Das unverbindliche Zeug, das man mit Leuten aus der Branche austauscht, um sie auf dem Laufenden zu halten und sich einen nützlichen

Kontakt warmzuhalten – wobei immer die Option einer engeren Freundschaft im Raum steht, wenn nicht beide Seiten so beschäftigt wären ...

A Hard Cold Blue erhielt, wie schon in Cannes, überwiegend positive Kritiken. Zwei erhobene Daumen von den üblichen Verdächtigen, Ausschnitte in den meisten einschlägigen TV-Sendungen. Ihre hochgeachtete Publikation, die *New York Times*, hat uns sogar vier Sterne gegeben und den Film »konzentriert, präzise und furchteinflößend« genannt, »mit einem trotz aller Genrekonventionen durchscheinenden humanen Grundton«. Im Büro waren wir völlig aus dem Häuschen.

Dann wurden wir für den Golden Globe nominiert.

Genau genommen zweimal: Für den besten Schnitt und das beste Originaldrehbuch. Für das Drehbuch war Xander persönlich nominiert.

Am Tag, als die Nominierungen verkündet wurden, standen die Telefone bei uns nicht still. Glückwunschmails überschwemmten unseren Posteingang. Ziggy und ich mussten jede Mail mit einer herzlichen, peppigen Danksagung beantworten. Branchenkontakte, von denen wir seit Monaten nichts gehört hatten, schickten Blumensträuße, Magnumflaschen Champagner und andere unnütze Geschenke. Nachdem ich ein halbes Jahr lang so viel Energie in Holly und *Furious Her* investiert hatte, fand ich es irritierend, mich plötzlich wieder auf den vorherigen Film zu konzentrieren. Aber Produzentinnen und Produzenten jonglieren mit verschiedenen Projekten und müssen sich daran orientieren, was jeweils im Scheinwerferlicht steht. Dort stand jetzt eindeutig *A Hard Cold Blue*.

Mit diesem Film würden wir im darauffolgenden Monat zur Golden-Globe-Verleihung erscheinen. Wir würden an dem sagenumwobenen Bankett teilnehmen, an den runden Tischen sitzen, mit der Elite aus Hollywood essen und bechern. Man würde einen roten Teppich ausrollen, Superstars würden als Präsentatoren auf die Bühne steigen, ich würde mit ihnen in einem Raum sein. Vielleicht sogar am selben Tisch sitzen.

Später in der Woche, als Hugo aus London eingeflogen war, lud Sammy Lefkowitz uns zum Essen ein. Es wurde eine aufwändige, selbstgefällige Veranstaltung in einem schmucklosen Restaurant in Midtown. Sogar Sylvia trank Tequila, als wolle sie unbedingt beweisen, dass sie so viel Spaß haben und so ausgelassen feiern konnte wie Hugo.

Ich machte einen großen Bogen um ihn. Irgendwann am späteren Abend näherte ich mich dem Ausgang, um ein bisschen frische Luft schnappen oder wenigstens dem engen Zusammensein mit den anderen entgehen zu können. Der anfängliche Kick der Golden-Globe-Nominierung ließ langsam nach. Für mich persönlich bedeutete sie vor allem mehr Arbeit, mehr Gespräche mit unseren PR-Leuten, mehr Vorführungen und Reisen, die organisiert werden mussten. Das alles, während die Post-Production von *Furious Her* weiterlief. Ein Teil von mir wollte nur noch weg. Mein Kopf drehte sich, ich schloss die Augen.

Dann spürte ich eine Hand an meiner Taille ...

Ich riss die Augen auf. Direkt vor mir stand Hugo mit unergründlichem Grinsen. Er gab seine üblichen bedeutungslosen Nettigkeiten und honigsüßen Komplimente von sich. Wir alle hätten es wirklich verdient, die Nominierung zu genießen. Stumm und wütend ließ ich sein Gerede über mich ergehen.

»Hast du schon überlegt, was du zur Zeremonie anziehen willst?«

Die Frage kam derart unerwartet, dass mir die Überraschung anzusehen gewesen sein muss.

»Glaubt Aschenputtel, dass sie nicht zum Ball gehen kann?«

Hugo wartete meine Antwort nicht ab. Er drängte sich dichter an mich, seine Miene war angespannt.

»Du weißt, dass bei den Globes an jedem Tisch nur eine begrenzte Zahl von Plätzen zur Verfügung steht, oder? Ich glaube kaum, dass Sammy Lefkowitz auch nur einen Gedanken daran verschwendet, eine nicht mal Dreißigjährige einzuladen.«

Ich bekam es mit der Angst zu tun. Ich hatte geglaubt, dass ich, weil ich von Anfang an mit dem Film beschäftigt gewesen war, auf jeden Fall zur Zeremonie eingeladen würde.

Endlich fand ich meine Stimme wieder. Empört sagte ich: »Hugo, das erste Mal, dass du den Film überhaupt *gesehen* hast, war im Mai. Es gibt Leute, die jahrelang daran gearbeitet haben.«

Er zuckte die Schultern. »Darauf kommt es in solchen Situationen nicht an.« Er warf mir einen gespielt mitleidigen Blick zu. Vielleicht bemitleidete er mich in diesem Moment tatsächlich. Wegen meiner Naivität.

Im nächsten Moment grinste er breit, alles Bedrohliche schien verschwunden.

»Keine Sorge, meine Liebe.« Er strich mir mit einem Finger über die Wange. Ich zuckte zusammen und wich zurück. »Ich tue mein Bestes, damit du eine Einladung erhältst. Anderen ist das sicher nicht so wichtig.«

So ungern ich es zugab: Hugo hatte recht.

Eine Woche später hatte ich ein unangenehmes Mittagessen mit Sylvia, nur wir beide, ein frisch gebügeltes weißes Tischtuch und ein Kellner, der uns pflichtbewusst alle zwanzig Minuten Pinot nachschenkte. Sylvia dankte mir für alles, was ich in L. A. geleistet hatte, und setzte mir entschuldigend auseinander, dass sie nicht hundertprozentig sicher sei, ob ich im Januar zu den Globes gehen könne.

»Es tut mir leid. Mir ist klar, dass es für dich eine Riesenenttäuschung ist.« Sylvia schüttelte den Kopf.

Sie erklärte, dass Sammy, einer der einflussreichsten Verleiher in der Branche, den Tisch für unseren Film bezahlte und letztlich entschied, ob er mich oder noch jemanden von der Besetzung einlud. Sylvia selbst, Xander, Pete (unser Filmeditor, der nominiert war) und Hugo seien auf jeden Fall dabei. »Ich kann mir vorstellen, wie es auf dich wirkt. Ich weiß, wie viel Arbeit du in den Film gesteckt hast. Aber Hugo ist jetzt unser Hauptinvestor. Für ihn ist es wirklich wichtig, bei der Zeremonie zu sein.«

Meine Stimme war heiser, jeden Moment drohten Tränen meine Worte zu ersticken.

»Sylvia«, fing ich an. Fast hätte ich gesagt: »*Ich habe es verdient, dort zu sein. Ich habe Xanders Drehbuch gerettet.*«

Stattdessen sagte ich: »Ich habe für diesen Job alles gegeben.«

Ehrlicherweise hätte ich noch hinzufügen können: »*Ich habe sonst nichts. Ihr anderen habt Familien und ein schönes Zuhause. Wenn es mit der Karriere im Filmbusiness nicht mehr läuft, ist es nicht das Ende der Welt. Weil ihr etwas anderes habt. Ich nicht. Ich habe sonst nichts. Nur meine Laufbahn beim Film.*«

Aber das begriff Sylvia nicht – sie hat es wahrscheinlich nie begriffen.

Interview-Abschrift (Fortsetzung):
Sylvia Zimmerman, 17.10 Uhr

TG Aber, Sylvia, es gibt in der Branche doch erfolgreiche Frauen. Sie haben selbst eine Menge erreicht.

SZ Sicher haben wir das. Aber schauen Sie doch, zu welchem Preis. Von den erfolgreichen Frauen haben viele keine eigene Familie. Wir stecken alles, was wir haben, in unsere Karrieren. Mit welchem Ergebnis? Die Männer sind uns trotzdem immer einen Schritt voraus.

TG Würden Sie Hugo North als besonders gutes Beispiel dafür betrachten?

SZ Natürlich. Er tauchte aus dem Nichts auf, ohne jede Erfahrung mit dem Filmemachen, und hat meine Firma auf den Kopf gestellt. Vorher waren wir ein kleines, hoch engagiertes Team, das mit überschaubaren Mitteln den bestmöglichen Film produziert hat. Daraus wurde dieser aufgeblähte, dekadente Zirkus. Es wurde die Hugo-North-Show, wir wurden in den Hintergrund gedrängt. Ich wurde in den Hintergrund gedrängt, und Sarah auch. [*Pause*] Ich hätte es kommen sehen müssen. Aber am Ende habe ich gegen sein Scheckbuch den Kürzeren gezogen. Die dämliche Studentenverbindungskultur hat Einzug gehalten, dagegen konnte ich nichts mehr tun.

TG Wie fühlen Sie sich bei dem Gedanken, wie alles geendet hat?

SZ Natürlich ein Stück verbittert. Was sonst? Ich bin ja nicht blöd. Männer haben mehr Geld, deswegen geben sie überall den Ton an. Zugegebenermaßen wäre ich ohne das mehr als üppige Einkommen meines Mannes nicht dort, wo ich bin. Aber das bedeutet nicht, dass die Männer alles unter Kontrolle haben sollten. Bevor Hugo kam, lief es eigentlich gut. Sarah Lai war ziemlich vielversprechend. Wir hätten gut zusammenarbeiten und viele Filme machen können, wer weiß. [*Pause*] Ich stelle mir immer wieder vor, wie die Branche aussehen würde, wenn dort nur Frauen mit Frauen zusammenarbeiten würden. Keine Männer. Niemand, der es mit dem Scheckbuch eines anderen aufnehmen muss oder der jemanden einen bläst, um an dieses Scheckbuch heranzukommen. Ich meine, wie wenig schätzen wir uns selbst eigentlich wert? Wir hungern, machen uns schön und fallen uns gegenseitig in den Rücken – wofür eigentlich? [*Pause*] Wir sind Mäuschen, mit denen die Katzen spielen, und hoffen, eines Tages selbst zur Katze zu werden. Aber so funktioniert es nicht. Die Katzen bleiben unter sich. Wir sind nur das Unterhaltungsprogramm. Und irgendwann werden wir gefressen.

45

Ich versuchte, meine Enttäuschung wegen der Globes zu vertreiben, indem ich mich in die vertraute Hektik des Restaurants stürzte. Weihnachten war einer der arbeitsreichsten Tage, weil verschiedene jüdische Gruppen es sich zur Tradition gemacht hatten, an diesem Tag im Imperial Garden zu essen. Nach Restaurantschluss kamen wir abends in der Wohnung meiner Eltern zusammen, trotz unserer nach Bratfett riechenden Haare noch festlich gestimmt.

Meine Schwester wiegte die kleine Alice, die mit drei Monaten anfing, häufiger zu lachen und zu lächeln. Mein Bruder war für einige Tage aus Boston gekommen. Meine Geschwister zeigten sich von der Golden-Globe-Nominierung mehr beeindruckt als unsere Eltern (die vor allem von meiner Nichte verzaubert waren). Ich erzählte meiner Familie, dass noch nicht klar sei, ob ich zur Verleihungszeremonie gehen könne.

»Blödsinn«, sagte Karen. »Du hast fünf Jahre deines Lebens in diesen Film gesteckt.«

»Ja, aber das ist Sammy Lefkowitz egal«, murmelte ich. Wir beide saßen im Wohnzimmer unserer Eltern, ringsum Fotos aus unserer Kindheit und Jugend. »So läuft es in der Branche.«

»Wahrscheinlich ist es wie bei einem Anwalt, der das erste Jahr in einer Kanzlei arbeitet«, sinnierte sie. »Nur dass du wesentlich schlechter bezahlt wirst.«

»*Und* dass ich schon fünf Jahre dabei bin!«, erinnerte ich sie. Wir lachten über meine beklagenswerte Lage. »O Gott, warum hab ich bloß jemals für diese Leute gearbeitet?«

»Weil es dir Freude macht«, sagte Karen. »Ernsthaft, ich hab dich nie glücklicher gesehen, als wenn du über Filme redest. Du weißt mehr übers Kino als jeder andere Mensch, den ich kenne.«

Meine Familie tut sich mit Lob nicht leicht, sodass ich die Worte meiner Schwester als großes Kompliment betrachtete.

»Ich meine, es *macht* dir doch Freude, oder?« Karen musterte mich ein bisschen gründlicher. »Für diese Leute zu arbeiten, meine ich.«

Ich antwortete nicht sofort. Sicher konnte ich die Frage nicht uneingeschränkt bejahen. In letzter Zeit hatte ich mich oft überarbeitet und elend gefühlt. Aber natürlich gab es auch die Highlights: nach L. A. zu fliegen, bei den Castings dabei zu sein, über Drehbuchfragen zu diskutieren und zu spüren, dass die eigenen Kommentare wertgeschätzt werden, am Ende das fertige Puzzle des Films zu sehen. Und natürlich die Gelegenheiten zum Kontakt mit Gleichgesinnten: bei Vorführungen, auf Partys und den ganz besonderen Momenten wie den Golden Globes.

»Wahrscheinlich«, erklärte ich seufzend. »Ich meine, diese Leute sind irrwitzig. Und manchmal einfach schrecklich.«

In dem Moment stand ich kurz davor, meiner Schwester zu erzählen, was ich mit Hugo in dessen Haus in Beverly Hills erlebt hatte. Aber ich wusste, dass ihr Buchhalterinnengehirn nur die Fakten sehen würde. Warum war ich überhaupt mit ihm ins Schlafzimmer gegangen? Warum hatte ich niemandem davon erzählt? Wenn am Ende nichts passiert war, lohnte die ganze Aufregung dann überhaupt?

Ich wollte weder ihre Fragen hören noch meine eigenen lahmen, unbefriedigenden Antworten, also hielt ich den Mund.

»Na ja«, sagte Karen. »Ich wünsche dir jedenfalls, dass du hingehen kannst. Aber wie dein Boss schon gesagt hat: Es gibt in Zukunft sicher noch Gelegenheiten.«

Da war ich nicht so sicher. In dieser Branche konnte man nichts als gegeben nehmen.

Am nächsten Tag kündigte ein Piepen meines Handys eine neue Nachricht an.

Sie kam von Hugo, der im Moment in England war.

Hey, ich hab dich in die Golden Globes reingebracht. Buch deinen Flug. Frohe Weihnachten.

Ich war geschockt.

Freute ich mich? Ja. Aber mindestens so sehr stieß mir auf, dass ich es Hugo zu verdanken hatte.

Sylvia schickte mir fünf Minuten später eine E-Mail desselben Inhalts.

Ich würde wieder nach L. A. fliegen. Zu den Golden Globes. Ich hatte keine Ahnung, was ich anziehen sollte.

46

Die Golden Globes sind Hollywoods funkelnder, alkoholgeschwängerter, durch und durch hedonistischer Startschuss in die Filmpreissaison.

Diese Saison ist praktisch eine eigene Branche innerhalb der Branche. Die abgenutzten Zahnräder kriecherischer Medienberichterstattung und pseudointimer Hinter-den-Kulissen-PR beginnen ineinanderzugreifen, und Hollywood präsentiert sich noch ungebändigter und selbstbeweihräuchernder als sonst. Obwohl ich seit fünf Jahren in der Branche arbeitete, war es eine völlig neue Erfahrung, an diesem lauen kalifornischen Abend auf dem roten Teppich zu stehen, weit weg von der winterlichen Kühle New Yorks.

Dort auf dem Teppich war mein Oberkörper in das mit Perlen besetzte Mieder eines glänzenden smaragdgrünen Kleids gezwängt, das ich eigens für den Anlass ausgeliehen hatte. »Ausgeliehen« klingt vielleicht so, als hätte ich an die Tür meiner Nachbarin geklopft, die mir großherzig ihr Fünfzehntausend-Dollar-Kleid geborgt hätte. Aber in Hollywood existiert eine komplizierte Sub-Industrie von Designern, die den Stars Kleider, Schmuck, Schuhe und Handtaschen zur Verfügung stellen, damit ihre Produkte auf dem roten Teppich zur Schau gestellt werden können.

Natürlich haben die größeren Labels kein Interesse daran, eine No-Name-Produzentin wie mich auszustatten. Weniger bekannte Designer sehen darin aber eine Chance – Hauptsache, sie stehen am Ende mit dem Foto einer attraktiven jungen Frau da, die ihr Produkt auf dem roten Teppich der Golden-Globe-Verleihung trägt. Diese kleinen Fische unter den Designern ziehen ihre Kreise in der Hoffnung, irgendwann ihren Weg ins Zentrum des trüben Teichs zu finden.

Am Ende war es Clive, der seine Verbindungen für mich spielen ließ. Sobald ich von Hugo und Sylvia Bescheid bekommen hatte, schickte ich ihm eine Nachricht nach L. A. Nach dem obligatorischen Ausflippen – *Du gehst zu den Globes?! OMG, unglaublich!* – bestand er darauf, dass ich bei ihm wohnen würde. Außerdem versicherte er mir auf seine beruhigende Art und Weise, er werde sich um meinen Look an dem Abend kümmern.

Ich konnte nicht Hunderte Dollar für ein Kleid hinblättern, vor allem, wenn ich es nur ein einziges Mal im Leben tragen würde. Wozu ein Kleid kaufen, wenn ich es umsonst bekommen konnte?

Clive fragte, was mir vorschwebe – »keine Rüschen, keine Schleifen, kein Pink« –, und telefonierte mit den PR-Leuten mehrerer Designer. »Sie ist eine toll aussehende Asiatin mit Mustergröße. Die meisten Sachen werden an ihr fantastisch zur Geltung kommen.«

Eine Woche vor der Veranstaltung schickte Clive mir Fotos, aus denen ich drei Kleider auswählen sollte. Eins der Kleider war in New York, sodass ich auf der Stelle in den Garment District ging, um es anzuprobieren.

Und dann trug ich bei den Golden Globes diesen blaugrünen Traum, grüne Glasperlen auf einem smaragdfarbenen Mieder, von einem Nackenband gehalten, ein geschmeidig fließender Rock mit einer winzigen Schleppe.

Schuhe für den Abend musste ich allerdings kaufen, ich fand sie bei Century 21 – hochhackige Dreihundert-Dollar-Sandalen, die auf siebzig Dollar heruntergesetzt waren. Immer noch mehr, als ich normalerweise für Schuhe ausgebe, aber schließlich war es ein besonderer Anlass.

Über Schmuck hatte ich mir keine Gedanken gemacht, bis ich drei Tage vor den Globes in L. A. landete – und in Panik geriet. Wieder rief ich Clive an. Wieder telefonierte er für mich herum.

»Nachdem ich mich um deine Haare und dein Make-up gekümmert habe, gehst du zum Chateau Marmont. Mein Freund Diego in Zimmer 37 hat ein paar Stücke, die du anprobieren kannst.«

Ah, wieder das verdammte Marmont.

Ich fühlte mich wie bei einer Schnitzeljagd nach Luxusgütern. Wenige Stunden vor Beginn der Zeremonie betrat ich ein Zimmer, in dem ein dünner, gelackter Mann saß. Seine kräftig gegelten Haare waren zu einer wilden Stirnlocke frisiert, an seinem linken Ohr baumelte ein Ring. Er saß hinter einem kleinen Tisch, auf dem diverse glitzernde Schmuckstücke auf dunkelgrauem Samt ausgebreitet lagen – Halsketten, Ringe, Manschetten, Ohrringe.

»Hi, ich bin Sarah, Clives Freundin. Bist du … Diego?«, fragte ich.

Er lächelte mich an. »Jede Freundin von Clive ist mein Schätzchen.« Er deutete auf seine Waren. »Okay, Chica, was möchtest du?«

»Kann ich mir davon … irgendetwas aussuchen?« Der Schmuck glänzte. Etwas derart Luxuriöses hatte ich noch nie gesehen.

Diego zuckte ungerührt die Schultern. »Yep, dafür sind die Sachen ja da. Auf dem roten Teppich machen sie mehr her als in meinem Koffer. Was immer du willst, für heute Abend gehört es dir.«

Ich fragte mich, wo der Haken lag, aber Clive hätte mich sicher vorgewarnt. Ehrfürchtig berührte ich mehrere Halsketten und legte sie vor dem Spiegel an. Am Ende entschied ich mich für ein anmutiges Halsband und einen Ring, beide geschmeidig, mit Diamanten besetzt, der absolute Wahnsinn.

»Lass sie mich schätzen, dann quittierst du sie mir.«

Ich war unsicher, aber für Diego schien die Prozedur Routine zu sein. Er zog einen Block Papier hervor, warf einen Blick auf den Schmuck, den ich ausgesucht hatte, und kritzelte ein paar Zeilen hin.

»Okay, Schätzchen, kannst du hier unterschreiben?«

Er hatte das Halsband auf fünfzehntausend Dollar geschätzt, den Ring auf siebentausend.

»Was bedeutet das?«, fragte ich, die Zahlen brachten mich aus dem Gleichgewicht. Die Summe machte den größten Teil meines Jahreseinkommens aus.

»Oh, das bedeutet nur, dass du haften musst, falls sie verloren gehen.«

»Ah, klar«, sagte ich. Von Übelkeit überwältigt, griff ich zum Kugelschreiber und unterzeichnete auf der gestrichelten Linie. Zweiundzwanzigtausend Dollar, kein Problem. Das Herz rutschte mir in die Hose.

»Zu welchem Film gehörst du noch?«, fragte Diego lässig.

»*A Hard Cold Blue*«, antwortete ich mit allem Stolz, den ich aufzubringen vermochte.

Er starrte mich ausdruckslos an.

»Ähm, es ist ein Indie«, erklärte ich. »Er wird von Sammy Lefkowitz verliehen.«

»Ah, okay, der gute alte Sammy.« Diego schnaubte. »Na ja, wenigstens wird er im Zweifel das Geld aufbringen. Hoffe ich. Sonst wird mein mexikanischer Arsch gegrillt.«

Ich bekam die Anweisung, den Schmuck am nächsten Morgen an der Rezeption abzugeben, das war alles.

»Ich soll ihn einfach abgeben?«, fragte ich entgeistert. »Muss ich irgendetwas unterschreiben oder so?«

»Nicht nötig. Du wohnst doch im Hotel, oder?«

»Ähm, ja«, schwindelte ich ihn an. »Mehrere von uns. Unser Produzent ist Hugo North, er hat eine Suite auf seinen Namen gemietet. Abgesehen davon kennst du ja Clive. Er weiß immer, wo er mich findet.«

Diego entließ mich beruhigt: »Vergiss nicht, dich total zu betrinken. Und sag Meryl, ich vermisse sie und liebe sie auf immer und ewig.«

Konsterniert ging ich zum Aufzug. War es in dieser Stadt wirklich so leicht, mit Schmuck im Wert von Tausenden Dollar zu verschwinden? Wie alles andere hier war auch der Schmuck nur Show. Geborgt.

Besitz war in L. A. ein schwammiges Konzept.

Abendkleid, Schuhe, Schmuck – jetzt war ich für die Globes ausgestattet.

Zu acht – Xander, Sylvia, Hugo, Pete, ich, Gary (einer der Stars von *A Hard Cold Blue*), Xanders Freundin Greta und unsere PR-Frau Cindy – trafen wir uns in Hugos Suite im Marmont. Zum Glück war es nicht Zimmer 72. Die übliche Anspannung in Gegenwart meiner Chefs war vorübergehend der Vorfreude gewichen. Niemand von uns war schon einmal bei einer Preisverleihung dieses Kalibers gewesen. Wir leerten mehrere Flaschen Moët, stiegen in unsere gemietete schwarze Limousine und kämpften uns im Schritttempo durch den zähen Verkehr, der an diesem sonnigen Sonntagnachmittag auf dem Santa Monica Boulevard herrschte.

Auf dem roten Teppich fühlte ich mich wie ein Kaninchen vor der Schlange – so ging es uns allen. Wir wussten nicht, wie wir uns verhalten sollten. Der rote Teppich, so stellte sich heraus, ist nur für die Stars gedacht. Abgesehen von Schauspielerinnen, Regisseuren, Rockstars und sonstigen Berühmtheiten hat dort niemand etwas zu suchen. Was soll *Entertainment Tonight* einen kahl werdenden Filmeditor mittleren Alters auch fragen? Die amerikanische Öffentlichkeit interessiert sich nur für die Stars, die man schon von der Leinwand, aus der Boulevardpresse oder von den Plakaten kennt.

Also teilte Cindy, durch und durch Profi, uns in zwei Gruppen auf. Sie selbst, Xander, seine Supermodel-Freundin Greta und Gary sollten auf einer Seite des roten Teppichs gehen, dicht vor den Kameras und Journalisten. Irgendwie verschlug es dann auch Hugo auf diese Seite. Und Sylvia.

Pete und ich allerdings wurden auf die andere Seite des mit Samt überzogenen Seils abgeschoben, auf die Seite der Nobodys: die Profis ohne Star-Appeal, an denen die Medien kein Interesse zeigten. Wir warfen gelegentliche Blicke auf die andere Seite, wo Xander und Greta im Scheinwerferlicht badeten. Greta spielte in Hollywood keine Rolle, war in ihrem goldenen Abendkleid aber ein Hingucker. Xander wusste nur zu gut, dass er als Regiedebütant sofort mehr Aufmerksamkeit auf sich zog, wenn seine Begleiterin zwar kein Star war, aber wenigstens so aussah.

Pete spottete gutmütig: »Ich glaube, wir haben Glück, dass uns das erspart bleibt. Obwohl meine Tochter natürlich neidisch wäre.«

Ich antwortete nicht.

Mit all den Kameras ringsum, die ihre Bilder an Medienhäuser und Fernsehsender rund um die Welt übertrugen, fühlte ich mich auf dem Präsentierteller. Und gleichzeitig unsichtbar: unwichtiges menschliches Begleitmaterial im Umfeld dieser Lichtgestalten.

Ich wollte etwas sagen, als ein breitschultriger, Smoking tragender Sicherheitsmann auf uns zutrat.

»Gehen Sie weiter«, sagte er streng. »Nicht auf dem roten Teppich stehen bleiben.«

Für einen Moment kam mir der Gedanke, dass ich auf der anderen Seite Holly entdecken könnte. Dass ihr Agent ihr vielleicht ein Ticket für die Golden Globes besorgt hätte. Dass ich Zeugin würde, wie sie sich mühelos im Blitzlicht drehte und ihrer ersten Prozession von Preisverleihung zu Preisverleihung entgegensähe. Jeden Moment würden sich unsere Blicke treffen ...

Aber ich sah sie nicht, obwohl ich den ganzen Abend nach ihr Ausschau hielt.

Pete und ich erreichten das Ende des Teppichs, den Eingang zum Beverly Hilton. Ich tastete in der paillettenbesetzten Handtasche nach meiner Digitalkamera. Auf keinen Fall durfte ich ohne ein gut belichtetes Foto von mir selbst auf dem roten Teppich nach Hause kommen, mit dem Golden-Globe-Logo im Hintergrund. Das war der Preis dafür, dass ich mir das Designerkleid geliehen hatte. Es war meine Trophäe.

Zuerst waren wir alle so überwältigt, dass wir nicht wussten, wie wir uns zu verhalten hatten.

An den Tischen direkt neben uns saßen Schauspielerinnen und Schauspieler, die wir auf der Leinwand bewundert hatten, deren Gesichter wir in zwanzigfacher Vergrößerung gesehen hatten. Sie gingen an uns vorbei, unbefangen scherzend und ihre Geselligkeit zur Schau stellend. Jeder sollte sehen, wie selbstverständlich sie sich in diesem Umfeld zu Hause fühlten. Auf dem Weg in den Ballsaal wäre ich Helen Mirren beinahe aufs Kleid getreten, ich hätte nur den Arm ausstrecken müssen, um George Clooney oder Tim Burton zu berühren. Steven Spielberg stieß gegen unseren Tisch, als er Tom Cruise in die Arme schloss. Ich meine, wie sollte ich mich in unmittelbarer Nähe dieser Berühmtheiten halbwegs normal verhalten?

Nur Hugo wirkte auf Anhieb begeistert. Er stand auf, grinste und zog Xander von seinem Stuhl hoch.

»Komm, lass uns Sammy begrüßen. Er kennt sicher ein paar Leute, denen er uns vorstellen kann.«

Fasziniert sah ich zu, wie Hugo und Xander zu Sammys Tisch gingen. Sylvia folgte ihnen, wobei sie wegen ihrer High Heels nicht so schnell vorankam. Sie wollte bei dieser öffentlichen Begrüßung in Anwesenheit von ganz Hollywood nicht außen vor bleiben. Die drei erreichten Sammy. Ich sah, wie sie lächelten, sich umarmten, sich beglückwünschend auf den Rücken klopften – und unter der Oberfläche unausgesprochen nach Sammys Aufmerksamkeit gierten.

Vage amüsiert konzentrierte ich mich wieder auf unseren Tisch.

»Typisch Sammy, an einem Abend wie heute will jeder mit ihm

reden«, sagte Eric Brower, Sammys Akquisedirektor, der auch an unserem Tisch Platz gefunden hatte. Er war ungefähr in meinem Alter, ich hatte regelmäßig mit ihm zu tun gehabt, als es um den Kinostart von *A Hard Cold Blue* gegangen war.

»Das kann ich mir vorstellen«, sagte ich.

Ein Gespräch mit Sammy Lefkowitz lag jenseits meiner Gehaltsklasse. Als Associate Producer war ich bei seinem Akquisedirektor besser aufgehoben.

»Warst du schon mal bei den Golden Globes?«, fragte ich.

Eric nickte. »Einmal. Auf den allerletzten Drücker, weil jemand weiter oben absagen musste.«

Also war ich mit meinem Unterlegenheitsgefühl nicht allein, dem Bewusstsein, mich von ganz unten hocharbeiten zu müssen. Sollten wir einfach Geduld zeigen, oder wurden von uns ständiger Ehrgeiz und Rücksichtslosigkeit erwartet?

»Wie lange arbeitest du schon für Sammy?«

»Drei Jahre. Ich bin ein bisschen rumgekommen. Vorher war ich vier Jahre bei TMC und zwei bei Caliber.«

»Ah, okay.« Die Arbeit bei einer Topagentur bot die Möglichkeit, die ganze stressige Branche im Blick zu behalten. Ich bohrte weiter. »Gefällt dir die Arbeit bei einem Verleiher besser als in einer Agentur?«

»Absolut.« Eric rückte seinen Stuhl näher heran. »Man arbeitet mit fertigen Filmen, die auf ihr Publikum warten. Das ist etwas anderes, als für hypothetische Projekte, die niemals realisiert werden, die richtigen Talente zusammenzubringen.«

Ich dachte an all die Drehbücher, die sich in unserem Büro stapelten, all die Fieberträume von Autoren, die Monate in ein Projekt investiert hatten, das nie den Weg vom Papier auf die Leinwand finden würde.

»Außerdem wäre jeder Agenturboss stinksauer, wenn ich mich an eine Klientin heranmache. Durch die Arbeit für Sammy komme ich viel leichter an die Ladys heran.«

Beim letzten Satz zwinkerte er mir zu. Mein Interesse an dem Gespräch schwand von einer Sekunde auf die andere.

Oh, also lief es wieder darauf hinaus. Sogar bei den Golden Globes.

Ich spürte eine Mischung aus Enttäuschung und Ekel. Für einen Moment hatte ich vergessen, in welcher Branche ich arbeitete und dass ich bei jedem Mann mit einem Anmachversuch rechnen musste. Offenbar musste ich es ertragen.

Mir war schon klar, wie der Abend laufen würde. Eric würde mir auf die Pelle rücken und mich mit Brocken von Branchenweisheiten ködern, um mich später am Abend in sein Bett zu locken. Aber ich konnte jetzt nicht einfach aufstehen und Eric sich selbst überlassen. Es wäre unhöflich und könnte auf unsere Firma zurückfallen. Also würde ich das Gespräch durchstehen.

»Und du?«, fragte er. Sein Blick wanderte nach unten und blieb an dem Spalt in meinem Kleid hängen, wo das Mieder sich an meine Brüste schmiegte. »Arbeitest du schon lange mit Xander zusammen?«

»Knapp sechs Jahre«, erklärte ich in selbstsicherem Ton. »Ich bin direkt nach dem Uniabschluss dazugestoßen, damals waren Sylvia, Xander und ich nur zu dritt.«

»Oh, wow, das ist eine lange Zeit.« Eric wirkte überrascht. Ich fragte mich, ob ich vielleicht öfter die Stelle wechseln, nach besseren Arbeitgebern und besser klingenden Jobbezeichnungen suchen sollte. Mein Netzwerk ausdehnen.

»Schon«, sagte ich. »Es gefällt mir, wenn ich einen Film von Anfang bis Ende begleite. Ich habe mit Xander ziemlich viel am Drehbuch von *A Hard Cold Blue* gearbeitet. Jetzt hier bei den Globes zu sein ist für uns ... ein Riesending.«

»Ah, dann bist du ein D-Girl?«, bemerkte Eric im Scherz. Der Begriff stand in Hollywood für weibliche Angestellte in der Projektentwicklung. »Und wenn Xander heute Abend gewinnt, nennt er dich in seiner Dankesrede?«

»Na, ein bisschen mehr bin ich schon. Wenn man in einer kleinen Firma arbeitet, macht man eine Menge Jobs. Aber die Arbeit an den Büchern macht mir wirklich am meisten Spaß. Es ist wahrscheinlich auch das, was ich am besten kann.«

»Dann muss Xander froh sein, dass er dich für seine Drehbücher hat.«

So hatte ich die Sache noch nie gesehen. Die Arbeit hatte mir einfach viel Freude gemacht. Aber Eric hatte recht. Ich war in diesem Job wirklich gut.

»Ich denke schon«, sagte ich.

Ich schaute mich im Saal um, all die gestylten, herausgeputzten Menschen, die alle in ähnlichem Ton – bescheiden-angeberisch oder einfach nur angeberisch – über ihre jüngsten Leistungen oder aufregenden neuen Projekte redeten. Wir alle schmeichelten gegenseitig unseren Egos, versuchten, neue Verbindungen einzufädeln und unsere jeweiligen Interessen in diesem albernen, von Geld am Leben gehaltenen Spiel voranzubringen.

Ich war nicht anders als die anderen. Oder doch?

»Ladies und Gentlemen, die Hollywood Foreign Press Association bittet Sie höflich, Ihre Plätze einzunehmen«, dröhnte eine freundliche männliche Stimme durch den Saal. »Die diesjährige Golden-Globe-Zeremonie beginnt!«

Genau genommen hatte diese freundliche Stimme schon eine halbe Stunde lang den unmittelbar bevorstehenden Beginn der Zeremonie angekündigt und allen reichlich Zeit gegeben, ihr Netzwerken für eine Weile zu unterbrechen. Jetzt, bei der letzten Ankündigung, wurde die Beleuchtung gedimmt, die Kameras in Bühnennähe schwenkten nach vorn, die Menge verstummte.

Eine Sache bekommt ein Saal voller Filmprofis mühelos hin: die Klappe zu halten, sobald eine Kamera läuft.

Zwei riesige Leinwände beiderseits der Bühne flackerten auf und zeigten das Geschehen in gigantischer Vergrößerung.

Ein Trommelwirbel kündigte die Begrüßung durch den Moderator an. Trotz der zynischen Gedanken, die mir eben durch den Kopf gegangen waren, spürte ich im tiefsten Inneren eine kindliche Freude, eine Aufregung, die sich nur mit der eines Kindes an Weihnachten vergleichen lässt. Eine Erwartung, die niemals in vollem Umfang erfüllt werden konnte – und eine Hoffnung, von der mir flau im Magen wurde.

Der Moderator wurde vorgestellt, ein paar bescheidene Witze wurden gerissen, dann fing die Zeremonie mit den Preisen für Fernsehproduktionen an. Damals – im ersten Jahrzehnt des Jahrtausends – wurde das Fernsehen noch als ärmlicher Verwandter des Kinos betrachtet, sodass die Filmprofis im Saal diesen Teil der Veranstaltung höflich über sich ergehen ließen. Wir tranken ununterbrochen Champagner. Alle waren abgefüllt, als endlich die Kinopreise an die Reihe kamen. Das Gemurmel im Auditorium wurde lauter, die Reden chaotischer und undeutlicher. Seit meiner Kindheit hatte ich regelmäßig Preisverleihungen wie diese im Fernsehen gesehen, aber hier vor Ort fühlte sich alles realer an. Preise für Kostümdesign, Spezialeffekte, Filmmusik – jeder einzelne war die verdiente Anerkennung einer herausragenden künstlerischen Leistung. Ich hörte die Dankbarkeit in den Reden der Preisträgerinnen und Preisträger, die ihren Teams dankten, ihren Familien, Partnerinnen, Partnern – das alles fand ich wunderschön. Zum ersten Mal gehörte ich hierhin: Ich verstand die Leidenschaft, den Kampf. Auch ich war Teil dieser Gemeinschaft.

Als Nächstes wurde der Preis für den besten Schnitt verliehen – der erste von zweien, für die wir nominiert waren. Uns allen war klar, dass wir uns wenig Hoffnung machen durften. (*A Hard Cold Blue* war in dieser Kategorie die einzige Produktion, die nicht auch für den besten Film nominiert war.)

Trotzdem gab es eine Chance. Eine sehr kleine, aber innerlich klammerten wir uns daran. Sylvia bestand darauf, dass wir uns am Tisch die Hände reichten wie ein kampfbereites Team von Actionhelden, das die nächste Attacke mörderischer Aliens erwartet. Aber die Aufregung und das Zittern waren echt. Wir warfen Pete warme Blicke zu, als sein Name als einer der Nominierten genannt wurde, er grinste schüchtern zurück. Xander reckte den Daumen hoch. Als auf der Bühne der Umschlag geöffnet wurde, rief ich – riefen wir wahrscheinlich alle – im Stillen den Titel *A Hard Cold Blue*, in der Hoffnung, dass auch die Präsentatoren ihn nennen würden.

Nur dass es leider nicht so kam.

Niemand von uns war überrascht, am wenigsten Pete.

Er zuckte die Schultern, wir alle bedauerten ihn mit einem stummen »Schade«. Dann ließen wir die Hände los.

Trotzdem war schon die Nominierung ein Triumph für den Film und für Pete. Er würde die Chance bekommen, für höher budgetierte Produktionen zu arbeiten und mehr zu verdienen. Filmpreise sind nicht nur simple Zeichen der Anerkennung, sie wirken sich auf das weitere Arbeitsleben aus. Sie lassen sich – wie alles in dieser Branche – in bares Geld umrechnen.

Also freuten wir uns trotz allem für Pete.

Jetzt waren Xander und der Drehbuchpreis an der Reihe.

Sammy hatte in den letzten Tagen mehrfach erklärt, dass uns in Insidergesprächen gute Chancen eingeräumt wurden. *Variety* hingegen hatte uns lediglich Außenseiterchancen in diesem Rennen zugestanden. Unser Film sei eine »geschmeidige, unerwartete und auf elegante Weise dichte Studie der Spannung und Entfremdung«. Die *LA Times* prophezeite, der Preis werde an ein historisches Drama gehen, das auch Favorit für den Preis als bester Film in der Kategorie Drama war. Dagegen hatte *Indiewire* online spekuliert, der Preis für das beste Drehbuch werde zwischen dem historischen Drama und einem auf Hochglanz polierten Feel-Good-Musical geteilt, das die besten Chancen auf den Preis als bester Film in der Kategorie Musical oder Komödie habe. Sie schrieben: »Die notorisch unberechenbare HFPA könnte sich am Ende aber für den Thrill von Xander Schulz' überraschendem und hartem *A Hard Cold Blue* entscheiden.«

Vielleicht hätte ich anders reagiert, wenn sich nicht schon eine gewisse Erwartungshaltung aufgebaut hätte.

Aber als der Präsentator die Bühne betrat – ein sympathischer junger Schauspieler, der in den Jahren seitdem zweimal Filmpartner von Holly Randolph war –, hatte ich einen Kloß im Hals. Vielleicht galt das an unserem Tisch für alle. Wieder reichten wir uns die Hände. Links hielt ich Petes trockene Hand, rechts die riesige ledrige Pranke von Gary. In diesem Moment war ich dankbar, dass ich weder neben Hugo noch neben Eric saß. Sylvia, die mir gegenübersaß, sah mir lächelnd in die Augen. Ich bemerkte, wie Xanders Blick durch den Saal zu Sammy wanderte, der sich halb erhob und seinen Zeigefinger wie einen Pistolenlauf auf Xander richtete, als wolle er sagen: »Jetzt bist du dran.«

Der Präsentator verlor ein paar Sätze über die Bedeutung einer guten Story. Dass kein Film ohne eine packende Erzählung bestehen könne und so weiter und so weiter. Dann las er die Nominierten vor.

»Xander Schulz für *A Hard Cold Blue*.«

In diesem Moment drückten wir uns die Hände – und hielten den Druck aufrecht. Als könnten unsere Hände irgendwie das Ergebnis beeinflussen, das schon schriftlich in dem versiegelten Umschlag auf der Bühne enthalten war.

Geduldig hörten wir zu, wie die anderen Nominierten verlesen wurden.

»Und der Preis geht an …«

Sylvia hatte die Augen geschlossen. Xander starrte scheinbar emotionslos auf den vor ihm stehenden Nachtisch. Hugo schaute nur grinsend nach unten.

Auf der Bühne öffnete der Präsentator den Umschlag. Er räusperte sich und las: »Und der Preis geht an …«

Der junge, charmante Schauspieler sah auf und grinste in die Kamera. »Ich hätte auf den Kerl wetten sollen«, bemerkte er, um dann mit erhobener Stimme fortzufahren: »Xander Schulz. *A Hard Cold Blue.*«

Wir alle explodierten. Ich spürte Unglauben und Freude zur gleichen Zeit.

»O mein Gott!«, rief Sylvia und schlang die Arme um Xander.

Hugo schlug ihm auf den Rücken, nahm ihn in den Arm und murmelte: »Wir haben es geschafft!«

Greta gab ihm einen gierigen Kuss und flüsterte etwas in sein Ohr.

Auf unserer Seite des Tischs umarmte ich erst Pete, dann Gary. Eric hatte irgendwie den Weg zu mir gefunden und nahm mich zu überschwänglich in die Arme, wobei er es noch schaffte, mir einen Kuss auf den Hals zu drücken. Ich löste mich von ihm und wollte Xander gratulieren, aber der war schon auf dem Weg zur Bühne, wobei er sich an den Tischen von Gratulanten vorbeidrängte, die ihn nicht kannten, sich aber wahrscheinlich schon vornahmen, später am Abend mit diesem vielversprechenden jungen Autor und Regisseur zu reden, der definitiv auf dem Weg nach oben war.

Sylvia war herübergekommen, um mich in den Arm zu nehmen. Die Anspannung zwischen uns schien verflogen, ich sah, dass ihr Tränen in den Augen standen. Mir auch.

Alle an unserem Tisch hatten sich in ihrer Aufregung erhoben, aber als Xander die Bühne erreichte, setzten wir uns wieder hin.

Überraschenderweise schien Xander sich dort oben wohlzufühlen. Ich wusste, dass er nicht gern vor einer Kamera stand, aber er wirkte im Scheinwerferlicht nicht so befangen wie manche an Filmen Beteiligte – meist Sound- oder Spezialeffekte-Techniker, Komponisten oder Visagistinnen. Natürlich verstehen sich Regisseure darauf, das Scheinwerferlicht bestmöglich einzusetzen.

Er wirkte so cool, ruhig und gefasst wie immer. Sogar ein bisschen zu kühl.

Kein »Wow«, kein aufgesetztes Nach-Luft-Schnappen, mit dem Preisträger sonst gern ihre Bescheidenheit und Liebenswürdigkeit demonstrieren. Xander marschierte auf die Bühne und nahm seine Trophäe entgegen, als hätte sie ihm von Anfang an zugestanden.

Er beugte sich zum Mikrofon vor. Beim Zusehen spürte ich Begeisterung, Schock und einen unglaublichen Stolz.

»Als Erstes muss ich mich bei meiner Mom und meinem Dad bedanken. Sie haben mir eine Canon AE-1 geschenkt, als ich zehn war. Seitdem sehe ich die Welt durch eine Kameralinse und versuche, Geschichten durch Bilder zu erzählen.«

Im Saal erhob sich zustimmendes Gemurmel.

»Also danke für eure Unterstützung, Mom und Dad. Weil ihr immer geglaubt habt, dass ich Fotograf und Filmemacher werden würde. Dass ich alles erreichen konnte.«

Zitternd wartete ich auf den Moment, in dem Xander meinen Namen nennen und in dem die Welt für einen winzigen Augenblick wissen würde, dass eine gewisse Sarah Lai existierte und ihren Beitrag zu diesem Film geleistet hatte.

»Für einen visuellen Menschen wie mich ist der Sprung zu auf Papier geschriebenen Worten ziemlich groß. Schreiben war nie meine starke Seite, also bedeutet mir dieser Preis – der Drehbuchpreis der Hollywood Foreign Press Association – eine Menge. Er beweist, dass man alles schaffen kann, wenn man es nur wirklich will.«

Eine Sekunde lang glaubte ich, er würde mich jetzt als Script Editorin nennen, aber seine Rede hatte ja gerade erst angefangen.

»Ich möchte auch David und Emmy danken, meinem Bruder und meiner Schwester. Weil sie mir ein Ziel gegeben haben. Und in unserer Kindheit meine ersten Models waren.«

Das Publikum lachte leise.

»Ich kann mir nicht vorstellen, ein besseres Team als meine Agentin Andrea Paris und ihre Leute bei TMC hinter mir zu haben. Als ich erfuhr, dass Sammy Lefkowitz unseren Film verleihen würde, habe ich gedacht, ich träume. Aber es ist kein Traum. Du hast es möglich gemacht, Sammy.«

Er reckte die Statue in Sammys Richtung. Sammy grinste, der ganze Saal starrte ihn an.

»Sylvia Zimmerman, dir als meiner Produzentin verdankt der Film so viel. Danke für deine harte Arbeit über all die Jahre hinweg, schon in der Zeit, als wir noch Werbefilme zusammen gemacht haben. Pete Jorgensen, ich bin so froh, dass du den Film geschnitten hast, du verdienst dafür jede Anerkennung. Al McKendrick, du warst ein großartiger Chefkameramann. Wer noch, wer noch …?«

Xander schaute zu unserem Tisch herüber, wir starrten ihn an wie den zurückgekehrten Messias, auch die Juden und Ungläubigen unter uns. In diesem Moment konnte er nichts falsch machen.

»Sam … und Bob und Joseph und … und Chauder und Kyle, das ganze Team und die Besetzung. Jeder Regisseur träumt davon, bei seinem ersten Film mit Leuten wie euch arbeiten zu dürfen. Annie für die Kostüme, John für die Musik, Danielle für Frisuren und Make-up …«

Xander machte eine Pause. Ich wartete, wie alle im Saal.

»Greta, du bist heute Abend bei mir. Danke, Babe. Schlomo Summers, der mich zu seinem Fotoassistenten gemacht hat, als ich sechzehn war, der mir die erste Chance gegeben und mir gezeigt hat, wie man mit Licht und Kadrierung eine Geschichte erzählen kann. Danke, danke. Insurgent Media, die mir das erste Musikvideo anvertraut haben. Danke, bei dieser Arbeit habe ich so viel gelernt.

Und ja. Zum Schluss … danke ich einem Menschen, der meinen Horizont wirklich erweitert hat, auch wenn ich ihn erst seit kurzer Zeit kenne: Hugo North. Es ist einfach unglaublich, was wir in den letzten Monaten auf die Beine gestellt haben und weiter auf die Beine stellen werden. Das hier ist nur der Anfang. Freut euch schon mal auf unseren nächsten Film. Der wird etwas Besonderes. Danke meinen Produzenten, Hugo, Sylvia. Ich kann es nicht erwarten, weiter mit euch Filme zu machen und das zu tun, was ich wirklich liebe. Es bedeutet mir so viel. Danke und gute Nacht.«

Im Rückblick könnte man es als aufrichtige, dankbare Rede bezeichnen. Ein Debütant, der all denen in seinem Leben Respekt zollt, die ihn auf dem langen Weg zu seiner Auszeichnung unterstützt haben. Im Saal erhob sich beträchtlicher Applaus, an unserem Tisch waren außer mir alle aufgestanden, sie jubelten und klatschten begeistert.

Ich blieb noch einen Moment sitzen und fragte mich, ob mir etwas entgangen war. Ob meine Ohren für eine Millisekunde ausgesetzt und nicht mitgekriegt hatten, wie Xander in der ganzen Litanei von Namen auch meinen genannt hatte.

Aber ich hatte nichts verpasst. Ich hatte Xanders komplette Dankesrede gehört – und war darin nicht vorgekommen.

Genauso gut hätte ich unsichtbar sein können, an diesem Tisch bei der Golden-Globe-Verleihung, in dem geliehenen Designerkleid, das meinen Oberkörper mehr und mehr einschnürte. Ich fühlte mich komplett leer.

Währenddessen umarmten sich Hugo, Sylvia und Greta. Sie weinten unkontrolliert und winkten mich zu sich. Langsam kam ich auf die Beine, applaudierte und rang mir ein dankbares Lächeln ab.

Sylvia sah mich grinsend an. Vielleicht hatte sie gar nicht gemerkt, dass ich übergangen worden war.

Ich merkte, wie auch mir die Tränen kamen. Es waren keine Freudentränen, aber die anderen würden sie dafür halten.

Ich sah mich am Tisch um und blieb an Erics Blick hängen.

»Glückwunsch«, sagte er applaudierend. Aber in seinem wissenden Blick lag eine Spur Mitleid.

47

Ich tue mich schwer mit dem Übergang von diesem Abend vor zehn Jahren – all der Aufregung um die Golden Globes, dem Jubel und den Schmeicheleien – zur Gegenwart meiner stillen Wohnung in Brooklyn. Thom Gallagher beobachtet mich, wir sprechen beide kein Wort.

Draußen vor dem Fenster ist die Sonne untergegangen. Wir sitzen hier im dämmrigen Zwielicht und versuchen, uns von den Bildern der Vergangenheit zu lösen. Ich schalte die Lampe ein, das künstliche Licht lässt uns beide blinzeln.

Jetzt erst bemerke ich die Tränen in meinen Augen. Ich wische sie weg und senke den Kopf.

Mein vorherrschendes Gefühl ist immer noch Scham. Scham darüber, dass sich unter dem Strich ziemlich viel um mein Ego drehte.

Hätte ich mich anerkannt gefühlt, wenn Xander mich in seiner Dankesrede erwähnt hätte? Hätte ich dann weiter für ihn und Hugo gearbeitet? Hätte ich ihr zunehmend grässliches Verhalten mit Lügen gedeckt und alles toleriert? Für meinen eigenen Platz im Scheinwerferlicht, für meinen Namen auf der Leinwand, auf einem weiteren Filmplakat oder in einem *Variety*-Artikel?

Ich versuche mir vorzustellen, was für ein Mensch die neununddreißigjährige Sarah Lai heute wäre, wenn sie in L. A. leben und täglich von ihrem Haus in den Hills zur Arbeit fahren würde. Wenn ihr IMDB-Profil eine beeindruckende Anzahl von Produzentinnen-Credits aufweisen würde. Wenn sie an sieben Tagen pro Woche zu Partys eingeladen und vielleicht mit jemandem aus der Branche verheiratet wäre. Vermutlich wäre sie immer noch unglücklich. Innerlich hohl.

»Haben Sie sich ... weil Xander sich in seiner Rede nicht bei Ihnen bedankt hat, irgendwie ausgeschlossen gefühlt?«

»Ich habe mich immer ausgeschlossen gefühlt, von Anfang an«, sage ich mit einem gewissen Groll. »Ich meine, in meiner DNA gibt es nichts, was mich je zu diesem Club hätte gehören lassen können.«

Thom nickt und kritzelt etwas in sein Notizbuch.

»Schauen Sie, ich weiß, wie trivial es klingt. Es *ist* ja auch trivial. Ich bezweifle, dass es irgendjemanden außer mir gibt, der sich nach zehn Jahren immer noch Gedanken um die Rede von Xander Schulz bei den Golden Globes macht.«

»Aber *damals* kam es Ihnen nicht trivial vor«, stellt Thom fest.

»Nein, es hat mir einen Stich mitten ins Herz versetzt. Als wäre alles, was ich für Xander, das Drehbuch und die Firma geleistet hatte, übersehen und vom Tisch gewischt worden. Das war für mich das Schlimmste.«

Objektiv gesehen war es nicht schlimmer als das, was Hugo mir auf seiner Party hatte antun wollen. Aber im Gegensatz zu Hugo hatte ich *jahrelang* mit Xander zusammengearbeitet. Vielleicht wäre der Film ohne meine Verbesserungen an seinem Drehbuch nie entstanden. Trotzdem kam ihm nicht der Gedanke, wenigstens meinen Namen zu erwähnen – drei verdammte Silben –, als er sich da oben auf der Bühne vor den Augen ganz Hollywoods so ausführlich bedankte.

Sogar Greta hat er genannt, das Model, das er zu der Zeit vögelte. Das er überhaupt erst seit acht Monaten kannte und eine Woche nach den Globes abservieren würde.

»Eigentlich stimmt das nicht ganz«, korrigierte ich mich. »Es war nicht das Schlimmste. Das Schlimmste war, dass es mir so viel ausmachte, ob ich in der Rede vorkam oder nicht. Ein besserer Mensch wäre einfach in der Lage gewesen … drüberzustehen, stimmt's?«

Bei dieser Frage sehe ich Thom in die Augen, plötzlich fühle ich mich befreit. Es gibt nichts mehr zu verbergen.

»Ich bin genauso schlimm wie die, stimmt's?«

So wie ich den Satz betone, klingt es, als wollte ich seine Bestätigung, aber Thom schüttelt nur langsam den Kopf. »Na ja, jeder hat sein Ego. Ich denke, Sie sind da ein bisschen streng mit sich.«

Ich lasse den Satz auf mich wirken und gestatte mir, ihm zu glauben.

»Dann haben Sie nach den Globes bei Conquest aufgehört?«

»Nach allem, was ich für Hugo und Sylvia getan hatte, hat es das Fass zum Überlaufen gebracht. Aber ich bin nicht gerne gegangen«, räume ich ein.

Ich quälte mich durch den Rest der Golden Globes, spielte die Überglückliche, trank noch eine Menge und wehrte die Annäherungsversuche von Eric ab, der schließlich eine nachgiebigere Frau mit nach Hause nahm. Irgendwann gegen sechs Uhr morgens, als es zu dämmern begann, fand ich mich auf der Party von irgendjemandem wieder, dem ich nicht mal vorgestellt worden war – fix und fertig, in erbärmlichem Zustand, als wäre ich gerade von irgendeinem High runtergekommen. Ich saß zitternd und allein draußen am Pool und begriff zu meinem Schrecken, dass ich geliehenen Schmuck im Wert von zweiundzwanzigtausend Dollar trug.

»Was ist dann passiert?«

»Sie glauben wohl, ich wäre mit dem Schmuck abgehauen?«, frage ich, ohne eine Miene zu verziehen. »Wo sind wir hier, in einer Gaunerkomödie?«

Wir müssen beide lachen. »Wahrscheinlich hätte ich genau das tun sollen. Ich hatte die Nummer von Hugos Hotelzimmer angegeben und hätte kein Problem damit gehabt, wenn er in Schwierigkeiten geraten wäre.«

Aber so aufregend ist mein Leben nicht, für so etwas fehlt mir der Mut.

Als ich an jenem Morgen Ende Januar an dem verwaisten Pool saß, merkte ich, dass mein Designerkleid auf wundersame Weise unversehrt geblieben war. Keine Perle hatte sich gelöst, niemand war auf die smaragdgrüne Seide getreten oder hatte ein Getränk darauf verschüttet.

Trotzdem spürte ich wie aus dem Nichts das instinktive Bedürfnis, das Kleid und den Schmuck so schnell wie möglich loszuwerden. Sie den rechtmäßigen Besitzern zurückzugeben und in den normalen, bescheidenen Rahmen zurückzukehren, den ich niemals hätte verlassen sollen. Also rief ich ein Taxi. Ich wusste nicht mal, in welchem Teil von L. A. ich war. Die Adresse entdeckte ich nur, indem ich in einem Poststapel im Wäscheraum des Hauses herumwühlte. Irgendwann schloss ich dann mit dem Schlüssel, den Clive mir geliehen hatte, die Tür zu seiner Wohnung auf.

Einige Stunden später, im grellen Licht eines verkaterten Montags, betrat ich mit Sonnenbrille die Lobby des Chateau Marmont und lieferte den Schmuck an der Rezeption ab. Seitdem habe ich das Hotel nicht mehr betreten.

Dank Xanders Golden Globe ging es mit uns raketenartig aufwärts. Als wir zurück in New York waren, kümmerte Sammys Firma sich um die Publicity für *A Hard Cold Blue*, aber das Interesse an unserer Produktionsfirma und an *Furious Her* war sogar noch größer. In der Folge wurden wir erneut nach Cannes eingeladen, Sammy sicherte sich eine Option für *Furious Her*, und Xander wurde mit Angeboten überschüttet, die, clever ausgespielt, uns alle durch die nächsten Jahre bringen würden.

Aber weder Sylvia noch Hugo noch Xander bemerkten, dass ich nicht mehr mit vollem Herzen bei der Sache war. Möglicherweise interessierte es sie auch nicht. Ich hörte auf, so hart zu arbeiten, mein Enthusiasmus sank rapide. Mehr und mehr ärgerte ich mich über jede Anweisung, die Xander mir gab, ich überschüttete ihn nicht mehr mit den Komplimenten, die er inzwischen für selbstverständlich nahm.

Ein paar Wochen später spielten Hugo und Xander ihren letzten Trumpf aus. In den Verträgen, die wir ein Jahr zuvor, nach unserer schicksalhaften Begegnung mit Hugo in Cannes, so übereilt aufgesetzt hatten, gab es ein Problem. Wie gesagt: Sylvia und Xander hatten sich damals nicht die Mühe gemacht, das Kleingedruckte zu lesen. Sie hatten die Unterlagen mir anvertraut, aber was verstand ich als Siebenundzwanzigjährige schon von Fusionierungen? Natürlich hatte Sylvia auch ihren Anwalt mit dem Vertrag befasst, aber letztlich sind Anwälte nicht dafür verantwortlich, dass ihre Klienten zum Stift greifen und irgendwelche Papiere unterschreiben.

Es gab eine spezielle Klausel, die zu Hugos entscheidender Waffe wurde. Sie besagte, dass für den Fall, dass zwei der drei Firmenbesitzer (Sylvia, Xander und Hugo) beschlossen, nicht mehr mit dem oder der dritten zusammenzuarbeiten, sie die Firma liquidieren und ihre jeweiligen Anteile aus der Firma herausziehen durften. Ursprünglich mochte diese Klausel dazu gedacht gewesen sein, Sylvia und Xander vor einem übermächtigen Einfluss Hugos zu schützen. Wahrscheinlich hätte Sylvia nie damit gerechnet, dass sie benutzt werden könnte, um sie selbst aus Conquest hinauszudrängen. Dass die Produktionsfirma, die sie über fast ein Jahrzehnt hinweg aufgebaut hatte, in Windeseile aufgelöst werden könnte.

An einem Apriltag rief sie mich wütend an. In all den Jahren hatte ich verschiedene Facetten von Sylvias Zorn kennengelernt, aber derart außer sich hatte ich sie noch nie erlebt.

»Sarah, als Hugo im letzten Frühjahr in die Firma investiert hat, hast *du* dich um die Verträge gekümmert, stimmt's?«

»Ja«, antwortete ich langsam. Schon ihr Ton verriet, dass mir kein angenehmes Gespräch bevorstand.

Sie schimpfte fünfzehn Minuten ohne Unterbrechung. Ob mir eigentlich klar sei, was ich getan hätte? Hugo sei dabei, sie aus ihrer eigenen Firma zu drängen, dafür trüge ich die Verantwortung. Seit ich im Jahr zuvor die Dreharbeiten beaufsichtigt hätte und sie in New York gewesen sei, hätten Hugo und Xander ohne unser Wissen Drehbücher eingekauft und damit einen Grundstock für eine eigene Produktionsgesellschaft geschaffen. Mit meiner Unachtsamkeit im letzten Frühjahr hätte ich das erst möglich gemacht. *Das* sei also mein Dank für all die Chancen, die sie mir im Lauf der Jahre gegeben habe?

Ich wusste nicht, was ich sagen sollte. Natürlich weinte ich. (Manchmal schockiert mich die Erkenntnis, wie oft meine Arbeit mich früher zum Weinen gebracht hat, aber ich war sensibel und brannte für meinen Job. Außerdem arbeitete ich mit Leuten, die zu hässlichen Ausbrüchen neigten.) Ich versuchte mich zu verteidigen, aber gegen welche Argumente überhaupt?

»Ich bin keine Juristin, Sylvia, ich verstehe nichts von Firmenfusionierungen …«

»Dann hättest du mir wenigstens etwas sagen müssen!«, brüllte sie mich an.

Aber natürlich hatten Sylvia und Xander von juristischen Details damals nichts wissen wollen. Ihnen war es nur darum gegangen, mit dem Film voranzukommen. War sie wirklich davon ausgegangen, dass ich in meinem Alter die Fachkenntnisse besaß, um alle Eventualitäten vorherzusehen?

Es hatte keinen Sinn, mit Sylvia zu diskutieren, denn ihre Meinung stand fest. Die Schuld lag allein bei mir, wo sonst?

»Du kapierst es nicht, Sarah«, sagte sie gegen Ende des Gespräches mit zitternder Stimme. Ihre Wut schlug in Verzweiflung um. »Du hast alles ruiniert. Ich werde die Firma verlieren, die ich so mühevoll aufgebaut habe. Gegen Xander und Hugo habe ich keine Chance. Vielleicht bist du zu jung, um zu begreifen, was das bedeutet.«

Kurz darauf legte sie auf, ihre Wut war verbraucht.

Natürlich verstand ich sie. Ich wusste genau, wie es war, wenn alle Mühen ignoriert und alle Erfolge von anderen vereinnahmt werden. Sie hatte mir nur keine Möglichkeit gegeben, das zu sagen.

Sylvia verließ die Firma nicht kampflos. Ein paar Wochen später bestellte Hugo mich zu einem Termin unter vier Augen. Irgendwie war mir klar, worum es gehen würde.

Es gibt einen Moment, kurz bevor man von einem Mann attackiert wird, wo man als Frau weiß, dass es zu spät ist. »*Ah, so wird es also laufen.*«

Ein kurzer, schrecklicher Augenblick der Klarheit, bevor der Sturm losbricht.

Irgendwann beginnt man, einen sechsten Sinn dafür zu entwickeln. Es beinahe vorherzusehen, immer auf der Hut zu sein.

So war es mit Hugo, wann immer ich nach jenem Abend auf seiner Party mit ihm allein war. Als ich also den gläsernen Konferenzraum in unserem Büro betrat, an dessen langem Tisch er allein saß, hatte ich das Gefühl, dass der unausweichliche Showdown bevorstand, der unvermeidliche Schlusspunkt von etwas, das in seiner leerstehenden Villa in Beverly Hills begonnen hatte.

Ich war dankbar für die transparenten Wände des Raums. Dafür, dass Ziggy draußen auf seine Tastatur einhämmerte. (Ich hatte ihn gebeten, das Büro nicht zu verlassen, solange ich bei Hugo war.) Trotz allem war ich in höchster Alarmbereitschaft, auf alles vorbereitet, ständig mit der Frage beschäftigt, aus welcher Richtung er angreifen würde.

»Morgen, Sarah«, murmelte Hugo und deutete auf den Stuhl, der ihm diagonal gegenüberstand. Ich setzte mich zwei Plätze weiter. »Es ist so lange her, dass wir richtig geredet haben. Wie du weißt, war jede Menge los.«

Hugo hakte die üblichen Formalitäten ab: wie aufregend es sei, den Deal mit Sammy Lefkowitz auszuarbeiten, ein neues Townhouse hier in Manhattan zu kaufen, damit seine Familie in England ihn besuchen könne. Ich nickte und mühte mich, höflich zu bleiben.

»Es ist äußerst bedauerlich, dass wir zu diesem Arrangement mit Sylvia kommen mussten«, leitete er zum entscheidenden

Punkt über. »Aber weißt du, Xander hat so lange mit Sylvia zusammengearbeitet und hatte nun das Gefühl, dass sich die Beziehung totgelaufen hat. Als Kreativer sucht er nach einem neuen Impuls, neuen Inspirationen.«

Ich starrte ihn zornig an und hoffte, er werde seinen sinnlosen Monolog hinter sich bringen und endlich die Karten auf den Tisch legen.

»Womit wir zu dir kommen, Sarah.« Hugo fixierte mich wie ein Adler das einsame Kaninchen. Als ich zurückstarrte, wandte er den Blick leicht ab.

»Sarah, wir sind so dankbar für alles, was du für den letzten Film geleistet hast, für deine langjährigen Anmerkungen zu Xanders Drehbüchern.«

Meine Anmerkungen? Ich kochte innerlich. *Ich würde es so ausdrücken, dass ich sein mittelmäßiges Drehbuch im Alleingang gerettet habe.*

»Wie gesagt, vor dir liegt eine aufregende Karriere. Aber wir haben das Gefühl, dass du vielleicht … nicht ganz die Richtige für den Weg bist, den wir gehen wollen. Bei unserem neuen Anfang möchten wir es mit einem neuen Team in der Firma versuchen. Neues Team, neue Projekte, neue Ideen, alles neu. Ich hoffe, du verstehst das.«

Natürlich war ich nicht überrascht. Ich hatte damit gerechnet, dass es irgendwann so weit sein würde. »Okay«, sagte ich einfach, in einem Ton, der weitere Erklärungen verlangte.

»Wir möchten die Arbeit honorieren, die du in Xanders bisherige Projekte gesteckt hast. Während du dich nach etwas Neuem umsiehst, wirst du natürlich kein Einkommen haben. Deshalb möchten wir dir als Abschiedsgeschenk zehntausend Dollar anbieten, als Starthilfe in eine zweifellos vielversprechende Zukunft.«

Zehntausend Dollar? Da hätte ich besser mit dem Schmuck abhauen sollen.

Zehntausend Dollar waren weniger, als Stan, unser Chefkameramann, bei *Furious Her* in einer einzigen Drehwoche verdient hatte. Wahrscheinlich war es weniger, als Hugo in zwei Wochen im *Spark Club* ausgab. Xander würde dieses Geld locker mit einem einzigen Tag Modefotografie verdienen.

Damit wollten sie mich also nach sechs Jahren harter Arbeit im Dienst von Xanders Karriere abspeisen? Natürlich hatte ich in meinem jugendlichen Ehrgeiz mit Sylvia einen Vertrag abgeschlossen. Seit Hugos Einstieg in die Firma durfte ich mich Head of Development nennen. Aber es gab keine Vereinbarung darüber, was im Fall einer Liquidierung der Firma mit mir passieren würde. Also war alles Verhandlungssache.

Ich hatte noch kein Wort gesagt.

»Wie klingt das, Sarah?«

Ich räusperte mich, versuchte, meinen Puls herunterzubringen, um die Kontrolle zu bewahren.

»Ich weiß das Angebot zu schätzen, Hugo, wirklich. Aber ich denke *nicht*, dass es sich um eine angemessene Kompensation handelt, wenn man berücksichtigt, was ich für die Firma geleistet habe.«

Ich hatte langsam gesprochen, so als würde ich, Tropfen für Tropfen, Gift in ein Wasserbecken träufeln. Dann sah ich Hugo an. Angst hatte ich immer noch, aber ich hatte es ausgesprochen. Ich sagte mir, dass ich nichts zu verlieren hätte. Mir fiel eine Bemerkung ein, die Sylvia vor Jahren gemacht hatte: *Wenn es so weit ist, schätz deinen Wert richtig ein.*

Sieh ihm einfach in die Augen – und verhandle.

Interview-Abschrift (Fortsetzung):
Sylvia Zimmerman, 17.28 Uhr

TG Vermissen Sie es? In der Filmbranche zu arbeiten?

SZ Natürlich vermisse ich es. Ich war eine verdammt gute Produzentin, ich habe etwas vom Filmemachen verstanden. Ich hatte die Firma selbst, aber auch ein Netzwerk aufgebaut. Nach dem Vorfall mit Hugo hätte ich eine neue Produktionsfirma starten, neue Regisseurinnen oder Regisseure suchen und deren Karrieren fördern können. Aber irgendwie hatte ich das Gefühl, genau das für Xander getan zu haben. Wohin hatte es mich gebracht? [*Pause*] Warum sollte ich meine Zeit und Mühe für jemanden verschwenden, der am Ende doch weggehen würde, sobald er woanders mehr Geld abgreifen könnte? Regisseure verpissen sich gern und vergessen, wo sie herkommen. Als Mutter hat man wenigstens einen Job auf Lebenszeit. Und irgendwann, auch wenn es eine Weile dauert, erfährt man eine gewisse Dankbarkeit. Kinder vergessen ihre Mütter nicht.

TG Wollen Sie damit sagen, dass ... Mutterschaft die lohnendere Arbeit ist?

SZ [*lacht*] Nur weil manche Arbeitsplätze so beschissen sind. Aber ernsthaft: Dieser ganze Gegensatz von Karriere und Mutterschaft ... Für Frauen dürfte es kein Entweder-oder sein. Ich meine, für Männer gilt das ja auch nicht. [*Pause*] Meine Güte, schauen Sie sich nur Hugo an. Vier Kinder – ich glaube, ich habe ihn über keins von ihnen je auch nur reden hören. Seine Frau führt ihr eigenes Leben und vergnügt sich mit ihren Kreditkarten, während er jede junge Frau in Sichtweite vögelt. [*Pause*] Falls einer dieser Frauen bei unserem Dreh tatsächlich etwas zugestoßen sein sollte, tut es mir wirklich leid. Ich war ... einfach abgelenkt, würde ich sagen. Das waren wir alle. Ich habe nicht begriffen, wie Hugo North wirklich war.

TG Haben Sie noch Kontakt zu Xander?

SZ Der Form halber. [*schnaubt*] Wir schicken uns gegenseitig Weihnachtskarten. So weiß ich wenigstens, wie seine Kinder aussehen. Aber letztlich, nein. Wenn man bedenkt, dass wir uns während unserer Zusammenarbeit mehrmals täglich ausgetauscht haben … Wir haben uns seit Jahren nicht mehr von Angesicht zu Angesicht unterhalten. Ich meine, was erwarten Sie, nachdem er mich und die Firma so behandelt hat?

TG Wie fühlen Sie sich angesichts seines heutigen Erfolgs?

SZ Vielleicht wäre Xander auf jeden Fall erfolgreich geworden. Weil er die entsprechende Persönlichkeit hat. Vielleicht hätte er mich als Produzentin früher oder später sowieso fallen gelassen. Schwer zu sagen.

TG Dann bedauern Sie, was Sie in jenem Jahr getan haben?

SZ Natürlich. Hätte ich Hugo nicht an Bord geholt, wäre alles anders gelaufen. [*Pause*] Ja, es war toll, bei den Golden Globes dabei zu sein. Nur Hugo hätte nicht dort sein sollen. Er war an dem ersten Film überhaupt nicht beteiligt. Aber natürlich waren alle wegen seines Geldes an ihm interessiert. Und Sarah, die arme Sarah Lai. Sie hätte etwas Besseres verdient, als wie sie sie behandelt haben.

TG Fühlen Sie sich dafür verantwortlich?

SZ Meinen Sie, ob ich mehr für sie hätte eintreten sollen? [*Pause*] Das habe ich getan, ich habe es versucht. [*Pause*] Ich glaube, ich bin auch etwas hart mit ihr umgesprungen. Letztlich war ich wütend auf mich selbst, weil ich so etwas zugelassen hatte. Schließlich ging es um meine verdammte Firma. Und ich hatte nicht mal gemerkt, was sich hinter meinem Rücken abspielte. [*Pause*] Wissen Sie, Hugo wusste genau, welche Knöpfe er bei Sarah drücken musste. Und bei allen anderen. Soweit ich weiß, hat er sie auch ins Bett gekriegt, wovon sie mir aber nie etwas erzählt hat.

TG Glauben Sie das wirklich?

SZ Keine Ahnung … Ich hoffe es jedenfalls nicht. Ich glaube, am Ende hat Sarah mir nicht mehr vertraut. Irgendetwas ist passiert. Irgendwie hat sie sich in den Kopf gesetzt, sie könnte eine Katze sein – wo sie doch immer nur die Maus bleiben würde. So klug sie war und so hart sie arbeitete: Solange sie sich an die Regeln hielt, hatte sie einfach keine Chance.

TG Wird es immer so weitergehen? Dass es Katzen und Mäuse gibt?

SZ Nein. Nein. Ich glaube, es wird sich ändern. Wenn ich mir meine Tochter und ihre Freundinnen anschaue, habe ich Hoffnung. Fragen Sie nicht, wie es sich ändern wird. Aber es muss sich ändern.

48

Am Ende ließ Hugo sich auf fünfundvierzigtausend Dollar hochhandeln. Mir war klar, dass es für ihn immer noch Peanuts waren und ich mit Unterstützung eines Anwalts mehr hätte herausholen können. Trotzdem war es für mich eine Menge Geld, ein komplettes Jahresgehalt.

Außerdem wollte ich ausdrücklich als vollwertige Produzentin des Films genannt werden, aber Sylvia hatte unmissverständlich klargemacht, dass sie den Titel für sich allein beanspruche. Jedenfalls stellte Hugo es so dar. Sylvia und ich sprachen zu der Zeit schon nicht mehr miteinander. »Associate Producer« war alles, womit ich rechnen konnte.

Die Verhandlungen liefen quälend. Das Einzige, was ich in die Waagschale werfen konnte, war der Hinweis darauf, was Courtney, Holly und ich erlitten hatten.

»Aber ich dachte, Sie wären sich nicht sicher gewesen, was ihnen zugestoßen ist?«, hakt Thom nach.

»Ich wusste keine *Einzelheiten*«, erkläre ich. »Aber ich hatte genug mitbekommen und selbst erlebt, um zu wissen, dass es sicher nichts Gutes war. Er wollte alles unter den Teppich kehren.«

»Hat er Sie eine Stillschweigevereinbarung unterschreiben lassen?«

»Keine richtige Stillschweigevereinbarung, aber etwas in der Art. Hugos Karriere als Executive Producer stand damals noch am Anfang, offenbar hatte er es noch nicht richtig raus, wie er sich auf juristischem Weg aus der Affäre ziehen konnte.«

Wir wissen beide, dass es nicht komisch ist, trotzdem müssen wir lachen.

»Es wurde Teil des Vertrags über meinen Abschied aus der Firma. Eine ziemlich allgemeine Klausel, dass ich ›Einzelheiten im Zusammenhang mit meiner Beschäftigung in der Firma für einen Zeitraum von zehn Jahren nicht öffentlich machen‹ dürfe.«

»Zehn Jahre, hm?« Thom zieht eine Augenbraue hoch. »Zehn Jahre sind jetzt vorbei, oder?«

»Ganz genau.« Ich nicke und grinse boshaft. »Zehn Jahre sind ganz sicher vorbei.«

»Was haben Sie mit dem Geld gemacht?«

»Eine Weile davon gelebt. Nach sechs Jahren harter Arbeit fand ich es unglaublich befreiend, fast schon unwirklich, keine beruflichen Verpflichtungen zu haben. Kein Büro, in das ich fahren, keine Vorgesetzten, denen ich gehorchen musste.«

Meine Eltern ... na ja, es war heikel, ihnen erklären zu müssen, warum ich nicht mehr bei Conquest arbeitete.

»Sie ... bauen die Firma um und wollen dafür neue Leute«, murmelte ich, als ich meinen verständnislosen Eltern in ihrem stickigen Wohnzimmer gegenübersaß. Aus der Entlüftung des Restaurants drang ein ungewöhnlich starker Geruch nach Bratfett.

»Aber du hast sechs oder sieben Jahre für sie gearbeitet«, bemerkte mein Dad mit gerunzelter Stirn. »Ich dachte, sie sind zufrieden mit dir.«

»Sylvia ist nicht mehr dabei«, erklärte ich. Wenigstens das entsprach der Wahrheit. »Wahrscheinlich ist es letztlich besser so, denn den neuen Boss mag ich nicht.«

»Dieser britische Milliardär? Hast du dich irgendwie unbeliebt gemacht?«, fragt Mom entgeistert.

»Ich ... weiß es nicht.« Ich ignorierte die aufsteigende Übelkeit.

»Wenn so etwas passiert, musst du doch irgendwas falsch gemacht haben«, beharrte Mom.

Ich biss die Zähne zusammen. »Vielleicht passe ich einfach nicht rein«, sagte ich dann.

»Womit willst du jetzt dein Geld verdienen?« Ich sah die beiden senkrechten Sorgenfalten zwischen ihren Augenbrauen.

»Erst mal ist das nicht nötig«, sagte ich achselzuckend. Ich erzählte ihnen von meiner Abfindung, ohne die damit verbundenen Verpflichtungen zu erwähnen.

Mein Dad wirkte verwirrt. »Der Kerl muss steinreich sein. Er gibt dir eine solche Menge Geld, einfach so?«

Am liebsten hätte ich gesagt, dass es so viel Geld nicht war – und dass es nicht einfach so passiert war.

Mit Karen sprach ich später nicht ausführlicher darüber. Mit ihrer beruflichen Stabilität und dem neuen Leben als Vorstadtmutter hätte sie es nicht begriffen. Ich wollte die ganze Angelegenheit einfach vergessen und mit meinem Leben weitermachen.

Wie jedes verantwortungsbewusste Immigrantenkind deponierte ich das Geld auf einem gut verzinsten Bankkonto und rührte es kaum an. Als wenig später die Rezession kam, machte ich mir nicht die Mühe, eine neue Stelle in der Filmbranche zu suchen. Vielleicht hätte ich mein Netzwerk nutzen und etwas finden können, aber inzwischen erschien mir die ganze Branche so ... schmutzig.

Stattdessen reiste ich mit winzigem Budget ein Jahr lang um die Welt. Zum ersten Mal verbrachte ich eine nennenswerte Zeitspanne außerhalb New Yorks, was mir half, den Kopf freizubekommen. Ich besuchte Länder und Orte, die ich vorher nur in Filmen gesehen hatte: die schottischen Highlands, die Straßen von Paris, sogar die Regenwälder Thailands.

Meine Welt dehnte sich aus, aber wo immer ich hinkam, sprachen die Menschen über Filme. Dorfbewohner versammelten sich auf einem staubigen Platz, um sich eine DVD von *Star Wars* anzusehen – ohne Untertitel und auf ein Bettlaken projiziert. Immer wieder entdeckte ich auf lokalen Märkten Raubkopien von einheimischen Erfolgen und Hollywoodblockbustern, von irgendwelchen Straßenhändlern auf einer Decke ausgebreitet, die bei Preisen unter einem Dollar kaum Profit machen konnten. Früher hätte mich eine derart schamlose Missachtung des Urheberrechts schockiert, aber jetzt applaudierte ich insgeheim. Wir alle müssen unseren Lebensunterhalt verdienen. Wenn das mit der Liebe zum Kino funktioniert, umso besser.

Nach meiner Rückkehr bewarb ich mich an verschiedenen Universitäten für Stipendien und erhielt eine Zusage für einen Masterstudiengang in Film Studies. Irgendwann landete ich dann auf dieser Dozentinnenstelle.

»Wie gefällt es Ihnen, Kurse in Drehbuchschreiben zu geben?« Thom deutet auf den Manuskriptstapel auf meiner Fensterbank. »Lesen Sie gern die Arbeiten Ihrer Studierenden?«

»Nun ja, sie sind nicht ganz auf dem Niveau dessen, was ich bei Firefly gesichtet habe.« Ich gebe mir Mühe, nicht verbittert zu klingen. »Aber … ab und zu ist ein vielversprechendes Exposé dabei. Dann denke ich, dass diese Studierenden … etwas haben.«

»Dann ist es also nicht der reine Horror?« Er lächelt.

»Nicht unbedingt. Außerdem arbeite ich dort mit viel netteren Menschen zusammen.«

»Haben Sie je mit dem Gedanken gespielt, eines Tages selbst ein Drehbuch zu schreiben?«

»Ich? O Gott, ich weiß nicht.« Ich stelle mir vor, wie ich auf dem Computermonitor ein leeres Blatt vor mir sehe und der Cursor geduldig wartet. Ich spüre eine ganz neue, heimliche Erregung: Vorfreude auf das, was kommen mag, und eine völlige Freiheit von den Erwartungen anderer.

Dann male ich mir aus, wie ich mühevoll eine Agentin suchen muss, wie mein Drehbuch gedruckt und gebunden wird und schließlich von einem gestressten Assistenten auf einem Regal deponiert wird, wo es in Vergessenheit gerät. Mein Herz zieht sich zusammen.

»Ich weiß es nicht«, räume ich ein. »Wissen Sie, es heißt immer, dass diejenigen, die es nicht selbst schaffen, als Dozentinnen enden.«

Aber ich kann mehr als nur Wissen vermitteln, oder?

Diese letzte Frage stelle ich nicht laut.

Als gewissenhafter Journalist, der er ist, hat Thom darum gebeten, einen Blick in den Vertrag werfen zu dürfen, den ich vor zehn Jahren mit Hugo geschlossen habe. Also suche ich nach dem Dokument, das ich damals widerstrebend unterschrieben habe. Ich finde es in einem Ordner mit der Aufschrift »Firefly/Conquest«, ganz hinten in meinem Aktenschrank.

Seit das Geld auf meinem Bankkonto eingegangen ist, habe ich keinen Blick mehr auf den Vertrag geworfen.

Thom studiert die Vereinbarung, fotografiert mit seinem Handy jede einzelne Seite. Währenddessen denke ich noch einmal über alles nach, was ich ihm erzählt habe. Meine ganze erbärmliche Reise in diese Welt, die unerzählt gebliebenen Reisen anderer, die ich nie wirklich kennengelernt habe

Ich werde traurig, denke an meine abgestumpfte Ignoranz in jener Zeit. Als Thom zu seinen letzten Fragen ansetzt, sehe ich auf.

»Wenn Sie Holly oder Courtney heute, zehn Jahre danach, etwas sagen könnten, was wäre es?«

»Haben Sie Kontakt mit Ihnen?«, frage ich hoffnungsvoll. Der Gedanke geht mir durch den Kopf, seit wir uns im Büro der *Times* zum ersten Mal getroffen haben.

»Ich darf … das nicht offenlegen«, sagt er in bedauerndem Ton. »Das würde gegen mein journalistisches Ethos verstoßen.«

Ah, natürlich.

Schweigend sitzen wir uns gegenüber. Dann kann ich es nicht mehr zurückhalten.

»Ich würde ihnen sagen, dass es mir leidtut. Wirklich leidtut.«

Viel zu schnell füllen meine Augen sich mit Tränen, meine Stimme klingt heiser.

»Ich meine, ich habe ihnen diese Dinge nicht angetan. Aber ich habe es möglich gemacht. Ich habe sie nicht vorgewarnt, nicht gut genug zugehört. Das hätte ich tun sollen. Nach dem, was ich *selbst* erlebt hatte. Wie ich Courtney behandelt habe ...«

Ich kneife die Augen zu, Tränen strömen mir über die Wangen. »Ich war so eine verdammte Idiotin und hab nur an den Film und meine Karriere gedacht. Was hat mir das letztlich gebracht?«

»Aber Sie wurden auch missbraucht. Hugo hat seine Chefrolle in missbräuchlicher Weise ausgenutzt. Er war für Sie die ganze Zeit eine Bedrohung.«

Ich ziehe die Nase hoch. »Ich weiß. Heute begreife ich das. Es ist auch nicht so, dass Xander oder Sylvia besonders gut auf mich achtgegeben hätten. Aber ich fühle mich trotzdem schuldig. Ich hätte mich anders verhalten sollen.«

»Sie haben getan, was Sie damals tun zu können *glaubten*. Unter den gegebenen Umständen.«

Wahrscheinlich ist Thom in der Kunst tröstlicher Plattitüden ziemlich versiert, schließlich hat er in den letzten Monaten eine ganze Reihe von traumatisierten Quellen interviewt. Trotzdem fühlt es sich gut an, von einem anderen Menschen solch eine kleine Absolution zu erfahren, diesen seelischen Balsam.

Einen Moment lang schweigen wir beide.

Ich frage mich, ob die Menschen, mit denen ich damals gearbeitet habe – Ziggy und Seth und Carlos und Clive und alle am Set; und auch die Mitarbeiter an den später folgenden Sets –, irgendeine Vorstellung davon hatten, wer Hugo North wirklich war. Wozu er fähig war, jenseits aller Freundlichkeiten, des britischen Akzents, der Champagner-Trinksprüche und Barrechnungen.

»Wenn Sie Hugo heute etwas sagen könnten, was wäre es?«
»Wollen Sie die zitierfähige Version?«
»So zitierfähig wie möglich.« Thom lächelt.
»Wissen Sie, wenn man über ihn redet, klingt er wie der Inbe-

griff des britischen Filmbösewichts. Nur dass er real war. Neulich hat er sich sogar bei mir gemeldet.« Ich werfe diese Bemerkung in den Raum und weiß, dass sie eine Reaktion auslösen wird. »Können Sie das glauben? Zufall ist das sicher nicht.«

Ich zeige ihm die Nachrichten, die Hugo geschickt hat, hole die teure Flasche Moët unter der Spüle hervor. Thom zieht die Augenbrauen hoch.

Als ich ihm die Nachricht auf der Mailbox vorspiele, macht Hugos Stimme mir endlich keine Angst mehr. Hinter dem geschmeidigen Akzent höre ich sogar eine verzweifelte Note.

»Komischerweise haben einige andere Quellen mir ganz Ähnliches berichtet. Nachrichten von Hugo aus heiterem Himmel. Bestechungsversuche, solche Dinge.«

»Hat es sie zurückschrecken lassen?«, frage ich.

»Nicht alle. Die meisten machen trotzdem mit den Interviews weiter.«

Die Horde von Untoten, die sich ihrer Beute nähern und endlich das Schweigen brechen.

»Ich würde sagen, es wird auch Zeit«, sage ich und bemerke, wie meine Hand sich langsam zur Faust ballt. »Ich will, dass er mit all den Leben und den Laufbahnen konfrontiert wird, die er zerstört hat. Was hätten wir nicht für Filme machen können, wenn wir in der Branche geblieben wären. Wenn wir nicht ... angefasst worden wären.«

Mein Becher Jasmintee ist leer, ich warte, bis das Heulen einer Sirene in der Nachbarschaft leiser wird. Es gibt noch etwas, das ich zu sagen habe.

»Wissen Sie, was sexuelle Übergriffe so entmenschlichend macht?«, frage ich herausfordernd.

»Was?«, will Thom wissen. »Sprechen Sie es aus.«

Es reduziert eine Frau auf etwas ganz Simples: auf sexuelles Futter für die Gelüste einer anderen Person. Alles, was ein Individuum ausmacht – die Intelligenz, das Talent, die Ausbildung, die jahrelange Erfahrung, eine lebenslange Begeisterung für den Film –, all das ist in dem Moment ausgelöscht, in dem man gegen den eigenen Willen an eine Wand gedrückt, grob angefasst, begrapscht oder Schlimmeres wird. Man wird als Person, die irgendetwas Interessantes zu sagen haben könnte, komplett ausgelöscht.

Andererseits muss man sich nur ansehen, wie wir auf der Leinwand präsentiert werden – unsere Körper zur Schau gestellt, schon im mittleren Alter ausgemustert, die Rollen uninteressant. Bilder und Wirklichkeit – vielleicht muss man sich nicht wundern.

»Ich habe diesen Wunschtraum«, sage ich. »Dass wir einfach auf andere Art und Weise zusammenarbeiten können … kein Mobbing, keine lächerlichen Partys, keine Besetzungscouch. Einfach Leute, die von der gemeinsamen Liebe zum Film zusammengeführt werden. Stellen Sie sich vor, welche Produktionen so entstehen könnten.«

»Die Zeiten ändern sich«, bemerkt Thom. »Und es fängt damit an, dass Geschichten wie Ihre Gehör finden.«

Ich nicke. »Ich bin ziemlich sicher, dass es danach noch andere Frauen gegeben hat. Es bringt nichts, die Wahrheit zu verschweigen. Schließlich ist das, was passiert ist, passiert.«

»Sie haben es besser verkraftet als manche anderen«, fügt Thom hinzu. »Einige Frauen … Manche haben versucht, sich umzubringen. Oder Tausende Dollar für Therapien ausgeben müssen. Ich habe den Eindruck, Sie sind einigermaßen heil durchgekommen.«

Ich denke darüber nach, ein ganz neuer Aspekt.

Thom fixiert mich mit seinen blauen Augen, dann wendet er plötzlich den Blick ab. »Nun ja, ich denke, das wäre es so weit. Sie haben ja meine Mailadresse, falls Ihnen noch etwas einfällt … Natürlich melde ich mich. Ich halte Sie auf dem Laufenden, was den Artikel angeht.«

Ich setze mich gerade auf und spüre einen Anflug von Einsamkeit.

»Eine letzte Sache noch«, bemerkt Thom munter. »Sie müssen jetzt nichts dazu sagen, aber denken Sie schon mal darüber nach. Wären Sie einverstanden, in meinem Artikel namentlich genannt zu werden?«

Er wirft diese letzte Frage so lässig in den Raum, obwohl es die Schwierigste ist, die er mir heute stellt. Ich starre ihn mit offenem Mund an und versuche, mir meinen Namen in der *New York Times* vorzustellen, vielleicht im selben Artikel mit Holly Randolphs.

»Soll ich das *jetzt* beantworten?«

»Nein, natürlich nicht. Denken Sie darüber nach. Lassen Sie sich Zeit.«

49

Es sah Thom Gallagher ähnlich, mir eine letzte Frage zu stellen, die sich tief in meinem Hinterkopf einnistete. Dabei hatte ich gehofft, mit dem abschließenden Interview einen Schlussstrich ziehen zu können.

Nach dem Gespräch am Sonntagabend standen wir auf.

Er dankte mir, ich dankte ihm.

Nachdem ich alles ausgesprochen hatte, fühlte ich mich irgendwie sauberer. Von meiner Schuld entlastet.

Er fragte, ob ich allein zurechtkommen würde, ich sagte Ja, auch wenn ich nicht ganz sicher war. Ich spielte mit dem Gedanken, ihn zu fragen, ob wir vielleicht etwas zusammen trinken gehen, um die Schwere der Situation zu mildern.

Er überlegte einen Moment, dann sagte er: »Warum nicht?«

Ein ganz normaler Wortwechsel zwischen zwei New Yorkern, die sich kennenlernen. Keine heimlichen Absichten, keine blinkenden Alarmlichter, keine großen Formalitäten.

Nachdem wir eine Weile zusammengesessen hatten und ich mich dank des Biers etwas lockerer und ungezwungener fühlte, fragte ich: »Warum machen Sie das alles, Thom? Schon klar, gegen einen Pulitzer-Preis hätten wir alle nichts einzuwenden, aber wie kommen Sie gerade auf dieses Thema?«

Er spreizte die Finger seiner Patrizierhand auf dem abgewetzten Holz des Tresens. »Es ist wie bei einem Wollknäuel. Wenn man an einer Stelle zieht, wird der Faden immer länger. Diese Geschichten scheinen einfach kein Ende zu nehmen.«

Ich nickte. »Das kann ich mir vorstellen.«

Eine Stunde später hatte ich ein bisschen mehr über den rätselhaften Thom Gallagher erfahren. Nachdem wir in der Bar um die Ecke jeweils eine Flasche Brooklyn Lager geleert hatten, verabschiedeten wir uns endgültig. Ich hielt es für das Sicherste, ihm einfach die Hand zu geben. Aber irgendwie waren wir durch den Alkohol und unsere Erschöpfung so gelöst, dass daraus eine vorsichtige Umarmung wurde, eine Berührung unserer Schultern, mehr nicht.

»Passen Sie auf sich auf, okay?«

Ich gab die guten Wünsche zurück. Es kann nicht leicht für ihn sein, sich tagtäglich die persönlichen Verletzungen so vieler traumatisierter Frauen anzuhören und mitzuerleben, wie sie in Tränen ausbrechen. Trotzdem lässt er nicht locker.

Als wir unserer Wege gingen, waren meine Wangen vom Bier gerötet. Ich spürte eine verblüffende körperliche Leichtigkeit und vielleicht noch mehr, obwohl ich davon ausging, ihn zum letzten Mal gesehen zu haben.

Diese seltene Beschwingtheit spüre ich noch einige Tage später, während meiner Sprechstunde. Ich höre ein zögerliches Klopfen an der Tür. Als ich aufblicke, sehe ich Claudia.

Seit Kurzem verlangen es die Fakultätsregeln, dass die Bürotüren offen bleiben, wenn einzelne Studierende das Zimmer betreten. Ich entschuldige mich und erkläre Claudia diese neue Bestimmung, aber es scheint ihr nichts auszumachen.

Nach meinen Anmerkungen bei ihrem letzten Besuch hat sie ihr Drehbuch umgeschrieben und ein paar neue Szenen eingefügt. Jetzt ist sie damit fertig und fragt, ob ich gelegentlich Zeit hätte, einen Blick darauf zu werfen.

»Natürlich«, sage ich, ihr Enthusiasmus überrascht mich. »Schicken Sie es mir per E-Mail, dann lese ich es bis zum Monatsende durch.«

»Ich hab mir auch all die Filme angesehen, von denen Sie gesprochen haben«, fügt sie hinzu. »Sie waren wirklich toll. Haben Sie noch ein paar Vorschläge?«

Ich bin beeindruckt. Die Filme, die ich ihr genannt habe, waren langsam und untertitelt, ganz anders als die Art Kino, wie es die meisten Studierenden lieben. Wir unterhalten uns eine Weile darüber, was sie an ihnen besonders fand: das Tempo, den Ton, die introspektive Note. Wieder wird mir bewusst, welche Freude der Austausch unter Cinephilen macht. Ich rufe mir in Erinnerung, dass sich seit meinen eigenen Anfängen viel verändert hat. Es gibt Sommerseminare und Workshops und Initiativen, die ausdrücklich junge Menschen mit unterschiedlichen Hintergründen ans Filmemachen heranführen wollen. Heute werden »diverse Stimmen« gefördert, also kann ich sie ruhig ein bisschen ermutigen, oder?

»Hey, Sarah«, sagt Claudia und reißt mich aus meinen Gedanken. »Haben Sie auch mal Drehbücher geschrieben?«

Ich schüttele den Kopf. Ihre Bemerkung erinnert mich an jemand anderen, der mir kürzlich dieselbe Frage gestellt hat. »Ich habe es nie versucht. Ich habe früher mit Regisseuren und Drehbuchautoren an deren Büchern gearbeitet.«

»Wow, cool«, sagt sie mit großen Augen. »Vielleicht sollten Sie mal versuchen, eins zu schreiben. Es würde bestimmt gut.«

»Zumindest einigermaßen ordentlich«, räume ich ein. »Ich müsste nur eine Geschichte finden.«

Kurz blitzt ein Gedanke auf, ich nehme mir vor, ihm später Raum zu geben und ihn wachsen zu lassen, bis aus dem Blitz eine Flamme wird.

Claudia ist aufgestanden, aber ihr Zögern verrät mir, dass sie noch etwas loswerden will, bevor sie geht.

»Also, wir haben uns gefragt … Der studentische Filmclub führt nächsten Donnerstag unsere Kurzfilme vor. Hätten Sie vielleicht Lust, zu kommen? Es sind nur kurze Übungsfilme, wahrscheinlich ein bisschen peinlich. Sie haben sicher viel zu tun …«

Wenn sie nur wüsste. Mein Kalender ist nicht gerade mit geselligen Verabredungen vollgestopft. Außerdem ist es schon länger her, dass ich einen Kurzfilm gesehen habe.

»Höchstwahrscheinlich habe ich Zeit«, antworte ich.

Claudia wirkt überrascht und erfreut. »Wirklich?«

»Wann fangen die Vorführungen an?«

»Donnerstag, 18 Uhr, in Hof B.« Sie grinst. »Wow, wenn Sie kommen, werden alle schrecklich aufgeregt sein.«

»Ist ein Film von *Ihnen* dabei?«, frage ich sie.

Sie schüttelt den Kopf. »Nein. Noch nicht ... Ich arbeite noch an meinem.«

»Dann freue ich mich darauf, ihn eines Tages zu sehen.«

Claudia lächelt und verlässt das Zimmer, die dunklen Haare fallen über ihren Rucksack. Ihre schmale Gestalt wird kurz in das durch die Fenster einfallende Sonnenlicht getaucht, dann liegt sie im Schatten und abermals im Licht.

Ich denke kurz nach und wende mich wieder meinem Computer zu. In meinem Posteingang suche ich nach einem bestimmten Namen, einer bestimmen E-Mail, auf die ich antworten will.

Kurz darauf, zu Thanksgiving, kommt meine Schwester mit ihrer Familie in die Stadt. Zum allerersten Mal haben meine Eltern sich entschieden, an Thanksgiving nicht zu arbeiten. Wir haben uns alle oben in ihrer Wohnung versammelt: meine Geschwister mit ihren Partnern, meine Nichte und mein Neffe und natürlich ich. Außerdem sind verschiedene Vettern, Cousinen, Onkel und Tanten hier. Wenn wir uns nicht gerade gegenseitig auf den neuesten Stand bringen, schauen wir hinaus auf die kühlen Straßen von Flushing.

An Thanksgiving sind weniger Straßenhändler unterwegs, um Pak Choi oder Bittermelonen anzubieten. Die Straßen sind ruhiger, grau in grau, die Menschen haben sich in ihre hellen, warmen Häuser zurückgezogen.

So viele Familienmitglieder haben meine Eltern seit Jahren nicht eingeladen, ihre freudige Aufgeregtheit ist unübersehbar. Meine Mom eilt hin und hier, um Melonenkerne und kandierte Erdnüsse anzubieten, mein Vater schenkt denen, die über zwanzig sind, Courvoisier XO ein. Die Magnumflasche Moët, die ich mitgebracht habe, hat ihn ziemlich beeindruckt.

»Nicht kleckern, sondern klotzen, hm?« Dad strahlt mich an.

»Ooh.« Mit offenem Mund greift Mom nach der Flasche. »Bewahr sie für später auf, für einen besonderen Anlass.«

»Nein, Mom.« Ich nehme die Flasche wieder an mich. »Worauf sollen wir warten? Trinken wir sie jetzt.«

Anscheinend haben meine Eltern für diesen Anlass neue Fotos von meinen Geschwistern und mir aufgestellt, die uns als Erwachsene zeigen. Auf den Bücherregalen und Schränken werden wie eh und je unsere erfolgreichen Highschool- und Collegeabschlüsse präsentiert, mit allem, was dazugehört: wenig schmeichelhafte Frisuren, einfältiges Grinsen, Zahnspangen, Talare und Doktorhüte.

Aber daneben stehen die neueren Aufnahmen. Karen mit ihrem Mann und den beiden Kindern auf einem dieser gestellten Fotos aus einem professionellen Studio. Edison und Julia, Arm in Arm auf ihrem offiziellen Verlobungsbild (Julia hat darauf bestanden, eins machen zu lassen). Zu meiner Überraschung gibt es auch ein vor zehn Jahren aufgenommenes Foto von mir im smaragdgrünen Kleid, auf dem roten Teppich bei der Golden-Globe-Verleihung. Ich sehe dünner und jünger aus, wenn auch nicht allzu sehr, und trage das geborgte Fünfzehntausend-Dollar-Halsband.

Als ich das Bild betrachte, habe ich das Gefühl, einer aus Kindertagen bekannten Person wiederzubegegnen. Es ist beunruhigend, mit diesem visuellen Zeugnis einer Zeit konfrontiert zu werden, die ich so lange zu vergessen versucht habe. Dennoch scheint ein lange gesuchtes Puzzleteil an seinen Platz zu finden.

»Wow, an das Foto kann ich mich erinnern!« Karen taucht neben mir auf und starrt das Bild an.

»Kaum zu glauben, dass es zehn Jahre her ist.« Ich schüttele den Kopf. »Deine Fotos sind alle aus dem letzten Jahr. Mom!«, rufe ich durchs Zimmer. »Hast du von mir nichts Besseres gefunden? Als eine zehn Jahre alte Aufnahme?«

»Mach dir keine Sorgen«, ruft meine Mom und kichert. »Darauf siehst du am hübschesten aus! Du solltest stolz sein.«

»O Gott«, sage ich leise zu Karen. »Wahrscheinlich zeigen sie dieses Bild herum, wenn sie mich mit dem Sohn oder Neffen von irgendwem verkuppeln wollen.«

Meine Schwester unterdrückt ein Lachen. »Klar doch, schließlich ziehst du dich jeden Tag so an.«

»Ein schönes Foto, stimmt's?«, mischt auch mein Dad sich ein. Er steht zum dritten Mal mit dem Courvoisier neben uns. »Ich hab das Bild gefunden, das du mir damals geschickt hast, und es vergrößert. Wie du siehst, lerne ich all die Sachen, die junge Leute machen.«

»Sehr beeindruckend, Dad«, sage ich. Karen versetzt mir einen Stoß in die Rippen.

»Sarah, was machen die jungen Leute, die du unterrichtest? Wie läuft es in deinem Beruf?«, fragt Dad.

Mir wird klar, dass meine Eltern sich über die Jahre hinweg viele Klagen über meinen Job angehört haben. Kein Wunder, dass sie inzwischen denken, das Brooklyn Community College wäre ein Sammelbecken für Versager und Unmotivierte.

»Eigentlich«, sage ich, »läuft es ganz gut. Neulich hab ich ein richtig gutes Drehbuch von einer Studentin gelesen. Ich war angenehm überrascht.«

»Das ist gut, das ist toll!«, sagt mein Dad begeistert. »Ich hab dir doch gesagt, dass es besser wird. Du warst einfach zu stur, um mir zu glauben.«

»Ich? Stur?«, frage ich und gerate ins Grübeln.

Karen reißt die Augen auf und nickt. »Allerdings.«

In diesem Moment fängt meine Mom damit an, alle in Richtung Tür zu drängen, damit wir hinunter ins Restaurant zu unserem privaten Thanksgiving-Essen gehen können. Wir ziehen unsere Mäntel an, die Gespräche gehen weiter.

»Tante Sarah?« Meine Nichte Alice zieht mich an der Hand und schaut bewundernd zu mir hoch. »Hast du wirklich mal mit Holly Randolph zusammengearbeitet? Bevor sie ein Star wurde?«

Ich nicke. »Ja, das hab ich. Sie war sehr nett. Aber das ist eine Weile her, damals bist du gerade auf die Welt gekommen.«

»Glaubst du, sie ist immer noch nett?«

»Wahrscheinlich schon. Manche Leute bleiben nett, auch wenn sie berühmt sind.«

»Wow, ich wünschte, ich könnte Holly Randolph kennenlernen.«

Ich sehe Karen an, die verlegen grinst.

»Süße, lass uns runter in Grandmas und Grandpas Restaurant gehen. Ich weiß, dass dort ein riesiger Truthahn auf uns wartet.«

Als wir auf den Flur treten, sagt Karen: »Weißt du, ich hab angefangen, über diese #MeToo-Geschichten aus Hollywood zu lesen. Ziemlich irrsinnig, oder?«

»Die ganze Welt ist irrsinnig. Glaubst du etwa nicht, was die Zeitungen schreiben?«

»Doch, ich glaube es. Ich bin nur schockiert.«

»Na ja«, sage ich und verlasse als Letzte die Wohnung. »Manchmal passieren schockierende Dinge. Ich könnte dir ein paar Geschichten erzählen.«

Verwirrt sieht Karen mich an. Ich schließe die Tür, in Gedanken verloren.

Mit einem Mal wird mir klar, dass ich meine eigene Schwester nicht einfach im Ungewissen lassen kann. Sie muss es erfahren, bevor die ganze Welt davon hört. Also beschließe ich, mir an diesem Thanksgiving-Wochenende die Zeit zu nehmen, um ihr ein bisschen von dem zu erzählen, was sich vor zehn Jahren in L. A. abgespielt hat.

50

Als ich die Schlagzeile sehe, sitze ich in der Subway, wie immer allein.

Auf dem Nachbarsitz liegt eine zusammengefaltete Boulevardzeitung. Ich strecke die Hand aus, drehe sie um und sehe die Titelseite: Fotos einer berühmten Hollywoodschauspielerin und des zuletzt angeklagten leitenden Studio-Angestellten, mit gesenktem Kopf und hinter dem Rücken gefesselten Händen.

Aber in der heutigen atemlosen Medienwelt ist das, was gestern Abend ins Layout ging und heute Morgen gedruckt wurde, längst wieder veraltet. Inzwischen hat es neue Entwicklungen gegeben.

Mein Handy blinkt auf, eine Pushnachricht der *New York Times* ist eingegangen. *Holly Randolph und neun andere Frauen beschuldigen Milliardär Hugo North sexueller Übergriffe.*

Neun andere. Ich weiß, dass ich, wenn ich auf diesen von Thom Gallagher geschriebenen Artikel klicke, als Erstes Hollys Geschichte sehen werde. Weil sie natürlich die größte Popularität besitzt. Irgendwo weiter unten im Text werde ich auch meinen Namen finden. Mit einer Zusammenfassung dessen, was ich Thom bei unseren drei Gesprächen erzählt habe. Über diese nervenaufreibenden Monate meines Lebens, über die nachfolgenden Jahre voller Zweifel. All das auf wenige Absätze komprimiert und Fremden zum Lesen aufgetischt.

Ich bin neugierig, wer die acht anderen Frauen sind, ich möchte ihre Geschichten kennenlernen. Aber diesmal habe ich keine Eile.

All die anderen Schlagzeilen der letzten Monate habe ich gierig angeklickt, um die neuesten Schweinereien zu erfahren. Aber diese hier kann warten.

Stattdessen schaue ich in meine Nachrichten. Wenn der

Times-Artikel gerade erst erschienen ist, werden sich Freundinnen, Bekannte, Kolleginnen, Kollegen oder irgendwelche Leute, die behaupten, mich vor langer Zeit gekannt zu haben, im Moment noch nicht melden. Sie werden die Geschichte eine Weile einsickern und auf sich wirken lassen.

Aber ich entdecke einen vertrauten Namen in meinem Posteingang.

Als ich Thoms Nachricht entdecke, verzieht sich mein Mund zu einem vorsichtigen Lächeln.

> *Hi Sarah,*
> *jetzt ist es raus. Hier kommt der Link, falls Sie den Artikel nicht schon entdeckt haben.*
> *Ich hoffe, Sie sind im Reinen damit. Nur für den Fall, dass Sie ein bisschen Zuspruch brauchen: Ihr Beitrag ist wichtig. Ich kann nicht genug betonen, wie dankbar ich dafür bin, dass Sie Ihre Geschichte und Ihre Erfahrungen beigetragen haben. Ich weiß, dass auch viele andere diese Dankbarkeit empfinden werden. Sie haben etwas Großes und Wichtiges geleistet.*
> *Vielleicht klingt es jetzt ein bisschen unorthodox. Aber hätten Sie am Samstagmorgen Zeit, nach Midtown zu kommen? Jemand möchte Sie unbedingt persönlich sprechen. Ich hatte das Gefühl, dass ich diese Einladung weitergeben sollte. Wahrscheinlich würden Sie diese Person auch gerne treffen.*

In einer Woche werde ich in die relative Stille einer eleganten, aber unauffällig gehaltenen Brasserie mitten in der brodelnden Stadt treten. Ich werde unter den in Gedanken vertieften Gästen nach Thom Gallagher und einer anderen Person Ausschau halten, die unauffällig an einem Ecktisch sitzen, die Frau mit dem Rücken zu den anderen Gästen. Sie wird ihren Stuhl zurückschieben, ich werde ihre roten Haare sehen, dann wird Holly Randolph mir ihr vertrautes Lächeln schenken – als hätte es all die Jahre seitdem nicht gegeben. Als gäbe es nichts zu verzeihen, keinen Grund für Schuldgefühle, nur die offen vor uns liegende Zukunft.

Vielleicht wird es ein folgenreiches Treffen sein, vielleicht hat das folgenreiche Treffen aber auch schon stattgefunden. Als ich vor Kurzem vor dem Brownstone-Haus in der Upper East Side stand, die Treppe hochstieg und klingelte. Nach einer Minute öffnete sich die Tür. Vor mir stand Sylvia, die Haare ein wenig matter, ein paar zusätzliche Falten um die Augen herum. An ihrer selbstsicheren Haltung, der ruhigen Stimme und dem wissenden Blick aber hatte sich nichts geändert.

Sie lächelte mich an.

»Sarah«, sagte sie. »Das wurde auch Zeit.«

Dann breitete sie die Arme aus.

Ich hatte Rachel gegoogelt, ihre Tochter, die inzwischen sechsundzwanzig und Redaktionsassistentin in einem Verlag ist. Irgendwie finden wir alle unseren Weg. Die Jahre, die hinter uns liegen, tauchen unter ihrem Schleier auf. Wahrscheinlich gibt es einiges, von dem Sylvia nichts weiß und was ich ihr erzählen will. Aber all das liegt in der Vergangenheit.

Worauf es ankommt, ist die Gegenwart. Ich sitze in der Subway, lasse mich durchrütteln und schaue gelassen auf die Schlagzeile auf meinem Handy. Es ist geschafft.

Ich habe meine Geschichte nicht mehr allein zu tragen, sondern sie weitergegeben – an Sie, Thom Gallagher. Und an alle, die irgendwie in Kontakt damit kommen, die seinen Artikel aufblättern oder auf den Link klicken, um die ausführlichen Einzelheiten zu erfahren. Die Last ist jetzt verteilt.

Ich schalte mein Telefon aus, stecke es weg und nehme mir Zeit zum Nachdenken. Innerlich spüre ich ein Leuchten, eine stille Genugtuung.

Ich bin nicht auf Ruhm aus gewesen. Darum ist es nie gegangen. Aber ich wollte gesehen, gehört, in Erinnerung behalten werden. Das ist es, was wir im Leben alle brauchen.

Ich frage mich, wo Holly gerade sein mag, drei Stunden zeitverschoben in L. A. Schaut sie aus ihrem luftigen Haus in Malibu auf den Pazifik, als sie die Nachricht von ihrer Pressefrau bekommt? Oder auf dem Handy dieselbe Pushnachricht erhält wie ich? Oder eine E-Mail von Thom Gallagher?

Wie wird sie reagieren, mit ihrem eigenen Blickwinkel auf die Geschichte, ihrem Leben, das sich so von meinem unterscheidet?

Später wird sie Videointerviews für *Entertainment Tonight* oder *Good Morning America* geben und auf roten Teppichen endlose Fragen beantworten müssen. Eine zusätzliche Last, die sie zu tragen hat, eben weil sie Holly Randolph ist.

Also bin ich ganz zufrieden, zur Masse zu gehören, zu den Normalen, unerkannt Bleibenden.

Die Linie F taucht aus ihrem unterirdischen Tunnel auf. Im Novemberlicht kneife ich die Augen zusammen. Ich bin dankbar dafür, wo ich heute bin.

Sie kennen sicher die Einstellung, mit der viele Filme enden. Heute zeigt sie mich, wie ich aus dem Fenster der Subway schaue, die sich vom Boden erhebt und über die Dächer Brooklyns rattert. Die Kamera fährt zurück, nimmt die Perspektive eines Hubschraubers ein und zeigt ganz Brooklyn, dann Manhattan im Hintergrund, die in der Sonne glitzernden Wolkenkratzer, den unter dem weiten Himmel funkelnden East River.

Das Sonnenlicht strahlt uns entgegen, der Zug eilt weiter.

Das bin ich. Das ist die Stadt. Das sind wir alle.

DANKSAGUNGEN

Die ursprüngliche Idee zu diesem Buch kam mir im Gefolge der Anschuldigungen gegen Harvey Weinstein im Herbst 2017. Mein erster Dank gilt also all denen, die in irgendeiner Weise dazu beigetragen haben, seine Verbrechen öffentlich zu machen: den Journalistinnen, Journalisten und Medien, vor allem aber den Opfern selbst, die der Welt ihre Erlebnisse enthüllt haben. Natürlich sind viele Täter weiterhin auf freiem Fuß, ich will also auch diejenigen erwähnen, die ihre Geschichten weiterhin öffentlich machen, damit die Täter zur Rechenschaft gezogen und die Stimmen der Frauen und Männer gehört werden, deren Leben und Karrieren beeinträchtigt wurden.

Meinen ersten Roman, *Nein*, zu schreiben und zu promoten, hat mir viel abverlangt. Obwohl es in *Nein* um meine eigene Vergewaltigung ging, hat *Komplizin* mich noch mal vor eine neue Herausforderung gestellt. Ich hätte diesen »schwierigen zweiten Roman« niemals ohne die Unterstützung vieler Freundinnen und Freunde sowie Fürsprecherinnen und Fürsprecher zu Ende gebracht.

In der Literaturbranche geht ohne Agentin oder Agent wenig, also ein riesiges Dankeschön an meinen Agenten Robert Caskie, der unbeirrbar an *Komplizin* geglaubt und zwei Jahre lang die Geduld bewahrt hat, während ich mit einem übervollen Terminkalender, Schwangerschaft und Geburt, dem neuen Dasein als Mutter und einer Pandemie zu kämpfen hatte. Ich kann die Erleichterung kaum in Worte fassen, die eine Autorin spürt, wenn sie sich jahrelang ohne Bezahlung mit einem Manuskript abgeplagt hat und plötzlich einen exzellenten Verlagsvertrag abschließen kann.

Danke natürlich meiner britischen Lektorin Francesca Pathak, die *Komplizin* ohne zu zögern unterstützt hat und seine Entstehung mit fachkundigem Blick fürs Geschichtenerzählen, ihrer Kenntnis des Buchmarkts und konstanter Ermutigung und Begeisterung begleitet hat. Gleiches gilt für meine amerikanische Lektorin Emily Bestler, die sich leidenschaftlich für das Buch und seine Themen eingesetzt und dazu beigetragen hat, dass es so viele Leserinnen und Leser in Nordamerika erreicht.

Ich möchte Francesca Pearce, Brittany Sankey, Jessica Purdue und Lucy Brem und vielen anderen bei Orion danken, dass sie *Komplizin* mit ihren jeweiligen Fähigkeiten unterstützt haben. Ein großer Dank auch an Lara Jones, Liz Byer und den Rest des Teams bei Atria. Für die ins Auge fallenden Buchcover der britischen und der amerikanischen Ausgabe danke ich Tomás Almeida und Kelli McAdams.

Arts Council England hat die Entstehung des Buchs mit einem *National Lottery Project Grant* unterstützt. Außerdem durfte ich in der frühen Phase des Schreibens eine kostenlose Durchsicht meines Manuskripts durch *The Literary Consultancy* in Anspruch nehmen, als Teil des *SI Leeds Literary Prize*, den ich 2019 gewonnen habe. Ich danke diesen Organisationen für die Unterstützung diverser Autorinnen und Autoren. Ich möchte auch *Writing on the Wall* in Liverpool und *Spread The Word* in London wegen ihrer Förderung der breiteren literarischen Community erwähnen.

Meine Dankbarkeit gilt Gray Tan und seinem Team bei der Grayhawk Agency, die sich um die Veröffentlichung meiner Bücher in Asien kümmert. Und an Emily Hayward-Whitlock bei *The Artists Partnership*, die meinen Büchern ein zweites Leben auf der Leinwand gesichert hat.

Danke an meine früheren Agentinnen Maria Cardona und Anna Soler-Pont, weil sie mich als geeignete Person für diese Art Geschichte ins Gespräch gebracht haben. Und an Alia Hanna-Habib für ihre frühe Unterstützung meines Manuskripts.

Zwischen zwanzig und dreißig habe ich einige Jahre in der

Filmbranche gearbeitet. Ich bin fast geneigt, meiner früheren Chefin Lene Bausager dafür zu danken, dass sie ein anständiger Mensch und *keine* übergriffige Manipulatorin ist ... Aber vielleicht zeigt das nur, wie weit wir die Erwartungen in bestimmten Branchen herunterschrauben. Trotzdem vielen Dank, Lene, für den sprichwörtlichen Fuß in der Tür und deine Großzügigkeit. Danke, Mary-Lyn Chambers, Ryan Shrime und Greg Marcel, für authentische Einblicke ins Leben in L. A. und die Arbeit in der Filmindustrie. Und an Ray Liu und Saukok Chu Tiampo für ihre Kenntnisse der Szene in New York.

Schriftstellerinnen und Schriftsteller gedeihen am besten unter ihresgleichen, danke also an die anderen Goldsmith-Ehemaligen für ihre Unterstützung bei den informellen wöchentlichen Workshops, die wir seit 2014 (!) am Leben erhalten. Danke auch den frühen Leserinnen meines Manuskripts, die mir wertvolles Feedback gegeben haben: Anna Kovacs, Chandra Ruegg, Bonnie Lee, Jessica Montalvo, Heather Menze, Annie Bayley, Charlotte Reid, Laura Martz, Jo Bedingfield, Ghislaine Peart, Annie Gowanloch und Trina Vargo.

Ich träume immer noch von einem Arbeitszimmer mit Desktop-Computer, aber bis es so weit ist, tippe ich auf meinem Laptop, wo immer es geht. Danke an alle, die mir bei sich zu Hause einen Platz angeboten haben, wo ich mich auf dieses Buch konzentrieren konnte: Nicola & Bob Grove, Clare Shaw, Wiebke Pekrull & Andreas Schaefer, Tijana Stolic & Ile Kaartinen, Charlotte Reid sowie Allan Tulloch & Alison Plessman. Paul Madderns *River Mill Retreat* ist ein segensreicher Ort für jede Autorin und jeden Autor auf der Suche nach Ruhe und Ungestörtheit.

Dieses Buch ist über verschiedene Phasen meines Lebens hinweg entstanden, anfangs war ich Langzeitsingle, am Ende in einer Partnerschaft und Mutter eines kleinen Kindes. So viele Veränderungen in derart kurzer Zeit durchzumachen (noch dazu während einer Pandemie), kann jedes kreative Projekt zum

Scheitern bringen. Ich danke meiner Familie und meinen engen Freundinnen und Freunden dafür, dass sie mich während dieser Zeit rückhaltlos unterstützt haben: meinen Eltern Alice und Chauder, meiner Schwester Emmeline, meinen »angeheirateten« Verwandten Nicola und Bob, die mich in ihrem Haus auf dem Land willkommen geheißen haben – und vor allem meinem Partner Sam, dessen Liebe, Verständnis und Einsatz als Vater unseres Kindes mich durch diese Lebensphase gebracht haben.

Zu guter Letzt danke ich dir, mein Timo, dass du überhaupt da bist. Als ich mit diesem Buch angefangen habe, hätte ich mir dich nicht einmal vorstellen können. Die zweite Fassung ist fertig geworden, als ich erfuhr, dass ich mit dir schwanger war. Zwischen Fassung drei und vier wurdest du geboren. Wenn dieses Buch in die Läden kommt, wirst du zwei Jahre alt sein. Danke, dass du mich die Freude der kleinen Augenblicke gelehrt hast, das Wunder ganz neuer Möglichkeiten, den Wert einer langsam wachsenden Hoffnung – im Kreativen wie im Leben.